Face au destin

Du même auteur :

Zaïane, Éditions Bénévent, Paris, 2008.

Dominique Calamel

Face au destin

Publibook

Retrouvez notre catalogue sur le site des Éditions Publibook :

http://www.publibook.com

Éditions Publibook
14, rue des Volontaires
75015 PARIS – France
Tél. : +33 (0)1 53 69 65 55

IDDN.FR.010.0115658.000.R.P.2010.030.31500

Cet ouvrage a fait l'objet d'une première publication aux Éditions Publibook en 2010

À toi maman, même si tu n’es plus là.

La clef

Chapitre I

Elle ferma la lourde porte sur le dernier visiteur, jeta dans le grand hall d'entrée ses escarpins à hauts talons. Glissa le long du ventail, replia ses genoux, les entourant de ses bras et laissa éclater son chagrin.

Depuis l'instant où son frère l'avait appelée à Boston, où elle vivait avec sa famille, pour lui apprendre la mort de leur mère, c'était la première fois qu'elle pleurait. Ils fêtaient ses 69 ans en ce 1er novembre 1980, elle s'était écroulée : crise cardiaque. Après cette nouvelle. Tout avait été très vite. L'avion pour rejoindre la France. Bordeaux, Le Bassin d'Arcachon, le Pyla, où vivait la défunte, en bord d'océan. Puis vint l'organisation des obsèques, les obsèques et la réception. Elle n'avait eu le temps de rien. Ni de penser, ni de ressentir, ni de respirer.

Elle laissa libre court à sa peine. Pour finir, elle ne savait plus si elle pleurait pour la perte qu'elle venait de subir, ou pour la profonde solitude qu'elle éprouvait. Ni son mari, ni aucun de ses enfants n'avaient voulu l'accompagner. Des rendez-vous impossibles à annuler, des examens à préparer, pas envie de venir. Voilà les réponses qu'elle avait eues à sa demande. Son frère et sa famille étaient repartis tout de suite après l'enterrement. Elle se retrouvait donc toute seule, dans cette grande et magnifique maison désertée, qui résonnait de ses sanglots.

Elle avait accepté de se charger du tri des affaires de sa maman. Pensant ainsi, s'octroyer un petit bain de jouvence dans la maison familiale et espérant que cela lui ferait du bien. Elle n'avait aucune envie de rentrer aux États-Unis.

Elle savait qu'elle ne manquait à personne. Nul ne l'avait appelée pour lui dire qu'il participait à son chagrin.

À ses côtés, s'associant à son désarroi, la chienne et la chatte de sa maman. Une femelle de race bouledogue, âgée de trois ans. Toute noire avec une tâche blanche sur le poitrail, lui léchait doucement la main. Quant à la princesse birmane masquée de chocolat noir, au panache et bottes de la même couleur, aux gants blancs. À la fourrure soyeuse, crème nacrée, brillant dans un rayon de soleil, elle ronronnait sur ses genoux, lui donnant des coups de tête sous le menton pour la consoler. Elle fut émue par toute cette tendresse. Se rendant compte à quel point l'affection d'un animal lui avait manqué.

Depuis sa plus tendre enfance elle avait vécu avec des animaux. Ses parents « écolos » avant l'heure, l'avaient élevée dans le respect de la nature et de tout ce qui vit sur notre planète. Son mari n ne voulait pas de bête, elle avait stupidement accepté de s'en priver et d'en priver les enfants. Pourtant elle avait essayé de leur apprendre à aimer et savoir regarder la nature, sans résultat, excepté pour Kyle, son fils de 17 ans.

— Vous avez raison, mes chéries, ne nous laissons pas abattre. On va d'abord aller faire une balade sur la plage. Après ? un bain et dodo. Demain sera un autre jour.

Elle se redressa, enfila une paire de baskets, un manteau, traversa le parc et descendit les escaliers qui menaient à la plage. Les animaux sur les talons. La marée était basse, le soleil se couchait et il faisait froid. Mais elles s'en fichaient toutes les trois et couraient, en riant, aboyant et miaulant. Elle étendit les bras, prenant l'air à pleins poumons, défit son strict chignon et laissa couler ses cheveux blonds soyeux. Elle ne se rendait pas compte de l'image qu'elle projetait. Sa très jeune quarantaine ne paraissait absolument pas. Grande, mince, un visage à la Grace Kelly. Avec la même classe. Même en chaussures de sport et manteau informe.

Elle s'extasia devant la beauté du paysage. Face à elle l'immensité de l'océan, barrée par le Cap Ferret et le banc d'Arguin. À sa droite le fond du Bassin. À sa gauche la Dune du Pyla, rosie par le soleil. Il y avait longtemps qu'elle n'avait pas goûté à ce paradis. Une profonde sensation de liberté l'envahit. Pour la première fois depuis longtemps elle se sentait vivante. Rien de tel que la mort d'une personne aimée, pour se sentir en vie… Envolé le sentiment de solitude. Puisque personne ne l'aimait et bien elle n'aimait personne, et cela ne la dérangeait absolument pas.

Après avoir joué avec les animaux pendant un long moment sur la plage, la nuit étant tombé, elle rentra et leur donna à manger pendant que coulait son bain. Se servit un verre, mit un disque de Chopin à fond et se glissa doucement dans l'eau chaude et parfumée

Une heure plus tard elle dormait profondément dans sa chambre de jeune fille, avec ses deux compagnes.

L'odeur du café lui chatouilla les narines. Elle mit un peu de temps pour reprendre pied. La peine revint. Elle se leva, ouvrit en grand ses volets et se mit sur la terrasse devant sa chambre. Il faisait un temps superbe. La mer et le ciel se confondaient. Elle resta un long moment à respirer la bonne odeur d'iode. Réalisant à quel point tout cela lui avait manqué.

Cela faisait presque dix ans qu'elle n'était pas venue en Europe. Depuis la mort de son père en fait. Sa maman venait souvent la voir à Boston, mais il n'y avait pas de réciproque. Doug, son mari n'était pas fanatique du vieux continent et encore moins de la France. Pour lui, il n'y avait que les *« States »* où vivre, et l'Asie où faire de l'argent. Le cœur serré elle descendit à la cuisine, la gouvernante, Marie, était en train de donner les ordres à la jeune fille de ménage. En voyant Ludivine, elle s'interrompit.

— Bonjour Ludivine, déjà levée ? Je vais vous servir votre petit-déjeuner, dans le jardin d'hiver.

— Merci Marie. Est-ce que quelqu'un m'a appelée ?

— Non, ma chérie, personne.

Elle se demandait pourquoi elle avait posé cette question stupide. Comme si quelqu'un pouvait avoir envie de prendre de ses nouvelles. Son mari devait certainement être avec sa maîtresse, son fils devait bûcher, quant à sa fille… Dieu seul savait où elle pouvait être.

Ils avaient chacun leur vie, et elle n'en faisait plus parti depuis un certain temps. Elle essuya une larme. Pendant qu'elle prenait son repas, face à l'océan, dans la grande verrière style rétro, que ses parents avaient fait construire, elle décida de prendre la voiture et d'aller se balader. Les affaires de sa maman pouvaient attendre. Elle n'avait pas encore le courage de mettre le nez dedans. Et puis cela lui donnait un bon prétexte pour ne pas rentrer.

Elle prit avec elle Mab, la chienne et joua les touristes. Retournant voir son lycée. Scrutant les personnes qu'elle croisait dans la rue. Espérant voir un visage connu. Elle s'offrit un plateau de fruits de mer sur une terrasse ensoleillée. Elle se sentait bien. Sans entraves. Sirotant son café en fumant une cigarette, la chienne dormant à ses pieds. Elle savourait cet instant de plénitude. Quand…

— Je ne me trompe pas ? C'est bien toi Lulu ? Ludivine de Linière ? C'est moi ! Martine. Martine Demarquet. Tu te souviens de moi ?

Un peu éblouie par le soleil, elle se leva pour mieux voir.

— Tu parles si je me souviens !

Elles se tombèrent dans les bras. Vieilles amies d'enfance, elles s'étaient perdues après le départ de Ludivine aux USA.

— Tu ne peux pas savoir le plaisir que cela me fait de te revoir. Tu as le temps de prendre un café avec moi ?

— Si tu veux mais pas longtemps. Je dois ouvrir mon agence.

La commande passée, elles se regardèrent en souriant, retrouvant les traits des jeunes filles qu'elles étaient. Se tenant les mains. Peur de se perdre à nouveau ? Le temps et la séparation n'étaient pas passés sur leur amitié. Elles avaient l'impression de s'être quittées la veille. Le courant passait de la même façon.

— Tu es là pour longtemps ? Tu as l'air triste, que se passe-t-il ?

Ludivine ne put retenir ses larmes. Elles avaient toujours su détecter les sentiments de l'autre.

— Je suis venue pour l'enterrement de maman.

— Mon Dieu, ta maman est morte ? Je ne le savais pas. Quand est-ce arrivé ?

— Il y a une semaine. Le 1er, le jour de son anniversaire.

— Voilà pourquoi je ne l'ai pas su. Nous étions partis en Espagne. Nous avons fait le pont.

Tu dois être horriblement triste, ma pauvre chérie.

— Oui et non. J'ai pris l'habitude de ne plus la voir. Depuis le temps que je vis à l'étranger. Elle me manque, mais pas autant que mon père. Nous n'avions pas les mêmes rapports. Tu te souviens, elle était assez dure et intransigeante. En fait je n'ai jamais su si elle m'aimait vraiment.

— Ne dis pas de bêtises, elle t'adorait.

— Je ne sais pas…

Le garçon leur apporta les cafés. Elles burent en silence.

— Que fais-tu dans ton agence ?

— Je suis dans l'immobilier. Au fait qu'allez-vous faire de la maison ?

— Nous la gardons !

C'était un cri du cœur.

— Bon, bon d'accord. C'était juste pour savoir. C'est dommage car j'aurais un acheteur. Ce serait exactement la maison qu'il cherche.

— Et bien qu'il cherche ailleurs !

— OK ! OK ! Qu'est-ce que tu fais ce soir ?

— Euh… tout bien réfléchi… rien ! Pourquoi ? Tu as une proposition honnête ?

— Viens dîner à la maison. Je voudrais te présenter ma petite famille.

— Ce sera un grand honneur.

Martine sortit un papier et un stylo et nota quelque chose.

— Tiens ! Voilà mon adresse. Mon numéro de maison et celui de l'agence. Nous sommes dans la Ville d'Hiver, tu te souviens ?

Le quartier en question était situé sur une hauteur de la ville, d'où, dans les bons endroits, l'on pouvait voir le Bassin. Vieux coin d'Arcachon, où les maisons toutes anciennes et d'une architecture typique étaient plus belles les unes que les autres.

— Bien sûr, c'est la maison où tu habitais avec tes parents.

— Bingo ! Nous t'attendons vers 19 h 30. Allez, je dois partir bosser ou mon patron va râler.

— Mais c'est toi le patron non ?

— Justement ! À tout à l'heure ma belle.

— Salut.

Après le départ de son amie, elle garda longtemps le sourire. Une vague d'allégresse remplit son cœur. Cela lui faisait tellement de bien de rencontrer quelqu'un qui la connaissait, qui l'appréciait. Elle se réjouissait de cette soirée.

Elle gara sa voiture devant la maison de son amie, en descendit et resta à la contempler. Elle l'avait toujours aimée. On aurait dit La maison de *La Belle et le Clochard* dessinée par Walt Disney. La façade avait été refaite, en briques rouges, sur trois étages, tour des huisseries en pierre du Gard, dentelle de bois blanc soulignant le toit. Une piscine avait été creusée, dans le grand jardin derrière, arboré de vieux chênes, de mimosas, de lauriers, de palmiers. Devant, une roseraie.

Martine ouvrit la porte avant même qu'elle n'ait sonné. Elle était accompagnée d'un homme grand, brun, aux tempes grisonnantes, yeux marron. On aurait dit un frère et une sœur. Sauf pour les yeux verts de la jeune femme.

— Bonsoir ma chérie, je te présente Sylvain, mon mari. Sylvain, je te présente ma meilleure amie. Ludivine.

Ils se serrèrent la main. La jeune femme était émue que Martine l'ait présentée comme sa meilleure amie. Et ce malgré les années de séparation. C'était peut-être idiot, mais elle en était fière.

À l'intérieur, la maison avait été également rénovée. La volée d'escaliers en marbre avec sa rampe en fer forgé, n'avait pas bougé. Les magnifiques parquets, craquaient encore aux mêmes endroits, et cette musique la fit revenir en arrière. Au temps où elle croyait au bonheur, à l'amour, à la vie. En voyant le couple que formait son amie avec son mari, elle se dit qu'après tout, cela pouvait exister. Ces deux-là, quand ils se parlaient, se mangeaient des yeux comme des gosses de dix-huit ans. Pas de doute, un amour sans faille les unissait.

Un feu dans la cheminée, dégageait une douce chaleur dans le salon. Une jeune fille, aussi blonde que les parents étaient bruns, entra avec dans les bras un chartreux aux yeux d'or.

— Cette fripouille était encore en train d'essayer d'attraper un oiseau.

— Lulu, je te présente notre fille Morgane, elle a quatorze ans.

Elles se saluèrent. *« Elle a juste un an de moins que Judy »* pensa Ludivine. Mais les deux jeunes filles étaient à mille lieues de se ressembler.

— Où sont tes frères ?

Demanda Sylvain sans sévérité, mais avec une telle autorité dans la voix que Morgane, répondit très vite.

— Ils arrivent.

Comme s'ils l'avaient entendu, une cavalcade dans les escaliers… et deux frimousses s'en cadrèrent dans la porte. Ils étaient essoufflés.

— Voici, mes deux monstres. Mathieu, douze ans, et François dix ans.

— Bonsoir jeunes gens. Si je comprends bien, tu as un rythme bien réglé. Tous les deux ans tu en fais un.

— À peu près.

— C'est fini ? Ou vous envisagez un quatrième pour le bridge ?

— Non, non. On s'arrête là.

À ce moment-là on sonna à la porte.

— C'est oncle Laurent ! On y va !

Re-cavalcade. Embrassades. Rires. Entrée du personnage. Grand comme son frère, yeux bleus, cheveux décolorés par le soleil et la mer. *« Voilà d'où vient la blondeur de Morgane et de Mathieu »*. Allure sportive de surfeur. Mais les rides aux coins des yeux, dénonçaient une bonne quarantaine d'années. Pendant que Sylvain faisait les présentations, Ludivine se fit la réflexion : *« Hou la la ! Attention dragueur en vue »*.

Elle n'avait pas tort. Pendant toute la soirée, Laurent déploya ses plus belles plumes, sortit son plus beau ramage et affûta ses ergots. Il faut dire qu'il avait un charme fou. Drôle avec ça. Le repas fut très agréable et convivial. Un vrai repas de famille. Comme celle qu'elle aurait aimé avoir, mais que son mari avait sabotée. À plusieurs reprises, son amie essaya de l'interroger sur ses enfants, son mari, sa vie. Mais Ludivine éluda toutes les questions. Martine comprit qu'elle n'avait pas envie d'en parler et cessa l'inquisition. Elles en parleraient quand elles seraient seules. Martine avait bien l'intention de tout savoir.

Les deux frères étaient chirurgiens et avaient une clinique en ville. Laurent ne s'était jamais marié. « *Trop coureur* » pensa Ludivine. *« Pas envie de s'accrocher à un seul rocher. Alors qu'il y en a plein dans l'océan* ». Elle le regardait faire son numéro en souriant. Il en était presque touchant.

Bien entendu au moment de se quitter, il lui demanda s'il pouvait la revoir.

— Vous savez, je ne suis pas là pour longtemps, et j'ai pas mal de choses à faire avant de partir. Je ne sais pas si j'aurais un moment à vous consacrer.

— Juste un petit dîner. Vous êtes humaine, donc vous mangez ? Ce soir vous me l'avez prouvé. Je peux vous appeler ?

— Demandez mon numéro à Martine, je ne l'ai pas en tête. Je verrai si je peux me libérer un soir.

— D'accord. Faisons comme ça.

Il lui prit des mains les clés de sa voiture. Ouvrit la portière, l'aida à s'asseoir, prit sa main et en baisa la paume.

— Soyez prudente et bonne nuit.

Quand il referma la porte sur elle, elle se retint de rire. « *Tu parles d'un cinéma ! S'il croit pouvoir me mettre dans son lit, il peut marquer dommage... À moins que... Un p'tit coup vite fait pourrait me faire du bien... On verra le moment venu* ».

Elle démarra et passa devant lui en faisant un signe de la main.

En entrant dans la chambre de sa mère, elle sentit son parfum qui flottait encore, tel un fantôme. En se réveillant ce matin elle avait pris son courage à deux mains. Elle ne retarderait pas plus longtemps la corvée. Cela faisait une semaine qu'elle la repoussait. Elle s'était reposée. Avait vu son amie plusieurs fois, mais cette dernière n'avait pas encore réussi à la faire parler. Ce qui l'inquiétait. Elle se demandait ce que pouvait bien cacher Ludivine.

Quant à Laurent ? Si elle l'avait écouté, ils auraient dîné ensemble tous les soirs. Elle n'avait accepté que deux fois, et avait résisté à toutes ses avances. Elle n'avait eu qu'un seul homme dans sa vie, et s'était rendu compte qu'elle avait gardé une âme romantique, elle ne pouvait coucher avec un mec si elle ne l'aimait pas. Or Laurent pour l'instant ne l'attirait pas du tout. Elle connaissait trop ce genre d'homme. Qui jettent les femmes comme des kleenex. Elle estimait valoir plus qu'un mouchoir, fût-il en dentelle.

Ce n'est pas, parce qu'elle avait l'intention de rentrer, qu'elle avait pris cette décision ce matin-là. Mais seulement l'envie de se retrouver avec les choses personnelles de sa mère. Histoire de la sentir encore un peu. Comme son parfum.

La photo de ses parents, jeunes. En Cochinchine. Habillés en sarongs. Ils étaient si beaux. Ils posaient devant leur maison, située au milieu de la plantation d'hévéas qu'ils exploitaient. Sa mère tenait Patrick, son frère, qui venait de naître. Ils avaient l'air si heureux. Cette photo l'avait toujours fascinée. En la regardant, elle se sentait comme une étrangère. Parce qu'elle n'avait jamais vu sa mère aussi rayonnante. Tout cela faisait parti d'un autre monde, auquel elle n'appartenait pas. Certes, elle avait été entourée d'amour et d'affection par ses parents. Pourtant, depuis sa plus tendre enfance, elle avait vu sa maman, les yeux fixes, rêveuse, et elle se demandait où ses pensées l'emmenaient. N'osant jamais lui poser la question.

Elle reposa la photo sur la table de nuit. Fit le tour de la chambre. Caressant un vase, un tableau, humant un foulard abandonné sur le dossier d'un fauteuil. Elle s'arrêta devant le secrétaire en bois de rose. Elle adorait ce petit meuble. Enfant, elle se blottissait dans la bergère et regardait sa mère penchée sur l'écritoire, trempant sa plume dans un encrier en cristal et argent. Éclairée par une lampe à pétrole, qui lui donnait des couleurs ambrées. Elle écrivait, concentrée, ayant oublié sa présence. Ludivine ouvrit le battant du secrétaire. Les petits tiroirs l'avaient cent fois tentée, mais aujourd'hui encore, elle n'osait les ouvrir. Honteuse et curieuse à la fois, d'entrée ainsi dans l'intimité de sa mère.

Elle ouvrit le premier. Rien de spécial. Passeports, livret de famille, autres papiers inintéressants. Le deuxième ? Des photos. Qu'elle avait déjà vues et revues. Deux petits écrins en cuir contenant des cheveux et des dents de lait. Certainement les siennes et celles de son frère. Elle avait fait la même chose avec ses enfants. Le troisième était… vide. Quelle déception.

Ludivine le referma presque violemment. Se faisant, elle entendit un bruit. Un léger frottement. Elle le rouvrit en grand et au fond du tiroir, tout au fond, il y avait… une clé. Une clé dorée. Longue d'environ quatre centimètres. La tête était finement filigranée. Sur le corps les lettres « *A.W* » étaient gravées. À qui pouvaient bien appartenir ces initiales ?

Elle réfléchit un instant, cherchant dans sa mémoire. « *Mais je suis stupide ! Ce sont celles de maman. Weber était son nom de jeune fille. Adeline Weber* ». Elle examina encore de plus près le petit objet. « *On dirait un poinçon. Ma parole elle est en or !* » Elle fouilla dans le secrétaire, cette clé devait bien ouvrir quelque chose. Un tiroir secret ? Une cache ? Elle tapotait cherchant un son creux, mais rien.

Une frénésie la prit. Il fallait qu'elle découvre ce qu'ouvrait cette clé. C'était comme si sa vie en dépendait. Elle remua tout dans la chambre. Vida les armoires. Fureta dans les tiroirs de la commode. Derrière les meubles. Sonda les murs.

Une heure après elle était morte de fatigue. Elle s'affala sur le lit. En rogne. Elle n'avait rien trouvé. Elle se calma. « *Si tu dois savoir ce que cette clé ouvre, cela viendra à toi.* » Elle avait appris à ne plus chercher les objets quand ils étaient perdus. Parfois, ils n'avaient pas envie d'être trouvés. Et ils finissaient par réapparaître quand on en avait vraiment besoin. Alors elle décida de laisser tomber. Rangea le désordre qu'elle avait mis et replaça l'objet dans son tiroir.

Le téléphone sonnait avec insistance quand elle arriva au rez-de-chaussée. Elle décrocha pleine d'espoir. Peut-être son mari, ou l'un de ses enfants ? Depuis son départ, soit quinze jours plus tôt, aucun d'eux n'avait pris de ses nouvelles. Elle aurait pu être morte, cela leur était égal. Elle avait mal à chaque fois qu'elle y pensait... Déception. Ce n'était que Laurent. Il voulait dîner avec elle. Le non était sur sa langue. Puis elle se reprit et accepta.

— Super, je passe vous chercher à 19 heures, ça vous va ?

Elle regarda sa montre. 16 heures, cela lui donnait le temps d'aller faire une balade sur la plage.

— C'est bon pour moi, à tout à l'heure.

Elle raccrocha sans autre forme de procès. Puis enfila le vieux manteau informe, qu'elle finissait par aimer. Il remplissait parfaitement son œuvre. Chaud. Douillet.

Appela Mab et Yu lin, et partit. Arrivée sur le rivage, elle eut froid malgré le soleil. On était presque à fin novembre, « Phoebus » ne chauffait plus. Le vent soufflait. La mer était forte et montait. Il avait dû y avoir de la tempête au large, car l'eau n'était pas limpide comme d'habitude. Le sable était remué par la houle.

Elle joua quand même avec les animaux, leur jetant des bouts de bois. Yu lin était une chatte, mais elle ramenait aussi bien que sa compagne la chienne. Elles avaient le même âge et avaient été élevées ensemble. Elles avaient donc les mêmes jeux. Ludivine plongée dans ses pensées, ne fit pas attention au niveau de l'eau qui montait dangereusement. Soudain, une vague plus forte que les autres emporta les deux bêtes. Ludivine poussa un hurlement. Courut dans l'eau glacée. Réussit à attraper Yu Lin par la queue. Mais son manteau mouillé la gênait et l'alourdissait.

Une autre vague vint la blackbouler. Elle but la tasse. Pourtant elle ne lâcha pas la petite chatte. Elle reprit de l'air, mais une autre vague la submergea. Elle sentait ses forces l'abandonner. Le froid la tétanisait. Elle essaya de reprendre pied, mais n'y arriva pas. Elle coulait sans pouvoir faire quoi que ce soit, elle cessa de lutter. Après tout, cela faisait des mois qu'elle avait envie de mourir…

Une main puissante la saisit par les cheveux, la remontant à la surface, la maintenant hors de l'eau. L'air pénétra à nouveau ses poumons. L'inconnu la tenait dans ses bras comme une enfant. Elle sentait le corps de l'homme se raidir à chaque fois qu'une vague venait le gifler. Comme si l'océan était en colère d'avoir été privé de ses proies.

Il la déposa sur les escaliers menant chez elle, où Mab aboyait comme une folle. Elle vint se réfugier contre sa maîtresse, couvrant son visage de léchouilles. Yu Lin semblait morte. L'eau mouillait les premières marches. Elle sentit qu'on lui arrachait sa petite chatte des bras.

Réalisa que c'était l'homme. Penché sur la petite bête, il lui faisait vomir l'eau qu'elle avait avalée et du bouche à bouche. Yu Lin crachota, toussa, ouvrit les yeux.

En voyant la petite bête revenir à la vie, la tension tomba. Elle se mit à grelotter de façon irrépressible. Ses dents s'entrechoquaient. Ses lèvres et ses mains étaient bleues.

— Venez, dit l'homme, il faut rentrer.

Il la soutint à travers le parc, la ramenant à petits pas. En entrant dans la maison il cria :

— Il y a quelqu'un ?

Elle lui fit signe que non.

— Vous avez du whisky ou n'importe quel autre alcool fort ?

Elle lui montra le salon, puis le bar. Elle ne pouvait émettre un son.

— Enlevez ce manteau.

Il revint avec deux verres et une bouteille, lui en servit une rasade.

— Buvez cela vous fera du bien.

Elle prit le verre en tremblant, ses dents claquaient tellement, qu'elle faillit le casser. Pendant ce temps, l'homme avait versé un peu de whisky dans le bouchon et le faisait boire à la chienne et à la chatte.

— Cela va leur donner un coup de fouet. C'est un tonicardiaque. Montrez-moi la salle de bains. Il vous faut un bain chaud, et un séchoir pour ces deux pauvres bêtes. Si vous ne voulez pas mourir toutes les trois d'une pneumonie.

Son ton était sans acrimonie, mais autoritaire. Elle se laissa faire. De toutes les façons elle n'aurait pu s'opposer à quoi que ce soit. Faible, glacée, en état de choc. Elle ne demandait qu'une seule chose, qu'on s'occupe d'elle. Et si cet inconnu voulait le faire et bien tant mieux. Elle le guida jusque dans la salle de bains. Il la lâcha et ouvrit immédiatement les robinets en grand.

— Déshabillez-vous, vous ne devez pas rester avec ses vêtements mouillés.

Elle lui obéit, gardant son slip et son soutien-gorge. En attendant que l'eau soit suffisamment haute, elle frotta de toutes ses forces les longs poils de Yu Lin, pour la ranimer complètement. Quand on dit de quelqu'un qu'il a l'air d'un chat mouillé, il n'y a pas métaphore plus juste. La petite bête se laissait faire sans broncher. Lui s'occupait de Mab. Ses poils ras étaient plus faciles à sécher.

Elle entra dans la baignoire, le choc thermique fut aussi fort que tout à l'heure dans l'océan. Mais cette fois, c'était bon. Elle se laissa couler, pour être immergée comme dans le ventre d'une mère. Lui, pendant ce temps s'était également déshabillé et avait ceint ses reins d'une serviette. Il continuait de s'occuper des animaux. Quand ce fut fini. Il se glissa dans la douche, laissant couler sur lui l'eau bouillante. Débandant ses muscles. Il tremblait de tous ses membres. Quand elle put à nouveau parler, elle lui demanda :

— Tout va bien ?

— Oui merci.

— Je ne reviens pas de ce qui s'est passé. Je n'ai rien vu venir.

— En ce moment il y a des marées à fort quotient. Il faut faire très attention.

— Comment la chienne a-t-elle réussi à sortir de l'eau.

— Cela a été facile. La vague l'avait ramenée vers le bord. J'ai pu l'attraper avant, qu'elle ne soit à nouveau emportée.

— Mais d'où êtes-vous sorti ? La minute d'avant j'étais seule sur la plage.

— En fait je travaillais dans mon cabanon. Je suis votre voisin. Et j'ai tout vu.

— Mon voisin ? Mais je croyais que la maison d'à côté était vide.

— Vide de moi. En fait j'ai loué pour un an.

— Attention, je sors de mon bain. Je vais vous chercher un peignoir.

— Merci.

Elle enfila sa sortie de bain, et lui en tendit une. Pendant qu'il enfilait le vêtement elle le regarda enfin. Il avait un corps d'athlète. Brun, yeux verts, fossette au menton carré. Des membres déliés. Et des mains… superbes. Racées, aux longs doigts, presque fragiles. Pourtant elle en avait senti la puissance quand il l'avait attrapé par les cheveux. Il devait avoir le même âge qu'elle… peut-être un peu moins. Se sentant observé, il dit avec un sourire :

— Le spectacle vous convient ?

— Oh ! Pardon, je ne voulais pas être indiscrète. Je… je vais vous chercher des vêtements secs.

Elle se dépêcha de sortir afin de cacher son trouble. En revenant elle entendit le séchoir. Elle le trouva en train de finir de sécher les bêtes et ses cheveux en même temps. Elle lui ramenait des affaires de son frère.

— J'espère que cela vous ira. Vous pensez qu'elles auront des séquelles ?

— Après une bonne nuit au chaud, je pense que tout ira bien.

Elle s'approcha de lui et déposa un baiser sur sa joue.

— Merci. Merci de nous avoir sauvées. Nous serions mortes sans vous. Je vais vite m'habiller.

Quand il sortit de la salle de bains, elle faillit éclater de rire. Le pantalon faisait corsaire et les manches du pull lui arrivaient aux coudes.

— J'ai grandi trop vite.

— À moins que ce ne soit la lessive. Je vous offre un verre ?

— Volontiers.

Elle le précéda vers le salon. Alluma le feu dans la cheminée, et rapprocha les deux fauteuils de l'âtre. Il installa les deux bêtes dans leur corbeille, le plus près possible de la source de chaleur.

— Vous n'auriez pas une petite faim ? Cette noyade m'a ouvert l'appétit. Je vous laisse nous servir, je vais chercher à manger.

Elle revint avec un plateau chargé de victuailles. Du saucisson, du pâté, du jambon, du beurre, du pain, du fromage. Une bouteille de Bordeaux.

— J'ai pensé que ce serait meilleur que le whisky.

Il se chargea d'ouvrir le vin, pendant qu'elle préparait des sandwichs. Elle lui tendit le sien et se mit confortablement au fond de son fauteuil. Mordit dans le pain croquant.

— Jamais je n'ai trouvé un sandwich au jambon aussi bon. Mmm, un délice.

Ils mangèrent en silence. Puis :

— Je suis navré pour votre maman. Cela m'a fait beaucoup de peine.

— Vous connaissiez maman ?

— Oui. Nous sommes voisins depuis cet été, et nous nagions souvent ensemble. C'était une vraie championne.

— Mon père et mon frère ont le même talent. Je suis le seul caillou de la famille. Avant j'étais un peu jalouse de les voir évoluer dans l'eau comme des poissons. Et puis j'en ai pris mon parti. Je suis un canard et pas un cygne.

— Pourtant vous en avez la beauté et l'élégance…

— Merci… (elle rougit comme une gamine) Vous… vous me disiez que vous travailliez quand vous nous avez sauvées. Sans indiscrétion vous faisiez quoi ?

— J'apprenais une nouvelle partition.

— Vous êtes musicien ?

— Pianiste de concert, et compositeur. Mais ça, c'est beaucoup plus difficile.

« Cela explique les mains » pensa-t-elle.

— Votre maman était une grande mélomane.

— Nous le sommes tous dans la famille.

— Elle me donnait des conseils et connaissait plusieurs partitions par cœur.

— Elle a joué du piano très longtemps. Mon père, lui, c'était du violon. Mon frère et moi… rien, nada. Je suis dyslexique, donc je me mélange les doigts. Jusqu'à l'âge de dix-huit ans, j'ai fait de la danse classique et du chant. J'étais soprano léger, papa aurait voulu que je devienne cantatrice. Cela a été son grand rêve.

— Pourquoi ne l'avez-vous pas fait.

Elle ne répondit pas tout de suite.

— La vie, cher… au fait comment vous appelez-vous ?

— Pierre, Pierre de Nerval.

— Comme le poète ?

— Peut-être. Mon père continue de chercher, mais je n'y crois guère.

— Moi c'est Ludivine. Ludivine Crane. J'ai épousé un américain.

— Je sais.

— Ah bon ? Comment ? Ah je vois… Maman.

— Elle parlait souvent de vous. Elle vous aimait beaucoup.

— Vous êtes sûr que nous parlons de la même personne ?

— Oui… Elle se faisait du souci pour vous. Elle trouvait que votre mari était un crétin, cela la désolait.

— Là oui, on parle bien de la même personne. À chaque fois qu'elle venait nous voir, c'était la guerre. Elle ne comprenait pas pourquoi je restais avec Doug.

— Parce que vous l'aimez peut-être ?

— Je ne sais pas. Je ne sais plus. Ce matin je me disais que si j'étais morte, il ne s'en serait même pas rendu compte. Cette après-midi j'ai failli mourir. C'était peut-être prémonitoire.

— Ou l'on voulait vous donner une leçon, puisque vous avez été sauvée.

— Quelle leçon ?

— Que le moment est venu pour vous de vivre. De vivre votre vie. Celle de personne d'autre. Devenez l'héroïne de votre histoire. Ne jouez plus les utilités.

Elle le regarda, ses yeux magnifiques qui la fixaient intensément, la troublaient. Il y avait longtemps qu'elle n'avait pas ressenti un tel chambardement dans ses tripes. Cet étranger venait en quelques phrases de lui montrer une voie.

Sa vie n'était pas finie. Le fait de ne plus être aimée par ceux auxquels elle tenait le plus, la ravageait. Ils oubliaient son existence. Cela provoquait chez elle une profonde envie de disparaître. Mais cet homme avait raison, ce n'est pas de mort qu'il s'agissait, mais de vie. La cloche de la porte d'entrée résonna à ce moment-là.

Elle sursauta, regarda sa montre. 19 heures ! Laurent ! Elle l'avait complètement oublié. Elle se leva d'un bond et courut ouvrir.

— Bonsoir Ludivine.

Il entra sans attendre l'invitation, la prit par la taille et voulut déposer un baiser sur ses lèvres, mais elle se détourna et il n'eut que la joue.

— Vous n'êtes pas encore prête ?

— Laurent je suis navrée, mais je ne sortirai pas ce soir. J'ai eu un accident après votre appel.

— Un accident ? Quel genre d'accident ?

— J'ai failli me noyer. J'ai été emportée avec mes animaux, par une vague plus forte que les autres. Heureusement mon voisin nous a sorties de l'eau. Dans l'affolement je dois avouer que j'ai complètement oublié notre soirée. Je n'ai pas envie de sortir.

— Je comprends. Ce n'est pas grave, nous n'avons qu'à rester à la maison. Nous commanderons quelque chose à manger.

En disant ça, il la poussait doucement en direction du salon. Mais elle résistait.

— Laurent s'il vous plaît, essayez de comprendre, je voudrais rester seule. J'ai besoin de me reposer.

— D'ailleurs, je m'en allais.

C'était Pierre, sur le pas de la porte du salon. Elle sursauta, comme si elle avait été prise en défaut. Laurent le foudroya du regard. Pierre dit en souriant :

— Ne vous inquiétez pas, je ne suis que le voisin sauveteur. Allez je file. Bonsoir, Ludivine. Restez au chaud, et faites attention à vos petites bêtes.

— Bonsoir Pierre. Merci pour tout.

Elle le raccompagna à la porte qui donnait sur le parc. En le voyant partir elle sentit comme un vide. Elle resta la main appuyée sur le battant, tournant le dos à Laurent.

— Ça va ? Vous vous sentez bien ? Il faudrait peut-être mieux que je vous examine. Après tout je suis médecin.

« Toi, ne rêve pas. Tu n'es pas prêt de mettre la main sur moi ». Elle lui fit face.

— Non cela va aller. J'ai pris un bain très chaud, j'ai bu un whisky, je suis requinquée. Mais j'ai sommeil. Le contre coup je suppose. Remettons ça à un autre soir, vous voulez bien ?

Il boudait, comme un gamin à qui on venait d'enlever sa sucette.

— D'accord. Demain soir ?

Elle le poussait à son tour vers la sortie.

— Appelez-moi dans la journée. On verra ça.

Elle ouvrit la porte et le mit dehors.

« *Ouf ! Il n'y a pas plus collant qu'un mec qui se croit irrésistible, et qui a le caleçon en feu !* ».

Elle remit une bûche dans la cheminée, fit une caresse à ses petites compagnes. Se rassit. Elle avait besoin de réfléchir. Ce que lui avait dit Pierre la travaillait. Il avait raison. Elle devait reprendre sa vie en main. Mais faire quoi ? Au grand dam de ses parents, elle avait abandonné ses études quand elle avait rencontré et épousé Doug.

À l'époque, elle étudiait le droit international. En stage à New York, elle était tombée sur Doug. Ils faisaient la même chose. Mais lui était le fils du patron du cabinet. Un an après, ils étaient mariés et elle, enceinte de leur fils. Ils décidèrent qu'elle resterait à la maison. Tout avait été idyllique, jus qu'après la naissance de sa fille Judy, deux ans plus tard. Puis il y eut le déménagement à Boston. Elle laissa derrière elle tous ses amis. Et à Boston, si on n'est pas descendu du « Mayflower »… Elle se retrouva donc seule. La petite était une vraie poupée. Son père en était fou. Il ne fallait pas la gronder. Sous aucun prétexte. Elle devint une petite peste, cancre et irrespectueuse. À quinze ans, elle se comportait comme une fille de dix-huit. Mal élevée, et n'acceptant aucune remontrance.

Cela avait brisé l'harmonie de la maison. Chacun s'était détourné des autres. Son mari s'était mis à la tromper ouvertement. Chose qu'auparavant il faisait discrètement, pour la ménager. Ou peut-être parce qu'il l'aimait ? Elle savait que chez les hommes, la fidélité était une notion rarement paramétrée dans leur cerveau. La grande majorité d'entre eux, étaient absents le jour de la distribution du concept. Elle en avait pris son parti, tant qu'il n'avait pas eu de liaison durable. Mais depuis quelque temps une femme était entrée dans la vie de son mari, et y tenait une place importante.

Son univers s'effritait comme château de sable. Kyle, conscient du désastre, s'était réfugié dans les études. Il bûchait comme un fou. Voulant entrer à Harvard pour faire sa médecine. Quant à Judy… c'était une étrangère. Elle avait pourtant essayé de tisser des liens aussi forts que ceux qu'elle avait avec son fils. Mais le laxisme de Doug les avait mises en compétition. La petite jouait avec les sentiments paternels, et à chaque fois qu'elle gagnait, elle regardait sa mère en souriant. Par moments Ludivine en était venue à haïr sa fille. Lasse de tout ce gâchis, elle se leva, prit ses animaux et alla se coucher.

Elle n'avait pas vu la silhouette noire cachée derrière un rhododendron, et qui n'avait cessé de l'observer.

Au milieu de la nuit, elle se retrouva assise dans son lit : elle savait ce que la clé ouvrait.

Chapitre II

Elle réfléchissait, plantée au milieu du hall d'entrée. Depuis son éclair de lucidité, elle avait parcouru toute la maison. Toutes les pièces. De la cave au grenier. Cherchant la boîte en bois de sa mère. La vision de cette boîte l'avait réveillée. Cela faisait des années qu'elle n'y avait plus pensé. Sa mère l'avait fait faire en même temps que le secrétaire. Des mêmes bois précieux, marquetée des mêmes motifs, avec par-ci, par-là, des éclats de nacres, qui brillaient dans la pénombre comme des diamants. Elle était toujours posée sur le meuble… L'enfant Ludivine l'admirait autant que le petit meuble. Et elle était toujours fermée à clef…

Depuis combien de temps cette boîte était-elle sortie de son champ de vision ? Elle remonta le plus loin possible dans ses souvenirs. Ici, à « La Bayadère », nom que son père avait donné à leur maison, elle ne l'avait jamais vue. Chose bizarre, elle ne s'en était jamais étonnée. Pourtant elle adorait ce coffret. Pourquoi était-il sorti de sa mémoire ? Sa mère avait dû la laisser en Cochinchine, non c'était impossible, elle semblait trop y tenir. À moins qu'il ait été perdu dans le déménagement.

En tous les cas, une chose était sûre, le coffret n'était pas là. Cela faisait trois heures qu'elle secouait la maison. Rien n'était tombé. Il était sept heures et demie, elle était épuisée. Prenant son courage à deux mains… elle retourna se coucher. Les deux nanas dormaient sur le lit. L'agitation de leur maîtresse, ne les avait perturbées en aucune façon. À croire qu'elles étaient mortes. Ludivine paniquée, vérifia qu'il n'en était rien, et s'allongea.

— Madame, madame… on vous demande au téléphone.

Elle se sentait trop bien. Aucune envie de se réveiller. Elle marmonna :

— Qui ?

Un fol espoir lui avait redonné conscience.

— Votre amie Martine. Je vous la passe sur votre poste ?

— Quelle heure est-il ?

— Presque midi. Elle a déjà appelé ce matin, mais Marie n'a pas voulu que l'on vous réveille.

— Déjà ! Allez-y Sarah, passez-la moi.

Quelques minutes plus tard, l'appareil posé sur sa table de nuit sonnait.

— Oui, ma Martine. Que se passe-t-il ?

Elle bailla à s'en décrocher la mâchoire. Se leva, en tâtonnant avec les pieds pour trouver ses mules.

— Tu me demandes ce qui se passe ? ! Alors que Laurent m'a raconté pour ton accident. Tu ne m'as même pas appelée, pour me prévenir.

— Ne m'en veux pas ma chérie. Je me suis couchée après son départ, et tu viens de me réveiller. Je t'aurais téléphoné plus tard.

— Il paraît que c'est un drôle de mec qui t'a sortie de l'eau ?

Ludivine sourit. Voilà bien un jugement à l'emporte pièce, digne d'un homme éconduit. Martine continuait.

— Il paraît qu'il était pieds nus, avec un short et un pull qui montrait son nombril.

Observateur le coq… Il n'avait vu Pierre que quelques secondes, et il l'avait habillé pour l'hiver…

— C'est parce que je lui avais prêté des affaires de Patrick. Elles étaient trop petites pour lui.

— Mais raconte enfin… non ne dis rien, je viens déjeuner avec toi. J'arrive. Tu me diras tout de vive voix.

Elle raccrocha. « *Tous les mêmes. Pas un qui demande si on est d'accord, si on a envie, si on n'a pas autre chose à faire* ». Son corps lui donnait l'impression d'avoir été roué de coups. Elle prit une longue douche, s'habilla, se maquilla. Elle descendait l'escalier quand son amie arriva. Cette dernière la serra très fort dans ses bras.

— Tu m'as fichu une trouille…

— Laurent t'a quand même dit que j'étais vivante j'espère ?

— Oui. Oui. Mais c'est à rebours. Tu comprends ?

Au cours du repas, Martine voulut tout savoir. Des circonstances de l'accident… de Pierre… de Laurent. Elles retrouvaient leurs habitudes et parlaient sans détours. Ludivine finit par expliquer sa situation familiale, et dit que grâce à Pierre elle avait pris une importante décision : Plus question de rentrer aux USA. Elle allait demander le divorce. S'installer à « La Bayadère », quitte à racheter la part de son frère. Refaire sa vie. Kyle pourrait venir la voir quand il le désirait. Judy ? Elle ferait ce qu'elle voudrait. Que son père se débrouille avec elle, ainsi que la future belle-mère.

Martine était estomaquée. Elle avait bien senti que son amie n'allait pas bien. Mais à ce point-là… Elle lui demanda :

— Que vas-tu faire ? Tu comptes te remettre au travail ?

— Peut-être. Je n'en suis pas encore là. Je dois d'abord passer l'épreuve du divorce. Quand ce sera réglé, je verrai. Tu me connais, j'ai besoin que les choses mûrissent. La seule fois où je me suis précipitée, c'est avec Doug… Tu vois où cela m'a menée.

— Je lance cette idée en l'air… tu y penseras ? Nous pourrions travailler ensemble.

C'est fou comme parfois, alors que tout va mal, alors que vous êtes sur le point de mourir. Les portes s'ouvrent et le soleil entre dans votre vie. Elle embrassa Martine.

— Merci de me le proposer. Je vais y réfléchir.

— Prends ton temps. Mais si tu dis oui ce serait superbe. Tu te souviens quand nous étions en fac ? C'était notre rêve. Travailler ensemble. Devenir des femmes d'affaires implacables.

— Oui, je me souviens. Et j'ai tout gâché. Tu as dû m'en vouloir, non ?

— Au début. Puis j'ai compris quand j'ai rencontré Sylvain. Rien ne peut stopper l'amour. Mais cela serait amusant que notre rêve se réalise, tu ne trouves pas ? Le plus drôle ce serait que tu épouses Laurent…

— Houla, houla. Stop ! Je ne suis pas encore divorcée, que tu veux déjà me remarier. Ça, ce sera pour plus tard, beaucoup plus tard. Peut-être même jamais. En plus je ne crois pas que Laurent soit le candidat idéal.

Martine parut vexée.

— Ah bon ? Pourquoi ?

— Tu veux des raisons ? Coureur de jupons. Imbu de sa personne. Certainement très égoïste… j'en passe et des meilleurs, c'est sûr. Je ne vais pas me refaire un Doug. J'ai déjà donné.

Son amie hésita quelques secondes.

— Oui c'est vrai. Tu as raison. Il est comme ça. Mais avec Sylvain on est persuadé que s'il rencontre la femme qu'il lui faut, il deviendra doux comme un agneau. Il parle sans arrêt de toi. Tu lui as tapé dans l'œil tu sais. Hier soir il est arrivé à la maison tout triste.

— Pourquoi ? Parce que j'avais failli mourir, ou parce qu'il n'avait pas eu son jouet ?

— Tu es dure.

— Non, réaliste.

Martine partit en milieu d'après midi. Laurent avait téléphoné, et sans la questionner sur sa santé, lui demanda s'ils se voyaient ce soir-là. Le non fut catégorique, et sans appel. Elle prit les affaires de Pierre, lavées et repassées. Cela lui donnait un prétexte pour aller le voir. Elle voulait le remercier encore et lui parler des décisions qu'elle avait prises.

Sans même s'en rendre compte. Devant Martine c'était comme si elle avait pensé tout haut. Et au fur et à mesure qu'elle émettait des phrases, elle réalisait que c'était elle qui parlait, et que cela venait du fond de son cœur. Depuis elle se sentait bien. Plus de peine, de frustrations, de découragement. Elle regardait devant elle. Par contre, elle ne comprenait pas cette envie impérieuse d'en faire part à Pierre.

Elle n'osa pas passer par la plage. Pas encore, c'était trop tôt. Elle sonna donc au grand portail qui donnait sur l'avenue. Sans réponse. Elle réitéra. Sans plus de résultat. Déçue, elle rentrait chez elle, quand une voix derrière elle lui dit :

— Pas très patiente la visiteuse.

Il était encore plus beau que dans son souvenir. La veille, elle n'avait pas remarqué les tempes grisonnantes. Très légèrement. Mais craquant. Il portait un pull style irlandais, avec un pantalon de velours bronze. Une pipe et elle aurait eu devant elle le gentleman-farmer, dont elle avait toujours rêvé.

— Je… je venais vous rapporter vos vêtements. Et vous remercier encore. Mais j'ai cru que vous étiez sorti.

— Je travaillais dans la salle de musique, et je n'ai pas entendu la sonnerie tout de suite. Entrez je vous en prie.

Elle passa devant lui. Une douce odeur de tabac, légèrement sucrée émanait de son pull. Pour un peu, elle en aurait lâché les vêtements. Il la guida jusqu'à l'intérieur de la maison, lui tenant le coude. Elle sentit à nouveau la force de ses mains.

— Donnez, débarrassez-vous de tout ça.

Il la fit entrer dans un grand salon, ouvert sur l'océan, par de larges baies vitrées. Tout à coup elle fut gênée. Ne savait plus quoi dire. Il lui montra un fauteuil et s'assit en face d'elle. Une fois de plus elle reçut son regard vert mousse et eut l'impression d'être plongée dans une forêt.

— Comment vous sentez-vous ? Vous avez passé une bonne nuit ? Et les filles comment vont-elles ?

— Bien. Oui. Elles sont en pleine forme.

Il éclata de rire. Il en eut le visage illuminé. Elle sentit de nouveau les chatouillis au fond de son ventre.

— Excusez-moi, je suis impoli. Je vous bombarde de questions.

— Cela compense, pour ceux qui n'en posent pas. Ce n'est rien.

— Pourquoi n'êtes-vous pas passée par la plage ?

Il s'était mis dans le fond de son fauteuil, comme un psy interrogeant sa patiente. Elle répondit naturellement.

— Je n'ai pas osé. Je n'étais déjà pas fana de l'eau, mais là, il va me falloir un peu de temps pour lui faire à nouveau confiance. C'est comme avec les humains. La première fois que l'on est trahi, on pardonne, mais on met du temps à retrouver une totale assurance. Si on la retrouve.

— Je vois que j'ai à faire à quelqu'un d'expérience.

— Malheureusement pour moi, oui… d'ailleurs à ce sujet, ce que vous m'avez dit hier, sur le fait de reprendre ma vie en main etc. m'a beaucoup touchée. J'ai décidé de divorcer et de ne pas rentrer aux US.

Il la regarda, surpris.

— Ouh ! Je ne vous ai pas dit de jeter le bébé avec l'eau du bain. Et vos enfants ?

— Ma fille n'a pas besoin de moi. Elle n'en n'a jamais eu besoin. Mon fils viendra à chaque fois qu'il en aura envie.

— Vous vivrez où ?

— Ici. Je reste dans notre maison de famille. J'y ai été très heureuse, et j'espère qu'elle me portera bonheur à nouveau.

— Vous vivrez de quoi ?

— Mon mari devra me verser une pension, puisque c'est lui qui m'a trompée et abandonnée en allant vivre avec quelqu'un d'autre. Et puis j'ai une amie qui m'a proposé de travailler avec elle, dans son agence immobilière. Cela me plairait, mais je n'ai pas encore dit oui.

Il fit une moue admirative, en secouant la tête.

— Votre maman m'avait dit que vous étiez une femme de tête, mais je ne pensais pas à ce point-là. Quand vous avez des décisions à prendre, vous ne perdez pas de temps.

— Comme vous me l'avez dit hier, ma vie était arrivée à un point de non-retour. Soit je me laissais mourir, au propre, comme au figuré. Soit je sortais la tête de l'eau et je prenais une nouvelle aspiration.

— Bien, bien, bien. Je suis content pour vous… Vous m'excusez un instant, je vais chercher quelque chose.

Il disparut dans les aîtres de la grande maison. Quand il revint, il tenait dans les mains… le coffret qu'elle avait cherché toute la nuit.

La jeune femme s'était levée d'un bond. Elle n'en revenait pas. Elle se précipita vers Pierre, les mains tendues.

— Mais où avez-vous eu cette boîte ?

— Je vous ai dit que votre mère et moi étions très amis.

— Oui.

— Elle m'a confié cette boîte la veille de son anniversaire. Votre frère devait venir avec sa femme et ses enfants. Elle voulait que personne à part vous ne la voie. Elle m'a dit que le jour où elle disparaîtrait, elle désirait que je la donne à vous et à vous seule.

Ludivine caressait le coffret, elle retrouvait les sensations de son enfance. Retrouva la douceur des arêtes arrondies. Suivit la forme de la serrure en or. La boîte était lourde, que pouvait-elle contenir ? Comment avait-elle pu oublier cette merveille ? Les larmes coulaient le long de ses joues.

— Mon Dieu, elle sentait qu'elle allait partir. Elle a toujours eu des prémonitions.

— Elle m'a également dit, que vous sauriez où trouver la clé.

— Elle avait raison… Je l'ai trouvée… Je ne sais comment vous remercier.

— Cela me fait plaisir. Votre maman était une grande dame, pour laquelle j'avais une profonde admiration et beaucoup d'affection. Je ne l'ai pas connue longtemps, mais le peu que nous avons eu, m'a ouvert des horizons. Grâce à elle, je me suis remis à composer. Et je suis très heureux de lui rendre ce service. Ainsi qu'à vous.

Il semblait très ému.

— Je peux vous poser une question ?

— Oui bien sûr.

— Pourquoi ne vous ai-je pas vu à son enterrement ? Si il n'y avait pas eu l'accident d'hier soir, quand aviez-vous l'intention de me la donner ?

— Cela fait deux questions, rit-il. J'étais à l'enterrement, mais je ne me suis pas montré. C'était entre elle et moi. Et je vous l'aurai donnée le jour de votre départ. Comme vous ne partez plus… autant vous la donner tout de suite.

— Elle vous a dit quelque chose d'autre ?

— De vous dire qu'elle vous aime.

— Merci… Je ne vais pas vous déranger plus longtemps.

Elle était impatiente de rentrer et de mettre son nez dans la boîte.

— Accepteriez-vous de venir dîner un soir avec moi ? Cela me ferait très plaisir, et je veux vous remercier de votre gentillesse.

— Avec plaisir.

— On dit demain soir ?

— Parfait.

Elle le quitta très vite. Malgré de poids de l'objet, elle courut jusque dans la chambre de sa mère. Ouvrit le tiroir, prit la clé, la glissa dans la serrure. Au moment de la tourner, elle eut une hésitation. Avait-elle le droit d'entrer ainsi dans l'intimité d'une femme ? Qui avait été sa maman certes, mais qui avait été une femme avant tout. Elle alla s'asseoir sur le lit. Posa le coffret devant elle, tourna la clé doucement, ouvrit le couvercle. Il y avait des carnets, en cuir bordeaux, repoussé à l'or fin, pages dorées sur tranche. Sur chaque couverture, comme titre, il y avait des années.

Le premier était daté de 1939, un an avant sa naissance. Elle l'ouvrit. C'était un journal intime. Elle le referma.

Elle avait honte d'aller plus loin. Puis elle se dit que si sa mère les avait confiés à Pierre pour qu'il les lui donne, c'était qu'elle voulait que sa fille les lise. Elle l'ouvrit à nouveau, mais à la dernière page cette fois. Blanche. Elle repartit en arrière. Comprenant que ce carnet était le dernier. Pourquoi sa mère n'avait-elle plus écrit depuis ? À peu près à la moitié du carnet. Elle rencontra l'écriture de sa mère. Celle des derniers temps. Un peu moins assurée qu'avant, mais toujours aussi élégante. Avec les pleins et les déliés. Il était écrit :

« *Le 30 octobre 1980*

Cela fait quarante ans que je n'ai pas ouvert ce carnet. Après-demain je vais avoir 69 ans. Je ne voulais pas arriver si loin. Je sens. Je sais, que c'est mon dernier anniversaire. Je n'aurai pas revu ma Ludivine. Je confie ce coffret à Pierre pour qu'il le lui remette.

Ma chérie si tu lis ces lignes, c'est que je suis morte. Je t'en prie ne pleure pas sur moi. J'ai eu une vie magnifique et il est temps de retrouver celui que j'aime. Je t'autorise à lire mes cahiers, puissent-ils t'apporter la force de vivre ta vie. Si non, brûle-les. Ils ne doivent appartenir à personne d'autre que toi. Je t'aime ma petite chérie, plus que tout au monde, même si je n'ai pas toujours su te le montrer. »

En lisant ces mots, elle eut le souffle court. Le cœur serré. Les mains tremblantes. Elle claqua le livre. Cela lui faisait trop mal. Jamais elle n'aurait la force de continuer. Elle s'allongea en sanglotant. Tout cela était trop dur, vain, usant. Au bout de sa tristesse, elle trouva le sommeil.

Quand elle se réveilla, il faisait nuit noire. Ses deux compagnes l'avaient rejointe et dormaient collées contre elle. Comme des doudous. Elle les caressa doucement, reprenant pied dans la réalité. Elle se leva et descendit sans allumer la lumière. Pas besoin. Elle connaissait sa maison et la lune éclairait suffisamment, grâce à la verrière. Dans la cuisine, elle trouva un mot de Marie, lui disant qu'elle n'avait qu'à réchauffer son repas. Son plateau prêt, elle hésita. Télé, ou carnets ? Carnets ou télé ? Elle opta pour le plus facile. Regarder un écran, sans réfléchir. Sans ressentir.

Elle se coucha très tard. Quand ses yeux ne tinrent plus ouverts. Elle ne voulait pas être tentée de retourner vers le coffret. Le sommeil, c'était la seule chose qu'elle réclamait.

En montant se coucher, elle ne vit pas la silhouette qui la guettait depuis le parc.

Chapitre III

Cette nuit-là, elle eut une drôle de vision onirique. Depuis son enfance, elle portait une gourmette en or, très fine, que sa tante et marraine lui avaient offert pour son baptême. Avec son prénom gravé dessus : « Ludivine » et sa date de naissance derrière : 4.7.40. Au fil des années ses parents, puis elle, avaient rajouté des anneaux, afin qu'elle puisse continuer à la porter.

Dans son rêve, le bracelet s'était défait et elle n'arrivait pas à le rattacher. Quand elle le prit dans la main, énervée, elle s'aperçut que son prénom et sa date de naissance étaient effacés.

Comme la veille, elle se retrouva assise dans son lit. Elle vérifia immédiatement si son bracelet était là. Disparut. Il avait dû se perdre dans l'océan au moment de sa noyade. Elle essaya de se rendormir, mais rien à faire. Elle avait trop de peine. Elle tenait beaucoup à ce bracelet.

— Bon ! OK ! J'ai compris. Je vais lire ces cahiers.

Elle s'installa confortablement dans le lit de sa mère. Elle estimait que c'était dans son domaine, qu'elle devait lire son journal. Le faire ailleurs, eût été sacrilège à ses yeux. Les deux glus (Yu Lin et Mab), qui l'avaient suivie firent de même.

Elle sortit les carnets les uns, après les autres. Ils remontaient aux dix-huit ans de sa maman.

« Le 1er novembre 1929

« Aujourd'hui. Enfin... hier, il est cinq heures du matin. Je viens de fêter mes dix-huit ans. Mes parents ont organisé un bal. La maison était pleine. Je me suis amusée

comme une petite folle. Mon oncle et ma tante m'ont offert un coffret magnifique, en bois de rose, marqueté de bois de citronnier et de nacre. Avec une serrure et une clé en or. À l'intérieur un encrier en cristal et argent, et des carnets, plein de carnets. Mon oncle m'a dit qu'ainsi je pourrais écrire ma vie, et que quand je serai vieille, j'aurais du plaisir à la relire ou la faire lire à mes enfants. J'ai trouvé son idée très intéressante, aussi je commence tout de suite. Je n'ai pas sommeil. Je voudrais que cette journée ne finisse jamais ».

Ludivine interrompit sa lecture. Alors le coffret datait d'avant le secrétaire ? Elle avait toujours cru le contraire. L'histoire de la poule et de l'œuf. Elle reprit sa lecture.

« Albert m'a demandé la première danse, il voulait que son nom soit mis sur toutes les autres dans mon carnet de bal, mais j'ai refusé, cela eût été trop incorrect vis-à-vis des autres invités. Enfin, une fois mon devoir de maîtresse de maison accompli, j'ai pu retourner valser dans ses bras. Ma robe blanche en mousseline de soie tournoyait et me donnait le vertige. Il est tellement beau... je crois que je suis amoureuse... »

Sa mère continuait à raconter sa vie de jeune fille, au jour le jour. En Suisse, à Vevey. Ses parents, vieille famille de vignerons, son frère Roger, les faux jumeaux Malou et Pierrot. Elle menait une vie heureuse, poursuivant des études de commerce. Pour travailler avec son père. Ludivine sauta quelques passages, jusqu'en 1933. Son regard fut retenu.

« Le 20 octobre 1933

C'est épouvantable. Il vient de se passer quelque chose d'épouvantable. Papa et maman viennent de m'annoncer qu'ils allaient divorcer. Un divorce ! Nous allons être la risée de tout Vevey ! Je n'oserai plus sortir. Par-dessus tout ça, papa m'a dit que nous allions quitter la Suisse pour la Cochinchine. Il va y créer un bureau d'import-export, pour faire fructifier les affaires de la famille. Il veut que Roger et moi partions avec lui. Les jumeaux resteront avec oncle Charles et tante Blanche jusqu'à la fin de leurs études. Notre famille va être démantelée.

JE NE VEUX PAS PARTIR ! JE NE VEUX PAS LAISSER MES AMIS. MA VIE !!!

Je suis désespérée.

« Le 30 novembre 1933

Cela fait longtemps que je n'ai pas écrit. Je n'en n'avais pas le courage. Ce que j'ai à raconter est tellement triste, que je préfère ne pas le noter, peut-être que cela me permettra d'oublier. Nous quittons la Suisse aujourd'hui. En train jusqu'à Marseille, puis le bateau jusqu'en Cochinchine, puis de nouveau le train jusqu'à Hanoï où nous allons vivre. J'ai supplié papa de me laisser ici, il a été intraitable. À vingt ans, parce que j'ai eu vingt ans. On ne les a même pas fêtés. Il paraît que c'est le plus bel âge, et bien pas pour moi. Cela sera l'année la plus triste de ma vie.

À vingt ans, donc, une jeune femme de bonne famille ne reste pas sans chaperon. Maman nous a quittés, elle est partie vivre à Lausanne avec un homme plus jeune qu'elle. Cela fait scandale. C'est pour ça que papa veut partir. Je ne pardonnerai jamais à ma mère. »

Suivaient quelques descriptions du voyage en bateau. Mais elle sentait que l'enthousiasme et l'insouciance de sa mère s'étaient envolés. Elle écrivait rarement, et brièvement. L'arrivée à Hanoï. La nouvelle maison. Le travail avec son père et son frère. L'humidité, la chaleur, les moustiques. Elle voyait tout en noir. Et répétait à longueur de pages.

« *Où sont mes montagnes ? Où est mon lac ? Je veux rentrer chez moi ! »*. Elle resta plusieurs mois sans écrire. Puis de nouveau quelques phrases. « *J'ai fait la connaissance de untel, ou de unetelle »*. Sans commentaires. Puis de nouveau. Une écriture saccadée.

« Le 15 septembre 1934

Pierrot ! Pierrot est mort ! Nous avons reçu un télégramme. Mon petit frère ! Mon petit frère chéri est mort ! Je ne le reverrai jamais. Comment allons-nous continuer sans lui ?

Le 16 septembre 1934

Papa est effondré. Nous n'arrivons pas à le consoler. Comment y arriver alors que nous sommes tous touchés au cœur ? Profondément.

Le 10 octobre 1934

Nous avons enfin reçu une lettre de l'oncle Charles, dans laquelle il nous raconte ce qui s'est réellement passé pour Pierrot. Il a voulu participer à une régate sur le lac, mais le vent est tombé, ils ont dû rentrer à la rame en tirant le voilier. Il faisait très chaud, il a beaucoup transpiré. En arrivant au port ils ont eu de la pluie, il a pris froid, cela s'est transformé en pneumonie. Il a été emporté en une semaine. Les médecins n'ont rien pu faire.

Lui si beau, si intelligent, si gentil. Mais il était tellement imprudent. Si j'avais été là, je lui aurais dit de se couvrir. J'étais toujours obligée de le surveiller pour ça. Papa n'aurait jamais dû me forcer à le suivre, mon frère ne serait pas mort !

Malou arrive par le prochain bateau, elle doit être désespérée. Ces deux-là étaient inséparables.

« Le 20 octobre 1934

Malou est enfin là. Elle a tellement maigri qu'elle en est méconnaissable. Elle est l'ombre d'elle-même. Son chagrin est insurmontable. Nous ne savons quoi faire pour l'aider ».

Ludivine était triste. Sa maman et sa tante lui avaient souvent parlé de Pierrot. Elle avait toujours regretté de ne pas l'avoir connu.

De nouveau plusieurs mois sans rien. Une fois de plus elle n'avait pas dû vouloir garder de mauvais souvenirs. Cela sautait au :

« *Le 1er janvier 1935*

Il est deux heures du matin. Nous avons passé le réveillon chez des amis, mais le cœur n'y était pas. Pierrot me manque trop. Malou a dansé toute la nuit, comme pour s'enivrer. Heureusement papa était chez d'autres amis et n'a pas vu son comportement. Mais que faire ? Que lui dire ?

Elle a tellement changé. Elle si sérieuse et si bonne élève, ne s'intéresse plus à rien. N'écoute plus rien, ni personne. Papa ne réagit pas. La mort de Pierrot l'a anéanti. Lui aussi ne semble plus être là.

J'espère que cette année sera meilleure...

Le 15 mars 1935

Il m'est arrivé quelque chose d'incroyable aujourd'hui à la piscine. Il y avait une bande de jeunes qui s'amusaient à se courir après. Quand l'un d'eux a sauté par-dessus moi, alors que je sortais de l'eau et que je me recoiffais. Je l'ai traité de sauvage. Il a stoppé net, m'a attrapée avec ma serviette et toutes mes affaires, et nous a jetées à l'eau. Il s'est excusé après, et a plongé pour aller chercher mon peigne. J'étais folle de rage. Je suis partie sans lui pardonner. Bien qu'il ait été confus. Si jamais j'ai l'occasion de le rencontrer à nouveau, je lui dirai clairement ce que je pense de son attitude si grossière !!! »

Ludivine sourit. Elle connaissait cette histoire. Ses parents la racontaient souvent. Car le « *sauvage* » allait devenir son père. Ils s'étaient retrouvés dans une réception donnée par des amis communs, au cours de laquelle, il avait présenté ses plus plates excuses, et avait fini par demander la main de sa maman quelques mois plus tard. Georges de Linière, fils cadet d'une famille de vignerons bordelais, était venu tenter l'aventure en Cochinchine. Son frère aîné avait repris le flambeau de l'exploitation à la mort de leur père, et Georges voulant être son propre patron, avait créé une plantation d'hévéas. Son affaire marchait très bien et il fut très fier d'y installer sa jeune épouse. Le mariage avait eu lieu le 9 juin 1935. La jeune femme rompue au négoce de l'import-export, travailla avec son mari.

Elle passa les pages intimes, ne voulant pas savoir comment se déroulaient les relations sexuelles entre ses parents.

« Le 20 juillet 1936

Je suis enceinte de deux mois et demi ! J'arrive de chez le médecin qui a confirmé mes soupçons. Georges est fou de joie. Moi aussi. J'espère que ce sera un garçon. Je vais devoir ralentir le travail. Cela m'ennuie... enfin je verrai bien. Peut-être que je tiendrai.

Suzanne Vauban est venue encore une fois. Je me demande vraiment si c'est pour moi qu'elle vient, ou pour Georges. Elle m'énerve à lui tourner autour comme une mouche ! Et lui qui fait le beau... Je suis stupide, je sais qu'il m'aime. L'autre n'est qu'une idiote !!!

Le *22 juillet 1936*

J'EN AI ASSEZ DE VOMIR !!! Le plus drôle c'est que Li Wong est également enceinte. Ce matin nous avons été prises d'un fou rire irrépressible. Nous arrivons à vomir en même temps. Synchronisation parfaite des nausées ! Comme elle a déjà perdu un enfant, il est hors de question qu'elle continue à travailler. Au moins les quatre prochains mois. Elle ne veut pas m'obéir, j'en parlerai à Georges pour qu'il convainque son mari Luan de la faire stopper. Même s'ils sont à notre service, je les considère tous les deux comme des amis, et je ne veux pas qu'ils soient malheureux. Si elle n'accepte pas, je prendrai une petite du village pour l'aider, de toutes les façons.

Le 30 juillet 1936

Jacqueline m'a dit de me méfier de Suzanne. Il paraît que c'est une briseuse de ménage. Elle n'en n'est pas à son premier. Je crois que je vais mettre le « hola » à ses visites. Surtout que je reste persuadée qu'elle a été la maîtresse de Georges avant notre mariage.

Le 1er août 1936

Il y a eu un petit scandale à la réception du cercle suisse aujourd'hui. Nous célébrions notre fête nationale, quand, qui voyons-nous arriver ? Suzanne ! Elle accompagnait les Regamay, je ne sais pas comment elle a réussi à se faire inviter, mais je suis allée discrètement vers elle, et je lui ai demandé de bien vouloir laisser mon mari tranquille. Elle a fait celle qui ne comprenait pas... je lui ai dit de partir, sinon, c'était moi qui la mettais dehors et sans ménagement. Je crois que je viens de me faire une ennemie. Tant pis ! Je ne veux pas perdre mon bonheur.

J'ai senti mon bébé bouger. Georges est sûr que ce sera un joueur de football. Quelle merveille de savoir ce petit être en moi, je suis si heureuse.

Le 11 septembre 1936

Hier nous avons fait une grande fête pour les 30 ans de Georges. Tous nos amis étaient là. Malou nous a présenté un charmant jeune homme, je crois qu'elle est très amoureuse. Cela faisait du bien de la voir enfin heureuse. Hubert est architecte et je crois qu'il fera un mari parfait pour elle. Bien entendu Suzanne s'est pointée. Mais Vincent est intervenu, lui demandant gentiment de quitter les lieux. Cher Vincent, toujours là quand j'en ai besoin. Georges ne s'est rendu compte de rien bien sûr.

Le 15 septembre 1936

Nous sommes en pleine mousson. Il tombe des cordes. Je ne supporte plus ce climat. Je veux voir mes montagnes et mon lac. Mon dos me fait mal, j'ai l'impression d'attendre des jumeaux. Je suis fatiguée, Georges ne se rend pas compte à quel point il est difficile d'être enceinte dans cette chaleur moite. Enfin... il n'y en a plus pour longtemps. Li Wong et moi nous traînons nos gros ventres. Attention quand on se retrouve en même temps devant une porte !

Il y a des inondations et nous avons recueilli des réfugiés. Cela me fait tellement de peine de voir ses pauvres gens chassés de chez eux par les intempéries. Avec les autres planteurs, nous nous les sommes partagés. Sauf les Burough bien entendu. Ils sont infects. Leurs coolies sont tellement mal traités. Georges lui a donné un coup de poing l'autre jour, parce qu'il fouettait l'un d'eux.

Le 25 décembre 1936

Nous avons passé un délicieux Noël. Le réveillon en famille comme d'habitude. Papa était là. Je trouve qu'il a vieilli. Roger est toujours aussi insaisissable. Quant à Malou... elle s'est fiancée.

L'année prochaine, notre petit, ou petite, ou les deux seront là. J'ai vraiment l'impression d'attendre des jumeaux.

Aujourd'hui nous étions chez les Tissot. Avec les autres planteurs. Nous avons chanté et dansé. Les enfants étaient heureux. Il y en avait partout.

Le 1er janvier 1937

Et voilà. Une nouvelle année qui commence. En vue, une naissance et un mariage. Joie et bonheur en perspective.

Le 25 janvier 1937

En ce moment Georges et tout le temps de mauvaise humeur. Il râle pour un rien. Il s'absente beaucoup aussi. Nous ne faisons plus beaucoup l'amour, c'est peut-être pour ça. Il ne comprend pas que je suis fatiguée. Certes je travaille moins, mais quand même. Il est devenu capricieux, impatient, coléreux. Je ne l'ai jamais vu comme ça. Je lui ai demandé plusieurs fois ce qu'il avait, mais il répond toujours qu'il n'a rien. Je suis un peu perdue. J'en ai parlé avec Jacqueline. Elle me dit de ne pas me faire de souci. Son Marcel était pareil avant la naissance de leur premier enfant. Il paraît qu'ils ont peur... Je ne sais pas de quoi ? À moins qu'il ne voit quelqu'un ? Suzanne par exemple ? Il faudrait que je le suive pour en avoir la certitude, mais je trouve cela sordide. Tant qu'il agit discrètement... Je me demande si je veux savoir... Je suis lâche... non je suis fatiguée.

Le 31 janvier 1937

J'ai pleuré toute la journée. Georges a été odieux. Il est de plus en plus infernal. Les premiers temps je m'opposais à lui, mais c'est peine perdue. Cette fois je suis sûre qu'il a quelqu'un. Il ne me demande plus de faire l'amour. Il doit se satisfaire ailleurs. Cela me fait mal. Il doit culpabiliser et il devient méchant. Je lui ai posé plusieurs fois la question, il nie en bloc. Je crois que je vais aller finir ma grossesse à Hanoï chez papa. Ainsi, je serai sur place pour l'accouchement ! Vincent vient me chercher.

Même jour à minuit

Enfin un peu de calme. Georges s'est mis dans une colère noire quand il a su que je partais. Ce fut vraiment pénible. Mais Vincent a tenu bon et moi aussi. Je suis chez papa, qui n'a pas très bien compris les raisons de mon arrivée intempestive. Heureusement, je ne veux pas qu'il se fasse de souci pour moi. J'ai besoin de paix !

Le 10 février 1937

Patrick, notre petit garçon est né le 6 février à sept heures du matin. Il est magnifique. Nous sommes fous de joie. Georges a été merveilleux. Il ne m'a pas laissé un seul instant. Je ne sais pas comment j'aurai fait sans lui. Il a été le premier à prendre notre fils dans ses bras. Il s'est empressé de compter ses doigts. De tout vérifier. L'accouchement a été horrible. Mon intuition était bonne, nous attendions des jumeaux. Mais notre petite fille est morte tout de suite après sa naissance. Petit amour, elle s'est épuisée, les contractions ont duré trop longtemps, j'étais à bout de forces. Je ne suis pas prête de refaire des enfants. C'est trop dur. Maintenant je sais ce que veux dire « tu enfanteras dans la douleur ». Je sors de l'hôpital à la fin de la semaine. Li Wong a mis au monde une adorable petite fille : Liu han. Nous sommes dans la même chambre et comme nous avions nos nausées, nous avons nos montées de lait en même temps. Notre petite disparue a été prénommée Véronique. Elle sera inhumée sur notre plantation, et sera ainsi, tout prêt de nous. »

Le 20 février 1937

Nous sommes rentrés depuis deux jours. Notre petit va bien. Il est superbe. J'ai toujours envie de l'embrasser. Papa est fou de joie d'être grand-père. Quant à Georges il se pavane avec son fils dans les bras. En disant à tout le monde : « Regardez comme il est beau. Tout le portrait de son père ». Si je le laissais faire il l'emmènerait partout avec lui. Même à cheval quand il fait le tour de la plantation. Il me fait rire. Je le retrouve comme au début. Je suis aux anges. Merci mon Dieu de toutes vos bontés.

Le 2 mars 1937

Aujourd'hui, nous avons frôlé le drame. Pendant que Li Wong et moi travaillions, moi dans le bureau, elle dans la maison, nous avions mis les berceaux de nos petits à l'ombre et au frais sous le frangipanier, gardés par Billy, notre chienne boxer. J'étais plongée dans mon travail, jetant de temps en temps un œil sur les berceaux. Quand Billy s'est mise à aboyer de façon rageuse. Ce n'est pas son genre d'aboyer pour rien, aussi ai-je été immédiatement alarmée. En levant les yeux mon sang s'est glacé. Un énorme python, suspendu à une branche basse, descendait nonchalamment vers les enfants. L'odeur du lait avait dû l'attirer. J'ai poussé un hurlement.

Encore maintenant, je ne sais pas où j'ai trouvé l'idée, le courage, la stupidité, de prendre le fusil de Georges sur son râtelier, de viser, de tirer. Le bruit m'a réveillée, j'étais figée sur le pas de la porte du bureau, le fusil fumant, hébétée.

Georges lui aussi alerté par les aboiements, puis affolé par le coup de fusil, est arrivé au galop. Il a eu juste le temps de m'attraper avant que je ne m'écroule, évanouie. Patrick et Liu han ne se sont même pas réveillés.

Georges m'a félicitée pour mon coup de fusil. Je n'ai pas osé lui dire que seul l'instinct m'avait guidée. Je n'en reviens pas moi-même... enfin... tout est bien qui finit bien. »

Le jour était levé depuis un bon moment. L'estomac de Ludivine gargouillait, la rappelant à la réalité. Elle ferma le carnet d'un geste sec. Elle ne savait pas que Patrick avait eu une jumelle. Et se demandait s'il était au courant. Elle se demanda également si le fait que sa femme se prénomme Véronique était une coïncidence ? Ce sujet n'avait jamais été évoqué dans la famille. Tout en réfléchissant à ce *non-dit*, elle descendit prendre un petit-déjeuner copieux. Elle ne voulait plus être interrompue par la nature. Elle laissa des consignes pour le dîner avec Pierre, et demanda à n'être dérangée sous aucun prétexte.

Elle reprit le journal là où elle l'avait laissé. Survolant les pages suivantes. À part les progrès de Patrick, rien de spécial n'était noté. Les jours et les années passaient dans une certaine quiétude et routine. À part quelques incartades de son père. Qui se finissaient toujours par des promesses. Jusqu'au :

« *Le 30 juillet 1937*

Ce week-end Malou et Hubert se sont mariés. Nous avons fait la fête pendant trois jours. Je suis éreintée. J'espère de tout mon cœur qu'elle sera heureuse comme je le suis à nouveau.

Puis :

Le 17 mai 1938

Malou a mis au monde des jumeaux ! Des vrais ! Deux garçons : Robert et François. Je suis tati, ET marraine.

De nouveau la routine, et :

Le 20 juillet 1938

JE SUIS DE NOUVEAU ENCEINTE !!! Enfin un deuxième bébé ! Nous sommes très heureux. Georges veut une petite fille. Pour le « choix du roi ». Moi aussi j'aimerais une petite fleur, avec les mêmes yeux bleus que son père. Les mêmes cheveux... blonds bouclés. Patrick ayant tout pris de moi. Brun aux yeux noisette, cela ne serait que justice pour Georges. Elle naîtra en février comme son frère et... sa sœur. Elle en est peut-être la réincarnation ? Les dates sont si proches... Elle nous est peut-être renvoyée. Cette fois je n'ai pas copié sur Li Wong. Son fils vient d'avoir un an, et elle ne m'a pas parlé d'une nouvelle grossesse.

Le 28 juillet 1938

Le médecin m'avait dit qu'aucune grossesse ne se ressemblait, en attendant pour moi c'est la même chose. C'est reparti pour les nausées. Vivement que cela s'arrête ! »

Ludivine réfléchissait. Encore une chose qu'elle ne savait pas. Sa mère avait été enceinte avant sa venue ? Elle n'en avait jamais entendu parler. Elle passa très vite les jours suivants. Elle voulait savoir ce qui s'était passé. Elle lut en diagonale, puis de nouveau, une page à l'écriture saccadée, avec des tâches faites par des larmes.

« Le 15 septembre 1938

J'ai l'impression de vivre un cauchemar depuis cinq jours. Comme d'habitude, nous avons fêté l'anniversaire de Georges le 10. Jour maudit ! Dans l'après-midi, je me suis sentie un peu fatiguée et j'ai voulu aller me reposer dans la maison. J'ai surpris Georges et cette garce de Suzanne, en train de faire l'amour sur NOTRE lit. Quand je les ai vus, j'ai poussé un hurlement.

J'ai dévalé les escaliers en courant, j'ai raté une marche et j'ai roulé jusqu'en bas. Je me suis réveillée à l'hôpital, il était là, dans un fauteuil et me veillait. En touchant mon ventre, j'ai tout de suite compris qu'il était vide, que ma petite fille était morte. Pour la deuxième fois.

Il pleurait en me demandant pardon. Mais je ne pouvais pas. C'était au-dessus de mes forces. Je lui ai tourné le dos et demandé de sortir. La souffrance était trop insupportable. POURQUOI ? POURQUOI a-t-il eu besoin de tout détruire ainsi ? De m'humilier ainsi ! Dans notre maison ! Devant nos amis ! Mon attitude n'est pas chrétienne, mais je ne lui pardonnerai pas !!! Nous étions si bien !!! S'il n'y avait pas Patrick, je crois que je voudrais mourir. Une fois de plus, ma vie est brisée. Je ne retournerai pas à la plantation. JAMAIS !!! »

Ludivine était bouleversée, elle ressentait la douleur de sa maman, elle la connaissait. Elle n'avait pas perdu d'enfant, mais elle était mère, et imaginait très bien. Sans compter les affronts qu'elle avait subis avec Doug. Elle comprenait maintenant pourquoi sa mère n'avait pas apprécié son mariage avec lui. Une larme tomba de sa joue à côté de celles de sa mère, comme si elles s'unissaient par de-là le temps. Jamais elle ne s'était sentie aussi proche de sa maman. Elle continua à lire, s'essuyant les yeux pour mieux voir. La date suivante était :

« Le 25 octobre 1938

Cela fait longtemps que je n'ai pas pris mon journal. Je me sentais incapable de relire les derniers mots que j'avais écrits. Je vis avec Patrick, chez papa qui est très en colère contre Georges. Lui, ne cesse de venir en pleurant et en demandant pardon. Par moments il me fait presque de la peine, et je suis prête à fondre, mais la douleur revient au galop, et je ne peux pas. Je ne veux même pas qu'il me touche, cela me donne envie de vomir. Je le vois constamment à demi-nu en train de s'activer sur cette... Je n'arrive pas à effacer l'image. Bien entendu nos amis ne me parlent plus. Ils ne savent pas comment s'adresser à moi. Il n'y a que Jacqueline et Vincent, fidèles et attentionnés. J'ai su que Suzanne était partie par le premier bateau pour l'Europe, j'espère qu'il coulera et qu'elle sera mangée par les requins, ou faite prisonnière par des pirates, cela serait bien ça aussi... J'ai honte...

« *Le 1er novembre 1938*

Aujourd'hui je viens de fêter mes 27 ans... Georges voyant qu'il ne réussissait pas à me faire flancher, a envoyé des émissaires. Malou, Hubert, Vincent, papa (il a tourné sa veste, sûr qu'il est du repentir du pêcheur), Roger... même Li Wong. Ils se sont tous ligués pour que j'accepte l'invitation au restaurant qu'ils m'ont transmise. À bout d'arguments j'ai dit oui. Il m'a emmenée dans mon établissement préféré, je me suis régalée. Il a développé tous ses charmes pour me reconquérir, m'a offert une chaîne en or avec un diamant assorti à ma bague de fiançailles. Il a toujours eu bon goût pour les cadeaux, mais là, il a fait fort. Pendant toute la soirée il m'a demandé de revenir à la maison. Il ne supporte plus d'être séparé de nous... Je ne sais pas, je ne sais plus. Je l'aime, mais j'ai tellement peur qu'il me trahisse à nouveau. Même s'il jure ses grands dieux de ne plus jamais le faire... je suis fatiguée de tout ça. Je voudrais que tout redevienne comme avant. Il paraît que la nuit porte conseil... alors je vais me coucher.

Le 26 décembre 1938

J'ai fini par craquer. Il m'a eue à l'usure. Il m'a suppliée de rentrer pour Noël… J'ai accepté. Nous avons fait l'amour, mais la fêlure est toujours là. Ma petite me manque. La salissure n'est pas nettoyée.

Le 2 janvier 1939

Encore une année. Je me demande quel est le sens de tout ça. Cet éternel recommencement. Je suis lasse, triste, découragée. Nous avons passé le réveillon au cercle suisse, il y avait de nouveaux arrivants. Avec de mauvaises nouvelles de la métropole. Les plus pessimistes parlent de guerre. Hitler s'arme, mais le reste de l'Europe reste aveugle. Parmi eux j'ai fait la connaissance d'un homme de Lausanne. Un ingénieur géologue. Il est là pour un an ou deux. Il cherche des gisements de pétrole ou de pierres précieuses, je n'ai pas tout retenu, nous avons tellement bavardé. Cela m'a fait du bien de parler du pays. Nous avons même des amis communs. Il s'appelle Thierry Wittmer.

Georges est aux petits soins avec moi. Pour combien de temps ? »

Le 6 février 1939

C'est aujourd'hui ou presque que ma petite aurait dû naître. Nous avons fêté les 2 ans de Patrick, ce soir. Il était ébloui devant les bougies. Mais je n'avais pas le cœur à m'amuser. Cet après-midi pour me changer les idées, je suis allée en ville. En fait j'ai passé une journée délicieuse. En déjeunant au cercle j'y ai rencontré Thierry. Quel homme charmant, et beau avec ça. Nous avons parlé… parlé… comme si nous nous connaissions depuis toujours. Nous avons le même humour et le même amour de notre pays. Il comprend ma nostalgie. Enfin quelqu'un qui pense comme moi. C'est bon de se sentir comprise. Georges n'a jamais pu. La France ne lui manque pas. Il est heureux où il est, et ne cherche pas plus loin. C'est peut-être lui qui a raison ? J'ai invité Thierry à venir se joindre au reste de la bande dimanche à midi. Cela me fait plaisir de le revoir bientôt.

Le 10 février 1939

Il y avait longtemps que je n'avais pas passé un si bon dimanche. Thierry est arrivé avec des fleurs magnifiques. Mes préférées. À croire qu'il a deviné mes goûts. Nous avons joué du piano à quatre mains. C'est un artiste. J'avais l'impression de taper avec des marteaux à côté de lui. La bande est redevenue gentille avec moi. Je ne suis plus pestiférée. Ils sont quand même extraordinaires. C'est moi qui suis cocue, et c'est moi que l'on fuit... les gens sont incroyables ! Ils pensent peut-être que c'est contagieux ? Heureusement, Thierry était là pour me faire rire.

Le 20 février 1939

Je ne sais pas ce qui m'arrive... j'ai revu plusieurs fois Thierry ces derniers jours. J'ai l'impression qu'il est amoureux, et le pire c'est que je crois bien que moi aussi. Je suis en train de tomber amoureuse. J'ai décidé d'espacer nos rencontres, cela devient trop dangereux. Je ne vais pas commencer à me conduire comme Georges... Mais quand je suis avec Thierry je suis heureuse comme je ne l'ai jamais été avec personne. Tout me semble simple et parfait. Nous nous comprenons à demi-mot. Nous avons les mêmes idées et les mêmes goûts, sur tout. Nos mains se sont frôlées et j'ai ressenti un frisson dans tout le corps. Je n'arrête pas de penser à lui. Je crois que je deviens folle... j'ai toujours envie de lui parler, de l'entendre, de le voir. Il envahit mon esprit. Je dois cesser de le voir !

Le 28 février 1939

Cela faisait presque une semaine que je tenais. Je faisais dire que je n'étais pas là quand il appelait au téléphone. Mais dimanche nous sommes allés chez

Jacqueline, et il était là. Quand nos yeux se sont croisés j'ai cru perdre l'équilibre. Mes jambes se dérobaient. Je lui ai fait un petit signe de la main et je lui ai tourné le dos, je ne voulais pas qu'il voie mon trouble. J'avais envie de me précipiter dans ses bras.

Dans l'après-midi à l'heure de la sieste, je suis allée me promener dans la plantation, il fallait que je m'éloigne de lui. Je n'en pouvais plus. L'avoir en face de moi pendant tout le repas a été un vrai supplice. En revenant vers la maison, il était devant moi. Nous n'avons pas dit un mot, il m'a prise dans ses bras et m'a embrassée. Mon cœur battait la chamade. Je me suis totalement abandonnée. Je n'avais jamais ressenti un tel bonheur. Il m'a dit qu'il ne voulait plus rester si longtemps sans me voir. Je me suis défendue comme j'ai pu, mais notre attirance est trop forte, je n'ai pu résister. Je l'aime, comme je n'ai jamais aimé.

Je suis folle ! Il veut que je vienne chez lui demain. Je ne crois pas que j'irai.

Le 2 mars 1939

J'ai honte. J'ai honte. Je suis allée chez lui. Je me suis donnée à lui. Je sais enfin ce qu'est le plaisir quand on fait l'amour. J'ai cru perdre la tête, c'est merveilleux ! Formidable ! J'ai la sensation d'être VIVANTE ! Toutes ces années à faire l'amour avec Georges sans rien éprouver... et moi qui croyais que c'était le lot des femmes. Mais non ! Cela existe AUSSI pour nous. Et c'est délicieux. La vie est magnifique !

Le 15 mars 1939

Moi qui croyais avoir rencontré le parfait amour... Quelle idiote ! Ma relation avec Georges n'a rien à voir avec celle que nous avons Thierry et moi. Avec lui, tout devient romantique, beau, tendre. Nous passons des heures à nous aimer, à parler, à manger. Nous nous aimons au-delà de tout. Comment vais-je faire ? Je ne peux rester mariée à Georges et continuer à le tromper. Mais Thierry ne parle pas d'avenir et je ne sais que penser. Pourtant je suis sûre qu'il m'aime, comme je l'aime. Je crois qu'il faut que je me calme et que je reprenne mes esprits. Et si ce n'était qu'une histoire de sexe ? Je dois laisser le temps au temps.

Le 3 mai 1939

Je n'ai même plus le temps d'écrire. Notre histoire devient de plus en plus difficile à vivre. Je crois que Georges se doute de quelque chose. Il m'a reproché de ne plus vouloir faire l'amour avec lui. Comment le pourrais-je ? Je ne veux que les mains de Thierry, le corps de Thierry, les bras de Thierry. Comment allons-nous sortir de ce piège ?

Le 8 juin 1939

Thierry va être muté en décembre ! Il part en Nouvelle Calédonie. Sa société lui a offert un poste de direction qu'il ne peut refuser. Il veut que je vienne avec lui. S'il part je vais mourir. Je ne pourrai vivre sans lui. Mais comment annoncer ça à Georges ? Je n'en n'ai pas le courage. Ni la force. Et j'ai honte.

Le 15 juillet 1939

Nous nous sommes disputés. Thierry ne comprend pas que je n'aie encore rien dit à Georges. Il voulait venir le lui dire, lui-même. J'ai dû y mettre toute ma force de persuasion pour l'en empêcher. Je lui ai promis de partir avec lui, mais il faut qu'il soit patient. Il vaut mieux attendre encore pour le dire à Georges. Quelques jours avant notre départ, ce serait bien... je suis lâche. Enfin... Pour l'instant il est calmé.

Le 25 août 1939

La Guerre est déclarée. Hitler a envahi la Belgique et la France ! L'Europe va être de nouveau à feu et à sang. Que Dieu nous protège. Georges va certainement être mobilisé, comme tout le reste de nos amis. Je ne peux plus l'abandonner, plus maintenant. Ce serait vraiment moche. Pourquoi n'ai-je pas agi plus tôt ? Tout serait fini et je n'aurais pas autant de scrupules. J'ai peur.

Le 15 septembre 1939

C'est la première année que nous ne fêtons pas l'anniversaire de Georges. Personne n'a le cœur à s'amuser. Nos hommes ont bien été mobilisés, mais ils restent ici, pour le moment, à la disposition de l'armée. Ils peuvent partir d'un jour à l'autre. Thierry me supplie tous les jours. Je crois que je vais le perdre. Pourtant nous ne pouvons nous passer l'un de l'autre. Chaque séparation est une déchirure. Nous ne vivons que pour le moment de nous retrouver. Pourtant il devrait comprendre que je ne peux quitter mon mari, alors qu'il doit partir se battre pour son pays. Je n'oserais plus me regarder dans une glace, et cela pourrait détruire notre amour.

Le 1er octobre 1939

En rentrant à la maison ce soir, j'ai trouvé Georges assis dans le noir. Il m'attendait. Il sait pour Thierry et moi. Burough, cette espèce d'infect bonhomme nous a vus, et il s'est empressé d'aller le lui dire. Trop content de faire du mal ! Je n'ai pas nié. Nous avons eu une dispute épouvantable. Au début il m'a traitée de tous les noms. Il voulait aller casser la figure de Thierry. Puis il s'est mis à pleurer comme un gosse. Me suppliant de ne pas le quitter. Je lui ai dit la vérité : je suivrai Thierry en Nouvelle Calédonie. Des pleurs, il est passé à la colère, puis aux pleurs. Je voulais le quitter ce soir, mais il m'a demandé qu'au moins jusqu'à notre départ, je continue à jouer le jeu pour nos amis. Je ne peux le lui refuser. Nous n'avons pas parlé de Patrick. J'espère qu'il comprendra que je ne peux partir sans lui. À moins qu'il ne me fasse du chantage ? Tout à mon bonheur, je n'avais pas pensé à ça ! Je ne m'en sortirai donc jamais !

Le 2 octobre 1939

Thierry était fou de joie quand je lui ai parlé cet après-midi. Il a des projets plein la tête. Je l'écoutais, heureuse et triste en même temps. J'ai mal de faire du mal à Georges. Comment tout cela va-t-il finir ? Je suis très angoissée.

Le 15 octobre 1939

Les nouvelles de Métropole sont terribles. C'est la débâcle. Georges ne tient plus en place. Avec ses amis ils ont projeté d'affréter un bateau, et de rejoindre la France coûte que coûte. Il veut aller se battre pour son pays. Je le comprends. Mais cela me fait peur. Il est capable de se faire tuer. Il est si triste. J'ai du chagrin pour lui. Dois-je sacrifier mon bonheur pour le sien ? Je ne sais pas, je ne sais plus. Il n'a jamais été aussi gentil avec moi. Je n'arrive même plus à lui en vouloir pour Suzanne et notre petite fille. Guidez-moi Seigneur, je suis perdue.

Le 20 octobre 1939

Cette nuit, j'ai fait un rêve magnifique. Je tenais dans mes bras une adorable petite fille blonde aux yeux bleus. Je sais que ce sera notre fille. Elle ressemblait comme deux gouttes d'eau à Thierry.

Le 6 novembre 1939

J'ai du retard. Je suis sûre d'être enceinte. Je sais, que je suis enceinte. Même de deux jours, mais je suis enceinte. Je le sens au très fond de mon cœur. Je ne sais si je dois être heureuse ou pas. Quelle va être la réaction de Thierry ? Nous sommes au début de notre histoire, il aurait peut-être préféré attendre un peu ?

Le 7 novembre 1939

Il a sauté en l'air ! Il courait comme un fou dans la forêt. Il hurlait comme Tarzan. Un vrai gamin. Je l'aime. Il m'aime. Nous l'aimerons.

Le 10 novembre 1939

Il part dans un mois ! Il ne veut pas que je vienne tout de suite avec lui. Il veut préparer notre maison pour m'accueillir comme je le mérite. Je prendrai le bateau suivant. Cela fera deux semaines de décalage, mais cela lui permettra de tout mettre en ordre avant mon arrivée. Notre arrivée. Il ne dit plus que « vous *» quand il parle de moi. Je suis deux. Je lui ai pourtant dit que cela m'était égal, que je vivrais n'importe où, pourvu que je sois avec lui. Mais il n'y a rien eu à faire. Je ne le savais pas si têtu. Cette séparation va être insupportable. Un mois sans le voir, le toucher, le sentir. Cela va être une éternité.*

Le 30 novembre 1939

Georges a enfin accepté le principe du divorce. Papa est scandalisé, il ne veut plus jamais me parler. Malou a pris son parti. Elle ne comprend pas mon attitude. Elle me trouve égoïste et légère. Jacqueline a été un peu offusquée sur le moment, puis elle m'a dit de vivre ma vie. Le plus dur a été Vincent. Il ne me pardonnera pas. Je commence à préparer mes bagages et ceux de Patrick. Li Wong n'arrête pas de pleurer... et moi aussi. J'ai quand même de la peine de quitter tout ça. Un deuxième déracinement... mais cette fois, je sais que je serai heureuse au-delà de tout.

Le 10 décembre 1939

Je ne peux plus m'arrêter de pleurer. La séparation a été plus que pénible. Nous n'arrivions pas à nous quitter. Malgré le monde sur le quai, nous étions seuls. Ma petite voix m'a soufflé « part avec lui, maintenant ! *». Mais il n'a pas voulu en entendre parler. Je devais être raisonnable. Nos corps ont dû se défaire, puis nos mains et nos yeux. Il est parti avec mon âme. Je me sens vide. Mon corps, enveloppe déchirée, me fait mal. Une peur irréfléchie m'a prise quand j'ai vu le train disparaître. Un mois, un mois sans lui, cela va être insurmontable. »*

Le 20 décembre 1939

Aujourd'hui ma vie se termine. Ce seront les derniers mots que j'écrirai, car plus rien n'a d'importance désormais. Thierry est mort. Son bateau a été torpillé par un sous-marin. Il n'y a aucun survivant. Je savais que j'aurais dû partir avec lui. Nous serions restés unis jusque dans la mort. Mais un petit bout de lui vit en moi. Sa petite fille. Notre petite fille. Celle que j'attends depuis si longtemps. Elle devait venir à moi grâce à l'amour de ma vie, il ne pouvait en être autrement. Elle s'appellera Ludivine. C'est lui qui a choisi le prénom. Cela venait d'une histoire qu'il avait lue enfant. L'héroïne se nommait ainsi et il s'était juré que sa première fille serait une Ludivine. Vœu exaucé. Mais saurais-je ne pas la détester d'être l'image de son père ? Comment pourrais-je la regarder sans souffrir ?

Le 5 juillet 1940

C'est vraiment la dernière fois que je prends ce journal. Mais je voulais noter que ma petite Ludivine est née cette nuit à 23 h 55. Elle est telle que je l'ai vu dans mon rêve. Tout le portrait de son père. Jusqu'à ses doigts fins de pianiste. J'ai lu quelque part, que lorsqu'une âme veut se réincarner, elle se présente en rêve à sa future mère. Je ne sais pas de qui elle est la réincarnation. Georges l'a déclarée le 4 car cela correspond à la fête nationale américaine. « Elle aura ainsi un feu d'artifice à chaque anniversaire », a-t-il dit tout fier. Il en est tombé amoureux dès qu'il l'a vue. J'arrive à peine à la regarder quand j'allaite. Seigneur aidez-moi à aimer ce petit bout de Thierry. »

Chapitre IV

Ludivine ferma le journal. En lisant les dernières lignes elle s'était sentie imploser. Son papa. L'homme qu'elle aimait le plus au monde. Celui vers qui elle se tournait dès qu'elle avait le moindre problème. Celui qui l'avait aimée, choyée, sans jamais la juger. Celui qui lui avait appris à écouter, à regarder, à sentir. Son père ! N'était pas son père. Elle eut le sentiment que son corps se désagrégeait. Ou plutôt, sa personnalité. Non ! C'était les deux. Elle n'était plus personne. Elle n'avait plus d'identité.

Soudain elle repensa au rêve de la veille. Son bracelet qu'elle perdait, où son prénom et sa date de naissance s'étaient effacés. C'était prémonitoire. Elle venait de perdre son identité. Fébrile, elle fouilla au fond de la boîte. Il devait bien y avoir une photo ? Elle voulait voir son père, son vrai père. Elle la trouva sous les carnets non utilisés. Une photo jaunie d'un homme grand, élégant, sa veste jetée négligemment sur une épaule. Il fumait une cigarette. Regardant l'objectif en souriant d'un air espiègle.

Elle alla vers le miroir au-dessus de la cheminée, mit la photo contre sa joue et compara. Pas de doute, elle était la copie féminine de cet homme. Elle resta là un long moment, jouant au jeu des « *sept erreurs* ». Elle cherchait les différences. Même nez, même bouche, mêmes yeux, mêmes cheveux… Pourtant depuis toute petite, tout le monde disait qu'elle était le portrait craché de son papa. Bien sûr, yeux bleus, cheveux blonds. Les idiots ils ne savaient pas à quel point ils avaient raison.

Sa mère avait dû souffrir le martyre. Elle comprenait maintenant ses impatiences à son égard. Son intransigeance. Parfois même, sa dureté. Alors qu'elle était tout miel avec Patrick. À tel point, que Ludivine avait essayé encore et encore de lui plaire. D'avoir son approbation. En vain. Quand sa mère lui avait demandé si elle voulait apprendre le piano, Ludivine s'était appliquée, passant des heures à monter et descendre ses gammes. Mais peine perdue, elle se mélangcait les doigts. Sa mère fut terriblement déçue. Alors elle s'était révoltée et avait fait exactement le contraire de ce que sa mère voulait. Jusqu'à ne pas quitter Doug. Quel gâchis ! Tout cet amour et ce temps perdu.

Une chose quand même restait opaque. Est-ce que son papa savait qu'il n'était pas son père ? Son attitude à son égard disait que non. Mais elle connaissait l'amour qu'il portait à sa femme. Pourtant dure, froide, lointaine. Tout le contraire de la personne qui avait écrit ces journaux. Peut-être qu'en souvenir de la jeune femme qu'il avait épousée, où des drames qu'elle avait vécus, s'était-il attaché à cette petite fille ? Certes pas de lui, mais de sa femme. Puis généreux et bon comme il l'était, il l'avait aimée comme il aurait aimé sa propre fille.

Sa décision fut prise. Elle rangea la photo dans la boîte, la boîte dans le secrétaire et boucla le tout. Son père était celui qui l'avait élevée et aimée jusqu'à sa mort. C'était lui qui avait laissé une place vide, qui ne serait jamais comblée. Pas cet homme, que sa mère avait aimé, mais qu'elle ne connaissait pas. Fin de la discussion ! Elle fut confortée dans ses sentiments, par la cloche de la porte d'entrée. Pierre. Le dîner.

Ils étaient assis tous les deux devant le feu de cheminée. Yu Lin installée en rond sur les genoux de Pierre. Il la caressait doucement de ses belles mains. Ludivine entendait la petite chatte ronronner, depuis son fauteuil. La table avait été préparée dans le jardin d'hiver. Ils buvaient tranquillement un verre en bavardant de choses et d'autres. Mais elle sentait que malgré les banalités, le regard mousse la scrutait. Sans prévenir il dit :

— Vous avez les traits tirés et vous êtes pâle, des ennuis ?

— Non. Non. Rien de spécial. Un peu fatiguée peut-être.

Les yeux fixant le feu, il demanda doucement.

— Vous avez ouvert la boîte ?

Elle ne répondit pas tout de suite. Hésitante. Lui dire ou ne pas lui dire ? Elle avait besoin d'en parler. À qui mieux qu'un étranger à la famille, aux amis ? Elle se lança.

— Oui. Et ce fut celle de Pandore.

— Ah bon ? De mauvaises choses.

— Oui et non. Oui parce ce que j'ai appris des choses bouleversantes. Non parce que j'ai eu la réponse à pas mal de questions que je me posais. Mais passons à table, je vous raconterai en dînant.

Une fois installés, elle se mit à parler. Il l'écoutait, concentré, mangeant lentement. L'interrompant de temps en temps pour avoir plus de détails. Mais quand elle se mit à parler de Thierry, il resta complètement silencieux. Buvant ses paroles. Elle finit par le choix qu'elle avait fait. Ne pas se rendre malade pour quelque chose qui s'était passé il y a quarante ans, dont elle était le résultat, mais contre lequel elle ne pouvait plus rien.

— Il faut savoir regarder devant soi. Je sais pourquoi ma mère était si dure avec moi. Ce n'était pas de ma faute. Mais celle du destin. Donc je suis soulagée. Je n'ai plus rien à prouver, à qui que ce soit, sauf à moi.

— Cela vous a donc fait plus de bien que de mal.

— Exactement. En fait en me laissant ses carnets, je pense que maman a voulu me demander pardon, par-delà la mort. Ce que je fais bien volontiers. Elle était très malheureuse, elle a suffisamment payé comme ça. Et moi aussi par ricochet.

— Je vous félicite. Votre réaction est très saine. Votre mère savait ce qu'elle faisait. C'était décidément une femme étonnante. L'histoire qu'elle a vécue est dramatique, mais magnifique aussi.

— Très romantique. Ces deux êtres étaient faits l'un pour l'autre, la mort les a séparés, et la mort les a réunis. Je l'espère de tout mon cœur. Ce que je trouve extraordinaire, c'est qu'elle n'a jamais perdu la foi. Elle avait de telles certitudes. Comme si elle pressentait les choses. Elle m'a toujours parlé de la vie après la mort. Si j'ai pu me consoler de la mort de papa, c'est grâce à cette foi. Je le reverrai. Vous devez penser que je suis un peu primaire de penser ainsi, ou lâche. Mais tant pis. J'en ai la conviction.

— Pas du tout. Moi aussi je crois à la vie après la mort. Sinon à quoi bon. Quel serait le but de notre existence ? Je crois que nous sommes là pour apprendre. Le cynisme des athées m'a toujours fait un peu peur. La vie ne vaut pas d'être vécue, s'il n'y a pas un espoir et un but. Pour moi il ne peut être que spirituel. Sinon j'aurai choisi amibe. Aucun problème existentiel. Autant exterminer l'humanité à la naissance. Puisqu'elle ne sert à rien, sauf à détruire notre planète, qui peut très bien se passer d'elle pour exister.

— Mon mari est athée. Il n'a qu'une seule religion l'argent et le présent. Rien n'est plus important que son plaisir et sa réussite.

— Comment avez-vous pu épouser un homme comme lui ?

— J'étais jeune, pleine d'illusions et d'orgueil. J'ai cru que son amour pour moi le ferait changer. (Elle rit). Quelle idiote ! Quel orgueil de ma part ! J'ai très vite compris que rien ne le ferait changer.

— Quand on aime quelqu'un, on le prend tel qu'il est, ou on le laisse. Il est impossible de changer les gens.

— Je m'en suis rendu compte trop tard. Et vous ? Vous êtes marié ?

— Veuf.

— Oh pardon !

— Vous n'y êtes pour rien, dit-il en riant.

— Je ne voulais pas vous blesser.

— Cela fait 5 ans maintenant, la blessure commence à cicatriser. Au début, je me suis réfugié dans le travail. Allant de pays en pays, puis j'ai craqué. Le médecin a dit : « *Du repos, encore du repos, rien que du repos !* »

— Comment est-elle morte ?

— Un accident de voiture. Nous rentrions d'un concert que je venais de donner à New York. J'étais épuisé alors je me suis couché à l'arrière. Elle est passée devant pour me laisser la place. Un ivrogne a brûlé le feu, et s'est encastré dans notre voiture. Le chauffeur et moi, nous en sommes sortis indemnes. Elle a été tuée sur le coup. Quant au chauffard il est en prison pour le reste de ses jours. Il ne bénéficiera jamais d'une libération. Je ne me suis jamais servi de mon argent pour me venger. Mais, là ! J'ai des avocats très coûteux et très efficaces.

Elle ne dit rien. Aucune parole n'était appropriée pour ce genre de situation. Elle plongea seulement son regard dans le sien, essayant d'y faire passer son empathie. Il se leva.

— Il se fait tard, je vais rentrer. En passant par la plage, j'aurai une promenade digestive. Je vous remercie pour ce délicieux repas et cette très agréable soirée.

— Ce n'est pas moi qu'il faut féliciter, c'est notre cuisinière. Mais la prochaine fois, je me mettrai aux fourneaux. Vous verrez, je ne suis pas mal non plus.

— Je meurs d'impatience.

Ils étaient arrivés devant la porte donnant sur le parc. Il déposa un léger baiser sur sa main. Elle frissonna.

Ni l'un, ni l'autre ne vit la silhouette noire, tourner autour du rhododendron, pour mieux se dissimuler.

Le lendemain, toujours sans nouvelles de sa famille, elle prit le taureau par les cornes et appela son avocat et ami Alan Becker à New York. Elle lui expliqua brièvement ce qu'elle attendait de lui. Inutile de donner les raisons. Il les connaissait depuis longtemps.

— Tu es sûre de ta décision ? Tu ne vas pas regretter ?

— D'après toi ? J'ai accepté trop de compromissions. Je suis la risée de tout Boston et New York. Cela fait trois semaines que je suis en Europe, et aucun membre de ma famille n'a pris de mes nouvelles. Il y a quelques jours, j'ai failli mourir noyée. Alors je vais vivre ma vie. Je veux que tu lui soutires un maximum d'argent, et une pension pharaonique. Que je puisse finir mes jours sans aucun souci financier. Tu es d'accord ?

— Oui… mais…

— Je comprendrais très bien que tu ne veuilles pas te mêler de cette histoire. Il est également ton ami. Décide-toi rapidement, je trouverai un autre avocat tout aussi méchant.

— Non. Non. Je suis d'accord pour défendre tes intérêts. Cela me fait même plaisir. Il le mérite.

— Mets-lui un détective aux fesses dès aujourd'hui. Qu'il prenne de belles photos de lui et sa Jessica. Dans toutes les positions. Et qu'il fasse une enquête pour l'antériorité de ce que j'ai vécu. Et tape, là ou cela va lui faire mal. Dans son portefeuille, il va en être malade.

— OK. Je m'occupe de tout. Tu rentres quand ?

— Je ne rentre pas ! Je n'ai plus rien à faire là-bas. Ils se passent très bien de moi ? Je me passerai d'eux !

— Il faudra que tu sois là pour les transactions, et les signatures.

— Je te donne carte blanche. Pour les signatures, tu n'auras qu'à m'envoyer l'un de tes assistants. Avec le concorde il peut être à Paris en trois heures, et rentrer pour le dîner.

— Je ferais tout ce qu'il faut pour que tu aies le maximum. On va le mettre à poil !

— J'espère qu'il prendra froid.

— Cela me fait plaisir que tu te révoltes enfin ! Je ne te reconnais plus.

— Ma mère est morte et je suis orpheline maintenant. Il n'y a plus personne pour prendre soin de moi. Je suis la seule à pouvoir le faire.

— On se reverra quand ?

— Quand tu veux ! « *mi casa e tu casa* ». Tu verras je vis au paradis. Je n'aurais jamais dû le quitter.

— Et pour Kyle ?

— Je vais lui écrire pour lui expliquer la situation, il fera son choix. Mais je n'ai pas l'intention de sacrifier mon bonheur pour des personnes qui se fiche pas mal de mon existence. Le temps des martyres est terminé !

— Bien. Je suis heureux pour toi. Je viendrai te voir c'est promis.

Quand elle raccrocha, elle sentit comme un poids tomber de ses épaules. Elle venait de faire ce qu'elle s'interdisait depuis des années. Au nom de quoi ? Des convenances ? Du « j'avais raison » ? Foutaises !

Elle se rendit dans la chambre de sa mère, ouvrit le secrétaire sans jeter un regard vers le coffret. Elle commença à écrire à son fils. Elle ne lui demandait pas pardon. Elle lui expliqua simplement la situation : Elle était une femme en plus d'être sa mère, et avait droit au bonheur autant que n'importe qui d'autre. Sa lettre se terminait en ces termes :

« Je ne t'en voudrais pas si tu ne comprends pas. Mais ne nous punis pas tous les deux. Nous nous aimons. Il serait dommage que nous nous perdions toi et moi, parce que deux êtres (ton père et ta sœur), sont incapables d'aimer quelqu'un d'autre qu'eux-mêmes. Ne les laisse pas gagner. »

Elle ne relut pas sa lettre. Elle l'avait écrite d'un seul trait, avec son cœur, et ne voulait changer aucun mot. Elle irait la poster elle-même. Cela faisait deux jours qu'elle n'était pas sortie. Elle avait besoin d'air et de voir du monde.

En rentrant de sa balade, elle trouva un monceau de messages laissés par Laurent. Elle ne savait plus quoi faire de lui. La seule chose dont elle était certaine c'est qu'il n'y aurait rien entre eux. Il n'était pas le remède qu'elle attendait. Elle lui passa tout de même un coup de fil par politesse, lui fit comprendre en prenant des pincettes, qu'il ne devait rien espérer de leur relation, sauf une amitié sincère.

— Alors dînons ensembles ce soir. J'ai un tas de truc à vous raconter. Notamment comment je me suis fait larguer par une nana, dont je suis fou amoureux.

Elle éclata de rire.

— Vous lâchez difficilement prise. OK pour le dîner, mais pas trop tard, je suis fatiguée.

— Promis ! Ce soir à minuit vous serez devant votre porte.

Avant d'aller se préparer, elle appela Pierre pour lui faire part des démarches qu'elle avait entreprises. Il était très fier d'elle. Ils décidèrent de se voir pour fêter ça.

La soirée fut très agréable. Pour une fois Laurent ne chercha pas à la draguer, et elle en fut soulagée. À minuit tapantes, elle était devant sa maison.

La silhouette noire était encore là.

Chapitre V

Noël approchait. Kyle avait immédiatement appelé après avoir reçu la lettre. Il comprenait et ne lui en voulait pas du tout. Il viendrait la voir pour les fêtes de fin d'années. Elle était enchantée de la réaction de son fils. Elle avait tellement eu peur de le perdre.

Ludivine s'était donné jusqu'à l'année suivante pour se mettre à faire des projets. En attendant elle s'octroyait des vacances. Des vraies. Ne rien faire, se lever tard. Sortir avec ses amis. Elle voyait souvent Pierre. Il lui donnait des cours de chant. Ils se baladaient sur la plage. Dînaient ensembles. Elle lui avait montré ses talents de cuisinière, et il s'était régalé. Il la faisait rire. Elle réapprenait à vivre. Quand Ludivine lui annonça l'arrivée de son fils, Pierre fut ravi.

— Génial ! Ma fille arrive elle aussi.

Elle eut un hoquet.

— Votre fille ? Mais vous ne m'en avez jamais parlé ! Où est-elle ? Quel âge a-t-elle ? Comment s'appelle-t-elle ?

— Alors… En Suisse. 17 ans. Marilyne.

— Pourquoi ne m'en avez-vous jamais parlé ?

— Je ne sais pas.

— Mais vous savez tout sur moi.

— Excusez-moi. Ce n'était pas dirigé contre vous. J'ai tellement pris l'habitude de la protéger, que cela devient un tic. Je ne veux pas qu'elle subisse la pression de ma notoriété. Et je passe son existence sous silence.

— Je croyais que nous étions amis.

Elle se dirigea vers la sortie. Peinée. Il essaya de la rattraper, mais elle se dégagea. Envahie d'un profond sentiment de trahison. Elle s'était livrée à lui en toute confiance. Et il lui avait caché l'existence de sa fille ! Quelle déception.

Elle eut du mal à dormir cette nuit-là. Toutes les trahisons et humiliations qu'elle avait subies, remontaient comme de la bile. Elle se sentait si bien ces derniers jours… C'est le téléphone qui la sortit du brouillard. C'était Doug. Il tombait bien celui-là. Il attaqua bille en tête.

— Qu'est-ce que c'est, que cette histoire de divorce !

— Bonjour Doug. C'est gentil de prendre de mes nouvelles. L'enterrement s'est bien passé… enfin, comme un enterrement. Je commence à guérir de mon chagrin merci. Pour la noyade, je suis totalement remise, c'est sympa de t'en inquiéter. À part ça, rien de spécial. En un mois il ne peut pas se passer grand-chose, tu penses ! Et toi comment vas-tu ? Jessica va bien ? Tu sais, la femme avec qui tu couches depuis des mois.

Il y eut un long silence de l'autre côté de la ligne. Elle ne fit rien pour l'interrompre. Il devait digérer la couleuvre.

— Tu… tu t'es noyée ?

— Oui. Et je m'en suis sortie. Je suis sûre que tu aurais préféré être veuf que divorcé. Cela t'aurait coûté moins cher.

— Arrête tes idioties !!!

— C'est toi qui as commencé mon grand. J'espère que tu ne vas pas utiliser tes ruses habituelles, et que la procédure va se passer entre gens civilisés.

— Mais enfin ! Tu me demandes la moitié de tout ce que j'ai construit.

— Que NOUS avons construit mon chéri. N'oublie pas ce que j'ai fait pour ta carrière. En commençant par abandonner la mienne.

— Je veux bien verser une pension raisonnable, mais tu n'auras rien d'autre.

— Comme tu veux mon chéri. Nous irons donc au tribunal. Tu viendras avec ta pension raisonnable, et moi avec mes atouts.

— Ne me fais pas rigoler ! Tu n'as rien ! Sans moi tu n'es rien !

— Tu peux donc dormir tranquille. Et moi aussi.

— Tu cherches à me faire peur ? Il ricanait.

— À toi ? Le grand, l'implacable Doug Crane ? Non… Tu te souviens quand tu écoutais encore mes conseils ? Quand je te disais de bien réfléchir ? Voilà mon dernier conseil : Attention à toi mon chéri. Pèse bien le pour et le contre. Tu comprendras qu'il vaut mieux la moitié de quelque chose, que la totalité de rien.

Ludivine raccrocha sans lui laisser le temps de répondre. Elle tremblait. Cet imbécile avait encore le pouvoir de la bouleverser. Cela la rendait malade. Elle devait absolument se libérer de son emprise. Elle prit le combiné. Elle voulait parler à Pierre. Elle le laissa retomber. Et zut ! Elle lui en voulait encore pour la veille. C'était idiot elle le savait. Mais pour une fois, elle espérait que quelqu'un s'excuserait de la peine qu'il venait de lui faire.

Ludivine prenait son petit-déjeuner, face à l'océan. Le ciel et l'eau étaient noirs. Des éclairs illuminaient l'horizon. Les vagues étaient grosses. Le spectacle de la nature déchaînée la fascinait. Elle le vit arriver, emmitouflé dans un ciré jaune, se protégeant comme il le pouvait des intempéries. Elle se précipita pour lui ouvrir la porte, il entra avec le vent et la pluie. Elle l'aida à se débarrasser de son vêtement qui dégoulinait sur le carrelage. Ils se regardaient, il la prit contre lui et l'embrassa. La serrant contre lui, il dit :

— Je te demande pardon. Je ne voulais pas te blesser. Ma fille est tout ce qu'il me reste de ma femme. Ce n'était pas de la dissimulation. Seulement mon instinct de protection. Je ne savais pas comment nos relations allaient tourner, c'est pourquoi je ne t'ai pas tout livré.

La tête sur son épaule, elle demanda doucement :

— Maman était au courant ?

— Oui. Elle m'avait posé la question tout de suite. Ce que tu n'as pas fait. Je ne t'aurais pas menti. Ta mère était une fine mouche.

— Excuses acceptées. Ton bout arrive quand ?

— Le 20 décembre, je vais la chercher à l'aéroport. Tu viendras avec moi ?

— Obligée, Kyle arrive le même jour. À 17 heures.

— Marilyne à 18.

— Marilyne ? C'est à cause de Monroe ?

— Oui ma femme est moi nous l'adorions. Quand notre ange blond est né, on a pris ça pour un signe et nous l'avons baptisée comme elle.

Ils s'installèrent à table, et se racontèrent. La maman de Pierre était morte à sa naissance. Son père s'était remarié avec une femme adorable, qui l'avait aimé comme son propre fils. Il avait une demi-sœur, qui était son manager. Il n'était pas remis de la mort de sa femme. Cette perte l'avait abattu. Le travail dans lequel il s'était lancé à corps perdu, avait précipité sa déprime. Le laissant incapable de jouer ou de composer. Il recommençait à peine à reprendre goût à la vie, grâce à Adeline. Mais elle aussi était partie.

Maintenant Ludivine était là. Il était tombé amoureux d'elle dès la première fois qu'Adeline lui avait montré une photo. Puis il avait appris à l'aimer au fur et à mesure qu'elle lui parlait d'elle. Car elle avait toujours quelque chose à dire sur sa fille chérie. Ludivine avait les larmes aux yeux.

— J'ai toujours pensé que ma mère me détestait. Il m'a fallu quarante ans et sa disparition, pour savoir enfin à quel point elle m'aimait. Que de temps perdu.

— Tu ressembles tellement à ton père, que par moments, cela devenait insupportable pour elle.

— Elle t'en a parlé ?

— Non. Mais je le devine, j'ai exactement le même problème avec ma fille.

— Tu la détestes ?

— Plus maintenant. Je suis guéri. Il y aura toujours un petit bout de Nicole, quelque part dans mon cœur. Mais je dois aller de l'avant. Continuer à vivre. Ne pas faire ce qu'Adeline a fait. En rendant tout le monde malheureux autour d'elle. Elle en était consciente tu sais. Mais elle n'y pouvait rien. C'était plus fort qu'elle.

— Patrick est le seul à avoir échappé au carnage.

— Tu lui en veux ?

— Pas du tout. Il n'en a jamais profité. Et nous nous aimons beaucoup lui et moi. Tu crois que je devrais lui parler de Thierry ?

Pierre réfléchit.

— Je ne pense pas qu'Adeline aurait voulu ça. C'est à toi qu'elle a donné le coffret, à personne d'autre. C'est votre secret. Tu fais comme tu le sens, mais moi je ne dirais rien.

— Tu as raison. Ce serait comme la trahir.

— Je crois oui.

Chapitre VI

À partir de ce jour-là, il n'y eut plus de zone d'ombre entre eux. Ils se voyaient tous les jours. Vivant une amitié amoureuse. Ludivine ne se sentait pas prête à aller plus loin. Pierre respectait ses sentiments et ne la bousculait pas.

La vie de la jeune femme s'organisait entre Martine et Sylvain. Pierre et Laurent. Ce dernier ayant compris qu'elle n'irait jamais plus loin qu'une franche amitié, était devenu moins pressant, et plus agréable. Très agréable même. Elle découvrit un garçon drôle, érudit avec qui il était possible de parler de tout... comme avec Pierre, qui s'était vraiment remis à travailler, et préparait un concert pour le printemps à New York. Ville où il n'était pas retourné depuis l'accident qui avait coûté la vie à sa femme.

Une nuit, alors qu'elle dormait paisiblement, elle fut réveillée par les grondements de Mab. Dans un demi-sommeil, elle lui ordonna de se taire. Mais la petite chienne, campée sur ses pattes, le poil hérissé sur le dos, redoubla de colère et se mit à aboyer. Montrant les dents devant la grande porte-fenêtre de la chambre. Ludivine, été comme hiver, dormait les fenêtres grandes ouvertes, volets fermés. La petite bête grondait en grattant le bas des persiennes. Intriguée, Ludivine se leva. Parlant d'une voix apaisante.

— Qu'est-ce que tu as ma chérie ? Tu as senti quelque chose ?

Elle s'accroupit pour la caresser.

À ce moment-là ! Les volets explosèrent. Une silhouette toute de noire vêtue, se jeta sur elles. Ludivine n'eut pas le temps de réagir que déjà elle était prise à la gorge. La jeune femme se débattit ne pouvant émettre un son. La petite chienne folle de rage s'était ruée sur l'assaillant et le mordit profondément, il hurla. Lâchant prise. Donnant un coup de pied à l'animal qui valdingua en gémissant à travers la pièce, à moitié assommé.

Ludivine en profita pour se libérer. Se lever et courir vers la porte de sa chambre. L'homme la poursuivit. Il y eut une cavalcade dans les escaliers. La jeune femme alla directement dans le salon, où elle prit le tisonnier en fer forgé, devant la cheminée. Elle le leva et frappa ! Mais la crapule avait vu venir le coup. Il lui attrapa le poignet, le lui tordant de toutes ses forces. Ludivine résistait comme elle pouvait. Il était d'une force herculéenne. La lune éclairait la scène, les deux formes luttaient pour gagner. Elle planta ses yeux dans le regard froid et déterminé du forcené. Cela lui glaça le sang.

Elle l'affronta de plus belle. Ne voulant pas céder et tomber entre ses pattes de prédateur. Soudain, un nouveau hurlement de l'agresseur. Mab était revenue. Cette fois Ludivine ajusta son coup et tapa sur l'homme jusqu'à ce qu'il s'écroule sur le sol. Inconscient. Elle était essoufflée. Dans une colère noire. Elle s'approcha de lui, arracha la cagoule qui cachait son visage. C'était un bel homme. Blond, traits taillés à la serpe. Elle lui souleva une paupière, il était vraiment dans les vapes.

Elle prit le téléphone et appela la police. La petite chienne montait la garde devant le corps évanoui. Grondant toujours. Prête à attaquer au moindre signe de vie. Puis Ludivine appela Pierre. Elle n'avait pas raccroché qu'il était déjà devant la porte. Elle lui tomba dans les bras, tremblante. L'adrénaline descendue, elle se sentait comme un loukoum. Toute molle. Flageolante. Grelottante. Il l'attira vers le salon, où gisait l'homme en noir. Lui fit boire un whisky.

— Ça va devenir une habitude…

Les sirènes de la police retentirent dans la rue. La porte étant restée ouverte, ils entrèrent sans autre forme de procès. Pierre les accueillit, se présentant, leur montrant le corps et Ludivine assise dans un fauteuil, en état de choc. L'un des policiers, penché sur l'homme, toujours sous la garde de Mab, observa le corps, prit le pouls, et dit en se relevant.

— Je suis sûr que c'est lui. Il est amoché, mais il s'en remettra.

Il fixait le cou de Ludivine, où les marques de strangulations viraient au grenat.

— Vous voulez dire que vous connaissez cet homme ? Demanda Pierre

— Ça fait deux ans qu'on lui court après. Il en est à son dixième viol. On l'appelle « *l'Ombre* ». La description que nous avons lui correspond. Même « *modus operandi* », même tenue. Vous avez eu de la chance madame. Parce que d'habitude il ne fait pas de quartier. Il a déjà tué vous savez.

Ludivine parla en tremblant.

— C'est ma chienne qui m'a sauvée. Sans elle je n'aurais rien pu faire. Il est très puissant.

Une ambulance arriva, pour emmener le blessé. Il commençait à revenir à lui. Quand la civière passa devant Ludivine, il cracha.

— Sale garce ! Ne crois pas en avoir fini avec moi. Je reviendrai.

Pierre la serra dans ses bras. Demanda au médecin de lui faire une piqûre, pour la calmer. Une fois le salon libéré de la « *bête* », l'officier vint vers elle et lui demanda de faire sa déposition. Quand elle eut fini, elle lui demanda :

— Est-ce qu'il a dit vrai ? Il peut revenir ? Il peut être libéré ?

— Ne vous faites pas de souci Madame, il va en prendre pour quelques années. Nous avons des preuves solides contre lui. En plus il a été pris en flagrant délit. Ça, ça ne pardonne pas. Vous pouvez dormir tranquille. Nous vous attendrons demain au commissariat pour signer votre déposition ?

— Oui, bien sûr. Merci monsieur.

La maison se vida. Ils restèrent seuls serrés l'un contre l'autre. Elle ne tremblait plus, le médicament faisait effet.

— Tu devrais aller dormir.

— Oui, mais pas avant d'ausculter Mab. Elle a reçu un coup de pied, j'ai peur qu'elle ne soit blessée.

Pierre prit la petite chienne et l'installa sur ses genoux. La palpa sous tous les angles, la petite bête croyant qu'il voulait jouer, le mordilla en grondant. Elle émit un « *Kaï* », quand il passa la main sur ses côtes.

— Son côté gauche est sensible, mais je ne pense pas que cela soit grave.

La voix à moitié ensommeillée Ludivine répondit.

— J'ai de l'arnica dans ma pharmacie il faudrait lui en mettre.

— Alors c'est parti, mes deux vengeresses. On monte. L'une va au lit l'autre dans la salle de bains.

Mab sous un bras, Ludivine sous l'autre il grimpa l'escalier. Allongea la jeune femme dans son lit.

— Tu restes avec moi cette nuit, j'ai trop peur de rester seule.

Il n'eut pas le temps de répondre, elle dormait déjà. Après avoir soigné la petite bête, il se coula contre le corps souple de la jeune femme. La prenant délicatement contre lui. Elle se lova entre ses bras, sans ouvrir un œil. Par contre lui ne les ferma pas. La sentir ainsi, chaude, douce, abandonnée, affolait ses sens. Il devait faire appel à toutes ses forces pour ne pas la prendre là, maintenant.

Elle se sentait bien dans les bras de Doug. Il y avait longtemps qu'elle ne s'était pas réveillée dans cette position. Elle lui caressa la joue tendrement.

— Tu as bien dormi ?

Elle se redressa comme si elle avait été piquée par un insecte. Ce n'était pas la voix de Doug ! Tout lui revint, l'agression, la police et… Pierre. Il la regardait en souriant.

— Je t'ai fait peur ?

— Non. Non. Mais je ne savais plus où j'étais. Merci d'être resté.

Elle déposa un baiser sur ses lèvres. Il ne lui en fallut pas plus. Il ne tenait plus. La renversant sous lui il l'embrassa, la caressant, la humant. Elle se laissa aller contre lui, s'offrant sans aucune retenue. Il lui enleva sa chemise de nuit, expédiant ses propres vêtements à travers la pièce. Il y avait urgence. À genoux entre ses jambes il la contempla. Effleurant ses cuisses de ses belles mains. Elle en eut la chair de poule. Il remonta doucement jusque vers son intimité, ne la quittant pas des yeux. Elle gémit. Il passa sur son ventre, puis ses seins, qu'il mordilla. Elle l'appelait de tout son corps. Quand il la pénétra, elle soupira de bonheur. Cela le rendit fou de désir. Les reins enflammés, il ne se retint plus et l'aima de toute sa puissance. Ils n'étaient plus qu'un. Leur corps se reconnaissaient et ils crièrent en même temps.

— Je t'aime, dit-il dans un souffle.

Il la regardait attendant une réponse. Mais elle ne put rien dire d'autre que :

— S'il te plaît, n'allons pas trop vite. Je ne suis pas encore divorcée et je ne sais pas très bien où j'en suis.

Il se referma comme une huître. Se leva et alla prendre une douche. Sans un mot. Elle était désemparée. Elle ne voulait pas lui faire de peine. Tout sauf ça. Elle éprouvait une très forte attirance pour lui. Mais était-ce de l'amour ? Pas question de se tromper encore une fois. Elle ne voulait plus souffrir.

Comme sa mère elle venait de découvrir l'orgasme. Le vrai. Qui l'avait emmenée dans des contrées inexplorées jusque-là. Ce qu'elle ressentait avec Doug, n'était au fond qu'un désir inassouvi. Mais elle avait besoin de plus qu'une parfaite relation physique.

Elle se leva à son tour et le rejoignit dans la douche. Les mains, appuyé contre le mur, la tête penchée, il laissait ruisseler l'eau sur lui. Elle se coula entre ses bras, relevant son visage. Il était trempé, par de l'eau ou des larmes, ou les deux ? Ses yeux étaient rouges. Elle fut bouleversée par sa tristesse. Elle lui passa les bras autour du cou.

— Je t'en prie ne sois pas triste. Laisse-moi du temps. Nous nous connaissons à peine. Je viens tout juste de quitter mon mari. Tu es le deuxième homme avec qui j'ai fait l'amour. Je dois désapprendre à être sa femme et à devenir la tienne si tu le désires. Mais pour ça j'ai besoin de temps. Tu comprends ?

Pour toute réponse il l'embrassa et lui refit l'amour. Avec le même résultat. La première fois n'était pas un accident. Elle avait vraiment ressenti le plaisir, le vrai, celui dont on parle dans les livres et parfois entre copines très intimes.

Ils descendirent déjeuner sous le regard étonné de Marie et Sarah, qui s'empressèrent de rajouter une tasse. Tout en les servant Marie s'exclama.

— Ludivine, vous avez vu le journal ? Ils ont enfin coincé cette espèce de cinglé qui attaquait les femmes, depuis deux ans sur le Bassin. Cela s'est passé tout près d'ici. Ils ne disent pas où exactement, mais c'est au Pyla. Il paraît que la victime s'est défendue comme une tigresse et qu'elle l'a salement amoché. Si j'avais été à sa place, je l'aurai émasculé. Rien de tel pour guérir de l'envie de violer.

Le couple lisait la manchette du journal :

« La courageuse victime vient à bout de son agresseur ! L'ombre enfin arrêtée ! »
(Voir notre article en page 2)

Dans l'article, il dévoilait la véritable personnalité du violeur. En fait, c'était un parfait « monsieur tout le monde ». Représentant de commerce, il venait par période sur le Bassin, pour son travail. À chaque fois il repérait une proie, qu'il suivait et épiait pendant son séjour. Il l'attaquait la veille de son départ. La police pense qu'il devait agir de même dans d'autres régions, et avoir d'autres victimes à son actif. Le reste du temps, bon père de famille, et excellent employé dans la société où il travaillait. Aucune raison de se méfier. Ludivine poussa un « ouf » de soulagement. Son nom n'était cité nulle part. Elle n'avait vraiment pas besoin de ce genre de publicité.

Elle raccompagna Pierre à la porte. Lui donnant le vieux manteau pour qu'il ne prenne pas froid. Il gelait dehors, et ce n'est pas le short et le tee-shirt avec lesquels il était accouru la veille, qu'il allait braver le froid. Le vêtement lui arrivait aux genoux, et les manches à mi-bras. Ils rigolèrent. Machinalement, il glissa la main dans les poches, en tortillant les fesses, comme pour faire un défilé.

— Tiens ? Regarde ce qu'il y avait au fond de la poche. Ce n'est pas ton bracelet ?

— Ça alors ! Je ne l'avais donc pas perdu. Oh ! Merci.

Elle le couvrit de baisers.

— Attends ! dit-il en riant. Je n'y suis pour rien.

— Si. Parce ce que je n'aurais jamais remis ce manteau. Je l'aurais donné à Emmaüs. Si tu ne l'avais pas enfilé, je ne l'aurais jamais revu. Je suis si heureuse ! Je viens de récupérer mon identité.

— C'est grâce au violeur. Sans lui je n'aurais jamais mis ce manteau.

— C’est le syndrome de l’aile de papillon qui déclenche un ouragan. Il faut que je le fasse réparer, il a dû s’accrocher à la laine de la poche, quand j’ai sorti ma main brusquement pour rattraper Yu Lin.

— Bon, il faut que j’y aille.

— Tu viens avec moi au commissariat ?

Il hésita un dixième de seconde.

— Je ne vais pas pouvoir. J’ai pris trop de retard dans mon travail.

— On dîne ensemble alors ?

— Je t’appelle.

Il déposa un baiser rapide sur ses lèvres et parti comme s’il avait le diable aux trousses. Elle resta comme deux ronds de flans, abasourdie. Elle le suivit des yeux sur la plage, quand il disparut elle rentra, réprimant un frisson. Elle avait du mal à comprendre les réactions de cet homme.

En rentrant de sa journée en ville. Elle espérait avoir un message de Pierre. Mais rien. Elle avait déjeuné avec Martine, à qui elle avait raconté ses aventures. Sentimentales et policières. Cette dernière en fut ébahie.

— Tu n’y vas pas avec le dos de la cuillère, dis donc. D’abord tu te noies. Après tu te fais agresser par un type qui est recherché depuis deux ans, tu le démolis et le fais arrêter. Ensuite tu couches avec l’un des plus grands concertistes de notre époque. Qui t’aime, et que tu n’es pas sûre d’aimer. Rien d’autre de spécial ?

Ludivine n’osa pas lui parler de l’épisode de son père qui n’est pas son père. Pour l’instant Pierre était le seul à savoir et c’était très bien comme ça. Elle regarda sa montre : 18 heures. Elle ne savait pas quoi faire. Lui téléphoner ou pas. Elle renonça. S’il voulait la voir, il savait où la trouver. Après tout, l’homme propose et la femme dispose. Alors elle disposait de sa soirée. Se prépara un bon repas, visionna un film et alla se coucher. Au fond, elle était quand même triste, et se demandait à quel jeu il pouvait bien jouer ? Au moment où elle fermait son livre et allait éteindre la lumière, le téléphone sonna. Il était 23 h 30. Elle hésita à répondre. Mais cela pouvait être son fils. Il arrivait demain.

— Bonsoir ma chérie.

C'était Pierre. Elle ne répondit pas.

— Excuse-moi de ne pas t'avoir appelée plus tôt, mais j'ai beaucoup travaillé. J'ai voulu me reposer avant de t'appeler, je me suis bêtement endormi. Je viens juste de me réveiller. Il faut dire que je n'ai pas beaucoup dormi la nuit dernière, et qu'après tu m'as épuisé. Tu n'es pas fâchée j'espère.

— Pas du tout. Quand j'ai vu que tu n'appelais pas j'ai pensé que tu avais mieux à faire, et je suis allée dîner avec Laurent. Je suis rentrée il y a une demi-heure et j'allais éteindre.

— Ah ?

Il se racla la gorge puis repris.

— Tant mieux, ainsi tu n'as pas perdu ta soirée.

— Voilà.

— Euh ? On fait comment pour les enfants demain ?

— En partant vers 16 heures on sera là-bas amplement à temps. Tu me prends au passage ?

— D'accord. (silence… puis) Bonne nuit. Dors bien. Je t'embrasse.

— Moi aussi. À demain.

Elle raccrocha. Elle n'en revenait pas. Comment avait-elle réussi à garder ses distances, alors qu'elle mourait d'envie de le voir, de dormir dans ses bras, de lui faire l'amour.

« Tu as grandi ma chérie, tu n'es plus aux ordres et au bon vouloir de ces messieurs. C'est très bien. Tu es une femme libre et tu te conduis comme telle. Je suis fière de toi. »

Elle éteignit la lumière et s'endormit très contente d'elle.

Chapitre VII

À 16 heures, il était là. Un salut sans chaleur. La route vers Merignac se fit presque en silence. Comme si le lien était rompu. Ils n'arrivaient pas à raccrocher les wagons. Quand elle posait une question, il répondait par monosyllabe, et réciproquement.

L'avion de Paris avait du retard, idem pour celui de Genève. Ils allèrent donc boire un verre. Ils étaient comme un vieux couple qui n'a plus rien à se dire après des années de mariage. N'y tenant plus, elle s'énerva :

— Je peux savoir ce qui se passe, et pourquoi tu fais la tête ?

Il sursauta, piqué au vif. Et répondit, boudeur.

— Je ne fais pas la tête.

— C'est vachement bien imité.

— J'ai seulement de la peine, et quand je suis comme ça, j'ai du mal à parler.

— Tu as des ennuis dans ton travail ? Ou avec ta fille ?

— Non de ce côté-là tout va bien.

— Alors Quoi ?

— Tu n'as pas une petite idée ?

— Non !

— Inutile d'en parler alors.

Elle s'énerva encore plus.

— Tu dis que tu m'aimes, que tu veux que nous formions un couple, et tu refuses le dialogue ? J'ai déjà vécu ça avec Doug ! J'avais raison de ne pas vouloir me lancer dans une nouvelle histoire, aussi vite. Je ne veux pas souffrir ! Je ne VEUX plus ! Je refuse ! Garde bien ton secret.

Elle se leva. Furieuse.

— Ne nous attends pas, nous rentrerons en taxi avec Kyle !

Elle lui tourna le dos. Il renversa sa chaise et la rattrapa par le bras.

— Attends ! Ne pars pas. Je suis un fieffé imbécile. Je te demande pardon. Je voulais que tu aies mal, comme j'ai mal.

— Mais qu'ai-je fait ? Hier tu semblais avoir compris mes sentiments. Je ne te suis plus. Nous devions dîner ensemble et tu m'as laissée en plan.

— Et tu es sortie avec Laurent !

— Ah c'est ça ? Alors tu es jaloux ? J'adore…

Elle se colla contre lui, lui offrant ses lèvres. Il répondit à son invitation avec passion. Les passants faisaient le tour, les regardant avec pitié. Ils pensaient que c'était un couple qui se disait « au revoir ».

— Tu n'es qu'un idiot, je t'ai dit ça parce que j'étais en colère. Je voulais te faire enrager. Et cela a marché apparemment.

— Tu ne crois pas que nous avons passé l'âge de ces jeux de gosses ?

— Pas si sûr. Je te l'ai dit, tu es le deuxième homme de ma vie. J'ai à nouveau 18 ans… une vraie gamine.

Elle mit sa tête dans son cou. Il lui caressa les cheveux, et dit :

— On ne recommencera plus ?

— Promis.

À ce moment-là, une voix impersonnelle leur coupa la parole :

« Les passagers en provenance de Paris, sont annoncés porte A ».

Ils coururent, main dans la main, à travers les couloirs, des ailes aux pieds. Elle cherchait dans la foule la tignasse blonde de son fils. Elle n'eut aucun mal à le repérer, il dépassait tout le monde d'une bonne tête. Quand il la vit, il lâcha ses bagages et la souleva comme une poupée. Ils se congratulèrent en anglais, puis passant au français, elle lui présenta Pierre. Les deux hommes se jaugèrent. Le jeune ayant senti immédiatement que le vieux était sur les rangs. Il marqua un temps d'arrêt, puis spontanément tendit la main, pour une poignée de mains énergique.

— Enchanté monsieur. C'est gentil d'avoir accompagné maman.

— Pierre est là pour sa fille. Elle arrive dans quelques minutes, mais de Genève.

Suivirent les questions et banalités d'usage. Ludivine ne pouvait s'empêcher de toucher son fils. La joue, les cheveux, les mains. Comme si elle n'en revenait pas de l'avoir près d'elle. Par discrétion, Pierre s'était un peu éloigné et les observait. Ils étaient aussi beaux l'un que l'autre. Appuyé contre une colonne, les bras croisés sur la poitrine. Il pensa : « *qu'est-ce qu'ils lui ressemblent* ». Sa réflexion fut interrompue par l'annonce de l'arrivée de Marilyne.

La même scène se reproduisit. La jeune fille, grande, mince, cheveux blonds, longs et bouclés. Mêmes yeux que son père, était ravissante. Elle eut la même réaction que Kyle, quand son père lui présenta Ludivine. Par contre les deux jeunes gens se plurent tout de suite.

Le voyage fut plus gai qu'à l'aller. Kyle et Marilyne, parlaient, parlaient. Ils avaient tant de choses à raconter. Les adultes échangeaient des regards, des sourires… ils étaient heureux. Les jeunes voulurent voir l'océan et manger un plateau de fruits de mer. Ils ne firent aucune remarque, en voyant leur parent respectif se tenir par la main. Ils avaient compris dès qu'ils les avaient vus ensemble. Rien à redire.

Ils se séparèrent tard dans la soirée.

Ludivine accompagna son fils jusque dans sa chambre. Elle n'arrivait pas à le quitter. Et puis elle avait quelques questions qui lui brûlaient les lèvres.

— Comment va ta sœur ?

— Pareille à elle-même. Elle a fait un trimestre désastreux. Papa lui a dit que c'était normal, étant donné que sa mère l'avait abandonnée. C'était déjà bien qu'elle ait un D + de moyenne.

Elle eut un sourire las.

— Il a une faculté extraordinaire à retourner les situations. C'est toujours la faute des autres, et la mienne en particulier.

— Sauf que cette fois, il risque de s'en servir contre toi au moment du divorce.

— Ne t'inquiètes pas. Il ne peut rien faire, ni m'accuser de quoi que ce soit. J'ai pris mes précautions.

— Ah bon ? Qu'as-tu fait ?

Elle eut comme une retenue. Devait-elle tout dévoiler à son fils ? Elle avait confiance en lui, mais elle connaissait son mari. Il était capable de faire parler un muet.

— Rien de spécial, mais je ne me laisserai pas faire. Comment ta sœur a-t-elle réagi à l'annonce du divorce ?

— Elle est allée dans sa chambre et a claqué sa porte. Comme d'habitude. Cela va déranger son petit univers et elle n'apprécie pas.

— Elle n'a pas demandé à venir avec toi ?

— Non. Elle avait plein de truc à faire… tu la connais.

Ludivine eut mal. Elle revivait la même chose qu'avec sa mère. Ce petit bout de bonne femme qu'elle avait couvée pendant neuf mois, cajolée, choyée. Ne l'aimait pas. Un étau lui serra le cœur.

— Elle est toujours avec Steeven ?

— Oh non. Elle est avec un mec qui a vingt ans, et elle sort presque tous les soirs.

— Vingt ans ? ! Mais c'est du détournement de mineur. Ton père n'est pas intervenu ?

— Ils sont copains comme cochon. Il l'appelle « mon fuutuur geenndre ». Par contre il a eu une réaction étonnante, il m'a dit avant que je ne parte : « Embrasse ta mère, dis-lui qu'elle va me manquer ». Il m'a fait de la peine.

Elle éclata de rire.

— Oh le fourbe ! Il mérite un Oscar. Il a pris le rôle de l'homme blessé. Il va le tenir jusqu'à ce qu'il ait gagné le divorce… parce qu'il croit qu'il va le gagner. Quand ce sera fini, il redeviendra le même salopard, égoïste et retors. Tout heureux d'avoir trompé son monde. Mais moi, il ne m'aura pas ! Il ne m'aura plus ! Je connais toutes ses ficelles.

— Je t'assure qu'il paraissait sincère.

Elle lui prit la main.

— Je sais que je ne devrais pas te dire ça mon chéri. Nous parlons de ton père. Je sais que tu l'aimes, et c'est normal. Mais il ment comme il respire. Alors vérifie toujours plutôt deux fois qu'une ce qu'il te dit. Il ne m'aime pas. Il ne m'aime plus. La seule chose qu'il veut, c'est me dépouiller de tout. En commençant par toi.

— Toi non plus tu ne l'aimes plus. Tu as déjà un autre mec !

Elle sourit. Elle se demandait quand arrivait sur le tapis le cas de Pierre. Elle le lui avait servi sur un plateau.

— Alors le « mec » comme tu dis, est un ami. Il m'a sauvé la vie une fois et demie, et je lui en suis très reconnaissante. Je ne sais pas si je l'aime. Pour l'instant, il est ce qu'il me faut pour me guérir de ton père.

— Comment il t'a sauvé la vie ?

Elle lui raconta sa noyade et l'agression. Il était stupéfait. Il eut peur rétrospectivement.

— On a failli te perdre deux fois… pourquoi ne nous as-tu rien dit ?

— Pour les nouvelles que vous preniez de moi ? Si je ne t'avais pas écrit, quand te serais-tu inquiété de mon sort ? Et puis je l'ai dit à ton père. Au silence sur la ligne, j'ai compris qu'il regrettait que je ne sois pas morte. Cela lui aurait coûté moins cher qu'un divorce.

— Ne dis pas de bêtises.

— Tiens ? Il a eu la même réponse.

— Je te demande pardon de ne pas t'avoir appelée. Mais j'étais pris par mes exams.

— C'est pour ça que j'ai décidé de divorcer et de ne pas rentrer. Je me suis rendu compte que je ne manquais à aucun de vous. Quand Pierre m'a sortie de l'eau, j'ai réalisé que moi aussi j'avais le droit d'avoir une vie. Et qu'elle devait commencer le plus vite possible.

Kyle était gêné. Il savait qu'elle avait raison. Il la regarda, comment avait-il pu se passer d'elle ? Ne pas sentir son absence ? Se passer de sa chaleur ? De sa tendresse ?

— Babou te manque ?

— Oui et non. Elle me manque quand j'ai envie de parler avec quelqu'un. Qui m'écoute et me comprend. Elle m'a laissé une lettre, (elle ne voulait pas parler des carnets), qui m'a mis du baume au cœur, et fait disparaître mes doutes quant à son amour pour moi.

— Tu doutais de son amour ?

— Un peu oui.

— Tu es folle ma moumoune. Elle t'adorait.

Il la prit dans ses bras, la serrant fort contre lui.

— Elle était si dure parfois.

— Qui aime bien, châtie bien.

— Belle excuse pour faire du mal impunément. Il se fait tard. Tu dois être fatigué. Moi je le suis. Bonne nuit mon petitou. À demain.

— Je peux garder les animaux avec moi ?

— Laisse ta porte ouverte, ils choisiront.

Dans la nuit, les deux glus vinrent se coller contre elle.

Chapitre VIII

Les jours suivants furent occupés par la préparation des fêtes de fin d'année. Et il y avait du travail. Pour une fois que les « Américains » étaient là, toute la famille voulait être réunie. Le premier arrivage était pour le 23. Patrick et sa famille. Le deuxième le 24 : Hubert et Malou, avec les jumeaux et leur famille. Les Bordelais le 25. Ils allaient être une tripotée. Environ une trentaine. Ludivine et Kyle étaient tout heureux. Ils allaient enfin vivre un Noël comme ils en avaient toujours rêvé. Avec une maison pleine. Doug et les siens, n'aimaient pas ce genre de démonstration familiale. Encore une chose dont la jeune femme avait été privée pendant des années. La place allant manquer, Pierre proposa d'héberger le « surplus », en commençant par Ludivine.

Cette dernière passa ses journées à courir pour faire des achats. Elle voulait que tout soit parfait. Le sapin était énorme. Installé dans le salon près de la cheminée. Il leur fallut une soirée à tous les quatre pour décorer la maison. Ils s'étaient bien amusés, et le résultat était superbe. Ludivine ressortit la crèche que son père avait fabriquée pour eux lorsqu'ils étaient enfants. Elle en eut les larmes aux yeux. Le jardin d'hiver fut décoré de lampions. Il fallut pousser les plantes pour mettre les tables, car c'est là que les repas se passeraient. Elle engagea du personnel pour aider Marie. Le 22 au soir, tout était prêt. Elle attendait ses invités de pied ferme.

Patrick, Directeur Financier dans une banque privée à Genève, était exact comme une horloge suisse. Il avait dit : « *Nous serons là à midi.* » Ils n'avaient pas une minute de retard. Rigueur. Rigueur. Kyle fut content de revoir ses cousins. Cela faisait des années que cela n'était pas arrivé. Le premier temps d'observation passé, ils se retrouvèrent comme lorsqu'ils étaient gosses. François et Océane avaient à un ou deux ans près le même âge que lui.

Dans l'après-midi, alors que les jeunes jouaient au volley sur la plage, Patrick, sa femme Véronique et Ludivine, emmitouflés dans des manteaux, profitaient du pâle soleil d'hiver, dans les transats. En regardant les enfants s'amuser, Patrick demanda l'air de rien :

— Doug et Judy arriveront quand ?

La fine mouche. Ludivine n'avait jamais rien su lui cacher. Elle s'était préparée à cette question. Maintenant qu'elle était posée, elle ne savait plus comment y répondre. Comme un élève qui connaît bien sa leçon, mais qui une fois devant le prof, se retrouve muet. Elle lâcha coupable :

— Ils ne viendront pas.

Son frère et sa belle-sœur, se redressèrent pour la regarder en face.

— Pourquoi ?

Le ton était comminatoire. Elle se retrouvait petit fille, quand il la grondait après qu'elle ait fait une bêtise. Mais elle ne voulait pas se laisser malmener.

— Judy avait « autre chose à faire ». Elle a toujours autre chose à faire. Quant à Doug il est avec sa maîtresse.

— Pardon ? !

— Qu'est-ce que tu n'as pas compris ? Que Judy était trop occupée, ou que Doug avait une maîtresse ?

— Non. Non. Ça va j'ai compris. Depuis quand Doug a-t-il une maîtresse ?

— Cela fait des années.

— Des années ? !

— Avant ce n'étaient que des aventures. Il revenait toujours vers moi. Alors je pardonnais. Mais depuis six mois, il a une liaison, avec l'une de ses associées : Jessica. Elle a dix ans de moins que lui. Je crois qu'il l'aime… enfin comme Doug est capable d'aimer… Elle ? Elle a les dents très longues, et n'a qu'une envie : devenir Mme Crane.

— Que vas-tu faire ? demanda Véronique, navrée.

— Divorcer ! Vivre ma vie.

Elle leur raconta les raisons qui l'avaient amenée à prendre cette décision. Ils réagirent vivement au récit de sa noyade. Encore plus à celui de son agression. Après un long moment de silence, Patrick, lui dit en lui tapant sur la cuisse :

— Tu as bien raison ! Doug n'est qu'un crétin ! Il n'y avait que toi, pour ne pas l'avoir vu. Qu'en dit Kyle ?

— Il est là. Il me comprend. Il sait tout ce que j'ai vécu avec son père.

— Judy ?

— Elle s'en contrefiche ! Elle est comme son père. Tout ce qui n'est pas « elle », ne la concerne pas.

— Cet homme qui t'a sauvé la vie c'est qui ?

— Tu le verras ce soir. Il vient dîner avec nous. L'adorable blonde dont mon fils est tombé raide, et qui joue avec les enfants, est sa fille. Il fréquentait beaucoup maman avant son décès. Ils étaient très amis. C'est un concertiste. Pianiste. Très connu.

— Comment s'appelle-t-il ?

— Pierre de Nerval.

— Tu plaisantes ? Pierre de Nerval ? Tu parles s'il est connu ! C'est un Suisse. De Lausanne. Véronique et moi allons l'écouter à chaque fois qu'il passe à Genève.

— Tiens ? C'est bizarre. Il ne m'en a rien dit.

— Il a dû penser que tu le savais.

— Peut-être ?

Elle était dubitative. Le cheminement de ses pensées fut interrompu, par la bande d'ados qui déferlait en riant. Ils étaient affamés.

— Allez demander à Marie de vous servir un en-cas. Laissez-en pour le repas de ce soir !

— On aurait dû les laisser en pension. Ils vont nous ruiner en nourriture, dit Véronique en éclatant de rire.

— Regardez le magnifique coucher de soleil que nous offre la nature.

Reprit Ludivine

— Cet endroit est vraiment beau… Où as-tu l'intention de t'installer ? Puisque tu ne retournes pas aux US.

— Si cela ne vous dérange pas, je voudrais rester à Bayadère. C'est le seul endroit où j'ai envie de vivre. Si tu n'es pas d'accord, je rachète ta part. Mais cette maison est la nôtre, et je voudrais que cela continue.

Patrick et Véronique échangèrent un regard.

— Cette maison est la tienne. Tu peux y vivre aussi longtemps que tu le voudras. Pas question de rachat de part ou pas. Nous avons un chalet à la montagne, et une maison à Genève, cela nous suffit bien. Tu ne sais pas ce que tu auras après ton divorce. Au moins tu auras un toit.

— Mais je compte bien avoir la moitié de notre patrimoine ! Nous sommes mariés sous le régime de la communauté. Enfin… à la façon américaine… Tout ce qui est à lui est à moi. Vice et versa !

— Y compris la moitié de la part de notre maison ! Il peut te demander de la vendre pour la toucher.

— Aucune inquiétude à ce sujet. J'ai des atouts pour qu'il « oublie » ce côté de l'Atlantique. Et la succession de papa et maman ne sera pas conclue avant le divorce.

— Il y a déjà un mois. Tu penses avoir réglé ton divorce avant la fin janvier ?

— Je verrai avec notre notaire, pour qu'il fasse traîner un peu les choses.

— Parle-lui en même temps du don de ma part. Comme ça tout sera fait.

— D'accord. Merci. Vous êtes des amours tous les deux.

Dit-elle en se levant. Le soleil absent, le froid pinçait. Patrick et Véronique la prirent dans leur bras.

— Je ne vais pas laisser ma petite sœur à la rue.

Il était dix-neuf heures. Les jeunes s'amusaient au premier et les adultes prenaient l'apéritif, au salon, devant le feu. La cloche de la porte d'entrée se fit entendre. Pierre. Ludivine se leva en disant à Marie de ne pas se déranger. Elle avait le trac. Pierre avait eu du mal à comprendre qu'ils devaient avoir une attitude « amicale » devant sa famille. Ces derniers ne connaissant pas tous sa situation, seraient étonnés. Il avait même menacé de ne pas venir. Elle avait tenu bon. Et il était là. Elle ouvrit la porte en grand, toute souriante… Ce n'était pas Pierre, mais le commissaire de police qu'elle avait rencontré lors de l'agression. Pierre arrivait derrière.

— Monsieur le Commissaire ? Que se passe-t-il ?

La peur lui glaça le sang. Pierre vint immédiatement à son secours, entourant sa taille d'un bras protecteur.

— Je sais qu'il est tard, chère madame, mais pourrais-je vous parler un instant ?

Pierre et Ludivine échangèrent un regard.

— Oui bien sûr. Mais je reçois du monde. Allons dans le bureau de mon père. Si vous voulez me suivre ?

Patrick, inquiet de ne pas la voir revenir, et entendant des voix feutrées dans le hall, se pointa, curieux, sur le pas de la porte du salon.

— Ludivine ? Que se passe-t-il ?

Voyant les deux hommes, il s'avança en tendant la main.

— Bonsoir messieurs. Patrick de Linière. Il y a un problème ?

— Patrick, je te présente Pierre de Nerval notre invité, et M. le commissaire Degal. C'est lui qui s'est occupé de l'affaire dont je t'ai parlé.

Une fois les présentations faites, Patrick reprit, très maître de maison. Maintenant que ses parents étaient morts, c'était lui, le chef de tribu, et il fallait que cela se sache.

— En quoi pouvons-nous vous aider, monsieur le commissaire ? Entrons dans le salon, nous serons plus à l'aise pour parler.

N'attendant aucune contradiction, il guida le petit troupeau vers la cheminée, les invitant à s'asseoir. Le commissaire était embêté. Il aurait aimé un peu plus d'intimité à la nouvelle qu'il venait annoncer. Il prit le verre que lui tendait Patrick. Se racla la gorge.

— J'ai une mauvaise nouvelle.

Les deux femmes crièrent en même temps.

— Il est arrivé un accident ? !

— Non. Mais c'est tout aussi grave… « *l'Ombre* » s'est échappé de l'hôpital où il était soigné. On pense qu'il a fait semblant de prendre les somnifères qu'on lui donnait. Il a profité de l'absence du planton pour s'évader dans la nuit. Nous le cherchons depuis, sans résultat. Nous prévenons toutes ses anciennes victimes. Vous en particulier, à cause des menaces qu'il a proférées à votre encontre.

Ils étaient tous atterrés. Ludivine n'avait plus le trac, mais peur. Elle s'était bien remise de son agression. Au fond, elle était fière d'elle. Après tout, elle avait contribué à l'arrestation d'un violeur qui sévissait depuis deux ans. Elle avait eu de la chance. Mais s'il revenait, il savait à qui il avait à faire. Et un homme averti en vaut dix. Pour l'instant sa famille était là, il ne bougerait pas. Mais quand elle se retrouverait seule ?

Tout d'un coup elle ne se sentit plus en sécurité. Elle allait devoir quitter cette maison qu'elle adore, à cause d'un malfaisant. Ses fêtes étaient gâchées pour la même raison. Pierre lui prit la main. Elle ne put se retenir de répondre à sa caresse. Ceci sous l'œil inquisiteur de Patrick. Mais le commissaire reprenait.

— Il est sans argent et plus dangereux que jamais. Tous ses ponts ont été coupés. Il ne peut se réfugier nulle part. Il est en colère et agressif. Je vois que vous avez du monde autour de vous. Mais je pense qu'après les fêtes, si nous ne l'avons pas eu d'ici là, il faudrait quitter cette maison. Vous n'y êtes plus à l'abri.

— Pour ça il n'y a aucun problème. Elle viendra chez moi, ou je viendrai ici. Elle ne restera pas seule.

Hugh ! Pierre avait parlé ! Ils le regardèrent tous, étonnés. Le commissaire sembla soulagé.

— Si vous n'êtes pas seule, alors tout va bien. Il ne se repointera pas. Car c'est un lâche. S'il y a un homme dans la maison, il n'agira pas.

Patrick voulut reprendre la main.

— Oui, enfin… nous n'en sommes pas encore là. Ludivine pourrait venir passer quelque temps avec nous à Genève.

— J'irai où après ? À Tombouctou ?

Elle parlait d'un ton décidé. Elle en avait marre que tout le monde parle d'elle, comme si elle n'était pas là.

— Pierre a raison. Il n'aura qu'à venir s'installer ici. Nous rouvrirons le salon de musique, il pourra continuer à travailler, et moi je serai tranquille.

La messe était dite. Le commissaire se leva et prit congé. Une fois parti, la prise de territoire se prolongea.

— C'est gentil à vous cher monsieur de vous proposer, pour veiller à la sécurité de ma sœur…

— Pierre, appelez-moi Pierre. Je fais ça avec plaisir. Et puis vous connaissez le proverbe chinois : « la vie du sauvé appartient au sauveteur. » Donc votre sœur m'appartient puisque je lui ai sauvé la vie, une fois déjà.

Il était assis sur l'accoudoir du fauteuil de la jeune femme, et avait passé un bras autour de ses épaules, d'un geste presque possessif.

— Hum… c'est ce qu'elle m'a dit, et je vous en suis très reconnaissant. Mais je suis son frère et c'est à moi de prendre soin d'elle…

Ludivine n'en pouvait plus. Elle se leva en colère.

— Vous savez ce « qu'elle » vous dit. Je n'ai besoin ni de toi ! Ni de toi ! (Elle pointait son index dans leur direction). Je me débrouillerai toute seule ! J'achèterai une arme et je lui exploserai les « *balls* ». Il mourra par là où il a pêché. Maintenant, moi j'ai faim ! Les enfants ! À table !

Ludivine 1. Les hommes 0. La balle au centre. Véronique était hilare.

Une fois les territoires distribués, le reste de la soirée fut très agréable. Les deux coqs avaient baissé leurs ergots, et tout se passa divinement bien entre eux. Patrick ne sourcilla même pas quand il vit Pierre déposer un baiser sur les lèvres de sa sœur, au moment de la séparation.

Dans son lit, les deux glus collées contre elle, Ludivine poussa un « ouf » de soulagement. Au fond cela lui faisait plaisir que Patrick ait compris pour Pierre et elle. Cela lui donnait l'impression de s'affirmer. C'était sa vie. Tant pis si cela choquait certains. Ils n'avaient qu'à détourner les yeux. Quant à « *l'Ombre* », bien que la peur lui serrât le ventre, elle était fermement résolue à se défendre. Et puis Pierre sera là… elle s'endormit souriante.

Ludivine fut la première levée. Elle s'installa comme tous les matins, face à l'océan, sirotant son café, admirant le spectacle. La nuit avait été très froide. Le jardin était givré. Le soleil rasant les pins, éclairait le Bassin, lui donnant des couleurs rose et turquoise. Irréelles. Si un peintre avait utilisé ces teintes, son tableau aurait été qualifié de « kitsch ». Mais la nature fait toujours mieux et plus beau que l'homme. L'arrivée de Patrick la sortit de sa contemplation.

— Salut p'tite sœur.

— Salut p'tit frère. Bien dormi ?

— Comme un bébé. J'ai dormi une heure, j'ai pleuré une heure.

Ils rirent, émus. C'était la plaisanterie préférée de leur père, quand on lui posait cette question. Patrick se servit en silence. Ils restèrent ainsi, sans parler. Se retrouvant enfants, devant le même décor, avec le même sentiment de pleine entente.

— Tu as fini de trier les affaires de maman ?

Elle sursauta.

— Oui.

Il avait repris son air de rien… ça l'énervait quand il faisait ça ! C'est comme s'il connaissait la réponse avant de poser la question.

— Des choses intéressantes ?

Que répondre ? Lui parler des carnets ? De Véronique ? De la fausse couche ? Il y avait tant à dire et… rien. Sa maman lui avait confié ses secrets, à elle. À personne d'autre. Pourtant Patrick méritait de savoir pour sa sœur jumelle, mais comment lui en parler sans parler des carnets.

— Alors rien ?

— J'ai retrouvé des carnets intimes, qui vont de ses dix-huit ans à ta naissance. Enfin… votre naissance.

Elle sauvait les meubles. S'il voulait les lire, elle lui donnerait ceux qui vont jusqu'en 1936, le reste, serait pour elle. Ainsi le secret de sa maman ne serait pas trahi. Patrick s'était redressé sur son siège.

— De quoi parles-tu ?

— En fait, tu avais une jumelle. Tu es né en premier, l'accouchement a été très difficile, et la petite n'a pas survécu. Elle est morte juste après sa naissance.

Il retomba contre le dossier de son fauteuil.

— C'était donc ça !

— Quoi ?

— Depuis toujours j'ai au fond de mon ventre, un sentiment profond d'être incomplet. Qu'il me manque une part de moi-même. Je peux te le dire maintenant, j'ai consulté. Pendant longtemps. J'ai laissé tomber parce que le psy ne trouvait pas.

Il se prit la tête dans les mains. Il avait les larmes aux yeux. Ludivine était bouleversée. Elle vint derrière lui et l'entoura de ses bras. Le berçant comme un bébé.

— Excuse-moi mon Pat chéri. J'aurais dû me taire. Je ne voulais pas te blesser.

Il réagit vivement.

— Au contraire, tu ne sais pas le bien que tu me fais ! Je peux enfin donner une raison à mon mal-être.

— Tu peux même mettre un nom. Je te préviens tu vas être surpris. Papa et maman l'avaient baptisée : Véronique. Comme ta femme.

Pour lui dire ça, elle s'était assise à nouveau en face de lui. Il la regarda incrédule.

— Tu te fiches de moi !

— Non. C'est pour ça qu'ils se sont tellement attachés à elle. Tu te souviens comment papa l'appelait « ma fille ». J'en étais presque jalouse.

Le frère prit la main de sa sœur. Y déposant un léger baiser.

— Pourquoi nous ont-ils caché cette histoire ?

— Ils ne l'ont pas complètement caché. Sa tombe était près de nous à la plantation. Ils attendaient peut-être que nous posions la question. Cela eut été plus facile pour eux. Comme nous ne l'avons jamais fait, ils ont dû penser qu'il était inutile de nous faire de la peine. Tu te souviens papa disait toujours : « *Ce que l'on ignore ne fait pas souffrir* ».

— La preuve que si. J'en ai souffert pendant 44 ans.

— Tu n'es pas fâché que je te l'ai dit ?

— Je t'en remercie.

— Tu voudras lire ses carnets ?

— Je ne sais pas… Pas maintenant… Pas encore… Je ne me sens pas prêt. Elle raconte d'autres choses ?

Elle hésita. Mais resta campée sur sa position.

— Oui, sa vie à Vevey, son départ en Cochinchine, la mort d'oncle Pierrot. Sa rencontre avec papa. Ta naissance et… basta. Elle n'a pas dû avoir envie de continuer.

Elle était embêtée de lui mentir. Mais elle connaissait l'amour de son frère pour ses parents, et elle préférait qu'il en garde une image intacte.

— À part Véronique, rien que nous ne sachions déjà.

— Voilà.

Tout en se tenant la main, ils restèrent silencieux. Elle le laissait digérer l'information. Il reprit au bout d'un moment.

— Nous avons dû beaucoup nous aimer dans le ventre de maman. Je ne me souviens pas d'un jour de mon existence, où je n'ai pas senti son absence. Elle m'a manqué toute ma vie.

— Pourquoi tu ne m'en as jamais parlé ? On s'est toujours tout dit, nous deux.

— Parce que je croyais être fou. Je ne voulais pas te faire peur.

— Tu aurais pu en parler aux parents. Ainsi tu aurais su la vérité.

— Pour les mêmes raisons.

— Tu as du vraiment être malheureux. Si seulement j'avais su.

— Qu'aurais-tu fait ?

— Nous aurions parlé. Je t'aurais soutenu.

— Inutile de regarder en arrière. Maintenant que je sais la vérité, je vais pouvoir guérir et me consoler. Je n'aurais plus besoin de somnifère.

Une cavalcade dans les escaliers, annonça l'arrivée des jeunes.

— Voilà les morfales, dit Patrick en riant.

Il se leva, déposa un baiser sur le front de sa sœur.

— Merci ma Lulu chérie. Je vais voir si Véronique est réveillée.

— Tu vas lui en parler ?

— Pour l'instant je voudrais que cela reste notre histoire. J'ai besoin de l'avoir à moi, rien qu'à moi. Mais je le lui dirai, bien sûr. On se dit tout.

Au moment de sortir, il se retourna :

— Tu ne trouves pas extraordinaire que je sois tombé fou amoureux de cette femme ? Dès qu'elle m'a dit son prénom, j'ai compris que je ne pourrais plus me passer d'elle. Qu'en penses-tu ?

— Je préfère ne pas te le dire. Tu me ferais enfermer.

— Salut papa ! Salut Tati !

Le moment de communion était terminé.

— Salut mom' ! Salut tonton !

— Bonjour mes chéris. Bien dormi ? Vous vous êtes couché tard. Ne traînez pas trop au p'tit déj'. Marie doit préparer la table pour midi. Oncle Hubert, et tata Malou seront là avec les jumeaux et leur famille.

Elle se leva en riant :

— Je suis fatiguée rien que d'y penser. Je crois que je vais aller me recoucher. Quoi que vous fassiez, soyez là à midi.

Après avoir pris sa douche, et s'être habillée, elle appela Pierre.

— Bonjour ma chérie. Bien dormi.

Elle craquait à chaque fois qu'elle entendait sa voix.

— Comme un… (elle se reprit). Parfaitement.

— Tu viens toujours dormir à la maison ce soir ?

— Oui. Et si cela ne t'ennuie pas j'aimerais amener ma valise ce matin. Après je n'aurais plus le temps.

— Avec plaisir.

— Je me changerai chez toi ce soir, pour le réveillon. Ainsi, j'aurai l'impression d'être invitée.

— Ah ! Ça, il faut que je réfléchisse. Est-ce que nous prendrons notre douche ensemble ?

— Pour que tu me voies toute nue ? ! Il n'en est pas question !

— Alors tu ne pourras pas t'habiller chez moi.

— Bon d'accord, je cède. Mais c'est du chantage. Tu sais que tu me tiens entre tes mains. Mais plus pour longtemps. J'arrive.

— Pour prendre la douche ?

— Non. Pour apporter ma valise… obsédé sexuel. À tout de suite.

Elle souriait en raccrochant.

Le reste de la matinée fut occupé aux courses de dernière minute.

Elle était à peine rentrée, que le deuxième arrivage se pointait. Inutile de raconter le brouhaha des retrouvailles : Des embrassades. Des « *Tu as tellement grandi* ». Des valises à décharger. De la distribution des chambres. En définitive, Ludivine avait opté pour un dortoir pour les jeunes, sous les combles. Les chambres étant réservées aux adultes. De cette façon, à part elle, personne n'irait dormir chez Pierre. Marilyne changeait de maison. Les amoureux seraient tranquilles.

Le repas se passa dans une espèce de cacophonie. Ludivine, les regardait un à un. Les jumeaux étaient toujours indétectables. Quoique l'un d'eux ait quelques cheveux blancs. Elle demanderait lequel des deux. Son oncle et sa tante s'aimaient toujours autant. Quant à la tablée de jeunes… Ils étaient tous aussi beaux les uns que les autres. Jacques, issu de l'un des jumeaux, faisait le clown, comme d'habitude. Kyle lui répondait du tac au tac. Elle n'avait jamais vu son fils aussi heureux. Elle eut un pincement au cœur. Judy lui manquait. Elle chassa le nuage et savoura son bonheur de les avoir tous là, autour d'elle.

Elle se souvint de son père dans ce genre de réunion. Comme elle, il aimait les grandes tablées. Plus il y avait de monde, et plus il était heureux. « *Quelle bêtise d'avoir épousé ce garçon froid et égoïste. Ils m'ont tellement manqué. J'ai cru que je pourrais moi aussi créer une famille. Mais ma famille est là, et je n'aurais jamais dû la quitter* ». Elle chercha la main de Pierre… elle ne trouva que le vide. Mais ce soir… ce soir ce serait leur premier Noël ensemble. Elle espérait qu'il y en aurait d'autre.

— Ton frère à raison Lulu, tu ne crois pas ?

C'était l'un des jumeaux qui parlait.

— À quel sujet ?

— Ben ! Pour ton agresseur. Tu devrais faire le tour de la famille en attendant qu'il soit arrêté, et ne pas rester seule ici.

— Vous êtes tous des amours, mais 1 : Je ne serais pas seule. On en a déjà parlé Patrick. Je pensais que tu avais compris. 2 : Si la police ne l'arrête jamais ? C'est moi qui vais devenir une fugitive. Non merci. Je reste ici avec Pierre, point final. On n'en parle plus.

En parlant elle faisait les gros yeux à son frère. Malou demanda curieuse.

— C'est qui ce Pierre ?

— Tu le rencontreras ce soir. C'est un ami et voisin que j'aime beaucoup.

Véronique vint à son secours

— C'est Pierre de Nerval, le pianiste.

— Le pianiste ? ! Mince alors ! Je l'adore.

Hubert sortait de sa torpeur.

— Il sera vraiment là ce soir ? Tu crois qu'il nous jouera quelque chose ?

— C'est Noël pour lui aussi, tonton. Il fait relâche. S'il le propose on accepte, mais je vous en prie ne le lui demandez pas. Je serais très gênée.

— Tu te le gardes ?

— Tu as tout compris.

— Tu ne comptes donc pas rentrer aux US, après les fêtes ?

Quand Malou avait un os, elle le lâchait difficilement.

— Tant que la succession n'est pas bouclée, je préfère rester. Je n'ai pas envie de faire des allers et retours indéfiniment.

— Je vois.

Plus personne ne posa de question. Le café pris, ils s'égayèrent dans la maison. Ludivine après une petite sieste, se mit au travail pour la préparation du dîner. Elle avait prévu un repas traditionnel. Huîtres du Bassin en entrée. Terrines de foie gras qu'elle avait préparées à l'avance, accompagnée de figues du jardin, congelées par sa maman. Tiédies à la poêle. Déglacées au vinaigre balsamique, ramené d'Italie par Malou. Puis viendraient les cassolettes de coquilles St Jacques, aux pointes d'asperges, également congelées par sa maman. Et la « bête », sous forme d'une oie farcie à l'orange, fruit de Noël par excellence. Qui arriverait servie dans le noir, flambée au Cointreau. Cela faisait toujours un effet bœuf. Salade, fromage, dessert. N'en jetez plus la cour est pleine.

Pendant que les hommes se baladaient, ou jouaient aux boules, le clan féminin se retrouva en cuisine. Les jeunes avaient disparu depuis longtemps. Il fallait préparer l'apéritif, qu'ils prendraient avant d'aller à la messe, pour tenir jusqu'à minuit.

À dix-huit heures, tout était prêt. La table dressée, les femmes épuisées.

— Bon les filles je vous lâche, je vais chez Pierre prendre une douche et m'habiller.

Sa tante ouvrit de grands yeux.

— Tu ne peux pas le faire ici ?

Ludivine embrassa sa tante.

— Non ma tati chérie. Je vous ai donné toutes les chambres, et Pierre a la gentillesse de m'héberger pendant votre séjour. Mes affaires sont toutes là-bas.

— Ah bon ? Pas dans la même chambre quand même ? Ce n'est pas parce que ton mari n'a pas pu venir…

— Bien entendu, je suis une femme mariée voyons. Pour rien au monde je ne tromperais mon mari. Lui si fidèle…

Elle sortit sans demander son reste, sa tante était un véritable détecteur de mensonge. Si jamais elle la regardait dans les yeux, elle était fichue.

Pierre l'accueillit en lui donnant un baiser langoureux. Elle se laissa aller contre lui. Elle n'entendit pas les violons mais presque. Il lui parla dans le cou.

— Tu m'as manqué. J'étais incapable de travailler. Je n'ai pas écrit, ni joué une seule note.

— Toi aussi tu m'as manqué.

— Tu es sérieuse ? Est-ce que je commencerais à te chatouiller le cœur ?

— Un ch'ti chouïa. J'aurais voulu que tu sois près de moi à midi.

— Ah, ah… Je gagne du terrain.

— Doucement. Doucement. Fougueux étalon, je n'ai pas encore déposé les armes.

— Même si je te porte jusque dans la salle de bains ? Que je te fais couler un bain parfumé ? Que je te lave ? Puis te masse ?

Ils étaient bouche contre bouche. Elle sentit monter le désir. Une chose était sûre, elle ne tiendrait pas jusqu'au massage.

— À quel moment as-tu prévu de me faire l'amour ?

— Maintenant. Pendant que je te laverai. Pendant que je te masserai.

— Vantard !

Pour lui prouver le contraire, il la déshabilla derechef. L'appuyant au mur du hall d'entrée. Il la souleva par les hanches, la calant contre lui. Elle mit ses jambes autour de sa taille. Leurs corps se retrouvèrent. Elle lui souffla :

— Et si Marilyne rentre ?

— Je m'en fiche, j'ai trop envie de toi.

Cela faisait deux jours qu'ils s'attendaient. Il lui prouva la force de son désir, avec puissance et tendresse. Une fois de plus elle sentit la vague du plaisir la submerger. Décidément, elle ne s'en lasserait jamais. Il lui dit à l'oreille.

— Tu me rends dingue.

— Je ne veux pas que tu aies mal.

Elle le fixait. Elle savait qu'elle commençait à s'attacher à lui. Mais elle avait peur, et ne pouvait se laisser aller. Sa crainte d'être rejetée une fois de plus, était encore trop forte.

— Tant que tu seras près de moi je n'aurai pas mal. Je saurai être patient. Je t'attendrai aussi longtemps qu'il le faudra.

Ils échangèrent un baiser plein de tendresse et d'amour…

— Merci de me comprendre.

— Je veux qu'un jour tu sois ma femme. Et si je ne peux pas te comprendre, qui le fera ?

Il la prit dans ses bras et la monta dans la salle de bains. Elle se retrouva en sécurité, comme lorsqu'il l'avait sortie de l'eau. Abandonnée, elle se laissa déposer dans la large baignoire. Il versa sur elle des huiles parfumées. S'allongea à côté d'elle, et fit couler l'eau sur leurs corps. Elle posa sa tête sur son épaule, savourant cet instant parfait.

— Je peux te poser une question ?

— Oui bien sûr.

— Comment se fait-il que tu sois tombé amoureux aussi rapidement ? Après tout nous ne nous connaissons que depuis deux mois.

— Toi tu me connais depuis deux mois. Mais moi je te connais depuis bien plus longtemps. En fait tu étais grande comme ça.

Il montrait avec ses mains un écart d'environ cinquante centimètres. Elle le regarda étonnée.

— Oui. Ta maman m'a montré des photos de toi. Bébé. Petite fille. Grande fille. Jeune fille. Femme. Mariée. Je t'ai vue en tutu, en maillot de bain, en robe du soir. Toujours aussi belle. Elle m'a tout raconté de toi. Ton père t'appelait « son hirondelle » parce que, quand tu étais bébé et que tu avais faim, tu ne pleurais pas, mais tu avançais le bec comme le font les oisillons. J'ai appris à t'aimer à travers ce que me disait ta maman. À chaque fois elle finissait en disant : « *Je suis sûre que vous formeriez un couple formidable. Au lieu de ce pauvre crétin de Doug* ».

Ludivine essuya une larme.

— Ce n'est pas possible, elle ne pouvait pas parler de moi ainsi.

— Elle n'avait qu'un seul souhait : Que tu quittes ton mari. Que tu vives ta vie. Que tu deviennes la femme que tu aurais dû être. Pas l'épouse d'un crétin.

— J'ai du mal à croire ce que tu me dis. Je pensais qu'elle m'aimait bien, mais sans plus. Elle n'avait d'attention que pour Patrick. Tout ce qu'il faisait était magnifique. Tout ce que je faisais était raté.

— Elle culpabilisait. Tu étais la chair de son grand amour disparu. Elle ne devait pas montrer à quel point elle t'aimait. C'eût été injuste vis-à-vis de Patrick et de ton père.

— Elle aurait pu être moins dure.

— Elle ne pouvait pas. Si elle l'avait été. Tout était perdu pour elle. Il lui fallait tant de courage, pour vivre sans son amour, que la moindre faiblesse lui aurait été fatale.

— Comment sais-tu tout ça ?

— Je t'ai dit que nous étions très amis, et que nous parlions beaucoup.

— Je suis heureuse qu'elle t'ait eue auprès d'elle. Tu as dû lui faire beaucoup de bien.

— Moi aussi j'ai eu de la chance de la rencontrer. Elle m'a redonné envie de vivre et d'aimer.

Il prit une éponge et commença à la laver. Elle en fit autant de son côté. Sans parler. Comme s'ils se caressaient. Leurs corps apaisés, mais pas repus, se joignirent à nouveau. Cette fois il n'y avait plus l'urgence. Il y avait la communion et l'amour.

Une fois sortis du bain, ils se séchèrent mutuellement, sans dire un mot. Se bécotant. Quand ils furent secs, elle revint sur terre.

— On devrait commencer à se préparer. Il doit se faire tard. Je suis quand même la maîtresse de maison. Il serait moche de faire attendre les invités.

Il la libéra en poussant un soupir de déception. Une fois dans la chambre, elle se passa du lait parfumé sur le corps. Se maquilla légèrement. Enfila une guêpière. Accrocha ses bas. Mit une robe en shantung rouge houx, avec un bustier blanc, qui découvrait ses épaules. Elle rehaussa sa tenue d'une ceinture vert sapin.

Elle prit dans un écrin, une parure en émeraude et diamant. Chaque bijou lui avait été offert par son mari. Pour se faire pardonner ses « extras ». Ce fut d'abord le bracelet, puis le collier, les pendentifs et pour finir, la bague. Elle ne les avait jamais portés jusqu'à ce jour. Bien que très beaux, pour elle, ils étaient le symbole de la trahison. Ce soir elle avait une certaine jouissance à les mettre.

Elle les portait pour la première fois… pour son amant. Elle se parfuma. Enfila un boléro de la même couleur que sa jupe. Manches trois-quarts, col montant. Ses cheveux coiffés en chignon, avec quelques mèches folles, montraient sa nuque gracile. Elle enfila ses escarpins en soie assortis à sa ceinture. Un dernier regard dans le miroir, elle fit face à Pierre. Il était encore nu. Assis dans le fauteuil, il la regardait en souriant.

— Mais que fais-tu ? Tu ne t'es pas habillé ?

— C'est de ta faute. Je me délectais du spectacle que tu m'offrais.

— Quel spectacle ?

— Toi. En train de te préparer. Les hommes sont des crétins. Ils vont voir des « strip-teases », alors qu'il est dix fois plus excitant de contempler une femme en train de se vêtir. Vous êtes concentrées. Attentives au moindre faux pli. Est-ce que tu sais que tu n'as pas arrêté de te caresser. Pour mettre ta crème. Enfiler tes bas. Ajuster ta guêpière. Le plus beau, c'était la touche finale : le parfum. Derrière les oreilles, entre les seins, la pliure du coude, les poignets. À chaque aspersion, tu as senti, comme on le fait pour une fleur.

Il s'approcha d'elle, superbe dans sa nudité.

— J'ai quand même une question. Pourquoi dans la saignée des genoux ?

Elle fit un pas vers lui. Eut un rire de gorge.

— Pour toi mon chéri. Uniquement pour toi. Ainsi, tu pourras rêver toute la soirée, de l'instant où tu viendras mettre ton nez à cet endroit.

— Tu es une sorcière.

Il voulut la prendre dans ses bras, mais elle le repoussa, et s'assit à son tour dans le fauteuil.

— À toi maintenant ! Que la représentation commence.

Il lui obéit. Mais en faisant le clown. Elle riait aux larmes.

— Tu n'as rien de plus érotique ?

— Si ! Je peux te jeter sur le lit et te prendre à la hussarde.

— On n'a pas le temps. Dépêche-toi !

Quand il enfila sa veste de smoking, elle en eut le souffle coupé. Il avait une allure ! À tomber. Il dit en crânant :

— *My name is Bond. James Bond.*

Elle voulut l'embrasser. Il la stoppa dans son élan. Le bras tendu, la main appuyée sur une épaule.

— Ah non ! Trop tard ! On aurait trop de chose à enlever. En plus tu froisserais mon beau costume. Il fallait réfléchir avant ma p'tite dame.

Il sortit, le menton haut, comme une vierge outragée. Elle resta clouée sur place. Depuis l'escalier, il cria.

— Tu viens ? Tu vas nous mettre en retard.

— Il est gonflé !

Elle le rejoint en riant. Marilyne, déjà en bas, les attendait. Elle aussi était très élégante. Elle sourit en les voyant descendre, bras dessus, bras dessous. Ils formaient un couple superbe.

— Alors ! À quoi jouez-vous les filles, nous sommes en retard ?

Ils partirent sans plus attendre. Pierre très fier d'avoir une belle femme à chaque bras. En arrivant chez Ludivine, ils virent que la soirée avait effectivement commencé. Elle présenta Pierre et sa fille à tout le monde. Hubert se conduisit en vrai groupie. Mais Malou, fut glaciale. Un vent froid balaya les rires. Patrick vint immédiatement au secours de sa sœur.

— Pierre ! Bonsoir mon vieux. Viens, je vais te présenter l'attraction de la famille.

Ludivine fut sidérée par le tutoiement. Mais elle comprit très vite, que son frère voulait montrer ainsi à sa tante et à Pierre, qu'il le considérait comme un ami, et qu'il le traitait comme tel. Le prenant par le coude, il le conduisit vers les jumeaux.

— Voilà. Je te présente mes cousins Robert et François. Ils se ressemblent tellement, que personne n'a jamais su les distinguer. Même pas leur mère. N'est-ce pas Tati ? Je soupçonne leurs femmes de ne pas en savoir plus.

— Ah pardon ! (C'était Julie l'une des épouses). Je sais très bien qui est mon mari !

— Ah bon ? Lequel est-ce ?

— C'est Robert !

— Maline, ça, on sait. Mais montre-le-moi.

— Placés comme ils sont ? Je ne sais pas. Il faudrait les séparer… et qu'ils se déshabillent.

Ils éclatèrent tous de rire. La température remontait. Sauf pour Malou, qui partit dans la cuisine. Ni une, ni deux, Ludivine la suivit. Bien décidée à en découdre.

— Marie ? Vous voulez bien nous laisser. Je voudrais dire un mot à ma Tante.

Une fois Marie sortit, elle attaqua, bille en tête. Malou lui tournait le dos.

— Je peux savoir quel est ton problème ?

— Tu couches avec lui !!!

— Avec qui ?

— Cet homme que tu nous as présenté ce soir !

Malou faisait face.

— Cet homme, comme tu dis, s'appelle Pierre. C'est un ami. Il m'a sauvé la vie, et oui ! Je couche avec lui ! Cela présente un inconvénient ? !

— Tu es mariée ma petite fille !

— Avec qui ?

— Doug enfin ! Quelle question stupide !

— Il faudrait que tu lui en parles. Parce que vois-tu je n'ai pas l'impression qu'il ait enregistré la donnée.

Elle lui montra sa parure.

— Tu vois. Chaque bijou que je porte ce soir est le symbole d'une femme avec laquelle il a couché. Au début je croyais qu'il me faisait ces cadeaux parce qu'il m'aimait. Puis j'ai très vite compris que c'était sa façon à lui, de se dédouaner. Je ne les ai jamais portés. Mais ce soir je me régale à le faire !

Elle lança une dernière flèche.

— Tu pourras dire « telle mère, telle fille ». À part le fait que je ne sois pas enceinte de mon amant. Remarque ? Je le suis peut-être… depuis… (elle regarda sa montre) une heure. Cela ne te donne pas une impression de déjà-vu ? Et il me semble qu'à l'époque tu avais eu la même réaction !

Tu n'as pas changé. Toujours aussi raide dans tes bottes.

— Mais de quoi parles-tu ma pauvre enfant ?

Son ton était désolé. Comme si Ludivine était folle.

— Ne fait pas l'imbécile ! Je sais tout ! Papa, Véronique, la fausse couche, Thierry, la mort de Thierry, moi !

Elle comptait sur ses doigts. Sa tante avait les yeux qui lui sortaient de la tête.

— Maman m'a laissé ses cahiers intimes.

Malou se laissa tomber sur une chaise. Anéantie. Elle dit en pleurant.

— Mais pourquoi ? Pourquoi a-t-elle fait ça ? !

— Parce qu'elle savait que Doug me trompait tant et plus. Que je n'étais pas heureuse avec lui. Elle ne voulait pas que je finisse comme elle. Triste à en crever de ne pas avoir suivi son amour. Quitte à mourir avec lui ! Elle voulait que je vive MA vie. Et j'ai bien l'intention de le faire ! Avec ou sans ton accord ! D'ailleurs j'ai déjà demandé le divorce, et NON ! Je ne rentre pas aux US. Si cela ne te convient pas, prends sur toi. Ne nous gâche pas notre Noël. Il y a trop longtemps que nous ne l'avons pas fêté ensemble. Laisse-nous avec tes préjugés de protestante coincée. Si tu as un tant soit peu d'affection pour moi, va remercier Pierre. Car sans lui, vous ne seriez pas là pour le réveillon, mais pour mon enterrement !

Sa tirade terminée, elle tourna les talons et sortit. Laissant sa tante bouche bée. Sa nièce ne lui avait jamais parlé sur ce ton. Elle si douce, si docile. La voilà révoltée.

L'intéressée regagna le salon et comme pour s'affirmer un peu plus, elle alla directement vers Pierre, glissa sa main dans la sienne, déposa un baiser sur ses lèvres, et lui dit avec douceur :

— Tu vas bien mon chéri ? Tu aurais la gentillesse de me servir un verre.

Il en resta muet de stupeur, se dirigea vers le bar comme un robot et revint avec le verre désiré. Patrick et Véronique souriaient. Les autres ne firent aucun cas de l'incident. Une bonne dizaine de minutes plus tard, Malou revenait. On voyait qu'elle avait pleuré et retouché son maquillage. Comme sa nièce, elle s'approcha de Pierre. Déposa un baiser sur… sa joue et dit :

— Je viens d'apprendre pour la noyade. Cher monsieur, je vous remercie d'avoir sauvé la vie de ma nièce. Accepteriez-vous de me servir un verre ?

Pierre fut tout aussi abasourdi. Jacques dit en riant :

— Lulu, tu aurais dû voter un budget pour un barman. Parti comme c'est parti, le pauvre Pierre va être de corvée toute la soirée !

Le reste du réveillon, se passa comme une vraie fête de famille. Ludivine avait le cœur léger. Quant à Pierre, ses pieds ne touchaient plus le sol. En fin de veillée, Kyle prit sa guitare, Pierre se mit au piano. Ils chantèrent. Les canards volèrent bas, mais tout le monde s'en fichait, ils étaient heureux. Ensemble.

Le lendemain. Ludivine se leva tôt afin de cuisiner le repas de midi. Pour trente personnes, ce n'était pas une mince affaire. Elle avait de nouveau prévu des huîtres et du foie gras comme entrée. Tradition bordelaise oblige. Puis poulets des Landes aux queues de langoustines. C'était la recette qu'elle réussissait à coup sûr. Pour le vin, comme la veille, ce serait celui de la famille. Elle était en train de préparer son fumet de langoustine, quand Malou entra. Elle lui fit une bise.

— Bonjour mon petit. Tu as bien dormi ?

— Comme… Très bien merci et toi ?

Que de politesses…

— Je suis venue pour t'aider, tu as quelque chose à me faire faire ?

— Marie ? Vous voulez bien aller dresser la table avec Sarah ? Et préparer les verres pour l'apéro ? Vous vous occuperez du dessert plus tard. Merci.

Elle se tourna vers sa tantc.

— Si tu veux bien commencer les amuse-gueules ? Il y a tout ce qu'il faut dans le frigo.

— Comme hier soir ?

— Un peu moins. Ils vont se gaver et n'auront plus faim pour le déjeuner.

Elles se mirent au travail en silence. Ludivine le rompit, sans regarder sa tante.

— Merci pour hier soir. Je sais que cela a dû te coûter. Aujourd'hui encore, mais merci.

— Cela n'a pas été difficile du tout. Ce que tu m'as dit m'a fait réfléchir. Tu as raison. Je ne suis qu'une vieille bique, protestante et coincée. En fait j'ai terriblement honte. Je me suis très mal conduite avec ta mère. La mort de Thierry arrangeait tout. J'ai toujours occulté le chagrin qu'elle devait avoir. Adeline était une grande dame. Elle l'a supporté avec beaucoup de dignité. Parce que cela me convenait, j'ai pensé qu'elle était guérie. Passionnée comme elle l'était. J'aurais dû savoir qu'elle jouait la comédie. Tu ne peux pas savoir à quel point je m'en veux. C'était ma sœur. J'aurais dû être là pour elle.

Elles avaient les larmes aux yeux. Ludivine prit sa tante dans ses bras.

— Ne regarde plus en arrière. Tu n'y peux plus rien. Personne n'y peut plus rien.

— Si. La vie me donne une chance de me rattraper. Je ne commettrais pas la même faute une seconde fois. Pierre à l'air d'un homme merveilleux, si tu l'aimes, fais ta vie avec lui. Tu as ma bénédiction. Sois heureuse.

— Je crois que je l'aime. Mais j'ai peur tati.

— De quoi ma chérie ?

— D'être rejetée encore une fois. D'être celle que l'on ne choisit pas. Maman ne m'aimait pas. Luc me trompait et j'ai dû rompre nos fiançailles. Doug me trompe depuis des années.

— Que dis-tu comme bêtises ! Ta mère t'adorait.

— Elle ne me le montrait pas.

— C'est vrai qu'elle était dure avec toi. Je crois qu'elle voulait que tu deviennes forte. Tu étais… Tu es, tellement sensible. Elle ne supportait pas de te voir souffrir. Mais fais confiance à ton destin. S'il a mis cet homme sur ton chemin, ce n'est pas pour rien. En plus il t'a donné une deuxième vie. Il est ton rédempteur. Ne le laisse pas passer. Si tu as peur qu'il ne soit pas amoureux. Je peux te dire : fonce ! Parce que cela saute aux yeux qu'il t'aime comme un fou.

— Tu es sérieuse ?

— Crois-en l'expérience d'une vieille bique.

Elles rirent.

— Tati ?

— Oui.

— Tu as connu mon père n'est-ce pas ? Comment était-il ?

Malou poussa un gros soupir.

— On ne pouvait qu'en tomber amoureuse… Il était beau, charmeur, charmant, drôle, intelligent, merveilleux pianiste…

— N'en jette plus !!

— Ils étaient faits l'un pour l'autre. Pendant le peu de temps que ta mère l'a connu. Je ne savais pas que c'était son amant. Mais elle rayonnait. Elle brillait de l'intérieur. Tout le monde croyait que c'était grâce à Georges. Mais non, c'était Thierry qui éclairait sa vie.

— Est-ce que… est-ce que je lui ressemble.

Malou les yeux embrumés de larmes, la dévisagea.

— Tu es son portrait craché. Tu as le même rire. La même façon de relever ta mèche de cheveu. Tu as la même gentillesse, la même finesse. Le même humour. Le plus dur c'est Kyle.

— Kyle ?

— Oui. Je le regardais hier soir, pendant qu'il jouait du piano avec Pierre. J'ai cru voir un fantôme. Cet homme est mort il y a quarante ans. Mais il a laissé son empreinte indélébile, en toi et ton fils.

— C'est pour ça que maman aimait tellement son petit-fils ?

— Oui. Elle a pu être avec lui, ce qu'elle ne s'est jamais autorisé à être avec toi. Elle s'est infligé cette punition. Pour je ne sais qu'elle raison.

— C'est moi qu'elle a punie, pas elle.

— Peut-être.

— Bon ! Assez pleurniché ! Mes poulets sont prêts. Il est onze heures et demie. Je vais voir si mon homme (cela lui fit tout drôle d'employer ce terme) est réveillé. Si non, je le mets en bas du lit. Les Bordelais ont dit qu'ils seraient là, à midi, avec eux pas moyens de gagner du temps. C'est comme avec vous. L'heure c'est l'heure, après l'heure c'est plus l'heure. Exactitude. Montre suisse. Je compte sur toi pour réveiller la marmaille ? Bisous ma tati.

Elle enlevait son tablier en disant ces mots. Elle cria depuis le hall en partant.

— Marie ! Vous surveillez mes poulets ! Qu'ils n'attachent pas. Je vais m'habiller.

Elle partit le pas léger. La conversation qu'elle venait d'avoir, avec sa tante lui avait fait du bien. Elle se sentait moins coupable… de quoi d'abord ? D'être venue au monde ? Elle n'était que le résultat, pas la cause. Elle devait tourner la page. Passer à autre chose. Vivre !!! En commençant par rejoindre Pierre.

Bien entendu il était au lit. Il dormait profondément. Elle ne put se retenir de le contempler. Elle sentit un élan de tendresse la pousser. Elle se pencha, et l'embrassant tout doucement :

— Il est l'or. L'or de te lever…

Pas de réaction. Elle recommença à l'embrasser.

— Chéri ? Il est midi (elle mentait pour le faire bouger). Il faut te lever. Ma famille sera là dans cinq minutes.

Tout d'un coup, elle se sentit soulevée et jetée sur le lit. Il était à califourchon sur elle. Il lui tenait les bras en arrière.

— Que veux-tu femme ? ! On ne réveille pas le mââââle qui dort ! Tu vas devoir payer pour ce crime !

Il se mit à l'embrasser dans le cou. La tenant toujours d'une main, et la chatouillant de l'autre. Elle riait tellement qu'elle s'en étouffait.

— Arrête ! Arrête ! Je ne peux plus respirer. Je vais mouriiir !

— Je te ferai du bouche à bouche.

Elle réussit à libérer l'une de ses mains, et essaya de le repousser. Mais il était lourd.

— Je veux mon câlin du matin !

Dit-il boudeur.

— Tu l'auras sous la douche. Comme ça, on gagnera du temps. Allez viens si t'es un homme.

Elle n'eut pas besoin de répéter. Il était déjà dans la salle de bains, qu'elle n'avait pas encore pu se lever. Il la chopa quand elle entra dans la pièce, et ils firent le câlin… puis leur toilette. Organisation parfaite. Aucune perte de temps.

Quand ils arrivèrent chez Ludivine, une fois de plus, ils étaient les derniers. Les Bordelais étaient là avec leurs enfants. Jean-Pierre et ses trois filles, Geneviève et ses deux garçons. Ils étaient tellement bien tous ensembles, que leur séjour se prolongea de plusieurs jours. Ludivine remarque que son fils et Marilyne parlaient beaucoup avec Jean-Pierre. Chirurgien, oncologue, ils devaient parler boutique. Cela lui fit plaisir de les voir s'entendre si bien. Le reste des fêtes se passa très agréablement. Le réveillon de fin d'année fut célébré chez Martine et Sylvain. Ludivine ayant laissé la maison à la bande de jeunes. Les suisses repartirent en caravane. Ils eurent du mal à se dire au revoir, mais promesse était faite de tout recommencer à Pâques.

Chapitre IX

Depuis le départ de la famille, la maison semblait vide. Ils se retrouvèrent donc tous les quatre, chez Ludivine. Pierre et Marilyne s'étaient installés avec armes et bagages. En attendant que le piano soit réaccordé, Pierre continuait à travailler chez lui. Laissant Ludivine avec les enfants. Ainsi elle n'était jamais seule. Le commissaire Degal n'avait donné aucune nouvelle. L'« *Ombre* » courait toujours.

Un après-midi, alors qu'elle se promenait sur la plage avec les glus… à marée basse, Kyle vint la rejoindre. Elle comprit immédiatement qu'il voulait lui parler. Il avait sa bouille de petit garçon. Cela devait être sérieux. Elle ne lui tendit pas la perche, comme elle le faisait habituellement. Il fallait qu'il agisse en adulte. Il finit par se lancer.

— Maman ?

— Oui mon chéri.

— Marilyne et moi, avons besoin de ton aide.

Elle stoppa net.

— Elle est enceinte ? !

— Tout de suite les grands mots. Non. Mais nous aurions besoin de toi pour convaincre Pierre de la laisser venir étudier sa médecine avec moi à Harvard. Nous nous aimons et nous ne voulons pas être séparés pendant toutes nos études.

— Pourquoi devrais-je le convaincre ?

— Parce qu'il ne voudra jamais qu'elle parte aux US.

— Est-ce qu'elle sera acceptée à Harvard ?

— Oui. Elle a un dossier parfait. Le problème n'est pas là.

— Pourquoi Pierre ne voudrait pas la laisser aller aux US ?

— Parce que cela ferait trop loin. Il ne veut jamais qu'elle soit à plus de deux heures d'avion de lui. Avec ses concerts, ils sont trop souvent séparés. En Europe il peut passer la voir entre deux spectacles.

— Il joue aux US pourtant ?

— Seulement quand elle est en vacances et qu'il peut l'emmener.

— Je vois... Ils ont une relation fusionnelle, n'est-ce pas ?

— Oui. Et elle ne veut pas lui faire de peine. Ils se sont retrouvés tous seuls après l'accident. Ils s'adorent.

— J'avais remarqué. Qui vous dit que je pourrais le persuader de la laisser partir ?

— Il t'aime comme un fou. Tu sais très bien que les femmes font ce qu'elles veulent de leurs mecs.

— Tu crois vraiment ça ? Ce ne serait pas déloyal de ma part ?

— Mais ce serait pour la bonne cause.

Elle reprit sa marche. Il la suivit, impatient de sa réponse. Elle s'arrêta de nouveau.

— Si elle va avec toi là-bas. Ses diplômes ne seront pas acceptés en Europe. Imagine que vous vous sépariez. Elle sera obligée de rester en Amérique, ou d'abandonner son métier. Ou de travailler dans un hôpital, ou de repasser tous ses examens. Tu ne trouves pas ça injuste ? Maintenant... Il y aurait une autre solution.

— Laquelle ?

— Que ce soit toi qui viennes ici. La fac de médecine de Bordeaux est une des meilleures d'Europe. Ton cousin serait ton prof. Tu pourrais travailler dans l'une de ses cliniques. Devenir un associé. Je suis sûre qu'il serait enchanté. Ni ses filles, ni ses neveux, ne souhaitent suivre ses traces.

— À ce moment-là, ce serait moi qui serais coincé ici.

— Coincé ? Tu as tellement de choses qui te retiennent là-bas ?

— C'est mon pays. Je ne veux pas le quitter.

— Que pense Marilyne d'être séparée de toute sa famille, de ses amis, loin de son pays ?

— Je ne sais pas. Je ne lui ai pas posé la question.

— Il n'y a pas de doute. Tu es bien un homme. Pourquoi serait-ce à elle de faire le sacrifice ? Alors que vous serez seuls aux US. Ce n'est pas sur l'affection de ton père ou celle de ta sœur, que vous pourrez compter. Je ne sais pas comment va finir mon histoire avec Pierre, mais si il y a un « *happy end* », nous formerons la famille dont nous avons toujours rêvé. Tu n'as pas aimé les fêtes que nous avons passées ? Tu n'as pas trouvé merveilleux, ces rires ? Cet amour ? Ces disputes ? La famille quoi ?

— Si bien sûr, mais…

— Mais quoi ?

Ils s'affrontèrent du regard.

— Je vois… Tu es comme ton père. La frime avant tout. Tu veux pouvoir dire que tu sors de « *Harvard* ». Cela fait mieux sur un bristol, que « *Faculté de Médecine de Bordeaux* ». Vous allez lutter et ramer pendant des années. Même en sortant premiers de votre promotion. Alors qu'ici votre place est toute faite. Et avec le concorde, New York est à trois heures de vol. La France est ta deuxième patrie. Ce que les US ne sont pas pour Marilyne.

Kyle fixait le bout de ses chaussures, en faisant des ronds dans le sable.

— Je vais te donner mon avis. Je ne dirai rien à Pierre. Vous allez repartir chacun de votre côté. Cela vous permettra de réfléchir. Jusqu'à Pâques. Te sens-tu vraiment le droit de demander à Marilyne de tout abandonner derrière elle ? Pour lui donner quoi ? Ton amour ? Est-ce que tu te crois suffisamment important pour combler le vide ? Qui aura le plus à perdre ? Qui aura le plus à gagner ? Regarde ce que ton père à fait avec moi. Si tu l'aimes vraiment comme tu le dis, étudies tous les paramètres de la situation.

— Tu exagères, je ne suis pas comme lui.

Elle le dévisagea et répondit froidement.

— Si peu.

Elle fit demi-tour et prit la direction de la maison. Kyle resta sur place, puis lui courut derrière pour la rattraper.

— Mom ! Attends ! Tu as raison. Je vais en parler avec elle. Voir ce qu'elle préfère.

— Voilà une décision qu'elle est bonne. Si vous voulez, histoire de voir, je peux demander à Jean-Pierre qu'il vous invite à faire un tour du propriétaire, et à assister à l'un de ses cours. Vous pourrez juger en toute connaissance de cause.

— Mais nous partons ce week-end.

— On retardera le départ. Ça, je peux le demander à Pierre. Pour le reste, suivant ce que vous déciderez, ce sera à vous de lui parler de vos intentions. Vous voulez agir en adultes, alors commencez par le commencement. Sachez prendre vos responsabilités. D'accord ?

— D'accord.

— Va vite en parler avec Marilyne. Si cela l'intéresse, nous en parlerons au dîner.

Elle lui donna une tape sur les fesses.

— File mon chéri.

Elle le suivit du regard en souriant. En le voyant courir sur la plage, à longues enjambées, grand élégant. Son cœur se gonfla de tendresse. Où était son bébé ? Elle s'assit sur les marches menant à sa maison. Savourant cet instant de calme et de beauté. Elle ferma les yeux, laissant les rayons du soleil la pénétrer. Elle ne distinguait plus le chant du vent dans les aiguilles de pin, de celui de l'océan. C'était la même musique. Comme la voix des sirènes, le piano de Pierre l'appela. Il jouait un prélude de Chopin. Le toucher de l'artiste était tour à tour, léger, puissant, mélancolique.

Elle en eut la chaire de poule. « *Un homme capable d'un tel doigté, ne peux être mauvais* ». Pensa-t-elle. Une envie d'aller le rejoindre, la prit soudain. Mais elle se retint. Ne voulant pas le déranger dans son travail. Elle resta donc à écouter ces musiques. Celles de la nature, et celle des hommes.

Il ne fut pas difficile de convaincre Pierre de l'intérêt de la visite guidée, qu'elle voulait organiser pour les jeunes. Il fut immédiatement d'accord. La semaine suivante ils passèrent donc une journée avec Jean-Pierre. Marilyne fut emballée, Kyle n'avait pas encore pris de décision.

Puis le moment du départ arriva. La séparation à l'aéroport, fut éprouvante pour tous les quatre. En fait depuis la veille, ils avaient du mal à échanger des paroles. Ces quinze jours étaient passés si vite. Ils s'étaient attachés les uns aux autres. Trouvant un fils, une fille. Un père, une mère. Le retour à Arcachon fut silencieux.

Cela faisait deux semaines qu'ils étaient seuls. Pierre travaillait beaucoup. Son premier concert de retour, se donnait en avril, à Genève. Il devait mettre les bouchées doubles. Cela ne l'empêchait pas de faire travailler la voix de Ludivine. Tous les matins, elle avait droit à des cours particuliers. À force d'exercices, ses cordes vocales reprenaient leur élasticité. Le professeur très dur au début, devenait de plus en plus fier de son élève. Ils étaient heureux. Leur entente était parfaite. Une petite engueulade de temps en temps, mettait du sel dans le chaudron de l'amour.

Exceptionnellement, ce matin-là son prof lui avait donné congé. Il devait se rendre à Bordeaux pour la journée. Des affaires à régler. Seulement, Ludivine avait des devoirs. Un *lied* de Schubert à répéter. Il y aurait interrogation orale le soir. Le seul problème, c'est que la veille, emportés tous les deux par un élan « lyrique », la partition avait été égarée. Impossible de remettre la main dessus. Elle se rendit donc dans le salon de musique. Rien sur le piano. Ni sur le lutrin. Peut-être que dans une « folie » de rangement, Pierre, l'avait rangée dans le tabouret ? Elle souleva donc le rabat rembourré et couvert de velours, du petit meuble, prit le paquet de partitions qui s'y trouvait, espérant trouver la sienne. Sous les documents, il y avait un album de photos. Un de ces vieux albums, avec la couverture en cuir. Décorée de volutes et de fleurs en relief, de même matière. Elle ne l'avait jamais vu. Encore une cachotterie de ses parents ? Elle le prit et alla s'asseoir dans le salon.

Comme devant le coffret, elle se retrouva hésitante. Qu'allait-elle encore découvrir ? Elle l'ouvrit. Sur les pages cartonnées, anthracites. Des photos en noir et blanc. Sépias. Avec des gens qu'elle ne connaissait pas. Mais alors pas du tout. Une petite fille, un petit garçon. Devant une belle maison… Près d'un lac… Dans la neige… Elle eut soudain la certitude que cela se passait en Suisse. Elle retrouvait les paysages, l'architecture des maisons, le lac. Cela devait être des cousins de sa mère. Mais qui ? Ils étaient frères et sœurs. La ressemblance était frappante. Elle continua de feuilleter. Les enfants avaient grandi. C'était de jeunes ados. En scrutant la photo du jeune homme, elle eut un choc. C'était Kyle ! Habillé à la mode des années trente, mais c'était lui. Puis lui vint la révélation. C'était des photos de Thierry. Son père. À l'âge de son fils. Elle referma d'un coup sec l'album.

Elle avait le vertige. Son cœur battait à cent à l'heure. Elle reprit sa respiration, la bloqua et replongea en apnée dans l'ouvrage. Tournant les pages, plus pour longtemps, car les photos s'arrêtaient en 1939. Le frère et la sœur en tenue de tennis. Dessous, écrit au crayon blanc :

« *Aujourd'hui, le 20 décembre 1939, nous venons d'apprendre la disparition de mon frère chéri. Cet album s'arrêtera donc là. Où que tu sois mon Thierry, sache que ta petite sœur sera toujours en pensée avec toi.* »

Elle était bouleversée. Le même jour, sa mère et la sœur de son père, mettait fin à une histoire. Avec un chagrin identique. À qui pouvait bien appartenir cet album ? Pas à sa mère. Il aurait été dans le coffret. À moins qu'elle l'ait mis dans le tabouret pour pouvoir le consulter à l'envie. Mais comment l'aurait-elle obtenu ? De toute évidence il venait de la sœur de Thierry. Est-ce que sa mère aurait pris contact avec elle ? Il est vrai que lors de leurs escapades en Suisse, sa mère, sous prétexte d'aller voir de vieux amis, disparaissait souvent. Comment aurait-elle réussi à convaincre la sœur, de se séparer d'un tel trésor affectif ?

Elle tourna et retourna le problème sous tous les angles. Ne trouvant pas de solution plausible. Elle finit par abandonner. Peut-être que Pierre aurait une explication ? Adeline lui avait confié tellement de chose… Trop chamboulée, elle ne travailla pas son chant et sortit déjeuner avec Martine. Elle non plus, ne trouva aucun éclaircissement au mystère.

En rentrant, Marie lui transmit plusieurs messages d'Alan. Enfin des nouvelles du divorce. Elle eut du mal à l'avoir, mais il finit par la prendre.

— Salut ma belle ! Comment va ? Bonne année !

— Je vais bien. Tous mes vœux. Tu as quelque chose d'important à me dire ?

— Oui. Doug est d'accord sur toutes tes exigences…

— Sauf ?

— Il ne veut pas que tu gardes d'actions du cabinet.

— À combien il me les rachète ?

— Au prix du marché.

— Inintéressant. Je préfère les donner à Kyle.

— Kyle est de ton côté. Cela ne plaira pas à Doug.

— Alors, qu'il me fasse une offre raisonnable. Minimum deux points au-dessus.

— Il n'acceptera jamais.

— Alors je les vendrai à Wilson. Je suis sûre que même à trois points, il me les prendra.

— Doug reviendra sur l'accord.

— Et bien nous irons au procès. Avec les cartes que j'ai en main, je suis sûre de gagner. Les photos sont très chouettes. Surtout celles où ils font l'amour dans notre maison et dans notre lit. Cela fera beaucoup d'effet au tribunal. Merci.

— Tout à ton service.

— C'est toi l'avocat. Fais-lui comprendre où est son intérêt.

— Comme tu veux. Tu vas bien autrement ?

— Oui.

— Toujours décidée à rester en Europe ?

— Plus que jamais. Quand viens-tu me voir ?

— Au printemps… si j'ai le temps.

— Prends-le. On ne vit qu'une fois.

— Tu as raison. Allez ciao ma belle ! On m'appelle sur une autre ligne. Je te tiens au courant.

— OK. Salut mon grand.

Elle avait à peine raccroché, que Pierre était là.

— Bonsoir ma chérie. Tu parlais à Kyle ?

— Non. À Alan.

— Des ennuis ?

— Rien d'insurmontable. Tu as pu faire tout ce que tu avais à faire à Bordeaux ?

— Oui. Tout s'est bien passé. Tu as préparé ton *Lied* ?

— Non… Mais j'ai une excuse.

— C'est ce que disent toujours les mauvais élèves. La punition va être terrrrible !!!

Il la prit dans ses bras, l'embrassant et la chatouillant. Il connaissait ses points faibles. Entre deux hoquets de rire, elle réussit à glisser :

— Arrête ! Arrête ! Je suis sérieuse. J'ai quelque chose d'important à te dire.

— Quoi de plus important que la punition que tu mérites ?

— Il faut que je te montre un album de photos que j'ai trouvé dans le tabouret du piano.

Il cessa immédiatement ses taquineries. Son visage devint blême. Toute à ses révélations, elle ne remarqua pas le changement, le prit par la main. L'entraîna dans le salon. Ouvrit le livre, lui montra les photos.

— Regarde. C'est mon père et sa sœur. C'est fou ce qu'ils se ressemblent. Je ne savais pas qu'il en avait une. Maman n'en parle pas dans ses carnets. Et là, on dirait Kyle.

Pour feuilleter l'album, elle lui tournait le dos. N'obtenant aucune réaction de sa part, elle lui fit face. Croisa son regard noir. Un muscle tapait sur sa joue. Il était tendu comme un arc. Il lui tourna le dos, passant nerveusement une main dans ses cheveux. Se dirigea vers le jardin d'hiver, et fixa l'océan. Les poings serrés dans les poches. Stupéfaite, elle le rejoint d'un pas décidé.

— Maman t'a dit quelque chose au sujet de ces photos ?

Elle se campa devant lui. Position fermée. Bras croisés sur la poitrine. Il avait les larmes aux yeux. Ses lèvres tremblaient. Elle le prit contre elle, le berçant comme un enfant. Il s'abandonna.

— Parle-moi. Dis-moi ce qui te fait mal. Je ne supporte pas de te voir souffrir.

Il resta silencieux.

— Je t'en prie. Tu sais que je peux tout entendre.

À ces mots, il se dégagea de son étreinte. S'assit dans un fauteuil. Se prit la tête dans les mains.

Parla d'une voix cassée.

— Je ne sais pas si tu es prête à entendre ce que j'ai à te dire.

Elle vint s'agenouiller devant lui. Lui caressant les cheveux.

— Si je m'écroule, tu me ramasseras.

— Je ne sais pas si tu accepteras mon aide. Assieds-toi, écoute-moi et surtout ne m'interromps pas.

Elle lui obéit et prit un siège en face de lui.

— Cet album m'appartient.

— Pardon ?

Elle était soufflée.

— S'il te plaît laisse-moi aller jusqu'au bout de mon histoire. Tu me poseras toutes les questions que tu veux, quand j'aurai terminé.

Elle s'enfonça dans son fauteuil.

— OK. Je me tais. Je t'écoute.

— Je ne t'ai pas dit que j'étais suisse moi aussi…

— Patrick me l'a dit… Excuse-moi.

— Bien. Par contre je t'ai dit que ma mère était morte à ma naissance.

Effarée, Ludivine ne put s'empêcher de lâcher.

— Ne me dis pas que ta mère…

Il dit d'un air las :

— Tu veux savoir ou pas ?

Après qu'elle se soit pelotonnée dans le fauteuil, il reprit son récit :

— Mon père ne pouvant m'élever tout seul, se remaria très vite. Avec… Madeleine Wittmer.

Il attendit une réaction qui ne vint pas. Elle avait compris la leçon.

— Il l'appelait Maddy. Moi maman. Parce c'est ce qu'elle était pour moi. Une mère. Aimante, attentive, drôle. Elle fit notre bonheur, et nous combla en nous donnant une fille et une sœur. Mais il n'y a pas de bonheur parfait. Il y avait une cassure en elle. Irréparable. Son frère Thierry avait disparu. Le bateau avec lequel il rejoignait la Nouvelle Calédonie, pour son travail, avait été torpillé par un sous-marin allemand, au début de la guerre. On ne l'a jamais retrouvé.

— Mais il est mort.

— Non. Le paquebot croisait au large d'îles habitées de pêcheurs, quand c'est arrivé. Ces derniers sont allés secourir les quelques rescapés, parmi lesquels il y avait mon oncle. Inconscient, mais vivant.

Elle était abasourdie.

— Comment se fait-il que maman n'en ait rien su ?

— Parce que l'information est arrivée beaucoup plus tard. Quand les rescapés ont regagné la civilisation. Les îliens sont d'excellents navigateurs, ils les ont ramenés sur une côte plus habitée, les laissant là. Sans mon oncle.

— Mais il suffisait d'aller le chercher.

— Bien sûr. Mais où ? Tous les marins étaient morts pendant le naufrage. On n'avait pas les coordonnées de l'endroit du torpillage. Les parents ont engagé des sommes énormes pour retrouver leur fils. En vain.

— Ce qui veut dire qu'il est peut-être encore vivant ?

— Maddy en est persuadée.

— Pourquoi n'est-il jamais réapparu ?

— On pense qu'il a dû perdre la mémoire.

— C'est incroyable…

Elle resta un long moment silencieuse. Il respecta sa méditation. Il savait que le plus dur n'était pas encore passé. Puis vint la question redoutée.

— Tu en as parlé à maman ?

— Non. Je n'ai pas osé. Elle semblait avoir trouvé une certaine sérénité, je n'ai pas voulu la troubler. Cela aurait été terrible pour elle.

— Ou cela lui aurait donné envie de vivre.

Dit-elle d'un ton amer. Elle reprit encore plus froidement.

— Je suppose que ta présence parmi nous, n'est pas une coïncidence ?

Ça y est, on y était. Il marqua un temps de pause, puis se jeta à l'eau.

— Quelque temps après l'annonce du naufrage, ma mère a reçu une lettre de son frère. Envoyée de Cochinchine. Un message posthume en quelque sorte. Il lui disait sa joie de bientôt se marier et être papa. Il était sûr que ce serait une fille, et qu'ils l'appelleraient Ludivine. Malheureusement, il ne donnait aucun autre détail. Il disait qu'il voulait leur faire une surprise.

Cela a rongé les parents et Maddy. Quelque part sur cette planète vivait leur fils et leur petite fille, et ils ne les verraient jamais. Ma grand-mère en est morte de chagrin. Son mari l'a suivie très rapidement. Maddy a tenté de vivre sa vie. Nous faisions tout notre possible pour la gâter.

Mais elle en est tombée malade. Il y a six mois. Un cancer. Je n'ai compris sa souffrance qu'après la mort de ma femme. Quand j'ai su pour sa maladie, j'ai arrêté mon travail, et je lui ai promis de vous retrouver, ta mère et toi.

— Comment tu t'y es pris ?

Il la sentait distante. Ce qu'il redoutait le plus était en train d'arriver.

— La chance. Le hasard. La providence. Ou les trois. Je ne sais pas. Je venais de terminer le dernier concert de ma tournée, à Bruxelles. Je signais des autographes, quand une femme est venue vers moi. Elle m'a tout de suite plu. Souriante, amène. Elle tranchait avec les autres mines compassées des spectateurs. Elle s'appelait Jacqueline Pinchard. Une vraie pipelette. Je l'ai donc écouté. Avec plaisir, parce qu'elle avait de l'humour. Dans sa logorrhée, elle a dit soudain une chose importante, qui a attiré mon attention. Elle m'a dit : « *A croire que c'est la nationalité qui veut ça. Quand nous étions planteurs en Cochinchine, avant la guerre. Nous avions un couple* d'*amis dont la femme était suissesse comme vous. C'était une bonne pianiste, mais ils avaient un ami suisse également, qui lui était un véritable artiste. Le pauvre, il est mort dans un naufrage. Son bateau a été torpillé…* » Tu penses comme cela a fait tilt dans mon cerveau. Alors je l'ai questionnée discrètement. J'ai acquis la certitude qu'elle parlait bien de mon oncle. Je l'ai vue et revue, jusqu'à ce qu'elle me livre tous les renseignements dont j'avais besoin. Un mois après je louais la maison à côté.

Elle applaudissait en se levant.

— Puis tu as tout mis en œuvre pour faire copain-copain, avec maman. Belle manœuvre. Belle manipulation. Pour moi, si je ne m'étais pas noyée, tu aurais fait comment pour entrer en contact ? Et tu avais l'intention de jouer à l'amoureux transi pendant combien de temps encore ? Qu'est-ce que tu attends de moi ?

Elle était folle de rage. Elle grimpa les escaliers trois par trois. Arrivée dans leur chambre, elle fit un tas des affaires de Pierre, et depuis le palier, les jeta dans le hall.

— La comédie est terminée ! Va-t'en ! Tu nous as trouvées, tu nous as perdues ! Rideau ! Je ne veux plus te revoir, jamais ! Pour les menteurs et les manipulateurs, j'ai déjà donné ! Merci !

Elle claqua la porte de la chambre. Assis dans son fauteuil, Pierre était anéanti. Il fallait qu'il lui dise. Il n'avait jamais voulu ni mentir, ni trahir, ni manipuler. Au départ il ne voulait qu'observer. Il n'avait aucune idée de la façon dont il serait accueilli. Il avait choisi d'entrer par la petite porte. Par contre, ce qu'il ne savait pas, c'est qu'il allait tomber raide dingue de sa cousine… par alliance. Il ne voulait pas la perdre. Exclu. Niet. No. Il allait attendre qu'elle se calme, et puis il plaiderait sa cause. Ludivine était fine et intelligente, s'il expliquait bien, elle comprendrait. Cela ne pouvait pas finir ainsi. Il se cala donc dans le fauteuil. Prêt à attendre le temps qu'il faudrait. Yu Lin le voyant s'installer, vint immédiatement sur ses genoux. Caresser son poil soyeux lui redonna du courage, et l'apaisa. La nuit commençait à tomber. Il allait se retrouver dans le noir. Tant pis. Il patienterait.

Pendant ce temps, Ludivine, assise sur son lit. Ne décolérait pas. Elle se sentait trahie, humiliée. « *Quelle crétine ! Mais quelle crétine ! Je savais que je ne devais pas me laisser aller. J'ai l'air malin maintenant. J'étais tellement sûre d'être maîtresse de la situation ! Sûre de pouvoir jouer, flirter. Sans souffrir ! Dans le panneau ma belle ! Tu es tombée dans le panneau* ! ». Elle allait et venait dans sa chambre. Les yeux secs. Elle tapait d'un poing nerveux, sa main ouverte. Si Pierre avait été présent, c'est sûrement lui qui aurait pris les coups. « *Qu'est-ce que je vais faire ? Heureusement que cela arrive aujourd'hui ? Je ne suis pas complètement amoureuse... un jour de plus et j'étais fichue ! Ah ! Le fourbe ! L'hypocrite ! L'immonde ! Il mérite un Oscar. Comment ai-je pu me laisser prendre à ses mensonges ? Après des années de pratique avec Doug, j'aurais dû voir venir le coup ? Mon radar était en panne... Je me suis laissée abuser par sa gentillesse, son intelligence... sa beauté, son talent... tout quoi ! Il m'a roulée dans la farine et j'y ai pris du plaisir. Quelle crétine ! Mais Quelle crétine !* ».

Elle sortit de la pièce et descendit les escaliers à toute vitesse. Elle avait besoin d'un verre. Peut-être deux même. Elle alluma la lumière dans le salon, se dirigea directement vers le bar. But cul-sec le premier verre. Elle allait se resservir une rasade, quand elle le vit. Il n'avait pas bougé de son fauteuil. Les mains dans la fourrure de la chatte, il la fixait. De stupeur, elle lâcha le verre, qui explosa sur le carrelage. Tout le monde sursauta. Les humains et les animaux.

— Qu'est-ce que tu fais encore ici ? ! Il me semble t'avoir demandé de quitter cette maison ?

— J'attendais que tu te calmes. Tu as dit ce que tu avais à dire, à moi maintenant. J'ai le droit de me défendre.

Elle baissa les bras, d'un geste de découragement.

— Je n'ai pas envie de t'écouter. Je suis fatiguée, écœurée, blessée. La seule chose que je te demande, c'est de partir. De me laisser seule. Un jour peut-être, je serai à nouveau capable de te voir et de t'entendre, mais pour l'instant, c'est au-dessus de mes forces.

Il s'était approché d'elle et voulut lui prendre les mains. Elle le repoussa violemment.

— Ne me touche pas ! Ne me touche plus !

Comme lui plus tôt, elle se dirigea vers la verrière, et contempla l'océan éclairé par la lune.

— Je peux récupérer mes partitions ?

— Fais ce que tu veux, mais vite.

Il lui obéit. Quelques minutes plus tard, la porte d'entrée claquait, le moteur de la voiture ronflait, et s'éloignait. C'était fini.

Toutes ses forces l'abandonnèrent. Elle s'écroula, et ainsi qu'il l'avait prédit, il n'était pas là pour l'aider à se relever. Elle sanglotait comme la petite fille orpheline qu'elle était. Elle n'avait personne vers qui se tourner pour avoir une once de réconfort. La solitude l'enveloppa, et sa main cruelle vint lui étreindre le cœur.

Chapitre X

Il roulait à tombeau ouvert. Vitre baissée. L'air froid lui cinglait le visage. Cela atténuait la douleur. Sans regarder en arrière, il rentrait chez lui. Pour se maintenir éveillé, il traversa la France par les petites routes. Cela l'obligeait à rester attentif. À huit heures du matin, il était à la gare de Cornavin, à Genève. Il s'arrêta pour un petit-déjeuner. Histoire de retrouver des forces. Il ne pensait pas. Il ne pensait plus. Il avait conduit comme un zombie. Fumant cigarette sur cigarette. Il ne mangea pas, il avala. Indifférent à tout ce qui se passait autour de lui. Il reprit la route, et une heure plus tard, il remontait l'allée de chênes menant à la propriété de ses parents au bord du lac Léman. Il freina devant la grande porte, faisant gicler les gravillons. Il mit ses mains sur le volant, y appuya sa tête. Lâcha prise. Il était rentré au bercail. Son père et sa mère apparurent sur le seuil. En le voyant effondré sur le volant, ils se précipitèrent. Le père, inquiet ouvrit la portière et le tira hors de la voiture.

— Cela ne va pas mon fils ? Tu es malade ?

Sa barbe naissante, noire, faisait ressortir la pâleur de son visage. Les yeux rouges. Les cheveux en bataille. Il semblait sortir d'un combat dont il n'était pas le vainqueur.

— Mon petit, mon tout petit. Que t'arrive-t-il ? C'est Marilyne ?

Maddy avait peur, la dernière fois qu'elle l'avait vu dans cet état, c'était à la mort de sa femme. Seule la perte d'un être cher pouvait le transformer ainsi.

— Rentrons, dit Erwin, soutenant son fils.

— Ulrika ! Préparez à manger et à boire pour le petit, il n'est pas bien.

Ulrika sortit de sa cuisine en s'essuyant les mains à son tablier. Quand elle vit « le petit », elle comprit elle aussi que quelque chose de grave était arrivé. Pierre n'eut aucune résistance. Il se laissa conduire dans le grand salon. Son père l'allongea sur un sofa, le couvrit d'une couverture. Il dormait avant même d'avoir posé la tête sur le coussin. Les parents remués, le regardèrent dormir un petit moment, sans rien dire. Puis quittèrent la pièce sur la pointe des pieds. L'angoisse au ventre.

Il fit presque le tour du cadran. Sans bouger. Ses parents à tour de rôle venaient le voir. Guettant son réveil.

La nuit était tombée. Il s'étira. Courbatu. La crispation de la nuit passée au volant, plus la mauvaise position dans le canapé. Il avait cent ans. Moralement et physiquement. Il rencontra le regard de sa mère. Elle avait l'air fatiguée. Des cernes noirs sous les yeux. Le teint blanc. Elle avait terriblement changé. Cela lui fit mal. Lui qui espérait revenir avec un cadeau. Il était là, devant elle, les mains vides et le cœur brisé. Elle le laissa se redresser, et s'asseoir, puis sans ambages demanda :

— Que s'est-il passé. J'ai téléphoné au collège, Marilyne va bien. C'est donc à toi qu'il est arrivé quelque chose. Je veux savoir ! Maintenant !

Son père entra à ce moment-là.

— NOUS voulons savoir. On t'écoute.

Il n'avait jamais rien su, ni voulu, cacher quoi que ce soit à ses parents. Mais il avait tu ses démarches, pour ne pas donner de faux espoirs à sa mère. Alors simplement, sans rien omettre, il raconta. La rencontre avec Jacqueline Pinchard, les mois passés en compagnie d'Adeline. Son décès. Le sauvetage de Ludivine. Son amour pour elle. Sa maladresse et la séparation.

— J'ai tout fichu en l'air maman. Je suis navré. Je ne voulais pas. Je serais venu un jour ici avec elle et Kyle. Je vous aurais fait une surprise à tous les quatre. Je ne voulais que votre bonheur. Rien d'autre. Je te le jure.

Maddy s'assit à côté de lui. Son visage était couvert de larmes. Elle prit la tête de son fils et la posa sur son épaule.

— Je sais mon chéri. Je sais. Tu es incapable de faire du mal. Merci de les avoir retrouvés. Parle-moi d'eux. Comment sont-ils ?

— Si cela ne t'ennuie pas je voudrais aller me laver. Pendant le repas tu pourras me poser toutes les questions que tu veux. En attendant fouille dans ma valise, j'ai plein de photos.

Ludivine, Kyle et Adeline furent le seul sujet de conversation pendant tout le repas. Maddy avait été bouleversée par la ressemblance de son petit-neveu, avec son frère. Pierre expliqua comment Adeline n'avait jamais pu se consoler de la mort de Thierry. Il dit pour Marilyne et Kyle.

— Et Ludivine ? Tu l'aimes ?

— Oui. Depuis le jour où Adeline m'a montré des photos d'elle. Et puis elle en parlait sans cesse. Je l'aimais avant même de la rencontrer. Elle est la femme que j'ai toujours rêvé d'avoir. Josiane était adorable, mais je me suis rendu compte que je n'avais que de l'affection pour elle, rien d'autre. Nous nous sommes connus trop jeunes et mariés trop vite. Nous avons été pris par le tourbillon de ma carrière et nous avons divergé.

— Si elle n'avait pas été enceinte de Marilyne, tu ne l'aurais pas épousée. Elle t'avait bien forcé la main, dit Erwin amèrement.

Il n'avait jamais tellement apprécié sa belle-fille. Un peu trop arriviste à son goût.

— Je me suis laissé faire. Elle était mon manager. J'ai choisi la facilité. Et Marilyne est la plus merveilleuse des filles. Mais Ludivine c'est tout autre chose. Et je l'ai perdue. Elle ne me pardonnera jamais d'avoir menti.

Offusquée, Maddy releva.

— Tu n'as pas menti. Tu ne lui as rien dit. Ce n'est pas du tout la même chose.

— C'est de la sémantique maman.

— En tous les cas, ton père et moi nous n'allons pas attendre qu'elle te pardonne ou pas. Nous partons demain.

Nous allons la voir et plaider ta cause. Il faudrait beau voir que ma nièce ne m'écoute pas !

— Maman, je ne crois pas que ce soit la bonne méthode. Elle est très en colère. Je l'ai déçue. Elle a déjà été trahie. Après tout ce qu'elle vient de vivre ces derniers mois, je crois que c'est la goutte de trop. Elle a lutté contre son attirance envers moi. Elle ne voulait plus souffrir. C'est moi qui l'ai séduite et fait succomber. J'aurais dû lui parler dès le premier jour. Ou après qu'elle ait lu les carnets de sa mère. J'ai eu maintes fois l'occasion de le faire. Mais j'avais peur de la perdre, alors je me suis tu. J'ai obtenu exactement ce dont j'avais le plus peur…

— Cela ne m'empêchera pas d'aller la voir. Je n'en ai plus pour longtemps. Chaque minute compte. Chaque moment de bonheur aussi. Alors tu vas aller te reposer. Nous partirons demain, en fin de matinée. Nous serons là-bas dans deux jours. Cela me permettra de voir la France encore une fois. Elle aura eu le temps de se calmer.

La chose était entendue. Il n'y avait plus rien à dire.

Chapitre XI

Ludivine reprenait pied petit à petit. Elle ne tournait plus en rond comme une bête blessée. Alan lui avait donné de bonnes nouvelles. Doug acceptait toutes ses conditions. Tout serait réglé à la fin du mois. Il viendrait lui faire signer le contrat, et lui apporter le chèque. Cela lui remonta le moral. Dorénavant elle ne devait penser qu'à son avenir. Elle ne savait pas si elle pourrait rester à la Bayadère. Trop de souvenirs. À tout moment elle croyait entendre le piano de Pierre, le pas de Pierre, le rire de Pierre. Elle ne pouvait se regarder dans la glace, sans penser à Thierry et donc… à Pierre. Cela devenait obsessionnel.

Il fallait qu'elle guérisse. Arriver à l'indifférence était le seul remède. Comment remplir le vide qu'il avait laissé ? Le travail ? Faire quoi ? Elle n'avait goût à rien. Son esprit créatif l'avait abandonné. La perspective de s'associer à Martine ne l'emballait guère. Elle voulait être indépendante. Ne plus avoir à demander à qui que ce soit, l'autorisation de faire quoi que ce soit.

Elle ne désirait que la liberté. La paix. Elle avait besoin de se ressourcer. Quoi de mieux que la solitude, pour ça. Elle fit sa valise. Laissa un mot à Marie. Prit les glus. Direction le domaine viticole de la famille. Elle savait qu'en hiver à part le maître de chai et sa famille, qui eux habitaient sur place, il n'y aurait personne. Elle serait seule au château. Exactement ce qu'il lui fallait. Elle alluma sa radio, la musique classique était devenue taboue. Démarra et vogue la galère.

Elle ne fit pas attention à la voiture qui déboîta derrière elle, et se mit à la suivre.

Il faisait un froid de canard dans le château. La chaudière ne répondit à ses sollicitations qu'au bout d'une longue négociation. Seuls les environs de la grande cheminée du salon réservaient un peu de chaleur. Elle mit en route le radiateur de sa chambre, la cuisinière à bois, rangea ses provisions. Décida d'aller faire un tour dans les vignes avant le coucher du soleil. Cela laisserait le temps à la machine infernale, de tempérer l'atmosphère. Marchant d'un bon pas, elle se vida l'esprit. Ne plus penser à rien. Vivre l'instant. S'imprégner de la sérénité du lieu. Elle passa chez les Cazenave pour les informer de sa présence. En rentrant elle avait une faim de loup. Se prépara un bon dîner. Se colla devant la télé. À minuit elle tombait de sommeil. Elle monta se coucher. Cela faisait presque deux heures qu'elle n'avait pas pensé à Pierre. Première brique de son mur de protection contre la douleur.

Un volet claquait quelque part. Dans un demi-sommeil, elle se retourna énervée. Elle aurait dû tout vérifier avant d'aller se coucher.

Vlan ! Elle était trop bien dans son lit. La flemme de se lever.

Vlan ! Il faisait si bon sous la couette en plume. Si froid dehors.

Vlan ! Cela n'allait pas être possible. Elle ne retrouverait pas le sommeil avec ce satané volet ! Entre la peste et le choléra, elle choisit le choléra. Se leva avec difficulté.

Un frisson, lui dressa les poils sur tout le corps. Elle enfila ses chaussettes, ses pantoufles… au moment de mettre sa robe de chambre, Mab se mit à grogner. Forte de sa première expérience, elle fut tout de suite aux aguets.

Un danger. La petite chienne ne grondait ou n'aboyait jamais pour rien.

— Chuttt ! Calme-toi ma chérie. Ne fais pas de bruit. Il va nous trouver.

Elle disait « il », parce qu'elle savait qui c'était. Ses tripes la trompaient rarement. « *L'Ombre* » lui était complètement sortie de la tête. Mais apparemment, elle, n'était pas sortie de la sienne. La petite bête lui fit une léchouille, mais n'en continua pas moins de grogner. Ne voulant pas qu'elle soit brutalisée comme la dernière fois. Elle lui prit le museau et lui dit :

— Tais-toi ! Assis ! Pas bouger !

Mab obéit en geignant. Elle avait reconnu l'odeur de son ennemi et voulait en découdre avec lui encore une fois.

Sa maîtresse se glissa hors de la chambre, le plus silencieusement possible. Elle avait un avantage. Elle connaissait bien les aîtres du château. Au contraire de « *l'Ombre* », qui n'avait certainement pas eu le temps de prendre ses repères. Elle n'avait pas allumé la lumière de sa chambre en se couchant. Elle s'était directement jetée sur son lit, sans autre forme de procès, il n'avait donc pu localiser la pièce.

Elle longea le long couloir sur lequel donnaient toutes les chambres, et qui menait au large escalier en pierres. Depuis son enfance, avec ses cousins, elle avait pris l'habitude de se laisser glisser sur la rampe en fer forgé. La descente était ainsi plus rapide et nettement plus drôle. Ces facéties lui serviraient ce soir. Car en bas vers l'entrée, se trouvait le râtelier de son grand-père. Elle savait où était cachée la clé, et il lui avait appris à se servir d'un fusil.

Elle devait faire vite. Son peignoir en laine accéléra la descente. Elle faillit très mal se recevoir. Mais les instincts revinrent et elle retrouva son équilibre. Le cœur battant, la respiration courte, elle resta immobile, guettant le moindre mouvement. Rien. En rasant le mur, elle alla jusqu'à l'armoire à fusils. Glissa sa main dans la cachette. Un affreux doute la saisit.

Et si elle avait été changée de place ? Elle sentit le froid de l'objet. Ouf ! Tout doucement elle ouvrit la porte. Pourvu qu'elle ne grince pas. Silence. Parfait. Toujours l'oreille tendue. À l'affût du moindre bruit. Elle prit le premier fusil. Ouvrit une boîte de munitions. Le chargea. Enfourna une réserve dans ses poches. Et partit sur le sentier de la guerre.

Toute à sa traque, elle ne sentait pas la peur. On pourrait même dire qu'elle était en colère. Et on le sait, la colère est mauvaise conseillère. Elle avait pris de l'assurance, et perdu de sa vigilance.

— Alors ma chérie ? C'est moi que tu cherches ? Je suis juste derrière toi.

Elle se retourna d'un bloc, tirant à l'instinct.

— Aïe ! Tu m'as touché petite salope ! Mais je vais te…

Il se jeta sur elle. Un deuxième coup partit… en l'air. Il avait attrapé le fusil et s'en servait comme levier pour lui tordre les bras. Elle hurla de douleur.

— Chacun son tour ma chérie. Mais ce n'est que le commencement. Tout à l'heure c'est de plaisir que tu gueuleras.

Son haleine était fétide. Il n'avait pas dû se laver depuis plusieurs jours. Il sentait fort. Sa barbe lui râpa la joue quand il voulut l'embrasser. Elle évita le contact comme elle put. Cherchant à lui donner un coup de genou dans les parties, mais comme s'il avait deviné ses intentions il se maintint hors de portée.

— Tu laisses mes bijoux de famille tranquilles ma belle. Ils vont encore servir.

Elle luttait de toutes ses forces. Il l'avait acculée au mur. Le fusil appuyait sur sa gorge. Elle savait qu'elle ne tiendrait pas longtemps. La peur s'était insinuée en elle, cela lui redonna de la force. Il ne fallait pas qu'elle se soumette. Qu'elle tombe entre ses mains.

— Tu fatigues ma chérie. Arrête de te débattre. Tu finiras par céder. Comme les autres. Le plus tôt sera le mieux. J'aime pas baiser avec un légume.

Il ricanait. Cherchait à l'embrasser. Pour l'éviter elle tournait la tête de tous les côtés. Il appuyait de plus en plus avec le fusil. Elle n'arrivait plus à respirer. Une dernière bolée d'air, puis… le noir.

Elle avait froid. Sa gorge lui faisait un mal de chien. Quand elle voulut bouger pour prendre sa couverture, elle se rendit compte qu'elle était entravée. Elle ouvrit les yeux et le vit. Au-dessus d'elle, il attendait son réveil. Ses mains et ses pieds étaient ligotés aux montants d'un lit. Il avait déchiré ses vêtements, entièrement nue, elle était à sa merci. La lumière éclairait une chambre qu'elle ne parvint pas à situer. Il se leva, fanfaronnant dans la pièce et lui dit :

— Que dis-tu de ça ma belle ? Je t'avais dit que je reviendrais et que je t'aurais. Nous allons prendre notre temps. Il faut que tu savoures ce moment avec moi.

Il se déshabillait lentement.

— Si tu le permets, je vais d'abord aller me doucher. Je ne veux pas t'incommoder avec mon odeur. Elle me dérange moi aussi. Puis j'irai manger un p'tit quelque chose, et après… après… tu seras toute à moi. Tu verras, on va se régaler.

Il lui parla sous le nez. C'était une infection. Elle ferma les yeux de dégoût. Pendant qu'il prenait sa douche, elle réfléchissait au moyen de se libérer. Mais il savait faire des nœuds le bougre. À force de tirer sur les liens, ses mains étaient devenues presque bleues. Il sortit de la salle de bains, enveloppé dans un peignoir, appartenant à « je ne sais qui ». Il s'était rasé et parfumé. Il était presque beau. Les mains dans les poches, il s'approcha d'elle.

— Comment me trouves-tu ? Je suis pas mal quand même ? Tu finiras peut-être par tomber amoureuse. En tout cas, pour moi, c'est fait. Tu es magnifique.

Il lui caressa la joue. Un sein. Elle détourna le visage.

— Mais tu es glacée ma chérie. Il ne faut pas que tu prennes froid.

Il la couvrit d'une couette.

— Je te ramène quelque chose à grignoter ? Tu dois garder tes forces pour notre grande nuit d'amour. À tout de suite ma chérie, je ne serai pas long…

Bien qu'elle ne soit pas sortie de l'auberge, elle poussa un soupir de soulagement en le voyant disparaître.

« *Ce type est complètement cinglé. Si je m'en sors vivante j'aurais de la chance. Combien de temps va-t-il me retenir prisonnière ? Pourvu qu'il ne me torture pas. S'il me viole, ce sera moindre mal. J'ai quarante ans, je sais ce que c'est que de faire l'amour sans rien ressentir. Je n'aurais qu'à penser à Doug. Cela ne sera pas plus terrible... Et si je jouais la comédie, en lui faisant croire que j'apprécie ? Je ne crois pas que ce soit la bonne méthode. Ce type aime violer. C'est ce qui l'excite. Si je ne me débats pas, il risque de se mettre en colère et devenir brutal... »*

Soudain un grand bruit la tira de ses cogitations. Une course-poursuite. Des cris. Des ordres. Cela venait du rez-de-chaussée. Puis elle entendit qu'on l'appelait.

— Mlle Ludivine ??? Mlle Ludivine ??? Où êtes-vous ?

Un fol espoir. Il lui semblait reconnaître la voix de Cazenave.

— Ici !... Je suis ici... Dans la chambre de Jean-Pierre. Enfin je crois...

La porte s'ouvrit à toute volée. Cazenave apparut sur le seuil, fusil à la hanche.

— Vous êtes seule ?

— Oui. Vite détachez-moi. Je n'en peux plus.

Il sortit de sa poche de pantalon un couteau et trancha les cordes, d'un geste sec. Engourdie, elle eut du mal à se redresser.

— Où est-il ?

— Mon fils le tient en joue dans la cuisine. Il est dans les vapes.

— Il faut prévenir la police.

— C'est fait, les véhicules ne devraient pas tarder à arriver. Vous n'avez rien ? Il ne vous a pas fait de mal ?

— Je vais avoir quelques bleus et des difficultés à parler pendant quelque temps, à part ça, je suis OK. Comment avez-vous su ?

— Entendre deux coups de fusil dans la nuit, venant du château... j'ai pas trouvé ça normal. Le temps de m'habiller et de réveiller mon fils, et nous étions là.

— Merci. Je crois que vous m'avez sauvé la vie. Ce type ne se serait pas contenté de me violer. Il avait une dent contre moi. Et une revanche à prendre. Je vais aller passer des vêtements en attendant la police.

Elle déposa un baiser sur la joue de son sauveur traînant derrière elle la couette qui la ceignait, et sortit. Juste à ce moment-là, les sirènes des voitures de gendarmes, retentissaient dans la nuit.

Quand elle ouvrit la porte de sa chambre une silhouette furibarde s'échappa. Dévala les escaliers. Se précipita vers la cuisine et fonça sur l'homme allongé par terre. Ludivine entendit depuis sa chambre le hurlement de douleur de *« l'Ombre »,* quand Mab planta ses crocs dans ses mollets. *« Mab 2. L'Ombre zéro »,* sourit-elle.

Le jour se levait quand les gendarmes quittèrent les lieux. Elle n'en pouvait plus. Elle leur avait dit de s'adresser au commissaire Degal pour les détails. Avant qu'ils ne ferment la porte du fourgon elle s'adressa au garde.

— Vous permettez ? J'ai quelque chose à lui dire. Ce ne sera pas long.

L'homme acquiesça sans dire un mot. Elle monta dans le véhicule. Et d'un geste large donna un aller-retour à son tortionnaire.

— Ça, c'est pour toutes les pauvres jeunes femmes que tu as maltraitées.

Elle lui en donna un deuxième.

— Et ça, c'est pour avoir posé tes sales pattes sur moi.

Elle partit sans un dernier regard. En passant devant le lieutenant elle lui dit froidement.

— J'espère que vous ne laisserez plus échapper ce prédateur.

Elle rentra sans attendre de réponse.

— Vous voulez venir prendre un petit-déjeuner à la maison ?

— Non merci Julien. Je ne veux qu'une seule chose. Me coucher et dormir.

— Ma femme viendra tout à l'heure vous faire un peu de ménage, et vous préparer à manger.

— Vous êtes gentil merci.

En se cramponnant à la rampe pour ne pas s'écrouler, elle grimpa les marches, suivie de son garde du corps.

Le lendemain, seuls les douleurs musculaires et les hématomes, qui prenaient une jolie teinte jaune-vert, lui rappelaient encore l'agression. Elle avait failli mourir trois fois, et les trois fois elle s'en était sortie « in extremis ». Cela ne pouvait être anodin. On essayait de lui faire comprendre quelque chose. Ses promenades à l'air frais lui avaient ouvert l'esprit. Et elle pensait avoir compris le message.

« *Tu dois aimer ce que tu vis*, et *vivre avec ceux que tu aimes. Construire comme si tu avais l'éternité. Profiter comme si tu devais partir demain.* »

Sa décision était prise, elle aimait Pierre, elle vivrait avec lui, s'il voulait encore d'elle. Elle avait également trouvé sa voie. Elle n'avait pas besoin de travailler pour gagner de l'argent. Elle en avait. Alors, elle allait aider les femmes comme elle. Agressées par des porcs qui réussissaient toujours à s'en sortir. Elle allait fonder une association, dont elle serait l'avocate, et défendrait toutes celles qui auraient besoin de son aide, gratuitement. Afin de libérer sa joie elle poussa, un grand cri. Les oiseaux s'envolèrent au-dessus des vignes. Elle savait enfin ce qu'elle faisait sur cette fichue planète !

Elle regagna le château à petites foulées. Stoppa net à l'orée des chênes. Une voiture était garée devant la porte. Elle ne voyait pas l'immatriculation. En venant plus prés, elle vit des plaques suisses, du canton de Vaud. Son cœur battit plus fort.

Une grande femme mince émergea du véhicule. Quand elle croisa son regard elle sut immédiatement à qui elle avait à faire. Sans aucune hésitation, elle courut vers elle et se jeta dans ses bras. Serrées l'une contre l'autre, elles ne prononcèrent pas un mot. À quoi bon. L'amour n'a pas besoin d'explications.

— Te voilà enfin… ma petite nièce chérie. Laisse-moi te regarder.

Maddy écarta la jeune femme, pour mieux la contempler. Lui caressa la joue. Lui essuya une larme. Soudain elle vacilla. Deux hommes sortirent comme des diables de leur boîte, pour la soutenir. Ils ne se ressemblaient pas, à part la taille, mais Ludivine reconnut le père et le fils. Erwin soutint sa femme, et Ludivine se jeta dans les bras de Pierre. Le couvrant de baisers.

— Je t'aime… je t'aime… je t'aime…

Il la serra si fort contre lui, qu'elle crut étouffer.

— Venez ! Rentrons vite nous mettre au chaud. Maddy prenez mon bras. Les hommes ? On vous laisse les bagages.

« Les hommes » échangèrent un regard, et haussèrent les épaules.

— Toujours les mêmes qui sont de corvée ? Hein mon fils ?

Ils ne purent s'empêcher de suivre des yeux les deux silhouettes, presque identiques, des deux femmes qu'ils aimaient. Erwin donna une grande tape dans le dos de son fils.

— Qu'est-ce que tu disais ? Qu'elle était trop en colère, et qu'il fallait que l'on attende qu'elle se calme ? Bravo mon fils. Psychologie féminine ? Zéro pointé. Je te l'ai toujours dit. Avec elles, on ne sait ja-mais.

— Au temps pour moi.

Ludivine installa confortablement sa tante dans un fauteuil près du feu. Elle s'accroupit devant elle.

— Vous vous sentez bien ? Vous n'avez pas froid ? Vous voulez un bon thé chaud ?

— Oui. Non. Oui merci.

La jeune femme éclata de rire.

— Je vois d'où Pierre tient ce tic. Il m'a fait la même chose quand nous nous sommes rencontrés.

— Ce gamin est insupportable, il faut toujours qu'il m'imite.

— Qu'est-ce que j'ai encore fait ?

Pierre et son père avait déposé les bagages dans le hall, et entrait dans le salon. Elle ne pouvait le quitter des yeux. Il lui avait tellement manqué. Le voir là, devant elle, la remuait au plus profond d'elle-même. Le sentiment semblait plus que réciproque. Elle s'approcha de lui et se coula dans ses bras. En le regardant bien en face, elle lui dit :

— Est-ce que tu pourras pardonner ma stupidité ?

— Et toi la mienne ?

— Disons que nous sommes à égalité et n'en parlons plus.

— Ça marche pour moi.

Elle se dégagea, se dirigea vers Erwin. Lui tendit la main.

— Ce grossier personnage ne nous a pas présentés. Je suis Ludivine Crane.

— Erwin de Nerval. Je suis enchanté de faire enfin votre connaissance. Vous faites parti de nos vies depuis si longtemps.

— Nous allons devoir rattraper le temps perdu. Mais tout d'abord installez-vous, je vais vous préparer du thé.

Elle s'arrêta au passage pour téléphoner à la femme de Julien, lui demanda de venir préparer une chambre, et d'apporter des provisions pour le repas du soir.

Ils passèrent la soirée et les jours suivants à apprendre à se connaître. Ludivine voulait tout savoir sur son père. Maddy tout sur Adeline. La fatigue quittait peu à peu le visage de la malade. Son teint était moins pâle, son appétit était revenu. Ainsi que sa joie de vivre. Quand Pierre avait vu le corps de Ludivine couvert de bleus, il s'était affolé. Elle lui raconta son aventure et le tranquillisa. Elle n'était pas traumatisée… moralement. Elle lui fit part de son idée d'association. Il était cent pour cent derrière elle. À la fin de la semaine, ils prirent le chemin du retour vers le Pyla. Ludivine était convoquée par la police arcachonnaise, et devait faire une nouvelle déposition. Comme lui avait dit Degal :

— Vous devriez rentrer dans la police. À vous toute seule vous avez coincé deux fois, un type qui nous échappe depuis des années.

— Je vous préviens, je ne veux pas de troisième fois. Je ne suis pas sûre de m'en sortir. Mon ange gardien doit commencer à fatiguer. Vous le maintenez bien en cage.

— Ne vous inquiétez pas. Là où il est, il est bien surveillé.

— Quand pensez-vous qu'aura lieu le procès ?

— Le temps que l'instruction soit terminée.

— Si vous le leur demandez, croyez-vous que les autres victimes accepteraient de former une association pour nous porter partie civile ?

— Je ne sais pas.

— Pourriez-vous vous en informer et me donner le nom de celles qui seraient d'accord ?

— De toutes les façons, vous finirez par les connaître. Autant que je vous en donne la liste tout de suite. Vous vous débrouillerez pour les convaincre.

— Merci.

Elle quitta le commissariat d'un pas léger. La liste en main elle en fit l'inventaire. En cinq ans, cette brute avait violé une bonne trentaine de femmes. Quand on sait que les familles des victimes, sont très souvent aussi touchées qu'elles. Les dommages collatéraux étaient énormes. Assise dans sa voiture elle était encore plus fermement décidée à se battre. Et peut-être trouverait-elle d'autres femmes dans cette liste qui en feraient autant.

La vie à la Bayadère s'installa dans une douce routine. Pierre travaillait comme un fou. Il n'avait plus qu'un mois et demi devant lui pour être prêt. Au contraire des escargots qui sortent avec la pluie. Erwin et Maddy faisaient de grandes ballades sur la plage, ou lézardaient dès que le soleil se montrait. Ils étaient bronzés et l'état de Maddy s'améliorait de jour en jour. Jean-Pierre, qui avait pris le relais de ses soins, n'en revenait pas. Mais le bonheur fait de tels miracles. Le chagrin qu'elle avait refoulé, et qui la rongeait depuis tant d'années c'était envolé. Son corps n'avait plus à lui signaler son mal-être, par la maladie. Erwin voyant sa femme pleinement heureuse, suivait le mouvement. La cure de jouvence fonctionnait.

De son côté, Ludivine était très occupée. Tous les matins, sous la houlette de son pianiste préféré, elle travaillait sa voix. Faisait d'énormes progrès. Mais le prof était dur. La porte du salon de musique claquait souvent. Ce qui faisait sourire Erwin et Maddy. Les après-midi, étaient consacrés à son association. Elle avait contacté une dizaine des noms de sa liste. Plus ou moins bien accueillie, elle ne lâchait pas prise. Très vite, elle rencontra les non récalcitrantes. En tout, pour le moment elles étaient quatre, cinq avec Ludivine. Elles se partagèrent le boulot et en deux semaines, elles étaient vingt. Ludivine organisa une journée chez elle, pour que tout le monde se rencontre et apprenne à se connaître. Martine qui voulait participer avait amené une amie psy qu'elle avait ralliée à la cause. En tant qu'avocate, Ludivine donnait des conseils juridiques, mais ne pouvant être juge et parti, elles avaient contacté une vieille copine de fac, qui vint elle aussi bénévolement. Pierre et son père avaient fui la maison. Toutes ces femmes en colère leur faisaient un peu peur.

Chapitre XII

Pâques arriva très vite, avec le printemps et les enfants. Kyle et Marilyne. Bien entendu, Judy n'avait pas voulu venir. Elle avait rayé sa mère de sa vie. Cette dernière eut de la peine, mais ne montra rien. Seul Pierre s'en rendit compte.

— Je sais que tu as mis cette petite au monde. Mais l'amour filial et lié par le sang n'est pas obligatoire. Ce n'est pas automatique. Tu es une mère et tu aimes ton bébé, c'est normal. Mais la réciproque ne coule pas de source. Tu dois cesser de souffrir pour quelqu'un qui ne ressent rien pour toi.

— Ma raison me dit que tu as raison. Mais mon cœur pense que tu es fou. Je ne peux cesser de l'aimer et d'être inquiète pour elle à tout instant. La route qu'elle a choisie me fait peur. Elle va droit dans le mur, encouragée par son père. Le choc risque d'être terrible.

— C'est à ce moment-là qu'elle aura besoin de toi. Et que si elle n'est pas trop stupide ou orgueilleuse, elle viendra vers toi. C'est tout ce que tu puisses espérer. La balle est dans son camp. C'est à elle de faire la relance. Tu ne peux vivre avec la peur au ventre, sinon ton existence deviendra un cauchemar.

— Tu as raison, il faut que je passe à autre chose. Me rendre malade pour quelque chose contre laquelle je ne peux rien est stérile. Merci mon chéri.

Elle l'embrassa.

À l'aéroport tout se passa comme à Noël. Kyle fut le premier à arriver. Lors des présentations en tant que parents de Pierre, Maddy le dévora des yeux. Cela le gêna un peu, mais il n'en laissa rien voir. Marilyne sauta au cou de tout le monde, en commençant par Kyle. Apparemment les sentiments qu'ils éprouvaient l'un pour l'autre, n'avaient pas souffert de la séparation. C'est une bande joyeuse qui regagna la maison. Pour faire plaisir aux enfants, Ludivine avait commandé des plateaux de fruits de mer. Pendant qu'ils se régalaient, Marilyne grande bavarde habituellement, restait silencieuse. Elle passait de Kyle à Ludivine, puis Maddy et recommençait. Le hasard de la distribution des places à table, avait fait qu'ils étaient presque alignés.

— Papa ? Regarde-les tous les trois. Ils se ressemblent tellement, qu'on les dirait de la même famille.

Les adultes se regardèrent. Ils avaient l'intention de tout dire aux enfants, mais dans un moment plus propice. Et le propice arrive rarement au moment où vous êtes prêts. Il allait falloir passer aux aveux. Maddy prit la parole, les autres lui en furent gré.

— Tu te souviens quand je te parlais de mon frère Thierry ?

— Oui. Celui qui a disparu pendant un naufrage.

— Exact. Avant son voyage vers la Calédonie, il vivait à Hanoï, où il avait rencontré une jeune femme, avec laquelle, il désirait se marier. Au moment de son départ, elle était enceinte, et devait le rejoindre plus tard. Il voulait la devancer pour préparer leur maison. Elle s'appelait Adeline de Linière, et elle a mis au monde Ludivine.

Kyle en laissa tomber ses couverts dans son assiette. Le bruit fit sursauter tout le monde.

— Vous voulez dire que Grany est cette femme, et que maman est votre nièce ? C'est incroyable !

Il marqua un temps et reprit

— Et Poupa dans tout ça ???

Ludivine prit une longue inspiration.

— Papa et maman étaient en instance de divorce à ce moment-là. Quand elle s'est retrouvée seule, après la mort de mon père… enfin de Thierry, ils ont repris la vie commune. Papa m'a aimée et élevée comme sa propre fille.

Kyle se leva en repoussant sa chaise brutalement.

— Tu étais au courant, et tu ne m'en as jamais parlé !

— Calme-toi mon grand. Je n'en savais rien jusqu'à la mort de maman. Elle m'a laissé un message pour me raconter son histoire. Si je ne t'en ai pas parlé plus tôt, c'est parce que ce secret n'appartenait qu'à elle et moi. Enfin je le croyais. Jusqu'à ce que Pierre me dise qui il était, et qui j'étais pour lui.

— Toi et moi nous couchons avec nos cousins ! C'est immonde !

Cette fois c'est Marilyne qui renversa sa chaise.

— Oh ! Mon Dieu. Ce n'est pas possible !!!

— Nous ne sommes cousins que par alliance. Pierre est le fils aîné d'Erwin. Sa femme est morte en couche. Il s'est marié avec Maddy en seconde noce. Nous n'avons pas de sang commun.

Les deux amoureux se ruèrent dans les bras l'un de l'autre.

— J'ai eu tellement peur, dit Kyle.

— Et moi donc ! répondit Marilyne.

Ils reprirent leur place respective.

— Dis-moi, Mamina était une sacrée coquine ! Divorcer et avoir un enfant hors mariage, à cette époque. C'est digne d'une suffragette ! Chapeau pour le courage.

— C'est vrai. Mais je crois que leurs amis n'ont jamais su pour moi. Ils pensaient tous que j'étais l'enfant de la réconciliation. Elle était enceinte depuis très peu de temps, quand le drame est arrivé.

— En tous les cas, Papy a été drôlement « fair-play ». Je ne sais pas si j'aurais pu en faire autant.

— Il n'était pas blanc-bleu, lui non plus. Il avait pas mal de choses à se faire pardonner.

— Ta maman a dû avoir beaucoup de chagrin, dit Marilyne l'air triste.

— Oui. Beaucoup.

— Je trouve cette histoire terriblement romantique. Tu ne trouves pas Kyle ?

Elle avait plongé ses yeux dans les siens. Attendant qu'il la contredise. Elle en fut pour ses frais.

— Tu as raison. C'est très beau. Mais ce que je trouve encore plus beau, c'est que nous soyons là, tous les six, autour de cette table, unis. Comme si nous devions perpétuer l'amour perdu de ces deux êtres.

Il prit la main de sa mère d'un côté, celle de Maddy de l'autre. Ils firent ainsi une chaîne. Une chaîne d'amour.

— Que la vie soit plus clémente avec nous. Qu'elle ne nous sépare jamais comme ils l'ont été.

Pierre avait la voix enrouée. L'émotion était palpable. Kyle fut le premier à revenir sur terre.

— Maddy, vous avez dit tout à l'heure que votre frère avait disparu. Vous voulez dire qu'il n'est pas mort ?

— Non. Les rescapés ont tous dit qu'il était vivant. Inconscient, mais vivant. Ils l'ont perdu de vue après avoir été sauvés, et personne ne sait ce qu'il est devenu. Mes parents ont recherché ta grand-mère, ta mère et leur fils, jusqu'à la fin de leurs jours, ils n'ont jamais baissé les bras. En vain. De mon côté j'ai très vite perdu espoir. Je ne voulais pas leur faire de peine, alors j'abondais dans leur sens. Ce drame les a détruits. Si seulement ils pouvaient être là, pour vous voir ta mère et toi…

Ils parlèrent longtemps et tard ce soir-là. Kyle et Marilyne avaient toujours une nouvelle question à poser. Le lendemain, vendredi Saint, Patrick arrivait avec toute sa famille. À tous les coups, il allait falloir remettre ça. Mais d'un commun accord, ils décidèrent que si personne ne posait de question, rien ne serait dévoilé.

C'était sans compter avec la perspicacité de Patrick. Le samedi matin, alors que le frère et la sœur prenaient leur petit-déjeuner, de bonne heure, seuls, comme ils aimaient le faire, Patrick lança le pavé.

— Les parents de Pierre sont vraiment adorables…

Il fixait l'océan.

— C'est vrai. Je les aime beaucoup.

Répondit sa sœur dans la même position.

— Depuis deux jours que je les observe, il y a quand même quelque chose qui me chiffonne.

— Ah bon ? Quoi ?

Elle sentait venir la question. Le secret de sa mère était de plus en plus éventé. Elle avait une sensation de trahison à son égard. De plus, elle ne voulait pas peiner son frère. Comment allait-il réagir ? Son monde allait s'écrouler, comme le sien l'avait fait quelques mois plus tôt. Elle eut une envie folle de partir en courant. À quoi bon. Elle n'irait jamais assez loin pour ne pas l'entendre. Stoïquement, elle s'apprêta à faire face.

— À moins que je ne sois complètement cinglé, et que mes yeux me jouent des tours, je trouve que Maddy, Kyle et toi, vous vous ressemblez terriblement. Je me demande de quel côté de la famille cela peut-il venir ? Tu as une idée ?

— De quoi parles-tu ? Je n'ai rien remarqué.

Elle gagnait du temps comme elle pouvait.

— Lulu, n'oublie pas qui je suis. Je sais exactement quand tu mens. Tu prends ta mèche de cheveux et tu la tournicotes.

Elle lâcha immédiatement l'objet du délit.

— Cette ressemblance n'est pas l'opération du Saint-Esprit. Ce sont des cousins à nous ? Tu ne veux pas en parler à cause de ta relation avec Pierre et de celle de Kyle avec Marilyne ?

Elle ne répondit pas.

— Ne me dis pas que j'ai vu juste ? Vous couchez entre cousins ? !

Il était suffoqué. Elle ne pouvait le laisser croire qu'ils commettaient l'inceste. Elle dut donc s'exécuter, et lui raconta toute l'histoire. Il l'écouta attentivement. Sans l'interrompre. À la fin, il n'était plus suffoqué, mais atterré. Elle le laissa se reprendre. Il dit d'une voix éteinte.

— Je me souviens des valises. De Papa qui pleurait. De notre séjour à l'hôtel. Le souvenir n'est pas net. J'étais trop petit. Mais je le ressens. Comme un mauvais rêve. Je me souviens de maman, qui m'expliquait quelque chose que je ne comprenais pas. Elle parlait d'un pays au nom trop compliqué pour moi. D'un monsieur que je ne connaissais pas. D'un bateau que nous allions prendre. Que je pourrais revoir papa quand j'en aurais envie. Mais dans ma tête de gosse, il n'y avait qu'une seule chose qui comptait. On quittait la plantation, et moi je ne voulais pas partir. Un jour papa est venu nous chercher dans cet hôtel où nous séjournions. Maman pleurait sans s'arrêter. Je sentais qu'une chose grave était arrivée. Mais quoi ? De la voir pleurer, me faisait pleurer. Alors elle se retenait. Quand j'ai vu papa, j'ai su que tout allait redevenir comme avant. J'ai cessé d'avoir mal. Quelques mois plus tard, tu venais au monde. Toi ma petite sœur chérie… Ma demi-sœur chérie.

Il lui prit la main et y déposa un baiser. Ses yeux étaient rougis par l'émotion.

— Tu en veux à maman ?

— De but en blanc, comme ça ? Je n'en sais rien. Il faut que je réfléchisse. Une chose est sûre, j'étais petit, mais je les entendais souvent se disputer. Je voyais souvent maman pleurer. Elle n'était pas heureuse. Si cet homme, ton père, lui donnait ce qu'elle attendait de la vie, elle aurait eu bien tort de s'en passer. La vie est si courte quand on est heureux, et si longue quand on ne l'est pas… Je comprends maintenant ses longs moments de silence et d'absence. Cette impression diffuse, qu'elle n'était pas avec nous. Si elle aimait cet homme comme tu le dis, elle devait souffrir terriblement.

— Papa aussi.

— Peut-être. Mais elle était près de lui. Parfois cela suffit. Avoir près de soi l'objet de son amour atténue le chagrin.

— Même si tu sais que la personne aimée, pense à quelqu'un d'autre ? Voudrait être avec quelqu'un d'autre ? Et que la puissance de ce quelqu'un ne s'affaiblira jamais, puisqu'il est mort et que rien ne viendra entacher son image ? Le combat est inégal, tu ne trouves pas ?

— Tu as raison, il doit être plus difficile de se battre contre un fantôme. Quand on y pense, lequel des deux sentiments était le plus extraordinaire ? Celui de papa envers maman ? Il continuait à l'aimer sans rien attendre. Ou celui de maman qui continuait à aimer un disparu ?

— Je dirais les deux. Car tous les deux étaient sans espoir.

— Quel gâchis.

— Oui. Cette histoire a fait beaucoup de mal. Car les parents de Thierry ont eu leur part eux aussi. Ils sont morts de chagrin et sa sœur en a eu un cancer. Si leur fils était mort dans le torpillage du bateau. Ils auraient fini par faire leur deuil. Mais le savoir vivant. Quelque part. Introuvable. Cela les a rongés. Plus, le fait de ne pouvoir nous retrouver maman et moi… Quelle destinée.

— Maddy a l'air bien maintenant.

— En effet. À la grande surprise de Jean-Pierre. Il l'appelle : « Ma miraculée ». Tu verras dimanche. Il est très fier de lui…

— Vous lui avez révélé les raisons de la rémission ?

— Non. Moins de gens sont au courant, mieux c'est.

— Tu as raison… Dis-moi. À Noël tu m'as proposé de lire les carnets de maman. Est-ce que cela tient toujours ? Car je crois que je suis prêt. Il faut que je sache. Ainsi pourrais-je mieux comprendre et peut-être pardonner. Tu l'as fait toi ?

— Quoi ? Lire les carnets ou pardonner ?

— Je sais que tu les as lus. Tu as pardonné ?

Elle resta pensive. Puis…

— Au fond qu'y a-t-il à pardonner ? Un amour indéfectible ? Et puis la punition qu'elle s'est infligée en refoulant ses sentiments à mon égard, était suffisamment dure. Était-ce pour ne pas flancher ? Par dignité ? Par égoïsme, parce qu'elle ne voulait pas souffrir ? La seule chose que je pourrais lui reprocher, c'est ce rejet. Maintenant que je sais pourquoi. Je ne vois pas l'intérêt de pourrir le reste de ma vie, avec des rancœurs inutiles. Je tourne la page, je passe à autre chose.

— Tout est clair dans ta tête ?

— Oui. Il y a longtemps que je me suis rendu compte, que les parents ne sont pas les demi-dieux, doués des super-pouvoirs que l'on croit, quand on est enfant. Ce ne sont que des êtres humains avec leurs qualités, et leurs faiblesses. La seule question que nous devons nous poser, c'est : Qu'aurions-nous fait à leur place, dans les mêmes circonstances ? Basta ! Pour moi tout est bien qui finit bien.

— Tu penses à Pierre en disant ça ?

— Et à Kyle et Marilyne. Sans maman et Thierry, nous ne nous serions jamais rencontrés. Si l'on veut voir le verre à moitié plein, le drame qu'ils ont vécu n'avait qu'un but : Faire que nous soyons réunis un jour.

— Belle philosophie, sœurette.

— Tu sais, c'est toujours dans le malheur, que l'on demande « Pourquoi ? » à Dieu. Jamais dans le bonheur. Parce que nous, pôôvres humains, estimons y avoir droit d'office. Alors quand le drame arrive, soit on se noie dans le chagrin, soit on en cherche la raison et cela nous donne parfois la force de continuer. Tu te souviens du père Pigeon, à Hanoï ? Il nous disait toujours…

Son frère repris en chœur avec elle :

— Quand Dieu ferme une porte. Ailleurs il ouvre une fenêtre.

Ils rirent. Ludivine continua :

— Pierre est ma fenêtre. En arrivant ici pour l'enterrement de maman. Je n'avais qu'une envie : Mourir. Je pensais ma vie finie. Mon mari et mes enfants ne m'aimaient plus, je n'avais aucune perspective d'avenir. Pierre est arrivé, tout a redémarré.

Patrick sourit. Ils restèrent sans parler un instant. Savourant ce moment de paix.

— Tu sais. Je crois que je vais laisser tomber la lecture de ses carnets. À moins d'y découvrir un nouveau secret, que tu aurais omis de me dire, je ne vois pas l'intérêt d'aller mettre le nez dans les pensées de maman. Je n'aimerais pas qu'on le fasse pour moi. Alors je vais m'abstenir.

— Tu fais comme tu le sens mon grand. Et non, il n'y a plus rien à découvrir.

— Parfait, pour moi le sujet est clos. Tu as dit juste : Qu'aurions-nous fait dans la même situation ?

— Ils ont rempli leur devoir à notre égard. Ils nous ont donné affection, éducation, instruction. Le reste ? C'était leur histoire, et ils y ont fait face du mieux qu'ils ont pu.

Comme pour donner le signal de la fin de la conversation, toute la famille arriva en même temps, pour le petit-déjeuner. Ludivine glissa quand même, discrètement à son frère.

— Que tout cela reste entre nous, autant que possible. S'il te plaît.

Patrick n'eut pas le temps de répondre. La tribu se mettait à table. L'intimité était terminée.

Chapitre XIII

Les fêtes étaient finies. Tout le monde était rentré. Pierre et Ludivine avaient suivi les parents en Suisse, chez qui ils logeaient. Le pianiste devenait de plus en plus nerveux. Il lui restait quinze jours de répétitions avec l'orchestre philharmonique de la Suisse Romande, pour son premier concert. Il interpréterait le concerto No 1, pour piano de Tchaïkovski. Il mangeait peu, dormait à peine et répondait en aboyant dès qu'on lui posait une question. Ludivine commença à se faire du souci.

— Ne vous inquiétez pas, dit Erwin en riant. Les premières le mettent toujours dans cet état. Après, tout rentrera dans l'ordre. Dès qu'il aura plaqué son premier accord, il redeviendra lui-même.

— Vous me rassurez. Je ne connaissais pas le côté noir de sa force.

— D'habitude, il passe les derniers jours tout seul. Je suis étonné qu'il ne l'ait pas fait.

— C'est tout simple. Il ne voulait pas se séparer de Ludivine.

Maddy riait elle aussi.

— Sincèrement, j'aurais préféré qu'il choisisse l'éloignement. Son humeur de dogue est difficile à supporter. Et j'insulte ma petite chienne en disant ça.

— Je sens que l'on parle de moi.

Pierre arrivait sur la terrasse ensoleillée où ils se tenaient. Il paraissait moins tendu. Il s'assit près de Ludivine et lui prit la main.

— Je te demande pardon ma douce, mais tu as raison. Il vaut mieux que j'aille dormir à l'hôtel. J'ai réservé une chambre à Genève. Ainsi, je n'aurai plus de route à faire, et je passerai mes angoisses sur d'autres personnes. Une seule chose pourtant, je veux que tu sois avec moi, dans les coulisses, pendant le concert.

— Marché conclu.

Quatre jours plus tard, la promesse était tenue. Ils se retrouvèrent, comme si un siècle les avait séparés. Il était somptueux dans son smoking. Ses cheveux un peu plus longs et plus bouclés, lui donnaient l'air d'un personnage tout droit sorti de la littérature romantique. Un Gérard Philippe dans *La Chartreuse de Parme*. Un Clark Gable dans *Autant en emporte le vent*. Il ne tenait pas en place. Elle le laissa aller et venir dans la loge. Muette. Ne cherchant pas à le réconforter. Il devait se concentrer, comme un gladiateur avant le combat. Quand le régisseur signala que c'était l'heure, il stoppa net son manège. Tira sur ses manchettes, redressa son nœud papillon, rejeta sa crinière en arrière. Il était prêt. Lui tendant la main, il parla comme s'ils allaient prendre le thé.

— Nous y allons ma chérie ? Tu seras assise en face de moi, dans les coulisses. Je t'ai fait installer un fauteuil. Les autres sont arrivés ?

— Le premier et le deuxième rang sont occupés par la famille et les amis. Aucune mauvaise onde à craindre.

— Parfait ! C'est parti !

On entendait l'orchestre accorder ses instruments. Il la fit asseoir, l'embrassant comme s'il ne devait jamais la revoir. Le public applaudissait l'arrivée du chef d'orchestre, la scène plongée dans le noir s'éclaira, faisant briller le piano à queue. Animal silencieux et sage attendant son maître. Le rideau se leva. C'est sous les ovations qu'il entra dans la lumière. Il salua. Son visage était transformé. Oubliées, les angoisses, les colères, les incertitudes. Il n'était que calme, assurance et bonheur.

Ludivine comprit en le voyant ainsi, pourquoi il était adulé par son public. Son talent n'était pas le seul paramètre de son succès. Sa personnalité était hors du commun. Elle sentit son cœur se gonfler d'amour et se demanda, comment elle avait pu intéresser un mec pareil. Quand il attaqua les premiers accords, ses poils se dressèrent. Elle ne l'avait jamais entendu jouer ainsi. Sa fougue, sa sensibilité, sa finesse, donnait à son toucher une dimension presque irréelle. Son regard accroché au sien, il ne jouait que pour elle, et elle seule. Une larme tomba de sa joue.

À la fin. Il resta les mains posées sur le piano, épuisé. Le silence de la salle était mouvant. Il fallait que les spectateurs reviennent de leur extase. Quand la bête se réveilla, ce ne fut qu'un seul cri, un seul roulement de tonnerre. Pierre se leva. Vint saluer au bord de la scène. Une aura soulignait sa silhouette. Le public était debout. Ludivine également. Elle eut une pensée pour ses parents. Adeline et Thierry. Et les remercia de lui avoir donné la chance de rencontrer un tel homme.

Les applaudissements durèrent un long moment. Puis Pierre fit signe au public de bien vouloir se rasseoir.

— Merci. Mesdames et Messieurs. Merci. Je suis heureux de vous avoir rendu heureux. Mais ce soir j'ai quelque chose d'important à vous dire.

Même les mouches ne volaient plus.

— Nous sommes amis, et vous connaissez tous mon histoire. Vous savez que j'ai perdu ma femme dans un accident de voiture, il y a plusieurs années.

Un jeune homme apporta un immense bouquet de roses rouges et le lui tendit.

— J'ai cru que je ne pourrais pas continuer. Pourtant la vie est merveilleuse, elle vous donne de nouvelles chances. Ma nouvelle chance à moi s'appelle Ludivine. Et ce soir, je profite que nous soyons réunis pour lui demander de bien vouloir m'épouser.

Il tendit la main dans sa direction. Ludivine était figée sur place. Son cœur battait plus que lors de l'agression de

« *l'Ombre* ». Voyant qu'elle ne bougeait pas. Il se tourna vers le public en riant.

— Voilà pourquoi j'avais tellement le trac ce soir. J'avais peur de sa réponse. Vu sa réaction j'ai encore plus peur.

La salle rit. Mais Ludivine restait bloquée. Alors il vint vers elle, et lui prenant la main, l'amena au milieu de la scène. Il mit un genou à terre, tendant d'une main le bouquet, de l'autre une bague. Et avec une voix toute timide, il reprit :

— Tu veux bien m'épouser ? Dit ?

Elle était incapable de parler. Elle prit le bouquet, tendit la main pour qu'il lui passe la bague, et fit « oui » de la tête. Ce fut une explosion dans la salle. Avec la participation de l'orchestre qui joua la marche nuptiale de Mendelssohn. Les amoureux, enlacés. Ne voyaient, n'entendaient, n'enregistraient, rien. Ils étaient seuls au monde.

Après cette première soirée, les concerts se suivirent, avec le même succès. Ludivine suivait son fiancé, qui avait abandonné sa mauvaise humeur. Cela faisait un mois et demi qu'il jouait, dans toutes les capitales de l'Europe. Ce soir, ils étaient à Prague, dernière étape avant New York. Ils rentraient d'un pas tranquille à leur hôtel, après avoir assisté à la réception donnée en l'honneur du maître. La nuit était douce, la ville magnifique, ils savouraient en silence ce moment privilégié.

À la réception de l'hôtel, au moment de demander leur clé de chambre, le concierge donna un message à Ludivine. C'était un télégramme de Kyle :

« *Judy disparue depuis plusieurs jours. Impossible de la retrouver. Aide-nous* ».

Elle en eut la nausée. Tendit le bout de papier à Pierre, qui le lut à son tour. Il devint blême.

— Nous devons l'appeler tout de suite.

Le temps d'arriver dans la chambre, de demander le numéro à Boston, elle parlait à son fils. Il répondit dès la première sonnerie. Il devait être près de l'appareil, attendant une voix.

— Chéri, c'est maman. Je viens d'avoir ton pneu. Que se passe-t-il exactement ?

— Oh, maman. Cela fait du bien de t'entendre. Judy a disparu depuis presque une semaine. Papa a prévenu la police, mais cela ne donne rien. Tu penses, il ne s'est rendu compte de son absence qu'au bout de trois jours. Il m'a appelé pensant qu'elle était avec moi. Puis son mec, qui lui s'en balance. Maman j'ai peur. Il a dû lui arriver quelque chose.

— Je suppose qu'il n'y a rien dans les hôpitaux ? La police a dû en faire le tour.

— Non personne ne lui ressemblant ou portant son nom.

— Et… (elle n'osait pas prononcer le mot) à la morgue ?

— Rien non plus.

Elle reprit sa respiration. Serra la main de Pierre.

— Bien. Je vais contacter Alan, et lui demander de mettre son détective sur le coup. C'est un bon, un très bon. En plus il connaît ta sœur, et connaît tous les endroits qu'elle fréquente. Où qu'elle soit il la retrouvera, et là, je lui donnerai la fessée qu'elle ait jamais reçue et qu'elle mérite depuis longtemps. Toi tu vas reprendre tes études. Préparer tes examens. Je te tiendrai au courant régulièrement. Si j'ai besoin de toi, je te le dirai.

— Et pour papa ?

— Est-ce qu'il fait quelque chose pour la retrouver ?

— Il a dit qu'il fallait laisser la police faire son travail. Et que de toutes les façons quand elle n'aura plus d'argent, elle reviendra.

— Cet homme ne changera jamais. Avec lui il est toujours urgent de ne rien faire. Le chemin le plus facile est toujours le meilleur. Ne lui dis pas que je prends un détective. Garde-le pour toi. Il serait capable de prévenir la police, qui nous mettrait des bâtons dans les roues. Et tes grands-parents que disent-ils ?

— La même chose que papa.

— Les chiens, ne font pas des chats. Écoute mon chéri. Pierre et moi, nous nous chargeons de tout. Nous allons la retrouver. Je te promets que nous mettrons tout en œuvre pour ça. Je t'aime mon poussin. Aie confiance. Je vais rentrer à la Bayadère, de là-bas il me sera plus facile de coordonner les recherches. Dès que j'y suis je te fais signe. Au revoir mon bébé.

— Au revoir maman.

Il avait sa voix de petit garçon. Pleine de chagrin et de tristesse. Elle avait envie de l'avoir près d'elle et de le bercer. Elle raccrocha tout doucement. Comme pour ne pas le brusquer. Elle entendait la voix de Pierre qui lui parvenait du salon de leur suite. Il parlait avec Alan. Ils étaient devenus potes lorsque l'avocat avait amené le chèque à Ludivine. Elle vint se couler dans ses bras. Il la tint serrée contre lui. Cinq minutes plus tard, la conversation était terminée. Il reprit le combiné et demanda à la réception de réserver deux billets d'avion pour Bordeaux, pour le lendemain matin.

— Pourquoi deux billets ?

— Parce que je rentre avec toi.

— Et ta tournée ?

— J'annule.

— Tu es fou ! Il y a des milliers de gens qui attendent pour t'écouter. Ils ont réservé leur place depuis longtemps. Tu ne peux leur faire ça.

— Je vais me gêner. Ma famille passe avant tout.

Elle lui parla sur le même ton qu'elle avait employé, quelques minutes plus tôt pour son fils.

— Écoute mon chéri. Nous avons paré au plus pressé. Il ne nous reste plus qu'à attendre les résultats. Si je rentre, c'est uniquement pour qu'Alan sache où me trouver, à tout instant. Il n'y a plus que quinze jours de tournée. Après tu viendras me rejoindre. Entre-temps, la petite aura été envoyée par le premier avion à la maison, où je l'attendrai et je lui donnerai la leçon de sa vie. Car je vais faire le nécessaire pour que Doug n'en ait plus la garde. Cette fois c'est à moi qu'elle aura à faire, et je t'assure que cela ne rigolera plus.

Elle était en colère, elle avait peur, elle avait mal. Soudain elle comprenait ce que ses grands-parents avaient ressenti à la disparition de Thierry. Elle ne pourrait pas dormir, manger, respirer. Vivre. Tant que sa petite fille ne serait pas là, sur son cœur. Pierre ne savait que faire pour l'apaiser.

— Je ne veux pas t'abandonner dans un moment pareil.

Elle vint vers lui et lui caressant le visage :

— Tu seras avec moi. Je t'appellerai à chaque fois que je me sentirai flancher. Le son de ta voix me réconfortera. Tu dois aussi penser à toi, à ta carrière. Tu deviendras cinglé au Pyla. Le travail te permettra de garder tes forces, et tu pourras ainsi me les transmettre.

— Tu tiendras le coup ?

En rentrant à la maison, elle fut accueillie par les glus qui lui firent fête. Cela faisait deux mois qu'elle était partie, et son foyer lui avait manqué. La vie en tournée était exaltante, le faire en compagnie de l'homme qu'elle aimait était enrichissant. Mais le cocon, la carapace, surtout quand on n'est pas bien, c'était bon aussi. Après avoir dit à Marie de la prévenir si quelqu'un téléphonait, elle partit faire une balade sur la plage.

En ce début de juin, le soleil était chaud. Il y avait déjà des baigneurs. Ou plutôt des lézards. Une fois de plus, la beauté du paysage la rasséréna. Elle savait qu'afin de supporter l'attente, elle allait devoir s'occuper l'esprit. En partant en avril, elle avait donné les rênes de son association à Françoise, une victime de l'Ombre, comme elle. C'était la plus acharnée de toute la bande. À elle deux, elles allaient faire avancer les choses.

Le fait d'être loin de sa fille, moralement et physiquement, rendait vain, tout acte qu'elle aurait pu entreprendre. Cela faisait un bail qu'elle ne savait plus ce que son enfant était, pensait, vivait. La petite, aidée de son père, avait élevé des murailles entre elles. Murailles qu'elle n'avait eu ni le courage, ni la force d'escalader. Le sentiment de rejet que sa mère lui avait fait subir toute son enfance et adolescence, celui de Doug, puis celui de sa fille, avait étouffé toute velléité de s'imposer. Le fatalisme avait pris la place. Elle avait baissé les bras. S'ils la rejetaient, c'est qu'elle ne méritait pas leur amour.

Aujourd'hui elle avait abandonné ses frustrations. Elle savait que sa mère l'aimait. L'amour que lui donnait Pierre, lui avait redonné confiance en elle. Donc elle était prête à se battre pour conquérir le cœur de sa fille. Pour cela, il fallait la retrouver. Et là elle était totalement impuissante. Seul le détective Mc Dougal saurait faire ce travail. Alors elle allait prendre son mal en patience, jusqu'à ce qu'il la lui ramène.

En attendant, son combat serait de faire tomber « *l'Ombre* » immonde.

Les jours passèrent. Mc Dougal faisait son rapport tous les soirs. RAS. Il avait fait tous les lieux où il pensait que Judy avait pu se rendre. Tous les amis chez qui elle aurait pu aller. Rien. Il n'était même plus sûr qu'elle soit à Boston. L'attente devenait insupportable. Erwin et Maddy étaient venus la soutenir. Patrick prenait constamment des nouvelles. Tout le monde faisait bloc, et cela mettait du baume au cœur meurtri de Ludivine. Même la surveillance de la carte bancaire de Judy, ne donnait aucun résultat. Un jour avant sa disparition, elle avait pris une grosse somme sur le compte de son père. Mais ni plus, ni moins que ses retraits habituels. Depuis, plus rien.

Heureusement Pierre arrivait à la fin de sa tournée et serait bientôt là. Elle lui avait dit qu'elle tiendrait le coup, mais son courage s'effritait. Les pensées les plus folles envahissaient son esprit, et l'empêchaient de raisonner logiquement. Elle imaginait sa petite dans les situations les plus épouvantables. Doug, lui aussi commençait à se faire du mouron. Pas trop tôt ! Grâce à Alan il avait perdu la garde de sa fille. Cela l'avait mis dans une rage folle. Son trésor, sa chose, la prunelle de ses yeux, ne lui appartenait plus. Kyle et Marilyne étaient en plein examens de fin d'année. Inutile de souligner que l'ambiance était tendue.

Un soir, alors qu'ils dînaient sur la terrasse, profitant d'une de ses longues soirées de juin, on sonna à la porte. Marie revint quelques secondes plus tard :

— Ludivine. Le commissaire Degal est là et demande à vous voir.

Le sang de la jeune femme ne fit qu'un tour. Elle se leva précipitamment, faisant tomber sa chaise. Si « *l'Ombre* » s'était de nouveau échappée, cette fois, elle ne ferait pas de quartier. C'est entre quatre planches qu'elle leur livrerait la bête.

Degal qui attendait dans le hall, n'était pas seul. À côté de lui se tenait une jeune fille, qui semblait avoir vécu de meilleurs jours. Elle avait l'air d'une SDF. Sale. Ses cheveux n'avaient vu ni brosse ni peigne depuis longtemps. Ses vêtements étaient en lambeaux. Âge incertain, 18-19 ans ? Elle était misérable. Ludivine eut un choc. Elle aurait reconnu ses yeux dans une foule.

— Judy ? Mon Dieu, ma chérie, c'est toi ?

La jeune fille se précipita dans les bras de sa mère.

— Cette jeune fille est bien votre fille ? Nous l'avons trouvée errant sur la plage. Quand nous l'avons arrêtée, elle a dit qu'elle était votre fille et qu'elle vous cherchait. Mais comme elle parle très mal le français, et qu'on lui a volé toutes ses affaires, elle ne pouvait prouver ce qu'elle disait. Heureusement que j'avais du travail en retard, quand j'ai entendu votre nom, j'ai voulu en avoir le cœur net.

Maddy et Erwin inquiets les avaient rejoints. Comme la mère et la fille étaient incapables de parler, ce dernier répondit au commissaire.

— C'est effectivement la fille de Ludivine. Nous étions sans nouvelles d'elle. Elle a disparu depuis plus de quinze jours. Merci de nous l'avoir ramenée.

— Bien. Je vais vous laisser en famille, mais je vous attends demain matin pour une déposition. Cette enfant est mineure, je ne comprends pas comment elle a pu se retrouver sur cette plage. En plus elle est en manque, un peu plus et on la mettait en prison. Elle a eu de la chance que j'ai été là.

— Nous non plus commissaire, nous ne le savons pas. Nous la cherchions aux États Unis.

— Viens ma chérie, viens. Tu vas prendre un bon bain, après tu mangeras, et après tu nous raconteras. Marie s'il vous plaît, appelez Laurent, qu'il vienne le plus vite possible.

Ludivine montait déjà les escaliers, avec sa fille accrochée à elle comme à un rocher. Judy claquait des dents. Ses traits tirés dénonçaient son état. Ses ongles étaient rongés jusqu'au sang. Elle était à bout de forces. Sa mère la déshabilla pendant que le bain coulait, la mit dans l'eau. Elle frissonna. Ludivine la lava comme quand elle était bébé, et l'enfant se laissa faire.

Elles n'échangèrent aucune parole. La tendre simplicité des gestes du quotidien, renouait les fils qui avaient été rompus. Elle dut changer l'eau tellement elle était sale. Une fois décrassée, séchée, peignée, elle retrouva le visage de sa petite. Mais le regard avait changé. Plus foncé, plus dur, plus blasé. En un mot : Vieilli. Elle la prit dans ses bras.

— Qu'est-ce que l'on t'a fait ma chérie ? Qui t'a fait du mal ?

Judy ne répondit pas, elle se laissa bercer sans émettre un son. Ludivine n'insista pas. Elle lui enfila un pyjama, et l'emmena pour la faire manger. Le médecin arrivait juste, il examina la jeune fille. Puis il rejoint Ludivine, qui attendait dans le salon la fin de l'auscultation.

— Qu'en penses-tu ?

— Tension basse. Elle est en manque. Elle a besoin de repos, de nourriture et d'une vie saine. Elle a bien été violée. À mon avis elle est en état de choc. Il faudra qu'elle voie un gynéco. Pour ce soir, vous allez lui donner à manger et la coucher. Je lui ai fait une injection, elle devrait dormir tranquille. Il faudra lui faire également des analyses de sang. Elle peut avoir chopé une cochonnerie.

Toujours aussi délicat le mec, il ne prend pas de gant pour vous dire les choses. Ludivine n'écoutait plus. Elle était restée à : « *Elle a bien été violée* ». Ces mots raisonnaient dans sa tête. Mais elle ne voulait pas en accepter le sens. « *Ce n'est pas possible. Pas mon bébé. Pas ma petite poupée... violée ? Je n'y crois pas... »*. Elle revint doucement en entendant Laurent l'interpeller.

— Eh ? Tu m'écoutes ?

— Oui… oui… elle t'a vraiment dit qu'elle avait été violée ?

Elle avait du mal à prononcer le mot. Il se rendit enfin compte du coup de massue qu'il venait de lui asséner.

— Tu veux dire que tu ne le savais pas ?

Elle répondit dans un souffle.

— Non.

Il la prit dans ses bras.

— Excuse-moi. Je croyais qu'elle te l'avait dit. Quel con je fais !!! Je ne voulais pas te choquer. Écoute, tout va bien aller. Tu me l'amènes demain à la clinique. Nous lui ferons passer tous les examens possibles et imaginables. Je ne la fais pas rentrer ce soir, il vaut mieux qu'elle reste près de toi. Mais après, nous la garderons le temps qu'il faudra pour un sevrage total. Tu savais qu'elle se piquait ?

Même réaction.

— Non…

— Ma petite chérie, je ne veux pas t'accabler, mais qu'est-ce que tu sais sur ta fille ?

— Rien… Je l'ai abandonnée à son père. C'est lui qui en a fait ce qu'elle est.

— Mais pourquoi as-tu fait ça ?

— C'est elle qui a choisi au moment du divorce. Je n'étais plus sa mère. Elle ne voulait plus entendre parler de moi. Comme il y avait longtemps qu'elle ne m'écoutait plus, j'ai laissé faire… J'ai honte.

— Tu peux ! Depuis quand laisse-t-on faire aux enfants ce qu'ils veulent ? Regarde où cela les mène.

— J'ai été lâche. J'ai renoncé à me battre. J'espère qu'elle me pardonnera un jour.

— Et puis quoi encore ? C'est elle qui doit te demander pardon. Elle s'est arrogé une liberté dont elle ne savait quoi faire. Ce n'est pas à 15 ans que l'on est prêt à assumer ce genre de choix. Regarde les jeunes qui se retrouvent orphelins à cet âge-là. Ils sont traumatisés pour le reste de leur vie. Parfois ils sont incapables de créer leur propre famille. Ou alors, ils le font très jeunes et font une kyrielle de marmots.

Son ton vindicatif, attira l'attention de Ludivine. Elle l'observa et comprit soudain de qui il parlait.

— Tu veux dire que tu as perdu tes parents à quinze ans ?

— Oui.

— Je vois. Tout s'éclaire maintenant. Tu as peur d'aimer, parce que tu as peur de perdre ce que tu aimes.

Les lèvres de Laurent tremblaient. Elle sentit le chagrin qu'il n'avait pu surmonter. Elle alla vers lui, le prit dans ses bras et le berça, comme elle l'avait fait plus tôt avec Judy. Comme l'ado, il se laissa faire. Ludivine regrettait d'avoir mal jugé cet homme. Elle n'avait pris que la surface, n'avait pas creusé, et l'avait classé dans la catégorie des superficiels inintéressants. En agissant ainsi, elle s'était montrée plus légère que lui et le regrettait.

— Bon assez d'attendrissement.

Dit-il en reniflant et en se dégageant.

— Occupe-toi de ta gosse, et montre-lui le chemin.

Il prit sa sacoche et se dirigea vers la sortie.

— Je vous attends toutes les deux, demain matin. Tout le personnel aura été prévenu. Plus de faiblesse avec elle ? Promis ?

— Promis. Nous viendrons après avoir vu Degal.

Une dernière embrassade et il était parti. Quand elle retourna vers Judy, elle la trouva endormie. Ses traits étaient plus détendus. Elle scruta son visage, cherchant les traits de son enfant. La bouche avait un pli amer. La peau était grise, pleine de vilains boutons. Ludivine fut attristée, sa fille avait bel et bien perdu son innocence.

Elle rejoignit ses beaux-parents, leur raconta ce que Laurent avait dit. Ils furent horrifiés. Puis elle annonça la nouvelle du retour de l'enfant prodigue, à toute la famille et aux amis. Pierre rentrait dans deux jours. Le détective ne fut pas surpris. Par contre il se demandait comment Judy avait fait pour quitter le pays, sans que personne n'en soit informé, ou que l'on ne retrouve sa trace.

— Son père a mis quatre jours pour se rendre compte de sa disparition. Elle a pu faire ce qu'elle voulait.

— Oui, mais quand j'ai vérifié les listes de passagers des vols en partance de Boston, je ne l'ai pas vue.

— Vous avez regardé sur les listes en direction de l'Europe ?

— Je dois avouer que non. Vu son état d'esprit à votre égard, je n'ai pas pensé qu'elle ait eu envie de vous rejoindre. Cela m'apprendra. Pour un vieux de la vieille comme moi, c'est impardonnable. Je ne vous facturerai pas mes services.

Kyle poussa un soupir de soulagement. Il allait enfin pouvoir ne penser qu'à ses épreuves. Pour ne pas le perturber, elle ne lui dit rien sur le viol. Puis vint le dernier coup de fil. Ce fut Jessica la maîtresse de son mari qui répondit. Le nœud se resserra dans le ventre de Ludivine.

— Je voudrais parler à mon… à Doug.

On a toujours du mal à perdre ses habitudes. Quelques secondes… des chuchotements… et…

— Oui ? Quoi encore.

— Rien de spécial, je voulais simplement te prévenir que notre fille est chez moi.

— Qu'est-ce qu'elle fout là-bas ? Tu n'as pas suivi les conventions du juge, tu ne devais…

— C'est elle qui ne les a pas suivies ! Elle a été arrêtée par la police française, errant sur la plage. Sans papiers, sans argent. En état de manque… elle a été violée. Je te félicite pour ton travail de père !!!

Elle était hors d'elle. Toute la peur, le chagrin, la colère, éclataient.

— Tu t'es tellement bien occupé d'elle, que tu en as fait une junky. À part à toi et à ta queue, à quoi penses-tu ? Tu mériterais de finir en prison, pour maltraitance ! D'ailleurs maintenant que j'y pense, je me demande si je ne vais pas porter plainte ! Allez baise bien, et surtout ne t'occupe plus de *mes* enfants. Ils s'en sortiront cent fois mieux !

Elle raccrocha aussi sec. N'en revenant pas d'avoir été aussi vulgaire. Elle eut juste le temps d'arriver à la terrasse, que l'engin sonnait.

— Tu ne me raccroches plus jamais au nez comme tu viens de le faire ! Et tu ne me parles plus jamais sur ce ton ! Tu me renvoies Judy, c'est elle qui doit choisir !

— D'accord pour les deux premières propositions, puisque je ne t'adresserai plus la parole ! Quand à Judy, adresse-toi à mon avocat !

Vlan ! Elle faillit casser le combiné. Attendit quelques secondes. Re-belote, le téléphone sonna. Elle décrocha et raccrocha. Elle buvait du petit-lait. À l'autre bout de la ligne, Doug devait fulminer. À la troisième fois, il comprit et cessa.

— Voilà une bonne chose de faite.

C'est une Ludivine ravie et toute légère, qui regagna la terrasse. Les pièces de son puzzle prenaient place, une à une. Elle s'installa dans un fauteuil près de sa fille. La nuit fut calme et apparemment réparatrice. Judy avait meilleure mine en se réveillant et aurait dévoré un bœuf. Sa mère la laissa manger tranquille puis quand elle eut fini :

— Bien. Maintenant que tu es requinquée, tu vas tout me raconter. Que s'est-il passé ?

Judy, boudeuse, dit d'un ton énervé.

— Rien. Il ne s'est rien passé. Et de toute façon, cela ne te regarde pas.

Ludivine ne retint pas la gifle qu'elle lui envoya. L'ado, les yeux écarquillés, se frottant la joue, eut du mal à reprendre sa respiration. Sa mère lui prit le bras et très calmement, sans élever la voix, lui dit :

— Écoute-moi bien. Ce que tu croyais une belle vie est terminée. Je t'interdis, tu entends, je t'interdis de me parler sur ce ton. Et tout ce que tu fais me regarde. Alors je te pose une deuxième fois la question : que s'est-il passé ?

La jeune fille se leva et tapant du pied :

— Je veux rentrer aux States ! Je veux voir papa !

Ludivine la fit rasseoir brutalement.

— Tu vas devoir rayer de ton vocabulaire le *« je veux »*. Dorénavant, c'est moi qui décide, et TU obéis. Je te pose une dernière fois la question : Que s'est-il passé ? Si tu ne réponds pas, je te remets entre les mains de la police et tu feras ton sevrage en prison. Ils me doivent un service, je t'assure qu'ils seront très contents de faire ça pour moi. Parce que c'est tout ce que tu mérites !

Elle lui déplia les bras et lui montra les traces de piqûres de drogue.

— Ça, c'est la preuve que tu te drogues. Ici comme au states on met les drogués en prison. Alors tu te décides ?

Ludivine croisa ses bras sur sa poitrine et attendit. La petite, se sentant piégée, utilisa son arme favorite et qui marchait à chaque fois avec son père. Elle se mit à pleurer.

— Inutile de pleurnicher, tu sais très bien que cela ne marche pas avec moi.

Les larmes de crocodiles se transformèrent en vrais sanglots. Ce n'était plus de la comédie. Émue, Ludivine lui prit les mains.

— Parle ma chérie, je suis là pour t'aider.

Judy se jeta dans les bras de sa mère.

— Oh ! Maman, j'ai eu si peur !

Sa mère l'assit sur ses genoux.

— Dis-moi tout.

Entre deux hoquets, l'enfant s'épancha.

— Quand tu as demandé le divorce j'étais très en colère. Contre toi et contre papa. Je ne voulais plus vous voir, ni l'un ni l'autre. Alors j'ai fait des pieds et des mains pour aller vivre chez mon copain.

— L'étudiant ? Celui qui travail avec ton père ?

— Oui…

— Mais enfin, c'est un homme ! Il a au moins vingt-deux ans !

— Vingt-quatre.

— Mais à quoi pense ton père ?

— Jessica m'a aidé, elle était très contente que je ne vive plus avec eux.

— Tu parles ! Et alors ?

— Au début c'était sympa. Je faisais le ménage, et les courses.

— Tu jouais à « *papa, maman* ». Et lui s'était trouvé une bonniche. Gentleman le mec !

— Un jour, je l'ai surpris en train de se faire une piqûre dans le pied. Je lui ai demandé pourquoi c'était. Il m'a demandé si je voulais essayer. J'ai dit oui.

— Tu veux me pincer. J'ai l'impression de rêver. C'est comme ça que tu es devenue accro ? Pourtant nous vous avons prévenu, ton frère et toi ? JAMAIS DE DROGUE ! Ton père ne s'en est pas rendu compte ?

— Ben, je ne le voyais pas souvent.

— Et tes études ?

— J'y allais de temps en temps. Mais comme on sortait beaucoup le soir, j'avais du mal à me lever le matin.

— Je suppose que tu devais boire également ? La directrice du collège ne s'est pas inquiétée ?

— Si. Elle a appelé papa, il lui a expliqué pour le divorce. Et a dit que j'avais du mal à me remettre de l'abandon de ma mère.

— Bieeennn. C'est encore de ma faute. Cela explique les traces de piqûres, mais la fugue et le viol ?

— Qui t'a dit pour le viol ?

— Laurent… Enfin le médecin que tu as vu hier soir. Il a vu les ecchymoses sur tes cuisses. Et il pense que tu pourrais avoir une MST. Je trouve qu'à ton âge tu as un beau palmarès. Tu dis la suite ?

Judy ne se révoltait plus. Elle avait besoin de se confier.

— Il y a quinze jours, William a invité des copains à venir dîner à l'appartement. J'étais la seule fille. Ils m'ont fait boire un peu plus que d'habitude…

— Et ?

— Ils ont voulu jouer au « strip-poker »… Au début j'ai trouvé ça amusant…

— Je présume que tu t'es vite retrouvée nue et eux tout habillés.

Ludivine était obligée de se contenir, pour ne pas exploser. Il fallait qu'elle connaisse le fin mot de l'histoire. Elle ne devait pas interrompre les bonnes dispositions de sa fille.

— Oui. Alors ils ont continué à jouer… et comme je n'avais plus rien à enlever… ils m'ont donné des gages…

Ludivine imagina parfaitement la suite de l'histoire. Alors elle ferma son esprit. Pour ne plus écouter, ne plus entendre. Seul lui parvenait un brouhaha de sanglots et de paroles.

— …Le lendemain matin, en partant à la fac, William m'a dit de nettoyer la maison, et que le soir il amènerait d'autres copains, parce qu'on avait passé une soirée géniale. J'ai attendu qu'il s'en aille. J'ai fait ma valise, et je suis partie. Je ne voulais pas aller voir papa, ni Kyle. J'avais trop honte. J'ai pris un taxi pour l'aéroport, et j'ai acheté un billet pour le premier avion en direction de l'Europe.

— On ne t'a rien demandé à la frontière ?

— J'ai dit que j'étais en vacances et que j'allais te rejoindre. Mon passeport était en règle, ils n'ont pas insisté. Mais je ne me souvenais plus de ton adresse exacte. Je savais que c'était à Arcachon, mais où ? Je suis restée à Heathrow en attendant un avion pour Paris. Puis Bordeaux. J'étais fatiguée, je me suis endormie dans le train. Le contrôleur est venu me réveiller au terminus, mais quelqu'un avait volé tous mes bagages. Il a voulu appeler les flics, et je lui ai échappé. Depuis, je te cherche. Hier sur la plage, je ne sais où, des policiers m'ont demandé mes papiers… tu connais la suite.

Ludivine était anéantie. Elle se leva, faisant presque tomber sa fille. Elle avait besoin d'une bouffée d'air frais. De marcher. De tuer quelqu'un. En commençant par son ma… son ex.

— Tu es très fâchée contre moi maman ?

— Non. OUI ! Va te laver et t'habiller, nous devons voir le commissaire Degal. Après nous irons à la clinique de mes amis. Tu vas y rester quelque temps. Pour des examens, et ton sevrage. Regarde tes bras ! Dans quel état tu t'es mise !

— Mais je ne veux pas aller en clinique ! C'est bon pour les tarés !

— Et que crois-tu être ? De plus tout à l'heure je t'ai dit plus de : « *je veux, ou, je ne veux pas* ». Alors tu ne discutes plus et tu vas prendre un de mes pantalons avec un chemisier. Ce sera trop grand, mais nous ne referons pas ta garde-robe avant que tu ne sois guérie ! Maintenant, file, je te rejoins. Il faut que je me calme.

Maddy arriva sur ces entre-faits. En voyant le visage défait de Ludivine, elle comprit tout de suite.

— La petite a parlé ? Tu sais ce qui s'est passé ? C'est si épouvantable que ça ?

— Oh ! Maddy. Ma petite fille, mon bébé. Ils l'ont détruite.

Elle appuya sa tête sur l'épaule de sa tante. Pour se ressourcer. Puis les forces revenues :

— Mais ça ne va pas se passer comme ça ! En revenant tout à l'heure j'appelle Alan et Mc Dougal. On repart en guerre ! Je peux te jurer, que tous ces salauds vont payer ! Et cher ! Je les veux tous en prisons ! L'emporteront pas au paradis !… Besoin d'une douche froide pour me calmer…

Elle grimpa les escaliers quatre à quatre, sous les yeux éberlués de Maddy.

La visite au commissariat fut rapide. Judy n'avait pas vu son voleur, la seule chose qu'elle put donner c'est la liste de ses affaires. Degal fut conciliant et les laissa partir. Le passage à la clinique fut moins agréable. L'ado tenta une dernière fois de contrer sa mère. Mais Ludivine tint bon. Les examens furent menés tambour battant. Le gynéco confirma le viol répétitif. Des analyses furent prescrites. Pendant qu'elle attendait dans la chambre attribuée à sa fille, Sylvain vint la saluer, suivit de Laurent. Ils semblaient très embêtés. C'est le frère aîné qui prit la parole.

— Ludivine, je ne te cache pas que Laurent et moi sommes inquiets au sujet de ta fille.

— Pourquoi ? Vous avez trouvé quelque chose de grave ?

— D'abord elle est enceinte. Nous voulons savoir ce que tu décides à ce sujet.

— Avortement. Elle ne peut garder cet enfant. Quoi d'autre ?

— Tu viens des US et tu dois avoir entendu parler de ce nouveau virus qui a été détecté, chez les homosexuels et les drogués ?

— Oui. Le SIDA ? C'est ça ?

Les frères échangèrent un regard. Laurent reprit le témoin.

— Oui. Et nous ne pouvons écarter le fait que Judy ait pu être contaminée.

Ludivine sentit ses jambes flageoler. Elle dut s'asseoir sur le lit.

— Ce n'est pas possible. Dites-moi que ce n'est pas possible.

— Malheureusement si. Nous allons faire parvenir un échantillon du sang de Judy à l'institut Pasteur. Nous ne sommes pas équipés pour ce genre d'analyse. Il faudra compter au moins trois semaines avant d'avoir le résultat.

— Et si le test est positif ?

Elle avait la bouche tellement sèche, que les mots avaient du mal à sortir.

— Il faudra la surveiller.

— Il n'y a pas de traitement ?

— Non… Comme c'est une maladie immunodépressive, la seule chose que nous sachions faire, c'est soigner les maladies que cela peut provoquer. Comme une pneumonie ou autre… Mais nous ne savons pas tuer le virus… en fait nous ne savons presque rien sur lui.

— Et si elle tombe malade ?

Ni l'un, ni l'autre ne parla. Mais Ludivine comprit. C'était un arrêt de mort. La sentence fatale. Elle eut un gémissement. Laurent vint prêt d'elle pour la réconforter. La tête appuyée sur la poitrine de son ami, elle dit d'une voix très ferme.

— Il ne faut pas qu'elle sache. Ni pour le bébé, ni pour le SIDA. Il sera toujours temps de le lui dire quand nous aurons les résultats. En attendant, vous la sevrez. Il faut que cette pourriture quitte son corps et son esprit.

Sylvain lui prit la main.

— D'accord. Nous ferons le curetage dans l'après-midi. Elle ne se rendra compte de rien. Nous inventerons un truc pour l'endormir. Elle aura un peu mal au ventre, nous lui dirons que ce sont les séquelles de ses viols. Pour le reste, nous te tiendrons au courant. Elle va bientôt remonter. Il ne faut pas qu'elle te voie dans cet état. Tu vas lui dire au revoir. Nous te la rendrons dès la fin de son sevrage.

Interdit de la voir entre-temps. Tu pourras lui parler au téléphone c'est tout.

Ludivine faisait « oui » de la tête à tout ce qu'il disait. Ses forces l'abandonnaient. Judy entra dans la chambre à ce moment-là. Quand elle vit les larmes sur le visage de sa mère, elle paniqua.

— Maman ? Quelque chose ne va pas ?

— Ce n'est rien ma chérie. Mais Laurent et Sylvain, viennent de me dire que je ne pourrai te rendre visite pendant ton traitement. On vient juste de se retrouver et cela me fait de la peine d'être à nouveau séparée de toi.

— Et le cirque va durer combien de temps ?

Judy avait retrouvé son ton arrogant. Ludivine réagit immédiatement.

— Le temps qu'il faudra ma belle. C'est toi qui en détiens la clé. Plus tu feras ce que l'on te dit. Plus vite tu sortiras. Si tu fais ça bien, tu pourrais même assister à la remise des diplômes de ton frère, à la fin du mois. La balle est dans ton camp.

Elle serra sa fille contre son cœur.

— Courage ma chérie. C'est le premier pas vers une nouvelle vie.

Elle se tourna vers les deux hommes.

— Je vous la confie. Soignez-la bien.

— Comme si c'était la nôtre, dit Laurent en la poussant vers la sortie.

— Maintenant, laisse-nous. Nous devons parler avec elle et lui expliquer comment va se passer son séjour.

Elle embrassa sa fille encore une fois. Ce fut la première fois qu'elle la vit pleurer, alors qu'elles se quittaient. D'habitude elle était trop contente de la voir tourner les talons. C'est le cœur en bandoulière qu'elle reprit sa voiture et rentra chez elle. Pierre lui manquait tellement. Elle aurait voulu qu'il soit là, pour pouvoir lâcher prise. Se laisser aller dans ses bras et pleurer jusqu'à la fin des temps.

Maddy et Erwin l'attendaient avec inquiétude. Elles étaient parties depuis tôt le matin et il était déjà trois heures de l'après-midi. Leur sollicitude lui fit du bien. Rien de tel que l'amour des siens quand cela va mal. Ils l'interrogèrent avec anxiété. Elle leur dit tout, sauf pour le SIDA. Maddy sembla choquée :

— Un avortement ? Crois-tu vraiment que cela soit judicieux ?

Ludivine la regarda les yeux écarquillés.

— Qu'auriez-vous préféré ?

— Qu'elle le garde. Ce petit est innocent.

Erwin toussota, histoire de faire taire sa femme.

— Ah bon ? Vous aimeriez que ma fille ait toute sa vie, sous les yeux, le fruit de ses viols. On ne saurait même pas qui est le père ? Vous pensez que c'est juste pour cet enfant ? Une mère qui le déteste et un père inconnu. Zéro pointé au niveau de la distribution des chances. Vous ne croyez pas ? Judy a quinze ans. Ce n'est qu'une enfant. Elle doit d'abord se construire une vie, avant de la donner.

— Assez grande pour coucher et se droguer. Éducation parfaite, je te félicite.

— Maddy !

Erwin était suffoqué. Ludivine coite. Mais elle se reprit très vite, et dit d'un ton glacial :

— Je crois que je vais monter dans ma chambre, avant que des paroles irréversibles soient prononcées.

Elle rentra dans la maison. Une immense lassitude la gagna. En s'allongeant, les glus contre elle, elle pensa que les relations entre les êtres humains étaient décidément bien compliquées.

Les flèches brûlantes de certaines réflexions, vous font voir ceux que vous aimez, sous un autre jour. Elle n'aurait jamais pensé que sa tante ait pu être aussi « réac ». Elle se mit sur le côté, glissa une main dans le ventre chaud de Mab, une autre dans la fourrure de Yu Lin. Ne plus penser, ne plus ressentir, ne plus savoir. Seulement dormir.

C'est la faim qui la réveilla le lendemain matin. Tout lui revint à l'esprit comme une montée de bile. Mais elle chassa les mauvaises idées. Une seule comptait. Pierre serait là ce soir. Elle allait le chercher à Merignac à 16 heures. Autant dire dans une éternité. Ce sont toujours les derniers moments d'attente qui sont les plus durs. Ne sachant comment réagir à la vanne d'hier, elle n'avait pas envie de voir Maddy ou Erwin. Elle ne désirait que la paix. Elle sonna Sarah et lui demanda de monter son déjeuner. Elle le prendrait sur la terrasse de sa chambre. C'est là qu'elle passerait sa journée, jusqu'au moment d'aller chercher son homme. Elle téléphona longuement à Judy, essayant de tisser des liens. La trame était là, pas encore très solide, mais les fils commençaient à se croiser. Peut-être qu'un jour elles verraient l'amour qu'elles y avaient tissé. C'est tout ce que Ludivine souhaitait.

En sortant de sa douche, elle entendit que l'on frappait discrètement à sa porte. Pensant que c'était Sarah ou Mélanie, qui venaient faire le ménage, elle cria : « *Entrez* », et retourna dans la salle de bains. Une fois prête, elle revint dans la chambre et se trouva nez à nez avec Maddy. Cette dernière, plantée au milieu de la pièce attendait patiemment son retour.

— Maddy ? Mais que faites-vous là ? Pourquoi ne pas m'avoir appelée ?

— J'ai préféré te laisser le temps de finir ta toilette.

— Ne restez pas debout. Asseyez-vous.

— Inutile. Ce que j'ai à te dire est très bref. Je te prie de m'excuser pour ce que j'ai dit hier, au sujet de ta fille. C'était idiot et méchant. Tu as suffisamment de tracas comme ça, sans que je vienne en rajouter une couche. Je ne pensais pas ce que j'ai dit.

— Ah bon ? Pourtant vous le pensiez si fort que vous l'avez dit tout haut.

— Je te demande pardon, je ne voulais pas te blesser.

— Raté !

— Est-ce que tu vas me pardonner ?

La jeune femme marqua un temps. Regarda sa tante.

— Je ne sais pas Maddy. Je voudrais vous dire « oui ». Mais j'ai encore mal. Votre flèche empoisonnée a touché au but. Je ne pensais pas que ma famille pouvait émettre un jugement aussi dur. De la part d'un étranger, cela ne m'aurait pas touché. Mais que ma tante, me dise une telle vacherie, j'ai du mal à l'avaler. Je sais que votre état excuse beaucoup de choses. Mais la méchanceté ? Gratuite ? Quand on aime, on ne dit pas de telles choses. Même si on les pense très fort. Même si on a raison. C'est de cette façon que les fossés se creusent. Par des petits coups de pic.

Maddy ne savait plus où se mettre. Elle se mordait les lèvres, se tordait les mains.

— Ludivine, ma chérie, je t'en prie. Je ne suis qu'une vieille imbécile. Dis-moi tout ce que tu veux. Mais dis-moi que tu me pardonnes. Je ne recommencerai jamais plus.

— J'en suis sûre. Mais comment saurais-je ce que vous pensez ? Ce que vous direz derrière mon dos ? Je n'ai plus confiance. Je vous pardonne, mais je n'ai plus confiance. Quand vous êtes entrée dans ma vie, j'ai cru bêtement que vous seriez la maman que je n'ai pas eue. Pierre parlait de vous avec tellement de chaleur. Une fois de plus je me suis trompée. Pour moi être mère c'est aimer son enfant, envers et contre tout. Sauf si c'est un assassin bien sûr. C'est lui donner confiance en son pas. Lui montrer le chemin. Lui dire qu'il peut y arriver. L'amour maternel, c'est l'amour refuge. Celui qui cimente les liens familiaux.

Maddy resta silencieuse. Ludivine continua un peu plus froidement :

— Mais il est vrai que je ne suis pas votre enfant. À peine celui de votre frère. Vous ne me devez rien. C'est moi qui vous demande pardon. Je vous en demandais trop. Je suis stupide, j'ai été rejetée tellement souvent, que je m'attache très vite à ceux qui me montrent un peu d'affection. Et pour votre gouverne, ce n'est pas moi qui ai élevé Judy. C'est son père. Le seul enfant que j'ai éduqué, c'est Kyle et je trouve que je ne m'en suis pas si mal sortie.

Maddy s'était assise dans un fauteuil, elle était pâle. Ludivine s'aperçut de son mal-être. Elle stoppa instantanément ses invectives et vint vers sa tante. Lui prit les mains en s'agenouillant devant elle.

— Pardon. Je suis en train de vous dire des choses que je n'ai pas eu le courage de dire à ma mère. Nous voilà à égalité. J'accepte vos excuses, et repartons de zéro, sans arrière-pensées.

Maddy opina et elles s'embrassèrent. Erwin qui espionnait derrière la porte, poussa un soupir de soulagement.

La cause était entendue et réglée. Ludivine se décida à appeler Alan. Elle lui raconta ce que Judy avait subi et lui demanda de porter plainte contre Doug et William. Mc Dougal devait se charger de trouver un maximum de preuves. Elle voulait que ces adultes, qui avaient abusé de sa fille moralement et physiquement soient punis. Alan était très dubitatif quant à l'issue de la procédure.

— Ta fille a quitté le pays, sans passer entre les mains d'un médecin. Il y a quinze jours que les événements se sont déroulés. Comment veux-tu prouver quoi que ce soit ?

— Les médecins français peuvent témoigner. Ils ont pris des photos des bleus.

— Elle aurait pu être violée n'importe où et n'importe quand sur son parcours. N'importe quel avocaillon commis d'office, obtiendrait un non-lieu.

— Alors accuse-les de détournement de mineur, et pour Doug d'abandon ou de maltraitance, de ce que tu veux. Mais il doit payer.

— Écoute, je vais essayer de monter un dossier avec l'aide de Mc Dougal, mais je ne te promets rien de rien.

— Fais ton possible, je ne veux plus que ces types s'approchent de ma fille.

— D'accord, je m'en occupe et je te tiens au courant.

— Merci.

— Embrasse la petite pour moi. Dis-lui de se battre.

— Je lui dirais c'est promis. Au revoir mon grand, à bientôt.

— Salut ma belle.

Blottie dans les bras de Pierre, ils étaient serrés l'un contre l'autre. La foule des autres voyageurs s'écartait en les voyant. Ils ne disaient pas un mot. Leur corps parlaient pour eux.

À nouveau réunis, la vie pouvait reprendre son cours.

L'Exil

Chapitre I

Il ouvrit les yeux.

Regarda autour de lui.

Il ne connaissait pas cet endroit.

Cela ressemblait à une hutte. Il se concentra. Écoutant les bruits qui lui parvenaient de l'extérieur. Essayant de comprendre, d'analyser sa situation. Une violente douleur à la tête le fit gémir. Il tenta de se lever, sans résultat. Ses forces l'avaient abandonné. Il retomba.

Le bruit du ressac des vagues, lui indiqua qu'il devait être en bord de mer. Mais où ? Il n'avait aucun souvenir. Il eut beau se creuser les méninges. Rien. Le vide. Le noir total. Pris de panique, il poussa un hurlement. Mais le son rauque qui sortit de sa gorge, fut à peine audible. Pourtant il avait été entendu. Une femme âgée, souleva le panneau de paille tressée, qui barrait la porte et entra. Lui posa une main fraîche sur le front. Parlant dans une langue qu'il lui était inconnue.

— Où suis-je ?

Demanda-ţ-il désespéré. La femme lui répondit, mais il ne comprenait rien !!! Il était perdu. Un immense sentiment de solitude l'envahit. Il avala sans rechigner la mixture que la femme lui faisait boire. C'était infect. Amer à vomir. Quelques secondes plus tard, il sombrait dans un profond sommeil.

À nouveau conscient, les yeux grands ouverts, dans une semi-pénombre, il prenait ses repères. Cette fois, il sut tout de suite où il était. Du dehors, lui parvenaient des chants scandés d'une musique primitive. La vieille femme était là. Accroupie au milieu de la hutte. Une lampe à huile qui dégageait une odeur acre, l'éclairait à peine. Les yeux clos, elle paraissait dormir. Au premier mouvement de son patient, elle fut près de lui. Parlant encore de sa voix douce. Découragé, il se laissa soigner, sans dire un mot. Elle le nourrit comme un bébé. Il avait faim et ingurgita passivement. Le sommeil revint, profond, sans rêve.

Combien de fois se réveilla-t-il ? Mangea-t-il ? Et repartit dans les limbes ? Il ne saurait le dire. Mais à chaque émergence, il se sentait un peu plus fort. Jusqu'au jour où il ne se rendormit pas après avoir mangé. Elle ne l'avait pas drogué. Toujours aussi gentille et souriante, elle lui fit signe de se lever. Il était sûr de ne pouvoir le faire. Il fit une tentative et à sa grande surprise, il réussit. La vieille femme l'applaudit des deux mains. Il s'aperçut qu'elle n'avait que trois dents devant. Deux en haut. Une en bas. Son sourire n'en était pas moins beau. Il plissait son visage parcheminé, aux pommettes hautes, aux yeux noirs bridés. Asiatique ? Ses cheveux étaient coiffés en une longue tresse blanche. Elle portait un grand morceau de tissu chamarré, drapé à la mode indienne.

Elle l'aida à se mettre debout. À faire les quelques pas qui les séparaient de l'entrée. Il resta dans l'embrasure, contemplant le paysage qui s'offrait à lui. Il avait raison, il était bien en bord de mer… enfin d'océan. Le reflet du soleil sur le sable blanc, lui fit cligner les yeux. La plage était immense. Il n'en voyait pas le bout. Derrière lui, d'autres huttes et la jungle. Les occupants des huttes, sortaient les uns après les autres. Femmes, enfants, hommes, jeunes, vieux. Ils l'entourèrent, riant et tapant dans leurs mains. Le touchèrent, le saluant, mains jointes au visage et sur la poitrine. Ils parlaient tous en même temps.

Il les laissa faire. Indifférent à leurs marques d'accueil. Ce qu'il voulait savoir, c'était qui il était, où il était et comment il était arrivé là ? Afin de tester ses forces, il fit quelques pas en direction de l'eau. Ses jambes le soutenaient. Comme il ne portait qu'une sorte de slip en forme de gros langes, il entra dans l'océan, suivit de la troupe de villageois, curieuse. Il plongea dans une vague. L'eau fraîche lui donna un coup de fouet. Quand il sortit la tête de l'eau, il fut surpris de voir les villageois plonger derrière lui. S'ensuivit une joute aquatique. Les uns après les autres ils lui passèrent dessus, dessous. Comme une bande de dauphins. Étonné au début, il finit par se prendre au jeu. Au bout d'un moment, épuisé, il sortit et s'allongea sur le sable brûlant.

Les autres s'assirent en cercle autour de lui. Observant ses faits et gestes. L'imitant en riant. La vieille femme s'était installée à côté de lui. Marquant ainsi son titre de propriété. Il était à elle, et tout le monde devait le savoir. Une jeune fille lui apporta une noix de coco, pour qu'il en boive le lait. Mais la vieille la chassa avec acrimonie. La petite recula craintive. Apparemment la vieille femme devait avoir une certaine autorité dans la communauté, car personne ne moufta. Il avait observé la scène en souriant. Voyant ça, elle se tapa la poitrine en disant :

— Hu Lan.

Puis d'un index impératif, elle lui tapa sur la poitrine et fit un signe de main qui dans toutes les langues signifiait « quoi ? ». Comme il ne répondait pas, elle recommença son manège.

— Hu Lan.

Il avait compris qu'elle voulait connaître son nom, ou du moins, son prénom. Seulement il ne le savait pas. Il souleva ses épaules en signe d'ignorance. Mimique également universelle. Elle leva les yeux au ciel, puis après quelques secondes de réflexion, lui tapa sur le poitrail :

— Gala Ran ! dit-elle en riant.

Elle avait l'air très contente de sa plaisanterie. Les autres aussi. Il sut plus tard, qu'elle l'avait baptisé : « *tête perdue* ». En fait, il se fichait pas mal de la façon dont on pouvait l'appeler. Ce qui lui importait, c'était de se souvenir comment l'appelaient ceux qui l'aimaient. Il se leva en poussant un profond soupir. Il marcha, sans but, le long de la plage. La tribu fit mine de le suivre, mais Hu lan la retint. Elle avait compris qu'il avait besoin d'être seul.

Il avança, les yeux rivés au sol. Rien de ce qui se passait autour de lui ne l'intéressait. Il réfléchissait. Cherchant dans sa mémoire des images, des sons, des odeurs, des sensations, des dates. Rien. Seules des choses sans importance lui revenaient. « *Paris, capitale de la France. La racine carrée de 42. Thank you. 1515 Marignan. Napoléon est mort à Sainte-Hélène* ». Mais rien du pourquoi ? Du comment ? Il avait échoué sur cette plage maudite, avec ces étrangers. De tout ce qui avait été sa vie antérieure. Il s'adossa à un cocotier, découragé, désespéré.

Beaucoup plus tard, la nuit tombée, Hu Lan munie d'une torche, vint le réveiller. Elle lui fit signe de la suivre. Il n'en avait pas envie. Il préférait rester seul, là, sans bouger. Sentant son désarroi, elle le prit par la main, le forçant à se lever et le traîna en direction du village. Comme un enfant le jour de la rentrée des classes.

Les jours suivants, il essaya de communiquer avec Hu Lan. Employant forces mots et gestes, il lui demanda si elle avait des vêtements lui appartenant. Quand elle comprit la question, elle fit signe que « *non* ». Il se mit en colère :

— Je ne suis quand même pas arrivé tout nu sur cette fichue plage ?

Il avait le secret espoir qu'en récupérant ses affaires il trouverait un indice sur son identité. Comme des initiales sur une chemise, un mouchoir, un slip ! N'importe quoi qui venait de sa vie d'avant. Il continua son interrogatoire, pour savoir comment il était arrivé là. Sans obtenir plus d'information. Soit elle faisait semblant de ne pas comprendre, soit elle l'ignorait vraiment. D'une façon, ou d'une autre, il n'était pas plus avancé. Il avait remarqué une marque plus claire sur son auriculaire. La marque d'une chevalière ? Cela voulait dire des initiales. Mais une fois encore, peine perdue. On avait dû lui voler le bijou. Une chose était sûre, il n'était pas marié. Pas trace d'alliance.

L'abattement le gagnait. Il s'isolait chaque jour un peu plus. Passant ses journées assis contre son cocotier. Fixant l'horizon. Attendant qui ? Quoi ? Il devait bien y avoir au-delà de cette barrière de corail, quelqu'un qui le cherchait, le pleurait. Des parents ? Des amis ? Une femme ? Au début les autres le saluaient chaleureusement, mais ils finirent bientôt par l'ignorer. Ses absences, l'excluaient de la communauté.

Une nuit, il se retrouva assis sur sa couche, en sueur. Il venait de faire un rêve. Ou plutôt, il venait d'avoir une réminiscence. Il en était sûr. La sensation était tellement forte, qu'il avait dû la vivre. Impossible autrement.

Il était sur le quai d'une gare, une foule disparate allait et venait, bruyante. Mais lui était dans un îlot de silence et d'amour. Il serrait contre lui une femme qu'il ne pouvait voir. Son visage étant enfoui dans son cou. Elle lui murmurait à l'oreille : « *Ne pars pas sans moi. Emmène-moi* ». Il lui répondait avec tendresse, comme on parle à une enfant gâtée : « *Non ma chérie, tu me rejoindras plus tard* ».

« *Qui est cette femme ? Nous nous aimions, j'en suis sûr. Où étions-nous ? Sur quel quai de gare ? Il y a combien de temps ?* P*ourquoi je partais ? Pourquoi je ne voulais pas l'emmener ? »*. Il se prit la tête dans les mains. Il avait l'impression de devenir cinglé. Son cerveau allait exploser. Il sortit dans la nuit et plongea dans l'océan. Nagea jusqu'à épuisement. Hu Lan le découvrit le lendemain matin, profondément endormi sur le sable. Elle planta une grande feuille de bananier au-dessus de lui, pour l'ombre et le laissa. Elle s'imaginait que seul le sommeil lui apportait la paix. Elle ne pensait pas aux rêves.

Le bruit des pêcheurs partant en mer le réveilla. Ils sautaient par-dessus son corps allongé, comme s'il n'existait pas. Il se redressa, leur faisant signe qu'il voulait les accompagner. Heureux de sa décision, ils acceptèrent sa compagnie avec enthousiasme. Après tout, cela faisait des semaines qu'ils le nourrissaient, la moindre des choses, était qu'il participât au travail. Il ramena sa part de poisson, ce qui ravit Hu Lan. Elle avait eu raison de lui faire confiance.

Cela devint un rituel, tous les jours il embarquait pour participer à la corvée. Il passait le reste du temps, assit sous son cocotier. N'attendant plus aucun secours. Il finit par s'ennuyer.

Cela faisait trois mois qu'il était revenu de son sommeil comateux. Le pauvre arbre portait les stigmates des repères tracés pour compter les jours. « *Si seulement j'avais un livre... pour lire un livre, il faut d'abord qu'il soit écrit... et si j'écrivais ce qui m'est arrivé ? Pour ça, il me faut du papier et un crayon* ». Il courut comme un dératé vers sa hutte... enfin celle de Hu Lan. « Ça *aussi il faut que ça change. Je vais me construire mon propre toit* ». Deuxième projet. L'envie revenait. Rien de tel que d'avoir du travail pour vous faire avancer. « *Après je fabriquerai un radeau, et ciao la compagnie ! Je me casse de cette île ! »*. Il avait appris depuis peu qu'il avait échoué sur une île.

— Hu Lan ! Hu Lan !

La vieille femme inquiétée par le ton impératif de son protégé, sortit comme un diable de sa boîte. En baragouinant le peu de vocabulaire qu'il connaissait de sa langue, et en imitant un geste d'écriture sur sa main, il lui expliqua ce qu'il voulait. Mais là, impossible de se faire entendre. Elle ne comprenait même pas le concept. Ils ne savaient pas écrire dans sa tribu. Ils ne savaient même pas que cela existait. Il se laissa tomber dans le sable, dégoûté.

Hu Lan s'accroupit à ses côtés, sentant qu'elle l'avait déçu. Pour une fois qu'il lui demandait quelque chose... Il passa sans transition à son autre idée. Là ce fut plus facile de lui expliquer. Mais la réaction fut tout aussi négative. Elle aussi maîtrisait quelques mots de français, comme :

— Non ! Non ! Non ! Toi, moi, hutte.

Elle joignit les deux mains. Ce qui voulait dire : ensemble.

— Oui ! Oui ! Oui ! Moi, hutte, seul.

Il montrait son index levé.

La bataille fut rude. Mais il tint bon. Il y eut des cris, des départs simulés, des pleurs. S'il y avait eu des portes, elles auraient claqué. Le reste de la tribu était venu s'installer en cercle autour d'eux. Les distractions sont rares, et les disputes font un spectacle acceptable. Ils marquaient les points. Prenant plus ou moins parti. Applaudissant, ou poussant des cris de déceptions.

À la fin, de guerre lasse, il s'agenouilla et mit ses mains comme pour prier. Pour supplier. Étonnée par ce geste inattendu, elle fit un pas en arrière et finit par accepter qu'ils fassent hutte séparée. Cette joute l'avait épuisé. Les hommes qui avaient pris son parti, le portèrent en triomphe. Les femmes consolèrent leur compagne. Les enfants ? Continuèrent de jouer en les imitant. Tout le monde était content.

Dès le lendemain matin, il se mit au travail.

Il commença par choisir l'endroit.

Très important l'endroit.

La forêt ou la plage ? La plage ou la forêt ?

Les autres lui firent très vite admettre qu'il valait mieux choisir la plage. Trop de sales bêtes dans la forêt. Va pour la plage, mais pas trop près du village. Il choisit les alentours de son cocotier. Son calendrier. Il pourrait ainsi continuer à compter le temps qui passe, plus facilement.

Puis il dessina dans le sable le plan de sa future maison. Parce que s'était décidé, il construirait une maison. Après tout, il avait tout son temps. « *Il n'y a pas le feu au lac* ». Il fut surpris par sa réflexion. D'où pouvait-elle bien venir ? Puisqu'il parlait français, cela devait être un pays d'Europe… francophone… avec des lacs… la France ? La Suisse ?

Il fut interrompu dans ses cogitations par un jeune garçon, qui lui apportait des branches de palmier qu'il avait coupées. De toute évidence, il voulait aider, et il était très fier de lui. Gala Ran le remercia. Lui montrant qu'il était touché par son attention.

Il fit signe à l'enfant de s'asseoir avec lui. Ce dernier ne se fit pas prier. Très heureux de l'invitation. Alors, l'homme se mit à tirer des traits, tout en parlant. Expliquant à l'enfant ce qu'il faisait. Le petit ne comprenait rien, mais acquiesçait, très sérieux. Ils étaient entre hommes, et ils travaillaient. Ses amis vinrent le chercher une ou deux fois, mais il les chassa d'un geste large. On ne rigole plus.

Un drôle d'animal était venu se coucher contre l'enfant, qui le caressait distraitement. Gala Ran pensa d'abord que c'était un cochon. Il y en avait plein le village, petits ou gros, noirs ou roses. Quand l'un d'entre eux disparaissait, c'était pour finir dans les bols des habitants.

La bête avait de grandes oreilles, presque translucides. On voyait les veines par transparence. Avec trois poils qui se couraient après, en forme de houppette sur la tête, deux billes d'un noir profond en guise d'yeux, une petite truffe humide en trompette, une queue de rat, terminée d'une touffe, du même genre que celle de la tête. Le chien, parce que c'était un chien, n'avait pas un poil, sa peau rose, était tachetée de noir et de gris. Gala Ran, avança doucement la main vers l'animal, qui la lui lécha avec douceur. C'est ainsi qu'il comprit qu'il devait aimer les animaux, autrement que dans son assiette. La petite bête, se sentant acceptée, vint se coucher entre les deux architectes.

Ils rentrèrent tous les trois, à la nuit tombante. Pendant tout l'après-midi, Gala Ran, avait à chaque fois qu'il le pouvait, expliqué en français les choses qu'il montrait. Employant le même stratagème que Hu Lan, il apprit que le petit se prénommait Woo. Il montrait le cocotier : « *cocotier* ». Son index : « *index* » etc. au début un peu perdu, l'enfant comprit très vite, où voulait en venir son nouvel ami. Il répétait les mots derrière lui.

Sur le retour, ce fut le contraire, l'élève devint professeur. Ils étaient heureux, ils avaient bien travaillé. Ce soir la Gala Ran, s'endormit comme une souche. Ne fit aucun rêve. Pas de gare, pas de femme, pas de départ.

Au matin il se sentait bien. Il avait bien dormi et comme tous les matins, partit à la pêche avec ces potes. D'habitude il restait silencieux, mais aujourd'hui, il avait envie de parler. Alors histoire de créer le lien, il employa le même manège qu'avec le gosse. Les hommes eux aussi comprirent et riant de leurs nouvelles connaissances, demandaient la traduction à chaque objet nouveau. Est-ce la meilleure humeur de Gala Ran ? Mais ce jour-là, la pêche fut plus abondante que les autres jours.

Après avoir déjeuné, il retourna sur son « chantier », accompagné de ses nouveaux amis. Seulement voilà, le plan qu'il avait dessiné la veille, avait disparu. Sur le moment, il pensa s'être trompé d'emplacement. Mais Woo, lui aussi était sûr de l'endroit. Quelqu'un avait effacé le plan.

Il y avait des traces de pas, impossibles à identifier bien entendu. Les travailleurs se regardèrent, haussèrent les épaules et se remirent au boulot. Gala Ran expliquait bien à Woo ce qu'il faisait et pourquoi. L'enfant intelligent et vif, enregistrait tout. Par contre l'amnésique fut surpris de ses propres connaissances en maths, en géométrie, et architecture. Cela lui venait tout seul. Sans qu'il ait besoin d'y penser.

Il avait prévu une grande maison. La plage descendant en pente vers l'océan, elle serait posée sur une grande terrasse, elle-même posée sur des pilotis. De façon à avoir le plus d'ombre possible, une véranda ferait le tour, clos par une rambarde. Le toit à deux pentes, permettrait l'écoulement des eaux de pluie. Parce qu'il devait pleuvoir dans ce pays. Très peu de cloisons, de grandes ouvertures donnant sur l'océan. Ainsi, il pourrait regarder au frais les coucher de soleil, depuis sa terrasse. Une cuisine. Deux chambres. On ne sait jamais, une visite était toujours possible. Et une grande pièce à vivre.

Il était très fier de ce qu'il venait de projeter. Maintenant, il allait falloir passer à l'exécution. Le premier souci était les outils. Il avait besoin de haches, de couteaux, de scies, de clous… À part les couteaux des pêcheurs, il n'avait rien vu de tel sur l'île. Pourtant, il en aurait besoin pour abattre les arbres nécessaires à la construction. Il réfléchit longuement, l'enfant restait silencieux à côté de lui. Respectueux, attendant patiemment la prochaine étape. Les huttes du village étaient en bambou. Pourquoi ne pas utiliser le même matériau ? Mais où avaient-ils trouvé tout ce bambou ? Il n'en avait pas vu aux alentours du village. Avec les mimiques et les mots, qui composaient leur langage, il demanda à Woo.

— Où pourrais-je trouver du bambou ?

— Dans la forêt.

L'enfant lui prit la main et l'entraîna dans la jungle. Gala Ran se laissa guider. Ils marchèrent un long moment. Il n'aurait jamais cru que l'île était si grande. « *Nouveau projet,* nota-t-il : *Explorer cette île* ». Après presque trois quarts d'heure, ils arrivèrent dans une clairière, bordée d'un côté par des bambous. Gros, hauts, touffus. L'enfant lui montra d'un index dénonciateur la végétation. Gala Ran était admiratif. L'endroit était superbe. Il pénétra dans la forêt, donnant des tapes dans les fûts.

— Je vais pourvoir me construire un palais avec ça !

Il fit part de sa satisfaction à Woo, et lui demanda comment les couper. L'enfant le reprit par la main et empruntant un nouveau chemin l'entraîna vers le village. Là, il expliqua aux autres ce que voulait Gala Ran. Les hommes revinrent de leur hutte avec des machettes. Puis sans rien dire, se dirigèrent vers la bambouseraie.

Sans attendre, ils se mirent au travail, les troncs tombèrent les uns après les autres. À la fin de la journée, il y avait de quoi faire les pilotis et la terrasse. Ils acheminèrent leur coupe vers la plage. Une fois leur tâche terminée, ils saluèrent Gala Ran, les mains jointes sur la poitrine. Puis sans autre forme de procès, retournèrent à leurs occupations. À lui de se débrouiller pour la suite.

Gala Ran effaça lui-même le plan sur le sable. Plus besoin. Il avait tout dans la tête. Il était content de lui, les choses avançaient. Cette nuit-là, fut aussi paisible que la précédente.

Quand il arriva sur le site de sa maison le matin suivant. Accompagné de ses deux ombres, Woo et Titus (il avait baptisé le chien ainsi, il trouvait que cela lui donnait de la prestance). Il fut catastrophé : les fûts de bambou avaient été coupés, en larges tronçons, en petits, certains d'entre eux paraissaient même avoir été hachés. Il avait fallu une certaine rage pour arriver à ce résultat. Cette fois, la moutarde lui monta au nez. Il n'y avait qu'une seule personne sur cette île, qui avait pu faire ça. Une seule qui ne voulait pas lui lâcher la bride : Hu Lan !

Il partit comme une fusée vers sa hutte. Il la trouva paisiblement assise. Yeux fermés. En méditation. Il la secoua.

— Pourquoi ? Pourquoi as-tu tout détruit ? ! Je sais que c'est toi !

Elle fit semblant de ne pas comprendre. Woo courut de case en case, portant la nouvelle : une dispute ! Une dispute !

Les autres abandonnèrent ce qu'ils étaient en train de faire, et se regroupèrent devant chez Hu Lan. Une fois tout le monde rassemblé, Woo fit rapidement le résumé des événements. Les partis se formèrent. On pouvait entrer dans le vif du sujet. Hu Lan qui avait entre-ouvert un œil pour épier l'instant propice à son effet, entama le spectacle. Toujours dans leur jargon, elle lança :

— Toi rester avec moi !

— Tu étais d'accord pour que j'aie ma propre case ! Tu as promis devant tout le monde !

Il prit l'auditoire à témoin. Un murmure d'approbation le soutint. Sentant qu'elle perdait du terrain, Hu Lan continua :

— Ça ne fait rien. Moi chef du village, moi décider : Toi rester avec moi !

— Mais c'est de la dictature !

« *Dictature ?* », elle ne comprenait pas.

— En plus j'avais prévu une chambre pour toi. Nous aurions pu continuer à être ensemble, sans vivre l'un sur l'autre !

Elle ne comprenait toujours pas. Woo voyant que ce n'était pas de la comédie, intervint et lui traduisit les dernières paroles de Gala Ran. Elle lui sauta au cou. Elle était d'accord. Elle ne détruirait plus rien. Elle allait même l'aider. Tout le monde se congratula. Pas longtemps, car elle donna ses ordres. Il fallait des bambous, pleins de bambous. Les femmes elles, tresseraient des cordes pour lier tout ça.

— Vite ! Vite !

Les spectateurs n'étaient pas contents. La représentation avait été trop courte, et en plus il fallait bosser. Ils obéirent sans enthousiasme.

La construction de la maison avança très vite, avec deux maîtres d'œuvre. Gala Ran et Hu Lan. Woo servait d'interprète. Titus observait ce remue-ménage avec perplexité, ou alors il dormait. Pendant les travaux Gala Ran s'inquiéta auprès de Hu Lan du fait que Woo le suive partout.

— Il n'a donc pas de parents ?

— Non, lui orphelin. Parents morts dans typhon. Lui aller de hutte en hutte. Enfant de tout le monde.

Gala Ran fut ému par la situation de l'enfant. Aussi, lui rajouta-t-il une chambre dans la maison. Sans rien lui dire. Ce serait une surprise. Il utilisa les morceaux de bambous coupés par Hu Lan et en fit une table, des chaises, un lit, deux fauteuils pour la terrasse. Les villageois le regardèrent faire, interloqués. Ils n'avaient jamais rien vu de pareil.

Il leur montra à quoi servaient les meubles. Ils en rirent. Surtout quand Hu Lan essaya une chaise. Elle eut du mal à trouver son équilibre. Par contre elle comprit très vite le confort apporté par le lit, et en exigea un.

Une semaine plus tard, ils emménageaient. Une grande fête fut organisée pour l'occasion. Les femmes travaillèrent toute la journée à préparer le repas, qui fut succulent et varié. Woo se jeta dans les bras de son *« tuteur »,* quand il découvrit la pièce qui lui était réservée. De pauvre enfant sans toit, il passait au rang de privilégié. Il était fier.

La boisson concoctée par Hu Lan, se buvait comme du petit-lait. Gala Ran ne se retint pas, l'aube le retrouva affalé sur la plage.

Un horrible mal de tête le réveilla. Rien à voir avec celui provoqué par son coma. Non, il connaissait cette sensation, une vraie, une bonne gueule de bois. La réverbération sur le sable blanc, lui fit mal aux yeux. Il rampa jusqu'à l'eau. Sa fraîcheur lui donna un coup de fouet. Hu Lan l'attendait sur le rivage, un bol de sa mixture à la main. Elle était toujours aussi immonde, mais drôlement efficace. Bien entendu, Woo était là. Gala Ran fut étonné de ne pas apercevoir Titus. Il s'étonna :

— Où est le chien ?

Habitué à voir le petit animal, il s'était attaché à ses démonstrations affectueuses. À sa douceur. Il faisait partie de son décor. Woo, lui fit le geste : « manger ».

— Ah ! Il est en train de manger. Parfait. Parfait. Bon ! Je pense qu'il est trop tard pour la pêche ? Alors qu'allons-nous faire ?

L'euphorie du travail de construction était passée. Il sentit la déprime revenir à grand pas. Il devait à tout prix combler la vacuité de sa vie. Il regarda l'enfant assis à ses pieds.

« Ce gosse m'a montré à quel point il est intelligent. Je devrais lui apprendre à lire et à écrire. À compter aussi... je pourrais créer une école... »

Il venait d'enfourcher un nouveau dada. Le moral revenait. Il expliqua ses intentions au petit. Qui ne comprit absolument rien. Mais répondit oui à tout. Du moment qu'il le gardait près de lui… rien d'autre ne comptait. Gala Ran se rendit au village pour informer les parents de ses futurs élèves. On l'écouta, on opina, on accepta. Sans rien comprendre. Gala Ran avait une nouvelle folie, mieux valait le laisser faire. Après tout il ne faisait de mal à personne, il les faisait même rire. Et puis sa case était belle…

En regagnant leur maison, Gala Ran s'inquiéta de nouveau de l'absence de Titus. Il l'appela. Le siffla. Mais rien. Woo lui prit la main, lui secouant le bras, lui intimant ainsi de s'arrêter. Gala Ran se pencha vers lui.

— Où est le chien ?

Woo, refit le geste : « *manger* », puis se frotta le ventre, en faisant « *hum* ». Gala Ran n'en croyait pas ses oreilles. Il avait peur de comprendre, et fit répéter le petit. Il ne s'était pas trompé. Le chien n'était pas en train de manger. Il avait *été* mangé… le festin d'hier soir. Il se précipita pour vomir. Appuyé contre un arbre, l'estomac révulsé. Il s'assit dans le sable… il n'en revenait pas. Un animal si gentil. Woo désemparé par la tristesse de son ami, vint s'asseoir à ses côtés, lui mettant un bras sur les épaules, en témoignage d'affection. Mais Gala Ran ne put retenir ses larmes.

C'est drôle comme une goutte d'eau fait déborder le vase. La mort de ce petit chien fut le déclencheur d'un torrent de tristesse. Il n'en pouvait plus. Il voulait retrouver son identité ! Savoir qui il était ! Quitter cette île ! Retrouver sa vie, même si elle était moche. Il voulait s'enfuir de cette prison !

Devant tant de chagrin, Woo partit en courant et revint quelques minutes plus tard, tenant dans ses mains une espèce de petite chose, qui ressemblait à une larve. Tête démesurée par rapport au corps. Yeux en boutons de bottines. Houppette sur le crâne. Il déposa la petite bête sur les genoux de son ami.

— Pas pleurer, autre chien encore, plein. Lui bébé. Gentil.

Gala Ran secoua la tête. Ils ne comprendraient jamais sa détresse. Il prit le chiot dans ses mains, déposa un bisou sur son museau, et le mit dans son cou. L'animal cessa de trembler, et s'endormit. Il était en sécurité.

Gala Ran poussa un soupir venant du fond de son cœur. Se leva, rentra chez lui et se coucha. Le petit chien se blottit tout contre lui. Sa chaleur réconforta Gala Ran. Il appellerait son nouveau compagnon : Phoebus. Cette appellation solaire donnerait du panache à la petite bête. Son sommeil fut agité. La femme revint avec la douleur.

C'était le jour de « la rentrée ». Le désordre était indescriptible. Il avait fabriqué une espèce d'abri, avec des palmes de cocotier. Ainsi ils étaient à l'ombre. Il réussit à faire asseoir les enfants et leur fit comprendre, qu'ils devaient se taire.

Le premier jour de l'école Gala Ran commençait.

Les « fournitures scolaires », étaient rudimentaires. Il leur avait appris à tendre et à faire sécher la peau des porcs. Cela servit de parchemin. Puis en taillant de fines branches de roseau, il fabriqua des calames, qu'ils trempaient dans l'encre des poulpes et des calmars qu'ils recueillaient. Il se piqua au jeu. Certains de ses élèves étaient brillants. Woo participait avec entrain, et faisait des progrès jour après jour. Lire, écrire, compter. Parler le français. Gala Ran apprit le dialecte de ses hôtes. Les échanges devenaient de plus en plus faciles.

C'est ainsi qu'il comprit que Lan était le nom de la tribu. Que l'île s'appelait « Houla Badji », littéralement : le refuge flottant. En fait, les ancêtres de la tribu, étaient des nomades de la mer. Allant d'île en île, troquant leur pêche contre de la nourriture et des objets nécessaires à la vie courante. Ils avaient été pris dans une énorme tempête. La moitié de ses membres disparut dans la catastrophe. Les autres trouvèrent refuge sur cette île, d'où son nom. Ils décidèrent à l'unanimité de devenir sédentaires. Cela se passait il y a très très longtemps. Beaucoup de lunes. Mais la tradition orale avait perduré, c'est pourquoi il était devenu presque tabou, de franchir les passes.

Mais le plus important, c'est qu'il put enfin poser les questions qui lui importaient le plus. D'où venait-il ? Et comment était-il arrivé sur cette île ? Sa déception fut grande, quand Hu Lan lui dit qu'elle n'en savait rien. Les pêcheurs l'avaient trouvé, flottant sur une sorte de radeau. Inconscient, mais vivant. C'est tout.

— Je n'étais pas tout nu quand même ? Je devais bien avoir des vêtements sur moi ?

Il espérait vraiment trouver un indice dans ses poches. Hu Lan qui était allée dans son ancienne case, revint avec des fripes, qu'elle lui tendit. Ils se précipita, fouilla avidement les poches d'un pantalon en lin grège, et d'une chemise en soie blanche. Tous deux de très bonne qualité. « *Je devais avoir de l'argent pour m'habiller avec de tels vêtements* ». Ses recherches furent vaines. Il n'y avait rien. Absolument rien. Il rumina son désespoir quelques jours, puis reprit le dessus. Il était condamné à vivre sur cette île, mieux valait ne pas savoir ce qu'il avait laissé derrière lui. La souffrance, la frustration, l'impuissance, le vide, seraient plus faciles à supporter.

Les cancres abandonnèrent très vite leurs « études », remplacés par des adultes, avides de savoir. Le soir il organisa des veillées, au cours desquelles, il leur racontait l'Histoire. De l'humanité, de l'Europe, de l'Amérique, de l'Asie. Il expliqua la géographie, le monde, la terre, les océans. Pour les villageois, c'était mieux que n'importe quel conte ou légende. Leur période préférée était le Moyen-Âge. Les chevaliers de la Table Ronde. Les Croisades. Jésus…

Chapitre II

Les jours, les semaines, les mois, les années passèrent… Trois.

Ses cheveux, blonds, délavés par le soleil, avaient poussé, il les portait en une longue natte, selon la coutume de ses hôtes. Son corps s'était musclé, affiné. Il était devenu le meilleur plongeur du village. Il ramenait souvent des huîtres perlières. Il en avait un joli tas, qui décorait sa chambre. Ses amis l'avaient complètement adopté et venaient souvent lui demander conseil. Hu Lan était fière de lui. Elle lui enseigna les plantes médicinales. L'élève dépassa bientôt le professeur.

Afin de faire face au chagrin, il avait organisé sa vie de façon à n'avoir aucun temps mort. Il créa un jardin potager avec des plantes trouvées dans la jungle. Des céréales sauvages, des ignames. Il créa un réseau d'irrigation avec les bambous. Les femmes des pêcheurs devinrent cultivatrices. Malgré tout, quand la nuit tombait, son cœur se serrait. Il ne rêvait presque plus de « la » femme. Mais rien. Rien de son passé ne lui revenait.

Assis sur sa terrasse, il regardait une énième fois, le coucher de soleil. Heureusement pour lui, il ne s'en lassait pas. Son regard tomba sur son calendrier. Trois ans, cinq mois et douze jours… une éternité… Comme chaque qu'il était face à cet inexorable, il partit en courant sur la plage. Plongeant dans une vague. Se laissant couler. Pour mourir. Mais l'instinct. L'instinct de survie, le faisait toujours remonter, et reprendre une bolée d'air. Il tombait dans le sable et pleurait. Au début les villageois accouraient pour lui venir en aide. Puis ils comprirent que c'était sa façon à lui d'exprimer sa douleur. Alors ils respectèrent. Le laissant exploser. Pour qu'il ne devienne pas fou.

Un soir, après l'une de ses crises, il décida qu'il fallait trouver autre chose que l'école, les veillées, l'étude des plantes, la culture de légumes, pour occuper sa vie. La routine qu'il avait instaurée ne suffisait plus. Sa nature intelligente, curieuse, riche, ne se contentait plus de ce travail de fonctionnaire. Il avait besoin de neuf. De bouger. Alors il repensa à son projet de visiter l'île. Certes, il s'était baladé avec Hu Lan. Mais jamais bien loin. C'était dit, il allait organiser une expédition, avec Woo. Demain il préparerait un paquetage et droit sur l'aventure. Il connaîtrait tout de cette île, jusqu'à son dernier grain de sable.

Il fit part de son projet à la tribu au cours de la veillée. Les villageois haussèrent les épaules. Une nouvelle lubie de Gala Ran. Woo sauta de joie. Hu Lan râla. Pourtant ils l'aidèrent à préparer et à charger une pirogue de nourriture, d'eau, de matériels et d'outils, qu'il baptisa « l'annexe ». Elle était attachée par une corde à leur propre embarcation. Les Lans poussèrent vers le large les explorateurs, leur accordant même une petite conduite. Les femmes suivaient en chantant depuis le rivage. Ils ne furent bientôt qu'un point noir au bout de l'horizon.

Dès qu'ils eurent franchi les passes de la barrière de corail, ils hissèrent la voile, qui avait été tressée par les femmes du village. Le travail était si finement exécuté, que l'on aurait pu croire à du tissu. Ils prirent le cap nord-ouest, attrapèrent le vent et filèrent laissant loin derrière eux leurs amis.

Ils naviguèrent ainsi, ne s'éloignant guère de la côte, qui ne présentait rien d'autre comme paysage, que du sable et des cocotiers. Après l'euphorie du départ, la monotonie s'installa. Phoebus dormait comme d'habitude entre les jambes de son maître. Le soleil commençant à descendre, ils se mirent en quête d'un mouillage, c'est là que des rochers d'abord épars, puis plus nombreux apparurent. Le paysage changeait. Ils arrivèrent à l'entrée d'une crique profonde, bordée de falaises assez abruptes. Ils avaient trouvé le port idéal pour passer la nuit.

Une fois les embarcations bien à l'abri sur la petite plage, Woo se chargea du ramassage de bois pour un feu, et Gala Ran plongea pêcher le repas. Il revint tout fier avec deux belles langoustes. Il s'était régalé à visiter les rochers, dans une eau cristalline, riche de faune et de plantes. Woo habitué au sable et à la forêt, était très intrigué par les falaises. Il demanda à son ami, comment cela pouvait exister. Qui avait bien pu mettre la terre en colère pour qu'elle se soulève de cette façon ? Alors Gala Ran expliqua. Les volcans, les tremblements de terre, etc. La lune était haute dans le ciel, quand ils s'endormirent, avec la ferme intention de grimper au sommet le lendemain.

Ils étaient à mi-hauteur de la falaise. Phoebus sortait juste sa petite tête du sac à dos que portait Gala Ran. Celui que la tribu lui avait fabriqué selon ses instructions. Il était passé devant et grimpait comme s'il avait fait ça toute sa vie. Il savait trouver les prises. Où mettre les pieds. Encordé à Woo, il le guidait et l'encourageait de la voix. L'ado n'était pas très à son aise, mais la confiance qu'il avait en son ami, lui aurait fait traverser un fleuve de lave.
C'est haletants et épuisés qu'ils arrivèrent en haut. Ils restèrent un long moment allongés sur le sol, afin de reprendre leur souffle. Plus aguerri à ce genre d'exercice, Gala Ran fut le premier à se redresser. La vue le laissa sans voix. D'un côté l'immensité bleue de l'océan. De l'autre l'océan vert de la végétation. D'abord la jungle. Puis des prairies, dont le vent faisait ondoyer les hautes herbes. Au loin, une montagne, d'où s'échappait une haute cascade. « *Sûrement un volcan, avec un lac dans le cratère, la cascade sert de trop-plein* ». Une image fugitive, qu'il n'arriva pas à retenir, lui rappela qu'il avait

déjà vu ce genre de paysage, mais où ? Un dixième de seconde… c'était fini.

Ils restèrent sans parler. Chacun dans ses pensées. Woo éberlué. Gala Ran profondément triste. Il se ressaisit et prit dans son sac un morceau de parchemin, de l'encre et un calame. Il fit un croquis détaillé de ce qu'il avait devant lui. Une sorte de carte, avec les azimuts, et les points de repères. Ils voulaient aller jusque vers cette montagne, l'escalader. Cela venait de ses tripes, comme un appel. Il ne savait pas encore comment. Par la mer ou par la terre. Mais il irait.

Après être descendus, ils parlèrent toute la journée du meilleur moyen pour eux d'atteindre cette montagne. Afin de la personnaliser, ils lui donnèrent un nom : « Mata Galo », cracheur de feu, en Lan. Puis toutes les éventualités ayant été envisagées, ils tombèrent d'accord. Ils allaient reprendre les pirogues, suivre la côte pour se rapprocher le plus possible de Mata Galo. Puis ils trouveraient comme la veille, un endroit pour abriter leurs embarcations. La jungle était peut-être moins dense vers le nord. Le trajet en serait plus aisé.

Ils levèrent le camp au lever du soleil. Reprirent leur cap. Les falaises continuaient. Fini les belles plages. Il n'y avait aucun accès possible, à part la grimpette. Les crêtes étaient arides. La végétation fouettée par le vent continuel, avait du mal à grandir. La nuit tombait et ils ne trouvèrent aucun abri. Ils décidèrent donc de continuer. En faisant des quarts.

La houle berçait son sommeil. Phoebus lui tenait chaud. Il se sentit secoué. Ah non pas déjà, il venait juste de s'endormir.

— Gala Ran ! Gala Ran ! La tempête se lève. Réveille-toi !

— La tempête ? Quelle tempête ?

La nuit était noire, plus d'étoiles, plus de lune. La mer grossissait, le vent s'amplifiait. Il affala immédiatement la voile.

— Prend ta pagaie ! Et rame mon grand, rame ! Il ne faut pas se laisser prendre de travers par les vagues. Moi je vais dans l'annexe. Nous ne pouvons pas la perdre. Si nous sommes séparés, on se retrouve à terre d'accord.

Il dit ça, comme si c'était une évidence. Il ne voulait pas effrayer le jeune homme. Parce qu'il savait que s'ils étaient séparés, ils n'avaient pour ainsi dire aucune chance de se retrouver.

La manœuvre pour passer d'une pirogue à l'autre bien que périlleuse, se passa sans encombre. Mais les vagues enflaient, le vent redoublait. Ils pagayaient comme des forcenés. Se battant pour ne pas verser. Deux bouchons, montant et descendant au gré des lames furieuses. Gala Ran gardait les yeux braqués sur Woo. Il ne voulait pas le perdre. Il se rendit compte à quel point il s'était attaché à cet enfant. Il était un peu comme… son fils. Oui c'est ça. Son fils. Soudain il eut une idée de montagnard. Ils devaient s'encorder. Ainsi, ils ne seraient pas séparés. Dans les hurlements de la tempête, il appela :

— Woo ! Wooo !

Ces cris étaient couverts par le fracas des vagues. De la pluie torrentielle.

— Woo ! Woooo !

L'ado se retourna. Dans le langage des mains qu'ils utilisaient au début, Gala Ran fit comprendre à l'enfant de mettre autour de sa taille, la corde qu'il allait lui lancer. Ce n'est qu'à la troisième tentative que Woo réussit à saisir le lasso. Le cordon ombilical les reliait enfin. Il fit de même avec son chien. Rien ne pouvait plus les séparer.

Ils se battaient comme des gladiateurs. Donnant les coups de pagaies en rythme. Il ne fallut pas longtemps avant que leurs muscles ne soient tétanisés par l'effort. À chaque fois que Woo faisait mine d'abandonner, Gala Ran le relançait en l'encourageant. Ils luttèrent ainsi jusqu'au levé du soleil. La colère des éléments cessa aussi brusquement qu'elle avait commencé. Ils s'écroulèrent à bout de force. Laissant leurs embarcations aller à vau-l'eau.

Ils se réveillèrent presque en même temps, en milieu d'après-midi. Ils regardèrent autour d'eux. Rien. Rien que l'immensité de l'océan. Ils étaient perdus. Une partie du matériel et de la nourriture avait été emportée. L'inventaire terminé, ils avaient de quoi tenir trois jours, en eau. Six en se rationnant au maximum. Afin de ne pas affoler Woo, Gala Ran repassa dans la pirogue avec lui. Puis fit semblant de prendre des mesures avec ses mains. Cadrant le soleil. À vue de nez il devait être dix-sept heures. Et ils étaient à l'est, mais de quoi ? D'où ? Il mouilla son doigt pour prendre le vent et toujours très sûr de lui hissa la voile. Prit la barre. Ils étaient poussés vers l'est, et bien ils iraient vers l'est.

Il avait un sens de l'orientation limité. Il se repérait toujours au soleil et à la côte de l'île, or leur plage était à l'est de l'île, alors autant aller à l'est… Ils finiraient bien par arriver quelque part. Voyant le regard inquiet de son compagnon, il se mit à siffloter, histoire de rendre tout ça, tout à fait crédible. Mais il y avait un sacré remue-ménage dans ses tripes…

Ils se partagèrent les quarts. Qui dort dîne. Mais la soif commençait à se faire sentir. Gala Ran faisait semblant de boire. Laissant ainsi sa part à Woo et Phoebus. Au bout du troisième jour, malgré leur peau tannée, les coups de soleil brûlaient. Ils avaient du mal à pêcher, comme si tous les poissons avaient été convoqués ailleurs. La nuit les terrassa. Ils s'endormirent, abandonnant la lutte. Les embarcations étaient livrées à elles-mêmes.

Chapitre III

Toc !… Toc !… Toc !…

« *Ce bruit est insupportable, qui peut bien frapper à ma porte à cette heure-ci ?* »

Il avait du mal à ouvrir les yeux. Son corps lui faisait un mal de chien. « *De chien ? Phoebus ! Woo !* » Tout lui revint. Il fit un effort incroyable pour se redresser.

Toc !… Toc !… Toc !…

Il étudia les environs. Ils étaient sur une plage. Mais pas la leur. Il l'aurait reconnue entre mille. Le « toc », venait de l'annexe qui choquait leur pirogue à chaque vaguelette. Il en sortit et tira les deux embarcations loin sur le sable. Pas question qu'elles soient emportées par une vague plus forte. Il prit Woo dans ses bras et le porta à l'ombre, avec le chien. Il tâta le pouls de l'enfant, faible. Idem pour Phoebus. Sa bouche était sèche. Sa langue, un buvard. Ses lèvres craquelées. D'abord et avant tout, il fallait trouver de l'eau. Ne voulant pas réveiller le petit, il écrivit bien en évidence sur le sable : « *Suis allé chercher de l'eau, ne bouge pas !* ». Il prit la dernière machette que la tempête leur avait laissée, l'outre et s'enfonça dans la forêt de cocotiers.

Il marqua son chemin, comme le petit Poucet. En fait il avançait sans savoir, au pif. Cherchant de la verdure. Il soliloquait, seul moyen de tenir le coup.

« *Si c'est vert c'est qu'il y a de l'eau, tu es logique mon gars. Sauf qu'ici il y a des pluies torrentielles… s'il pleut il doit y avoir des petites flaques… oui mais dans ses flaques il y a plein de moustiques, avec plein de maladies... des vers qui grouillent dans ton ventre... et tu peux en crever ».*

Il ne s'était pas rendu compte que la végétation avait effectivement changé. Plus dense, avec des arbres d'une essence... qu'il ne connaissait pas. Il dut tracer son chemin dans l'enchevêtrement de lianes et de branches basses. Il nota la présence de plantes dont il se servait pour soigner. Il en cueillit. Son cœur battait. Si il y avait ces plantes, c'est qu'il y avait de l'eau pas loin. Les pluies ne leur suffisaient pas.

Il l'entendit avant de la voir. Le son merveilleux de l'eau qui coule sur des cailloux... Il courut et se jeta dedans. But à en vomir. Mais cela lui était égal, il avait trop soif. Allongé dans l'eau fraîche il oublia tout. La sensation de brûlure des coups de soleil s'atténua. Il ne sait pas combien de temps il resta ainsi à savourer le bien-être. Mais le souvenir de ses amis à demi inconscients sur la plage, le fit revenir à la réalité.

Il remplit sa gourde et prit en sens inverse le chemin qu'il avait balisé. Il les trouva dans la même position. Il tâta leur pouls. Encore plus faible. Avec le plus de douceur possible, il laissa couler le liquide salvateur dans la gorge de Woo. L'enfant ne déglutit pas tout de suite. Mais l'instinct revint et il but yeux clos, comme s'il recevait du nectar. Gala Ran recommença l'opération pour Phoebus. Avec le même résultat. Il posa le chien sur le ventre du petit, les souleva tous les deux et les emmena à la rivière. Ils trempèrent tous les trois comme des croûtons grillés dans un bouillon. Se laissant porter par le courant. Buvant une gorgée de temps en temps. Le bonheur est parfois si simple.

Au bout d'un moment, ils eurent presque froid et sortirent. Gala Ran demanda à ses protégés de rester, et de se reposer. Il allait mettre les pirogues à l'abri. Prendre ce qu'il leur restait de matériel, partir à la chasse. Un peu de viande leur ferait du bien. Marre du poisson, de la plage, et de l'océan.

Deux heures plus tard, il revenait chargé comme un âne. Il avait tué un jeune phacochère, et le portait en travers de ses épaules. Son arc et son carquois pendus en bandoulière, machette à la ceinture et sac à dos. Il retrouva ses deux amis profondément endormis. La réhydratation les avait apaisés. Ils reprenaient des forces. Il écrasa dans un gobelet les plantes qu'il avait cueillies au passage, préparant un baume pour les coups de soleil. Heureusement le contenu de son sac était intact. Ses fioles et ses poudres également. Il posa des cataplasmes sur les brûlures de tout le monde. Son travail de médecin terminé, il dépeça le phacochère, prépara un feu, et le mit à cuire. Les dormeurs alléchés et affamés, se réveillèrent.

C'est repus qu'ils retrouvèrent les bras de Morphée, bercés par les cris des animaux nocturnes. C'était bon d'être à nouveau les pieds sur terre.

Le soleil était déjà haut dans le ciel quand ils se réveillèrent. La faim était revenue, ils engloutirent les restes de la veille. Les brûlures des coups de soleil étaient déjà atténuées. Gala Ran réfléchissait à la façon dont ils allaient se tirer du piège dans lequel ils étaient tombés. Une terre inconnue, pois chiche dans un océan, ils étaient naufragés. En levant la tête il vit que le sommet des arbres était élevé, s'il grimpait jusqu'à la canopée, il arriverait peut-être à se situer, et avoir une idée de la grandeur de leur nouveau territoire ?

À peine pensé, déjà exécuté. Il enfila son sac à dos, et grimpa comme un singe. La vue qu'il découvrit était presque identique à celle de leur île. La forêt s'arrêtait à une certaine altitude, laissant la place à une sorte de savane, surplombée par une montagne au sommet arrondi. « *Encore un vieux volcan* ». Il croqua à nouveau une carte rudimentaire et redescendit.

Pendant son absence, Woo n'était pas resté inactif. Il avait amélioré leur « habitat », avec des branchages. Puis il était parti à la chasse et revenait avec une espèce de volatile, style outarde ou coq de bruyère, Gala Ran ne reconnut pas l'animal. Du moment que cela était comestible… Il se posa tout juste la question. Pendant que l'enfant préparait leur repas, il lui expliqua ce qu'il avait vu. Et proposa de reprendre leur première idée, c'est-à-dire : partir à l'assaut de ce monticule. Seulement cette fois ils passeraient par la terre. Pas question de revivre une nouvelle tempête. Woo fut d'accord. De toutes les façons, il n'avait rien d'autre à faire dans l'immédiat. C'était donc décidé, ils allaient se reposer encore une journée, et demain, droit sur la montagne.

Le soleil se levait à peine, qu'ils avaient déjà levé le camp. Ils remontaient la rivière. Après en avoir longuement débattu la veille en mangeant, ils étaient tombés d'accord. Elle devait bien surgir de quelque part, et en remontant à sa source, ils arriveraient peut-être à la montagne. Et puis cela leur éviterait une marche difficile dans la jungle épaisse. Ils avançaient avec de l'eau jusqu'à mi-mollet. Par endroits elle était plus profonde, alors ils suivaient la rive. Mais cela les ralentissait. Gala Ran regrettait presque de ne pas avoir pris une des pirogues. Trop tard, il fallait y penser avant.

Comme il n'y avait pas de dénivellation, ou presque, la rivière paressait, faisant des méandres qu'ils coupaient. Quand le soleil se fit moins haut ils cherchèrent un coin où passer la nuit. Ils trouvèrent une petite plage de sable, le camp fut vite installé, le repas préparé, et avalé. Ils échangeaient peu de paroles, sauf pour le strict nécessaire. Ce voyage vers l'inconnu, sur une île inconnue, les inquiétait, et aucun des deux n'osait l'avouer à l'autre.

Le soleil était à son zénith lorsqu'ils sortirent de la jungle. Depuis un moment le courant avait forci, ils n'étaient plus sur du plat. Devant eux, une petite colline, couverte d'herbes, que le cours d'eau descendait en rapide. La vue était bouchée. Ils grimpèrent en suivant toujours la rive. Arrivés au sommet, ils se retrouvèrent sur un plateau. Au loin le volcan semblait leur sourire. Le cratère aux bords relevés avait un air pimpant. À vue de nez, Gala Ran estima sa hauteur, à environ 700 ou 800 mètres.

Le reste du paysage était somme toute, assez monotone. De l'herbe, quelques arbres en fourré, rien d'autre. Ils restèrent à l'ombre pour finir le repas de la veille. Prirent un peu de repos. Toujours en suivant la rivière, moins large maintenant, de l'herbe haute leur fouettant les jambes, ils recommencèrent à avancer en direction de la montagne. C'était sûrement un effet d'optique, mais ils avaient l'impression qu'elle reculait. La topographie du plateau était trompeuse. Le lit qu'ils suivaient avait creusé des fossés, et quand ils émergeaient de l'un deux, le volcan semblait s'être déplacé en leur absence, et avoir pris de la distance.

Ils s'arrêtèrent d'un commun accord, près d'un bosquet. Ils avaient chaud, faim, soif, et étaient épuisés. Après tout ils ne faisaient pas de marathon, et le temps ne comptait pas, alors autant passer la nuit à l'abri des arbres. Phoebus qui avait voyagé une grande partie de l'après-midi dans le sac de son maître était en pleine forme. C'est donc lui qui fut chargé d'aller chasser. Tâche pour laquelle il était très doué. Et puis il fallait bien qu'il effectue lui aussi sa part des corvées. Quand il revint, sa proie dans la gueule, il trouva ses amis endormis. Sans se démonter, le chien vint se couler contre son maître et fit comme eux. La nuit était tombée depuis un moment quand ils sortirent des limbes.

— Encore du poulet ! s'exclama Gala Ran en voyant le volatile ramené par Phoebus.

Mais la faim était là, et il fallait l'assouvir. Le feu qu'ils avaient allumé les réchauffait à peine. La température depuis le coucher du soleil était descendue. Ils avaient froid. Ils n'étaient plus protégés par le couvert de la forêt, et mine de rien, ils avaient grimpé dans l'après-midi. Pour la première fois de sa vie, Woo avait la chaire de poule. Il ne comprenait pas ce qu'il lui arrivait. Gala Ran toujours prêt à répondre à ses questions lui expliqua : L'altitude, la fraîcheur des nuits, etc. L'ado finit par s'endormir, collé contre son ami. Le chien au milieu.

Les premiers rayons du soleil, lui chauffaient les pieds. Il se sentait bien. Il ouvrit un œil, puis l'autre, s'étira. « *Tiens mes deux lascars sont déjà levés, chouette ce matin, c'est petit-déjeuner au lit. Pour moi ce sera croissants et chocolat chaud. Hummm...* ». Il salivait. Dans le plus fort de son courage… il se rendormit.

Phoebus lui léchait le visage en gémissant.

— Laisse-moi tranquille, je veux dormir encore un peu ! Woo occupe-toi de lui !

Il repoussa gentiment l'animal, mais la bête insista. Plus fébrile, plus inquiète. Il se redressa.

— OK ! D'accord, je me réveille. Qu'est-ce qu'il y a ?

Le chien aboya. Gala Ran regarda autour de lui, mais ne vis pas son ami. À la position du soleil, il comprit qu'il avait dormi un bon moment. L'agitation du chien qui allait et venait, l'alerta.

— Il est arrivé quelque chose à Woo ? Où est-il ? Montre-moi mon chien. Montre.

Phoebus ne se le fit pas dire deux fois. Il partit comme une flèche en direction de la rivière. Suivit de près par son maître.

Une fois arrivé près de l'eau, le chien tourna en rond, nez au sol, grondant comme un molosse. Gala Ran n'aurait jamais pensé qu'un tel grondement aurait pu sortir de la gorge d'une si petite bête. Une fois qu'il eut rattrapé le chien, il trouva parterre le harpon dont se servait Woo pour pêcher. La terre avait été piétinée. Il trouva du sang sur une pierre. Mais pas de Woo.

— Cherche mon chien. Cherche

Les traces de sang avaient provoqué une poussée d'adrénaline. Le gosse, s'était blessé. Mais où était-il ? Il n'avait pu se noyer, l'eau n'était pas profonde. Et puis son corps serait là. Le courant n'était pas assez fort.

En s'agenouillant, il fut étonné de voir toutes les traces de pieds sur le sol. En les examinant de plus près, il se rendit compte très vite, qu'elles n'étaient pas toutes de Woo, les pieds étrangers portaient des chaussures. Soudain ! Phoebus démarra, truffe au sol, queue en l'air... il était sur une piste. Il prit la direction de la montagne. Gala Ran aux fesses, il continua. Mais bientôt, il se mit à gémir. Puis à tourner en rond. La piste s'arrêtait.

— Cherche mon bébé, cherche.

Inutile. Les étrangers avaient dû suivre la rivière dans l'eau. Pour Phoebus, c'était la fin des odeurs... ils restèrent encore un long moment à pister, mais rien. Rien de rien. Gala Ran prit l'animal dans ses bras et en lui déposant un bisou sur le museau, lui dit :

— Tu as tout d'un grand, mon chien. Je suis fier de toi. Nous allons retourner au bosquet, prendre nos affaires et revenir. En suivant la rivière comme ils l'ont fait, on finira bien par trouver l'endroit où ils en sont sortis. Et là tu pourras te remettre au boulot. Il faut que l'on retrouve notre ami. Coûte que coûte.

Chapitre IV

Cela faisait des heures qu'il suivait le lit de la rivière. Cherchant le moindre indice indiquant que les personnes qu'il suivait, étaient sorties de l'eau. Le volcan ne reculait plus, il grossissait au contraire. Il arrivait même à son pied. La rivière n'était plus qu'un ruisseau. Les graviers étaient devenus gros cailloux. Tout à coup ! Un chemin dans l'herbe. Il avait été foulé par plusieurs personnes et souvent. Il posa Phoebus.

— Cherche mon grand ! Cherche !

Le limier se mit en route. La piste les mena devant l'entrée d'une grotte. Haute, large. Avec des lianes qui tombaient, formant une frange.

Le ruisseau coulait au milieu. La caverne était éclairée de loin en loin par des torches, fixées aux parois. Mais ce n'était pas du feu qui brûlait. C'était une matière luminescente, d'un bleu clair, en forme de boule. Pendant que son chien poursuivait sa quête, Gala Ran s'approcha de la source de lumière. La toucha. Aucune chaleur. Il chercha des fils électriques. Rien. D'où pouvait bien provenir cette lumière ? Les gens qui l'avaient installée devaient avoir un certain degré de civilisation. Phoebus jappa. Il le rattrapa.

— Chut ! Tu vas nous faire repérer. Je te suis. Va mon chien !

Au bout d'un moment, les torches disparurent, et pour cause, une grande ouverture laissait pénétrer le jour, rendant leur office inutile.

Gala Ran prit son chien dans les bras, lui maintenant le museau. Il allait attendre là, à couvert, que la nuit tombe.

Il ne savait pas sur quoi débouchait cette ouverture, et ne voulait surtout pas se faire remarquer, avant d'en savoir plus sur les personnes qui avaient enlevé Woo.

On était entre chien et loup quand il décida de sortir. Restant dans l'ombre des rochers. Il s'avança et se retrouva en surplomb du cratère, d'un rond presque parfait. Il était occupé par ce qui devait être le centre d'un village, ou plutôt d'un gros bourg, dont les maisons, une trentaine environ, montaient à l'assaut des pentes, aménagées en espaliers. Au centre de la « place », une sorte de monument en pierre d'où jaillissait la source alimentant la rivière. Sur une paroi du monument une plaque en métal, avec quelque chose d'écrit, dont il ne pouvait distinguer la teneur, bien entendu.

Des gens habillés à l'européenne, mais style XVIIe ou XIXe siècle, allaient et venaient. Se saluant au passage. Tout autour de la place, des échoppes. Épicerie, boucherie, boulangerie, librairie, dont les enseignes étaient écrites en anglais et en français. Une église ou un temple, un hall de ville, une école… Un vrai centre de petite ville. Gala Ran n'en croyait pas ses yeux.

Il se les frotta à nouveau, mais l'image était identique à chaque fois qu'il les rouvrait. Sauf que la nuit progressant, des sortes de réverbères, alimentés de la même source d'énergie que les torches de la grotte, prenaient le relais du soleil. Il faisait sombre dans le creux du cratère, bien qu'il fasse encore plein jour à l'extérieur.

Il resta un long moment à observer. Ne sachant quoi faire. Son instinct lui disait de descendre, de se faire connaître, et sa raison le freinait. C'est la nature qui prit le dessus. Il avait faim, il avait froid, il voulait retrouver son ami. Seule solution : aller de l'avant.

Il trouva un chemin en larges marches d'escalier, qui le mena jusqu'au milieu de la place. Au début, les personnes occupées à leurs affaires, ne firent pas cas de sa présence.

Le premier qui le vit fut un enfant, attiré par Phoebus assis aux pieds de son maître.

— Oh mom ! Look at this amazing animal !

« *Il parle anglais ??? Je rêve. Où suis-je donc tombé ?* » Il avait compris ce que l'enfant disait, mais quand il voulut répondre, les mots eurent du mal à sortir. Il avait dû savoir, mais il ne savait plus… Spontanément il parla en français.

— C'est mon chien.

La maman, ainsi que d'autres personnes, intriguées, mais pas inquiètes, s'approchèrent. On aurait dit des Quakers, ou des Amish. Un homme grand, aux cheveux grisonnants, noués en catogan, la quarantaine environ, sortit du rang et dit avec un fort accent anglais :

— Vous êtes l'un des portuaires ? Je ne vous ai jamais vu ? De quelle famille êtes-vous ?

Ce faisant, il détaillait la tenue dépenaillée de son interlocuteur. Il faut dire qu'il ne restait pas grand-chose du pantalon de lin que Hu Lan avait rendu à Gala Ran. Il l'avait transformé en bermuda, et il était torse nu. Ce qui semblait choquer particulièrement l'étranger. Sa barbe hirsute et ses cheveux longs ne devaient pas donner meilleure impression… Alors pour avoir l'air plus… amène, il sourit et tendit la main en signe de salut.

— Je ne sais pas qui sont les portuaires. Je suis naufragé. Ma pirogue a été rejetée par les flots il y a trois jours, après une forte tempête, sur le rivage de votre île. Mon compagnon a disparu et j'ai suivi des traces jusqu'ici.

— Le jeune sauvage que nous avons recueilli est votre esclave ? Nous l'avons soigné. Il est à l'infirmerie.

Gala Ran fut choqué par le mot utilisé.

— Woo, n'est pas mon esclave ! Il est mon ami. Comment va-t-il ? Que lui est-il arrivé ?

— Il va bien. Il a dû glisser sur une pierre dans la rivière. Nous l'avons trouvé inconscient, il aurait pu se noyer, mais grâce à Dieu nous sommes arrivés à temps. Nous le croyions seul, aussi l'avons-nous ramené ici.

Gala Ran frissonna. Le froid s'était intensifié. En voyant ça l'homme lui dit, en lui tendant la main à son tour :

— Je vois que vous avez froid. Je m'appelle Jack Mc Dowell, venez vous réchauffer chez moi. Demain je vous présenterai aux autres habitants de Dagda.

Gala Ran était bien embêté, il aurait bien voulu se présenter lui aussi, il opta pour la franchise :

— C'est une longue histoire que je vous raconterai plus tard, si cela vous intéresse, mais je suis dans l'incapacité de vous dire mon nom. Je suis amnésique.

Ils le regardèrent tous avec des yeux écarquillés.

— Oui. J'ai perdu la mémoire. Je ne sais pas qui je suis, ni d'où je viens…

Il les fixait d'un air de dire : « *understand... capicce... comprende... compris... »,* sans succès. Il n'insista pas.

— Je vous remercie de votre hospitalité, mais avant, j'aimerais voir Woo.

— Bien entendu. Venez, je vais vous y conduire.

Jack lui enveloppa les épaules et le guida en direction de l'infirmerie. Gala Ran fut stupéfait quand il entra dans la grande salle claire, enfin… elle devait être claire. Car il y avait plein de fenêtres. Une dizaine de lits étaient alignés le long d'un des murs, couverts de draps immaculés. Tout était en bois, et d'une grande propreté. Un bureau, celui du médecin ou de l'infirmière ? Trônait au milieu de façon à surveiller tous les lits en même temps. Dans l'un d'eux, Woo était allongé, grisâtre, une bande blanche lui enserrait la tête. Il semblait dormir. Gala Ran se précipita.

— Woo ? Wooo ? C'est moi, Gala Ran, comment te sens-tu ?

L'ado en reconnaissant la voix de son ami, se redressa et lui sauta au cou. Il parla, vite, vite. Racontant son histoire. Gala Ran essayait de le calmer. Mais Woo avait eu peur. Peur de ces étrangers et devait tout raconter, là, maintenant.

Jack et l'infirmière, ou le médecin, arrivée entre-temps, les regardaient et les écoutaient. Ne comprenant pas un traître mot de ce qu'ils se disaient.

— D'accord, d'accord, je vais le leur demander. Calme-toi, dit Gala Ran à son ami.

Il se tourna vers Jack, et saluant la jeune femme qui se tenait à côté de lui, demanda :

— Mon ami a faim, pourrait-il avoir un repas ?

— Bien sûr, je m'en occupe tout de suite.

Elle avait une voix de velours. Gala Ran sentit un frisson le parcourir. Elle n'était pas ce que l'on peut appeler belle. De taille moyenne, blonde, yeux bleus, attaches fines. Nez retroussé, qui lui donnait l'air espiègle. Rien de plus. Mais il se dégageait d'elle, une sorte d'aura. De gentillesse, de chaleur, d'intelligence. Gala Ran dut se secouer pour revenir sur terre.

— Je vous présente Alison, ma fille. Elle est notre médecin. C'est moi qui lui ai tout appris, comme mon père l'avait fait avec moi, et mon grand-père avec lui.

Gala Ran s'avança timidement. Cela faisait tellement longtemps qu'il n'avait pas eu l'occasion de faire des mondanités… Il frotta sa main sur son pantalon, pour l'essuyer, et serra celle de la jeune femme. Une main fine, douce, et pourtant énergique.

— Enchanté mademoiselle ?

Il rougissait presque. Comprenant son embarras, Alison sourit et lui dit :

— Soyez le bienvenu, monsieur ?…

Cette fois, il était désemparé. Ne pouvoir décliner son identité devant elle, lui sembla être comme une tare, une infirmité. Jack vint à son secours.

— Ce garçon est amnésique ma chérie. Il nous a dit qu'il nous raconterait comment cela est arrivé, mais je ne crois pas que cela soit le moment. Ta mère doit nous attendre. Nous allons rentrer. Vous venez… comment voulez-vous que l'on vous appelle ?

Bonne question… Il n'en avait aucune idée. Mais d'instinct, il dit : « Thierry », c'est le premier prénom qui lui était venu à l'esprit. Allez savoir pourquoi ?

— Va pour Thierry. Venez, ma femme doit être impatiente de vous rencontrer. Les nouvelles vont vite ici. Une vraie traînée de poudre.

Après avoir dit au revoir à son ami, et lui avoir expliqué qu'il était en toute sécurité, Thierry, puisqu'il se prénommait ainsi désormais, se laissa guider par son hôte. Il regarda autour de lui. Les ruelles étaient larges, propres, de terre battue. Les maisons coquettes et bien entretenues. Mais une question lui trottait dans la tête, et il ne put la retenir plus longtemps.

— Comment se fait-il que vous parliez aussi parfaitement le français ?

— Oh ça mon garçon, c'est une longue histoire et comme vous, nous vous la raconterons plus tard. D'ailleurs, nous voilà rendus, entrez et soyez le bienvenu chez nous.

Ils étaient devant un petit cottage. Au jardinet fleuri. Thierry se serait presque attendu à voir une glycine, ou des hortensias. Il fut ébahi quand il remarqua un magnifique rosier grimpant, qui décorait la porte d'entrée. Une apparition nocturne, certainement. Ou alors la faim le faisait délirer. Mais la porte s'ouvrait déjà, à croire qu'ils étaient guettés. Une femme ronde, souriante, avenante, les accueillit. Cela ne pouvait être que Mme Mc Dowell. Alison lui ressemblait trop.

— Betty, je te présente notre invité. Un naufragé qui nous est arrivé tout à l'heure. Nous l'appellerons Thierry, en attendant qu'il retrouve la mémoire.

— Bonsoir monsieur, entrez vite je vous en prie. Il fait froid dehors. Soyez le bienvenu dans notre modeste demeure. Je vous ai préparé un tub d'eau chaude, vous pourrez vous laver. Ainsi que des vêtements de mon mari.

Elle le jaugea. Le mesurant mentalement.

— À part le ventre, vous devez faire la même taille.

Elle l'entraîna dans une pièce qui devait faire office de salle de bains. Il n'avait pas eu le temps de voir le décor, il n'avait noté qu'une seule chose, il avait l'impression de rentrer chez lui. La lumière douce, le feu dans la cheminée, l'odeur du repas qui mijotait. Une immense vague de nostalgie le prit à la gorge.

Betty lui tournait autour comme une mouche. Parlant, parlant. Il n'entendait rien. Disait oui à tout. Puis elle sortit. Une fois seul dans la pièce, il laissa aller son émotion. Il eut un choc en se retournant et en se voyant dans un miroir. Il ne se souvenait pas de son visage, et ce n'est pas chez les Lans, qu'il avait pu se voir. Il ne vit tout d'abord, que sa barbe hirsute, ses longs cheveux tressés, ses joues creuses, ses yeux comme enfoncés. Il approcha son visage de la glace. Cherchant un détail qui eût pu lui donner un indice. Touchant ses pommettes hautes. Ses yeux étaient… bleus.

— Qui es-tu étranger ? dit-il à haute voix.

Il regarda autour de lui, et vit un nécessaire à raser. Il l'utilisa, retrouvant les gestes. Le crissement de la lame sur ses joues le fit frissonner. Peu à peu, un menton carré, avec une fossette se dessina. Il avait bien essayé de voir son visage dans le reflet d'une flaque entre deux rochers à marée basse, quand il était chez les Lan, sans grand résultat.

Cette fois le miroir était impitoyable, révélant ses traits, jusqu'à la dernière ride. Il se regarda droit dans les yeux, attendant l'étincelle de reconnaissance. Mais rien à faire, l'homme qui le fixait lui était totalement inconnu. La différence de couleur de peau le fit rigoler, ils étaient bronzé et blanc. Un fou rire secoua tout son corps, cela se termina en sanglots, irrépressibles. Un « toc, toc » discret à la porte le stoppa.

— Tout va bien Thierry ?

La voix de Jack était inquiète.

— Oui, oui, merci.

— Bien, prenez votre temps, le repas n'est pas encore prêt.

Il l'entendit s'éloigner. Essuya son visage, enleva ce qui restait de son pantalon, le plia soigneusement. C'était avec sa chemise, la seule chose qui lui restait de sa vie d'avant.

Le reflet dans la glace, montrait un homme grand, mince, presque maigre, aux muscles allongés. De nouveau la marque de son « short » le fit rire. Il entra doucement dans le tub. L'eau était chaude, parfumée. Il eut l'impression de rentrer dans le ventre de sa mère. Il lâcha prise. Tous ses muscles se détendirent. Il n'était pas chez lui, mais il avait la sensation d'être arrivé dans un havre.

Jack assis devant la cheminée, fumait sa pipe, Phoebus lové à ses pieds (l'adoption avait été immédiate et réciproque). Il commençait à se faire du mouron. Alison était venue chercher le repas de Woo depuis un bon moment, le dîner était prêt, son hôte n'était toujours pas sorti de la salle d'eau. Il alla frapper à la porte.

— Tout va bien mon garçon ? Le dîner est prêt, on n'attend plus que vous.

Pas de réponse. Il toqua de nouveau, avec le même résultat. Betty à côté de lui se mordait les lèvres.

— Tu crois qu'il lui est arrivé quelque chose ? Il a peut-être glissé. Est tombé. C'est assommé.

— Tu as raison, ce n'est pas normal.

N'y tenant plus, il entra dans la pièce et trouva Thierry profondément endormi. Il fut ému, le pauvre garçon devait être à bout de force. Il le secoua gentiment.

— Thierry, réveillez-vous, vous allez prendre froid.

Le dormeur revint doucement à la réalité. Sursauta en voyant Jack. Il était parti tellement loin, qu'il eut du mal à se resituer. Quand ce fut fait, il se trouva confus.

— Excusez-moi, je me suis endormi. J'avais oublié à quel point un bain chaud pouvait être relaxant.

Jack, lui tapota l'épaule.

— Ce n'est pas grave. Mais dépêchez-vous car je meurs de faim. Je vous laisse.

Thierry, après avoir enfilé les vêtements que lui avait fournis Betty, sortit de la pièce et rejoint ses hôtes. Avant de s'asseoir, il prit le temps d'admirer le décor qui l'entourait. Une grande pièce, avec de larges fenêtres, des poutres apparentes, des murs en briques.

Le salon meublé de larges fauteuils confortables. Décoré par des bibelots en porcelaine anglaise, des tableaux. Son regard s'arrêta sur un piano droit, face à la porte-fenêtre donnant sur le jardin, puis sur le cratère. Cela devait être agréable de jouer avec une aussi jolie vue. Il se sentit irrésistiblement attiré par l'instrument. Il avait « oublié » la musique. Ses doigts le chatouillèrent. Saurait-il jouer ? Il fit un pas, puis se retint. Pour un premier soir, il ne pouvait se permettre une telle liberté.

Il caressa les touches en ivoire avec nostalgie, un air lui monta aux lèvres. Il se tourna vers la salle à manger, où trônait une grande table ronde. Une autre cheminée chauffait le dos de celui qui présidait au repas. Donc le dos de Jack. Une nappe, de la jolie vaisselle, des verres, des couverts, une soupière fumante. Il en eut les larmes aux yeux. Il ne pensait pas revoir ce genre d'objets un jour. Il ne s'était pas rendu compte, pendant toutes ces années, à quel point des choses aussi simples lui avaient manqué.

Il prit place en face de Mme Mc Dowell. Elle avait vu son trouble et voulant le réconforter, lui servit une grosse louche de potage. Il huma le parfum des légumes. Il y avait des carottes, des poireaux, des pommes de terre, des navets, des poireaux. Une soupe banale quoi. Mais pour lui c'était du nanan. Il ferma les yeux, une image fugitive lui traversa l'esprit. Un petit garçon, assis devant une même assiette, avec la même odeur.

Jack et Betty échangèrent un regard. Ils ne savaient pas d'où venait cet homme, mais il avait dû souffrir, et cela les attristait.

— Mangez mon petit. Cela va refroidir.

Betty était tout émue. Thierry sursauta.

— Merci madame, merci.

La première cuillerée fut comme du nectar. Elle descendit en lui réchauffant l'œsophage, puis l'estomac. C'était tellement bon. Il ne dit pas non à la deuxième assiette que Betty lui proposa.

Le plat suivant était un ragoût… de bœuf. Il reconnaissait le goût ! Avec des pommes de terre, des épices, un vrai régal. Il ne disait pas un mot. Il se délectait.

Quand il trempa ses lèvres dans le verre de vin posé devant son assiette, ses papilles se dressèrent sur sa langue, le faisant revenir à des sensations oubliées. Ses hôtes respectèrent son silence. Il trempa du pain dans la sauce, partageant avec son ami Phoebus. Qui lui aussi découvrait ses nouveaux goûts avec délectation. Le dessert le laissa la bouche ouverte. Une tarte aux pommes. Cette fois il ne put se retenir.

— Ce n'est pas possible ! Je rêve ! Mais comment avez-vous trouvé toutes ces denrées ? Des légumes, des pommes, de la farine, du bœuf, du vin… ? C'est incroyable !

Un fol espoir venait de s'immiscer dans son esprit : il devait y avoir des bateaux qui faisaient la navette avec le reste du monde… c'était la seule explication. Il allait pouvoir rentrer chez lui… Jack interrompit ses pensées.

— Il y a bien d'autres choses encore. Vous saurez tout demain, mon garçon. Nous vous raconterons tout demain. Après que vous nous ayez raconté votre histoire. Pour l'instant, mangez cette tarte, et après nous fumerons une bonne pipe, en buvant un bon whisky ou du cognac selon votre goût. Nous bavarderons, je crois que cela vous fera du bien.

Les deux hommes étaient assis confortablement, les pieds tendus vers le feu. Thierry avait du mal avec la pipe. La fumée le faisait tousser, il renonça rapidement. Betty assise près d'eux brodait en silence. Une horloge marquait le temps. Une véritable image d'Épinal. Thierry les yeux plongés dans le feu, se laissait hypnotiser. Il repartit dans un profond sommeil.

Une délicieuse odeur de café, le sortit de son rêve. Il ouvrit les yeux, les fenêtres étaient grandes ouvertes, laissant entrer un flot de soleil. Il entendit une voix de femme chanter dans la cuisine. « *Betty certainement* ». Il s'étira d'aise. La couverture qui le protégeait glissa à ses pieds, découvrant un Phoebus lové sur ses genoux. Il le caressa avec tendresse, « *allez mon paresseux, debout* ». Le chien trop bien installé ne bougea pas. Il le prit doucement dans ses bras et se dirigea vers le chant.

En passant devant l'horloge, il nota mentalement : Sept heures. Il fut surpris en voyant Alison affairée à la préparation du petit-déjeuner. Il n'avait pas encore vu la cuisine. Grande elle aussi, avec une cheminée de briques, à l'âtre surélevé, flanqué d'un four à pain. Au fond, une marmite en terre dans laquelle chauffait de l'eau à longueur de journée. Alison ne l'avait pas remarqué. Il toussota timidement.

— Bonjour mademoiselle.

Elle sursauta et faillit renverser la cafetière qu'elle remplissait.

— Oh ! Thierry bonjour. Bien dormi ?

— Merci oui. Comment va Woo ?

— Bien, très bien. Il a mangé comme un ogre hier soir, et s'est tout de suite endormi. Il a passé une nuit paisible, et pourra sortir aujourd'hui.

— Magnifique ! Tu entends Phoebus, Woo va bien.

Le chien lui fit une léchouille en signe d'assentiment. Alison s'approcha et caressa doucement le petit animal.

— Je n'avais jamais vu de chien. Mais le vôtre semble bizarre. D'après les descriptions que l'on nous en a fait, ils avaient des poils ?

— Vous avez raison. Mais mon fauve est à part. C'est une race asiatique, que les indigènes mangent. Lui, je l'ai sauvé du ragoût.

Alison eut un haut-le-cœur.

— Mon Dieu, des gens qui mangent des chiens c'est horrible.

— Nous nous régalons bien avec du lapin… les Suédois nous prennent pour des barbares. Les Français qui se délectent avec des grenouilles… et j'en passe.

Elle le dévisageait, les yeux grands ouverts. Apparemment, elle ne comprenait absolument pas. Voyant son incrédulité, il continua.

— Chacun mange ce qu'il a sous la main, selon ses besoins et ses croyances.

— Je vois. Mais de là à manger du chien. Qu'est-ce que c'est des la… pins ?

— Des animaux, des rongeurs, très mignons, pas plus gros qu'un chat. On en trouve en Europe et en Amérique. Mais je ne crois pas qu'il y en ait sur les îles. En tous les cas je n'en ai jamais vu.

L'interrogation n'avait pas quitté le regard de la jeune femme. Sentant l'incompréhension, il coupa court…

— Je vous expliquerai un jour.

Betty arriva sur ces entre-faits, ce qui lui évita d'autres questions.

— Bonjour les enfants. Tout va bien ?

Elle embrassa sa fille et Thierry tout naturellement. Il se laissa faire. Il avait oublié ce qu'était la sensation de recevoir un geste de tendresse. Elle prit des mains de sa fille la poêle qu'elle tenait, en lui disant :

— Assieds-toi ma chérie, tu dois être fatiguée après cette nuit à l'infirmerie.

— Pas du tout, mon blessé a été parfait, il a dormi comme un bébé. Je vais aller déjeuner avec lui, puis je vous le ramène.

Elle remplit un panier en osier de tout ce qu'elle avait préparé, et sortit sur un dernier salut. Restés seuls, Betty et Thierry se regardèrent en souriant.

— Pas trop de courbatures d'avoir dormi dans le fauteuil ?

— Non, merci. J'ai dormi dans des endroits beaucoup moins confortables.

Elle s'activait devant l'âtre. Bientôt le chuintement du lard dans la poêle et le chant des œufs frits, accompagnés d'une délicieuse odeur, mirent l'eau à la bouche de Thierry. Jack entra à cet instant, comme s'il avait entendu l'appel de la nourriture qui cuisait.

— Bonjour, mon garçon. Bien dormi ?

— Oui, magnifiquement.

— Parfait. Donc vous êtes d'attaque pour une visite guidée ? Vous montez ?

— Pardon ?

— Est-ce que vous montez à cheval. Ici c'est le seul moyen de locomotion que nous ayons.

— À dire vrai, je n'en ai aucune idée.

— Nous serons vite fixés.

— Avant que nous ne partions, j'aimerais voir Woo. Et peut-être sera-t-il suffisamment en forme pour venir avec nous.

Bien qu'un peu surpris par la demande de son hôte, Jack opina.

— Avec plaisir. Est-ce qu'il monte ?

Thierry éclata de rire.

— Ça, je suis sûr que non ! Il ne sait même pas ce qu'est un cheval. Mais je le prendrai en croupe, cela le rassurera.

Ils passèrent donc prendre Woo, à l'infirmerie. Quand Thierry vit son ami, il fut à nouveau prit d'un fou rire, qu'il maîtrisa comme il put, ne voulant pas le blesser. Alison lui avait prêté des vêtements et selon toute vraisemblance, le jeune homme avait du mal à s'y habituer. Il tirait sur le col de sa chemise et sur la ceinture de son pantalon, tous ces trucs qui le serraient aux entournures, étaient insupportables. Le plus dur, c'était les chaussures. Quand il se leva pour saluer Thierry, heureux de le revoir, il faillit tomber. Ne sentant plus le sol sous ses pieds, il perdait l'équilibre. Il n'y a rien de mieux que le contact avec la terre pour garder sa stabilité, morale et physique. Thierry avait lui-même du mal à se réadapter à ces engins de tortures. Aussi c'est avec beaucoup de compassion qu'il lui dit :

— Enlève ces trucs, et marche pieds nus, mon grand. On va faire les choses petit à petit.

Woo poussa un « ouf » de soulagement. Il était prêt à faire beaucoup pour son ami. Mais là, c'était vraiment trop dur. Il se libéra donc rapidement de ses entraves, faisant bouger ses orteils avec ravissement. Les trois occidentaux sourirent en voyant le visage du garçon.

— Parfait, dit Jack. Tu veux venir avec nous Alison ? Je vais faire visiter notre royaume à nos invités. Nous déjeunerons peut-être chez les portuaires, et nous serons de retour en fin d'après-midi.

La jeune femme hésita une seconde, et la curiosité l'emporta. Elle voulait connaître les réactions des deux hommes, à chaud.

— D'accord, je vais vite me changer, et je vous rejoins aux écuries.

— Nous sellerons ton cheval.

C'était la première fois que Woo entendait ce terme. Il ne manqua pas de montrer son intérêt, en tirant sur la manche de la chemise de son ami. Il lui demanda en français, prouvant ainsi à ces étrangers, dont il se méfiait malgré tout, qu'il comprenait leur langue. Ce dont il était très fier.

— « Cheval » ? Qu'est-ce que c'est ? céllllleroonn ? Je connais pas.

Tout en sortant de l'infirmerie, Thierry lui expliqua :

— Le cheval est un animal. C'est la plus belle conquête de l'homme. Il vit principalement sur les continents. On monte sur son dos, et il nous emmène où on veut.

— Toi tu me racontes des carabistouilles.

C'était un des mots d'argot que Thierry lui avait appris, et c'était son préféré. Il adorait sa consonance et s'en servait souvent.

— Est-ce que je t'ai déjà menti ?

L'ado leva les yeux au ciel en réfléchissant.

— Heu… non. Mais alors il doit être énôôrme cet animal ? Pour qu'un homme lui monte dessus, il faut de la place.

— Exact.

— Ils sont méchants ?

— Non. Parfois peureux, mais rarement méchant.

— Ah.

Jack qui se tenait un peu en retrait, écoutait la conversation, et parut étonné de la complicité qu'il y avait entre ces deux êtres. Après tout ce gosse n'était qu'un indigène, et il est rare, voire inconcevable d'avoir ce genre de rapport avec ces gens-là.

En traversant la place du village, ils furent salués par les personnes qui vaquaient à leurs occupations.

— Salut Jack ! Ça va ? Bonjour monsieur !

— Salut Donald ! Bien merci. C'est Thierry, il s'appelle Thierry.

— Salut Thierry ! Bienvenu.

— Merci monsieur.

On venait leur serrer la main. Jack expliquait qu'il emmenait « nos amis », faire une visite de l'île. Tous les deux pas ils étaient accostés. À cette allure, ils n'arriveraient pas aux écuries avant midi. Une seule chose frappa Thierry. Personne ne salua Woo. Ne le regardant même pas. Comme s'il n'existait pas. Malgré tout, ce dernier, très courtoisement, répondait à chaque « Bonjour » comme s'il était le seul concerné. Cela fit de la peine à Thierry. Il se promit d'en parler à Jack, dès qu'il le pourrait.

Alison les attendait patiemment devant l'écurie. Elle avait sellé quatre chevaux.

— Vous en avez mis du temps ?

— Tu sais ce que c'est. On ne peut pas traverser le village sans avoir à saluer tout le monde.

Woo était figé, la bouche grande ouverte, les yeux lui sortaient de la tête. Phoebus s'était réfugié derrière son maître en grondant. Thierry sourit de l'admiration qu'il vit sur le visage de son ami.

— Comment tu les trouves ?

Woo avait du mal à parler.

— Viens. Approche-toi. Doucement, sans faire de gestes brusques. Mets ta main sous son museau pour qu'il te sente, et qu'il apprenne à te reconnaître. Puis tu lui flattes l'encolure, comme ça. Et tu lui parles à l'oreille, il enregistrera le son de ta voix, et saura s'il peut te faire confiance.

Thierry joignait le geste à la parole. Woo l'observait avec attention. Il ne voulait pas louper le premier contact. Il fit un pas. Guettant la réaction de l'animal. C'était un étalon noir. A la robe brillante sous le soleil. Le regard direct et les oreilles pointées vers les inconnus, il les jaugeait.

Woo fit un autre pas. Suivit de Phoebus.

— Parle-lui. Dis-lui qu'il est le plus beau cheval du monde. Que vous allez être amis. Surtout n'aie pas peur, car il le sentira. Et tu ne pourras jamais le faire obéir.

— Salut cheval.

— Il s'appelle Ébène.

Lui dit Alison qui contemplait la scène avec son père.

— Salut Ébène.

Woo était tout prêt maintenant. Il tendit la main sous le museau de la bête, qui ne broncha pas. Les oreilles toujours aux aguets. Comme l'avait fait Thierry, l'ado glissa sa main sur l'encolure. Il fut stupéfait par la texture soyeuse de la crinière. Le frémissement de la peau sous sa main. C'était magique. Il n'avait jamais rien ressenti d'aussi fort. Le cheval émit un : « frrrr » de satisfaction, qui le fit reculer.

— N'aie pas peur. Il te remercie à sa façon de ta caresse. Tu vois cela s'appelle une selle. Ça, des étriers. Tu mets le pied gauche dedans, tu la tiens de chaque côté, et d'un seul élan : Hop ! Tu montes, c'est facile. Après tu prends ces lanières de cuir, cela s'appelle des rênes. Quand tu veux aller à gauche tu tires doucement du côté gauche, comme ça. Idem pour la droite. Tu as compris ? Pour l'arrêter, tu tires des deux côtés en même temps.

Woo n'avait pas perdu une miette de la démonstration. Il était impatient d'essayer.

— Tu veux tenter le coup ? lui demanda Thierry en descendant de la monture.

— Oui. Oui.

— Vas-y. Fait exactement comme je te l'ai dit. Sans gestes brusques. Tout en douceur. Quand tu seras sur lui, tu le caresseras pour le remercier. On te regarde.

Il recula jusque vers Jack et Alison, qui n'avaient pipé mot. Woo mit son pied dans l'étrier. Se tint à la selle et Hop ! D'un seul élan… se retrouva… par terre, de l'autre côté du cheval. Les adultes ne purent se retenir de rire. Assis dans la poussière, Woo boudait. Tout en hoquetant, Thierry l'aida à se lever.

— Ah ! Ah ! Tu y es allé trop fort. Je t'ai dit tout en douceur. Allez recommence.

La troisième tentative fut la bonne. Fier de lui, Woo levant un bras de conquérant, cria

— Je suis Napoléon à Austerlitz ! Venez mes soldats partons à l'assaut et remportons la victoire !

Ébène surpris par tant de fougue encensa.

— Oh ! Oh ! Du calme Ébène, du calme, dit Alison en le retenant.

Elle se tourna vers Thierry.

— C'est qui ce Napoléon et cet Aus… ter… lizze ?

Thierry étonné par la question, ne répondit pas tout de suite. Woo le coiffa au poteau.

— C'est le grand empereur de France !!! Austerlitz est une grande bataille qu'il a gagnée contre les Autrichiens et les Anglais, en 1805.

Alison ne semblait pas mieux comprendre la réponse que la question. Son père intervint vivement.

— Nous perdons du temps ! Apparemment cher ami vous savez manier le canasson. Alors allons-y. Nous avons du chemin à faire.

Cette fois c'est l'agacement de Jack qui intrigua Thierry. Sentant le malaise, il n'insista pas et se mit en selle. Il cala devant lui Phoebus, le plus confortablement possible. Ce dernier ne réagit pas. Comme Woo, il avait une confiance sans faille en son maître, et si son maître le mettait là, c'est qu'il ne risquait rien. Tout, plutôt que d'en être séparé.

— Passe devant moi Woo. Comme ça, je pourrai te corriger et t'expliquer comment faire. Pour lui donner le signal d'avancer, tu lui donnes un léger coup de talon dans le ventre, on dit : « donner l'impulse ». Tout doux j'ai dit.

— D'accord. D'accord.

Ébène n'avança pas.

— Un tout petit peu plus fort. Entre pas du tout et fort. Tu vois la nuance ? Tu suis le mouvement de son corps, avec le tien. Cela s'appelle l'assiette. Tu te tiens droit. Les coudes au corps, et tu laisses aller. Voilà. Parfait. En avant.

Ils rattrapèrent leurs amis qui étaient déjà partis, prenant le chemin de la grotte par laquelle Thierry était arrivé la veille. À sa sortie, au lieu de suivre le chemin qu'il avait pris. Alison et son père prirent sur la droite et poussèrent leurs chevaux au trot.

Woo fut pris au dépourvu par le changement d'allure. Le pas lui convenait parfaitement. Il avait même pris de l'assurance, et se permettait de regarder ailleurs qu'entre les oreilles de sa monture. Secoué comme un sac, la rencontre de son fessier et du dos Ébène lui faisait mal. Il commença à paniquer, puis à glisser sur le flanc. Thierry, qui l'avait à l'œil, vint immédiatement à sa hauteur. Fit ralentir l'animal qui se remit docilement au pas.

— Regarde comment je fais. Tu pars au pas, tu te mets au rythme de ton cheval. Puis tu talonnes encore pour le faire accélérer. Mais toi tu restes bien assis, et tu gardes le mouvement. S'il va plus vite, tu vas avec lui. Tu comprends ?

— Hun… hun…

L'apprenti cavalier avait perdu de sa superbe et de sa confiance en lui. Mais courageux il talonna son cheval, et suivit les instructions de son ami.

— Allez au trot. Viens avec moi.

Ils avancèrent côte à côte, rattrapant très vite leurs compagnons. Thierry n'était pas content. Il n'était pas loin de penser que ces derniers avaient fait exprès d'accélérer brusquement, pour mettre Woo en difficulté. « *Tu es parano mon gars. Ils ont tellement l'habitude de prendre cette route, qu'ils ont dû faire ça instinctivement.* »

Ils suivaient une piste de terre rouge. Le contraste avec la verdure et le ciel bleu cobalt chatouillait agréablement l'œil. Cela faisait comme une saignée à travers la végétation. Le chemin suivait le pied du volcan. Le galop dura une bonne demi-heure. Soudain, le paysage changea complètement. De sauvage, il devint domestiqué. À la place des hautes herbes, il y avait du blé, du maïs, des légumes, du riz. La forêt avait été changée en vergers. D'agrumes, de pommiers, de pruniers, de poiriers. Sur le flanc de la montagne, de la vigne, des arbustes que Thierry ne reconnut pas. Il sut plus tard que c'était des théiers et des caféiers.

Ils allaient de nouveau au pas. Les deux naufragés étaient éberlués. L'un parce qu'il n'avait jamais rien vu de pareil. L'autre parce qu'il n'aurait jamais pensé trouver ce genre de culture sur cette île. Plus loin, dans de grands près, paissaient ovins, bovins, caprins, porcins, équidés.

Jack et Alison, attentifs aux réactions de leurs amis, avaient une certaine fierté dans le regard. Ils semblaient dire : « Alors ? Surpris ? ».

— Voilà notre ferme. C'est grâce à elle que les habitants de notre île se nourrissent. Nous allons bientôt arriver au village des cultivateurs : Dôn

En effet, quelques minutes plus tard, ils entraient dans un hameau. Formé d'une dizaine de maisons, aussi coquettes et bien entretenues que celles du cratère. De grands bâtiments devaient servir, d'étable, d'écurie, de grange, de silo, de chai. Sur la grande place, les villageois travaillaient, à battre le blé, à trier les légumes, à traire… on entendait des rires et des chants. Des poules, des canards, se régalaient de tout ce qui s'échappait. Sur le côté une école, avec une belle cloche suspendue, corde pendante. Tentante.

En les voyant arriver, chacun mit ses activités en suspens. Des signes de bienvenue, des appels. Comme la veille, un homme qui semblait être le chef sortit du rang et vint à leur rencontre. Grand, musclé, chapeau à larges bords, bronzé, yeux noirs qui semblaient vous transpercer, mais sans agressivité. Il s'essuya le front d'un large mouchoir blanc, puis les mains et l'intérieur de son chapeau. Ses cheveux coiffés également en catogan étaient d'un blond vénitien. Son visage avenant, et ses bras puissants étaient couverts de taches de rousseur.

— Hello Jack ! Hello Alison !

Il porta deux doigts au front en signe de salut, qu'il l'adressa à Thierry, tout en ignorant complètement Woo.

C'était vraiment la mode sur cette île. Jack continua la conversation en français.

— Bonjour Will. Je te présente Thierry… et… son ami Woo. Ce sont des naufragés, nous les avons recueillis au cratère, et nous leur faisons faire le tour du propriétaire. Ils parlent français. Thierry a perdu la mémoire.

Tout en parlant, il descendit de cheval, donnant ainsi le signal à ses compagnons. Les autres villageois s'étaient approchés, s'en suivit une séance de présentation et de congratulations. Quand le calme revint, le petit groupe se dirigea lentement vers un grand bâtiment qui servait de salle commune. Du café et du thé chauds, avec des petits pains, du beurre, du jambon, du fromage, dressés sur une grande table, attendaient celui qui aurait eu une petite faim. Tout le monde s'assit, enfin… les hommes, parce que les femmes firent le service. Quand ce fut fait, les questions commencèrent à fuser ?

— Vous ne vous souvenez vraiment de rien ?

— Ça doit être bizarre ?

— Même pas un tout petit peu ?

— Comment cela vous est-il arrivé ?

— Ouoh ! Ouoh ! Doucement… Nous sommes également là pour inviter Will et son second, à une soirée au cours de laquelle, Thierry nous racontera tout. Nous vous attendrons demain en fin d'après-midi. Merci de votre accueil et pour le café. Will ? Tu nous fais visiter vos installations ?

Tout le monde comprit que la séance était levée. Thierry lui, nota que les ordres de Jack n'étaient pas discutés. Cela lui confirma l'impression qu'il avait eue dès le début. Jack était le chef.

La visite de l'exploitation dura une bonne heure. Thierry était ébahi par sa richesse et sa diversité. Quant à Woo, il garda la bouche ouverte tout le long.

— D'où vient l'eau d'irrigation ? Je vois les conduites en bambou, mais la rivière par laquelle nous sommes arrivés est complètement à l'opposé. Je ne comprends pas pourquoi vous ne vous êtes pas installés près d'elle.

— Venez, nous allons vous montrer.

Will lança son cheval au galop. Ils ne mirent pas longtemps à arriver au bord d'un plan d'eau transparente. Tel un guide dans un musée, il expliqua :

— Nous avons découvert cet étang en remontant la petite rivière qui en découle. En plongeant nous avons trouvé la source qui l'alimente, nous pensons qu'elle émane du volcan, mais nous n'en avons jamais eu la preuve. Cela nous a permis de créer un circuit d'irrigation pour nos plantations, en nous servant des troncs des bambous.

— Très ingénieux. Vous avez su vous servir de l'inclinaison du terrain. Avec cette installation je comprends l'abondance de vos cultures.

— Le plus difficile a été pour les plantations à flanc de coteau, mais nous utilisons un système de noria amélioré qui marche très bien.

Thierry était impressionné par l'étendue de l'exploitation. De l'endroit où ils se trouvaient, il n'en voyait pas le bout. Vu sa grandeur, le nombre d'habitant sur l'île, devait être important. Ils revinrent vers le village. Faisant mieux connaissance au pas paisible de leurs montures. Thierry apprécia la faconde de Will, et ce dernier était très content de l'intérêt que montraient ses interlocuteurs. C'est donc comme s'ils s'étaient toujours connus qu'ils retrouvèrent Alison et son père qui les attendaient patiemment.

Les exploitants avaient très peu de métal. Ce dernier était utilisé pour les fers de chevaux et autres accessoires ou outils ne pouvant être que de cette matière. Le reste était fait de pierre taillée, de bambou durci au feu, de terre cuite, ou de bois. Les ateliers étaient regroupés un peu en dehors du hameau. Un quartier à part : Lugh. Où il régnait une effervescence de fourmilière. Woo était hypnotisé par les tours de potiers, les navettes de tisserands, le feu du maréchal-ferrant.

Celui qui le subjugua, fut le souffleur de verre. Comme toujours quand quelque chose le passionnait, il s'accroupit, les coudes sur les genoux, la tête dans les mains. Il regardait les joues de l'homme se dilater, comme le jabot des frégates, quand ils font les beaux pour séduire leur élue. Il soufflait dans un tube au bout duquel une matière incandescente, semblant sortir des enfers, se dilatait à son tour, devenant transparente, prenant docilement la forme que lui imposait l'artiste, par des gestes rapides et sûrs. Sous ses yeux, cela devenait un objet. Puis d'un coup sec et précis, le souffleur coupait la pâte rouge tel un cordon ombilical, et l'objet naissait. C'était envoûtant.

Il serait bien resté là, à regarder sans fin. Il posait mille questions, voulant tout savoir. Le comment, le pourquoi. Au début, les îliens ne prêtaient pas attention à cet interrogatoire. Mais ils comprirent vite que l'intérêt du jeune homme était réel et se mirent à lui répondre, avec de moins en moins de réticence. Cela mit du baume au cœur de Thierry. La gentillesse et la vivacité d'esprit de son ami, avaient apprivoisé les réfractaires. La première fut Alison. Puis son père. Les autres suivirent. Il se mit légèrement en retrait, afin de laisser la vedette à son ami. Puis Jack donna le signal du départ.

— Si nous voulons arriver pour le déjeuner à St Malo, nous devrions nous dépêcher.

St Malo ??? Thierry n'en croyait pas ses oreilles. Si sa mémoire ne lui faisait pas défaut – doux euphémisme – c'était le nom d'un port français. Mais il ne se souvenait plus de quelle région exactement. Son imagination s'évada : « *Peut-être que mon accident, en plus de me faire perdre la mémoire, m'a fait traversé le temps, ou une autre dimension ? Et que je suis en France, occupée par des Anglais. C'est pour ça qu'Alison ne connaît pas Napoléon.* » Cela le fit sourire, il devenait de plus en plus dérangé…

Ils remontèrent en selle, et reprirent la piste. Doucement, l'air changea d'odeur. Cela sentait la mer. L'iode transporté par le vent arrivait jusqu'à eux. Thierry inspira profondément. Cela faisait plusieurs jours qu'il n'avait pas eu ce parfum dans les narines, et mine de rien, cela lui manquait. Ils croisaient de plus en plus de monde. À cheval, ou en chariot. Les échanges de salut étaient toujours aussi chaleureux.

— Ils livrent une partie de leur pêche à Dôn et à Dagda, ainsi nous recevons tous les jours du poisson et des coquillages frais. Ils l'échangent contre des légumes, des fruits et de la viande, expliqua Alison.

— Je vois, vous faites du troc. Vous n'avez donc pas d'argent ?

Elle eut de nouveau ce regard perdu.

— De l'argent ?

— Oui de la monnaie, des billets. Pour payer. Remarquez c'est bien mieux. Comme ça, pas de riche, pas de pauvre.

Jack, qui avait entendu la conversation, intervint presque sèchement pour y couper court.

— Nous allons arriver. Alison tu les accompagnes directement au port, je dois aller voir Éric de Querouac pour le prévenir que nous sommes là, et lui parler de demain soir. On se retrouve chez Abigail pour déjeuner.

— À tout à l'heure.

Ils se séparèrent à un embranchement, le trio bifurquant à gauche, Jack prenant à droite. Les premières maisons apparaissaient. Fini le style « cottage », bonjour le style « chaumière ». Toutes aussi coquettes et bien entretenues.

Ils débouchèrent dans un vrai petit port breton. Sauf que les quais n'étaient pas en granit, mais en terre rouge. Il y avait une jolie flotte amarrée. En tout, une dizaine de bateaux. Quelques pêcheurs réparaient des filets, ou des voiles. Ils s'interpellaient, parlant de la pêche, du temps, de demain, de la marée. Inutiles de parler des réactions de Woo, elles n'avaient pas changé depuis le début de la ballade. Par contre Thierry, eut une sensation de déjà-vu, qui le prit aux tripes. Un vertige, et tout disparut. « *Serait-il possible que je sois breton ? Cela expliquerait mon amour de la mer. Mais je ne sais pas naviguer. Breton mais pas marin…* » Voyant son trouble, Alison l'interrogea :

— Tout va bien Thierry ?

— Je ne sais pas. J'ai eu comme un éblouissement, une réminiscence, et pffft ! C'est parti.

— Cela vous est-il déjà arrivé ?

— Oui, une ou deux fois. Mais c'est toujours la même chose, à peine là, que déjà parti. Je ne parviens pas à fixer ces remontées de souvenirs. C'est terriblement frustrant.

— Allez-y doucement. Cela reviendra petit à petit.

— Vous croyez ?

— En fait, nous ne savons rien sur l'amnésie. Sauf que la mémoire peut vous revenir aussi vite qu'elle vous a quitté et qu'elle touche de manière inégale le domaine des souvenirs.

— Vous avez eu des cas sur l'île ?

— Non… jamais.

— Alors qu'en savez-vous ?

Sa question était presque agressive. Mais Alison n'en fit pas cas.

— J'ai l'ai appris dans les livres de médecine de mon père, mais le chapitre est très court.

Il n'eut pas le temps de continuer la conversation, car la voix claire d'une jeune femme les interrompit. Elle venait vers eux, les bras grands ouverts.

— Alison ? C'est bien toi ? Je ne rêve pas ? Ça fait une éternité que l'on ne t'a pas vue à Saint Malo !

— Anna ! Ma chérie ! Quelle joie de te revoir. Nous sommes venus déjeuner chez ta maman. Père va bientôt arriver, il est allé chercher Éric.

Thierry et son compagnon étaient descendus de cheval. Très courtoisement, il enleva son chapeau, imité par Woo, et salua la jeune femme, en s'inclinant légèrement. Plus de mémoire, mais encore de l'éducation.

— Je te présente Thierry, et son ami Woo. Ce sont des naufragés que nous avons recueillis à Dagda. Thierry, Woo, je vous présente Anna Perec, ma meilleure amie.

Anna dévisagea l'inconnu avec beaucoup d'intérêt. Elle lui tendit la main qu'il serra.

— Soyez le bienvenu cher monsieur… ???

— Thierry a perdu la mémoire, il ne se souvient pas de son nom de famille.

— Ah ? Je vois.

Elle avait planté ces yeux dans ceux de Thierry, et ne semblait pas vouloir le lâcher. Un peu gêné, ce dernier se tourna vers Woo, en insistant.

— Voici mon ami Woo.

Anna salua à peine le pauvre garçon. Qui fit un pas en arrière. Retenu immédiatement par Thierry. Il ne voulait en aucun cas, que Woo se sente rejeté. Ce que venait de faire Anna, avec grossièreté.

— Je peux poser une question ?

Il était en colère. Son ton était sec.

— Pourquoi traitez-vous mon ami avec autant de mépris ?

Enjôleuse, Anna lui prit le bras et chercha à l'entraîner.

— Ne vous mettez pas en colère pour un indigène…

— Un QUOI ???

Thierry était furieux. Il se dégagea vivement.

— Oui vous savez, ces primitifs qui vivent sur les quelques îles qui nous entourent, c'est bien ce qu'est votre « ami » ?

Cette fois il était hors de lui. Il lui parla sous le nez.

— Sachez mademoiselle que sans ses « primitifs » comme vous dites ! Je serais mort ! Alors si vous n'avez pas plus de considération, pour un garçon à qui vous n'arrivez pas à la cheville permettez que je vous laisse là. Tu viens Woo, on s'en va !

Il remit son chapeau, enfourcha son cheval, suivi par un Woo abattu. Alison ne savait plus où se mettre, quant à Anna elle était outragée, humiliée, offusquée. À peu près dans cet ordre-là.

— Imbécile ! dit Alison à son amie.

Elle remonta à toute vitesse sur son cheval, et poursuivit les jeunes gens, qui partaient au galop. Les malheureux qui se trouvaient sur leur passage s'écartaient comme ils pouvaient.

— Thierry ! Attendez ! Attendez ! Laissez-moi vous expliquer…

Mais rien ne semblait pourvoir les stopper. Jusqu'au moment où ils arrivèrent à l'embranchement où Jack les avait quittés, et… les retrouva. Enfin… les vit passer devant lui comme le vent. Il se mit à la hauteur d'Alison et prenant son allure, lui demanda des explications. Qu'elle lui donna haletante.

— Quelle petite imbécile !!! Retourne là-bas ! Dis-lui qu'elle aura des points en moins, et qu'elle nous prépare à manger avec sa mère. Nous revenons… si je les rattrape. Explique à Éric ce qui s'est passé. Il la punira lui-même.

Alison tourna bride et repartit toujours au galop. Pendant la conversation, les deux fuyards avaient pris de l'avance.

Jack étudia la situation, s'il continuait sur ce chemin, il ne les rejoindrait pas avant le cratère. Il décida de prendre l'ancienne piste, celle des premiers colons, elle était plus courte, mais plus difficile parce qu'elle montait et descendait. C'est pourquoi une nouvelle route avait été tracée, qui évitait tous ces obstacles, et qui par conséquent était plus longue. Bien que très peu utilisée, il suivit facilement son tracé. Il poussa son cheval au maximum, lui promettant monts et merveilles, le cheval trop heureux de faire plaisir à son maître accéléra. L'écume à la bouche, l'encolure trempée de sueur, il volait. Ils dépassèrent un calvaire. Jack savait qu'il avait gagné, il vira sur la gauche, et en quelques minutes retrouva la nouvelle route.

Il se mit au milieu et attendit calmement. Flattant et remerciant sa monture.

— On a gagné mon grand. On est les premiers. Ils vont faire une tête en nous voyant. Ils vont croire que c'est magique.

Il n'eut pas longtemps à attendre. Le nuage de poussière lui donna le premier indice, puis le bruit du galop, puis les silhouettes qui vibraient dans la chaleur. Jack mit pied à terre et fit de grands signes pour les arrêter. Il vit l'hésitation dans tout le corps de Thierry. Ce dernier, calmé par la course, fit ralentir son cheval. Woo fut un peu moins rapide à la détente et le dépassa. Thierry siffla entre ses lèvres, un long sifflement strident. C'est comme ça qu'ils communiquaient dans la forêt. Cela voulait dire : « reviens ! ». Woo obéit et stoppa, les rejoignit au pas.

Thierry s'était arrêté, toujours en selle. Il préférait garder de la hauteur pour dire le fond de sa pensée. Jack le devança :

— Alison m'a dit ce qui s'est passé. Je vous présente nos excuses au nom de tous. Je vous promets que cela ne se reproduira plus. Faisons la paix et allons déjeuner. Je meurs de faim pas vous ?

En disant cela, il tendait sa main en signe d'amitié. Thierry répliqua :

— Ce n'est pas à moi que vous devez faire ces excuses. C'est à Woo. C'est lui qui a été insulté.

Jack qui s'apprêtait à se remettre en selle en voyant le refus de Thierry, stoppa son geste. Il venait de comprendre sa gaffe, sans hésitation il se tourna vers l'ado :

— Thierry a raison, c'est à vous que nous devons des excuses.

Il eut le même geste que précédemment, mais comme Thierry, Woo ne vint pas à sa rencontre. Raide sur son cheval, il avait planté ses yeux dans ceux de Jack et très froidement lui dit, dans un parfait français :

— Pensez-vous monsieur, qu'une telle insulte puisse être lavée d'une poignée de main ? Pour un peu je provoquerais le père de cette jeune femme en duel. Mais, je suis plus civilisé que cela, et de simples excuses verbales de sa part et en public, me suffiront.

Thierry jubilait. Il était fier de son élève. Jack, lui, était baba. Il chercha le regard de Thierry, qui haussa les épaules en signe d'impuissance. Jack donna une grande tape sur la cuisse de Woo :

— Vous avez entièrement raison mon garçon ! Et foi de Jack Mc Dowell, vous les aurez ces excuses ! Et en public ! Ne perdons plus un instant.

Thierry fit un clin d'œil à son ami, pouce levé en signe de félicitations. Ils reprirent le chemin de Saint-Malo à brides abattues.

Une fois sur le port, ils trouvèrent les quais envahis. Ils se frayèrent un chemin avec difficulté. Ils mirent pied à terre devant la terrasse de ce qui semblait être une auberge. En reconnaissant Jack, la foule recula, quelqu'un vint prendre les chevaux pour s'en occuper. Des éclats de voix venaient de l'intérieure de l'auberge. Jack identifia la voix d'Éric, il ne le voyait pas, mais au ton, il devait être rouge de colère. Une voix féminine, plus aiguë répétait tout ce qu'il disait. On aurait dit un chant en canon. « *Ça, c'est Abigail »,* pensa Jack. Il sourit « *in petto ».* Avec les deux furies en face d'elle, la pauvre Anna ne devait pas en mener large.

Ils entrèrent dans la salle et durent s'habituer à la pénombre. Quatre silhouettes se dessinèrent. Un Éric allant et venant, baissant et levant les bras au rythme de sa diatribe, suivi de près par une femme accorte, qui reproduisait gestes et paroles en écho. Anna était assise à une table, tête baissée, larmes aux yeux. Alison, ne savait pas quoi faire, et se triturait les mains.

— Père ! Vous les avez ramenés ? Vous leur avez dit ?

— Ne t'inquiète pas ma chérie, tout va s'arranger.

En disant cela, il lui tapota l'épaule et déposa un baiser sur son front. Puis il toussota, histoire de montrer aux deux énervés, qu'il était là. Éric se calma immédiatement :

— Ah Jack ! Tu es là ? Tu as pu les ramener ?

— Ils sont là. Viens, je vais te présenter.

Éric ne commit pas la même erreur que Jack. Il présenta directement ses excuses à Woo.

— Cher Monsieur, au nom de tous les habitants de Saint-Malo, je vous prie d'accepter nos excuses pour le mauvais accueil qui vous a été réservé. Vous aussi cher monsieur, toutes nos excuses. Soyez les bienvenus chez nous. Je vous assure que cela ne se reproduira pas.

Pendant qu'Éric parlait, Jack s'était approché d'Anna qui n'avait pas bougé. Il lui parla à l'oreille, puis la prenant par le bras, l'entraîna dehors, faisant signe aux autres de les suivre. Une fois tout le monde sur la terrasse, il dit à la jeune fille :

— Vas-y ! Qu'as-tu à dire à Woo ?

Les yeux gonflés d'Anna, étaient passés du bleu au noir. Elle acceptait de se faire réprimander. Mais de là à présenter des excuses… et devant tout le village, ça ! Ce n'était pas du tout dans son caractère. C'est donc les dents serrées et d'une voix atone qu'elle dit :

— Monsieur Woo, je vous présente mes excuses. Je me suis mal comportée à vote égard.

On entendait les mouches voler. Tout le monde attendait la réponse de l'insulté. Très grand seigneur, ce dernier s'inclinant et saluant avec son chapeau, dit :

— Excuses acceptées mademoiselle.

Tout le monde applaudit, fin de l'incident. La foule s'éparpilla. Avec tout ça, on avait pris du retard sur l'heure du repas et la faim se faisait sentir.

Nos amis s'attablèrent sur la terrasse à l'ombre d'un palmier. Abigail excellent cordon-bleu, se surpassa. Thierry avait l'impression de rêver. Son palais avait perdu le goût de poisson poêlé au beurre, de légumes revenus avec de l'ail, de l'oignon. Bien que bombardé de questions par ses hôtes, il répondait par monosyllabes. Salivant, humant, savourant les plats qu'Anna servaient. Les autres comprirent vite et le laissèrent déguster en paix. Avant de prendre la route du retour, ils firent une petite sieste, chacun dans un hamac suspendu à l'ombre. Ils laissèrent passer le gros de la chaleur, et c'est en pleine forme qu'ils partirent. Rendez-vous étant pris avec Éric et son second pour le lendemain soir.

Thierry avait le cœur presque léger. Car en se promenant sur le port, et en voyant les bateaux, il avait rêvé de partir… Une pensée négative était venue l'assombrir. « *Pour aller où ? Idiot ! Tu n'en as aucune idée. Autant rester ici, les gens ont l'air d'y être heureux.* » Mais la perspective d'une échappatoire est toujours plus agréable à vivre, que la sensation d'être prisonnier qu'il avait chez les Lans.

Ce soir-là, après avoir pansé les chevaux et fait un brin de toilette dans la chambre que Betty leur avait allouée, les deux amis rejoignirent leurs hôtes au salon. Jack dans son fauteuil lisait un journal, Phoebus sur les genoux, le petit animal s'était approprié cette place « de facto », et personne ne l'avait contredit. Betty allait et venait, Alison était plongée dans un livre. Woo et Thierry s'arrêtèrent sur le pas de la porte pour contempler le tableau qu'ils formaient. L'un avec mélancolie, l'autre avec intérêt. C'est ainsi que vit le peuple de son ami ? Très agréable…

— Entrez mes enfants, entrez. Faites comme chez vous.

— Merci madame.

Cette fois il alla directement vers le piano, il n'y tenait plus.

— C'est vous, Alison, qui jouez du piano ?

— Certainement pas. J'en ai toujours été incapable. Je mélange les notes et les mains. Non c'est maman, qui est désespérée de ma médiocrité d'ailleurs. Vous-même, vous jouez ?

— Je… je ne sais pas. Mes doigts me démangent, mais je ne sais pas.

— Essayez donc, dit Alison en s'approchant de lui, vite rejointe par ses parents et Woo qui caressa avec admiration l'instrument. Elle souleva le couvercle refermé, et lui montrant le tabouret.

— Asseyez-vous et essayez.

Il ne se le fit pas dire deux fois.

Il s'installa, faisant craquer ses doigts pour les assouplir. Avec la main droite, il égrena quelques notes, qui se transformèrent en air. Il eut une hésitation. Les autres le regardaient, patiemment. Il recommença, fermant les yeux, se laissant porter. La main gauche prit la mélodie en route, et il joua.

La musique emplit le salon. Ses mains couraient sur le clavier sans plus aucune hésitation. Les Mc Dowell se regardaient. La virtuosité et la sensibilité de l'artiste les bouleversaient. Ils n'avaient jamais entendu jouer avec autant de talent. Inutile de parler de Woo. Quant à Phoebus, il s'était réfugié sous un fauteuil. Thierry claqua les derniers accords, les yeux toujours fermés, des larmes coulaient le long de ses joues. Le silence qui s'ensuivit laissa s'éteindre l'écho des dernières notes. Puis les félicitations tombèrent. Les applaudissements, l'enthousiasme.

— Arrêtez, je ne sais même pas ce que j'ai joué. Les notes me venaient toutes seules. Je devais jouer ce morceau avant… Peut-être que je ne sais jouer que ça.

— Levez-vous, disait Betty, levez-vous, je vais vous montrer.

Elle souleva le couvercle du tabouret et en sortit un paquet de partitions. Elle en choisit une qu'elle lui tendit. Il la prit et lut incrédule : F. Chopin, Mazurka op. 9. Schlessinger Editeur-Paris 1833.

— C'est… c'est une première édition ?

— Oui ! Le comte de Querouac était un grand mélomane. Ce piano était à lui. Il connaissait tous les nouveaux compositeurs. Liszt, Schubert, Schumann… regardez. Dès qu'une partition était éditée, il l'achetait et l'apprenait. Malheureusement je suis une des dernières à jouer, et je ne suis pas aussi douée que vous… d'ailleurs personne ne l'est sur cette île, à part Pierre bien sûr…

Thierry ne l'écoutait plus, il tenait dans ses mains un véritable trésor. Des partitions originales des compositeurs dont elle parlait, avec des annotations, certainement le comte de Querouac. Il ne vit donc pas l'air triste d'Alison et embarrassé de Jack. Il lisait les notes avec facilité. Se remit au piano et joua un peu de Liszt, de Schumann… il avait l'impression de revivre. Qu'une grande bolée d'oxygène venait de remplir ses poumons. La musique.

Pendant ces quatre dernières années, il ne savait pas, il ne savait plus, il avait oublié, la musique.

Ce n'était pas les bruits que faisaient les Lan, avec des noix de coco et autres instruments rudimentaires, qui auraient pu éveiller ce souvenir. Il fallait qu'il voie ce piano et qu'il ait envie de le toucher, pour que les sensations reviennent. Et quelles sensations ! Soudain, une grande bouffée de tristesse l'envahit. Il ferma brusquement le couvercle. Il ne pouvait pas, il ne pouvait plus supporter ce trou noir, ce vide, cette ignorance. Il avait toute sa vie en lui, et ne pouvait l'atteindre. Il ne lui restait que des bribes de connaissances et l'instinct. Le reste ? Le reste, était inaccessible.

Les autres comprirent immédiatement ses états d'âmes, aussi c'est avec empressement qu'ils se mirent tous à parler en même temps. Alison glissant gentiment son bras sous le sien et l'entraînant vers la table, où le repas les attendait. Il ravala son chagrin, et se mêla à la conversation. Faisant honneur aux plats servis. Mais la lumière de son regard avait perdu de son éclat.

Chapitre V

Étant donné le froid qui régnait dans le cratère dès la nuit tombée, la « soirée découverte », comme l'avait baptisée Thierry, se déroulerait dans la grande salle commune. Depuis la veille, il essayait de soutirer des renseignements à Jack, à Alison ou à Betty, sur la communauté de l'île, mais la réponse était invariable : « Vous saurez tout demain soir ». Il était donc passé à autre chose, et avec Woo visitait tranquillement le village. Faisant plus ample connaissance avec ses habitants. L'indifférence à l'encontre de l'ado avait disparu. L'incident de St Malo était parvenu à leurs oreilles, et tout le monde le saluait ou lui parlait en toute simplicité, sans aucune arrière-pensée.

Personne n'acceptant leur aide pour les préparatifs, dans l'après-midi ils prirent les chevaux et firent une ballade. Ils étaient heureux. Ni l'un, ni l'autre n'était chez lui, mais la gentillesse et l'hospitalité des îliens, compensaient ce manque. Ils bavardaient de tout et de rien, comme à leur habitude. Woo posait des questions, auxquelles Thierry répondait avec le plus de précision possible, en fonction de ses souvenirs.

Sur le chemin du retour, ils rencontrèrent les Malouins et les Doniens qui arrivaient, avec leurs familles. Ils terminèrent la route ensemble. L'ombre avait déjà envahi le cratère. Les « lumières » brillaient. L'entrée de la salle était joliment décorée. L'accueil aux arrivants fut chaleureux. Le temps qu'ils installent leurs bivouacs, et tout le monde était réuni. Des tables rondes recouvertes de belles nappes blanches, décorées d'orchidées et autres fleurs, étaient placées en demi-cercle, face à une estrade. Ainsi tout le monde voyait tout le monde. Chacune d'elles était dressée de dix couverts, il y en avait une douzaine.

Les participants se regroupèrent, par âge, affinités ou famille. Jack et Betty guidèrent les deux amis vers la table la plus proche de l'estrade. Will, Éric, et leur femme respective, Alison serrée de près par un bel homme qui semblait très épris, étaient déjà assis. En le voyant Thierry comprit tout de suite qu'il devait s'agir de quelqu'un de la famille de Will. La ressemblance était indiscutable.

En fait c'était son fils cadet : Flint, fiancé d'Alison. Le mariage était prévu pour Noël. Thierry ressentit un pincement au cœur. Il aurait dû savoir qu'une aussi jolie jeune femme, devait avoir des prétendants et même un fiancé. Quand il croisa son regard, il la devina gênée, il lui sourit gentiment et lui présenta ses félicitations. Elles sonnaient un peu faux, mais le bras que Flint avait passé sur les épaules de sa fiancée, marquait bien son titre de propriété. Et la poignée de main qu'ils échangèrent, prouvait qu'il était le plus fort… physiquement.

Jack resta debout, afin de faire cesser le brouhaha qui s'enflait.

— Mes chers amis ! dit-il en anglais. Il frappa avec un couteau sur un verre. On entendit des « Chut », puis petit à petit le silence se fit.

— Bonsoir mes amis. Vous savez tous pourquoi nous sommes là ce soir. Thierry et Woo, vont nous raconter comment ils se sont retrouvés sur l'une de nos plages. Mais ça, ce sera après le repas. Pour l'instant, pendant l'apéritif, Éric et Will vous donneront des nouvelles de Dôn et de Saint-Malo. Vous pourrez leur poser toutes les questions que vous voudrez au sujet de vos familles et amis. Will ? Tu veux commencer ?

— Avec plaisir. Bonsoir. J'ai amené du courrier pour les Pearson, et les Roswell…

Ceux dont le nom étaient appelés, se précipitaient. Cela dura de longues minutes. Puis la distribution terminée, il reprit :

— La petite Kathy est enceinte de deux mois. John a un peu de rhumatisme, quant à…

Suivit une litanie de nom de personnes que Thierry et Woo ne connaissaient pas. Des interrogations fusaient de la salle.

— Et untel comment va-t-il ? Et trucmuche est-ce qu'il aura bientôt fini mon meuble ?

Il y avait des rires, des applaudissements… Les pensées de Thierry s'évadèrent. Il se sentit soudain très seul.

Tous ces gens se connaissaient depuis longtemps, ils formaient une famille, dans laquelle il ne semblait pas y avoir de dissensions. Tous ces noms ne lui disaient rien. Il ne savait qui était derrière. Allaient-ils réussir à s'intégrer son ami et lui ? Cela ne faisait que deux jours qu'ils étaient là, pour le moment on les traitait en invités, mais pour combien de temps ? Son regard ne pouvait s'empêcher de chercher celui d'Alison. Mais cette dernière le fuyait. Flint ne desserrait pas son étreinte. Une fois de plus, la femme qu'il pourrait aimer, appartenait à quelqu'un d'autre. Il sursauta. D'où lui venait cette idée ? Il se concentra, de toutes ses forces, il devait retrouver le fil de sa pensée… mais ce n'était que le noir. Le trou noir.

Il fut distrait par Éric qui se levait à son tour. Le même manège recommença… Woo, qui avait vu le trouble de son ami, se pencha à son oreille et lui murmura.

— Ça va Gala Ran ? Tu as l'air triste.

Thierry lui répondit de la même façon.

— Ce n'est rien. Un peu de nostalgie. Je pense à la famille qui me cherche peut-être, et quand je les vois tous si unis, cela me manque. Pas toi ?

— Non. Ma famille c'est toi. Et nous sommes ensembles, alors…

Ému, Thierry lui ébouriffa les cheveux en souriant.

— Nous sommes frères ?

— Nous sommes frères.

Ils topèrent, comme s'ils venaient de signer un contrat. À la vie, à la mort. Les idées noires s'estompèrent, et Thierry retrouva son entrain. Il croisa le regard d'Alison qui avait suivi la scène, pour la première fois de la soirée, elle lui rendit son sourire.

Le repas, bien que tout simple, fut délicieux au palais de Thierry. Des poulets rôtis, farcis de chaire à saucisse assaisonnée d'épices, dont ils ne reconnaissaient pas le goût. Mais quel parfum ! La purée de pommes de terre, les carottes, etc. Une fois de plus il mangea en silence, se délectant. Les autres l'observaient en s'amusant de ses réactions. Le repas terminé, la dernière bouchée à peine avalée, Jack tapa de nouveau sur son verre, et annonça :

— Maintenant que nos estomacs ne crient plus famine, nous allons passer aux choses sérieuses. Thierry, s'il vous plaît, nous vous attendons.

— Si vite ? J'ai tout juste fini mon dessert.

— Buvez un coup, et lancez-vous. Nous sommes tous impatients, cela fait deux jours que nous espérons ce moment, alors vite mon garçon. Je ne les retiendrais pas plus longtemps. Ils trépignent déjà.

Thierry obéit, se leva, finit son verre cul-sec et monta sur l'estrade. Il laissa le temps aux convives de bien s'installer, et commença son récit :

— Il y a presque quatre ans…

Son récit dura environ une heure.

Il raconta tout. La façon dont les Lans l'avaient recueilli, puis considéré comme l'un des leurs. L'école, ses études des plantes, puis son envie de bouger, de faire le tour de l'île. La tempête, le naufrage. L'auditoire était attentif. Quand il parla de la France, de l'Europe, du XXe siècle, il y eut des murmures dans l'assemblée. Mais des « Chut » impérieux, les firent vite cesser. Quand il eut fini, un silence édifiant s'établit.

On avait du mal à croire ce qu'il venait de raconter. Jack se leva en applaudissant, bientôt suivi du reste des spectateurs. C'est un enfant qui posa la première question. Il devait avoir huit ou dix ans, brun aux yeux noisette, brillants et rieurs.

— C'est quoi le XXe siècle ?

Spontanément, Thierry répondit :

— C'est…

Mais Jack ne lui en laissa pas le temps. Lui coupant la parole, il frappa dans ses mains.

— Je crois qu'il est temps de clore la soirée. Il se fait tard et les enfants devraient être au lit. Mes amis rentrez chez vous.

Thierry était bouche bée. Il se reprit et dit :

— Attendez ! Je vous ai tout dit sur nous, mais nous ne savons rien de votre histoire. Vous nous aviez promis de tout nous dire ce soir.

Jack semblait gêné.

— Bien sûr, bien sûr. Mais tout le monde ici la connaît, et n'a pas besoin de l'entendre encore une fois. Nous allons rentrer à la maison et je vous dirai tout devant un bon feu, avec une bonne pipe et un bon scotch.

Pris de court Thierry ne put qu'acquiescer. D'ailleurs les villageois quittaient la salle, en se saluant et en s'embrassant. Aucun d'eux n'avait discuté l'ordre de Jack.

Alison et Betty étaient montées se coucher. Assis chacun dans un bon fauteuil, un verre dans une main, la pipe dans l'autre, ils formaient un arc de cercle autour de l'âtre. Il y avait, Éric, Will, Jack, Woo et Thierry. Ce dernier était très impatient, lui aussi était curieux de connaître la genèse de cette communauté. Il avait plein de questions restées sans réponses depuis deux jours.

Il scruta le visage de Jack, éclairé par le feu, cela lui donnait un air inquiétant. Le reste de la pièce était plongé dans le noir, ce qui intensifiait l'impression. Il le vit prendre une grande inspiration, comme s'il hésitait à émettre le premier mot, comme si le fait de le dire allait le perdre.

— Connaissez-vous un continent baptisé Australie ?

— Oui bien sûr. Et si mes souvenirs sont bons, c'est James Cook qui l'a découvert, en…

— Le 24 avril 1770, exactement.

— Peut-être…

— Est-ce que vous savez ce qui s'est passé en Irlande au milieu du XIXe siècle ?

— Attendez que je réfléchisse… Il y a eu une grande famine heu… provoquée par la pénurie de pomme de terre, détruites par un insecte ou un champignon… je ne sais plus.

— Un champignon : Le mildiou.

— Voilà c'est ça ! Cela a entraîné la mort de centaines de milliers de gens, et une émigration massive de la population vers les États Unis.

— Pas seulement. Vers l'Australie également. Notre communauté est issue de ces émigrants.

« En 1846, il y avait un an déjà que la famine avait atteint notre petit port : Skibbereen, dans le conté de Cork, en Irlande. La pêche ne suffisait plus à nourrir les habitants. La pomme de terre composait la base principale de notre nourriture. Sir Mc Carthy seigneur de l'endroit, (Will en est le descendant), était désespéré de voir ses villageois mourir les uns après les autres. Un jour, après une énième inhumation dans le cimetière d'Abbeystrewery, il réunit ceux qui tenaient encore, et leur proposa de partir. Loin, très loin. C'était un homme très instruit, il avait lu beaucoup d'ouvrages sur l'Australie. C'était paraît-il un grand continent, très peu habité, où nous pourrions recommencer à vivre en toute liberté. Le voyage serait périlleux, et peut-être même impossible, mais au moins nous aurions tenté notre chance. Il prenait tout à sa charge. Il avait les moyens de faire construire les navires nécessaires à la traversée, et payer les équipages. Il avait pensé à tout.

En 1790 des chouans qui avaient fui la révolution française, étaient venus de Bretagne se réfugier chez nous. Notamment le comte de Querouac, Éric en est le descendant. Les deux familles avaient gardé des contacts après son retour en France. Excellents marins, habitués aux longues campagnes de pêche, c'étaient les habitants du comté qui allaient nous servir de guides, et ils viendraient avec les leurs. Enfin... ceux qui étaient restés fidèles à leur seigneur. La France ne ressemblait plus à rien pour eux, et ils préféraient s'expatrier.

Au début la population de notre petit port n'était pas très chaude. Cela représentait une aventure qu'ils avaient du mal à imaginer. Beaucoup, surtout les femmes, n'avaient jamais quitté le pays. La seule chose qu'ils savaient, c'est que cela allait être long et dangereux. Le prêtre était totalement contre cette folie. Il disait que nous devions rester et prier. Que cette idée nous mènerait droit en enfer. Que c'était une hérésie. Mon grand-père, le médecin de l'endroit, qui voyait mourir ses patients sans pouvoir les aider, pris le parti de Mc Carthy. À eux deux, ils réussirent à convaincre une dizaine de familles à tenter la chance.

La préparation de l'expédition dura trois mois. Mc Carthy et de Querouac n'avait rien laissé au hasard. Ils avaient prévu trois navires, dans lesquels serait réparti tout ce dont nous aurions besoin, pour notre nouvelle vie dans ce nouveau monde. Des semences, des ceps de vignes, des animaux. Ils avaient même acheté des graines venues d'Amérique et d'Afrique, comme le café, le thé, le maïs, le coton. Ils étaient allés à Londres et à Paris pour cela. Sûrs de pouvoir les faire pousser là-bas.

— Une sorte d'Arche de Noé

— Exactement mon garçon. Exactement.

Chaque famille avait eu le droit d'emmener ses biens les plus précieux. Étant donné leurs fortunes, cela ne fit pas grand-chose. À part quelques outils, biens indispensables à la reconstruction. Des ustensiles de cuisine et des métaux. Des livres et autres œuvres culturelles, des instruments de musique, le tout accumulé par Mc Carthy et de Querouac. Mon grand père fit une réserve de médicaments, pansements et instruments chirurgicaux. Nous étions fermement décidés à vivre en autarcie.

Le départ fut donné le 15 août 1846, le jour de l'Assomption, nous nous mettions ainsi sous la protection de la Vierge Marie. Le prêtre avait refusé de bénir nos vaisseaux. Nous laissions derrière nous, tout ce qui avait fait la vie de nos familles depuis des siècles. Des amis, des parents. Enfin… le peu qui en restait. Certains se sont décidés au dernier moment. Les Sullivan, par exemple. Leur dernier enfant était mal en point et mourir pour mourir, ils préféraient le faire le ventre plein et en se battant pour une vie meilleure. Nous avions laissé du ravitaillement à ceux qui restaient. Nous ne savons pas combien de temps ils ont pu tenir. S'ils ont tenu.

Il se tut un long moment. Les yeux fixés dans le feu, brillants de larmes à l'évocation de ces événements. Éric comprenant son trouble prit le relais.

— *Au début, tout se passa bien. Nous étions pleins d'espoir, le vent était avec nous, le temps aussi. Nous naviguions de front. Au milieu, «* La Renaissance ». *Elle portait tout notre avenir en son ventre. De chaque côté, ses anges gardiens «* Le Saint Raphaël » *et «* Le Saint Gabriel ». *Armés de vingt canons chacun. Nous fîmes escale aux Caraïbes, pour le ravitaillement. Nous passâmes entre les mailles du filet des pirates, tout allait bien.*

Cela commença à se gâter, après le passage de l'équateur, quand il fallut passer le Cap Horn. Nous avions entendu des légendes, mais là... Nous l'avons croisé en plein hiver austral, et les deux océans déchaînés, luttaient pour savoir qui ferait les plus grosses vagues... Cela dura plusieurs jours, le froid, la nuit, le hurlement du vent étaient terrifiants. Nos bateaux ressemblaient à des coquilles de noix, livrées aux éléments. Quand nous plongions dans les vagues, nous priions pour en sortir. Nous nous sommes plusieurs fois crus perdus. Et puis, comme souvent en mer, le vent a cessé, la pluie s'est tarie, la clarté est revenue.

Il a fallu faire le compte de nos pertes. En fait, pas grand-chose. Nous avions si bien préparé notre embarquement, les provisions, les animaux et le reste étaient si bien amarrés, que seuls quelques ballots de vêtements et des meubles, restés sur les ponts, avaient été emportés. Les plus gravement atteints étaient les gréements. Voiles déchirées, mâts brisés.

Nous avons trouvé un endroit pour nous abriter et réparer, sur la côte argentine. Il nous a fallu une bonne semaine. Puis nous avons repris notre route. Cap au nord, notre intention était de remonter les côtes sud-américaines puis prendre à l'ouest. Direction le nord de l'Australie. Ainsi en longeant les côtes, nous finirions par trouver notre havre.

Le voyage devenait de plus en plus pénible. Malgré les efforts du Dr Mc Dowell, certains de nos amis n'ont pas survécu au scorbut et autres affections. Le moral des troupes baissait. Nous naviguions depuis plusieurs mois. Certains parlaient de rentrer. De Querouac et Mc Carthy, réussirent à les convaincre que nous avions passé le point de non-retour. Notre dernière escale, Tahiti, était dépassée. Il fallait continuer, nous n'avions plus le choix.

Bientôt ce n'est pas la nourriture qui manqua, mais l'eau. La faim abat, mais la soif peut rendre fou. Il fallut empêcher les passagers de boire l'eau de mer. Quelques-uns, qui avaient essayé, étaient morts de dysenteries et de fièvres. Nous fûmes sauvés par la pluie. Torrentielle. Querouac suivait la route de Cook, mais nous sommes montés trop au nord. Pour finir nous fûmes perdus. Nous essuyâmes une tempête terrible, qui dura deux jours. Elle nous laissa épuisés, sans espoir.

Éric était à son tour très ému. Thierry essaya d'imaginer ces pauvres gens, perdus au milieu d'un océan inconnu. Cherchant désespérément une terre promise. Ce qui le touchait le plus c'était le « *nous* » employé par les narrateurs. Vraisemblablement ils n'étaient pas du voyage, mais ils le vivaient comme s'ils y avaient participé. Leurs parents avaient dû leur raconter et re-raconter cette histoire, c'est pourquoi ils la revivaient à chaque fois. Jack reprit la parole.

— *Trois jours plus tard, nous faisions toujours route à l'ouest, une des vigies cria :* « Terre ! Terre ! ». *Ceux qui en avaient la force, se tournèrent vers le point désigné par l'index du marin. Rien. Ils ne voyaient rien.* « Louis tu es sûr de ce que tu dis ? » *demanda de Querouac.* « Pour sûr monsieur le comte ! Elle est là ! Droit devant ! ». *Alors les passagers encouragés par l'enthousiasme du jeune homme, se levèrent, un à un, et se mirent à scruter l'horizon. Quand l'un d'eux cria à son tour :* « Terre ! Terre ! Je la vois moi aussi ! ». « Oh moi aussi ! ». *Les appels venaient de tous les bateaux. Le bonheur et la joie éclatèrent. Certains se mirent à danser la gigue. Les hommes riaient, les femmes pleuraient, les enfants faisaient la ronde.*

Nous ne la quittâmes pas des yeux. Plus elle grossissait, plus elle nous semblait belle. Seulement une chose était sûre, ce n'était pas l'Australie. C'était une île. Grande, mais une île. La déception se lisait sur les visages. Nous n'avions pas encore atteint notre but. Nous décidâmes quand même de nous y arrêter. Se refaire une santé. Sortir les bêtes, qui commençaient à dépérir. Trouver de l'eau fraîche... s'il y en avait. Faire les réparations nécessaires à la continuation de l'aventure.

Nous étions encore à quelques encablures de la terre, quand notre vigie cria à nouveau : « Voiles à tribord arrière ! ». *Tout le monde se tourna d'un bloc pour regarder dans la direction indiquée. Un navire de forme inconnu, aux grandes voiles déployées, à la coque noire, battant pavillon pirate, cinglait vers nous. Tout occupés que nous étions à notre île, nous ne l'avions pas vu nous rattraper. Il allait très vite être sur nous. Mc Carthy sur le* « St Raphaël », *et de Querouac sur le* « St Gabriel », *firent sonner le branle-bas. Cela signifiait : les femmes et les enfants dans les cales. Les hommes aux canons et aux armes.* « La Renaissance » *continua sa route, pendant que ses anges gardiens se mettaient en travers de la route des pillards.*

De Querouac aguerri à se genre de combat, dirigeait la manœuvre. « Vous n'ouvrirez les sabords qu'à mon commandement ! Il ne faut pas qu'ils sachent que nous sommes armés ! Laissez les venir. Cela donnera du temps à nos *amis.* » *Un silence de mort régnait sur les ponts des deux navires. Seuls Mc Carthy et de Querouac étaient des soldats. Les autres n'étaient que des pêcheurs ou des paysans. Ils avaient la peur au ventre, mais ils étaient fermement décidés à se battre pour défendre leurs biens et leur vie.* « Ils essayent de nous doubler ! Mc Carthy, prenez son sillage ! Je vais lui couper la route ! Laissez-le se piéger entre-nous ». *Ils manœuvrèrent de telle façon, que le navire pirate sans s'en rendre compte s'enferma tout seul dans la souricière.* « Feu ! » *Cria de Querouac. Les canonniers attendaient cet ordre avec impatience. La salve fut terrible. Vingt canons qui tirent en même temps et des deux bords, cela fait mal. Les pirates pris entre deux feux, eurent tout juste le temps de tirer une fois à leur tour, mais le deuxième ordre était déjà parti du pont du* « Saint Gabriel ». « Feu ! » *et les canons des deux vaisseaux tirèrent en même temps à nouveau, achevant le travail. La jonque, parce que c'étaient des chinois ou autres orientaux du coin, coula doucement. Le coup de grâce fut donné. Quelques rescapés barbotaient. Nous les avons recueillis. Le* « St Gabriel » *avait été touché, hors ligne de flottaison, il y avait des blessés, mais rien d'irréparable.*

La bataille était terminée. Les hommes étaient presque déçus. Ils auraient bien aimé en découdre avec ces sacripants. « La Renaissance » qui avait continué était arrivée à l'abri. Enfin c'est ce que nous croyions. Car les marins trop inquiets à notre sujet, n'avaient pas mesuré les fonds, ils s'étaient ensablés sur un banc, heureusement sans casse. Le bateau était planté, bien planté.

Nous tentâmes de le tirer hors du sable. Mais l'étrave était trop profondément enfoncée. La marée avait changé et « La Renaissance » allait être bientôt à sec et sur le flanc. Il ne nous restait plus qu'à faire vite pour descendre les animaux. Pour les équidés et les bovins, ce ne fut pas trop compliqué, ils nagent bien et en les encadrant il fut presque facile de les faire arriver à la plage. Ce ne fut pas la même chose pour la basse-cour, les moutons, les chèvres et les cochons. Tout le monde participa à la tâche et le débarquement se fit en deux heures. Les dernières épreuves que nous venions de passer, nous prouvèrent à quel point nous étions solidaires. Toutes les difficultés, nous avaient rapprochés, au lieu de nous diviser. Pas pour longtemps.

Un campement fut organisé. À marée basse nous avons inspecté la quille de « La Renaissance ». *Elle était tellement encastrée dans le sable des hauts fonds, qu'elle donnait du gîte, sans être totalement sur le flanc. Mc Carthy, Mc Dowell et de Querouac, comprirent que même avec tous les efforts possibles, nous ne réussirions pas à la dégager. Et que, à moins d'abandonner ici, la plus grosse partie de notre cargaison, le voyage se terminait là.*

Il allait falloir annoncer la mauvaise nouvelle aux autres. La discussion autour du feu fut très animée ce soir-là. Les uns étaient pour rester :

— Après tout, nous cherchions une nouvelle terre, pourquoi pas celle-ci. Dieu et les vents nous y ont amenés.

C'étaient les paroles de mon grand-père. Les autres voulaient répartir la cargaison, quitte à en abandonner une partie, et reprendre le voyage. Le comte de Querouac parla très sagement .

— Nous allons remettre nos navires en état. Pendant ce temps, une équipe explorera cette île. Le plus important, c'est l'eau. Si il n'y en a pas, la question est réglée, nous repartirons. Si il y en a, et que nous pouvons nous installer, ceux qui le désireront le feront, les autres pourront reprendre la mer.

Un murmure d'approbation fit le tour du cercle. Le comte désigna mon grand-père pour l'accompagner le lendemain dans son exploration. Nous passâmes la première nuit, sur cette île qui, nous ne le savions pas encore, allait devenir notre nouvelle patrie.

Une lumière aurorale pénétrait doucement dans le salon. Woo s'était endormi, Éric l'avait suivi, Jack les regarda en souriant. Il se leva en s'étirant :

— Je crois qu'il est tant d'aller dormir un peu. La nuit a été longue.

Thierry qui avait écouté jusqu'au bout, captivé, fut déçu.

— Mais l'histoire n'est pas finie ! Je veux connaître la suite.

Son interlocuteur sourit à nouveau, amusé par l'impatience du jeune homme.

— Ne vous inquiétez pas. Nous aurons tout le temps de vous raconter la suite. Le principal a été dit.

— Non ! Je veux savoir qui est parti, et qui est resté ? Ce qu'ils sont devenus ? Comment vous vous êtes organisés ?

Jack le pris par les épaules :

— Vous le saurez. Vous le saurez. Mais là, je suis fatigué, et j'aimerais aller me reposer.

— Excusez-moi Jack, je suis un fieffé égoïste. Bien sûr, je comprends. De toutes les façons, ce n'est pas comme si je devais partir demain.

Il y avait un fond de tristesse dans sa voix. Jack lui donna une tape dans le dos en riant.

— Exactement mon garçon. Exactement.

Ils réveillèrent les endormis et se séparèrent.

La matinée était bien avancée quand Thierry se réveilla. Le lit de Woo était vide. Il resta allongé, fixant le plafond. L'histoire qu'il avait entendue la veille était magnifique. Ces gens avaient fait preuve d'un courage remarquable. Le courage du désespoir, mais le courage quand même. Tout laisser derrière soi et partir vers l'inconnu… ce n'est pas donné à tout le monde. Les autres, quitte à en mourir étaient restés chez eux, étriqués, collés à leurs habitudes, incapables de voir au-delà de leur horizon, de sortir de l'ornière.

Il se sentait mieux moralement. Le peu qu'il avait vu de cette communauté lui plaisait. Peut-être réussiraient-ils, son ami et lui, à s'y faire une place. De toutes les façons, il n'avait nulle part où aller. Malgré ce qu'il leur devait, il n'avait pas envie de retourner vivre avec les Lan. Et puis le problème ne se posait même pas, puisqu'il ne saurait en aucune manière retrouver son chemin. Il était évident que la communauté vivait encore au XIXe siècle, peut-être que ces connaissances modernes pourraient améliorer leur confort. Il ne savait pas encore comment, mais comme chaque fois qu'il se trouvait un but, l'énergie le poussa hors du lit… son estomac également. Il se lava et en voyant le broc d'eau et la cuvette en céramique sur la table de toilette, il trouva sa première amélioration : Installer l'eau courante.

Betty était affairée dans sa cuisine. L'odeur lui mit l'eau à la bouche.

— Bonjour Betty. Je suis confus de me lever aussi tard. Qu'elle heure est-il ?

— Ce n'est pas grave. Jack dort encore lui aussi. Vous vous êtes couchés tard.

— Enfin… tôt ce matin. Vous savez ce qu'est devenu Woo ?

— Il est allé avec Alison à l'infirmerie, puis il devait l'accompagner à l'université.

— À l'université ?

— Oui. Ma fille y donne des cours de sciences. Elle prépare la relève. Votre ami paraissait très intéressé, alors elle l'a emmené avec elle. Ils seront de retour pour le déjeuner.

— Ce gosse m'étonnera toujours. Il a une telle soif de connaissances. Éric et les autres sont partis ?

En disant cela, il pensait surtout à Flint. Il avait hâte qu'il disparaisse.

— Oui. Sauf Flint qui va rester un ou deux jours.

« Aïe » pensa-t-il, puis à haute voix :

— Il y a longtemps qu'ils sont fiancés ?

Le visage de Betty se rembrunit. Elle lui tourna le dos pour répondre. Elle parla d'une voix rauque.

— Non. Quelques mois. Flint a toujours été amoureux d'Alison. Mais elle était fiancée à Pierre, le fils d'Éric Ces deux-là se sont aimés depuis leur plus tendre enfance. Ils devaient se marier l'année dernière. Ils avaient les mêmes aspirations. Étaient attirés tous les deux par les sciences et la médecine. Pierre donnait lui aussi des cours à l'université. Un jour qu'il devait rendre visite à ses parents, son cheval est arrivé seul à l'écurie. Éric a tout de suite compris qu'il s'était passé quelque chose de grave. Il a organisé les recherches. Ils l'ont retrouvé sur l'ancienne route, il l'avait prise certainement pour aller plus vite. On n'a jamais su ce qui s'était passé, mais apparemment, il était tombé de cheval, et s'était fracassé le crâne sur une grosse pierre.

— Mon Dieu c'est horrible. Alison a dû être anéantie. Ainsi que les parents.

— Nous l'avons tous été. Nous considérions Pierre comme le fils que nous n'avons pas eu, et vice versa pour les Querouac. Heureusement ils ont encore deux fils, François et Louis. Mais Antoinette ne se remet pas de la perte de son aîné. D'ailleurs elle n'est pas venue hier. Elle ne participe plus à nos fêtes.

— C'est terrible. J'imagine que l'on ne doit pas pouvoir se remettre de la mort d'un enfant… Je suppose que mes parents doivent être dans le même état.

Il avait la gorge serrée en disant ces mots. Betty lui caressa les cheveux avec tendresse.

— Vous pouvez en être sûr mon garçon. Surtout que vous avez l'air aussi gentil et charmant que l'était Pierre.

— Flint en a profité pour se placer si je comprends bien ?

Betty poussa un long soupir.

— Oui.

— Cela n'a pas l'air de vous enchanter.

— Et moi non plus !

C'était Jack qui venait d'entrer dans la cuisine, ils ne l'avaient pas entendu descendre les escaliers.

— Ma fille et mon futur gendre devaient s'établir ici. Leur maison était déjà construite. Ils auraient certainement fini doyens de l'université. Ils auraient pris ma suite. Leurs vies étaient toutes tracées. Tout ça est fini maintenant. « Il » va en faire une fermière.

Jack avait presque du mépris en disant ça.

— Pourquoi a-t-elle accepté ce mariage ?

— Parce que depuis la mort de Pierre, tout lui est égal. En fait, la première fois que je l'ai vu sourire depuis sa mort, c'est quand elle vous a vu l'autre soir à l'hôpital. Avec cette espèce de pantalon court que vous portiez, vos cheveux et votre barbe, vous ressembliez…

— À Robinson Crusoe…

— Qui est-ce ?

— Oh ce serait trop long à vous raconter. Mais allez-y continuez.

— En fait je ne sais pas à qui vous ressembliez. Puis elle a carrément ri quand elle a vu Woo tomber de son cheval. Cela m'a bouleversé. J'avais oublié à quel point elle était belle quand elle était heureuse. Le son de son rire a été comme du miel pour moi.

— Peut-être qu'elle se réveillera et comprendra qu'elle commet une erreur.

— Oui… mais ce sera sûrement trop tard. Elle s'est déjà engagée, et ne peut rompre sa promesse que s'il y a un autre prétendant.

— Comment ça ?

— Alison est la dernière représentante de notre lignée. Quand cela arrive, la personne en question est obligée de se marier pour la perpétuer. Si c'est une femme, son mari prend son nom, s'il a des frères. Si non c'est le premier né, fille ou garçon. Ainsi les noms ne s'éteignent pas.

— Je vois. Les arbres généalogiques doivent être pas mal chez vous. Avec Pierre c'était idéal, il avait deux frères. Et Flint ?

— Il a un frère aîné, qui est déjà marié, et qui a eu un fils.

— Rien à redire… Je vais vous poser une question qui va vous paraître stupide… Et l'amour dans tout ça ?

Betty et Jack échangèrent un regard plein de tendresse.

— Jusqu'à ce jour, les mariages qui ont été célébrés dans notre communauté, ont toujours été des mariages d'amour.

— Ce n'est pas le cas avec celui-ci. Une autre question : La consanguinité, vous y avez pensé ?

— C'est la seule raison qui peut empêcher un mariage.

— Et là… tout est bon ?

— Absolument.

— Le seul moyen qu'elle s'en sorte, c'est de trouver un autre prétendant ?

— Exactement.

— Ne me dites pas que belle comme elle est, Alison n'a pas eu d'autre prétendant ?

— Ils ont tous trop peur de Flint.

— Pardon ?

— Flint a très mauvais caractère. Tout le monde sait qu'il a toujours eu des vues sur notre fille. Pierre était de taille à s'opposer à lui, parce qu'il était un de Querouac. Maintenant qu'il n'est plus là, aucun jeune homme de Dana n'osera se mesurer à un Mc Carthy.

— Hum… Je vois, le seigneur ou le fils du seigneur ne peut être évincé.

— Bien que nous soyons une démocratie, c'est un peu ça.

Thierry continua de manger son petit-déjeuner, en réfléchissant. Jack et Betty ne disaient plus rien. Soudain, Thierry tapa sur la table.

— Et si moi je me présentais en tant que prétendant ?

Les parents avaient sursauté, autant surpris par la claque sur le meuble, que par la proposition.

— Oui, je sais cela doit vous sembler fou… et… rapide, mais si cela peut sortir Alison des griffes de ce…

— Vous êtes sérieux mon garçon ?

Jack avait saisi la main de sa femme et la serrait très fort. Thierry s'était levé et arpentait la pièce. Il stoppa net devant eux.

— Mais oui pourquoi pas ? Bien sûr il faudrait qu'Alison soit d'accord. Je la respecterai je vous le promets. Et puis nous pourrions travailler ensemble à la fac… à l'université. Je suis très fort en sciences et en maths. En histoire, en géographie… En plus elle me donnera un nom puisque je n'en ai pas. Thierry Mc Dowell cela me va.

Comme chaque fois qu'il enfourchait une idée, il était enthousiaste.

— Je leur parlerai des nouvelles inventions, des progrès en médecine…

Jack debout lui aussi, le suivant dans ses allés et venus, posa sa main sur son épaule.

— Du calme mon garçon. Du calme. Cela paraît être effectivement une bonne idée, non seulement cela délivrerait notre petite fille d'un mauvais mariage, mais en plus cela se ferait dans les règles, et personne ne perdrait la face.

— Vous seriez d'accord que je l'épouse ?

— Ce serait magnifique !!! Vous pourriez vivre dans la maison du cratère, ainsi elle resterait près de nous, et quand vous aurez des enfants, je m'en occuperais…

Comme Thierry, Betty était enthousiaste et bâtissait des châteaux en Espagne. Jack calma les deux emballés.

— Doucement, doucement… vous oubliez une chose importante. Il nous faut l'accord d'Alison.

— Qu'est-ce que je dois vous accorder ?

Le sujet de la conversation venait d'entrer dans la cuisine, en compagnie de Woo et de… Flint, l'objet du délit.

Les trois comploteurs se retournèrent d'un bloc. Jack se jeta à l'eau.

— Hum… Hum. Notre ami était en train de nous dire qu'il aimerait donner des cours à l'université, lui aussi. Je lui disais qu'il fallait te demander ton accord…

Pas mal la pirouette.

— Mais c'est parfait ma chérie ! dit Flint en passant son bras autour des épaules de la jeune fille.

— Toi qui t'inquiétais de savoir qui allait prendre ta suite et celle de Pierre, après notre mariage. Si… Thierry ? C'est ça ?

Il avait un tel dédain dans la voix, que l'interpellé faillit lui lancer son poing dans la figure. Mais Flint n'en avait cure, il continua.

— Si Thierry reprend vos cours, la question ne se pose plus, et plus rien ne s'oppose à notre installation à Dôn.

Alison se dégagea de l'étreinte de son fiancé, fit un pas vers son père et le fixant dans les yeux, lui dit :

— Mais papa, ce n'est pas à moi de prendre ce genre de décision. Tu es le doyen, et donc le seul à savoir, si je peux partir ou pas, n'est-ce pas ?

Elle insistait bien sur le « *n'est-ce pas* ». Son père comprit tout de suite que c'était un appel au secours.

— Bien sûr, bien sûr. On ne parlait pas de ton départ, mais des matières qu'il aimerait enseigner. Heu… comme tu t'occupes déjà des sciences…

— Ce n'est pas le moment de parler de tout ça. Allez les enfants, à table. Gaël nous a mis la table dans la salle à manger, et mon repas ne peut plus attendre. Allez ! Allez !

Betty était venue au secours de son mari. Elle le sentait s'enliser dans des explications inutiles, et lui avait tendu une perche, sur laquelle il sauta.

— Excellent ! Votre mère a raison, allons déjeuner, nous parlerons travail plus tard.

Ce qu'il ne dit pas c'est que Thierry et lui venait de finir leur petit-déjeuner, et que ni l'un ni l'autre n'avait faim. Woo, qui avait senti le malaise, resta en arrière avec son ami et lui demanda :

— Que se passe-t-il ? Encore des carabistouilles ?

Thierry répondit à mi-voix.

— Rien, rien… je t'expliquerai.

L'entrain au cours du repas était forcé. En fait, Flint tenait le crachoir, et les autres opinaient. Chacun plus ou moins plongé dans ses pensées. Seuls Betty et Woo semblaient intéressés par ce qu'il disait. Mais quand Woo répondait à ses questions, Flint faisait semblant de ne pas avoir entendu. Il l'ignorait ostensiblement. Thierry qui s'en était aperçu, faillit lui voler dans les plumes. Mais, placé entre Jack et Betty, il reçut de chaque côté un coup de pied dans les mollets. Les parents ne voulaient pas d'esclandre. Pas maintenant, ce n'était vraiment pas le moment de provoquer l'animal. Il fallait le laisser croire qu'il était en territoire conquis. Quant à Alison, elle ne dit pas un mot, et leva à peine le nez de son assiette.

Au moment de se lever de table, Jack retint Thierry par la manche. Il lui dit en murmurant :

— Allez vous promener avec votre ami, cette après-midi. Prenez les chevaux. Je veux rester seul avec ma fille. Je vais lui parler de nos projets.

Tout d'un coup Thierry eu un serrement de cœur. Ce matin, il avait lancé cette idée dans un élan de générosité. Pour venir en aide à la jeune femme. La sortir du guêpier dans lequel elle s'était mise. Il se rendait compte maintenant, qu'il y avait peut-être une autre raison. Il réalisait que si elle disait non, il aurait beaucoup de peine. Néanmoins, il garda le visage impassible et répondit :

— Dites-lui bien que je fais ça pour lui rendre service. Je n'exigerai rien d'elle en retour.

Jack le regarda en souriant.

— Bien entendu mon garçon. Il n'a jamais été question d'autre chose. Comment ferez-vous pour les enfants ?

Il partit d'un grand éclat de rire et quitta la pièce en secouant la tête. Thierry resta les bras ballants. Il ne pensait plus à ça. Les enfants. Il allait devoir faire des enfants avec Alison. Tout bien réfléchi, cela lui faisait plaisir. Outre les relations que cela impliquait, et qui représentaient un côté non négligeable de l'histoire, il voyait ça d'un très bon œil. D'un très, très bon œil. C'est donc tout guilleret qu'il empoigna le bras de son ami, l'entraînant vers les écuries.

Plutôt que de prendre à droite en direction de l'exploitation, ils tournèrent à gauche en sortant de la grotte. Ils avaient assez goûté des Mc Carthy pour aujourd'hui. Ils suivirent la rivière pendant un moment, puis bifurquèrent en direction du volcan. Ils firent la course. Thierry était vraiment épaté par la capacité d'adaptation de Woo. En trois jours, il avait tout compris du cheval et montait comme un cow-boy. Il le laissa gagner. L'ado riait comme un gosse de l'avoir dépassé et d'avoir gagné.

Ils lancèrent les chevaux sur la pente du versant. Elle n'était pas trop abrupte et permettait une escalade facile. En observant ce qui les entourait, ils eurent l'impression de suivre une sente. « *Certainement le passage d'animaux* », pensa-t-il. Mais plus ils montaient, et plus le passage s'élargissait et devenait praticable. Il ne leur fallut pas longtemps pour atteindre une petite esplanade. Le chemin semblait s'arrêter là. Ils descendirent de cheval et contemplèrent la vue. L'orientation du versant tournait le dos à la « *civilisation* ». Devant eux s'étendait un paysage somptueux, vierge de toute présence humaine. Thierry s'assit, les jambes pendant dans le vide. Prit son matériel de dessin et commença un croquis. Comme toujours dans ces cas-là, Phoebus se cala contre lui et s'endormit. Un cri le fit sursauter.

— Thierry vient voir ! C'est extraordinaire.

Il se retourna mais ne vit pas son ami. Il n'y avait que le volcan.

— Où es-tu ?

— Là ! Derrière le rideau.

— Le rideau ? Quel rideau ?

Il vit la montagne bouger, et la tête de Woo apparut. Il s'approcha, n'en croyant pas ses yeux.

— Regarde, je me suis appuyé contre le rocher, et je suis tombé en arrière. Il y a une grotte là, vient.

Thierry le suivit, et se retrouva dans une immense caverne. Bien que l'entrée en soit fermée, il y régnait une lumière fantasmagorique. Bleu-vert. Il scruta les parois, cela venait bien de là. Il gratta la surface, ses doigts étaient devenus phosphorescents. Il s'essuya contre son pantalon, de longues traces bleu-vert l'illuminèrent. De son côté Woo en faisait autant. Ils sortirent pour mieux examiner la matière. Une fois dehors… elle avait disparu. Dedans… dehors… dedans… dehors.

— Je sais ! Cela doit être une sorte de champignon phosphorescent. Je comprends maintenant. Ils ont fait des boules en verre, qu'ils ont badigeonné intérieurement de ce champignon, et quand la nuit tombe, cela éclaire les rues. C'est pourquoi il n'y a pas de fil, ni de tuyau amenant l'énergie. Le champignon EST énergie. Et apparemment elle est inépuisable, parce que le chemin qui mène ici, n'a plus été emprunté depuis longtemps. C'est fabuleux. Viens continuons à explorer cette grotte.

Ils retournèrent dans la caverne et s'avancèrent plus profondément. Au bout de quelques mètres, la grotte obliquait vers la gauche, et ils furent face à un trou noir.

— Ce doit être la fin, dit Woo, l'air déçu.

— Non. Il y aurait une paroi, recouverte de champignon qui formerait un cul-de-sac. Là c'est noir, donc vide. C'est la fin des champignons, mais pas de la grotte. Le virage doit faire que l'atmosphère ou la température, ne sont plus adaptés à sa croissance.

En parlant, il avançait bras tendus devant lui. Effectivement il ne rencontra aucun obstacle.

— Il nous faut des torches. Allons en fabriquer.

Une fois de plus sa nature curieuse et enthousiaste, le faisait s'emballer. Woo l'était beaucoup moins. Ce trou noir n'était guère engageant, et il n'était pas très chaud pour s'y aventurer. Phoebus semblait du même avis, car il tremblait sur ses pattes.

— Allez ! Bande de trouillards. C'est une nouvelle aventure !

Thierry était déjà dehors en train de tailler une branche, il l'emmaillota d'herbes sèches.

— Elles ne dureront pas longtemps, mais au moins nous aurons un aperçu de ce qui se cache dans ce trou.

Woo l'imitait, mais gardait une certaine retenue.

— Tu es sûr que l'on ne risque rien ?

— Heu… non. Mais on ne peut passer à côté d'une chance de nous amuser et de découvrir quelque chose de sensationnel.

— Si tu le dis. Tu ne préférerais pas que l'on rentre et que l'on en parle à Jack d'abord ? Il doit savoir lui.

— Où est passée ta curiosité ?

— Écoute, tant qu'il y a de la lumière, cela ne me gêne pas. Mais le noir comme dans ce trou, ne me dit rien qui vaille. Mais alors rien du tout. Il peut y avoir n'importe quoi. Des démons, des animaux féroces et dangereux.

— Justement ! C'est ça qui est amusant.

Woo ne semblait pas du tout convaincu.

— D'accord, je comprends. Tu veux m'attendre ici avec Phoebus ?

— Non. Je vais t'accompagner tant que l'on y voit clair, et je t'attendrai à la frontière de la nuit.

— Voilà qui est réglé… On y va ?

— On y va.

Ils firent le chemin en sens inverse et se retrouvèrent devant le noir inquiétant. Thierry eut du mal à allumer les torches, et commença à s'énerver.

— Pourquoi n'utilises-tu pas le champignon ?

— Je ne connais pas la grandeur de l'endroit. Le champignon ne sera peut-être pas assez puissant. Et puis s'il ne pousse pas de ce côté, c'est parce qu'il n'y supporte pas quelque chose. Si ce n'est pas la roche qui y est différente, c'est peut-être l'air, ou la température, ou je ne sais quoi…

— Essaye quand même. Il sera toujours temps d'allumer ta torche.

Ce qui fut dit, fut fait. Thierry s'avança dans le noir, pas à pas, tâtant le sol d'un pied prudent, pour ne pas tomber. L'efficacité du champignon ne fut pas très probante.

Il marchait dans un halo de lumière, mais il n'était pas large, et ne donnait pas l'envergure du lieu où il se trouvait. Le scintillement de la roche au-dessus de lui, montrait que le plafond devait être assez haut. Cinq, six mètres. Les murs n'étaient pas visibles ensembles, ce qui supposait une assez grande largeur. Il compta vingt pas. Il fallait déterminer la longueur maintenant. Il continua son exploration. Plus il avançait, plus les parois et le plafond scintillaient. « *Cristal de roche, ou quartz* », pensa-t-il.

— Tu devrais revenir, la lueur de ta torche s'estompe. Tu risques de te perdre.

— Encore un peu, je touche peut-être au but.

— Arrête de faire l'idiot, et reviens.

— Tu as raison. Il me faut plus de lumière. Si seulement j'avais une lampe électrique.

C'est à regret qu'il fit demi-tour. Sous ses pieds il sentait crisser des gravillons, il y en avait pas mal qui brillaient, par curiosité il en ramassa un, le mit dans sa poche. Il l'examinerait à la lumière du jour. Il retrouva avec plaisir ses deux amis.

— Salut mon chien !

Phoebus lui faisait la fête comme s'il ne l'avait pas vu depuis des années.

— Tu trembles carcasse ? Tu as eu peur ?

— Non, mais il ne fait pas chaud. L'humidité est pénétrante.

Thierry remarqua effectivement la différence de température.

— Il fait meilleurs dans le noir. Allez, rentrons. Il doit se faire tard

Ils prirent le chemin du retour en galopant. Woo ne se lassait pas du vent qui sifflait à ses oreilles et faisait voler ses cheveux. La sensation de liberté que lui donnait la vitesse, était enivrante. Ils ne ralentirent qu'à l'entrée du village, sur lequel le crépuscule était déjà tombé.

Après avoir pansé et nourri les chevaux, ils rentrèrent pour le repas du soir. Dans leur chambre, pendant qu'ils faisaient un brin de toilette avant d'aller dîner, Thierry se rappela le « caillou » qu'il avait ramassé. Il le prit dans sa poche et l'examina attentivement. Après quelques secondes il crut qu'il rêvait. Il le scruta avec un peu plus d'attention.

Il en était sûr : Ce « caillou » était un diamant brut !

Chapitre VI

Thierry dévala les escaliers qui menaient au salon, sans prendre le temps de mettre ses chaussures, ou une chemise. Il surgit dans la pièce, où comme à son habitude à cette heure-là, Jack prenait un remontant, en lisant son journal devant la cheminée, le chien sur les genoux. Il fut surpris pas l'entrée intempestive du jeune homme. N'ayant cure de la réaction qu'il provoquait, ce dernier lui mit le « caillou » sous le nez :

— Jack ! Regardez ce que j'ai trouvé cette après-midi dans une grotte. C'est un diamant ! Et il doit y en avoir plein, si je me fie aux scintillements que j'ai vus.

Il était excité comme un gosse au pied du sapin de Noël. Il fut refroidi par l'attitude tout à fait stoïque de son interlocuteur. Ce dernier ne semblait pas du tout impressionné. Devant tant d'indifférence, Thierry lui reprit l'objet, pensant qu'il s'était trompé. Tout penaud, il dit :

— Ce n'est pas un diamant, je me suis emballé ?

— Pas du tout. C'est bien un diamant que vous tenez dans la main.

— C'est tout ce que cela vous fait ?

— À quoi vous attendiez-vous ?

— Ben… Je ne sais pas. Un peu plus d'enthousiasme. Nous sommes riches !

— De quoi ?

— Enfin… Il y en a pour une fortune.

— Comment pensez-vous faire cette fortune ?

— En les vendant !

— À qui ?

— Au monde entier.

— Comment ferez-vous pour toucher ce monde entier ? Vous oubliez où nous sommes. Et ce n'est pas ici que vous aurez des clients. Ils n'ont qu'à ce baisser pour les ramasser. Ce « caillou » n'a aucune valeur pour nous. En plus il est tâché de sang.

— Ah bon ? Comment ça ?

— Je vous le raconterai plus tard, cela fait parti de notre histoire. Cette pierre n'a aucun intérêt. À part sa beauté si elle était taillée. Mais nous n'avions pas de lapidaire dans nos bagages… alors… Vous nous auriez trouvé une mine de fer, ou de cuivre. Là j'aurais pu dire que c'était une trouvaille.

La joie de Thierry s'estompait au fur et à mesure que Jack parlait.

Vue sous cet angle, il est vrai que sa découverte n'avait aucune importance. Pas plus que le tas de perles qu'il avait dans sa chambre. Malgré leur magnifique orient, elles n'avaient aucune valeur. En fait la valeur des choses, ne se mesure qu'au besoin que l'on en a, et à leur abondance ou leur absence. Jack le regardait en souriant. La déception qu'il lisait sur le visage de Thierry l'amusait. Woo entra à ce moment-là, tenant à la main, les chaussures et la chemise de son ami.

— Tu as oublié ça en partant comme un fou.

— Merci Woo.

— Tu peux me dire ce qui t'est arrivé ?

— Oh rien. Une stupidité. Une idiotie. Un rêve.

Il parlait d'un ton désabusé tout en s'habillant. Histoire de se consoler, il se mit au piano. La musique traduisit son état d'âme, sous ses doigts jaillit un air de blues. Triste et mélancolique. Une fois de plus il se sentait comme un prisonnier. Il allait devoir lutter de toutes ses forces, contre le sentiment de spoliation, de frustration, qu'il éprouvait. Le destin lui avait joué un sale tour. Il lui avait volé sa vie. Heureusement, grâce à son amnésie, il ne savait pas ce qu'il avait perdu.

Attirées par la mélodie, Betty et Alison vinrent les rejoindre. Quand il croisa son regard son moral remonta. Elle lui souriait. Complice. Il se souvint tout d'un coup que Jack avait dû lui parler de sa proposition d'épousailles. Vu son air, elle devait être d'accord.

— Cette musique est très douce et particulièrement triste. Je n'ai jamais rien entendu de pareil.

Lui dit-elle en s'appuyant contre le piano.

— Cela s'appelle le jazz. Cette musique a été créée par les noirs américains. Descendants des esclaves. Elle est chargée de leur douleur… et de la mienne…

— Est-ce que c'est votre demande à mon père qui vous rend si triste ?

Il arrêta immédiatement.

— Non. Non. Pas du tout. Au contraire. Il vous a donc parlé ?

— Oui.

— Et que pensez-vous de ma proposition ?

— Je l'accepte. Et je vous en remercie.

Il poussa un soupir en son for intérieur. Il se leva, lui prit la main, la retourna, déposa un baiser léger dans sa paume. Il sentit qu'elle retenait un frisson, mais elle ne se dégagea pas.

— Je vous promets de faire tout ce qui est en mon pouvoir, pour que vous ne regrettiez pas votre choix.

— Je sais.

Elle dit ça avec ce doux sourire dont elle avait le secret, et qui le faisait craquer. Jack et Betty s'approchèrent.

— Félicitations mes enfants, nous sommes très heureux que la situation se dénoue. Mais le plus dur reste à faire. Nous devons annoncer la « bonne nouvelle » à Flint. Nous irons donc demain à Dôn, pour lui parler. En espérant que tout se passera bien.

— Vous avez donc si peur de cet homme ?

— Non. Mais nous n'aimons pas le provoquer. Il est connu pour ses grandes rages, comme l'était son arrière,

arrière-grand-père. Heureusement son frère aîné ne lui ressemble pas.

— Et vous alliez lui donner votre fille ?

— Croyez-moi. Ce n'était pas de gaieté de cœur. Mais c'est la loi de la communauté et nul n'a le droit d'y déroger. De plus il sait très bien, que s'il arrivait quoi que ce soit à Alison, il aurait à faire à moi, à son père et au reste des îliens.

— Et à moi maintenant.

— Si nous passions à table. Nous pourrions manger en faisant des projets. Il y a tellement de choses à décider.

Betty était toute frétillante. Le mariage de sa fille avec Flint ne lui plaisait pas du tout, et c'est sans joie qu'elle envisageait la cérémonie. Maintenant, elle pouvait revenir à son rêve de préparations de noces, et elle n'allait pas s'en priver.

— D'accord, mais après le repas, vous devrez tenir votre promesse Jack. Je veux la suite de votre histoire.

— Une promesse est une promesse.

Après le dîner, ils se réunirent tous les trois autour du feu. Le récit pouvait reprendre.

« Hier soir, nous en étions restés au moment où après avoir voté l'exploration de l'île, tout le monde s'est couché. Le lendemain, munis de provisions et d'armes pour chasser, le comte et mon grand-père partirent à cheval le long du rivage. Leur but était de faire le tour de l'île dans un premier temps, pour en mesurer l'étendue, puis de la traverser. En cherchant de l'eau et un endroit où nous installer.

À la fin de leur première journée, après avoir galopé le long de plages sablonneuses sans intérêts, ils parvinrent à la crique qui deviendrait notre St Malo. L'endroit était propice à l'installation d'un port. Protégé de l'océan par un goulet, un vrai petit havre breton, nos navires y seraient en sécurité. C'est là qu'ils passèrent la nuit. Leur deuxième jour d'exploration, les mena à l'embouchure de la rivière par laquelle vous êtes arrivés. Comme vous, ils décidèrent de remonter à sa source. Remettant à plus tard le tour de l'île. C'est ainsi qu'ils découvrirent la grotte et le cratère avec la source jaillissante. C'était un site parfait pour y bâtir un village, à l'abri de toutes invasions extérieures. Ils continuèrent en longeant le pied du volcan et tombèrent sur l'étang. À chaque nouvelle découverte, ils croyaient rêver. Cette île se révélait être parfaite pour une colonisation. Ils avaient hâte de retrouver leurs compagnons, et de leur apprendre la bonne nouvelle. Cela faisait quatre jours qu'ils les avaient quittés et ils devaient se faire beaucoup de souci à leur sujet.

Mais ils ne voulaient pas faire le chemin en sens inverse, trop long. Le comte de Querouac en bon marin et navigateur, avait fait un relevé approximatif de leurs pérégrinations, et décida donc de regagner la côte en droite ligne. Ils débouchèrent ainsi près de St Malo. Le lendemain ils avaient rejoint leurs amis.

Pendant leur absence, les naufragés n'étaient pas restés sans rien faire. Ils avaient fini de vider « La Renaissance », *et avaient même commencé à la démanteler. Mais le temps passant, certains esprits s'échauffèrent. Ne voyant pas revenir les explorateurs, les pessimistes partirent du principe qu'ils étaient perdus et qu'il valait mieux se préparer à s'en aller. Mc Carthy eut un mal fou à les contenir. Afin de les rassurer, il envoya deux nouveaux cavaliers à la recherche de monsieur le comte et de mon grand père, avec ordre de revenir quoiqu'ils aient trouvé, au bout de deux jours.*

Les deux revenants furent accueillis par des « vivats ». Quand ils racontèrent ce qu'ils avaient vu, l'enthousiasme ne fut pas partagé par tout le monde. En effet, les « pessimistes », voulaient reprendre la mer et continuer en direction de l'Australie. Ils avaient quitté l'Europe pour vivre dans un grand pays, où tout était possible, non pour finir sur une île. Afin de couper court à toutes protestations, la décision fut mise au vote. Ceux qui restaient, se mettaient à droite de Mc Carthy, les autres à gauche. Malheureusement pour eux, ces derniers insuffisants pour composer un équipage capable de manœuvrer l'un des navires, durent donc renoncer et accepter l'évidence.

Ce soir-là, nous fîmes une grande fête. Que nous renouvelons chaque année depuis. Nous étions le 20 septembre 1847, nous avions mis un an pour trouver notre « Terre promise ». *Nous sommes repartis du jour un, de l'an un de l'ère des daniens, habitants de Dana nom que nous avons donné à notre paradis. Incarnation celtique de sainte Brigitte, protectrice de notre chère Irlande. Afin d'être œcuménique, nous avons choisi des noms dans la mythologie celte, commune à nos deux patries. Sauf pour St Malo, les Bretons ne voulaient pas d'autre nom.*

Dès le lendemain, nous nous sommes mis au travail. Chacun faisant profiter la communauté de ses talents. Nous avons organisé, semé, bâti. C'est ainsi qu'il y eut les portuaires de St Malo, pêcheurs français et irlandais. Ceux de Dôn, nom de la déesse-mère. Cultivateurs et éleveurs, qui allaient nous nourrir. Ceux de Lugh, druides guerriers, musiciens et artisans, qui fabriqueraient nos objets. Ceux de Dagda, maître du temps, qui possédait un chaudron d'abondance et de résurrection. Nous nous occupons de l'administration, la gestion, l'éducation, la santé, les arts.

Nous avons banni les trois plaies de la civilisation, la politique, la religion, l'argent. Institué le troc au début, puis établi un système de point. Chaque service rendu à la communauté donne des points, que l'on peut troquer contre des marchandises. Toutes les décisions sont prises par vote à la majorité. Chaque cité à un responsable, qui veille à ce que tout se passe bien. Ici, à Dagda, c'est moi. À St Malo c'est Éric de Querouac, à Dôn c'est Will Mc Carthy, à Lugh c'est Louis Perec, descendant de notre maréchal-ferrant. Nous sommes élus à vie, sauf si quelqu'un demande notre destitution. Qu'il doit bien entendu justifier. Nous avons un conseil des anciens dans chaque ville, présidé par le responsable. Ce conseil est là pour régler les litiges et autres problèmes... »

Thierry qui écoutait avec beaucoup d'attention la narration de son ami, se permit de l'interrompre.

— Et Dieu dans tout ça ? Vous n'en parlez pas, et pourtant j'ai vu la croix dans la salle des fêtes, et j'ai vu que vous en portiez.

— Le prêtre de notre paroisse en Irlande n'avait pas voulu nous suivre pensant que nous étions fous. Quant à celui de Querouac, il avait refusé d'abandonner ses ouailles. Bien entendu, nous ne voulions pas renoncer à notre foi, alors nous suivons les commandements de Dieu, nous prions tous les dimanches, nous baptisons nos enfants, nous prêtons serment devant lui lors des mariages, nous célébrons la Nativité, les Pâques et autres fêtes religieuses. Et surtout, nous essayons de nous conduire en bons chrétiens. Dans la bonté, la tolérance, le partage et le pardon.

— Utopia.

— Utopia ? Qu'est-ce que c'est ?

— Oubliez. C'est un pays imaginaire. En tous les cas le peu que j'ai vu montre que vous avez l'air d'y être arrivé.

Jack marqua un temps. Son regard se noyait dans le feu. Thierry vit passer une ombre sur son visage.

— Oui, maintenant. Mais cela ne s'est pas fait sans heurts et sans peine… Les hommes sont si cupides et avides de pouvoir parfois…

— Ah bon ? Que s'est-il passé ?

Jack se rembrunit encore plus.

— C'est la période la plus noire de notre histoire. Mais elle nous sert de leçon et nous ne manquons pas de la rappeler chaque fois que c'est nécessaire…

Il marqua de nouveau un temps. Thierry s'impatienta.

— Racontez.

— Ce soir vous êtes venus avec ces diamants, et vous m'avez fait peur.

— Pourquoi ?

— Parce que vous avez eu le même élan de cupidité que nos ancêtres… enfin… que certains de nos ancêtres. Mais vous avez vite compris l'absurdité de votre réaction. Cela m'a rassuré. Sur le moment j'ai cru m'être trompé sur vous. Cet épisode s'est passé six mois après notre arrivée.

Notre installation prenait forme, et nous avons envoyé des explorateurs pour délimiter définitivement notre île, en faire la carte et en connaître tous les coins et les recoins. Nous avions décidé d'exploiter le côté où nous avions accosté, et de laisser la nature vierge de l'autre. Ainsi l'intégrité de notre terre, restait intacte... du moins, en partie.

Les volontaires pour l'exploration, étaient quatre. Il y avait Planec, hobereau du comte. Vindicatif, coléreux, cherchant noise à tout le monde. Nous étions très contents de nous en débarrasser quelque temps. Et trois autres hommes, originaires de chez nous. Mc Cane, O'Malley et Cavendish. Ils étaient souvent ensembles, et s'entendaient comme larrons en foire. Ce qu'ils faisaient plus souvent que de travailler. Nous les laissâmes faire, pensant que leur amitié serait un atout, s'ils devaient rencontrer des difficultés au cours de leur expédition.

Ils étaient partis depuis à peine quatre ou cinq jours, quand Mc Cane et Cavendish revinrent à Diantech, (dieu de la médecine), notre hôpital. Toute la communauté fut effondrée. En commençant par les familles de Planec, et O'Malley.

Ils étaient incapables de parler. Comme en catalepsie. Leurs vêtements étaient déchirés, ils avaient des blessures sur tout le corps, et le plus impressionnant : ils étaient luminescents. Ce qui fit très peur à la population. Nous avions compris qu'il avait dû se passer quelque chose de grave. Certains n'étaient pas loin de parler de diableries et autres sorcelleries. Obscurantisme quand tu nous tiens...

Étrangement, les chevaux étaient en bon état, ainsi que la mule de bât. Les bêtes étaient chargées de cailloux. Le poids faisait fléchir leurs jambes. Mais le plus bizarre, c'est qu'aucun des deux hommes ne voulait abandonner ses bêtes. Ils étaient de toute évidence revenus à pied, et restaient accrochés aux licous de leurs chevaux, comme si leur vie en dépendait. Nous avons dû les forcer, pour pouvoir les soigner.

Quelques jours plus tard, ils allaient mieux, et nous ont raconté leur aventure. Comme vous, ils ont découvert la

« grotte bleue ». *C'est ainsi que nous l'avons nommée. Comme vous, ils l'ont explorée. Comme vous, ils ont remarqué l'abondance des cailloux, et le scintillement des parois. Planec, plus curieux, ramassa une pierre pour l'examiner à la lumière du jour. Un peu plus futé et plus instruit que les autres, il comprit tout de suite que c'étaient des diamants. Fou de joie, il en informa ses compagnons. Au début, ils bâtirent des châteaux en Espagne, puis le ton commença à monter quand ils parlèrent de partage, et de qui allait profiter de cette découverte. Cela se termina en pugilat, puis en bataille rangée, avec deux morts à la clé. Cela prit deux jours. Deux jours pour que des amis, des frères presque, se disputent et finissent par s'entre-tuer.*

Pendant qu'ils chargeaient les bêtes, ils oublièrent tout sens commun. En commençant par l'inutilité de charger ces pauvres animaux, puisque la grotte ne bougerait pas, et les diamants non plus. L'avidité, rien que l'avidité. Et puis le plus flagrant : Comment sur cette île, allaient-ils faire fortune, et pourquoi ? N'avions-nous pas déjà tout ce que nous pouvions espérer ? La liberté, la sécurité, l'abondance.

Au début le chagrin frappa les familles de plein fouet. Il fallut ramener les corps, les enterrer. Ce furent les premiers à être inhumés sur notre île. Malheureusement ce n'était pas fini. Les fils des défunts voulurent se venger, et encore plus stupide que leur père, voulurent leur part du butin. Pour cela ils rallièrent des amis. Jeunes adultes de la communauté. Les entraînant dans une vendetta sordide. Les premières victimes, fils des deux rescapés, furent retrouvées au flanc du volcan, sur la piste qui menait à la grotte. Nous avons d'abord pensé à un accident. Mais les « accidents » se reproduisirent. Nous dûmes nous rendre à l'évidence. Il se passait quelque chose d'anormal. C'est là que le grand conseil a été créé. Mon grand père, le comte de Querouac et Sir Mc Carthy réunirent les chefs de famille. L'ancien shérif de Skibbereen fut chargé de mener l'enquête.

Elle fut rapide. Les fils de Planec et O'Malley avaient fédéré une dizaine de jeunes gens pour venger leurs pères et surtout s'approprier les diamants. Ralliant également ceux qui avaient voté la reprise du voyage en direction de l'Australie, qui voyaient ainsi un espoir de départ et de richesse, en ralliant la civilisation. Le plus vieux de la bande, Henri de Planec, avait vingt-cinq ans environ. Avide, cupide, paresseux, cruel. Son père n'étant plus là pour le tenir, tous ses défauts s'épanouirent. Il prit le commandement de ces têtes brûlées, et commença à semer la terreur sur l'île.

Il s'était installé avec ses sbires, dans la « grotte bleue ». *Elle leur servait de point de départ pour leurs raids. Ils exigeaient des provisions. Comme nous ne voulions pas les leur donner, ils mirent le feu aux récoltes. Nous réussîmes à en sauver, juste de quoi tenir quelque temps. Si nous n'avions pas été dans ce pays de cocagne, où tout pousse vite et en abondance, la famine aurait de nouveau fait des ravages.*

Ils exigèrent l'un de nos navires amarré au port. Ils voulaient quitter l'île pour gagner la civilisation et vendre leurs « cailloux ». Cela eût pu être une solution pour nous, mais il était totalement in envisageable que l'emplacement de notre île soit connu. Surtout avec les richesses qu'elle recelait. C'eût été la fin de notre rêve. Nous refusâmes donc et brûlâmes nos vaisseaux pour les empêcher de s'enfuir. Par là même, nous scellions notre destin. Personne ne quitterait jamais cette île à part pour aller pêcher.

La colère d'Henri fut dévastatrice. Sa horde sauvage. Il n'y a pas d'autre mot. Investissant Dôn, et Lugh, incendiant le peu de maisons qui étaient construites. Ils éliminèrent tous ceux qui essayèrent de se mettre en travers de leur chemin. Il fit la même chose à Saint-Malo.

Les pauvres habitants furent réveillés et traînés dans les salles communes. Puis ce fut le tour du cratère. Au matin, tout était fini et il se proclamait roi de Dana. »

— Mon Dieu. C'est épouvantable.

— Oui.

Jack était triste au souvenir de cette époque.

— Vous savez mon ami, malgré les efforts que fait la majorité des gens pour vivre en harmonie. Où que l'on soit, il en suffit d'un. Un qui sache parler et se faire entendre. Il trouvera les moutons pour le suivre aveuglément. C'est ainsi que l'histoire de l'humanité s'est construite. Une minorité qui empêche de vivre la majorité. Persuadée qu'elle est de détenir la clé du bonheur du peuple, quitte à le lui imposer par la force. Ou un seul homme, ivre de pouvoir et de domination, avec des promesses fallacieuses, fait croire que seules ses idées sont les bonnes, et qu'il faut éliminer ceux qui sont contre. Tel était Henri.

Thierry répondit, pensif :

— Vous avez raison. À travers les siècles au nom de Dieu, du peuple, de la liberté, ou de n'importe quoi, ce sont les mêmes personnages, avec les mêmes slogans… Comment avez-vous fait pour vous débarrasser de ce fou ?

— Heureusement pour nous, il était méchant, mais stupide aussi.

« *Au début ce fut terrible. Il réduisit les habitants de l'île en esclavage. Il « arrêta » les seuls qui pouvaient, par leur autorité, s'élever contre lui. Mon grand-père, le comte de Querouac et Sir Mc Carthy. Sans procès bien sûr, il les condamna à la pendaison. Mais d'abord, il voulait les faire souffrir, en leur faisant assister tous les jours à ses exactions, il les assit sur la place de Dôn, ligotés. Cela dura plus d'un mois.*

Le manque de finesse d'Henri et l'aveuglement qu'il manifestait, sûr de son invincibilité, l'empêchèrent de se rendre compte, que la population soumise au début, parce qu'elle était en état de choc, relevait doucement la tête. Que les martyres étaient restés en contact avec les daniens, leur prodiguant soutient moral et conseils d'insurrection. Sous le nez de leurs tortionnaires, ils s'organisèrent. Après tout, ils étaient presque deux cent contre une vingtaine. Même armés, ils ne pouvaient rien contre le nombre, surtout avec des personnes déterminées.

Nous avions appris la liberté, la paix, la tranquillité, il était donc hors de question, qu'une bande de crétins nous enlève ce que nous avions réussi à créer. Nous étions prêts au sacrifice de nos vies, si nécessaire. Tout fut réglé en une nuit. Comme ils l'avaient fait, nous les avons attaqués par surprise. Ils étaient tellement sûrs de nous avoir matés, qu'il n'y avait même pas de sentinelles. Ce fut facile, et sans bavures. »

— Qu'avez-vous fait de ces brigands ?

— Ils ont été bannis. Nous leur avons donné le choix. Repentir ou exil. La plupart d'entre eux choisirent de rester. Les autres, avec Henri ils étaient cinq, furent envoyés de l'autre côté de l'île. Avec interdiction absolue de revenir, sous peine d'être emprisonné à vie.

— Ceux qui sont restés ont été punis ?

— Oui. Ils durent travailler gratuitement pour toutes les familles qu'ils avaient lésées. Aidant à reconstruire ce qu'ils avaient détruit.

— Que sont devenus les autres ?

— Nous les avons surveillés pendant quelque temps. Deux d'entre eux sont revenus peu après, ils ne pouvaient plus supporter le despotisme d'Henri. Il semblait avoir complètement perdu la tête. Les deux autres réapparurent un peu plus tard. Ce qui fait qu'Henri s'est retrouvé seul. Personne n'a plus jamais eu de ses nouvelles.

Il y eut un long silence. Les trois hommes fixaient le feu qui s'épuisait. Thierry se pencha pour remettre une bûche. En reprenant son siège, il dit :

— Cette histoire est terrible. Mais la solidarité, le courage et la détermination, que vous avez montrés au cours de cette épreuve ont dû vous conforter dans votre capacité à réussir votre entreprise : Créer une communauté pacifique et tolérante. Voyez-vous, c'est ce que j'ai le plus apprécié pendant mon séjour chez les Lans. D'aucuns les traiteraient de primitifs, moi je pense que ce sont des sages. Comme vous l'êtes… Il n'y a plus jamais eu d'Henri ?

— Plus ou moins, mais ils furent vite remis dans le droit chemin. Et puis les nouvelles générations, nées sur l'île ont reçu une éducation qui les a mis à l'abri de toute convoitise.

— À part Flint.

Thierry n'avait pu retenir sa réflexion. Elle était sortie sans qu'il ne la sente venir. Il en était presque honteux. Mais le hochement de tête de son ami, lui en dit long sur son intime conviction.

— À part Flint, vous avez raison. Mais il est surveillé de près par son père et son frère.

— Je vois. Et vous étiez prêt à donner votre fille à cet homme ?

— Ce n'est pas glorieux. Mais les lois sont là et je n'avais pas le droit de refuser. Je fais parti du conseil des anciens, j'en suis le président, je dois donner l'exemple, ainsi que ma famille.

— Flint comptait bien là-dessus.

Jack mit du temps à répondre. Il le fit lentement.

— La seule chose qui me consolait, était que ses sentiments sont sincères et profonds. J'en suis convaincu. Même s'il les exprime mal. Pourtant je peux vous assurer de mon soulagement depuis que je sais que c'est vous qui allez épouser ma fille.

— Merci.

— Ne me remerciez pas, je sais qu'elle sera entre de bonnes mains. Je l'ai su tout de suite. Bon ! Il se fait tard, nous devrions aller dormir. Demain la journée sera difficile.

— Vous avez raison. Mais avant j'ai encore une ou deux questions qui me travaillent.

— Je vous écoute.

— Il est évident que vous allez rarement du côté de l'île où nous avons abordé. Comment se fait-il que vous ayez trouvé Woo. Il y avait quelque chose de spécial, ce jour-là, qui vous a attiré vers cet endroit ?

— Vous ne vous en êtes pas aperçu, mais nous avons des sentinelles la nuit et le jour qui veillent à notre sécurité. Nous ne voulons plus nous faire surprendre. Elles ont vu votre feu dans la nuit. Une expédition a été organisée, dès le lever du jour. Vous connaissez la suite. Autre chose ?

— Pourquoi Alison ne connaît-elle pas Napoléon ?

— Parce que nous n'enseignons pas l'histoire du reste du monde. Trop de guerres et de cruautés. Je vous l'ai dit, nous sommes repartis de zéro le jour du naufrage.

— Je comprends. Bien, je vais remettre à plus tard le reste. J'apprendrai au fur et à mesure. Tu viens Woo, on va se coucher. Bonne nuit Jack à demain.

En montant les escaliers, Woo pensif demanda à son ami.

— Est-ce qu'il y a beaucoup d'« *Henri* » dans ton peuple ?

Thierry soupira :

— Beaucoup trop, mon grand. Beaucoup trop. Heureusement pour nous, je crois que sur cette île l'engeance a été éradiquée. Et s'il en émerge, les autres ne les laisseront pas faire.

Il lui donna une grande tape sur l'épaule, le poussant dans la chambre.

— Tu peux dormir sur tes deux oreilles !

Woo se déshabilla en riant. Il avait encore un peu de mal avec tous ses trucs, les boutons, les nœuds, etc. pas pratiques du tout. Il se coucha, tournant le dos à son ami, et dit en bâillant :

— Pour ce soir c'est trop tard, mais il faudra que tu m'expliques un jour, comment on fait pour dormir sur ses deux oreilles.

Thierry souriait en s'endormant. Phoebus blotti dans ses bras.

Le lendemain, le voyage jusqu'à Dôn se fit en silence. Betty et Alison, dans le joli cabriolet familial, suivaient les trois hommes à cheval. Leur entrée dans le village fut très remarquée. Tout le monde cessa son labeur. À la vue de l'équipage, on comprit que la visite était importante.

Les arrivants stoppèrent devant la salle commune. Jack vint aider sa femme à descendre du cabriolet, tandis que Thierry en faisait autant avec Alison. Un murmure roula dans la foule, jusqu'à Will, qui sortait de sa maison accompagné de sa femme et des ses fils. La bru suivait, un enfant dans les bras, un autre à la main. Ils s'immobilisèrent tous, sauf Flint, fort de son bon droit, il vint immédiatement au-devant de sa fiancée. L'enlevant des mains de Thierry qu'il toisa d'un regard féroce. Ce dernier, nullement impressionné, ne libéra pas la jeune femme. Bien au contraire. Il glissa la main d'Alison sous son propre bras, la calant dans la pliure du coude, laissant négligemment la sienne posée dessus. Flint serra les dents et prenant sur lui, s'adressa mielleusement à sa promise :

— Bonjour ma chère. Que nous vaut cette visite matinale et impromptue ?

Jack intervint, s'adressant à Will.

— Pourrions-nous avoir un entretien en privé Will ?

Ce dernier qui n'avait rien loupé de la scène entre les jeunes gens, avait très bien réalisé de quoi il retournait. Il s'effaça, montrant sa maison d'un geste large.

— Je t'en prie. Entrons. Deborah tu veux bien préparer une collation pour nos invités ? Ils n'ont certainement pas eu le temps de se sustenter pour arriver si tôt.

Son ton était sarcastique, mais ses yeux disaient le contraire. Ce qui rasséréna Jack. Will était un ami, et il ne voulait pas le perdre. La bru obéit sans discuter, précédant tout le monde dans la maison. La femme de Will, Arielle, vint au-devant de Betty et l'embrassa avec tendresse. Les deux femmes étaient des amies d'enfance, elles se comprenaient au regard. Elles entrèrent, bras dessus, bras dessous, parlant de la pluie et du beau temps. Sur une île où il ne pleut qu'à la mousson, le sujet ne pouvait être développé indéfiniment. Aussi le silence s'installa assez rapidement. Quant à Thierry, Alison, et Flint, ils eurent un peu de mal à passer le seuil en même temps. La jeune femme en profita pour se dégager et se réfugier auprès de son père. Quant à Woo, il suivit le mouvement. Observateur attentif, de ce nouveau déroulement des coutumes de ce peuple, qu'il trouvait de plus en plus bizarre.

Les membres de l'assistance, trouvèrent un siège où ils purent, dans le joli salon de la maison de Will et Arielle. Réservant les plus confortables aux anciens. Flint surveillait de près celui qu'il considérait, avec raison, comme son rival. Deborah, aidée d'Alison, fit le service dans un silence lourd. On entendit cliqueter les cuillères dans les tasses. Après avoir avalé une gorgée de café, Jack se racla la gorge. Tenant la main de sa femme, pour se donner du courage, il se lança :

— Will, Arielle. Vous savez à quel point nous étions heureux Betty et moi, du prochain rapprochement de nos familles, par l'union de nos enfants…

Pas de réaction dans l'assemblée. Jack continua.

— Alison est notre seule descendante, elle est donc obligée de se marier. Après le décès de Pierre, Flint a fait sa demande et comme il n'y avait pas d'autre prétendant, Alison a accepté de s'unir à lui. Seulement voilà, notre ami Thierry, ici présent, m'a demandé à son tour, la main de ma fille. Elle a dit oui. Aussi, je vous prie de bien vouloir libérer mon enfant de sa promesse…

— IL N'EN N'EST PAS QUESTION !!!

Flint était fou de rage. Il se précipita sur Alison, l'entourant de ses bras, de manière possessive et impérieuse.

— ELLE EST À MOI ! VOUS ENTENDEZ !!! À PERSONNE D'AUTRE !

Alison, qui commençait à être étouffée par l'étreinte, se débattit. Voyant ça, Thierry voulut intervenir. Mais Will et Joshua, son fils aîné, avaient été plus rapides. Avec autorité, ils desserrèrent l'étau. Alison se jeta instinctivement dans les bras de Thierry. Flint essaya de la rattraper, mais son père et son frère, le tenait chacun par un bras, et leurs poignes étaient d'acier.

— Ça suffit ! Calme-toi Flint, dit Will en colère.

— Ne me fais pas honte devant nos amis. Conduis-toi en gentleman. Tu savais que cela pouvait arriver. Alison est en droit de choisir qui elle veut pour se marier et porter son nom. C'est la loi, et tu dois t'y tenir. Ne jette pas l'opprobre sur notre famille.

Flint soufflait comme un taureau, tapant du pied, prêt à foncer. Son visage était rouge de colère. Il se dégagea d'un geste brusque. Se dirigea vers la sortie, en passant il murmura brièvement à l'oreille de Thierry.

— Je te tuerai pour ça !

Les autres n'entendirent pas la menace. Il sortit en claquant la porte. Le sang de Thierry s'était glacé. Il sut, vu le personnage, qu'il ne s'agissait pas de paroles en l'air

Dehors les villageois massés devant la maison, attendant la suite des événements, comprirent tout de suite ce qui s'était passé. La colère de Flint ne nécessitait aucune explication.

L'éconduit se rendit vers les écuries à grands pas. Quelques minutes plus tard, il quittait le village au galop de son cheval. Tout le monde savait qu'il allait certainement se saouler à Saint Malo.

Dans la maison il y eut un soupir de soulagement, mais personne n'osait se regarder. Betty essuya une larme. Alison alla vers elle pour la soutenir. Il y eut des toussotements, des bruits de chaises qui frottent le parquet. La scène avait été très rapide et violente, l'assistance avait cessé de respirer. Maintenant, chacun reprenait ses esprits. Seul Woo, qui avait trouvé un coin près de la fenêtre, avait suivi les faits en observateur. « *Ce peuple est vraiment compliqué* » pensait-il. « *Quand une femme ne veut pas de toi, tu laisses tomber. Tu ne peux pas forcer quelqu'un à t'aimer...* ». Mais Will reprenait la parole.

— Jack, Betty, Alison et vous Thierry, je vous présente mes excuses au nom de ma famille, pour le comportement de Flint. Bien entendu mon petit, nous te délions de ta promesse, et nous te souhaitons tout le bonheur possible avec ce garçon.

En disant ces mots, il embrassa Alison et secoua vigoureusement la main de Thierry. L'orage était passé, on pouvait se congratuler. En fait, tout le monde se sentait allégé par la tournure des événements. Nul ne s'était permis de dire quoi que ce soit au moment des fiançailles, mais l'union de Flint le brutal avec Alison la douce, faisait peur. Peur pour elle.

C'est le cœur léger que le petit équipage regagna le cratère. Pourtant Thierry était un peu angoissé. Les choses étaient allées vite. Il réalisait seulement maintenant la mesure de l'engagement qu'il avait pris. Il ne savait pas s'il avait agi en preux chevalier, venant au secours d'une belle donzelle en danger. Ou s'il était amoureux. Les images de son rêve, avec la femme qu'il serrait dans ses bras sur le quai d'une gare, lui revinrent à l'esprit. Ça, c'était de l'amour, il en était sûr. Mais ce qu'il éprouvait pour Alison… pourtant il avait donné sa parole, et il avait bien l'intention de la tenir.

Et puis en regardant les choses en face, il savait qu'il ne quitterait plus jamais cette île. Autant se créer une vie. Il ne connaissait pas son âge exact, mais à vue de nez il ne se sentait plus de première fraîcheur, le temps était venu de fonder une famille et Alison lui semblait être une partenaire parfaite.

Un sentiment qu'il n'avait pas éprouvé depuis qu'il s'était réveillé dans la case de Hu Lan, lui fit battre le cœur. Il était… heureux ?

Chapitre VII

Après cette « *anecdote* », il fallut prendre des dispositions. Pour la bienséance, les futurs fiancés ne pouvaient vivre sous le même toit, malgré la présence des parents qui servaient de chaperons. Le plus simple fut que Thierry et Woo s'installent ailleurs en attendant les noces. D'un commun accord, les deux compères décidèrent de se construire un pied à terre en bord de plage. La mer leur manquait, et le prétexte tombait à pique.

Ils choisirent l'emplacement dans une crique, non loin de Saint-Malo. Ce qui les mettait à quarante minutes à cheval du cratère. Forts de leur première expérience, et avec l'aide de quelques Malouins, ils bâtirent une nouvelle maison en bambou. Cette fois elle serait plus confortable, avec moins de courant d'air. Il y avait des portes et des fenêtres. Les meubles seraient moins primaires.

Ils étaient convenus que Thierry, en échange de leurs services, donneraient des cours à l'université, dès la fin de la construction. Après le mariage, Woo garderait la maison pour lui, pendant que les jeunes époux habiteraient le cottage prévu au cratère.

Les habitants de Dana venaient, poussés par la curiosité. Il y avait les pour, et les contre. « *On n'a pas idée de bâtir sur une plage. Ses grandes pièces avec ses larges ouvertures... De loin la maison se confondait avec le paysage et ne le dénaturait pas... Cela devait être agréable de se tenir le soir sur la terrasse...* » En une semaine, tout le monde était venu. Enfin presque tout le monde. Flint étant pour ainsi dire invisible depuis la rupture.

Alison venait tous les jours, dès la fin de ses cours. À chaque fois elle s'émerveillait de l'originalité de la maison, et ne manquait pas de le dire à Thierry. Cela lui faisait plaisir. Depuis l'annonce officielle de leurs fiançailles, ils n'avaient pas eu l'occasion de se retrouver seuls. Ils ne savaient par quel bout se prendre. Ils tâtaient le terrain. N'osant se toucher. Faisant un pas en avant, et dix en arrière. Se maudissant le soir d'avoir été idiots. De vrais gamins.

Vint la fin de la construction. Puis de l'aménagement. Pour ça il laissa faire la jeune femme, qui de toute évidence y trouva beaucoup de plaisir. Quand tout fut fini, Woo lança l'idée de faire une grande fête pour inaugurer leur nouvelle maison. Chose qui se faisait dans sa tribu. Après un moment d'hésitation Thierry fut emballé par l'idée, le seul problème était la liste des invités. Ils ne pouvaient convier Paul, sans Jacques. En fait, toute la communauté, pour ne vexer ou peiner personne, devait participer. Quand il en parla à Alison, cette dernière ne sembla pas du tout affolée. Apparemment ce genre de « réunion » était très prisé et les Daniens sautaient sur la moindre occasion de s'amuser.

— Ne vous souciez de rien. Avec maman nous nous occupons de tout.

— Le problème c'est que je n'ai pas les moyens de payer…

— Vous n'avez donc que ce mot à la bouche. Chez nous rien ne se paye, tout se troque. Et pour se qui est de faire la fête, étant donné que tout le monde en profite, c'est gratuit…

Elle virevoltait autour de lui. Enchantée de la perspective. Il la regardait en souriant.

Ses cheveux défaits, volaient, auréolés par le soleil couchant. Ses pieds nus faisaient des ronds dans le sable. Sa robe de lin léger, formait une corolle. On aurait dit une sauvageonne. Elle était belle. Il sentit son cœur cogner dans sa poitrine. Ne se retenant plus, il l'entraîna dans une valse effrénée, chantant à tue-tête. Elle riait, le suivant dans sa danse, un faux pas et… ils se retrouvèrent allongés dans le sable. Leurs bouches se touchaient. Ils avaient le souffle court. L'émotion ou le sport ? Sans une once d'hésitation il l'embrassa. Sans aucune retenue, elle répondit à son baiser. Collant son corps contre le sien, dans un élan de désir.

N'étant pas encore tout à fait à la page des coutumes daniennes, en ce qui concernait les relations entre fiancés, il retint son envie de la prendre, là, maintenant. Il ne voulait pas la mettre dans l'embarras. Il eut du mal à redescendre sur terre, et se détacha d'elle avec douceur. Elle le regarda étonnée. Apparemment elle se fichait pas mal des convenances… si convenances il y avait. Penaud, sous son regard intense, il ne sut quoi dire. Il opta pour la franchise.

— Est-ce que vos lois permettent… euh… ce genre de relations… euh… avant le mariage ?

Elle éclata de rire.

— Mais de quelle contrée rétrograde venez-vous cher monsieur ?

Maintenant elle se moquait de lui.

— Chez nous les hommes et les femmes ont les mêmes droits. Une femme enceinte, même hors mariage est toujours une bénédiction pour la communauté. Nous sommes les garantes de la pérennité, et l'on nous respecte pour ça.

Elle se leva, chassant le sable de sa robe avec force claques. Son rire cristallin le fit frémir. Toujours assis, il essaya de la faire tomber en lui attrapant les chevilles.

— Ah ! Bon ! On a le droit. Venez ici gamine moqueuse, que je vous montre de quel bois je me chauffe.

Plus rapide, la jeune fille lui échappa, riant toujours.

— Trop taaard ! Il fallait saisir votre chance. Adieu. Je vous dis à demain.

Le temps qu'il se lève, elle avait sauté à cheval, partait au galop, lui faisant des grands signes de la main, sans se retourner. Il resta comme deux ronds de flancs. La petite friponne l'avait pris au dépourvu. Mais elle ne perdait rien pour attendre. Un homme averti en vaut deux.

Dépité, il plongea dans les vagues, histoire de refroidir son ardeur. Dame ! Cela faisait quelques années qu'il n'avait senti le corps d'une femme contre le sien. Il nagea vigoureusement vers le large, frappant les flots de tous ses muscles. Une fois encore, la joie faisait battre son cœur.

Ni l'un, ni l'autre, n'avait fait attention aux yeux chargés de haine, qui depuis le couvert des arbres, n'avaient rien perdu de la scène.

Les jours précédents la fête, il eut un mal fou à cueillir ne serait-ce qu'un baiser furtif au passage de sa promise. Elle était trop occupée aux préparatifs. En plus elle n'était jamais seule. La plage était envahie par une armée de femme qui installait des tables, des chaises… amenées dans des charrettes, déchargées par des hommes. Il régnait une joie communicative. La famille Mc Dowell avait fait part de leur désir de profiter de la fête, pour que les fiançailles de leur fille soient officialisées. Tout le monde se réjouissait de l'événement.

Le jour « J », Thierry et son ami furent réveillés de bonne heure par les cuisinières. Des trous furent creusés dans le sable, dans lesquels on alluma de grands feux. Quand les braises furent suffisamment abondantes, des moutons entiers, des porcelets, des poulets, emmaillotés dans des feuilles de bananiers, farcis de riz parfumé d'épices odorantes, de fruits et de légumes, furent installés dessus. Puis les trous furent rebouchés. La cuisson durerait jusqu'au soir.

La lisière de la forêt fut décorée de lampions et autres guirlandes, lui donnant un petit air coquet. Une estrade fut montée.

— À quoi cela va-t-il servir ?

Demanda Thierry intrigué.

— C'est pour l'orchestre.

Répondit l'un des charpentiers en souriant devant cette question stupide.

— Bien sûr… où avais-je la tête. Il y aura un orchestre.

— Comment danser sans musique ? lui répondit l'interpellé goguenard.

— Eh oui… Je parie qu'il y aura un piano.

— Bien entendu. Il paraît que vous jouez de drôles de morceaux, vous devrez nous faire un concert.

— Je vois. C'est ma contribution.

— Vous avez tout compris.

Répondit le même en prenant les autres à témoin.

— Les gars, le nouveau a enfin compris comment ça marche.

Il y eut un grand éclat de rire. Thierry s'éloigna. Cette idée de concert lui plaisait. Il aimait jouer, et le fait de partager avec le reste de la communauté lui convenait parfaitement. Les mains derrière le dos, il allait d'un groupe à un autre, proposant son aide. Mais chacun semblait avoir son rôle attribué, et il faisait un peu mouche du coche.

Les enfants exemptés d'école, avaient déjà commencé les réjouissances. Ne sachant que faire de leur peau dans toute cette effervescence, Woo et Thierry se mêlèrent à leurs jeux, organisant des compétitions de toutes sortes. Au plus fort de la chaleur, chacun rentra chez lui, afin de recharger les batteries, pour être en forme le soir venu.

Thierry tenta vainement de retenir sa fiancée. Il aurait bien voulu reprendre là où ils en étaient restés deux jours plus tôt. Mais cette dernière lui échappa en une pirouette légère. Déçu une fois de plus, il alla lui aussi faire la sieste.

Le coucher du soleil ramena la foule bigarrée. On s'appelait, se saluait, s'embrassait. Certains ne s'étaient pas vus depuis longtemps. Les femmes étaient parées de fleurs et de robes multicolores. Les hommes de pantalons courts serrés aux genoux, de toutes les couleurs et de larges chemises blanches. Pendant que les fûts de vin, de bière et de whisky étaient ouverts, on dégagea de leur trou les rôtis. Une merveilleuse odeur flotta sur la plage. On se pourlécha dans les rangs. Les premiers rires fusèrent, les lampions s'allumèrent. L'orchestre accorda ses instruments, le premier coup d'archet donna le signal.

Thierry chercha Alison dans la foule. Il vit d'abord son futur beau-père, puis Betty, et enfin… sa fiancée. Elle portait une robe longue en lin blanc, à larges volants, au décolleté affriolant, ceinturée de rouge. Elle avait remonté ses cheveux en un chignon flou, laissant échapper des boucles blondes qui venaient effleurer son cou et ses joues. Des hibiscus de la couleur de sa ceinture paraient sa coiffure. En un mot, elle était superbe.

Leurs yeux s'accrochèrent et d'un geste très naturel, elle lui tendit la main. Il en baisa la paume avec douceur, et la prenant par la taille rejoignit le groupe des premiers danseurs.

— Attention de ne pas nous faire tomber…

Elle arborait un sourire moqueur. Il la plaqua contre lui.

— Aucun risque, je vous tiens.

Une pensée osée lui vint à l'esprit : « *Si nos corps s'entendent aussi bien au lit que sur une piste de danse... je nous prévois des nuits torrides...* » Mais la musique s'arrêtait déjà et il dut la lâcher. Son désir était tellement intense qu'il ne pouvait continuer à la garder contre lui. Comme si elle avait compris son état, Alison lui dit en souriant toujours :

— Déjà fatigué ?

— Hum… pas du tout… mais je ne voudrais pas me montrer trop impoli vis-à-vis de vos parents.

— Votre courtoisie est confondante…

Elle glissa doucement sa main sous son bras et l'entraîna vers la table où les familles de Jack, Éric et Will étaient assises. Ce dernier paraissait triste. Il parlait à voix basse avec ses deux amis.

— Je suis inquiet, Flint n'est pas revenu à la maison depuis plusieurs jours. J'ai peur qu'il ne fasse une bêtise. Il a un caractère si emporté. Arielle et moi nous faisons beaucoup de soucis.

— Je suis navré, vieux. Il est impétueux certes, mais pas stupide. Il faut le laisser retrouver son calme. Il finira bien par accepter la situation et revenir.

— Tu n'as pas à t'excuser. Nous savions tous qu'Alison était plus ou moins contrainte de l'épouser. Personne n'aurait osé le braver et demander la main de ta fille. Sauf un inconscient comme le nouveau pouvait le faire, et c'est tant mieux.

Éric avait dit ça spontanément. Mais se reprit.

— Désolé, Will, je n'aurais pas dû. Mais tu sais à quel point j'aime cette petite. Si Pierre n'était pas mort, elle serait ma fille à présent. Sa tristesse depuis tout ce temps nous fendait le cœur. Regarde là maintenant, elle rayonne à nouveau.

— Tu as raison Éric Mais Flint est mon fils. Cette union ne nous ravissait pas non plus. Il n'est pas du tout fait pour elle. Mais il en est tombé amoureux la première fois qu'il l'a vue. À l'époque il parlait tout juste, il n'y avait pas longtemps qu'il marchait et il pissait encore dans ses couches.

Jack lui donna une tape sur l'épaule pour lui montrer sa compassion.

— Oui, et cela nous faisait rigoler. Tu sais que nous sommes là, nous l'aiderons. Il faudrait lui trouver une autre femme.

— Il n'en voudra pas. Son frère ayant assuré la descendance, il n'est pas du tout obligé de se marier. Je ne crois pas qu'il en aura envie.

— Et Anna ? Est-elle encore amoureuse de lui ? Toi qui la côtoies, Éric, qu'en penses-tu ?

— Elle a eu du mal, mais je crois que la pouliche coure sur d'autre pâturage…

— Ah bon ? Et c'est qui ?

Les trois commères se rapprochèrent et continuèrent leurs bavardages…

Pendant ce temps, Woo allait et venait dans la foule. Cherchant un regard amical. Lui aussi aimait bien faire la fête, mais personne ne l'invitait à participer. Il avait la sensation d'être transparent. Il voulut se mettre à la table de ceux qu'il connaissait le mieux, mais on ne lui fit pas de place. Alors le cœur lourd, il se dirigea vers l'eau et se laissa tomber sur le sable, face au couchant. Des vaguelettes venaient lui lécher les pieds. Il y avait très longtemps qu'il ne s'était pas senti aussi seul. En fait depuis que Thierry l'avait pris sous son aile. Il réalisa soudain que si ce dernier se mariait et allait habiter au cratère, il allait vraiment être très seul. Une larme coula sur sa joue.

La douce pression d'une main sur son épaule le fit sursauter. Une adorable jeune fille s'asseyait à ses côtés. Il ne l'avait jamais vue, mais il se perdit immédiatement dans ses grands yeux noirs.

— Vous permettez que je m'asseye près de vous ? Ils font trop de bruit et il fait plus calme ici.

Il essuya sa joue pour effacer son chagrin, et en bégayant répondit :

— Ou… ou… oui, oui.

— Merci. Je m'appelle May.

— Moi c'est…

— Woo, je sais.

— Ah bon ? Mais comment… ?

— Vous êtes célèbre dans notre communauté. Et puis je suis une des premières à vous avoir vu, quand ils vous ont ramené au cratère. Mes parents tiennent la librairie sur la place du village et sont responsables de la bibliothèque. Vous étiez inconscient. Je vous ai trouvé tout de suite très beau, malgré le sang sur votre visage.

— Mais… mais… je ne vous ai jamais vue.

— Normal. Vous êtes tellement occupé. Moi par contre, je vous ai bien observé. Vous m'avez fait mourir de rire la première fois que vous êtes monté à cheval. Mais vos progrès ont été fulgurants et maintenant on dirait un centaure.

— Un centaure ?

— Oui, vous savez ces hommes qui…

— Je sais ce qu'est un centaure.

Il était vexé.

— C'est la comparaison qui me déplaît.

— Pourtant ce sont des hommes magnifiques…

— Ah ? Vous en êtes sûre ?

Il se remonta du col.

Au loin Thierry cherchait son ami du regard, quand il le vit en bonne compagnie il ne s'inquiéta plus. Alison lui demanda :

— Alors comment trouvez-vous l'organisation de cette fête ?

— Je n'ai pas encore goûté les plats, mais jusque-là tout me semble parfait. On voit que vous avez l'habitude de ce genre de manifestation.

— C'est vrai. Nous sautons sur toutes les occasions de nous réunir et de nous amuser. D'ailleurs, la mousson étant passée, nous allons bientôt reprendre les compétitions sportives.

— Ah bon et de quel sport parlez-vous ?

— La soule. Les courses de chevaux. Les régates. Cela vous intéresserait d'y participer ?

— Avec plaisir. Mais les places doivent être prises.

— On trouvera bien le moyen de vous utiliser j'en suis sûre.

À ce moment-là, le repas fut servi. De nombreux plats, contenant les rôtis, les légumes et autres victuailles furent déposés sur chacune des grandes tables. Au fur et à mesure que les assiettes se remplissaient, le silence gagna l'assemblée, moment d'intense dégustation. Puis les premières bouchées avalées et savourées, les rires et les conversations reprirent. Thierry se régalait. Encore une fois il s'inquiéta de Woo. Son regard s'arrêta sur lui, assis à une table avec des personnes qu'il ne connaissait pas. Ils se firent un signe par-dessus les têtes des convives. Leurs sourires en disaient long sur leur état d'esprit.

On laissa tout juste le temps à Thierry de finir son dessert, que déjà il se sentait tiré et poussé vers l'estrade de l'orchestre. À son tour de divertir. Le message était très clair. Il commença par des classiques. L'auditoire était recueilli. Ses mains volaient sur le clavier. Il avait retrouvé toute sa virtuosité. Après quelques morceaux fortement applaudis, il se décida à réveiller l'assistance, en passant à des rythmes plus jazzy. Les autres instrumentistes le rejoignirent, ils eurent du mal à suivre au début. Puis après quelques mesures, le tempo vint, et ils firent un bœuf endiablé. La foule était debout. Tapant dans les mains, dansant. Ils eurent du mal à suivre quand il arriva aux tangos et autres danses modernes, comme le charleston, mais cela ne sembla pas les gêner. Il régnait une folle ambiance. Dana était en fête.

Cela dura jusque tard dans la nuit. Puis la plage se vida petit à petit.

Nos deux amis, abandonnés par leur dulcinée, se retrouvèrent allongés dans le sable.

— Qui était cette beauté brune qui ne t'a pas lâché de la soirée ?

— Toi aussi tu la trouves belle ? Elle a des yeux noirs… on dirait… on dirait…

— Du velours ?

— Du velours ? Qu'est-ce que c'est ?

— Un tissu. Doux, soyeux. Quand il est noir, ses reflets sont presque bleus.

— Je vois. Alors oui. On dirait du velours. Et ses cheveux ? Tu as senti ses cheveux ?

— Moi non. Mais toi apparemment tu ne t'es pas gêné… Tu ne m'as toujours pas dit qui elle est.

— Et ses mains ? Fines, blanches, douces.

— Eh ! Descends de ton nuage !

Il lui passa la main devant les yeux, comme on le fait devant quelqu'un, pour voir s'il est conscient. De toute évidence, Woo ne l'était pas. Il continuait à vanter les louanges de May. Thierry se leva.

— Bon avant que tu n'en n'arrives aux pieds, je préfère aller me coucher. Bonne nuit. Tu me diras demain qui elle est. On n'en est pas à une minute près…

Il marcha à grands pas vers leur maison. Woo se leva à toute vitesse et le suivit, pérorant encore et toujours, mais ne donnant pas le renseignement principal, à savoir : Qui est cette jeune fille ?

Dans le calme et le vide nocturne de la plage, personne ne vit la silhouette noire se mettre à une table et dévorer les restes du repas.

Chapitre VIII

Le lendemain quand les hommes vinrent chercher le piano. Ils le trouvèrent en miette. Comme si un géant l'avait piétiné encore et encore.

L'incident du piano fit le tour de la communauté en moins de temps qu'il ne faut pour l'écrire. Mais l'affaire fut étouffée. Car tout le monde savait qui avait fait ça, et personne ne voulait faire de peine à la famille. D'ailleurs Will en proposa le remplacement. Mais même avec de bons artisans un tel objet serait difficile à reproduire et il faudrait beaucoup de temps. On accepta quand même sa proposition. Heureusement, il restait deux autres pianos. Mais celui qui avait subi la colère de Flint appartenait aux Querouac, symbole s'il en est de ce Flint détestait le plus.

Quand il se décida à regagner le bercail quelques jours plus tard, on ne sut jamais ce que le père et le fils s'étaient dit, mais Flint rentra dans le rang, et se remit au travail.

Les journées des deux amis étaient bien remplies. L'un enseignait à l'université : Thierry. L'autre étudiait : Woo. Les cours de l'un étaient suivis assidûment par des jeunes et des moins jeunes. Ses cours de physique et chimie les laissaient pantois. Ceux d'anatomie et médecine étonnaient. Les choses lui venaient facilement. À sa grande surprise, il n'imaginait pas en savoir autant. Son travail avait ouvert un tiroir dans son cerveau, dont il ne soupçonnait pas l'existence. Si cela avait pu être la même chose pour les détails de sa vie privée. Quant aux cours de piano, ils emballaient. Woo omnivore, les suivait tous. Sauf le piano qu'il abandonna assez vite. Ce n'était pas son truc. Il préférait taper sur la batterie, qui avait été conçue sur les instructions de Thierry. On peut dire qu'il avait le rythme dans la peau.

Dès qu'ils le pouvaient, ils rejoignaient leurs amours respectives. Les relations entre May et Woo n'avaient soulevé aucune réprobation. Les deux jeunes gens se trouvaient tous les jours de nouvelles affinités. May lui avait fait visiter la bibliothèque. Depuis, on avait du mal à l'en sortir. Une autre chose le passionnait. Le souffleur de verre.

Au moindre moment de liberté, il entraînait la jeune fille vers l'atelier, et ils restaient à regarder pendant des après-midi entiers, s'opérer la magie. À tel point que l'artiste finit par proposer de l'initier. Woo ne se le fit pas répéter. Une fois de plus, il montra son sens de l'observation. À force d'avoir épié jour après jour les gestes de l'artisan, sa première tentative fut un succès, humble, mais un succès quand même. Il décida de devenir lui aussi souffleur. Comme il avait décidé d'être médecin, puis bibliothécaire, puis éleveur de chevaux, puis… Sa soif de connaissance et son enthousiasme ne semblaient jamais pouvoir être assouvis.

Parfois, Thierry accompagnait Jack dans ses visites à domiciles. Il apprit à connaître et reconnaître les habitants. Nouant des liens avec les uns et les autres. Bientôt il ne put se promener sans être hélé et salué chaleureusement à tout instant. Les daniens lui faisaient de plus en plus confiance, et ne le regardaient plus comme « l'étranger ».

La date du mariage de Thierry et Alison, se rapprochait. Betty et sa fille étaient en pleine ébullition. Les relations entre les amoureux s'approfondissaient. Ils apprenaient à se connaître et à s'apprécier. La coquine s'amusait à titiller les sens de Thierry, mais à chaque fois elle s'échappait par une pirouette légère, qui le laissait sur sa faim, et perplexe sur la capacité de la jeune femme à maîtriser sa flamme.

Un après-midi qu'ils travaillaient au laboratoire, étudiant les recettes des médicaments de Thierry, transmises par Hu Lan, elle faillit une fois de plus le faire exploser. Au moment où il sentit qu'elle allait lui glisser entre les mains, il affirma son autorité en la plaquant contre lui. Ils haletaient tous les deux. Leurs bouches se frôlaient :

— Cette fois petite friponne tu ne t'enfuiras pas. Je te tiens.

Ils échangèrent un baiser passionné et fougueux. Il ne doutait pas du désir de la jeune femme, et son petit jeu commençait à lui taper sur les nerfs. Il prit sa lourde natte et lui tira doucement la tête en arrière.

— Ce soir je t'invite à dîner à la plage. Ce sera notre premier repas en amoureux, et j'espère bien que tu ne te défileras pas.

Elle le regarda en souriant.

— Que fais-tu de Woo ? Il tiendra la chandelle ?

Elle eut se rire de gorge qui lui donnait des frissons partout.

— Il ira dormir où il veut, cela m'est égal.

Il lui baisait le cou et les épaules.

— Tu seras à moi.

Ils se défièrent du regard. Le baiser qu'il lui vola fut plein de tendresse et de promesses. Ils eurent du mal à se séparer. Cette fois, c'est lui qui la planta. Il fallait qu'il rentre pour préparer sa petite réception. Il voulait que tout soit parfait. En voyant le regard qu'elle lui lança quand il passa la porte, il éclata de rire et dit :

— À ton tour ! Tu vois ce que cela fait ?

Il partit sans lui laisser le temps de répondre.

Il galopait, heureux. Il avait eu juste le temps de prévenir Woo, et de faire des emplettes pour son repas. Il organisait son programme pour la soirée. Il était tellement plongé dans ses pensées, qu'il faillit louper l'embranchement de la vieille route. Depuis qu'il s'était avisé du raccourci qu'elle représentait, il la prenait tous les jours. Cela lui faisait gagner presque vingt minutes à chaque trajet. Son cheval habitué à l'itinéraire, avait pris le chemin sans même en attendre l'ordre. Il lui flatta l'encolure. Quand il se redressa, il reçut de plein fouet une branche d'arbre dans la poitrine, et fut projeté à bas de sa monture avec brutalité. La bête continua à la même allure, le laissant à demi-conscient par terre, couvert de terre rouge.

Il secoua la tête, essayant de retrouver ses esprits. Puis tenta de se relever. Il sentit une puissante poussée dans le dos. Un pied lourd, l'empêchait de se redresser. Une voix sèche et pleine de rancœur lui dit :

— Alors le freluquet, on ne tient plus sur son cheval ?

La pression se fit plus forte. Il était écrasé au sol et mordait la poussière. Une rage indescriptible monta en lui :

— Flint espèce de salopard ! Laisse-moi me relever !

L'autre éclata d'un rire frôlant la démence. Appuyant encore plus. Thierry résista.

— Qu'est-ce que tu veux ?

L'agresseur se pencha et murmura à son oreille.

— Je t'ai dit que je te tuerais pour m'avoir pris mon amour. L'heure est venue ! Elle est à moi tu entends ! À personne d'autre ! Je me suis débarrassé du premier, ce n'est pas pour que tu viennes bouleverser mes plans.

Profitant d'un instant de relâchement sur son dos, et de la proximité de son ennemi, Thierry l'attrapa par la nuque et tira vers le bas.

Déstabilisé, Flint bascula et tomba à son tour dans la poussière sur le dos. Libéré, Thierry se releva souple comme un chat, et voulut attaquer. Mais son nez rencontra le poing de Flint. Le marteau de Flint devrait-on dire. Il cogna avec une telle force, que Thierry se trouva à nouveau allongé sur le sol, la douleur lui faisant monter les larmes aux yeux. Flint lui sauta dessus. Le prenant à la gorge et serrant. Il avait de telles paluches que Thierry avait l'impression d'être pris dans un étau. Il essaya de se dégager. Attrapant les poignets de son ennemi pour tenter d'en défaire l'emprise. Le souffle lui manquait, les forces l'abandonnaient. Mais l'autre, les yeux injectés de sang, et vomissant sa haine, serrait, serrait, en ahanant.

— Elle est à moi ! Rien qu'à moi. Personne d'autre ne l'aura…

Ce furent les derniers mots que Thierry entendit avant de sombrer.

Elle chantonnait en s'habillant. Elle avait pris un long bain parfumé, et se glissait dans une robe légère et fleurie. Cela faisait la troisième fois qu'elle s'y reprenait pour sa coiffure. Chignon ? Pas chignon ? Cheveux libres ? Attachés ? Non, il fallait qu'il ait le plaisir de les défaire. Il y avait tellement longtemps qu'elle n'avait pas eu la joie de se préparer pour un homme. Elle déposa délicatement entre ses seins, une goutte de parfum. Accrocha une fleur à son oreille, jeta un dernier regard dans la glace, et descendit les escaliers en sautillant. Un mot sur la table du salon, pour dire à ses parents de ne pas s'inquiéter, et elle était déjà dans le cabriolet qu'elle avait attelé.

La plage était silencieuse et tranquille. Elle fut étonnée de ne pas voir Phoebus courir au-devant d'elle pour la saluer. Une fois les chevaux attachés, elle grimpa les marches menant à la maison. Vide. Elle en fit le tour. Personne. Elle sortit sur la terrasse. « *Il doit être en train de se baigner* ». Non. Elle était déçue. Elle pensait qu'il l'aurait attendue avec impatience. La même impatience qu'elle éprouvait. Mais rien ne semblait prêt pour le repas. La table n'était pas mise. La cuisinière était froide.

Elle s'assit dans le « rocking-chair » sur la terrasse, et se balança doucement. Le soleil descendait à l'horizon. La colère commençait à lui chatouiller les narines.

« *Il exagère quand même ! Il m'invite et n'est pas là pour me recevoir ! Quel goujat ! Oh mais je ne vais pas l'attendre indéfiniment...* »

Maintenant elle arpentait la terrasse. « *Je lui donne quelques minutes, et je rentre ! Il a dû aller à Saint Malo et il aura rencontré des amis qui l'auront mis en retard... Il m'a oubliée... C'est fort quand même...* ».

Malgré tout, quelque chose au fond de son cœur lui disait que ce n'était pas normal. Thierry était un homme de parole, et elle savait qu'il n'était pas dans son genre de se montrer grossier. L'inquiétude commença à la gagner. « *Où peut-il bien être ?* ». Un horrible pressentiment lui étreignit le cœur. « *Non ce n'est pas possible ? Cela ne va pas recommencer ?* ». Elle revoyait Pierre la tête fracassée, baignant dans son sang. Seule dans la nuit, debout face à la mer, elle sut qu'il était arrivé un malheur.

Elle courut au cabriolet, alluma les lampes à huiles de chaque côté de la capote, fit faire demi-tour à ses chevaux et les lança à toute vitesse vers l'ancienne route. Elle poussait ses bêtes dans une folle cavalcade, risquant le tonneau à tout instant. Cela lui était égal, il fallait qu'elle le retrouve.

Soudain, un hurlement dans la nuit la fit sursauter. Elle tira de toutes ses forces sur les rennes. Les chevaux ralentirent puis stoppèrent. Elle tendit l'oreille. Sûre de ce qu'elle avait entendu. De nouveau le cri déchira la nuit. C'était un chien. Un chien qui hurlait à la mort. Le seul chien qu'elle connaissait sur l'île c'était Phoebus. Cette fois, le doute n'était plus permis : Thierry avait eu un accident !

Elle donna l'ordre à son attelage d'avancer, plus lentement, il ne fallait pas passer à côté de Thierry, ou pire, sur Thierry. Une haute forme noire se dessina dans l'obscurité. Ébène ! Elle approcha encore plus doucement. Le chien avait cessé de hurler, il pleurait. Quand elle le vit dans le halo des lampes, sur le corps de son maître gisant au sol, son cœur s'arrêta.

Elle tremblait de tous ses membres. N'osait pas descendre et voir dans quel état était son fiancé. Vissée à son siège, glacée de stupeur, figée par le chagrin, elle restait les yeux fixés sur le corps inanimé. Comme pour la secouer, Phoebus hurla à nouveau. Elle se précipita. S'agenouilla. Colla son oreille contre la poitrine de son bien aimé. Son propre cœur battait tellement fort qu'elle ne distinguait rien. Elle prit le pouls et approcha son visage de la bouche, cherchant le moindre signe de vie. Il était encore chaud.

Tout à coup, elle se souvint des gestes que Thierry lui avait enseignés pour sauver un noyer. Il n'était pas noyé, mais si elle lui insufflait sa force, peut-être reviendrait-il à la vie ? Elle enleva Phoebus pour libérer sa poitrine. Lui pinça le nez et souffla de toutes ses forces dans ses poumons. Rien. Les lèvres dont elle aimait tellement la caresse, étaient presque bleues. Elle recommença. Toujours rien. Encore une fois, plus fort. Même résultat. Une troisième fois… Une quatrième… Il toussa. S'étrangla. Inspira à fond. Ouvrit les yeux.

— Oh ! Mon Dieu ! Tu es vivant !

Elle lui sauta au cou. Phoebus qui s'était frayé un chemin, lui léchait le visage, remuant sa petite queue de rat comme une hélice. Il aurait pu faire avancer n'importe quel voilier, avec le vent qu'il déplaçait.

— Eh là ! Eh là ! Doucement tous les deux ! Vous allez m'étouffer !

Sa voix était rauque, cassée, inaudible.

— Que t'est-il arrivé ? Je t'ai cru mort ! Tu étais si pâle ! Tu ne respirais plus…

— Du calme… Du calme ma chérie. Laisse-moi reprendre mes esprits.

Mais elle ne pouvait s'arrêter de parler. Elle avait eu si peur…

— Ta voix ? Qu'est-ce qu'elle a ta voix ?

Il ne répondit pas. Il essaya de se lever, les forces lui manquaient. Elle l'aida, en le soutenant elle l'installa dans le cabriolet. Elle le cala dans le siège, son chien dans les bras. Elle attacha Ébène à l'arrière du véhicule, reprit les rennes et donna l'ordre à ses chevaux de reprendre la route.

— À la maison !

Elle les laissa suivre le chemin, ils le connaissaient mieux qu'elle. Elle observait Thierry. À la lumière des lampes, elle vit les marques violettes qu'il avait dans le cou.

— Que s'est-il passé ? Tu as été attaqué par un serpent ?

Avec un demi-sourire, Thierry fit oui de la tête. Les événements lui revenaient petit à petit. Il revoyait le visage fou de Flint, tordu par la haine. Les dernières paroles qu'il avait entendues résonnaient dans sa tête : « *Elle est à moi ! Rien qu'à moi ! Personne d'autre ne l'aura !* ».

Alison lui prit la tête, et doucement la posa sur ses genoux. Il se laissa faire. Pour le moment, c'est tout ce dont il avait besoin. De la tendresse, de l'amour. Les explications viendraient plus tard.

D'instinct les chevaux s'arrêtèrent devant la maison des Mc Dowell. Elle libéra avec douceur ses genoux, entra chez elle, se dirigea vers la chambre de ses parents, dans laquelle elle entra comme un diable.

— Papa ! Papa ! Réveille-toi ! Il est arrivé un malheur. J'ai besoin de ton aide.

Elle le secouait sans ménagement. C'est sa mère qui réagit en premier.

— Alison ? Que se passe-t-il ma chérie ? Tu en fais du bruit. Tu vas réveiller ton père.

— C'est ce que je veux ! Papa ! S'il te plaît !

Le dormeur se redressa d'un seul coup.

— Hein ? Quoi ? Que se passe-t-il ?

— Lève-toi, vite ! Thierry a eu un accident. Il est dans la voiture, je ne pourrais le soulever seule, j'ai besoin de ton aide.

Maintenant, les parents étaient bouleversés. Ils parlaient en même temps, en se levant et enfilant leur robe de chambre.

— Thierry un accident ? Mon Dieu ! Est-ce grave ? demandait l'une.

— Comment est-ce arrivé ? s'enquérait l'autre.

— Ce n'est pas le sujet pour l'instant ! Maman va chercher Woo chez les Flagnigan. Nous allons avoir besoin de lui pour monter Thierry dans sa chambre. Vite ne perds pas de temps !

Ils descendirent les escaliers à la queue leu leu. Betty partit en courant dans la nuit. Le père et la fille se précipitèrent vers le cabriolet. Thierry était exactement dans la même position où elle l'avait laissé. Elle vérifia son état. Il dormait profondément.

— Il a quelque chose de cassé ?

Demanda Jack.

— Non, mais il a des marques bizarres autour du cou. Comme si un serpent s'était enroulé et avait serré. Regarde.

Il examina attentivement le jeune homme. Puis se redressant, poussa un soupir.

— Ce n'est pas un serpent qui a fait ça ma chérie. Regarde bien les traces. Ce sont des doigts. Les doigts d'une main humaine. Et de grandes mains, puissantes, implacables.

Ils échangèrent un regard. Alison murmura :

— Tu… tu crois qu'on a essayé de l'étrangler ?

Son père se passa la main dans les cheveux. Il était atterré.

— Si ce n'est pas ça, c'est très bien imité.

— Mais qui aurait pu vouloir commettre une telle horreur ?

Il n'eut pas le temps de répondre. Un boulet de canon se ruait vers eux, les bousculant, suivi d'autres personnes.

— Thierry ? Thierry ? Tu vas bien ?

Quand il vit son ami inanimé sur la banquette du cabriolet, Woo paniqua.

— Il… il est mort ?

— Non. Sois tranquille, il dort. Mais on ne voulait pas le réveiller, nous aurons besoin de toi pour le monter dans sa chambre.

Un attroupement commençait à se former. Les derniers arrivants se faisant expliquer les événements. Bientôt, tous les habitants du cratère furent là.

— Nous allons vous aider à le déplacer.

— Mon Dieu le pauvre garçon…

— Que lui est-il arrivé ?

— Il est tombé de cheval ? Comme Pierre ?

— Certainement pas ! Je suis trop bon cavalier.

Dans le brouhaha et l'effervescence personne ne s'était rendu compte que l'endormi était revenu des limbes. Sa voix cassée le rendait difficilement compréhensible. Alison s'assit à côté de lui, Woo le serra dans ses bras.

— Espèce de vieille noix ! Tu m'as fait peur. Que t'est-il arrivé ?

— Doucement mon grand. Tu m'étouffes, et crois-moi, j'ai assez donné pour ce soir. J'ai besoin d'air.

— Ne restez pas là mon garçon. Rentrons avant que nous n'attrapions froid. Chers amis, faites-en autant. Merci de vous être levés, nous vous dirons demain ce qui s'est passé. Pour le moment le blessé a besoin de repos et de soins.

Puis pris d'une soudaine inspiration il ajouta :

— Et surtout que cette information ne quitte pas notre village. Que personne d'autre à part nous ne sache ce qui s'est passé ici ce soir.

Les autres le regardèrent étonnés. Mais si Jack demandait le secret, c'est qu'il avait ses raisons, ils promirent donc de garder le silence. Comprenant qu'il n'y avait plus rien à faire, ni à voir, les villageois s'éparpillèrent en se saluant.

Il ne resta plus que May, ses parents et Woo. Quand Thierry fut hors du cab, M. Flanigan le père de May dit :

— Occupez-vous de votre éclopé, je me charge des chevaux.

Joignant le geste à la parole, il se dirigeait déjà vers l'écurie, suivit de sa femme. May resta, inquiète pour Woo. Mais celui-ci la rassura.

— Rentre dormir. On se verra demain matin. Je vais rester avec mon ami pour cette nuit.

Il effleura les lèvres de la jeune fille d'un baiser furtif, et rentra avec le reste de la troupe.

— Tu vas vite aller te coucher.

Alison devançait Thierry dans la maison. Il n'eut pas besoin d'aide pour franchir les quelques pas qui le menèrent dans la salle à manger.

— Inutile. Je n'ai plus sommeil. Par contre j'ai faim. Cela me ferait du bien de manger du bouillon ou de la soupe chaude. Pour ma gorge. Elle est en feu.

— Je m'en occupe !

Betty avait disparu dans la cuisine. Elle était contente d'avoir quelque chose à faire, de se retrouver seule. Donnant libre cours à ses larmes, sans que personne ne la voie. Elle avait eu tellement peur. Le chagrin de l'accident de Pierre lui revenait comme un cauchemar. Les souvenirs s'entrechoquaient dans son esprit, tandis qu'elle rallumait le feu. Les coups frappés à leur porte, tôt ce matin-là. La voix d'Éric, brisée, hystérique, qui répétait : « *Il est mort ! Pierre est mort ! On l'a trouvé ce matin sur la vieille route ! Ouvrez ! Ouvrez ! Jack ! Betty ! Alison !* ». Il était tombé dans leurs bras. Anéanti par la souffrance. Une chape de plomb s'était abattue sur leur vie.

Il ne fallait pas que cela recommence ! Elle ne voulait pas que cela recommence ! Heureusement Thierry semblait bien. Du moins le fait qu'il ait réclamé de la nourriture était bon signe… enfin elle l'espérait. Quand elle eut fini de préparer l'en-cas pour sa fille et son futur gendre, elle mit tout sur un plateau, se rinça le visage à l'eau fraîche et revint au salon comme si de rien n'était. Mais Jack ne fut pas dupe. Il sut tout de suite pourquoi sa femme avait les yeux rouges. Il savait, parce qu'il avait eu la même pensée. Il la prit par les épaules, la serra contre lui. Ils n'osèrent pas se regarder.

De voir son ami et Alison dévorer, Woo qui avait besoin de se remettre de ses émotions, se joignit à eux. Les plaisanteries commencèrent à fuser.

— J'avais raison ! Il vaut mieux t'avoir en photo qu'en pension.

Thierry fut le seul à rire de sa boutade, car aucun d'eux ne savaient ce qu'était une photo. Cela n'empêcha pas Woo de rétorquer :

— Tu peux parler ! Dès que tu vois de la nourriture tu te jettes dessus.

— Dis c'est moi la victime ou c'est toi ? Je te jure que le fait de se faire tuer creuse…

Il ne remarqua pas tout de suite le silence qui s'était établi autour de la table. Les autres le regardaient éberlués. Alison fut la première à réagir.

— Qu'est-ce que tu viens de dire ?

— Que c'est moi la victime…

— Non après.

Tout d'un coup, il se rendit compte de la gravité de la révélation qu'il venait de lâcher. Jack insista :

— Comment ça *« se faire tuer » ?*

Thierry était gêné. Il aurait voulu mettre plus de forme à la vérité. Ne pas l'asséner comme ça, entre deux plaisanteries. Quel idiot ! Il s'était laissé emporter par la joie de vivre et d'être aimé. Alison qui avait cessé de manger, dit d'une voix atone :

— Parle. Dis-nous ce qui s'est passé sur cette route.

Les trois Mc Dowell étaient pendus aux lèvres de Thierry. Ils voulaient savoir et en même temps, ils avaient peur de la réponse. Car au fond, tout au fond de leur cœur, ils savaient. Ils se doutaient de l'horreur. Sentiment refoulé pendant toutes ces années, parce que trop insoutenable. Thierry toussota, de sa voix rauque, lentement, il raconta ce qui lui était arrivé.

Quand il prononça le prénom de Flint, les parents et la fille portèrent leurs mains devant leur bouche, comme pour étouffer un cri. Quand Thierry eut fini son récit, personne ne parla. Pourtant le plus dur restait à dire. Mais il ne savait pas s'il devait. Toute vérité n'est pas toujours bonne à dire. On ne peut souffrir des choses que l'on ignore. Ne rien dire serait-il un mensonge ? La décision était difficile à prendre. Il sonda les visages de ses interlocuteurs. Cherchant la réponse. Ils se tenaient par la main. Thierry sentit qu'ils faisaient front et s'attendaient à la suite, ils n'avaient besoin que d'une confirmation. Alors il se décida.

— Dans… dans la bagarre, il était tellement en colère… qu'il m'a avoué… s'être débarrassé de Pierre.

Alison s'éjecta de sa chaise en frappant la table du plat de sa main.

— Je le savais ! Je le savais ! Je le savais ! Pierre était trop bon cavalier. En plus il connaissait la vielle route comme sa poche. Son cheval avait le pied sûr. Cet accident était invraisemblable. Aller se fracasser le crâne sur un rocher ! Sur une route où il n'y a que de la terre ! Un rocher ? Et il est « tombé » dessus ? Mais j'avais peur que l'on me traite de folle ! Que l'on me dise que le chagrin m'égarait ! Je savais ! Je savais qu'il avait été tué ! Et que c'était Flint le meurtrier !

Elle tournait en rond dans le salon. Les autres suivaient son périple des yeux. Comprenant sa colère. Sa révolte. Son indignation.

— Et il voulait remettre ça avec toi ? Il s'imaginait quoi ? Que j'allais lui tomber toute rôtie dans la bouche ?

Elle se dirigea vers le hall d'entrée, en revint quelques secondes plus tard, avec l'un des fusils de son père, qu'elle chargeait méthodiquement.

— Je vais lui mettre un coup de fusil dans la tête à ce cinglé !!!

Ils se ruèrent tous sur elle.

— Ne fais pas ça ma chérie ! Tu es bouleversée. Nous le sommes tous. Mais tu ne dois pas en arriver à une telle extrémité. Tu ne dois pas te venger, cela serait sans fin…

— Qui te parle de vengeance ? Ce que je veux, c'est la justice ! Cette ordure ne peut continuer à nuire comme il le fait, impunément ! Il a volé la vie de Pierre ! La mienne !

La vôtre ! Celle de sa famille ! Celles de nos enfants ! Il doit PAYER pour ça !

Elle se débattait contre son père et Thierry venu en renfort. Ils essayaient de la désarmer. Le jeune homme l'enserra dans ses bras par-derrière, avec le plus de douceur possible. Il lui murmura à l'oreille :

— Calme-toi ma chérie. Il ne s'en sortira pas cette fois. N'est-ce pas Jack ?

— Oui. Oui. Je te le promets mon bébé. Lâche ce fusil maintenant.

Betty pleurait. Woo la soutenait. Elle intervint à son tour :

— Alison, ma petite fille, écoute ton père.

Soudain la jeune femme cessa de lutter. Leur faisant presque perdre l'équilibre. Le corps secoué de sanglots, elle se blottit dans les bras de son fiancé. Sa douleur résonnait dans la pièce, comme l'annonce d'événements dont ils n'avaient plus la maîtrise.

Quand elle se fut apaisée, ils se retrouvèrent tous autour de la table. Ils devaient réfléchir. Un plan devait être élaboré pour que Flint ne puisse nier les faits. Après tout, cela allait être sa parole contre celle de Thierry. Qui allait-on croire ? Le fils de la famille fondatrice de la communauté ? Ou l'étranger venu d'on ne sait où et malade de la tête ?

Chapitre IX

La petite troupe qui entra le lendemain matin dans Dôn, était formée du conseil de Dagda : Flanigan le bibliothécaire, Mme Mc Grady femme de l'apothicaire, Mme Mc Allister femme du responsable du registre civil et Mc Dowell. Ces dames avaient fait le voyage en cab, avec Alison et Betty. Puis de Thierry, la victime. De Woo, l'ami de la victime. Et de Phoebus, le chien et témoin de la victime.

Étaient également présents, les conseils de Lugh et St Malo. Il avait été très difficile de maîtriser la colère et le chagrin de la famille de Querouac, François et Louis voulaient aller en découdre avec Flint. La raison prit le dessus, il avait été décidé que tout se ferait selon la loi de la communauté.

En voyant les visages graves qu'affichait le cortège, les habitants de Dôn surent immédiatement qu'un malheur était arrivé. Un conseil de village, ne se déplaçait pas tout entier, dans un autre village, pour une bagatelle. Alors trois… c'était du jamais vu. Ou en des temps très lointains et sombres. Il n'y avait pas encore grand monde sur la place. Le jour était levé depuis peu. Mais la nouvelle allait se répandre très vite.

Sans dire un mot, ni regarder quiconque, le groupe se dirigea droit sur la maison des Mc Carthy. Jack toqua à la porte. Le ventail s'ouvrit sur la bru, tout sourire et étonnée d'une visite si matinale. Mais son expression s'effaça quand elle vit les mines accablées des arrivants. Derrière elle, toute la famille était attablée et prenait le petit-déjeuner. Flint tournait le dos à l'entrée. De sa voix profonde, Jack interpella Will :

— Nous demandons l'autorisation d'entrée. Nous présidents des conseils de Dagda, St Malo et Lugh, venons arrêter Flint Mc Carthy. Il est accusé du meurtre de Pierre de Querouac, de la tentative de meurtre sur la personne de Thierry, et de la destruction du piano de Mme de Querouac.

Cette dernière accusation paraissait dérisoire face aux deux précédentes. Mais le piano était pour la communauté un bien unique et sa destruction une véritable forfaiture. Dans le silence qui suivit cette annonce, on entendit une chaise tomber sur le sol. L'accusé s'était levé d'un bond, et faisait front. Il devint blême en voyant celui qu'il croyait avoir achevé la veille. Pourtant il avait serré, serré, serré. Ce n'était pas possible ! Il n'était pas vivant ! Fou de colère, il se rua sur sa bête noire. Écartant brutalement ceux qui faisaient rempart. Mais un homme prévenu en vaut deux. Thierry évita l'attaque d'une feinte de côté. L'agresseur finit le nez dans la poussière, sur le palier de la maison de famille, face à tous les Donnois. Il voulut se relever, mais la puissance d'un pied dans son dos l'empêcha de bouger. Phoebus était venu s'asseoir devant son nez, et grondait comme un lion. Il reconnaissait celui qui avait fait du mal à son maître.

— Qu'est-ce que cela te fait d'être cloué au sol, sans défense ? Et moi je ne t'ai pas eu par traîtrise.

Il n'eut comme réponse, que le grognement du fauve qu'il venait de mater.

— Qu'est-ce que c'est que cette plaisanterie ??? !!!

Will s'adressait à Jack. Il avait haussé le ton, mais juste pour le baroud d'honneur. Il se devait de prendre le parti de son fils. Pourtant quand il plongea son regard dans celui de son ami, il n'y avait aucune animosité, seulement une grande tristesse. Un voile avait éteint le noir chaud et brillant de ses yeux. Lui aussi savait, sans jamais se l'avouer. Il y avait eu trop de questions sans réponses lors de l'accident de Pierre. Faire semblant avait été plus facile, moins douloureux, plus accommodant. L'incident du piano avait tout remué. Depuis il ne dormait plus aussi bien la nuit, et la peur s'était insinuée en lui.

— Si tu veux bien examiner la gorge de Thierry, tu verras qu'il n'y a rien de drôle. Il a été attaqué hier soir par ton fils, sur la vieille route. Flint l'a étranglé dans le but de le tuer. Il n'a pas osé recommencer le coup du rocher. Bien qu'ayant été laissé pour mort, grâce à Dieu, Thierry a résisté, son excellente condition physique l'a sauvé. Mais si Alison ne l'avait pas découvert, il aurait certainement succombé au cours de la nuit. Dans la bagarre, ton fils a avoué s'être « *débarrassé* » de Pierre.

Arielle était venue se blottir contre son mari, qui l'entoura d'un bras protecteur. Joshua et Deborah étaient dans la même position.

— Will ce n'est pas possible. Notre petit ne peut avoir agi ainsi.

Les deux amis s'affrontèrent du regard, et sans ciller Will dit à sa femme.

— Si il y avait eu une once de doute, la réaction de ton fils vient de nous confirmer le contraire. Ma chérie, nous devons nous rendre à l'évidence, ce que nos amis viennent de dire est certainement la vérité.

Il déposa un baiser sur le front de son épouse.

— Messieurs, faite votre devoir. Je n'ai pas d'argument pour m'y opposer.

— Père ! Père ! Tu ne peux pas les laisser faire ! C'est ton fils ! C'est mon frère !

Il entoura les épaules de Joshua du même geste protecteur qu'il avait eu pour Arielle.

— C'est exact mon grand. Mais c'est aussi un meurtrier. Nous ne pouvons tolérer de tels agissements dans notre communauté. Chacun de nous est touché par cette tragédie. Ton frère est responsable de ce malheur, il doit payer.

Le jeune homme outré, se dégagea de l'emprise de son père.

— Mais qui te dis que c'est la vérité ?

Puis se tournant avec hargne vers les représentants des conseils :

— Est-ce que vous avez des preuves de ce que vous avancez ? Qui vous a raconté ces fariboles ? ! Un étranger ! On ne sait même pas d'où il vient ? Il nous a dit qu'il avait perdu la mémoire, mais qu'est-ce qui nous le prouve ? Il n'aime pas Flint ! Il lui a volé sa fiancée ! Tout ça sort de son imagination et vous le croyez ? !!

Les anciens se regardèrent. On y était. Ils savaient que l'on allait en venir là. Thierry qui avait relevé Flint, le confia à la garde des villageois, qui s'emparèrent du coupable sans ménagement. Puis il s'avança lentement vers Joshua, dénouant lentement le foulard qu'il avait autour du cou. Quand l'assemblée vit l'importance des ecchymoses, devenues mauves foncées, auréolées de jaune vert, il y eut un « oh » d'indignation.

— Comment crois-tu que ces marques ont été faites ?

Sa voix encore cassée accentuait la preuve. Joshua fit un pas en arrière.

— Tu… tu… aurais pu te faire ça tout seul.

— Assez Joshua ! On ne peut nier l'évidence. Nous devons l'accepter.

Arielle intervint :

— Qu'allez-vous faire de lui ? C'est mon fils ! Ne lui faites pas de mal.

Alison qui était restée silencieuse jusque-là, laissa tomber froidement :

— Nous ne lui ferons rien de moins que ce qu'il nous a fait !

Son père la foudroya du regard et posant ses mains sur les épaules de la femme lui dit :

— Soit tranquille Arielle. Nous l'emmenons à la prison, où il passera la nuit. Demain matin il aura un procès, et nous déciderons de son sort. Sa culpabilité ne fait aucun doute, comme l'a dit ton mari. Nous devrons trouver un châtiment approprié, crois-moi c'est aussi difficile pour nous que pour vous.

La nouvelle de l'arrestation de Flint et sa raison, fit le tour de la communauté plus vite que le vent. Cela faisait presque cent ans que rien d'aussi terrible ne s'était produit. La prison servait la plupart du temps, aux quelques ivrognes qui semaient parfois le trouble. D'ailleurs, les portes n'étaient pas fermées, quand celui qui avait bu se sentait mieux, il partait sans autre forme de procès. Mais un meurtre et une tentative de meurtre ! C'était du lourd, du très lourd. Les commentaires allaient bon train, la famille Mc Carthy dut rester enfermée toute la journée. Ne recevant que les amis. Laissant les curieux à la porte.

Le lendemain matin, avant même que le jour ne soit levé, il y avait foule à Dagda. La queue pour entrer dans l'université, où aurait lieu le procès, s'allongeait. Heureusement l'amphithéâtre avait été construit en conséquence, tout le monde pourrait assister à la séance. Ils étaient là autant par intérêt que par devoir. En effet, les débats seraient menés par le Grand Conseil, chargé de l'accusation, la défense et la présidence, mais la décision finale serait prise à la majorité par toute la communauté. Chacun devant voter en son âme et conscience.

Les grandes portes du bâtiment s'ouvrirent, les habitants de Dana, enfin, ceux en âge de voter, entrèrent calmement dans l'hémicycle. Suivis des membres du Grand Conseil. Pourtant Mc Dowell, Mc Carthy et de Querouac n'y participeraient pas. On ne peut être juge et parti. Ils étaient remplacés par leur second, dans leur conseil respectif. Mais ils étaient là, accompagnés de leur famille. Leurs attitudes dignes furent approuvées par des hochements de tête. Thierry et Woo arrivèrent en dernier.

Quand tout le monde eût pris place, le silence s'installa. La chaleur commençait à transformer la salle en four. On donna l'ordre d'ouvrir les fenêtres. Les femmes agitaient leurs éventails, les hommes leurs chapeaux. La journée allait être dure… Il ne manquait plus que le prisonnier.

Le bruit de pas dans le couloir sembla réveiller un peu la foule. Le bruissement des voix en témoignait. Tous les regards se braquèrent sur l'entrée de la pièce. La frimousse maculée de tâches de sons d'un enfant de Dagda, rougie par la course, apparut, il arrivait comme s'il avait le diable aux trousses, et freina pile devant Jack.

— M'sieur Mc Dowell ! M'sieur Mc Dowell ! C'est terrible ! Il… il…

Toute l'assemblée avait réagi comme un seul homme : en se levant.

— Reprend ton souffle mon petit. Dis-nous calmement ce qui se passe.

— C'est… c'est mon père…

— Eh bien quoi ton père ?

— Il… il a trouvé le gardien de la prison assommé. La cellule était vide. Flint s'est échappé.

Impossible de décrire le tumulte qui régna à l'annonce de l'évasion. Des femmes s'évanouirent, des hommes jurèrent, d'autres s'exclamèrent. Alison s'était jeté dans les bras de Thierry. Jack, Éric et Will se concertaient. Le président donnait de son marteau sur le grand bureau en bois. Certains entraient, d'autres sortaient. Le brouhaha devint intolérable. Will cria :

— SILENCE ! SILENCE !

Jack le soutint :

— TAISEZ-VOUS ! Gardez votre sang-froid !

Petit à petit, le calme revint dans la salle. Une fois que chacun eût dit ce qu'il pensait, même s'il n'était entendu par personne, le silence se fit. Jack reprit la parole.

— Merci, mes amis, merci. De toutes les façons, nous sommes sur une île et Flint ne peut aller bien loin. Nous allons donc organiser une battue pour le retrouver et le ramener. Nous formerons plusieurs groupes, afin de couvrir le plus d'espace possible. Regroupez-vous par quatre ou cinq, avec un pisteur par équipe, préparez vos bardas et venez prendre vos ordres dans une heure. Mesdames, s'il vous plaît, préparez le plus de ravitaillement possible. Prévoyez des provisions pour un minimum de deux jours. Maintenant sortez tous, le Grand Conseil doit se réunir.

Ils obéirent dans le calme. Les mines étaient graves. Les épaules affaissées. Les pieds traînants. Bientôt, il ne resta plus dans la salle, que les membres du Grand Conseil, et les deux fiancés. Ils n'avaient pas voulu quitter les lieux, car ils avaient leurs mots à dire. Dès que le dernier homme passa la porte et la ferma, la jeune femme s'écria :

— Qui l'a aidé ? Hein ! Qui l'a aidé à s'évader ? Il n'a pas pu s'échapper tout seul !

Elle se tourna vers Will, agressive. À l'annonce de la fuite de Flint, quelque chose s'était rompu en elle. Comme un barrage. Le barrage qu'elle avait érigé pour maintenir ses sentiments et obéir à son père. La rupture avait libéré un vague de rancœur et de haine qu'elle ne pouvait plus maîtriser.

— C'est quelqu'un de ta famille qui a fait ça ? Tu trouvais qu'il n'avait pas fait assez de mal ? Tu te rends compte que s'il est en liberté, il va recommencer ! Il va s'en prendre à Thierry ! À moi !

Elle s'adressa à son père.

— Je t'ai fait confiance ! Tu m'avais promis qu'il payerait ! C'est pour ça que je ne l'ai pas tué moi-même. Me voilà de nouveau son gibier. Et si vous ne le retrouvez pas, comment allons-nous continuer à vivre en sécurité ? ! Vous savez très bien que l'île est grande. Qu'il la connaît comme sa poche. Qu'il peut se cacher n'importe où et pendant des années. Votre chasse à l'homme ne servira à rien ! Il faudra un miracle pour qu'on lui mette la main dessus.

Les membres du Grand Conseil restèrent muets. Ils ne trouvaient rein à répondre à la colère de la jeune femme. Ils savaient qu'elle avait en partie raison. Et comme elle, ils pensaient que tant que Flint serait en liberté, la communauté était en danger. Will s'approcha d'elle :

— Tu as raison ma chérie. Nous aurons du mal à le rattraper, mais nous mettrons tout en œuvre pour y arriver. Je te jure sur ce que j'ai de plus sacré, que personne de ma famille ne l'a aidé à s'enfuir.

— Même Joshua ? !

— Même lui. Tu connais Flint, rusé comme il l'est, il n'avait besoin de personne. Après votre départ, Joshua a fini par convenir que vous aviez bien fait de l'arrêter. Arielle aussi. Nous avons honte et beaucoup de chagrin pour ce qu'il a fait. Pour ce qu'il *vous* a fait. Nous vous demandons pardon et nous vous aiderons à le retrouver et le faire juger.

— Je veux bien te croire, mais sache que s'il se met sur mon chemin, je n'hésiterai pas à le tuer. Ce sera de la légitime défense. Et j'espère que vous serez aussi compréhensifs avec moi que vous l'êtes avec lui !

— Idem pour mes fils et moi. S'il se met sur notre chemin, nous le tuerons !

Éric était dans le même état que la jeune femme. Jack s'approcha de sa fille les bras tendus en signe d'apaisement.

— Nous n'en arriverons jamais là, sois sans crainte. Mais vous devez comprendre que nous ne pouvons nous faire justice nous-même. Cela pourrait entraîner l'anarchie et la fin de notre communauté. Calme-toi mon petit.

Elle refusa son étreinte.

— Arrête de me dire que je dois me calmer. Je n'ai jamais été aussi calme. Révoltée. Indignée. Malheureuse. Mais calme, très calme.

Thierry intervint.

— Nous pensons tous la même chose. Je crois qu'il est inutile de polémiquer à ce sujet. Flint nous a tous blessés, et nous avons tous envie de nous venger, mais Jack a raison. Si nous acceptons ce principe, nous irons droit dans le mur. Nous devons tous reprendre notre sang-froid et organiser cette battue. Flint a dû s'évader dans la nuit, il a déjà dû se trouver une cachette sûre. Will quand il disparaissait pendant plusieurs jours, avez-vous une idée de l'endroit où il allait ?

Will se passa la main dans les cheveux, perplexe. Il se dirigea vers la baie vitrée, cherchant dans sa mémoire les indices que son fils aurait pu lui donner au cours de conversations. Mais non, rien.

— J'ai beau me creuser la tête, je ne vois pas. Il peut être n'importe où. Alison a raison, l'île est grande, il trouvera de quoi se nourrir, s'abriter, se désaltérer, sans aucune difficulté. Le mieux serait de renforcer la protection des villages, de l'empêcher d'y pénétrer.

— Ainsi nous devenons ses prisonniers ! Et qui protégera les promeneurs, les travailleurs, les pêcheurs, les voyageurs ?

Alison allait et venait en se triturant les mains.

— C'est lui qui est libre maintenant ! Il va pouvoir jouir tranquillement de cette liberté. Pendant que nous vivrons dans la peur quotidienne d'une attaque ! Il est beau le résultat ! Il va se tordre de rire, et il aura raison ! Ne me dis pas de me calmer ! Tu sais que c'est la vérité !

Pendant cet échange, Thierry réfléchissait. Alison était dans le vrai. Fini la tranquillité, la sécurité, l'harmonie qui régnait sur l'île. Au début les gens allaient vivre dans la peur, puis dans la suspicion, pour finir dans l'affrontement. Tout ça pour *un* homme. Ils devaient trouver un moyen d'échapper à cette fatalité.

— Vous connaissez le proverbe ? « *Si tu ne peux pas aller à la montagne, la montagne ira à toi* ». Que font les pêcheurs pour attraper le poisson ?

Ils se tournèrent tous vers lui. Éberlués que Thierry ait de telles préoccupations, alors que le moment était si grave.

— De quoi parlez-vous mon garçon ? Il n'est nullement question d'aller à la pêche. Et cette histoire de montagne…

Alison se mit aux côtés de son fiancé.

— Mais si ! Je comprends très bien ce qu'il veut dire. Puisque nous ne pourrons le trouver, nous devons le faire venir à nous. Et pour faire venir le poisson, il faut un appât.

— Exactement. Vous êtes tous d'accord qu'il sera pour ainsi dire impossible de retrouver Flint dans le dédale de la jungle, et l'espace à couvrir. Quel serait donc le meilleur moyen de l'avoir ? Il faut le faire venir à nous. Et pour ça, quoi de mieux qu'un appât ? Et qui mieux que moi peut servir d'appât ?

— NON ! Non ! Toi il te tuera. Il peut le faire de n'importe où. Avec n'importe quelle arme. Il peut te tirer comme du gibier, de n'importe où. C'est moi qui servirai d'appât ! Il ne me fera rien, puisque c'est moi qu'il veut.

Son idée déclencha un tollé dans l'assemblée. Tout le monde trouvait l'idée excellente, mais le choix du vers ne les enchantait pas. Ils parlaient tous en même temps.

— ATTENDEZ ! ATTENDEZ !

Éric tapait dans ses mains.

— Elle a raison. Flint tuerait Thierry. Si nous préparons bien le piège, il pourra se refermer sur lui. Alison ne sera pas seule. Nous serons là pour prendre soin d'elle et la protéger.

— Exactement ! Vous ne m'avez pas laissé finir. Nous allons reprendre nos vies comme si de rien n'était. Comme si son évasion ne nous touchait pas…

Thierry continua.

— Le connaissant, cela va l'énerver. Je vais retourner habiter à la plage et Alison recommencera ses visites. Nous posterons des hommes le long de son itinéraire et sur la plage. Il finira bien par agir. Il ne supportera pas que nous l'effacions ainsi de nos vies, comme s'il n'avait jamais existé. Comme si nous n'avions pas peur de ce qu'il pourrait faire.

— Cela risque de prendre du temps.

— Pas plus que si nous partions à sa recherche…

S'énerva Thierry. C'était la première fois qu'il perdait son flegme, cela provoqua comme un électrochoc.

— Oui bien sûr. Bien sûr.

Will lui tapait dans le dos. À ce moment-là le bruit des gens amassés sur la place, prêts à partir en chasse envahit la salle. Le Grand Conseil échangea un regard. Il allait falloir passer à l'acte.

Jack qui avait été assez silencieux jusque-là prit la parole.

— Bien ! Nous allons prendre chacun un groupe et expliquer notre stratégie. Tout le monde devra reprendre sa vie et son travail. Au début Flint va se cacher, il ne va pas comprendre tout de suite que nous ne le poursuivons pas. Nous avons donc du temps devant nous pour organiser le roulement des protections dont nous allons avoir besoin. Mesdames, messieurs, allons-y.

Cela prit du temps d'expliquer et de convaincre les daniens. Mais le plan fini par être accepté et les volontaires pour les tours de garde s'inscrivirent. Chacun rentra chez lui. La routine reprit ses droits. Mais à part les enfants, qui ne comprenaient pas très bien ce qui se passait, le reste de la communauté vivait dans l'angoisse. Jack, Alison et Thierry, donnait des consultations tous les jours pour les insomnies. Ils essayaient en même temps de tranquilliser leurs patients, leur demandant d'être confiants et plus malins que Flint.

Les jours passaient… et rien ne se passait. À croire que le « problème » Flint n'avait jamais existé. Aussi les protagonistes directs de l'affaire commençaient à trouver le temps long. Les visites d'Alison à son fiancé se déroulaient sans accrocs. Les circonstances ne prêtaient pas au badinage, Thierry sentait la moutarde lui monter au nez. Un après-midi, alors qu'ils se baignaient et se doraient au soleil en fleuretant, il en eut assez.

— Ça suffit ! Cette situation va me rendre dingue ! Nous devons agir !

Elle le regarda avec son petit air moqueur.

— Et que devrions-nous faire d'après toi ?

— Il faut le provoquer ! L'obliger à se montrer ! À sortir de son trou !

Elle était déçue. Elle avait pensé à tout autre chose. C'est donc d'une voix boudeuse qu'elle répondit :

— Comment ?

— Tu m'as parlé de réunions sportives que vous organisez. Quand cela va-t-il commencer ?

— Elles ont été annulées jusqu'à la capture de Flint.

— Qu'est-ce que tu dis ? Mais qui a décidé cette absurdité !

Il était comme une puce et sautillait sur place. Très calme, elle répondit :

— Le Grand Conseil. Il me semble que c'était la meilleure solution, non ?

— Et comment on va l'attraper, si on ne lui donne pas l'occasion d'attaquer ? Quoi de mieux qu'une fête au village ?

— Cela pourrait être dangereux.

— Pas si tout est fait pour le coincer ! C'est bien ce que l'on veut ? Nous ne pouvons continuer à attendre son bon vouloir. Viens ! Il faut ourdir un beau piège.

Il la prit par la main, l'obligeant à se lever, et l'entraîna vers la maison. L'assit à la table de la salle à manger. Il prit de quoi écrire dans un tiroir.

— Nous devons tout noter. Point par point. D'abord, quel genre de compétition allons-nous organiser.

— Une régate ?

— Non trop difficile. On ne pourra surveiller sur mer et sur terre.

— De l'athlétisme ?

— Idem trop difficile à sécuriser. L'autre jour, tu m'as parlé de rugby. Imagine : un match. Tout le monde est réuni autour du terrain. Les yeux braqués sur les joueurs. Dans les arbres aux alentours, des gardes. Lui, par le bruit intrigué, par l'odeur des saucisses alléché, viendra. Il ne pourra résister. Et nous le cueillerons comme une fleur au printemps.

— J'adore quand tu fais travailler ton imagination. Y a-t-il d'autres domaines où tu t'en sers ?

Il se retourna d'un bloc. Il avait tourné autour de la table pendant toute la démonstration. Ponctuant ses mots de coups à plat main sur la table. Le ton lascif sur lequel elle avait dit sa dernière phrase l'avait stoppé net. Il la regarda cherchant dans ses yeux la réponse à sa question. Le message était plus qu'éloquent. Il sut que le moment était venu. Tout en s'approchant d'elle, il dit :

— Tu voudrais un exemple ?

— Si cela peut te faire plaisir…

Le sourire qu'elle exhibait montrait que le plaisir serait aussi pour elle. Il la souleva de sa chaise, comme une plume. Sans dire un mot, il l'emmena dans la chambre. La déposa sur son lit. Se mit à genoux. L'embrassa avec douceur d'abord, puis plus profondément.

La renversante, déboutonnant lentement sa robe. Il sentit son corps vibrer de désir et sourit intérieurement. Elle s'impatiente… Plus lentement encore, il lui enleva son vêtement. Maintenant elle était en tenue de bain. Sa peau dorée lui donna faim. Un petit pain sorti du four, qu'il croqua. Titillant la pointe des seins, qui durcissait sous ses caresses. Elle eut la chair de poule. Son ventre palpitait sous sa langue, se tendant. L'incitant à aller plus loin. Ce qu'il fit sans rechigner, en bon petit soldat. Quand il atteint son coquillage suant de désir, il eut du mal à contenir le sien. Cela faisait si longtemps qu'il n'avait pas goûté le sel d'une femme. Quand il se redressa pour enlever son short, elle gémit. Elle aussi était en manque. Alors il s'allongea sur elle. Pesant de tout son poids. Quand il la pénétra elle ouvrit les yeux. Poussa un profond soupir. Son désir était si fort qu'il en était presque douloureux. La houle de leur corps, au début contraire, trouva vite sa cadence. La chaleur intime de la jeune femme lui donnait l'impression d'être dans un volcan. L'attente avait été si longue pour tous les deux, que la jouissance vint comme un séisme. Les soulevant, imbriqués profondément. Quand les vagues se calmèrent, ils retombèrent, haletants, apaisés, repus. Il voulut la libérer, elle le retint en elle.

— Non. Reste, je veux te sentir encore.

Il lui embrassa le bout du nez. Elle lui sourit.

— Si nous gardons cette position tout va recommencer.

— C'est quand tu veux mon chéri.

Alors doucement il reprit son va-et-vient. S'enfonçant plus loin. Goûtant la douceur du fourreau. Le feu de ses reins se réveilla. Elle répondait à ses sollicitations avec autant de ferveur. Leurs yeux ne se quittaient plus. Quand il l'embrassa avec tendresse, ses lèvres étaient chaudes et gonflées. Le désir montait en eux, les propulsant dans un afflux de jouissance qui les fit crier en même temps. Leurs corps ruisselaient de transpiration. Cette fois il se dégagea pour reprendre son souffle. Son cœur tapait dans sa poitrine comme un tambour. Alison, de son côté revenait doucement sur terre. Il sentit la douceur de sa main sur sa poitrine. Il la prit et déposa un baiser dans la paume. Elle le regardait en souriant. Après quelques minutes de silence, il lui dit :

— Je sais que le premier qui parle après l'amour dit toujours une bêtise, et je suis sûre que tu vas penser la même chose, mais je voudrais te poser une question.

Elle se mit sur le côté, sans une hésitation elle le devança :

— Inutile. Je sais ce que tu veux savoir. Et je dis non. Non, je n'ai jamais cédé à Flint.

Son ton devint grave. Elle se blottit dans ses bras.

— Je ne pouvais pas. Je n'y arrivais pas.

— Comment réagissait-il ? Cela devait le mettre en colère ?

— Il ne le montrait pas. Il disait que c'était normal, qu'il saurait être patient.

— Hun… jusqu'à votre mariage ! Après tu aurais été obligée de passer à la casserole. Comment comptais-tu t'en sortir ?

Elle ne répondit pas tout de suite. S'assit, dos appuyé à la tête de lit. Genoux remontés au menton, bras serrés autour de ses jambes. Elle reprit sur le même ton.

— Je ne sais pas. J'attendais que quelque chose me tire de ce piège. Tu vas penser que je suis folle, mais j'étais sûre que Pierre veillait sur moi, et qu'il me sauverait. Quand je t'ai vu, même avec ton allure de sauvage, j'ai su que mes prières avaient été entendues.

Il lui caressa les cheveux. Prenant une boucle soyeuse et l'entourant autour de son index.

— Et si la tempête ne m'avait pas envoyé sur cette île ?

— Je n'avais pas beaucoup d'échappatoire. Dire « non » le jour du mariage, ou mourir. Les deux auraient brisé le cœur de mes parents. Pour rien au monde je n'aurais voulu en arriver là. Tu vois il fallait absolument que tu viennes.

— Pierre est donc le seul homme… à part moi…

— Oui. Le soir où nous avons perdu notre virginité nous étions aussi gênés l'un que l'autre. Nous avions participé à une soirée d'anniversaire. Comme chaque fois il me raccompagnait à la maison. La nuit était belle, nous nous « frôlions » depuis quelque temps. Nos relations étaient devenues plus poussées. L'éclairage de la lune rendait l'atmosphère si romantique, que nous n'avons pas pu résister.

Elle souriait en revivant la scène.

— C'était bien ? En principe la première fois n'est pas terrible.

— L'amour que nous éprouvions a pallié à notre maladresse. Et oui, ce fut bon, très bon… Tellement bon que nous avons recommencé plusieurs fois.

Sentiment irrationnel, il ressentit une pointe de jalousie.

— C'est vrai que vous vous aimiez depuis l'enfance ?

— Je crois oui. Au début nous ne savions pas que c'était de l'amour. Nous étions presque inséparables.

— À quel âge cela s'est-il transformé ?

— Nous avions onze ou douze ans. En fait cela a concordé avec l'apparition de mes seins.

Elle éclata de rire.

— Par moments il n'arrivait pas à en détacher ses yeux. J'ai très vite compris le pouvoir que cela me donnait sur lui.

— Pauvre garçon, il était fichu. Ah… vous les femmes savez par quel bout nous prendre. Nous ne sommes que des jouets entre vos mains.

Elle rit de nouveau.

— Jouets certes, mais consentants… terriblement consentants…

Il hésita avant de poser la question qui le travaillait.

— Et… Flint dans tout ça… ? Tu as « joué » avec lui aussi ?

Elle réfléchit. Puis lentement…

— Un peu au début… Par coquetterie… Tu sais comment sont les filles à cet âge-là. Mais j'ai très vite arrêté. D'abord parce que j'étais amoureuse de Pierre, ensuite parce que je ne voulais pas faire de peine à Flint. Je ne voulais pas lui donner d'espoir. Apparemment c'était trop tard…

Elle avait des larmes dans les yeux. Il la prit contre lui, ses mains se délectaient de la douceur de sa peau. Il sentit à nouveau le désir monter. Quand elle s'en aperçut, elle descendit vers son ventre. Le prit dans sa bouche. La caresse était si intense qu'il faillit exploser. Il se réprima. Cette fois, il voulait que le plaisir dure, dure, jusqu'au bout de la nuit.

L'ombre sortit de l'eau. Pliée en deux, elle se glissa sous les pilotis de la maison. Les chandelles étaient éteintes. À part les bruits de la jungle, tout était silence. D'un élan souple, elle attrapa le bord de la terrasse, se hissant à la force de ses bras. S'accroupit près de la porte-fenêtre de la chambre. Tapie dans la nuit, elle guettait le moindre mouvement insolite. Tout était calme. Elle se glissa à l'intérieur. Un rayon de lune, éclaira au passage, une lame d'acier qu'elle tenait dans la main.

L'ombre s'approcha du lit. Quand elle vit les deux corps nus, enlacés dans un dernier mouvement d'amour. Sommeillant paisiblement. Elle fut secouée d'un frisson de haine. Alors le bras se leva, haut, fort, prêt à frapper.

— STOP FLINT !!! Ne fais plus un geste ou je te tue !…Ou plutôt fais-moi ce plaisir. Je ne te raterai pas.

Flint reconnu la voix de François, l'un des frères de Pierre, mais cela ne le ralentit pas. En un claquement de doigt il pliait sous le poids de plusieurs hommes. Il se débattit comme un lion. Rugissant. Griffant. Mordant. Il ne voulait pas se rendre. La lutte fut terrible. Des hommes blessés. Mais il fut vaincu par le nombre et la détermination des combattants. Il s'écroula, haletant. Ils le tenaient.

Pendant ce temps, Thierry et Alison, réveillés en sursaut avaient remonté un drap pour se couvrir. Serrés l'un contre l'autre, ils cherchaient à deviner la scène dans le noir. Quand les choses s'aplanirent, Jack et Will apparurent dans le chambranle de la porte. Ils portaient chacun un photophore. La lumière qu'ils diffusaient, éclairait un amas d'hommes. Ils se relevèrent un à un.

Certains avaient une joue griffée, d'autres un œil au beurre noir. Des traces de dents marquaient des bras ou des mollets. Au sol, maintenu par deux hommes Flint gisait. Immobile. Il avait rendu les armes. Ne se défendait plus.

Il fut ficelé tel un saucisson. Tiré hors de la maison. Jeté en travers d'un cheval tête pendante. La troupe disparut dans la nuit. Direction : La prison. Ils avaient tous agi comme si Thierry et Alison n'étaient pas dans la pièce.

Les tourtereaux, plongés à nouveau dans l'obscurité, se taisaient. Thierry repoussa le drap d'un geste brusque et sauta du lit :

— Je ne sais pas toi ? Mais tout ce remue-ménage m'a ouvert l'appétit. Intéressée ?

Il allumait une bougie, puis deux. Alison, sauta du lit à son tour.

— Tu parles ! Je meurs de faim !

Elle dansait.

— Nous sommes libres ! Tu te rends compte ! Nous sommes libres !

— Sauf s'il s'échappe encore.

— Non. Non. Cette fois il ne pourra pas ! Papa me l'a juré.

— Alors nous sommes libres ?

— Puisque je te le dis !

Ils passèrent le reste de la nuit à fêter l'événement.

Cette fois la culpabilité de Flint ne faisait plus aucun doute. Le procès était inutile. Les conseils se réunirent donc dès le lendemain dans l'amphi de l'université. C'était la deuxième fois depuis l'existence de Dana qu'une telle assemblée était formée. Il ne s'était rien passé de si grave depuis « l'affaire » des diamants. Les victimes et leurs familles étaient là également.

Les débats allaient porter sur la sentence. Que faire d'un tel criminel ? La peine de mort était exclue. Il fallait pourtant empêcher Flint de continuer à nuire. La sécurité et la tranquillité de la communauté en dépendaient. La seule solution était l'emprisonnement à vie. Inconcevable. Flint était jeune, cela sous-entendait de le maintenir enfermé pendant plus de quarante ans. Cela impliquait la reconstruction du local servant de prison, qui tombait en ruine. Quelqu'un pour le surveiller. L'entretien quotidien de ces deux personnes non productives.

— Pourquoi pas le travail forcé ?

C'était Louis le Perec, président de la séance, qui venait d'émettre cette idée. Elle n'emporta pas l'unanimité. Rusé comme il l'était, Flint allait tout tenter pour s'évader. Jour après jour. Trop dangereux. Ils avaient beau tourner le problème dans tous les sens. Ils en arrivaient toujours au même os. La volonté implacable de Flint de tuer Thierry et Alison.

La famille de l'accusé suivait les débats avec angoisse. Se tenant par la main. Thierry et Alison ne disaient rien. Tout leur avenir était suspendu à la décision qui serait prise.

Deux heures plus tard, aucune sentence n'avait été choisie. Woo qui avait écouté attentivement, se leva :

— Excusez-moi. Puis-je parler ?

Tout le monde se tourna vers lui. Comme d'habitude on avait oublié sa présence. Déconcerté, Louis, sourcils levés d'étonnement, moue dubitative, interrogea du regard les membres du conseil. Ils haussèrent les épaules en signe d'assentiment. Alors Woo se leva :

— Je sais que vous ne me considérez pas comme faisant partie à part entière de votre communauté.

Un murmure de réprobation courut dans la salle. Il n'en fit pas cas.

— Je viens d'une tribu primitive. Et quoi que vous en pensiez, les crimes sont très rares chez nous. Quand cela arrive, nous avons les mêmes problèmes que vous. Une île, où chacun vit et partage avec la communauté. Chaque membre en est un rouage indispensable, le moindre accroc perturbe notre harmonie. Notre expérience est plus vieille que la vôtre, nous avons une solution pour les parias. Nous les bannissons.

— Oh mon Dieu NON !

Arielle venait d'entendre ce qu'elle redoutait le plus. L'exil. Elle ne verrait plus son petit. Bien sûr c'était un assassin, mais avant tout c'était son fils. Son bébé. Will la serra contre lui.

— Ne t'inquiète pas ma douce. Ils ne feront pas ça.

Mais Woo continuait :

— C'est la meilleure solution. Chez nous le coupable, car il s'agit bien de ça n'est-ce-pas ? Il est coupable. Et vous savez tous qu'il recommencera. Donc, nous lui donnons une pirogue, avec de la nourriture et de l'eau pour plusieurs jours. Nous l'accompagnons le plus loin possible de l'île, et nous le lâchons. Le remettant entre les mains de nos dieux. Lui laissant ainsi une chance de trouver un endroit où accoster et vivre en paix. Nous reprenons nos vies en toute sécurité et lui peut s'en sortir, et qui sait ? Se racheter… Justice est rendue.

Il se rassit. Le silence qui suivit, était hermétique, lourd, palpable. Pour plusieurs membres de l'assistance, Woo avait dit tout haut, ce qu'ils pensaient sans oser le dire. Le jeune indigène avait raison, l'exil était la meilleure solution. Will voyant que l'idée faisait son chemin, se leva :

— Vous ne pouvez faire ça ! Nos traditions nous l'interdisent. Personne ne doit quitter l'île, à part pour la pêche ! Nous courons le risque d'être localisés ! Envahis ! Occupés ! Notre communauté serait détruite ! Anéantie ! Finie ! Êtes-vous prêts à assumer cette responsabilité ?

Alison se leva d'un bond.

— Qu'insinues-tu par là ? Que si nous laissons partir *ton* fils, lui donnant ainsi la possibilité de refaire sa vie hors de notre île. Que s'il indique à des étrangers l'endroit où nous sommes. Si nous sommes envahis, c'est ce qu'il aura fait n'est-ce pas ? Ce sera *NOTRE* faute ? Tu peux me regarder dans les yeux en répétant ça ? Sans rougir ! Tu oublies qu'hier encore, il essayait de nous tuer Thierry et moi. Et toi Arielle qu'en penses-tu ? Toi Joshua ? Deborah ? Ce sera vraiment *de notre* responsabilité ?

Aucun d'eux n'osa croiser son regard. Will se tenait le visage dans les mains. Ses épaules étaient secouées par le chagrin. Jack et Éric l'entourèrent. Trois amis, trois frères, confrontés aux mêmes douleurs. Betty s'assit près d'Arielle, lui apportant la même compassion.

Alison rejoint Thierry qui n'avait pas bougé. Il était bouleversé par la peine de ses amis. C'étaient des gens biens. Honnêtes. Loyaux. Pour lui l'idée de Woo était la plus appropriée. Pourtant Will avait soulevé un point important. Flint poussé par la haine serait tout à fait capable de révéler l'existence de Dana… et ses diamants. Quant à en retrouver la route ? Lui-même serait dans l'impossibilité de retourner chez les Lan. Ni Lui, ni Flint n'étaient des marins. Il avait réussi à s'orienter grâce à son intelligence. C'est la colère des éléments qui l'avaient poussé sur cette terre. Pas son art de la navigation. Alors sans boussole, ni compas… Flint ne ferait pas mieux. Il se leva à son tour et prit la parole.

— Si nous nous calmons et étudions la proposition de Woo sereinement, vous admettrez que c'est exactement ce que nous devons faire. Humainement. Pour Flint et pour la communauté. Quant aux risques de voir des étrangers nous envahir… je crois qu'ils sont nuls. Si nous emmenons Flint suffisamment loin de l'île, en lui bandant les yeux, il ne pourra prendre de repaire. Il n'a aucune connaissance maritime. Il ne saura pas revenir, encore moins indiquer la route menant à nous.

Les sanglots d'Arielle envahirent la salle. Personne n'osait prendre la parole et être celui qui dirait que les étrangers avaient raisons. Qu'il fallait bannir Flint. Mais c'était sans compter avec la détermination d'Alison.

— Alors ? Que décidez-vous ? Louis ? Jessy ?

Mme Mc Allister sursauta. Elle avait espéré ne pas avoir à se prononcer. Jack habitué à prendre les décisions intervint :

— Nous allons voter. Pour ou contre le bannissement. La majorité l'emportera. C'est ainsi que toutes les décisions graves, ont été prises sur Dana. Cela ne va pas changer. Alison, tu passeras auprès de chacun avec mon chapeau. Vous écrirez sur un papier votre décision. Nous compterons les bulletins. Le résultat sera irrévocable.

Personne ne discuta. Alison passa dans les rangs. Le silence régnait. En arrivant à la hauteur de Thierry et Woo, ils la regardèrent incrédules.

— Nous avons le droit de voter ?

Demanda Thierry, presque timidement.

— Si Flint s'est donné le droit de te tuer, tu as le droit de voter. Woo et toi faites parti de Dana.

Elle se tourna vers les autres, attendant une objection. Pas de réaction. Ils mirent donc leur bulletin dans le chapeau.

Pendant le dépouillement, la voix sèche, Alison tel un métronome, énonçait ce qu'elle lisait : « pour… pour… pour… contre… contre… ». Le bruit de la craie sur le tableau scellait la sentence. Le résultat tomba. Froid. Sans appel : Pour : 24. Contre : 2. Inutile de se demander qui avait voté contre.

Les Mc Carthy étaient en état de choc. Les autres restèrent prostrés un long moment. Puis Jack quitta son siège. Il semblait las, il passa la main dans ses cheveux comme à chaque fois qu'il était embarrassé. Sa voix était atone.

— Éric, en tant que chef des portuaires tu es chargé de l'armement de deux bateaux. Un pour Flint, petit, et maniable. Pour nous une barque de pêche suffira. Louis tu te chargeras de l'approvisionnement. Combien de temps vous faut-il ?

— Pour le bateau de Flint. En travaillant jour et nuit, trois jours.

— Pour le ravitaillement, un jour.

— Très bien. Éric tu iras avec Flint jusqu'à ce que nous l'abandonnions. Il nous faudra des marins pêcheurs pour diriger notre bateau, le Grand Conseil sans Will bien sûr. Je ne pense pas que tu veuilles venir mon ami ?

Will secoua la tête.

— Le Grand Conseil donc, prendra la mer avec le condamné, vendredi au lever du soleil. Quelques choses à rajouter ?

Non. Rien.

— Alors séparons-nous, et mettons-nous au travail.

Ils sortirent les uns après les autres, sans oser regarder les Mc Carthy qui restèrent immobiles.

La nouvelle du bannissement de Flint s'éparpilla comme fleur de pissenlit dans le vent. À part un ou deux proches des Mc Carthy, la réaction fut unanime : Les membres du Conseil Exceptionnel avaient agi sagement. Après le départ de Flint tout pourra continuer comme avant, et c'était très bien.

Pendant les préparatifs, Arielle et Will eurent l'autorisation de passer autant de temps qu'ils le désiraient avec leur fils. Quand Flint apprit le résultat des délibérations, il entra dans une rage folle. Se cognant la tête contre les murs. Donnant des coups de poings vengeurs dans la grosse porte en bois. Ses parents le regardaient, désarmés par temps de fureur. De haine. De rancœur. Will essaya de le calmer, mais il reçut un coup sur le nez.

Cette fois il en eut assez et répliqua. Les deux hommes en vinrent aux mains. Pendant qu'Arielle les suppliait d'arrêter. Les cris alertèrent le gardien qui arriva avec du renfort. Ils mirent un temps fou à les maîtriser. Quand ce fut fait, Will hors de lui, pointa un index accusateur :

— Je pensais qu'ils avaient tort ! Qu'ils se trompaient ! Mais tu n'es qu'une bête sauvage ! Sans foi ni loi. Comment ai-je pu être aveugle à ce point ? C'est parce que tu étais mon fils. Je t'aimais. Mais c'est fini ! Tu entends ! Fini ! C'est moi qui t'emmènerai loin de cette île ! Le plus loin possible ! Je t'accompagnerai au bout du monde s'il le faut, pour que notre communauté soit à l'abri de ta folie !

— Mon chéri non. Tu ne penses pas ce que tu dis. C'est notre enfant. Notre petit.

Il se tourna vers sa femme. Lui mit une main sur l'épaule.

— Je suis désolé ma douce. Nous ne pouvons cautionner plus longtemps ses exactions. Tu l'as vu toi-même ? Il n'a pas hésité à me frapper. Moi. Son père.

Elle sanglotait.

— Tu vois dans quel état tu as mis ta mère ?

Aucune réaction. Flint se tenait sur son grabat. Les gardes l'avaient menotté. Il haussa les épaules. Il se fichait de tout et de tous. Plus rien d'autre que son amour pour Alison ne comptait. Il la voulait. *Elle.* Son existence et celles des autres ne valaient rien à côté de ça. Sa mère vint lui caresser les cheveux, il la repoussa brutalement. Will l'attira vers la sortie.

— Viens ma chérie, nous n'avons plus rien à attendre de lui. Il va falloir que nous nous résolvions à le considérer comme mort. Cela sera cent fois mieux pour nous tous.

— Je ne peux pas ! Je ne pourrais m'y résoudre.

Il la prit dans ses bras.

— Pense à Éric, à Antoinette, à Pierre. Aux Mc Dowell. Ils ont souffert à cause de lui. Pourras-tu continuer à les regarder en face ? Pourtant ils nous ont pardonné et nous ne nous sommes même pas excusés.

Elle se dégagea. En colère.

— Tout ça c'est de la faute de… de… de ces étrangers !!! Nous n'aurions jamais dû les accueillir. Tout serait resté comme avant ! Flint et Alison seraient mariés maintenant ! Et nous serions heureux !

Will était sidéré.

— Tu ne peux pas dire de telles choses. Je vais mettre ça sur le compte du bouleversement. Quand tu seras calmée tu comprendras à quel point ce que tu viens de dire est injuste. Injuste pour tous nos amis. Allez viens, rentrons. Tout cela devient sordide.

Elle le suivit de mauvaise grâce. En arrivant au seuil de la porte elle se retourna et dit :

— Mon chéri, n'oublie pas que je t'aime.

Flint ne leva même pas les yeux. Il n'écoutait pas. Il n'écoutait plus. Il marmonnait en se balançant d'avant en arrière, la tête dans les mains. Il n'était plus là.

L'aube se levait sur le port. La marée montait. Les quais étaient noirs de monde. Ils voulaient tous assister au départ de Flint. Deux bateaux avaient été gréés. Flint était déjà à bord de celui d'Éric

Ce dernier, depuis la révélation du crime perpétré contre son fils, avait refoulé ses sentiments, de peur de s'effondrer. Sa famille et lui avaient décidé d'un commun accord de laisser la communauté faire justice. François avait été difficile à convaincre, il voulait venger son frère, Éric n'était pas loin de vouloir en faire autant, mais son fils avait fini par plier et lui aussi. Pour sa femme et ses enfants. Il avait compris que la spirale serait sans fin et détruirait la vie de trop de monde.

Aujourd'hui Éric était heureux, on lui avait donné la place d'honneur pour l'exécution de la sentence, sans aucune honte, cela le mettait en joie. Depuis la disparition de Pierre, il avait perdu la foi. Il n'en avait parlé à personne. Un doute terrible le hantait au sujet de l'accident. Voir Flint prendre la place de son fils auprès d'Alison l'avait rendu malade. Là non plus il n'en avait parlé à personne. Rongé. Il avait maigri, ses cheveux avaient blanchi, ses épaules s'étaient affaissées, ses yeux s'étaient éteints. Il avait vu Antoinette résister au chagrin jour après jour, sans pouvoir lui apporter son soutien. Il n'avait plus de force. Quand le Conseil Exceptionnel avait pris la décision du bannissement, le poids était tombé, il s'était redressé, il arrivait à sourire de nouveau.

Alison et Thierry étaient là, bien entendu. La jeune femme avait hâte de voir disparaître la voile de Flint à l'horizon. Depuis l'agression sa colère n'avait pu s'éteindre. Heureusement l'affection et la tendresse de Thierry l'aidaient à tenir. Elle était impatiente que tout cela soit fini et de pouvoir reprendre le cours de sa vie.

Will seul représentant de sa famille, se tenait près de Jack. Il avait laissé Arielle couchée. Elle n'avait pas bougé de son lit depuis qu'ils étaient rentrés de la prison. Il avait voulu faire venir le médecin, mais elle avait refusé. Elle ne voulait plus avoir à faire avec les bourreaux de son fils. Il ne chercha pas à la contredire. Il espérait seulement que c'était vraiment le chagrin et non la démence qui la faisait agir ainsi.

Le silence avançait avec lui. Pieds et mains entravés de chaînes, il marchait tête haute. Toisant tous ces imbéciles au passage. Soudain il la vit. *Elle.* Ses cheveux brillaient dans les rayons du soleil. Elle était dans les bras de ce… Il rua. Le bruit des chaînes la fit sursauter. Il rencontra son regard. Elle ne cilla pas. Fière. Belle. Courageuse. Il sentit son cœur s'emballer. Comment allait-il vivre sans la voir, l'entendre, la sentir, la toucher ? Plutôt mourir !

Échappant à la vigilance de ses gardes, il chargea. Tel un taureau, il fonça. Comme un rugbyman entrant dans la mêlée. D'un coup de tête il poussa Alison. L'entraînant avec lui dans l'eau du bassin. Le poids du métal les fit couler. Il la tenait de toutes ses forces. Elle se débattait.

L'air fuyait les poumons d'Alison. L'étau des bras de Flint ne lui laissait aucune chance. Alors elle prit sur elle. Essayant de se calmer. De ralentir les battements de son cœur. Comme Thierry le lui avait appris. Elle ferma les yeux et se mit à compter. Lors de sa dernière apnée, elle avait tenu deux minutes. Il fallait qu'elle fasse plus. Cela donnerait le temps à Thierry de venir la sauver. Elle savait qu'il viendrait.

Flint voyant qu'elle ne se débattait plus, que ses yeux étaient clos, la crut morte. Alors il se laissa aller. La gardant contre lui. Il était heureux. Ils partaient tous les deux. Personne d'autre que lui ne l'aurait. Un sourire éclaira son visage. Ils touchaient le fond, quand une poigne de fer, lui arracha des mains sa bien-aimée. Il ouvrit les yeux. Lui ! C'était lui ! Encore lui ! Lui qui l'emmenait ! Lui qui la remontait ! Il ouvrit la bouche sur un cri de désespoir : NOONN !!!

Elle comprit immédiatement que c'était Thierry. Elle ouvrit les yeux, lui sourit, et nagea avec lui en direction de la lumière. Ils émergèrent ensemble, leurs corps hors de l'eau jusqu'à la taille. Ils aspirèrent l'air. On leur lançait des cordes depuis le quai. Tenant sa fiancée contre lui Thierry en saisit une et l'agrippa. Ils se laissèrent hisser.

Soudain Alison sentit qu'on la tirait par les pieds, à son tour elle hurla : NOOONNN ! Thierry la retint par la main et la suivit. Elle donna un coup de pied dans la figure de Flint qui lâcha prise. D'un coup de rein elle remonta. Thierry lui, nagea en direction de Flint qui commençait à s'épuiser. Il lui donna un coup dans l'estomac qui lui fit expirer ses dernières bulles d'oxygène. Flint aspira. L'eau pénétra dans ses poumons en une seule fois. Il voulut entraîner Thierry avec lui. Mais il n'avait plus de force. Alors il abandonna. Thierry le regarda couler. Leurs yeux restèrent verrouillés jusqu'à la fin. Le survivant remonta. On l'aida à reprendre pied sur le quai. Alison était entourée de ses parents et amis. Assise sur le sol. Elle se remettait de ses émotions. Il s'agenouilla près d'elle et la prit dans ses bras. Elle sanglotait.

— C'est fini ma chérie. Tout est fini. Il est mort. Il ne nous fera plus de mal.

La foule se posait des questions :

— Que se passe-t-il ?

— Ils sont sauvés ?

— Et Flint ?

La nouvelle tomba, brutale.

— Il est mort.

La sagesse populaire eut le dernier mot.

— Voilà une bonne chose de faite. Nous allons être de nouveau tranquilles.

Pendant ce temps, Will les mains dans les poches, fixait l'eau. Là où avait disparu son fils. Cela se bousculait dans son cœur et dans sa tête. Ses sentiments étaient ambivalents. Il était bouleversé par la cruauté de son Flint, qui jusqu'au dernier moment avait essayé de tuer Alison. Bouleversé parce qu'il venait de perdre son fils. Il croyait être prêt, mais sa mort changeait tout. La douleur lui serrait le cœur. Et puis, il y avait le soulagement… le cauchemar était terminé. Mais comment allait-il annoncer la nouvelle à sa femme ? Cela allait être terrible. Il sentit ses jambes flageoler. Il vacilla. Une main secourable le retint. C'était Éric. Il le serra contre lui.

— Je suis navré mon ami.

Ils se donnèrent une dernière accolade. Leurs regards se croisèrent, ils y virent la même douleur se refléter.

— Je dirai à mes marins de repêcher son corps. Tu pourras lui faire un enterrement décent. Nous serons tous là.

Merci mon ami. Merci.

Il n'y avait plus rien à voir et le port se vida peu à peu. Chacun rentra chez lui. Les commentaires allaient bon train, les mains se levèrent en signe de salut au passage des Mc Dowell et de Will.

La vie pouvait reprendre son cours.

Chapitre XI

Ce ne fut pas si facile. Trop de cruauté. Trop de victimes. Trop de chagrin.

Arielle n'assista pas aux obsèques de son fils. Elle ne sortait plus de chez elle. Se levant de moins en moins. Elle refusait toutes les visites. Elle repoussait toutes marques d'amitié et d'affection.

Will avait repris le travail, mais sans enthousiasme. Jack et Éric faisaient leur possible pour l'aider. Joshua et Deborah s'en sortaient comme ils le pouvaient.

Après l'enterrement, Alison et Thierry marchaient doucement, sortant du cimetière à la suite des autres. Depuis le drame, Thierry restait souvent muet. Lui si bavard et gai habituellement. Cela intriguait la jeune femme. Elle glissa sa main dans la sienne.

— Tu es bien silencieux, ne me dis pas que tu as de la peine ?

— Hein ? Non. Non.

— Alors dis-moi ce qui se passe.

— Pas maintenant. Ce n'est ni le moment, ni l'endroit.

— Tu me fais peur.

Il n'eut pas le temps de répondre. Éric et Jack l'entraînaient. Il se retourna et lança.

— Ce soir à la plage…

La nuit allait tomber. Assise sur la terrasse, elle se balançait dans le « rocking-chair », face au soleil couchant. Le repas était prêt. Elle attendait son fiancé. Il l'avait évité tout au long de la réception après la cérémonie. Elle se demandait ce qui pouvait le perturber. Elle se leva d'un bond en entendant le galop d'Ebène.

Elle le regarda descendre de cheval. Son aisance et son élégance, l'émouvaient toujours. C'est la première chose qu'elle avait remarquée quand elle l'avait vu lors de son arrivée. Pierre avait la même allure. Même démarche dégingandée. Même sorte de nonchalance. Force tranquille qui n'avait pas besoin de prouver son efficacité. Il grimpa les escaliers quatre à quatre. Arrivé à sa hauteur, il déposa un baiser distrait sur les lèvres qu'elle lui tendait.

— Bonsoir chéri. Tu en as mis du temps.

— Nous ne voulions pas abandonner les Mc Carthy.

Elle lui tendit un verre.

— Non. Merci. J'ai assez bu pour aujourd'hui. Par contre, j'ai une petite faim.

— J'ai préparé un poisson grillé comme tu les aimes.

Toutes ces banalités commençaient à l'énerver. Pourtant elle lui laissa le temps de s'asseoir, de se servir et de commencer à manger. Quand il eut la bouche pleine, elle en profita :

— Alors ? Tu m'expliques ?

— Quoi ?

— Ton silence. Tu as pris des distances et je veux savoir pourquoi ?

Il déglutit. Avala une gorgée de vin. Prit une longue inspiration.

— Maintenant que tu n'as plus rien à craindre de Flint, je suppose que tu vas vouloir récupérer ta liberté. Il va y avoir plein de prétendants. Tu pourras choisir ton futur mari.

Et oui. Il avait entendu Anne faire la réflexion sur le quai : « *Maintenant, elle n'est plus obligée d'épouser l'étranger. Elle pourra se marier avec qui elle veut* ». Cela l'avait travaillé toute la journée.

Il n'avait pas pensé à cette éventualité. Pour lui, leur union était pour ainsi dire scellée. Il n'avait pas envisagé que Flint éliminé, la donne changerait. Il n'aimait pas Alison d'un amour passionné… comme celui qu'il éprouvait pour la femme du quai de gare. Mais il aimait sa compagnie, son intelligence, son humour. Il aimait faire l'amour avec elle. Travailler avec elle. Vivre avec elle. Et c'était déjà énorme. Mais il n'avait pas le droit de l'obliger à honorer sa promesse.

— C'est ce que tu veux ?

— Non pas exactement. Mais je suis « l'étranger », et tu pourrais avoir envie de t'unir à un danien. Tu as peut-être quelqu'un en vue ?

— Tu as raison !… Euh voyons qui pourrais-je choisir ?

Elle le regardait, avec un sourire moqueur.

— C'est précisément parce que tu n'es pas d'ici que je veux t'épouser. Tu représentes le sang neuf dont j'ai besoin pour faire de beaux, de très beaux enfants.

— Je vois. Je ne suis qu'un étalon pour toi.

— Voilà ! Tu as tout compris.

Bien que déçu, il posa quand même la question qui lui importait.

— Alors on ne rompt pas notre promesse ?

— Idiot… Parlons plutôt de la date de nos noces.

Contre toute attente, il se sentit léger… léger… sa tristesse s'envola.

— Vu que tu es la reine de l'organisation. Ton jour et ton heure seront les miens.

— Très bien ! Mardi prochain à 10 heures à la salle des cérémonies de Dagda.

— Parfait. Je le note sur mon agenda.

— Agenda ? Qu'est-ce que c'est ?

Il se leva. L'attira vers lui.

— Rien. Un truc de mon ancienne vie. Sans importance.

Il l'embrassa. L'entraîna dans la chambre. Ils devaient confirmer le rendez-vous.

Il n'eut pas le temps de dire « ouf », que le jour des noces était là. Il avait juste eu le temps de se faire faire un costume en lin, écru. Taillé de façon moderne. Tel qu'il l'avait gardé en mémoire. Veston croisé, avec des boutons en corne. Épaulé. Serré sur les hanches. Revers pointus. Chemise de la même matière, travaillée plus finement, presque de la soie, d'un ton grège rosé. Pantalon large, au pli impeccable, revers venant à peine se casser, sur les chaussures en cuir fauve. Ses cheveux lissés et parfaitement coiffés. Il regarda son reflet.

— Pas mal, mon gars. Pas mal du tout.

— Rien de tel que l'autosatisfaction. Pourtant tu as raison. Tu es superbe.

Thierry se retourna. Woo était là. Il inspecta son ami. Celui-ci portait le même style de costume mais miel, comme ses yeux. Avec une chemise plus claire.

— Tu oublies que c'est moi le héros du jour. Tu n'as pas le droit d'être plus élégant que moi. Et ce chien. Propre comme un sou neuf. Fleuri comme une jeune fille.

Il souleva le petit animal et déposa un bisou sur son museau.

— Je savais que tu étais de nature jalouse. Tu dois t'y faire mon gars. Je suis beau. C'est inné, et toutes les femmes sont à mes pieds.

Thierry éclata de rire.

— Si par « toutes les femmes », tu veux parler de May. Alors oui, elles sont toutes à tes pieds. Bon ! Je crois qu'il est temps d'y aller. Le cab est attelé ?

Il eut un moment d'hésitation au moment de passer la porte.

— Un problème ?

— Tout d'un coup, je meurs de trouille. Tu te rends compte que dans une heure, je serai marié ! Pour le reste de mes jours ! Avec la même femme, sur la même île, jusqu'à ma mort.

— Tu l'aimes non ?

— Ou… Oui. Oui bien sûr. Enfin… je crois. Je ne sais pas.

— Tu vois trop loin. Il faut que tu vives un jour à la fois. Nous avons un bel adage chez nous. On compare le mariage à une casserole d'eau froide que l'on met sur le feu. L'eau chauffe petit à petit, jusqu'à bouillir. Tu verras mon vieux, un jour tu brûleras pour elle.

Il lui donna une grande tape dans le dos.

— Viens mon pote. Ne ratons pas la fête. J'ai vu ce que nous allons manger et pour rien au monde je ne veux pas louper ça ! Trouille ou pas trouille.

Alison s'était levée avec le cœur léger. Le jour de son mariage était enfin là. Moment impatiemment attendu avec Pierre. Horriblement redouté avec Flint. Agréablement désiré avec Thierry. Elle savait qu'il ferait tout pour la rendre heureuse. Elle en ferait autant. Parce ce que c'était un garçon gentil, drôle, facile à vivre. Merveilleux amant. Parfait collègue. Elle passa la main sur son ventre. Et parfait reproducteur. Que demander de plus ? L'amour ? Son quota de passion s'était éteint avec Pierre. Maintenant elle n'aspirait plus qu'à de la tendresse et de l'harmonie. Elle savait qu'elle avait trouvé le compagnon idéal pour ça.

Elle enfila son jupon amidonné, sur le corset que sa maman l'avait aidé à lacer. Ses beaux seins ronds, gonflés par le début de grossesse, lui faisaient un magnifique décolleté. Puis elle passa sa robe de voile de lin blanc. Au bustier brodé de toutes sortes de petites fleurs printanières. Marguerites. Violettes. Roses. Coquelicots. Muguets. La jupe taillée dans le biais, tombait en larges godets, émaillés des mêmes broderies. Sa mère et elle avait passé des heures de veillées sur cette robe. Elle l'avait remisée après la disparition de Pierre. Prévoyant une tout autre tenue pour son union avec Flint. Elles avaient mis trop d'amour dans ce travail, et ce n'était certainement pas pour lui. Dès que Thierry avait fait sa demande, elle l'avait sortie de son carton.

Elle fit une pirouette devant sa psyché. Releva ses cheveux en cet adorable chignon, qui lui allait si bien. Laissant s'échapper des boucles qui auréolèrent son visage. Elle y accrocha avec délicatesse des orchidées blanches, fraîchement cueillies. Sa peau dorée, ses yeux bleus, tout ce blanc… elle était ravissante. Sentant un léger courant d'air, elle se retourna. Anne venait d'entrer.

— Tu es magnifique !

— Tu n'es pas mal non plus.

Alison n'eut pas l'élan chaleureux, quel avait habituellement en voyant son amie. Anne fine mouche sentit immédiatement le froid.

— Il y a quelque chose qui ne va pas ?

Alison ne répondit pas. Elle ne voulait pas se disputer avec son amie le jour de ses noces. Anne se méprit sur son silence.

— J'en étais sûre ! Tu n'as pas envie de ce mariage. Pourquoi n'as-tu pas rompu après la mort de Flint ? Après tout cet homme n'est pas de chez nous. On ne sait d'où il sort. Et cela fait à peine quelques mois que nous le connaissons… tout le monde comprendrait que tu ne veuilles pas tenir ta promesse.

Alison bras croisés, l'écoutait en tapant du pied.

— Je suppose que tu es la porte-parole de tout « ce monde » ? Nous n'étions pas encore secs de notre baignade forcée, que déjà tu répandais la bonne nouvelle : J'allais pouvoir choisir un autre prétendant. Tu l'as dit tellement fort que Thierry t'a entendu. C'est ce que tu voulais ? Il t'a crue et il a voulu mettre fin à notre histoire ! En réfléchissant, je me suis rendu compte que ce n'était pas la première fois que tu te mêlais insidieusement de mes affaires de cœur.

— Pas du tout… je pense à ton bonheur c'est tout.

— Comme lorsque tu as fait circuler la rumeur que Pierre me trompait avec Emily ? Heureusement que j'avais une confiance aveugle à son égard !

— C'était une blague…

— Une blague ? Qui a bien failli faire capoter nos fiançailles ! Et maintenant tu t'en prends à Thierry… Au fait ! Tu n'as rien tenté quand j'étais avec Flint ? Pourquoi ?

Anne resta muette. Alison scruta son visage.

— Je vois. Le fait que je puisse être heureuse te rend malade, c'est ça ?

— Tu te trompes. Tu es mon amie. Je n'ai jamais voulu te faire de mal.

— Raté !

L'entrée de Betty dans la chambre coupa court à la discussion.

— Alors mes chéries ? Prêtes ? Oh ! Alison tu es ravissante. Ma toute petite, ton père et moi sommes si heureux pour toi.

Elle serra sa fille contre sa large poitrine. Elle tendit un bras vers Anne.

— Ce sera bientôt ton tour, ma belle. Toi aussi tu auras droit au bonheur.

Les deux jeunes filles échangèrent un regard, sans aménité. Soit Betty avait compris, soit elle avait écouté à la porte… et avait compris.

— Allez. Embrassez-vous. Un jour pareil tout doit être parfait. Alison descends vite, ton père t'attend.

Alison sortit de la pièce. Anne allait la suivre, mais une poigne ferme la retint.

— Un instant Anne, je voudrais te parler.

Elle la fit asseoir sur le lit.

— Écoute bien ce que je vais te dire. Je ne me répéterai pas. Je t'ai à l'œil depuis que tu es toute petite. J'ai tout de suite su que sous tes airs de sainte-nitouche, tu étais jalouse d'Alison. Tu lui volais ses jouets. Lui déchirais ses robes. Tu as fait les yeux doux à Pierre dès que tu as compris qu'il était amoureux d'elle. Quand tu as vu qu'il ne marchait pas dans ton jeu, tu n'as cessé de faire courir des rumeurs. Si tu n'as rien dit quand elle était avec Flint, c'est parce qu'elle était malheureuse et cela te convenait. Aujourd'hui c'est son mariage, et *je* veux que *tout* soit parfait. Si tu fais ou dis quoi que ce soit pour gâcher cette journée, ou le reste de la vie de ma fille, tu auras affaire à moi. Tu conviendras avec moi qu'elle a assez souffert, cela devrait te satisfaire, alors laisse-la tranquille.

Elle s'était levée. Lissant sa robe méthodiquement. Anne se triturait les mains. Sans la regarder elle reprit :

— Si je n'ai rein dit jusqu'à maintenant c'est parce qu'elle avait de l'affection pour toi, et que je ne voulais pas la décevoir. Mais je dis stop ! Compris ?

Elle souleva le menton de la jeune fille, dont le regard fuyait.

— Regarde-moi !…Compris ?

— Oui.

— Parfait. Tu vas venir avec moi et m'aider pour les fleurs. Allez zou !

Ce fut une journée magnifique. Remplie de joie et d'émotions. Surtout quand Thierry devint officiellement M. Mc Dowell. À part l'absence d'Arielle, rien ne vint troubler l'harmonie de la cérémonie. La fête dura jusque très, très tard dans la nuit. Les nouveaux mariés quittèrent la compagnie de leurs amis et regagnèrent la plage, où ils passeraient leur « lune de miel ».

Quand Thierry apprit la grossesse d'Alison, il fut fou de joie. Il ne pensait pas avoir droit à un tel bonheur un jour. Pourtant, tout avait si mal démarré. La vie prend parfois de tels virages pour vous amener là où vous devez être. Car il le pensait vraiment. Il était là où il devait être.

Chapitre XI

Cela faisait maintenant deux ans que le jeune couple Mc Dowell était marié. Leur vie était bien remplie. Un petit Philippe était né, faisant la fierté de son père et de son grand-père et fondre de tendresse sa mère et sa grand-mère.

Ils avaient fini par s'installer définitivement sur la plage. La maison de Dagda était occupée par May et Woo, qui s'étaient mariés quelque temps après leurs amis. Leurs journées étaient occupées par les cours qu'ils donnaient et par les recherches en pharmacopée qu'ils poursuivaient. Ils affinaient les recettes de Hu Lan, aidés de l'apothicaire qui les exécutaient. Ils partaient souvent dans la jungle pour la cueillette de simples.

Ils aimaient de plus en plus travailler ensemble. Leurs esprits fonctionnaient de la même façon et s'accordaient parfaitement. Grâce aux connaissances scientifiques modernes de Thierry, ils avaient pu faire de gros progrès en médecine. Quand Jack était débordé, Alison ou Thierry l'aidaient dans ses tournées.

Les dimanches étaient l'occasion de se retrouver entre amis sur la plage. Ou à faire du sport. Thierry avait fait aménager des courts de tennis. Des tournois étaient organisés. Des concerts étaient donnés en plein air. Les élèves de Thierry avaient formé un orchestre dont il n'était pas peu fier.

En fait leur vie était douce, en harmonie avec la nature et les êtres vivants. Le seul point noir dans cette quiétude, fut le décès d'Arielle. Elle ne s'était jamais remise du « départ » de son fils. Elle se laissa glisser dans une mélancolie destructrice, qui se transforma en une douce folie. Elle refusa de se lever, de se nourrir, de se faire soigner, de voir sa famille. La mort la prit doucement, dans son sommeil. Will était d'une grande tristesse, mais l'assiduité de ses amis, l'amour de ses enfants et petits enfants, l'aidaient à supporter son chagrin. En fait il était encore jeune, tout le monde espérait qu'il ait envie un jour de refaire sa vie.

La mousson était là. La pluie tombait drue. Laissant place à des éclaircies chargées d'humidité étouffante. Les activités de l'île étaient réduites au minimum. Depuis quelque temps Jack était fatigué. L'atmosphère délétère ne lui convenait pas. Thierry lui avait donc proposé de faire les tournées à sa place. Il utilisait le cab, ce qui lui permettait de voyager un peu plus au sec.

Ce soir-là il rentrait aux pas fatigués de son cheval. Plongé dans ses pensées, il le laissait rentrer à l'écurie sans le guider. Il venait de sortir d'une maison où le petit garçon avait une angine blanche très douloureuse. Il avait pu le soulager, mais il craignait une diphtérie. Il avait trouvé l'enfant très affaibli. Malgré tout, il avait bon espoir de le guérir. Les progrès qu'Alison et lui avaient fait dans leurs recherches lui permettaient de garder le moral. Il réfléchissait à un traitement.

Soudain ! Ébène se cabra ! Un animal sauvage avait traversé la route, le terrorisant. Il démarra dans un galop effréné. Déséquilibré Thierry lâcha les rênes. Il hurla dans la pluie battante « Ho ! Ébène Ho ! ». Mais l'animal complètement affolé fonçait dans la nuit. Le bruit était infernal. L'accident se produisit dans un virage. Le cab, véhicule léger, fut emporté par la force centrifuge, et capota. Éjecté, Thierry fut projeté brutalement contre un arbre. Il s'affaissa au sol, la tête en sang, inconscient. Ébène terrifié continuait sa course folle. Traînant derrière lui les brancards du cab.

Alison, était anxieuse. Thierry n'était pas encore rentré, alors que la nuit était là. Philippe jouait paisiblement près de la cheminée, surveillé par Phoebus. Le repas mijotait doucement sur la cuisinière et embaumait. Le vent et la pluie giflaient les grandes baies du salon. De là, elle voyait l'océan déchaîné. D'habitude elle aimait ce spectacle, mais ce soir elle n'y goûtait guère. L'angoisse c'était immiscer en elle depuis le départ de son mari. Elle n'avait rien pu faire de la journée. Ne pouvant se concentrer sur son travail. Ce n'était pourtant pas la première fois qu'il faisait la tournée, et rien, vraiment rien ne pouvait lui arriver… Flint n'était plus là… plus aucun danger ne menaçait. Malgré tout, ses tripes lui disaient le contraire.

Dans quelques mois, ils fêteraient leur troisième anniversaire de mariage. Elle était heureuse. Sa vie auprès de Thierry lui apportait tout ce dont elle avait toujours rêvé. Elle qui pensait ne plus pouvoir ressentir ce sentiment après Pierre, aimait cet homme. Venu de nulle part, il avait envahi sa vie, son cœur et son corps. Il lui avait donné Philippe et bientôt, elle l'espérait, une petite fille. Car elle était à nouveau enceinte et son cœur se gonflait de joie à cette idée.

Maintenant que la nuit était tombée, son angoisse était plus forte. Elle n'eut pas le temps de se poser plus longtemps la question, car elle entendit le galop d'Ébène. « *Ouf ! Il est de retour. Toi et tes peurs incontrôlées* ». Elle enfila en vitesse un vêtement de pluie et sortit dans la tourmente. Elle n'attendrait pas une minute de plus pour se jeter dans les bras de son mari.

En voyant Ébène couvert d'écume. Coincé par les brancards devant l'écurie. Son cœur cessa de battre. Elle mit sa main devant la bouche afin d'étouffer un hurlement. « *Non ! Non ! Seigneur faites qu'il soit vivant.* » Elle s'approcha lentement du cheval. Attrapa la bride et le fit rentrer dans l'écurie. Elle le détela, calmement. L'animal reprenait son souffle. Elle le caressa, le pansa. Elle agissait comme dans un rêve. Machinalement. Elle faisait ce qui devait être fait. Quand elle eut fini, elle sella sa jument. Il fallait qu'elle le retrouve.

Elle fonça chez elle, prit sa trousse de médecin. Emmaillota son fils dans des vêtements imperméables, le mit dans un grand châle qu'elle ceint autour d'elle, le serrant très fort, le calant dans son dos. Elle éteignit les lampes et sortit. L'enfant n'avait pas émis un son. L'attitude de sa maman avait dû lui donner le signal du danger, et il se tint coi. C'est à bride abattue qu'elle prit la route menant à Dagda. Sans aucune explication elle laissa le petit chez ses parents, ne leur laissant pas le temps de réagir. Puis courut vers la maison de Woo. En deux mots, elle lui raconta ce qui se passait.

— J'ai besoin de ton aide. Il faut qu'on le retrouve. Il doit être blessé quelque part.

— Calme-toi ma belle. Je suis sûr qu'il n'a rien. Il doit être à pied sous la pluie, et tel que je le connais, il doit pester comme un charretier. Viens, on y va.

Ils partirent poussant leurs montures. Ils ralentirent quand ils arrivèrent à l'embranchement qui menait à la plage. Allumèrent leurs lampes tempêtes, scrutant les bas-côtés. La pluie avait cessé, brusquement. Néanmoins, la visibilité était nulle. Ils descendirent de cheval. Ils appelaient. Mais rien. Rien. Alison commençait à trembler de tous ses membres.

— Nous n'y arriverons jamais.

— On aurait dû demander de l'aide. Tu vas aller jusqu'à Dôn. C'est la ville la plus proche. Va voir Will et

Joshua, demande-leur de réunir des hommes avec des lampes. Moi je vais continuer à chercher.

— Non vas-y toi. Je suis médecin. Si je le trouve, je pourrai le soigner en vous attendant.

— Je ne te laisse pas seule ici. Thierry va me tuer.

— Ne t'occupe pas de ça ! Va, dépêche-toi ! Nous avons assez perdu de temps.

— Bon d'accord. Mais tu me protégeras contre sa colère.

Elle ne réagit pas à sa plaisanterie. Il remonta en selle, donna des talons et partis dans la nuit. Seule, Alison, essuya les larmes qui coulaient sur son visage. Elle s'était retenue jusque-là, maintenant elle craquait. En poussant un énorme soupir, elle reprit sa quête.

— Thierry ! Où es-tu ? Répond !

Elle tendit l'oreille, à l'affût du moindre gémissement. Il n'y eut que le bruit des gouttes tombant des feuilles.

Le bruit des sabots lui annonça l'arrivée du renfort. Bientôt elle vit les lampes. Puis les hommes. Ils étaient une dizaine. Woo avait bien travaillé. Ils stoppèrent en arrivant à sa hauteur. Will se précipita pour la prendre dans ses bras.

— On va le retrouver ma chérie.

Et se tournant vers sa troupe :

— Allez, les amis ! On y va. On se disperse et on cherche tous les indices. Le premier qui le voit appelle.

Le temps passait, mais sans résultat. Puis :

— Là ! J'ai trouvé le cab ! Il est en miette.

Toute la bande courut en direction de la voix. L'homme faisait des signes avec sa lampe.

— Allons-y les gars ! Il ne doit pas être loin.

Ils s'éparpillèrent, scrutant la nuit.

— Il est là ! Venez vite !

Alison arrivée en trombe, s'agenouilla près du corps de son mari, inerte. Elle faillit perdre son sang-froid en voyant le sang. Elle chercha d'où il venait. Une grande plaie dans le cuir chevelu. Rien de mortel. Elle tâta le pouls. Faible. Très faible. L'inconscience de son mari lui faisait peur. Il avait peut-être une fracture du crâne. Elle ausculta les membres. Il avait le bras et la jambe droite brisés. Certainement le côté qui avait subi le choc. Des côtes cassées. « *Pourvu qu'il n'y ait pas de perforation* ».

— Il faut l'emmener le plus vite possible à l'hôpital.

— Nous devons fabriquer une civière.

Ils se mirent immédiatement au travail. Ce fut fait en deux temps trois mouvements. Ils installèrent Thierry avec douceur. Puis ils prirent le chemin de Dagda. La route fut longue et pénible. Ils devaient avancer avec précaution. Éviter les chocs. Alison était partie en avant pour tout préparer et soigner son mari, dès son arrivée.

Elle alla réveiller son père. Elle aurait besoin de ses compétences, son esprit trop bouleversé n'était plus assez clair. Jack réagit sans aucune hésitation.

— Donne-moi les symptômes.

Elle lui dit tout ce qu'elle avait noté.

— Parfait. Prépare la salle d'op…

Thierry leur avait fait installer une salle d'opération moderne. Telle qu'il s'en souvenait, avec les pratiques d'aseptisation et de soins nécessaires pour éviter les infections. Il avait fait fabriquer des instruments de chirurgie. Alison alluma les lampes, stérilisa les instruments, gâcha le plâtre.

— Ils arrivent. Tout est prêt ? Non ! N'entrez pas ici. Laissez-le sur un lit, nous allons l'examiner et le nettoyer.

Will et Woo obéirent en silence. Et sortirent. Laissant Thierry aux bons soins de leurs amis.

Tous les habitants de Dagda étaient réunis dans la salle des fêtes. Le jour était levé et ils attendaient en silence des nouvelles de Thierry. Betty, son petit-fils sur les genoux, pleurait. Cela faisait des heures que son mari et sa fille étaient en salle de chirurgie. Cela devait être grave. Quand cela dure longtemps, c'est grave… elle en était sûre. Quand elle vit entrer Jack dans la salle, blême, couvert de sang, les traits tirés. Elle se figea. Le reste de la salle retint sa respiration. Il vint vers elle. Elle ne l'avait jamais vu dans un tel état. Philippe dans les bras elle se leva.

— Comment va-t-il ?

— Aussi bien que l'on peut l'être dans son état.

— Que veux-tu dire ?

— Nous avons réduit les fractures. Nous l'avons trépané pour soulager un épanchement cérébral. Depuis il est dans le coma. Je ne sais pas s'il reviendra.

— Ne me dis pas ça !

Il prit sa femme et son petit-fils dans ses bras. Les berçant.

— Oh ma chérie, je suis désolé. Nous ne savons rien sur le coma, il n'en sortira peut-être jamais.

— Non ! Non ! Ce n'est pas possible. Tu dois le sauver. Nous ne pouvons le perdre.

— Tout dépend de lui. J'ai fait tout ce qui était en mon pouvoir. Alison est auprès de lui et surveille le moindre signe. Il ne nous reste plus que ça : attendre et espérer.

Assise à son chevet, elle ne le quittait pas des yeux. Elle avait pris sa main. Espérant le plus petit serrement. Maintenant que l'action était terminée, elle se sentait épuisée. Profondément triste. Impuissante. Elle se pencha et lui murmura à l'oreille :

— S'il te plaît, reviens. Ne nous abandonne pas. Nous avons besoin de toi. *J'ai* besoin de toi. De ton amour. De ta force.

Elle posa sa tête sur son épaule… et finit par s'endormir.

Depuis dix jours maintenant, la vie d'Alison et de ses parents tournait autour de Thierry. Qui ne donnait aucun signe de conscience. Elle s'était installée dans l'hôpital. Quand elle donnait ses cours le matin, il y avait toujours un volontaire pour venir papoter avec lui. Les habitants de Dana se relayaient pour lui tenir compagnie. Ils venaient parfois à deux ou trois. Parlant de ce qu'il leur avait apporté depuis ton arrivée sur l'île. Sa gentillesse, sa disponibilité, ses connaissances, sa musique. Il devait revenir parce que Dana sans lui, ne serait plus Dana. Woo venait régulièrement, mais il ne pouvait rester des heures sans bouger près du lit. Alors il apparaissait et disparaissait, une vraie comète.

Les après-midi, Alison travaillait près de lui, Philippe babillait sur une couverture. Le temps passait lentement… si lentement. Sa vie lui manquait. Thierry lui manquait encore plus. Le voir ainsi, blême, inerte, absent, la détruisait. Elle cachait son chagrin, ne voulant pas attrister ses parents. Pourtant quand elle se retrouvait seule, ses larmes coulaient sans qu'elle ne puisse les arrêter.

Un de ces interminables après-midi, alors qu'elle lisait tout haut. Assise à son chevet. Elle vit le petit doigt de la main de Thierry frémir. Elle n'en croyait pas ses yeux. Mais quand un autre doigt bougea, elle laissa tomber son livre et se leva. Les paupières remuaient. Elle le secoua doucement :

— Thierry… mon chéri. Réveille-toi.

Son regard la transperça. Un regard aux pupilles dilatées. Qui s'étrécirent en la fixant. Étonné.

— Bon… bonjour. Où… Où suis-je ?

— Oh mon Dieu. Tu es revenu. Tu es à l'hôpital. Tu as eu un accident et tu es gravement blessé.

— Le… le bateau a coulé ? Il y a des rescapés ?

— Le bateau ? Quel bateau ?

— Celui qui nous emmenait en Nouvelle Calédonie.

— Nouvelle Calédonie ?

Elle était désemparée. Elle ne comprenait rien à son charabia.

— Dans quel hôpital je suis ?

— Tu es à Dagda, voyons.

— Dagda ? Qu'est-ce que c'est Dagda ? Qui êtes-vous ?

Elle commençait à comprendre. Le choc à la tête avait réveillé sa mémoire passée, et apparemment celle d'hier était effacée. Elle lui parla avec tendresse.

— C'est moi mon chéri. Alison. Et regarde Philippe est là lui aussi. Nous attendions patiemment que tu sortes de ta léthargie.

Il la scruta. Regarda l'enfant qui jouait. Cherchant dans ses souvenirs. Il tenta de se redresser, mais il était trop faible.

— À… Alison. C'est toi ?

Il tendit sa main valide.

— Philippe, mon bébé… Que… Que s'est-il passé ?

— Tu as eu un accident et a été gravement blessé. Tu ne te souviens pas ?

Il réfléchit.

— Oui. Oui. Ça y est. Ébène s'est emballé. J'ai perdu le contrôle du cab. Le virage. On dérape et je suis projeté.

— Tu as eu plusieurs fractures et ton crâne en a pris un sacré coup. Nous avons pu réduire l'épanchement sanguin, mais tu ne sortais pas du coma. Cela fait dix jours maintenant.

Tout en parlant elle était allée vers la corde qui manœuvrait la petite cloche extérieure, qu'elle agita de toutes ses forces. Le carillon alerta toute la population.

— Nous attendions tous ton réveil. Je leur ai promis de sonner dès que tu le ferais. Tu dois mourir de faim. Maman va t'apporter à manger.

Thierry n'écoutait pas ce qu'elle disait. Il semblait plongé dans ses pensées, et avoir du mal à en sortir.

— Chéri ? Tu as faim ? Thierry ?

— Hein ? Oui. Oui. Je crois.

— Tu te sens bien ?

Elle lui prenait le pouls.

— Tout a l'air normal.

Il n'eut pas le temps de répondre que Jack et Betty entraient en coup de vent.

— Thierry ! Mon garçon. Comment te sens-tu ?

Jack lui prit le pouls à son tour. Inspecta les pupilles. Écouta le cœur.

— Tout ça m'a l'air très bon. Que ressens-tu ?

— Euh… rien. Rien de spécial. Un peu fatigué.

— Pas de maux de tête ?

— Non.

— Bien !

La salle s'était remplie. Les premiers arrivés donnaient les nouvelles à ceux derrière. Jack leva les bras.

— Mes amis ! Doucement. Tout va bien pour Thierry. Il a besoin de repos. Alors retournez à vos occupations, nous vous tiendrons au courant de son état.

Woo réussit à se frayer un chemin.

— Il est réveillé ? Comment va-t-il ? Alors mon vieux enfin sorti des limbes ?

— Woo ! Vieux frère. Tu m'avais abandonné. Heureusement qu'Alison était là. J'aurais pu mourir tranquille.

— Je n'avais aucune inquiétude ! Tu étais en de très bonnes mains.

— Assez plaisanté les garçons. Woo laisse-le, il faut qu'il mange et qu'il se repose. Ah ! Voilà Betty qui amène de quoi nourrir notre blessé. Allez ! Tout le monde dehors. Il lui faut du calme.

Betty amenait un plateau bien garni. Un bol de bouillon de poule fumant, une tranche de jambon, un peu de fromage, un fruit. On l'aida à se redresser, une table à roulette fut glissée. D'une petite voix faible, il dit :

— Merci Betty. Rien que le parfum de votre bouillon réveillerait un mort.

Il voulut prendre la cuillère, mais sa main retomba. Pas de force. Alison se précipita, et lui donna à manger. Chaque bouchée lui semblait un nectar. La chaleur emplissait son estomac et il sentait les forces revenir peu à peu.

Le repas avalé il sombra dans un sommeil réparateur.

La santé de Thierry s'améliorait de jour en jour. À tel point qu'il quittait l'hôpital aujourd'hui. Le charretier lui avait fabriqué un véhicule spécial jambe et bras cassés. Rembourré pour amoindrir les cahots du chemin. Sur son passage les gens applaudissaient et lui envoyaient des fleurs. Il accueillait ces marques d'affection avec le sourire. Mais depuis qu'il avait repris conscience, il était triste, il parlait peu ou pas. Malgré tout, il eut un plaisir sans mélange à retrouver sa plage, sa maison, son chien, son océan.

Il fut installé dans le « rocking-chair ». Ceux qui l'avaient amené le saluèrent une dernière fois et s'en allèrent. Alison et lui étaient enfin seuls. Elle s'occupait de Philippe, à l'intérieure. Cela tombait à pique, elle ne savait par quel bout prendre son mari. Il n'était plus le même et elle savait pourquoi. Il avait retrouvé son passé et il souffrait. Comment l'amener à se confier ? Elle voulait l'aider, faire à nouveau partie de sa vie, de son histoire. *« Il faut que tu lui montres à quel point tu l'aimes »*. Le petit dans les bras, elle le rejoint sur la terrasse.

Il était tellement loin qu'il ne l'entendit pas. Les yeux fixés sur l'horizon, rien ne semblait pouvoir le faire revenir. Des larmes faisaient une traînée brillante sur ses joues. Des gouttes tombaient sur ses mains. Il caressait machinalement Phoebus lové sur ses genoux, qui léchait doucement les larmes sur les mains. Elle fut bouleversée par ce chagrin silencieux. Voir cet homme si fort, si courageux, si bon, aussi malheureux, la remuait jusqu'au tréfonds de son âme. Elle rentra déposer le bébé sur sa couverture et revint vers lui.

De sa main douce, elle attira sa tête contre sa poitrine et lui caressa les cheveux. Il se laissa faire sans réagir.

— Dis-moi. De quoi te souviens-tu ?

Il répondit par un sanglot.

— Tu te souviens de tout, c'est ça ?

Il fit oui de la tête.

— Tu veux m'en parler ?

La voix cassée il articula :

— Pas maintenant.

— Tu veux rester seul ?

— S'il te plaît.

Elle déposa un baiser sur ses lèvres.

— Je t'aime.

C'était la première fois qu'elle lui disait ces mots. Le moment n'était peut-être pas très approprié, mais quoi qu'il ait laissé derrière lui, il devait savoir qu'ici aussi il était aimé. Il n'eut aucune réaction. Elle rentra.

Il ne bougea pas de son fauteuil de tout l'après-midi. Elle lui amena à boire. Il ne réagit pas. Elle ne savait que faire pour lui venir en aide. Pourtant elle n'insista pas. Elle sentait qu'il voulait ne pas être dérangé et respectait sa volonté.

Le soir venu, elle n'en pouvait plus. Le petit était couché, le repas était prêt, il fallait qu'il mange.

— Chéri, je t'ai fait un poisson comme tu l'aimes. Tu veux que je t'aide à rentrer.

Elle lui tendait les béquilles. Elle entendit à peine sa réponse :

— Pas faim.

— Cela n'a aucune importance. Je suis ton médecin, et ton médecin te dit de manger. Tu dois reprendre des forces. Tu verras, tu te sentiras mieux.

Elle fit mine de le soulever. Il se laissa faire. Passa les béquilles sous ses bras, et avança avec difficulté jusque dans la cuisine. Il s'assit lourdement. Elle fit le service, et s'attabla à son tour. Ils mangèrent en silence.

— Tu vois que tu avais faim.

Pas de réponse. Elle disait banalité, sur banalité pour rompre ce silence qu'elle supportait de moins en moins. Il semblait s'éloigner de minute en minute. Indifférent à tout ce qui se passait autour de lui. Ses souvenirs devaient être terribles… ou magnifiques, pour le mettre dans un tel état.

Le repas terminé, il retourna sur la terrasse. Elle rangea la cuisine. Quand ce fut fait, elle prit sa décision. Il fallait qu'elle en ait le cœur net. Il ne pouvait rester ainsi, indéfiniment retranché en lui-même. Elle prit le deuxième « rocking-chair », le fit glisser et s'installa à ses côtés. Elle posa sa première question :

— Tu te souviens de ton véritable nom ?

— Thierry Wittmer.

— Thierry ? Tu veux dire que tu connaissais ton prénom ?

— Une réminiscence certainement. Une sorte d'instinct.

Puis vint la question dont elle redoutait la réponse.

— Il y avait une femme ?

Il fit oui de la tête.

— Vous étiez mariés ?

Non de la même manière.

— Vous *deviez* vous marier ?

— Oui. Elle devait divorcer avant et me rejoindre en Nouvelle Calédonie.

— Nouvelle Calédonie ?

— C'est une grande île près de l'Australie.

— Je vois. Et ?

— Je devais m'y rendre pour mon travail. En fait, je suis géologue. J'avais été chargé par ma société de faire des recherches pour du pétrole.

Elle écoutait attentivement. Notant au passage les mots qu'elle ne comprenait pas, ne voulant pas l'interrompre dans son récit, de peur qu'il ne s'arrête.

— Elle attendait un enfant de moi. Elle était sûre que c'était une petite fille. J'étais fou de joie et d'amour.

Le poignard de la jalousie transperça le cœur de la jeune femme.

— Le jour de notre séparation sur le quai de la gare de Hanoï, elle m'a supplié de l'emmener. J'ai ri. Je lui ai dit de ne pas faire l'enfant. Que dans un mois au plus nous serions réunis. Mais c'était sans compter avec la guerre. Mon bateau a été torpillé en pleine nuit. Ce fut l'horreur. Il y avait des flammes, des gens qui couraient, qui hurlaient, qui se battaient pour les canots de sauvetages. « Les femmes et les enfants d'abord ». Tu parles ! La plupart des officiers étaient morts, et c'était la chienlit. Quand j'ai compris qu'il n'y aurait pas assez de place pour tout le monde, j'ai pris un petit garçon qui pleurait dans mes bras, et j'ai plongé. Heureusement l'eau n'était pas froide. Des gens étaient déjà à l'eau et criaient. Demandant de l'aide. J'ai fait mon possible pour en sauver, les aidant à grimper à bord des chaloupes. Ceux qui étaient à bord refusaient de les embarquer. La dernière chose dont je me souviens c'est un type avec une rame, dressé et qui me tape sur les mains, et certainement sur la tête. Après c'est le noir, jusque dans la hutte de Hu Lan.

Il se tut. Elle était bouleversée.

— Cela a dû être terrible.

— Hun, hun.

— Co… comment s'appelle-t-elle ?

— Adeline de Linière.

— Où vous êtes-vous rencontrés ?

— À Hanoï. Au cercle suisse. Parce que je suis, et, elle est suisse. Nous sommes nés dans la même ville, nous avions des amis communs. La nostalgie de notre beau pays, nous a rapprochés. Elle n'était pas heureuse en mariage. Nous sommes tombés follement amoureux. Quand elle s'est retrouvée enceinte je l'ai suppliée de quitter son mari. Elle a fini par demander le divorce. Il lui fallait du courage pour ça. Les femmes divorcées sont très mal vues dans notre société. Mais notre amour nous donnait la force de nous battre. Et puis, nous devions partir, quitter ceux qui auraient pu nous juger… alors…

Alison avait mal. Elle sentait que cet amour pour Adeline n'était pas fini. Au contraire. Il était resté là, tapi au fond du cœur de son mari, tel une bête endormie. Il revenait intact… Il fallait qu'il pense à autre chose.

— Et tes parents ?

— Ils sont en Suisse. À Lausanne. Mon père est un grand chirurgien. J'ai fait trois années de médecine, parce que je voulais lui ressembler. Mais quand j'ai commencé mon externat, il m'a été impossible de charcuter des corps vivants. J'ai abandonné, et me suis intéressé aux minéraux, ils sont moins susceptibles de souffrir. Cela explique mes connaissances en sciences et en médecine. Le coup sur la tête a dû me faire grandir, car je n'ai plus peur de soigner. Ma mère est une grande pianiste. Elle donne des concerts, voilà pourquoi je suis doué en musique. Les chiens ne font pas des chats.

— Tu as des frères ou des sœurs ?

— Une adorable petite sœur. Madeleine. Maddy pour les intimes. Elle n'a que deux ans de moins que moi, pourtant elle sera toujours ma petite sœur. Elle doit être mariée et avoir des enfants maintenant… Mon Dieu, tous ces êtres que j'ai aimés ou que j'aurais pu aimer et que je ne verrai plus jamais… Cette pensée m'est insupportable.

Le visage dans sa main valide, il sanglota. Il se retrouvait dans la même situation que lorsqu'il était chez les Lans. Prisonnier. Il était prisonnier. Sans espoir, jamais, de pouvoir s'échapper. De retrouver sa vie. Il eut envie de hurler. Il avait mal. Si mal. À ses côtés, Alison pleurait, elle aussi. Elle était impuissante devant la douleur de son mari, et elle voyait son bonheur s'envoler. Comment réussirait-elle à combler l'absence de tous ses êtres qu'il aimait ? Contre toute attente, ce qu'il espérait le plus depuis toutes ces années était devenu un enfer. Mais pourquoi ? Pourquoi avait-il retrouvé la mémoire ? !

Les jours, les semaines, les mois suivants, furent très difficiles. Thierry ne voulait qu'une seule chose : Être seul. Deux personnes arrivaient à le faire sourire. Son fils et Woo. Même l'annonce de la grossesse de sa femme ne lui fit rien. Il restait des heures assis sur la terrasse, les yeux braqués sur l'horizon. Hanté par les adieux sur le quai de gare. Il aurait dû emmener Adeline avec lui. Elle serait là près de lui. Même au bout du monde, ils seraient ensemble, avec leur fille.

Alison ne le reconnaissait plus. Lui si affectueux, si gai, si gentil, si prompt à rendre service, s'était fermé à tout ce qui n'était pas ses souvenirs. Au début elle le questionna sur sa vie, son pays, sa famille. Elle voulait savoir. Il répondait volontiers. Puis peu à peu, il devint rétif, s'énervant presque :

— Arrête avec toutes ces questions ! Comme si cela t'intéressait vraiment !

Elle eut un haut-le-cœur. Cela lui avait fait l'effet d'une gifle.

— Mais bien sûr que cela m'intéresse. Tout ce que tu es ou as été m'intéresse.

Il sortit en haussant les épaules. Après ça, elle ne lui posa plus jamais de question. Leurs relations prirent de la distance. Ils ne dormaient plus dans le même lit.

Vint le jour où les plâtres devaient être enlevés. La charrette devait venir le chercher en milieu de matinée, pour l'emmener à l'hôpital. Il prenait son petit-déjeuner, avec Alison et Philippe qui babillait dans sa chaise de bébé. Alison se gratta la gorge et dit :

— Je ne t'accompagnerai pas à l'hôpital.

— Cela ne fait rien, Jack m'enlèvera les plâtres, ce n'est pas grave.

— Quand tu reviendras Philippe et moi nous serons partis. J'ai attendu jusqu'à aujourd'hui, parce que tu ne pouvais pas te débrouiller tout seul. Dès que tu seras libéré de tes plâtres, tu seras autonome et tu n'auras plus besoin de moi. Alors je vais retourner vivre avec mes parents. Je ne pense pas que nous te manquerons ?

Il la regarda les yeux écarquillés. Encaissa le coup. Lâcha :

— Si c'est ce que tu veux…

Il prit sa béquille et sortit. Elle le suivit du regard, le cœur brisé. Elle l'avait bel et bien perdu. Elle entendit le bruit de la charrette. La voix de François qui saluait Thierry. Le toc, toc de la béquille sur la terrasse, qui s'éloignait. Il ne l'avait même pas saluée avant de partir. Elle s'assit la tête dans les mains, les épaules secouées de sanglots. Sa belle histoire était finie.

Ce soir-là, quand il rentra et trouva la maison vide, pour la première fois depuis qu'il était arrivé sur Dana, il se soûla. Jusqu'à tomber. Il ne voulait plus penser, plus voir, plus ressentir. Mourir. Oui. Mourir.

C'est le mal de tête qui le réveilla. Cela cognait là-dedans comme le bourdon d'une cathédrale. Il ouvrit les yeux, le soleil l'éblouit. Quand il arriva à faire le point, il vit une paire de chaussures juste sous son nez. Ces yeux remontèrent le long des jambes et en roulant sur le dos, il vit le visage. Woo, les bras croisés, sourcils froncés, dardait sur lui un regard noir.

— Tu t'es mis dans un bel état.

Thierry essaya de se redresser, il finit appuyé contre le mur, tête posée sur les genoux remontés. Le son de la voix de son ami, avait intensifié les cloches.

— Hou… parle moins fort… j'ai mal la tête…

Woo s'assit à côté de lui.

— Tu as l'intention de faire l'andouille encore longtemps ?

Thierry ne répondit pas.

— Parce que tu te rends compte, que tu te conduis comme une andouille n'est-ce pas ?

Silence.

— Tu as laissé partir ton adorable femme et ton fils ! C'est digne d'une andouille ça non ?

Rien. Woo poussa un profond soupir.

— Écoute. Nous savons tous que le fait d'avoir retrouvé la mémoire t'a bouleversé. Nous avons tous compris ton chagrin. Ta fiancée, ton enfant, ta famille, ton travail, ta vie en un mot. Nous avons respecté ta douleur. Mais cela fait deux mois et demi maintenant ! Ici aussi tu as une vie. Un amour. Un enfant. Un autre qui va arriver. Des amis, des parents, un frère. Un travail que tu aimes. Parce que tu aimes ton travail n'est-ce pas ? Tu aimes ta femme ? Ton fils ? Moi ? Nous ? Ton Dieu nous a guidés jusqu'ici, il nous a offert une chance d'avoir une vie, une vraie vie. Remplie, riche. Que veux-tu de plus ?

Thierry se leva agacé.

— Tu ne te rends pas compte de ce que j'ai perdu !

— Et te rends-tu compte de ce que tu as gagné ?

Ils se défièrent.

— Que vas-tu faire maintenant ? Continuer à te lamenter sur ton sort ? Vivre en ermite ? Ou voir les choses clairement. Tu ne peux plus rien pour ce qui est de ton passé, alors accepte et reprends ta vie là où tu l'avais laissée avant ton accident. Tu étais heureux. Très heureux. Va voir ta femme, dis-lui que tu l'aimes et ramène-la chez elle. Chez vous !

Silence… Woo secoua la tête d'un air triste. Il ne comprenait plus son ami. Pendant les deux mois de convalescence il avait compati, écouté, partagé. Aujourd'hui le corps de son ami était guéri, il fallait que son esprit et son cœur le soient aussi. Woo pensait qu'en le secouant un peu, il reviendrait, il réaliserait. Apparemment non. Il le sentait enfermé dans sa souffrance, avec une sorte de complaisance. Il s'avança vers lui, posa une main sur son épaule.

— Je suis désolé… et déçu. Tu sais à quel point je t'aime, mais là tu me déçois. Tu vas finir par tout perdre.

Pas de réaction.

— Bon. Je vais vous laisser ton désespoir et toi. Vous faites tellement bon ménage, qu'il serait vraiment dommage de vous séparer.

Il sortit. Thierry donna un coup de poing dans le mur.

Alison était au labo. Elle étudiait les effets d'une nouvelle crème qu'elle avait utilisée, pour soigner la brûlure d'une enfant. Le visage de la petite avait été éclaboussé par de l'eau bouillante, heureusement les yeux avaient été épargnés, mais ses joues, son front et ses mains étaient gravement atteints. L'onguent que Thierry avait préconisé avait l'air d'avoir agi. La peau s'était régénérée et en continuant le traitement, il n'y aurait pas de cicatrice. Elle ne serait pas défigurée. La maman et la petite fille étaient ravies.

Alison sourit en voyant leur joie. Son cœur se serra. Encore un bien fait de Thierry. S'il ne revenait pas à de meilleurs sentiments, comment allaient-ils faire pour se passer de ses connaissances et de son instinct. Sans lui, le travail de recherche avait perdu tout son sel. Ses plaisanteries, sa curiosité, ses fulgurances lui manquaient. Avec lui tout devenait passionnant et amusant. Elle ne l'avait quitté que depuis hier, et pourtant elle avait l'impression que cela faisait une éternité. Elle se demandait sans arrêt : Où allait-elle trouver la force de continuer sans lui ?

Elle raccompagna la maman et sa patiente à la porte. Au moment où elle posait la main sur la poignée, la porte s'ouvrit en coup de vent. Il était là, devant elle. Rasé de près. Cheveux coupés. Propre comme un sou neuf. Comme elle ne l'avait pas vu depuis longtemps.

— Oh monsieur Mc Dowell ! Cela fait plaisir de vous revoir. Vous avez l'air en pleine forme. Votre jambe et votre bras vont mieux… vous avez vu comment ma Lydie s'est remise… elle n'a même pas de marques…

Un vrai moulin à paroles. Pendant ce temps, Alison et Thierry ne se quittaient pas des yeux. Voyant ça, la maman prit la main de sa fille en souriant, et sortit.

La jeune femme ferma la porte sur elle et resta appuyée contre le ventail, face à lui. Il la dominait d'une bonne tête et elle devait lever le visage vers lui pour le regarder. Il s'approcha d'elle et l'embrassa. Son cœur battait la chamade, ses lèvres lui avaient tellement manqué. Des mois sans avoir senti la douceur de ses baisers.

— Je te demande pardon. Je me suis conduit somme un imbécile. À force de regarder mon nombril, je ne me suis pas rendu compte de la chance que j'avais de t'avoir, de vous avoir. Je t'aime ma chérie. J'aime ma vie avec vous. Si tu l'acceptes, je voudrais que tu reviennes à la maison.

— Tu en es sûr ?

— Oui bien entendu. J'ai été bouleversé par mes souvenirs. J'étais frustré. J'ai perdu le sens des réalités. Tu comprends. Pendant longtemps j'ai fait ce rêve du quai de gare. À chaque fois j'avais mal. Le fait de tout retrouver en détail, m'a retourné. Je ne voyais, n'entendais, rien d'autre. Heureusement, Woo m'a recadré. Je suis descendu de mon nuage. J'ai vu à quel point je m'égarais.

— Tu ne penseras plus à ton ancienne vie ?

— Bien sûr que j'y penserai. À moins de redevenir amnésique, je ne vois pas comment je ferais pour effacer mes souvenirs. Mais tu ne peux m'en vouloir d'avoir vécu avant notre rencontre… Toi aussi tu as des souvenirs… Pierre est toujours là n'est-ce pas ?

Il pointait un index dur sur le cœur de la jeune femme. Elle répondit dans un souffle.

— Oui…

— Donc tu sais de quoi je parle. Cela ne t'empêche de m'aimer ?

— Non…

Il lui caressa tendrement la joue.

— Tu me comprends ?

— Oui…

— Alors tout va bien ?

— Oui.

— On rentre à la maison ?

— Oui.

— On va chercher notre bébé ?

— Allons-y !

Les choses se remettaient en place. Le bonheur reprenait ses droits.

Chapitre XII

En sortant de son lit ce matin-là, il sentit un peu plus que d'habitude le poids des années. Son bras et sa jambe lui faisaient un peu plus mal. Il entendait Alison chanter dans sa cuisine. Comme tous les matins. La bonne odeur du petit-déjeuner lui chatouilla les narines. Son estomac gargouilla en réponse. Il s'étira, se dirigea vers la salle de bains, grâce à lui l'eau courante avait été installée dans toute l'île. Ils avaient utilisé les bambous comme tuyaux. Il ouvrit le robinet et éclaboussa son visage avec l'eau fraîche. En s'essuyant il scruta son reflet dans la glace.

Il n'était pas mécontent. Le ravage du temps n'était pas passé par là. Il avait des rides certes. Mais des rides de bonheur. Pattes d'oie autour des yeux, marques autour de la bouche. Il souriait et riait trop. Trente-huit ans qu'il vivait à Dana. Il avait 68 ans. Deux enfants. Un garçon et une fille. Sa fille était mariée. Il était grand-père. Jack et Betty arrière-grands-parents. Philippe n'avait pas encore trouvé l'âme sœur. Ce n'était pas faute de prétendantes, cependant il ne semblait pas intéressé.

La vie de Thierry était belle, intéressante. Humainement et intellectuellement. Il avait su gagner l'affection et le respect de ses concitoyens. Ils lui avaient donné la place de Jack au grand conseil. En un mot, il était heureux. Pourtant son œil de praticien décelait comme une faille dans son regard. Depuis quelque temps, il se sentait fatigué. « *Bah ! C'est la jeunesse. Prends un peu de fortifiant, cela ira mieux* ».

Au cours de ces années, il avait eu parfois de furieuses envies de revoir sa patrie, sa famille, de partir. Cela le prenait toujours au moment où il s'y attendait le moins. Le rire d'un homme ou d'une femme, un air de musique, lui rappelaient son père, sa mère ou Adeline. Il pensait à sa petite fille… qui devait avoir… trente-huit ou quarante ans… qu'il ne connaîtrait jamais. Alors il serrait les dents et ravalait sa peine. La fréquence de ces remontées s'était espacée, ou alors il les supportait mieux…

Woo, son ami, son frère, avait suivi le même chemin que lui. Cela le faisait sourire. Quand il le voyait donner ses cours de littérature, ou souffler du verre et créer une nouvelle œuvre d'art, il ne pouvait s'empêcher de revoir le petit bonhomme triste et chétif qu'il avait recueilli. Il était fier de son élève.

Will comme tout le monde le pressentait s'était remarié. Une femme de Dôn, Gaël, qui lui tournait autour depuis toujours. Avenante, accorte, ambitieuse, cela faisait longtemps qu'elle rêvait d'être la femme du chef du conseil de Dôn. Au début cela lui était un peu monté à la tête, mais elle fut vite remise à sa place. Elle lui avait donné une fille : Marie. Toute en rondeurs. Drôle. Gaie. Elle était tellement douée pour organiser les fêtes, que c'est elle qui devint la préposée aux réjouissances de Dana. Elle avait épousé un garçon charmant et son opposé. Il était souvent dépassé par l'entrain de sa femme, pourtant il la suivait et l'observait avec tendresse.

Phoebus était parti depuis longtemps. Ébène coulait une retraite paisible. « *Qu'est-ce qu'il t'arrive de remuer tout ça mon vieux ? Tu fais le bilan ?* »

— Thierry chéri, le petit-déj est prêt !!!

— J'arrive !

Il se fit un petit salut dans la glace. La nature appelait.

En arrivant dans la cuisine il fut accueilli par le visage avenant de sa femme. Sur elle aussi le temps n'avait pas eu d'emprise. Comme lui, quelques cheveux blancs, quelques rides, mais rien de marquant. Toujours aussi mince et élégante. Mêmes yeux pétillants.

Comme tous les jours, ils firent le programme de la journée. Ils avaient quelques malades à l'hôpital. Philippe devait faire la tournée. Après ses cours, Alison devait rendre visite à Élisabeth (leur fille) et Marc (fils de May et Woo), qui s'étaient installés à Dôn. Ils y avaient ouvert un cabinet et une infirmerie. La démographie de l'île n'était pas exponentielle, les couples n'avaient droit qu'à deux enfants, mais cela faisait quand même du monde à soigner. Élisabeth était la directrice de l'école de Dôn et Lugh.

Ce soir c'était l'anniversaire de l'un des petits et ils devaient tous se retrouver pour fêter ça chez Élisabeth. Ils se séparèrent donc en se souhaitant une bonne journée.

Laurent et Kathy sautèrent au cou de leur grand-mère quand elle arriva. Elle dut les pousser pour pouvoir entrer.

— Bonjour mes chéris. Laissez-moi respirer. Vous m'étouffez.

— Mana ! Mana ! C'est l'anniversaire de Laurent aujourd'hui ! Il a dix ans.

— Je sais ma chérie, et pourquoi crois-tu que je suis là ?

— On va faire la fête dis ?

— Oui. Et tu vas m'aider à préparer le repas.

— Moi aussi je peux ?

— Il manquerait plus que tu te défiles.

Elle les entraîna dans la cuisine. Élisabeth entra sur ces entre-faits. À chaque fois qu'elle la voyait Alison recevait un coup au cœur. Elle était la copie conforme de son père, mais au féminin. Les bras chargés de victuailles, elle entra dans la cuisine, et les déposa sur la table en soufflant.

— Bonjour maman. Cela ne t'ennuie pas de venir m'aider ?

— Mais non ma belle. Tu sais que j'aime passer du temps avec vous. Tu as tout ce qu'il faut ?

— Oui.

— Bien. Alors on s'y met ?

La préparation du dîner avec l'aide des deux mitrons se fit rapidement. Ils léchaient les cuillères de crème. Nettoyaient les bols d'un doigt gourmand. Kathy avait préparé la pâte du gâteau. Un vrai petit chef. Elle adorait faire la cuisine.

— Comment va papa ? Cela fait plus d'une semaine que je ne l'ai pas vu. Il ne fait plus les tournées ?

— Non. Il n’en a pas envie. Et puis cela permet à Philippe de faire ses preuves.

— Tu es sûr qu’il va bien ? Je l’ai trouvé fatigué la dernière fois.

— Ah bon ? Il travaille beaucoup, mais il me semble aller bien.

— Hun… Tu devrais quand même le persuader de faire des examens. À son âge, il doit se surveiller.

— Ne lui dis pas ça malheureuse, il se prend encore pour un jeune homme.

— Tu sais bien que les cordonniers sont les plus mal chaussés. Essaye de le faire venir au cabinet. Marc lui fera un bilan complet.

— Pourquoi ne le lui dis-tu pas toi-même ? Tu sais que tu le ferais passer par un trou de souris. Toi il t’écoutera.

— D’accord, je lui en parlerai ce soir.

La fête battait son plein. Toute la famille était venue. Dix ans pour un garçon, c’est un âge important. Tous les amis et parents avaient voulu participer à cet événement. Du plus vieux au plus jeune. Thierry à son habitude allait de l’un à l’autre, suivi de près par Laurent. Au passage sa fille l’arrêta.

— Tu vas bien mon papa ?

Il l’embrassa sur le front.

— Toujours quand je suis avec toute la famille.

— Tout à l’heure on parlait avec maman, et on a pensé que vous devriez venir au cabinet tous les deux pour passer des examens.

— Pour quoi faire ? Je me sens très bien. Je ne vois pas l’intérêt de perdre du temps avec ça.

— Je ne sais… Tu commences à te faire vieux…

Elle dit ça en lui faisant son sourire craquant et en lui caressant la joue.

— Une petite révision ne vous ferait pas de mal.

Il rit.

— Un peu de respect pour ton ancêtre, fille !

— Je ne plaisante pas. Fais-moi plaisir. Cela te prendra quoi ? Une matinée.

— Bon d'accord. Je verrai ça.

— Pourquoi pas demain matin ?

— Tu vas vite en besogne dis donc. Demain matin j'ai mes consultations…

— Alors demain après-midi ?

Il poussa un soupir.

— D'accord. D'accord pour demain matin. Sinon tu vas m'embêter tant que je ne l'aurai pas fait.

— Bien. Tu viens à jeun pour les prises de sang et autres. Tu resteras déjeuner avec nous ?

— Deux jours de suite ? C'est un honneur…

En rentrant ce soir-là, pendant qu'ils se préparaient à se mettre au lit, il déposa sur la table de nuit un gobelet :

— Tu sais ce que ta fille m'oblige à faire ?

— Un examen complet.

— Ha ! J'en étais sûr ! Vous avez comploté toutes les deux. Vous vous êtes liguées contre moi. Et en plus elle veut que je fasse pipi dans ce gobelet.

— Ce sera pour toutes les fois où tu l'as demandé à un patient.

Elle l'embrassa en souriant.

— Nous te voulons du mal, rien que du mal.

— Oui, et bien cette fois vous n'y arriverez pas. Vous ne me manipulerez plus. Ta fille avec ses sourires enjôleurs, et toi avec tes baisers, pour m'endormir… Je n'irai pas faire ces examens.

Elle se coucha en riant.

— J'en étais sûre. Tu as la trouille !

— Moi ? Meuhh pas du tout. Je me sens en pleine forme c'est tout, et ce serait une perte de temps.

— Débrouille-toi avec ta fille. Moi je m'en lave les mains.

— Au fait ! Elle m'a dit que toi aussi tu devais faire ces examens.

— Nous avons déjà rendez-vous. Je dois y aller cette semaine. Après toi.

Elle se blottit dans ses bras.

— Tu vas passer avant moi. Tu me raconteras ?

— Rigoles. Tu sais ce qui me déplaît dans tout ça ?

— Non.

— Je ne pourrai pas prendre ton délicieux petit-déjeuner.

Comme le lui avait dit Élisabeth, il en eut pour toute la matinée. Il n'avait pas aimé ça. Les piqûres et autres manipulations, trop peu pour lui. Cela ne le gênait pas de le faire aux autres, mais lui… enfin… il laissa faire son gendre avec patience. Assis sur la table d'auscultation, il le regardait prendre des notes, front soucieux. Marc ne disait rien et cela l'agaçait. Il n'y tint plus :

— Un problème ?

Pas de réponse.

— Eh ! Marc ? Il y a un problème ?

— On doit attendre le résultat des analyses.

— Ne me raconte pas d'histoire… tu as les sourcils froncés depuis que tu as ausculté mon cœur.

— Non… Non… Cela ne te concerne pas. Je suis inquiet pour un patient…

— Quels symptômes ?

— Hein ?

— Ton patient. Quels symptômes ?

— Euh…

Thierry se dirigea vers Marc et lui prit le stéthoscope qui pendait à son cou.

— Mon grand tu n'as jamais su mentir. Tout petit déjà tu répondais euh…

Il écouta son cœur.

— Hun… je vois. Il a des sautes d'humeur. Quel est ton diagnostic ?

— Ta tension est normale. Tu as de la tachycardie. Il va falloir que l'on surveille ton rythme cardiaque. Tu dors bien la nuit ? Des essoufflements ?

— Je ne nage plus aussi longtemps le matin. Je me fatigue plus vite. J'ai 68 ans ceci explique cela.

— Dis-moi franchement, as-tu déjà ressenti des symptômes d'infarctus ?

— Non…

— Maux dans les mâchoires ? Toux nocturnes ? Des fourmis ?

— Non…

— Bon, on ne va pas s'affoler. Tu vas prendre régulièrement ton pouls. Noter les variations. Pendant trois jours, surtout si tu fais des efforts. On se revoit en fin de semaine. Je peux compter sur toi ?

Son gendre paraissait si morose, qu'il n'osa pas se révolter et rejeter la prescription.

— Ou… Oui. Je le ferai.

— Bien ! J'aurai les résultats de tes analyses. On va manger ? Lisa doit nous attendre.

Quand il revint trois jours plus tard avec son suivi, il se faisait du souci à son tour. Il avait noté des asystolies et de la tachycardie. Il avait beau crâner, cela l'inquiétait quand même. La tête de Marc à son arrivée ne lui remonta pas le moral.

— Tes analyses sont bonnes. Pas de cholestérol, pas de diabète, bon taux d'urée, une carence en vitamine B1 que l'on peut corriger. Mais les notes que tu me ramènes me tracassent. À mon avis tu as une insuffisance cardiaque… tu connais le traitement. Pas de sel, pas d'efforts inconsidérés. Des anticoagulants, de la digitaline.

— Combien de temps ?

— Le traitement ?

— Non. Combien de temps me reste-t-il ?

— Comme tu y vas ! Euh…

— Ne recommence pas. Et ne me prends pas pour une bille. Combien de temps ?

— Si tu te soignes bien, et que tu fais attention… un an ou deux.

Thierry sentit son sang se glacer. Il eut un frisson. Un long silence s'installa entre les deux hommes. Le jeune ne savait pas quoi dire pour réconforter son beau-père. Le vieux après avoir entendu la sentence, était assommé… Puis il se leva, l'air sombre.

— Tu n'en parles à personne. J'ai besoin de réfléchir.

— Je te donne une ordonnance ?

— Inutile. Je sais ce que je dois prendre. N'oublie pas que c'est moi qui t'ai tout appris.

Il parlait d'un ton dur. Ce qui désarçonna Marc. Il ne l'avait jamais vu comme ça. Thierry sortit, monta sur son cheval et partit au galop.

Il fonça droit devant lui. Le vent sur son visage lui faisait du bien. Après une course effrénée qui dura longtemps, il ralentit. Inconsciemment, il avait dirigé sa monture vers la plaine par laquelle, trente-huit ans plus tôt, Woo et lui étaient arrivés. Cela faisait des années qu'il n'était pas venu dans le coin. Un retour aux sources… Il suivit la rivière jusqu'à l'endroit où ils avaient passé leur dernière nuit de naufragés. Le souffle court, il descendit de cheval, le laissant s'abreuver. Puis alla s'allonger sous l'arbre qui les avait protégés. Sa respiration redevint normale.

Les mains derrière la tête, il regardait le ciel à travers les branches. Il s'abandonna à ses réflexions. Son esprit vagabondait de pensée en pensée. Au fond il avait eu une belle vie. De l'aventure, de l'amour, de la créativité, des rencontres… que demander de plus ? Revoir sa famille. Son pays. Le monde… Il étouffait. Comme si des murs se resserraient. Il hurla.

— Nooonnn. Nooonnn. Je ne veux pas ! Je ne veux pas mourir ! Papa ! Maman !

La souffrance était là. Tous ces sentiments qu'il avait refoulés, pendant toutes ces années. Son cœur cognait contre sa poitrine. Sa tête se mit à tourner. Ses oreilles à siffler. Il se rassit.

— Calme-toi idiot. Tu vas mourir avant l'échéance.

Il prit de longues inspirations comme s'il allait plonger. Son cœur ralentit. Il se sentait mieux. Quand il eut complètement récupéré, il se leva. Reprit son cheval. Sa décision était arrêtée. Il voulait rentrer chez lui. Mourir chez lui. Il se dirigea vers Dagda. Il devait parler à Woo.

Woo était en train de faire l'esquisse d'une future œuvre. Il entendit le galop du cheval, leva les yeux et le vit. Il sut immédiatement que quelque chose clochait. Il connaissait son ami. La fêlure dans le regard ne le trompait pas. Il le rejoint près de son cheval.

— Que se passe-t-il ?

— Je vais mourir.

— Quoi ? !

— Je vais mourir.

— Qu'est-ce que tu racontes ?

— Mon cœur. J'ai le cœur malade, et il n'y a rien à faire.

— Qui t'as dit ça ? !

— Marc. Il m'a fait des examens. La routine. Résultat : Insuffisance cardiaque. J'en ai tout au plus pour un ou deux ans. C'est la fin du chemin.

— Je ne peux pas le croire… Je ne peux pas le croire… Je ne…

— Tu te répètes.

— Excuse-moi. Mais je ne…

— Peux pas le croire… J'ai compris !… Pardon, mon vieux. Je suis un peu… tendu.

— Non ce n'est rien. Viens rentrons.

Il entraîna son ami vers l'atelier.

— Installe-toi. Tu veux un verre ? Ah non ! Je suppose que tu n'y as pas droit.

— Aucune importance. Au point où j'en suis… Un verre de whisky en plus ou en moins. Et puis j'en ai besoin.

— *Nous* en avons besoin. Je suis aussi abruti que toi par la nouvelle. Tu le sais depuis quand ?

— Ce matin.

— Tu l'as dit à Alison ?

— Non.

— Alors tu étais où jusqu'à maintenant ?

— J'ai fait une ballade. Il fallait que je réfléchisse.

— À quoi ?

— Ce que je vais faire du temps qui me reste ?

— Et ?

— Je vais rentrer chez moi.

— Pas tout de suite. Nous n'en avons pas fini. Tu n'as pas répondu à ma question.

— Tu n'as pas compris. Je vais rentrer chez moi : En Suisse !

Woo resta la bouche ouverte de stupéfaction. Thierry le regarda en souriant.

— Fais gaffe aux mouches.

— Tu… tu… veux rentrer chez toi ? Mais chez toi c'est ici ! Ta femme, tes enfants, tes amis, ta maison, sont ici. Tu ne peux partir et nous abandonner. Et puis comment vas-tu faire ? Tu ne saurais comment y retourner vers ta Suisse ! On ne saurait même pas retourner vers Houla Badji !

— Je ne sais pas encore comment je ferai, mais je le ferai ! Mon père m'a appris à naviguer sur le lac et en Méditerranée. Nous avions un voilier.

— C'est dommage que tu ne t'en sois pas souvenu quand on a quitté notre île.

— Je n'avais aucun instrument, même pas une boussole.

— Tu n'en a pas plus aujourd'hui.

— Tant pis ! Je veux revoir ma famille avant de mourir ! Je veux revoir mon pays, et y être enterré !

— Tu te rends compte de ce que tu dis ? !

— Oui. Qu'y a-t-il d'extraordinaire ?

— Tu veux partir et nous laisser. Est-ce que tu te rends compte de la peine que cela va nous faire ? À tous ! Alison et tes enfants. Et moi. Tu vas me laisser moi ! Tu ne nous aimes donc pas. Tu ne nous as jamais aimés ! Tu as menti pendant toutes ces années !

Soudain Thierry réalisa ce que son idée avait de choquant. Il était atterré.

— Pardon vieux frère. J'étais tellement plongé dans ma détresse que je n'avais pas pensé à la vôtre... Écoute, de toutes les façons vous allez me perdre, puisque je vais mourir. Je partirai plus vite c'est tout. Essaye de comprendre, mes parents me croient mort alors que je suis là, que j'ai été là pendant tout ce temps. Ils doivent savoir. Je veux les serrer dans mes bras avant la fin. Je me suis résigné tout ce temps. J'ai refoulé mon chagrin. Mais ils me manquent. Tu comprends. Ils me manquent. J'ai été arraché à ma vie sans avoir eu le temps de dire au revoir.

— Moi non plus je n'ai pas dit au revoir à mes parents.

— Ils sont morts. Les miens sont encore en vie ! De l'autre côté du monde. Dans l'ignorance totale du fait que je suis vivant !

— Qui te dit qu'ils sont encore là ? Ils doivent avoir au moins cent ans !

— Non. Quatre-vingt-cinq pour mon père et quatre-vingts pour maman. Ils sont certainement encore là. Ils avaient une parfaite santé tous les deux. Nous vivons longtemps dans ma famille. Et puis il y a ma sœur. Je veux la revoir.

Woo ne sut quoi répondre. Il avait tellement mal. L'idée de perdre son ami lui était insupportable. Il n'avait jamais envisagé que cela puisse arriver si vite. Si tôt. Si brutalement. Comme tous ceux que l'on aime, il le croyait éternel. Il ne pouvait cacher son désarroi. Thierry le prit dans ses bras et le berça comme un bébé.

— Ne pleure pas.

Le pauvre Woo ne pouvait parler. L'immense peine qu'il ressentait le laissait sans force.

— Comment vais-je faire sans toi ?

Thierry désarmé devant tant de chagrin ne sut que répondre.

— Tu vas devoir apprendre mon grand. La fin est inéluctable. Sauf peut-être si je rentre. Les progrès de la médecine ont dû être considérables, j'aurais peut-être une chance de m'en sortir.

— Tu crois ?

— Pourquoi pas. Dans le monde réel, ils sont en 1979, je n'ai pas le jour exact, mais à un ou deux ans près, cela doit être la bonne année.

— Tu m'avais dit que lorsque tu avais pris le bateau, il y avait la guerre. Peut-être que tout a été détruit. Tu ne retrouveras peut-être rien.

— Tu sais ce que l'on dit chez moi ? Avec des « peut-être » on mettrait Paris en bouteille, ou un truc comme ça.

— Je ne comprends pas.

— Ce n'est pas grave. Laisse tomber.

À bout d'argument, Woo laissa effectivement tomber.

— Je ne sais plus que dire.

— Rien. Il n'y a plus rien à dire. Ma décision est prise. Bon ! Je vais rentrer chez moi.

— Tu me l'as déjà dit.

— Une fois de plus tu ne comprends pas. Je rentre à la maison. Il faut que je parle à Alison.

— Comment vas-tu le lui dire ?

— Avec le plus de douceur possible.

Ils se quittèrent après moult accolades.

Il trouva Alison dans la cuisine. Il la regarda aller et venir, tout occupée à son repas. Elle chantonnait. Son cœur se serra. Il aimait cette femme, elle lui avait donné de beaux enfants, attentionnée et douce elle l'avait rendu heureux. La quitter allait être difficile. Très difficile. Il poussa un soupir, prit son courage à deux mains et entra.

— Bonsoir ma chérie.

— Bonsoir.

Elle lui tendit ses lèvres.

— Je ne t'ai pas entendu arriver. Le repas sera prêt dans cinq minutes.

Elle le regarda dans les yeux. Comme Woo elle connaissait trop son mari. La lumière qu'elle voyait habituellement n'était plus là.

— Ça ne va pas ?

Il sourit. Impossible de lui cacher quoi que ce soit.

— Marc t'a dit quelque chose au sujet de ta santé ?

Et voilà ! Elle avait trouvé. Il n'avait pas dit un mot, et elle avait trouvé. Il la prit par la main, la guida jusqu'à son fauteuil, s'assit et l'installa sur ces genoux. C'était leur position préférée quand ils devaient parler de choses graves. Cela la conforta dans son idée.

— Tu es malade ?

— Oui.

— Grave ?

— Très.

— Létale ?

— Oui.

— Combien de temps ?

— Un an, deux avec beaucoup de chance.

— Qu'est-ce que c'est ?

— Le cœur. Insuffisance cardiaque.

Tout était dit. Elle se blottit contre lui, enfouissant son visage dans son cou. Il sentit bientôt l'humidité des larmes qu'elle versait en silence. Il la serra plus fort.

Elle finit par se calmer. Ils n'avaient plus prononcé une parole. Leur entente était telle, qu'ils n'avaient pas besoin de parler pour se comprendre. Elle se leva, se moucha, s'essuya les yeux.

— Bien ! Nous allons profiter de tous les instants qui nous restent. Nous allons cesser de travailler, et chaque instant sera consacré à nous et à notre famille.

Le moment qu'il redoutait était là.

— Euh… j'ai d'autres plans.

Elle se rassit sur ses genoux.

— Je t'écoute. Quelle est ton idée ?

— Je… Je veux rentrer en Suisse.

Elle se releva d'un bond.

— Tu veux quoi ?

— Je veux rentrer chez moi.

— Chez toi ? !

Il se leva à son tour.

— Tu ne vas pas t'y mettre toi aussi. Oui ! Chez moi ! En Suisse ! Je ne veux aucun commentaire. Woo m'a déjà dit tout ce qu'il y avait à dire ! Rien ne me fera changer d'avis. Ma décision est prise.

Les bras ballants, elle le regardait comme si elle ne l'avait jamais vu. Puis elle balbutia.

— Tu… tu… en as… parlé… avec Woo, avant de m'en parler.

— Woo est comme un frère, un fils. Je l'ai élevé, c'est vers lui que j'avais envie d'aller.

Elle avala sa salive. Le coup était bas.

— Merci pour moi.

— Ne mélange pas tout. Tu sais que je t'aime. Mais je ne pouvais venir vers toi, t'annoncer cette nouvelle sans réfléchir, sans en avoir parlé avant avec un ami. J'avais besoin de digérer la couleuvre. D'édulcorer. Tu comprends ?

— Et ta seule trouvaille c'est : Je veux rentrer chez moi ?

— Oui. C'est la seule chose dont j'ai *vraiment* envie.

Deuxième coup bas.

— Comment as-tu l'intention de « *rentrer* ».

— Je n'y ai pas encore réfléchi. Mais je trouverai le moyen.

— Tu veux aller retrouver cette femme c'est ça ?

— Ne sois pas stupide. Non. Je veux voir mes parents. Mon père, ma mère, ma sœur. Tu peux comprendre ? Tu n'as pas été séparée des tiens. Tu ne sais pas ce que c'est.

— Mais les « tiens » sont ici !

— Toi, les enfants. Oui. Mais nous avons tous des racines. Les miennes sont là-bas, et avant de mourir je veux retrouver mes racines. Écoute, je suis fatigué. Tu sais que je n'ai pas l'habitude de me défiler, mais la journée a été pénible, je n'ai plus envie de parler de tout ça. J'ai faim, je voudrais manger un morceau et aller me coucher.

Une bonne odeur de brûlé leur parvint de la cuisine.

— Zut ! Tout a cramé.

— Tant pis, je vais me coucher.

— Non. Je vais te préparer autre chose. Tu dois manger. Repose-toi en attendant, je t'appelle quand c'est prêt.

Comme chaque fois que la vie le remuait, il alla s'asseoir sur la terrasse, et se laissa bercer par le bruit des vagues. Quand elle l'appela pour dîner, il ne répondit pas. Il dormait.

Les jours suivants furent fatigants, déroutants, attristants. La nouvelle de sa maladie avait fait le tour de Dana. Comme toujours, une vraie traînée de poudre. D'où était partie l'information ? Personne ne le sut vraiment. Mais le défilé des amis, des parents, était ininterrompu, ce qui fatiguait Thierry. Il fut déconcerté par l'affection qu'on lui démontra. Il ne savait pas qu'il était apprécié à ce point-là. Leur tristesse le toucha.

Les visites étaient tellement nombreuses, que la conversation avec Alison ne put reprendre. Pourtant elle avait bien tenté de relancer la discussion une ou deux fois. Mais il avait éludé d'un signe de main agacé. Tout cela était trop bouleversant, il ne voulait plus polémiquer. Il ne ressentait qu'une immense lassitude.

La noria des visiteurs avait été moins importante ce jour-là. Woo était venu dès la fin de ses cours. Il avait déjeuné avec ses deux amis. Le repas fut presque silencieux. Seules les paroles indispensables furent échangées : « Passe-moi le sel. Tu en veux encore ? Un peu de vin ? ». Ils osaient à peine se regarder. Après le repas, Thierry alla se reposer. Alison et Woo se retrouvèrent sur la terrasse en sirotant un café. Woo dit avec hésitation :

— Il a l'air de tenir le coup.

— C'est le mot : *« il a l'air »*. J'ai l'impression d'être revenue trente ans en arrière. Il recommence comme lorsqu'il a retrouvé la mémoire. Il s'enferme dans son chagrin et une fois de plus je suis impuissante. Je reste là, à le regarder se torturer. Je finis par croire que pendant toutes ces années, il n'a jamais oublié, il a fait semblant.

— Semblant ? Non. Pas Thierry. Il est trop entier, trop franc, trop loyal. Il a toujours été sincère. Il nous aime. Mais il avait une vie avant de nous connaître. Une vie qu'il aimait, à laquelle le destin l'a arraché sans ménagement. Il a le droit de ne pas avoir oublié. De souffrir parce qu'elle lui manque.

Elle ne répondit pas tout de suite. Soupesant ce qu'il venait de dire.

— Tu as raison. Je ne suis qu'une égoïste.

— Il a tellement donné à notre communauté. Il s'est dévoué corps et âme, tu ne crois pas que c'est à notre tour de lui rendre la pareille ? Lui montrer à quel point nous l'aimons.

— Oui. Mais que faire ?

— Faire appel à tous les daniens, et lui construire le plus beau bateau du monde, pour qu'il puisse rentrer chez lui.

— Non ! Non ! Non !

Elle était debout.

— Je ne veux pas qu'il parte !

Woo se mit en colère.

— Tu recommences ! Tu ne penses qu'à toi ! Tu ne dois pas le retenir. Il a le droit de mourir comme il en a envie, où il en a envie. C'est à peu près une des seules libertés que nous avons. Quand la maladie ou le destin ne s'en mêle pas. Et là, les deux se sont mêlés de la vie de l'homme que tu dis aimer. Alors laisse-le partir et pars avec lui ! En tous les cas, moi je l'accompagne. Je lui avais dit que je le suivrais au bout du monde. Il va au bout du monde, je vais avec lui.

Il lui avait tourné autour tout au long de sa tirade. Ponctuant ses phrases de coups de poing dans la paume de sa main. Elle ne l'avait jamais vu dans cet état. Lui toujours si calme, si aimable. Des larmes brillaient dans ses yeux comme des diamants. Elle ne l'avait jamais vu pleurer, même de joie. Elle réalisa la force du lien noué entre Thierry et lui. Un pincement de jalousie la fit réagir. Elle eut honte. Honte de son nombrilisme. Elle soupira.

— Je ne suis qu'une imbécile… Nous allons réunir le Grand Conseil, leur parler du dernier vœu de Thierry, leur demander de l'aide pour le bateau. Toi, tu vas ressortir toutes les anciennes cartes marines pour les restaurer, on demandera à papa où elles sont.

— Des cartes marines ? De quoi parles-tu ? Cela fait une éternité que je m'occupe de la bibliothèque avec May, nous n'avons jamais trouvé trace de cartes marines.

— Normal. Papa est le détenteur du secret de leur emplacement. Son père avant lui, et bientôt Thierry.

— Tu veux dire que les cartes n'ont pas été détruites avec les vaisseaux ? C'est pourtant noté noir sur blanc dans les livres d'histoire de Dana.

— Tout comme moi tu sais que les livres d'histoire ne disent pas tout. Ils sont faits pour ça. Thierry sera plus à même de t'aider, il connaît le reste du monde et il retrouvera peut-être sa route.

— Ma route ? Quelle route ?

Ils sursautèrent tous les deux comme les comploteurs qu'ils étaient. Ils se regardèrent et se firent « oui » de la tête. Woo prit la parole.

— Alison et moi avons eu une bonne idée.

— À quel sujet ?

— De ton retour vers la Suisse.

— Je vous ai déjà dit que ma décision était prise. Je ne sais pas comment, mais je retournerai chez moi.

— Nous, on sait.

— Vous savez quoi ?

— Comment te faire rentrer.

— J'écoute.

Il s'assit dans son fauteuil, dubitatif. Alison prit le relais.

— Tu vas réunir le Grand Conseil, leur expliquer ton désir de partir et leur demander l'aide de la communauté pour construire un bateau. Ensuite nous demanderons à papa de nous dire où sont cachées les cartes marines qui nous ont amenés ici, tu les étudies, tu retrouveras bien ta route.

— Quand tout sera prêt, je partirai avec toi. Où tu vas. Je vais.

— Moi aussi je viens !

Abasourdi, Thierry ne savait que répondre. Tout à leur joie les deux compères le secouèrent.

— Alors que penses-tu de notre idée ?

— Vous croyez vraiment que c'est réalisable ?

— Bien sûr ! Qui ne tente rien n'a rien.

— En effet. Et puis cela m'occupera

Ils passèrent le reste de l'après-midi à peaufiner leur stratégie.

Le Grand Conseil fut convoqué dès le lendemain matin. Quand Thierry leur fit part de son désir de partir, ils eurent la même réaction qu'Alison et Woo. D'abord la peine. Puis la colère. Enfin la compréhension. Alison et Woo défendirent la cause de Thierry.

— L'arrivée de Thierry et Woo à Dana a été une véritable bénédiction pour notre communauté. Ils se sont dévoués pour nous soigner, nous instruire et nous rendre la vie plus agréable. Ceci sans compter. Nous leur sommes redevables.

Quand la raison reprit ses droits, ils donnèrent tout de suite leur accord. Ils allaient lancer un appel pour la construction du bateau.

Jack d'abord réticent, fini par accepter de livrer le secret des cartes. Ce fut une véritable expédition. Il les emmena à bord du cab vers la plage où les trois vaisseaux avaient accosté la première fois.

— Voilà, c'est ici. Il faut creuser.

Woo s'y colla. Il était le plus jeune et le plus fort. Il y mit tout son cœur, comme dans tout ce qu'il faisait. « *TOONNG* ». La pelle venait de cogner un objet.

— Il faut le dégager. C'est un coffre en métal. Il est très lourd. Faites attention.

Thierry rejoignit son ami dans le trou. Le coffre fut bientôt complètement mis à découvert.

— C'est un mastodonte ! On n'arrivera pas à le sortir comme ça. Il nous faut des cordes.

Alison avait déjà réagi et les tendait vers eux.

— Tenez !

Ils les glissèrent sous le coffre et dans les anses.

— Il pèse un veau mort. Je ne savais pas que les cartes pesaient aussi lourd.

— Il n'y a pas que des cartes. Il y a également les instruments de navigation du capitaine de Querouac. Des Atlas, des livres sur l'architecture marine, etc. en un mot tout ce qu'il faut pour quitter l'île.

Woo et Thierry étaient sidérés.

— Tu veux dire que nous avons toujours pu quitter Dana ? !

Après la stupéfaction c'est l'indignation qui submergea Thierry. Jack piqua du nez.

— J'aurais pu rentrer chez moi depuis tout ce temps !

Cette fois c'est Alison qui se mit en colère.

— Il n'y a donc que ça qui compte pour toi !!! Rentrer chez moi ! Rentrer chez moi ! C'est tout ce que tu sais dire !

Thierry sortit du trou.

— Excuse-moi… navré de t'agacer… Non mais tu te rends-tu compte ? Vous aussi vous auriez pu partir ! Voir le monde ! Sortir de cette prison !

Elle réagit comme s'il lui avait donné une gifle.

— Ah bon ! Dana est une prison ? ! C'est comme ça que tu nous vois : en geôliers ? !

Elle était effondrée physiquement et moralement. Thierry s'assit à côté d'elle. Genoux remontés, il y posa sa tête avec lassitude. Il parla à voix basse.

— Quand cesseras-tu de tout ramener à ce que je peux ressentir pour vous tous ? Pour toi ? JE VOUS AIME ! Si tu ne l'as pas encore compris, tu ne le comprendras jamais ! Et je ne me battrai plus pour te le prouver… Je n'ai plus de temps pour ça… Est-ce que tu réalises que là, dehors, il y a un monde ! Un univers ! Dont je fais partie, comme toi tu fais partie de Dana. Ce monde me manque ! Mets-toi trente secondes à ma place et imagine ! Imagine-toi arrachée de Dana et de tout ce qui fait que tu existes. Sans espoir de retour ! Alors oui ! Oui ! Je rêve de m'évader et ce n'est pas pour ça que je vous en aime moins.

Woo appuyé sur le manche de la pelle secouait la tête. Il en arrivait à détester Alison. Elle ne saurait donc jamais faire la part des choses. Il lança :

— Bon ! On le sort ce coffre ?

— Envoie-moi les cordes. Viens me rejoindre, je n'y arriverai pas tout seul.

Après beaucoup d'efforts ils réussirent à sortir la cantine. Ils l'attachèrent à l'arrière du cab et prirent le chemin du retour. Thierry menait les chevaux.

— Jack ? Peux-tu me dire pourquoi tu ne m'as jamais parlé de ce trésor ? Alors que tu connaissais mon désir de partir ? Comment as-tu pu me regarder en face, pendant toutes ces années. Me regarder être malheureux sans lever le petit doigt pour m'aider. C'est… c'est… je ne trouve pas les mots pour qualifier ton attitude. Je t'aimais comme le père que j'ai perdu. Je te faisais une confiance totale. C'est une véritable trahison.

L'interpellé resta coi. La gorge trop serrée pour parler. Alison prit la défense de son père.

— Tu es dur. Il ne l'a…

— Dur ? ! Je suis dur ? Tu plaisantes ? Et toi ? Toi aussi tu m'as menti ! Tu connaissais l'existence de ces cartes ? Tu ne m'en as jamais parlé ! Pourquoi ? Parce que tu m'aimes ? Je suis écœuré !

Jack et Alison ne dirent plus rien.

— Vous n'avez aucune excuse ? C'est ça ? À part de vouloir nous garder Woo et moi. C'est de l'inconscience ou du pur égoïsme ?

— Mais… mais… enfin ! Tu es heureux avec nous ?

— Si j'avais eu mon libre arbitre je l'aurais été deux fois plus ! Merci !

— Qu'aurais-tu donc fait de plus ? !

— Ça suffit Alison ! N'aggrave pas notre cas. Je crois que nous en avons assez fait. Thierry a raison, nous l'avons trahi, nous ne méritons même pas son pardon. La seule chose que nous puissions faire, c'est de l'aider du mieux que nous le pouvons, pour qu'il réalise son rêve.

— Dernière question : Est-ce que Betty savait ?

— Non. Ma femme n'est au courant de rien.

— Je suis curieux de savoir ce qu'elle aurait fait.

— Le secret passait de Président du Grand Conseil, en Président…

— Tu veux dire que *tu* aurais dû me le dire quand j'ai pris ta suite ?

— Oui…

— De mieux en mieux… Cela me donne la valeur de votre amour à mon égard… Qui d'autre savait ?

— Personne…

— Ouf ! J'avais peur d'être obligé de haïr tout Dana avant de m'en aller… On arrive bientôt à Dôn. Alison tu veux que je te dépose chez Élisabeth ? Ou préfères-tu rentrer avec ton père ?

— Non ? Non. Je rentre avec toi.

— Si cela ne t'ennuie pas je voudrais être seul. Seul avec Woo. Mon unique et véritable ami. Nous avons du travail. Je vais examiner les livres sur la construction des bateaux. Je vous donnerai rapidement des plans. J'espère que vous ferez le nécessaire auprès des autres, pour que rien ne vienne retarder mon départ.

Son ton n'appelait aucune réplique.

— Bien… comme tu veux. Je… je vais rentrer avec papa.

— Parfait !

Il fit claquer son fouet aux oreilles des chevaux.

— Allez les petits ! Plus vite !

Pendant cet échange Woo était resté totalement silencieux. Il avait du mal à assimiler tout ce qu'impliquait leur conversation. Il n'arrivait pas à envisager une telle trahison. Il n'y croyait pas. Cela dépassait son entendement.

Arrivés devant la maison de Jack, il les laissa descendre de voiture sans les saluer. Alison tenta un baiser. Il se détourna. Puis s'adressant à Woo :

— J'ai disposé de ton temps sans rien te demander. Je te ramène chez toi ? Tu dois avoir envie de rejoindre ta famille.

— Je veux simplement prévenir May. Ce serait injuste qu'elle se fasse du souci.

— Oui bien sûr. On y va.

Ils eurent du mal à ouvrir le coffre. Ils finirent par faire sauter le cadenas à coups de marteau. Le couvercle grinça en s'ouvrant.

— Tu m'étonnes qu'il ait été lourd ! Il est rempli jusqu'à la gueule. On va en avoir pour un moment à trier tout ça.

Woo était émerveillé, comme une enfant devant un coffre à jouets.

— Regarde ces livres. Ils sont superbes. Reliés cuir, dorés sur tranche. *« De l'art de construire un bateau » 1840, imprimé à Paris.* Regarde ces dessins. Tu crois que cela va nous servir ?

— On pourra toujours s'en inspirer.

— Qu'est-ce que tu tiens ?

Thierry sortait d'un tissu de coton un drôle d'appareil en cuivre.

— Un sextant.

— À quoi ça sert ?

— Ça mon grand c'est la clef pour la liberté ! Avec ça nous trouverons notre chemin en mer.

— Tu veux dire qu'avec ce truc on va pourvoir retrouver la Suisse ?

— Oui, et plein d'autres pays.

— Tu sais t'en servir ?

— Quand nous naviguions avec mon père, il m'a appris comment cela fonctionnait. Je n'ai jamais été un champion, mais j'arriverai bien à m'y remettre. Et voilà le reste de la panoplie. Un compas. Une règle graduée et un rapporteur. Il manque la boussole. Ah ! La voilà. Elle est magnifique. Regarde il y a le nom du vaisseau gravé dessus : *« Le Saint Raphaël ».* Là, il y en a une autre : *« La Renaissance »,* et voilà la troisième : *« Le Saint Gabriel ».*

— À quoi ça sert ?

— Je te l'ai déjà expliqué, tu te souviens.

— Ah oui ! Je me rappelle. On trouve le nord.

— Voilà. Je les pose sur la table et regarde, les flèches pointent toutes les trois vers le même endroit : Le nord.

— Ouah ! C'est magique !

— Il y a un autre sextant, et un autre. Tout est en trois exemplaires. Un par bateau.

— Mais où sont les cartes ?

— Peut-être au fond. Il faut tout sortir. Là, ce gros tube en métal. Elles doivent être roulées dedans.

La fébrilité de Thierry s'intensifia. Il espérait tenir son passeport vers son rêve dans ses mains. Il ouvrit le tube avec délicatesse et fit glisser le contenu tout aussi soigneusement.

— Pourvu qu'elles n'aient pas souffert du temps, cela fait plus de cent ans qu'elles sont là-dedans.

Il déposa avec précaution un épais rouleau de parchemins.

— Fais de la place sur la table. Nous devons les étaler.

Il déroula tout doucement les cartes. Les lestant pour qu'elles tiennent. Il resta muet devant sa découverte.

Inquiet Woo demanda :

— C'est ce que tu attendais ?

Thierry ne répondit pas tout de suite. Il feuilletait les parchemins.

— Alors ? Dis-moi !

Thierry jubilait.

— C'est inespéré. Regarde. Querouac a tracé la route qu'ils ont suivie en rouge, jusqu'ici. Voilà Dana, avec latitude et longitude. C'était un bon, il a su calculer le lieu de leur échouage. Tu te rends compte !

Il dansait autour de la table.

— Je vais pouvoir rentrer !…Je vais pouvoir rentrer !…Je vais pouvoir rentrer…

— Où sommes-nous ?

Woo essayait de décrypter les cartes. Il n'y comprenait rien de rien. Thierry cessa sa sarabande. Pointa son doigt sur l'une d'elles.

— Là ! Nous sommes là ! Entre l'Australie et Java. Petite croix notée par Querouac. Cela doit être approximatif, mais pas loin de la vérité.

— Et Houla Badji ? Tu crois que l'on peut voir Houla Badji ?

Thierry éclata de rire.

— Non mon grand je suis navré, je ne pense pas. Ces données datent du XIXe et ils ne connaissaient pas son existence à cette époque, maintenant non plus d'ailleurs…

Voyant le visage de son ami se rembrunir, Thierry réagit avec douceur.

— Tu voudrais rentrer chez toi, toi aussi ? Retrouver ta famille ?

— Non. Non. Pas du tout. C'est toi ma famille. Je n'ai rien laissé dernière moi.

— Par contre quand tu partiras d'ici, tu laisseras une famille. Tu te sens le courage de partir avec moi ? Après tout tu t'es créé une vie sur Dana. Tu manqueras à beaucoup de monde. Et réciproquement.

Woo resta silencieux un petit moment. Thierry lui laissa le temps de réfléchir.

— Tu as raison. Ma vie ici est magnifique. Mais sans toi elle n'aura pas le même goût. Je veux rester près de toi jusqu'à la fin. Maintenant que l'on sait où se trouve Dana, je pourrai revenir. Alors je viendrai avec toi. Où que tu ailles, je vais.

— Merci mon ami. Je ne sais pas si j'aurais la force sans toi… Tu en as parlé à May ?

— Oui.

— Qu'est-ce qu'elle en dit ?

— Cela ne la réjouit pas, pourtant elle comprend et m'a dit qu'elle était d'accord. Je lui ai promis de revenir.

— Je veux que tu me fasses une promesse.

— Laquelle ?

— Si tu as le moindre doute, tu m'en parles.

— D'accord.

Chapitre XIII

Les travaux avaient commencé depuis une semaine. Thierry avait fourni les plans d'une goélette. Éric de Querouac s'était institué chef de chantier et dirigeait les volontaires qui affluaient. Tout le monde voulait participer à la réalisation du rêve de Thierry. Lui, de son côté, avec l'aide de Woo, recopiait le plus précisément possible les cartes de Querouac, y ajoutant par ci, par là, ses propres souvenirs de géographie.

Depuis qu'il savait que tout était enfin possible, Thierry se sentait mieux. Au point de penser qu'il était guéri. Le bonheur certainement. À moins que ce ne soit les médicaments qu'il s'était auto prescrit. Ou le sentiment de liberté. Il respirait plus facilement, se sentait plus léger. La préparation de son voyage lui donnait des ailes.

Il n'avait reparlé ni à Alison, ni à Jack. Refusant sèchement de les voir. Élisabeth, Philippe et Betty étaient venus plaider leur cause. Mais à chaque fois cela le mettait un peu plus en colère. Il n'arrivait pas à pardonner, c'était trop dur, trop frais. La duplicité de son beau-père et de sa femme le révulsait. Betty avait beaucoup pleuré. Elle avait été indignée de ce que son mari et sa fille avaient commis, toutefois elle leur avait trouvé *une* excuse : L'amour. Elle avait essayé d'en convaincre son gendre, en vain.

— Justement ! Si vraiment ils m'aimaient, ils ne m'auraient pas laissé souffrir comme ils l'ont fait. Pourtant ils m'ont vu, quand j'ai retrouvé la mémoire. Aucune pitié. Ils m'ont laissé crever de chagrin alors qu'ils auraient pu me sauver. Betty, tu sais que l'amour c'est d'abord faire le bonheur de l'autre, pas de le retenir prisonnier.

— Je sais mon petit. Alison ne supportait pas l'idée de te perdre, tu oublies qu'elle était enceinte.

— Elle ne m'aurait pas perdu ! Nous serions partis avec Philippe.

— Tu entends ce que tu dis. Tu les aurais emmenés loin de Jack. Loin de moi. Loin de nous.

— Nous serions revenus ! Parce qu'il y a UNE chose que vous n'avez pas comprise. Que vous n'avez pas voulu voir, ni les uns, ni les autres ! C'est que je vous aimais, et que j'adorais ma vie ici à Dana. Je n'aurais pu être plus heureux ailleurs. Et une fois que j'aurais revu mes parents, que je les aurais rassuré sur mon sort, je serais revenu. Est-ce qu'au moins une fois, vous avez pensé au chagrin des miens ?

Elle s'était mise face à l'océan, puis en secouant la tête, elle avait dit :

— Mon Dieu quelle tristesse. Que tout cela est triste. Pardon mon petit. Pardon pour le mal qu'ils t'ont fait.

— J'ai besoin de savoir Betty, qu'auriez-vous fait si vous aviez su ?

Elle se retourna, mais avec le contre-jour, il ne put voir son expression.

— Je ne sais pas mon garçon. Je ne sais pas du tout.

— Vous les auriez suivis.

— Peut-être. Ou peut-être pas.

— Votre réponse est presque honnête.

Philippe avait carrément pris le parti de son père. Ce qui étonna Thierry. En effet, le garçon vouait une admiration sans borne à sa mère et se mettait toujours de son côté. Pourtant il était en colère et trouvait l'attitude d'Alison et de son grand-père inqualifiable.

Par contre. Élisabeth l'avait trouvé trop intransigeant.

— Ce qu'ils ont fait n'est pas bien méchant… Allez, tu peux leur pardonner… Ils ont fait ça parce qu'ils t'aiment. Tu ne vas pas leur en vouloir indéfiniment quand même…

Il avait regardé sa fille comme s'il la voyait pour la première fois. Il la pensait capable d'empathie, surtout à son égard. C'était la dernière personne dont il aurait pensé ne pas être compris. Sa petite fille, son adorable bébé, lui tournait le dos. Elle avait presque l'air de trouver ça amusant. Une blague. Un canular. Une anecdote. Il eut un pâle sourire et s'abstint de répondre. Il en avait assez de se justifier. Assez de s'expliquer. Tant pis pour ceux qui ne saisissaient pas la nuance.

Marc fut plus ouvert, et se disputa avec sa femme. Il ne comprenait pas qu'elle ne comprenne pas. Il préféra quitter son foyer quelque temps. L'inconséquence d'Élisabeth le laissait perplexe. Il se demandait comment elle aurait agi avec lui, dans les mêmes circonstances. Et cela lui faisait un peu peur.

Les quatre compères, Thierry, Woo, Philippe et Marc se retrouvèrent donc à vivre ensemble à la maison de la plage. Les jeunes continuaient à travailler dans la journée, les vieux finissaient leur œuvre de cartographes. Le soir ils rêvaient. Au cours d'un dîner, Philippe lança :

— Tu sais papa, je crois que je vais venir avec vous. J'ai envie de voir ton monde et mes grands-parents suisses.

— Tu es fou !

— Pourquoi ?

— C'est pour le coup où ta mère fera couler notre bateau. Tu te rends compte ? Toi, son fils chéri. Elle t'attachera à un arbre plutôt que de te laisser partir.

— Et bien nous ne lui dirons rien. Elle aura la surprise.

— On ne peut pas agir ainsi.

— Elle t'a fait pire.

— Ce n'est pas une raison.

— Il me semble que je suis assez grand pour décider de ce que je veux faire, tu ne crois pas ? Ma décision est prise, je viens avec toi.

— Bienvenu à bord mon fils ! Tu entends Woo, nous sommes trois !

— Quatre !

Ils se tournèrent vers Marc, surpris.

— Que dis-tu ?

— Je dis que moi aussi je viens. Nous serons donc quatre.

— Tu es encore plus fou que ton ami ! Tu penses à Élisabeth ?

— Précisément ! Elle me fait la tête. Quand je vais au cabinet elle m'ignore. Je suis obligé d'aller déjeuner chez Joshua.

— Est-ce que tu t'es excusé au moins ?

— M'excuser ? De quoi ? D'avoir pris ta défense ? De penser qu'Alison et Jack y sont allés trop fort ? Non. Il n'y a aucune raison. Je pars avec vous. Elle sera peut-être calmée quand on reviendra.

Thierry donna du plat de la main sur la table.

— Et de quatre ! Les enfants ! Nous allons boire à ça !

Ils trinquèrent.

Les jours passaient. La goélette prenait forme. Les voiles tissées par les femmes de Lugh étaient presque terminées. L'accastillage prêt. Thierry s'exerçait tous les jours à la navigation. Initiant ses trois compagnons. Il fallait qu'ils sachent tous se servir des instruments et lire les cartes. Ils n'avaient plus reparlé de la pertinence de la participation au voyage des deux jeunes. C'était devenu une évidence. Leur entente était parfaite.

Alison ne savait plus quoi faire pour obtenir le pardon de Thierry. Elle était venue à la maison. Il ne l'avait pas laissée entrer. Elle lui avait écrit. Il avait déchiré la lettre sans la lire. Elle s'était mise sur sa route. Il l'avait ignoré. Elle ne donnait plus de cours. Ne dirigeait plus le labo. Elle errait comme une âme en peine. Bien sûr tout le monde à Dana savait ce que son père et elle avaient fait. Il y avait les pour et les contre. Ces derniers la saluaient à peine quand ils la voyaient. Elle passait une partie de ses journées avec sa fille. Ce qui n'arrangeait pas les affaires du jeune ménage.

Jack de son côté, ne sortait plus. Il avait tellement honte. Il regrettait tellement d'avoir cédé aux caprices d'Alison. Il aurait dû suivre son instinct et parler du coffre à Thierry. Il aurait dû convaincre sa fille. Il aurait dû… Ses regrets tournaient et retournaient dans sa tête. Au contraire d'Alison il n'avait pas essayé de revoir son gendre. Il savait la démarche inutile. Car il aurait réagi de la même façon. Sa peine était profonde, il considérait Thierry comme son fils. Son attachement à ce garçon et le fait de ne plus le voir, ne plus lui parler, savoir qu'il le détestait, tout ça le rendait malade.

Betty regardait son mari s'étioler. Elle en avait parlé à Alison, mais cela ne semblait pas l'inquiéter. Alors elle en parla à Philippe. Ce dernier adorait ses grands-parents et voir pleurer sa Maminou lui fendait le cœur. Alors il passa par-dessus son ressentiment et rendit visite à Jack.

— Bonjour mon Poupa, tu vas bien ?

Il fut frappé de voir à quel point son grand-père avait vieilli.

— Ça va mon petit. Ça va.

— Tu permets que je vérifie ?

Il avait sorti son stéthoscope et son tensiomètre. Commença à l'ausculter.

— Hum… tension un peu basse. Tu dois te sentir faible ?

— Rien d'extraordinaire pour un vieillard.

— Tu n'es pas un vieillard arrête !

Ils restèrent silencieux pendant l'auscultation du cœur et des poumons. Quand ce fut fait, Jack demanda d'une voix faible.

— Comment va ton père ?

— Bien. En pleins préparatifs de départ. J'ai même l'impression que son cœur va mieux. Un vrai miracle.

— Ah ? Les travaux avancent ?

— Oui. Il n'y a plus qu'à gréer et armer.

— Tu parles comme un vrai marin mon petit. Il a trouvé ce qu'il voulait dans les cartes ?

— Pourquoi ne vas-tu pas lui demander toi-même ?

Jack eut un hoquet de surprise.

— Parce que je ne pense pas que ton père accepterait de m'en parler.

— Qu'est-ce qui te fait croire ça ?

— Arrête de faire l'imbécile. Tu sais très bien pourquoi.

— Ah oui, votre petite trahison… Avec maman vous avez fait fort.

— Je ne voulais pas. Alison m'a supplié. Elle avait peur que ton père s'en aille, elle attendait ta sœur, elle a eu peur. C'est ma petite fille tu comprends. Je n'aurais pas supporté de la voir souffrir à nouveau.

— Par contre tu t'es très bien accommodé de la tristesse de papa.

— Ne dis pas ça ! J'avais des remords. Quand je le voyais malheureux, j'avais envie de tout lui dire. Mais ta mère veillait. Puis le temps a passé, j'ai cru qu'il s'était résigné.

— Tu l'aurais fait toi ? Tu te serais résigné ?

— Non… Je ne crois pas.

— Ne fais pas aux autres, ce que tu ne voudrais pas qu'on te fasse.

— Tu as raison. Je ne suis qu'un vieil idiot.

— Idiot tu peux le dire, mais pas si vieux.

— S'il ne me pardonne pas, je crois que je ne m'en remettrais pas.

— Alors va le voir et parle-lui.

— Je n'oserais jamais.

— Je dois le voir ce soir. Je lui parlerai. Demain matin je viendrai avant d'aller travailler et je te donnerai sa réponse.

Jack essuya les larmes qui coulaient sur son visage parcheminé, et prit Philippe dans ses bras.

— Merci mon petit.

— Je ne te promets rien.

— Je sais. Je sais.

En rentrant ce soir-là, il parla à son père. La discussion fut houleuse. Le fils réussit à amadouer le père. Ce dernier ne fut pas trop difficile à convaincre de la presque non-culpabilité de son beau-père. Sa grande estime pour lui, avait rendu la trahison pénible. Néanmoins, il connaissait sa femme et sa force de persuasion. Il se doutait que Jack n'avait pas dû pouvoir tenir longtemps devant son obstination. Élisabeth avait la même influence sur lui.

Qu'aurait-il fait à sa place ? Alors il accepta de rencontrer Jack et de lui pardonner.

Tout ragaillardi, Jack arriva le lendemain en fin de matinée. La nouvelle lui avait donné des ailes. Il trouva son gendre et Woo penchés sur une carte qu'ils étudiaient et reproduisaient. Ils voulaient tout savoir par cœur. Après que Jack se fût confondu en excuses, les deux hommes se congratulèrent. Heureux de se retrouver.

Ils passèrent le reste de la journée tous les trois.

— Tu comptes reprendre la même route que nos ancêtres ? Tu vas en avoir pour au moins un an de voyage.

— Non Jack. Tu vois à cet endroit un canal a été creusé : Le canal de Panama. Ainsi on passe directement du Pacifique à l'Atlantique. Cela serait trop long quand même. Nous irons donc vers l'Australie. Nous trouverons une ambassade suisse, et de là ils nous rapatrieront vers l'Europe. En avion. Vous verrez c'est génial.

— Tu crois vraiment que cela sera aussi facile ?

— Non… Enfin, ce sont les grandes lignes du plan. Nous improviserons au fur et à mesure.

— Ce sera la grande aventure.

— En quelque sorte.

Le soir venu, Jack décida de rester. Il n'avait pas envie d'affronter sa fille.

Ils étaient cinq maintenant.

« *La Suisse* » était magnifique. Blanche, aux voiles rouges. Élégante, effilée, racée. Thierry était ému aux larmes quand il lâcha la dernière amarre. La goélette glissa sur les patins, sans bruit, elle toucha l'eau avec quelques éclaboussures. Les six compères étaient à bord. Les six parce qu'Éric s'était joint à la bande. Ils devaient faire un tour d'essai. Les voiles faseyèrent. Thierry tourna la barre et prit le vent. La goélette fila. Des « vivats » leur parvenaient de la côte. Des pêcheurs les suivaient. C'était la fête.

Alison cachée derrière un arbre, observait la scène les yeux brillants de larmes. Mais ce n'était pas l'émotion qui la troublait. C'était plutôt la rancune. Quand elle avait su que Thierry avait accepté les excuses de son père, elle avait repris espoir. Elle voulut voir son mari, il la reçut. Quand elle le rencontra sa seule défense fut :

— Je suis désolée mon chéri. Mais cela fait plus de trente ans maintenant, tu ne crois pas que tu devrais oublier ce que j'ai fait.

— Pour moi c'était hier. Je n'ai pas encore eu le temps de m'y faire. Et je ne crois pas que tu sois désolée. Tu as agi comme si j'étais ta chose, or personne n'appartient à personne. Tu n'avais pas le droit de faire ça.

Elle tenta de le séduire. Il ne céda pas à ses avances. Il ne l'aimait plus, ne ressentait plus rien pour elle, à par de la colère. Il le lui dit sèchement, lui faisant comprendre qu'il n'y aurait pas de réconciliation. Elle le quitta folle de rage. Depuis, elle épiait tous ses faits et gestes. Élisabeth avait bien essayé de la raisonner, mais c'était une obsession. Aujourd'hui ce bateau qui flottait était une torture.

La première sortie de *« La Suisse »* fut une réussite. Maniable, elle obéissait à la moindre sollicitation. Les apprentis marins pas encore aguerris n'en étaient pas moins enthousiastes.

Depuis plus d'un mois l'équipage amateur s'exerçait encore et encore. De nuit comme de jour. Un soir, alors qu'ils rentraient au port, ils virent Alison sur le quai, qui attendait. Philippe descendit en premier, elle se rua sur lui.

— Tu pars avec lui c'est ça !

— Qu'est-ce qui te fais penser ça ?

Philippe avait un petit sourire narquois en disant ces mots. Alison ne le supporta pas et le gifla. Chose qu'elle n'avait jamais faite jusqu'ici. La main sur sa joue rougie, Philippe en eut le souffle coupé.

— Oh pardonne-moi mon chéri, je ne voulais pas.

Elle voulut l'embrasser, il la repoussa doucement.

— Tu en as des choses à te faire pardonner tu ne trouves pas ? Pour répondre à ta question : Oui, je pars avec papa.

— J'en étais sûre ! Comment t'a-t-il convaincu de le suivre ?

— Il n'a rien fait de tel. C'est moi qui ai pris cette décision. Je n'ai besoin de personne pour savoir ce que j'ai envie de faire. Et j'ai envie de partir avec lui. Tu y vois un inconvénient ?

— JE NE VEUX PAS QUE TU T'EN AILLES ! Et toi non plus tu ne pars pas !

Elle s'adressait à Jack qui venait de rejoindre son petit-fils.

— Tu penses m'en empêcher comment ?

— Maman ne te laissera pas faire.

— Faux ! Elle est d'accord. Elle ne veut pas commettre la même erreur que toi. Je répète ma question : comment penses-tu m'en empêcher ?

— Je trouverai un moyen.

— De quel droit feras-tu ça ?

— Je vous aime et je ne veux pas vous perdre.

— En somme, comme pour papa, c'est par amour que tu nous obligerais à faire selon tes désirs ?

— Oui.

— Que tu gâcherais notre vie ?

— JE N'AI PAS GÂCHÉ SA VIE !!!

— Il aurait été plus heureux s'il avait pu revoir ses parents. Et tu ne le perdrais pas aujourd'hui. Tu aurais été gagnante sur tous les points.

— Ça suffit ! J'en ai assez ! J'ai agi pour son bien, si vous ne voulez pas vous en rendre compte tant pis pour vous. Mais je maintiens ce que j'ai dit : Vous ne partirez pas avec lui. Toi non plus.

Marc était là.

— Excusez-moi Alison. Ce que je fais ou ne fais pas, ne vous regarde pas. Élisabeth est la seule personne à qui je dois des comptes. C'est déjà fait, elle est d'accord. Elle a compris, elle, que c'était important pour moi.

— Ce n'est pas possible, je la ferai changer d'avis !

Thierry arriva sur ces dernières paroles.

— Décidément il faut toujours que l'on en passe par là où tu veux. Ce n'est que comme ça que tu nous aimes. Obéissants et « bénis oui-oui ». Ton pouvoir est éventé. Je ne me laisserai plus manipuler. Et vous messieurs ?

Ils répondirent tous en même temps :

— Non.

— Alors rentrons à la maison. Je meurs de faim.

Les cinq amis se dirigèrent vers les écuries, la laissant clouée de stupéfaction, mains sur les anches, bouche ouverte, cherchant ses mots.

Ils ne la revirent plus après cette dernière passe d'arme.

Le grand jour était enfin arrivé. Le départ était prévu avec la marée. La veille au soir, la fille de Will avait organisé la plus grande fête que Dana ait connue. Avec feu d'artifice (encore un bienfait de Thierry) et autres réjouissances. Tout Dana était là. Petits et grands. Jeunes et vieux. Hommes et femmes. Ils voulaient tous rendre hommage à Thierry. Il leur avait tellement apporté. Sa venue avait changé la vie des daniens. Il avait su développer la scolarité, le sport, les arts, le confort du quotidien. Sans parler des progrès médicaux qui avaient sauvé tant de personne.

Son départ était pour eux une vraie catastrophe. Malgré leur tristesse, ils comprenaient qu'il veuille rentrer chez lui. Tout au long de la soirée, les daniens vinrent faire leurs adieux. Il y eut une cérémonie de remerciements. L'inauguration d'une statue, le représentant sur son cheval au galop, avec sa sacoche de médecin. Thierry était bouleversé.

Alison s'approcha de lui, alors qu'il était seul à la table d'honneur. Il observait la foule qui allait et venait. Les danseurs qui s'en donnaient à cœur joie. Il avait mal, très mal. Ce n'est pas le cœur léger qu'il quittait Dana. Il laissait derrière lui tout un pan de sa vie. En fait le plus important, car il avait vécu plus longtemps sur cette île, que nulle part ailleurs. Tout cet univers allait lui manquer. À cet instant précis, il était déchiré. Rester ? Partir ? La souffrance sera identique. Et puis qu'allait-il trouver dans son monde ? Woo avait peut-être raison. La guerre avait pu tout changer ? Qui l'avait gagnée ? Tout ce qui faisait sa vie avait peut-être disparu. Pourtant une force irrésistible le poussait, une sensation dans son ventre lui disait de partir.

— Je peux m'asseoir ?

C'était Alison. Sans la regarder, il dit :

— Je t'en prie.

— Alors ça y est. Demain tu nous quittes.

— Oui.

— Nous ne nous reverrons donc jamais.

— Non.

— Si je n'avais pas agi comme je l'ai fait, nous aurions passé tes derniers jours ensemble ?

— Certainement.

Elle se tut un long moment. Des larmes coulaient le long de ses joues.

— Je te demande pardon. Je me suis conduite comme une imbécile.

— Une égoïste ?

— Une égoïste.

— Tu te rends compte du mal que tu m'as fait ?

— Je m'en rends compte.

— C'est bien.

— C'est tout ?

— Que veux-tu de plus ?

— Ton pardon.

— Tu l'as.

— C'est tout ?

— Quoi encore ?

— Tu… tu… pourrais me dire que tu m'aimes.

— Je t'ai fait part de mes sentiments. Je n'en ai pas changé.

— Tout est fini alors ?

— Oui. Tu n'as qu'à faire comme si j'étais mort. Ce qui d'ailleurs sera bientôt le cas.

— Tu prendras soin de papa et de notre fils ?

— Comme je l'ai toujours fait.

Elle voulut mettre sa main sur la sienne. Il esquiva la caresse. À bout d'argument elle se leva. Déposa un baiser sur ses cheveux et murmura :

— Que Dieu te garde. Je t'aime.

Quelques minutes plus tard, c'est Élisabeth qui vint vers lui.

— Tu vas bien mon petit papa ?

— Comme un mort en sursis.

— Ne parle pas comme ça.

Il lui sourit.

— J'ai l'impression d'assister à ma veillée funèbre.

Élisabeth se glissa dans ses bras.

— Mon papa chéri. Tu vas tellement me manquer. Je ne sais pas comment je ferai sans toi… sans Marc. Cela va être insupportable.

Il lui caressa doucement les cheveux.

— Courage ma chérie. Tu t'y feras. Tu verras, la douleur s'estompe avec le temps.

— C'est ce qu'elle a fait avec toi ?

— Oui. Non… La plaie se referme, mais si l'on touche à la cicatrice, la douleur se réveille, intense, comme au premier jour.

— C'est ce qui t'est arrivé quand tu as su pour le coffre ?

— Oui… Tu me comprends maintenant ?

— Ce n'est pas maintenant que je devrais comprendre, j'aurais dû le faire quand c'est arrivé. Mais j'étais une petite fille, gâtée et égoïste. J'ai grandi depuis, je me suis rendu compte à quel point j'avais été stupide. Est-ce que tu me pardonnes ?

— Oui. Je t'aime mon bébé.

— Je ne t'ai pas trop déçu ?

— Si. Terriblement.

— Oh papa. Pardon. Pardon. Pardon.

— C'est fini ma chérie, tout va bien. Tout va bien.

— Tu feras attention à Marc ? Je l'aime tu sais ?

— Tu veux qu'il reste ? Je peux le convaincre tu sais ?

— Non. Non. Je le perdrais aussi sûrement que maman t'a perdu.

— Alors je ferai attention à lui.

Ils restèrent enlacés jusqu'à ce que les autres reviennent à la table. Elle changea de bras pour ceux de son mari.

Quelques jours plus tôt, Thierry avait emmené Woo à la grotte aux diamants. En plus de trente ans, la végétation avait prospéré, ils eurent du mal à en retrouver l'entrée. Comme la première fois Woo s'arrêta à la limite de la lumière. Thierry s'était équipé, il remplit deux gros sacs, il ne voulait pas faire s'effondrer le cours de la pierre précieuse, mais il savait que dans le monde réel il fallait de l'argent, beaucoup d'argent, surtout pour ce qu'il avait l'intention de faire. En revenant, il les tria et les mis dans de petites bourses de cuir, qu'il cacha dans ses bagages.

Le cortège, orphéon en tête avançait vers le quai d'amarrage de *« La Suisse »*. L'équipage était déjà à bord. Quand l'orchestre eut fini son morceau, le silence tomba comme une chape de plomb. Les femmes et les enfants ne retenaient plus leurs larmes, les hommes les yeux rougis, essayaient de faire bonne figure. Sur le pont les cinq hommes avaient eux aussi du mal à retenir leurs larmes. Thierry se secoua et donna l'ordre de larguer les amarres. De hisser les voiles et d'appareiller.

« La Suisse » s'éloigna du quai en douceur. Les voiles se gonflèrent, le bateau glissa vers la sortie du port. La foule se taisait, avançant sur la jetée avec le bateau. Thierry ne quittait pas des yeux Alison au premier rang. Quand la goélette arriva à l'entrée du port, prête à prendre l'océan, on entendit :

— Adieu Papa ! Je t'aime !

— Adieu vous tous ! Je vous aime !

Il fit un grand signe de la main. Les autres lui répondirent en applaudissant. Le clapotis des mains les suivit un long moment.

Quand les voiles rouges eurent disparu à l'horizon, les daniens se dispersèrent, toujours en silence. Ils reprenaient leurs vies, sans Thierry, qui dorénavant faisait parti de la légende de l'île.

Le retour

Chapitre I

Ludivine sortait de l'océan. En cette mi-juin l'eau était encore fraîche et revigorante. La plage vide. Dans une semaine, les vacanciers seront là. Fini le calme et la paix.

Cette longue baignade lui avait fait du bien. Ses angoisses s'étaient un peu estompées. Mais le trac était encore au fond de son ventre. Cette journée était importante. Ils allaient avoir les résultats de trois examens. Ceux de fin d'année de Kyle et Marilyne, et ceux médicaux des analyses de Judy. Ils allaient se succéder : vers midi pour Judy, vers quinze heures pour Marilyne et ce soir, décalage horaire oblige, pour Kyle. Elle espérait un « non » et deux « oui ».

Cela faisait trois semaines qu'ils attendaient. Judy avait souffert au cours de sa désintoxication. Passant de la révolte à l'abattement. Puis à la douleur physique. Ludivine lui parlait plusieurs fois par jour au téléphone, la soutenant et lui insufflant tout le courage qu'elle pouvait. La jeune fille avait remonté la pente petit à petit. Le dernier obstacle était de savoir si elle avait été contaminée ou non, au cours des viols qu'elle avait subi.

Elle regagna la terrasse et s'allongea près de Pierre qui lisait. C'est ce qu'il avait trouvé de mieux pour faire passer le temps plus vite. Erwin et Maddy faisaient de même. Personne ne parlait ou se regardait. Ils étaient tous trop inquiets, et ne voulaient pas voir leur peur dans les yeux de l'autre…

Le téléphone sonna à midi trois. Ils se précipitèrent tous les quatre dans le hall de la maison. Pierre gagna d'une bonne longueur.

— Allô !

— Pierre ? C'est Laurent. Ludivine est là ?

— Je te la passe.

Maintenant qu'elle allait avoir la réponse, elle n'osa pas prendre le combiné. Elle tremblait. Ses mains étaient moites. Son courage l'abandonnait. Pierre comprit immédiatement. Il lui prit les mains, et s'adressa à Sylvain.

— Elle va arriver, tu peux me donner les résultats ?

— Dis-lui que tout va bien. La petite n'a rien. Les analyses sont négatives. Nous allons pouvoir relâcher notre prisonnière.

Pierre pouce levé indiquait aux autres que tout allait bien. Ludivine dut prendre un siège. Ses jambes se dérobaient.

— Quand ?

— Venez la chercher à la fin de la semaine.

— Parfait. Merci Sylvain.

— Ce n'est pas moi qu'il faut remercier, mais l'ange gardien de Judy. Allez Salut !

— Salut !

Il raccrocha tout doucement. Comme s'il avait peur de casser l'appareil. En fait lui aussi essayait de se remettre de la bonne nouvelle. Quand elles sont aussi fortes, qu'elles soient bonnes ou mauvaises les nouvelles provoquent les mêmes émotions. Il alla s'asseoir près de Ludivine et en la prenant dans ses bras lui dit :

— On peut aller la chercher en fin de semaine.

Ludivine ne répondit pas. Elle ne pouvait pas.

Plus que deux.

Le deuxième appel fut ponctuel. Marilyne rayonnait, elle était reçue avec mention. Elle arrivait demain à Bordeaux.

Plus qu'un.

Le troisième se fit attendre. À tel point que Ludivine commençait à penser que son fils avait échoué et n'osait pas le lui dire. Vers vingt-deux heures la sonnerie résonna enfin. Kyle avait une toute petite voix. Ludivine n'osa pas poser la question.

— Mom ? C'est toi ?

— Oui mon chéri. Alors ?

Un Silence… puis un hurlement :

— J'AI RÉUSSSSI !!! Avec mention. Je peux aller dans n'importe quelle université ! Je suis le plus beau, le plus intelligent, le plus…

— En un mot tu es mon fils. Félicitations mon chéri, je suis très, très, fière de toi. Quand arrives-tu ?

— Je fais la fête ce soir avec mes potes, je serai là dans deux jours. Et pour Judy ?

— Tout va bien. Elle sort en fin de semaine. Tu ne demandes pas pour Marilyne ?

— Elle m'a appelé. Je sais qu'elle a été reçue… avec mention… pas mal la nana. Bon je te laisse maman. Bisous. Salue le reste de la famille pour moi.

— On va boire le champagne en l'honneur de vos brillants résultats, nous allons enfin pouvoir nous détendre. Bonsoir mon chéri. À dans deux jours.

Au même moment, à des milliers de kilomètres de là, « *la Suisse* » voguait. Les premiers jours de navigation se passèrent sans difficultés. Les nouveaux marins s'habituaient peu à peu au tangage de la haute mer. Les nausées s'espaçaient. Le vent était avec eux et les poussait régulièrement vers leur destination : l'Australie.

Ils ne parlaient pas beaucoup, malgré l'emballement qu'ils éprouvaient pour leur aventure, le chagrin d'avoir quitté Dana était encore vif. Surtout pour Thierry. Ce voyage était un aller simple et le premier pas vers la fin. Il espérait seulement que son cœur lui laisserait le temps de parvenir au but du voyage et d'en profiter… un petit peu ?

Au bout d'une semaine de traversée, alors qu'ils se reposaient, Thierry fut réveillé par les hurlements de son ami, de quart à la barre :

— Thierry ! Viens vite on voit la terre.

Ils tombèrent tous de leur hamac. Se ruèrent sur le pont. Thierry s'était muni d'une longue-vue, et se mit à scruter l'horizon.

— Où ? Je ne vois rien.

Woo se saisit de la longue-vue. Ajusta et la lui rendit en tendant son index vers le large.

— Là ! Regarde.

— Tu as raison ! Terre ! Terre ! Les amis, nous avons réussi.

Philippe était sceptique.

— Tu es sûr que c'est l'Australie ?

— Il n'y a pas de pancarte, mais nous sommes en vue de la civilisation moderne. Regarde. Il y a une ville.

— Montre ?

Il regarda à son tour. Tout en continuant à observer il émit un grand rire.

— Ce n'est pas une ville. On dirait des cubes blancs, très hauts.

— Ce ne sont pas des cubes, mais des gratte-ciel.

— Des gratte-ciel ? Ce ne sont pas des cubes, mais des gratte-ciel ? Qu'est-ce que tu racontes comme carabistouille. Comment on peut gratter le ciel ?

En disant ça Woo avait repris la lunette.

— Ce sont des immeubles.

— Des immeubles ? C'est quoi ?

— Des maisons. À plusieurs étages. Pleins d'appartements, ou de bureaux.

— Tu veux dire que des gens vivent là-dedans ?

— Oui. Beaucoup de gens. C'est le moyen que l'homme moderne a trouvé pour mettre beaucoup de monde au même endroit, sans prendre trop de place.

— On les entasse ?

— On les entasse.

La longue-vue passa de main en main. Thierry les laissa faire. L'instant qu'il redoutait était arrivé. Il allait devoir expliquer à ses amis, que le moment de la séparation était venu. Ils ne pouvaient tous débarquer ainsi, sans papiers officiels, dans un pays soi-disant civilisé et libre. Ils seraient arrêtés. Interrogés. Personnes ne croiraient leur histoire d'île paradisiaque, peuplée de descendants d'immigrants irlandais et français. Et s'ils les croyaient, la paix de Dana serait irrémédiablement compromise. Il n'avait pas voulu le leur dire avant de partir. Égoïstement il avait eu envie de leur compagnie encore quelque temps. En particulier celle de Woo et de Philippe. Il savait que la révélation allait être dure à avaler. Cela n'allait pas se passer sans grincement de dents. Mais il les savait intelligents… Ils comprendront… Enfin… il l'espérait.

Pendant qu'ils s'extasiaient tour à tour devant ce qu'ils voyaient, Thierry jeta l'ancre. Le bateau continua doucement sur son erre et stoppa. Les autres se tournèrent vers lui, surpris. Woo comme d'habitude fut le premier à réagir :

— Pourquoi on s'arrête ?

Thierry se passa la main sur le front.

— Nous devons parler.

— On peut le faire en continuant d'avancer.

— Non. Il ne vaut mieux pas. Nous atteindrons certainement bientôt les eaux territoriales, et ce serait dangereux pour vous.

Philippe était incrédule.

— Des eaux territoriales ? Qu'est-ce que c'est ? Pourquoi serait-ce dangereux pour nous ?

— Asseyez-vous. Cela risque d'être long.

Il leur laissa le temps de s'installer. Marc et Jack étaient silencieux, ils avaient comme un pressentiment que l'aventure s'arrêtait là.

Alors Thierry expliqua que dans le monde dit « civilisé », pour circuler librement il fallait des papiers d'identité. Pouvoir dire quand on vous le demande, qui vous êtes, d'où vous venez et pourquoi vous êtes là. Pour ça il faut un passeport ou une carte d'identité, que le pays où vous êtes né doit vous fournir.

— Et si on n'a pas ce… passeport ?

— On est arrêté, interrogé, emprisonné.

— C'est ça que tu appelles des pays libres ?

Woo était en colère.

— Et toi tu feras comment ? Tu n'as pas de passeport non plus.

— J'irai directement à l'ambassade ou au consulat suisse. Je dirais que j'ai perdu mes papiers, ils m'en donneront des provisoires, et m'aideront à rentrer chez moi. Seul j'y arriverai. Mais à cinq ce sera impossible.

— Moi je suis ton fils. Je peux venir avec toi. Ils ne pourront nier la ressemblance.

— Je peux dire que j'ai perdu mes papiers parce que je suis né en suisse. Ils pourront le vérifier. Toi tu viendrais d'où ? De Dana ? Que répondras-tu quand ils te demanderont : Dana ? C'est où, c'est quoi ? Es-tu prêt à risquer la liberté et la paix de tous nos amis ?

Mais Woo et Philippe suivaient leur idée.

— Tu le savais depuis le début ?

— Tu nous as menti.

— Oui.

— Tu ne vaux pas mieux que maman !

— J'avais envie de vivre cette aventure avec vous. Je vous avais dit que nous devrions improviser. J'espérais vraiment trouver une solution avant d'arriver, pour que nous puissions finir tous ensemble ce voyage. Mais je n'ai pas eu d'idée.

— Peut-être que si tu nous en avais parlé avant, nous aurions pu tous y réfléchir et que nous en aurions eu une.

— Bien ! Alors parlons-en. Et si quelque chose vous vient, que cela est possible, vous viendrez avec moi.

Un long silence s'établit. Ils réfléchissaient tous. Puis histoire d'enfoncer le clou Thierry lâcha le dernier pavé.

— Le plus important, c'est que nous n'avons pas d'argent. Or si chez nous tout est gratuit, dans le pays que vous voyez là, et partout où nous irons, il faudra payer. Pour tout. Manger, boire, dormir, pour tout… or nous n'avons pas d'argent. Une idée ???

Woo fut très prompt.

— Les diamants ! Tu avais bien dit, quand on les a trouvés, que nous étions riches. Je ne connais pas ce concept, mais si je fais un et un, j'imagine que les diamants valent de l'argent, et même beaucoup d'argent. Or nous sommes allés en chercher avant notre départ, je suis sûr que tu les as emmenés, la question est donc réglée, nous n'avons pas de problème d'argent.

— Bien vu. Cela ne résout pas notre problème de papier.

— Tu es sûr qu'ils ne nous croiront pas si nous disons la vérité ?

— À la longue certainement. Mais je te l'ai déjà dit, ce serait condamner nos amis à l'invasion, à la soumission. Avons-nous le droit de faire ça ?

Personne ne répondit. Aucun d'eux ne voulait porter atteinte à Dana. Philippe dit tout haut ce qui apparaissait comme évident maintenant.

— Alors on doit se quitter ? Il n'en est pas question. Je ne veux pas. Reviens avec nous.

Jack s'insurgea.

— Non. Philippe tu ne peux pas demander ça à ton père.

— Ce n'est rien Jack. Je comprends ce que ressent Philippe.

Ils étaient tous abattus. Ce nouvel obstacle mettait fin à une belle histoire.

— Bien ! Nous sommes tous d'accord ?

Pas de réponse.

— Nous allons continuer un peu plus au sud. Cette ville n'est pas assez grande. Il me faut une grande cité. J'arriverais plus facilement à me fondre dans la masse.

Il remonta l'ancre, ils se remirent tous à la manœuvre. Philippe et Woo ne participaient pas. Ils étaient anéantis.

La nuit était belle, Thierry de quart, tournait et retournait dans sa tête la façon dont il allait agir une fois devant les autorités de son pays. Il allait devoir être convaincant. Il avait peur de ce qu'il allait retrouver. Tellement de choses avaient dû changer. Une ombre lui cacha la lune.

— Papa ? Je peux te parler ?

— Bien sûr mon fils.

Philippe s'assit à ses côtés.

— J'ai bien réfléchi. Cela m'est égal de finir en prison parce que je n'ai pas de papier… d'identité… comme tu dis. Je veux aller avec toi. Je ne te quitterai pas comme ça.

Je veux connaître ton monde. Ma famille. Je t'en prie papa ne m'abandonne pas.

Thierry était bouleversé. Il prit son fils dans ses bras.

— D'accord mon petit, nous allons tenter le coup.

— S'il va avec toi, je viens aussi.

C'était Woo. Ils levèrent les yeux en même temps, surpris.

— Woo ? Écoute mon grand, il faut que tu sois raisonnable. Cela ne va pas être possible. Philippe est mon fils, nous arriverons à faire passer la pilule. Mais pour toi ce sera plus difficile…

— Pourquoi ? Parce que je ne suis pas blanc ? ! Pourtant tu m'avais dit que j'étais ton fils. Ton frère. Tu m'avais promis !

Thierry n'avait jamais vu son ami dans un tel état. Lui aussi avait de la peine d'être obligé de laisser Woo. Alors, dans un élan spontané, il se leva, le prit dans ses bras :

— Tu as raison mon fils, mon frère. Cela fait trop longtemps que nous ramons ensemble, et ce n'est pas aujourd'hui, alors que je vais mourir, que tu vas te défiler. Allez les garçons, nous irons tous les trois et que Dieu nous protège.

— Papa ! Regarde toutes ces lumières ! Comment font-ils pour éclairer avec autant d'intensité ?

— Ils ont l'électricité.

— Ce truc magique dont tu nous as parlé.

— Exacte. Bon je suis d'accord que vous veniez avec moi, à une seule condition.

— Tout ce que tu veux !

Ils avaient parlé en même temps, avec le même enthousiasme.

— Parfait. Quand nous serons en ville, vous ferez ce que je vous dis, quand je vous le dis. Vous me collerez au train sans jamais me lâcher. Vous ne parlerez que quand je vous le dirai. Des questions ?

— Non Chef ! Bien chef !

Ils éclatèrent de rire en se donnant de grandes claques dans le dos.

— Jette l'ancre, nous allons finir la nuit ici. Demain matin on prend le you-you et à nous monde moderne !

Le soleil bas sur l'horizon, jetait ses rayons orange sur les visages des trois hommes qui dormaient sur le pont. Jack assis près d'eux les regardaient. Il savait qu'ils étaient perdus pour lui. Alors il essayait de graver dans sa mémoire le moindre détail de leurs traits, pour s'en souvenir le plus longtemps possible. Ils les aimaient tous les trois. De la même façon, avec la même intensité. Sa grande question était : comment continuer sans eux ?

Thierry ouvrit un œil. Son regard croisa celui de Jack. Ils se sourirent complices.

— Bien dormi ?

— Oui merci.

Thierry se redressait. S'étirant comme un chat. Il secoua doucement ses compagnons.

— Allez les garçons, debout. Il est temps de se réveiller. Nous avons une longue journée devant nous.

Philippe et Woo grognèrent.

— On déjeune et on part. Préparez vos sacs à dos. Mettez les vêtements que j'ai fait faire par Marcelline. Chargez le you-you, de la nourriture…

Les compères obéirent. Tout fut prêt en une demi-heure. Marc avait préparé le repas. Ils mangèrent en silence. Il y a deux sortes de séparations : Celle où au moment de se quitter il reste encore plein de choses à dire. Et puis celle où l'on se connaît depuis longtemps, où on s'aime aussi depuis longtemps, et là, il n'y a plus rien à ajouter.

Le moment de la séparation était arrivé. Ils se donnaient des tapes dans le dos, se serrant fort dans les bras. Passant de l'un à l'autre. Ils avaient du mal à se dire au revoir… Adieu même.

— Vous serez prudent sur le retour. Vous y arriverez tous les deux ?

— Oui bien sûr.

Marc avait l'air très sûr de lui.

— Tu te souviens bien de la route à suivre ? Et comment la suivre ?

— Ne te fais pas de souci, tout est dans ma tête. Et Jack sera là pour me remettre sur le droit chemin si je me perds. Et vous ? Vous avez un plan ?

— Oui pour aller jusqu'au consulat. Après ce sera au nez. Avec un peu de chance nous trouverons une oreille conciliante, qui nous écoutera et nous croira, sans bouleversement.

— Nous prierons pour vous.

Jack avait les larmes aux yeux.

— Nos pensées vous accompagneront à tout instant. Allez les enfants partez maintenant.

Ils grimpèrent dans le you-you, Marc et Jack se mirent à la manœuvre et firent descendre l'embarcation. Le canot s'éloigna rapidement, les hommes se faisaient de grands signes. Marc et Jack levaient l'ancre, hissant les voiles direction : Dana.

Quand ils ne furent plus qu'un point à l'horizon, Thierry hissa lui aussi la petite voile du you-you, prit la barre, direction : la côte. Le vent était avec eux et les poussa rapidement vers un port de plaisance où de grands et de moins grands bateaux étaient amarrés, attendant patiemment leur skipper pour prendre leur essor.

Ils amenèrent la voile dès l'entrée dans le bassin. Philippe se mit aux rames. Il était encore très tôt, et il n'y avait âme qui vive sur les jetées. Ils trouvèrent rapidement un endroit où amarrer le canot, et mirent pieds à terre.

— Vous vous souvenez ? Vous ne parlez à personne. Vous ne me quittez pas des yeux et vous me suivez. Vous faites ce que je fais sans discuter. Si on vous adresse la parole, vous faites semblant de ne pas comprendre et vous répondez en français. Compris ?

— Oui chef !!!

— Vous marchez comme des touristes.

— Des touristes ? Qu'est-ce que c'est ?

— Je vous ai dit : Pas de questions, temps que l'on peut vous entendre les poser et que vous passiez pour des retardés mentaux. Vous les notez dans votre petite tête et nous en parlerons plus tard. Alors vous marchez l'air dégagé et heureux. Vous êtes en vacances. Allez en avant.

Ils trouvèrent sans difficulté la sortie de la marina. S'engagèrent sur une avenue. Les premiers panneaux qu'ils trouvèrent disaient : Perth, 8 miles.

— Ça fait une sacrée trotte. On va faire du stop.

— Qu'est-ce…

— Hop ! Qu'est-ce que j'ai dit ?

— On sait… « pas de question stupide ».

— Parfait. On avance.

Ils reprirent leur marche. Thierry se retournait fréquemment, guettant une voiture. Une bonne heure passa sans aucun véhicule. Puis au loin les pare-chocs chromés d'un pick-up lancèrent un éclair.

— Stop ! Arrêtez-vous.

Il se mit au bord du trottoir, pouce en position universelle.

— Croisez les doigts pour qu'il s'arrête.

Pour Philippe et Woo le bruit de tonnerre du camion les effraya un peu. Mais ils retinrent la consigne : Pas de question. Comme si le conducteur avait entendu la prière de Thierry, il ralentit et vint se garer devant lui. Son accent australien était à couper au couteau.

— Vous allez où ?

— Perth. Vous acceptez de nous emmener ?

— Montez derrière. Je vous dirai quand descendre.

— Merci monsieur. (Puis en français à ses compagnons) On y va. Suivez-moi.

Ils jetèrent leur sac dans la benne, et grimpèrent. Thierry tapa du plat de la main sur la carrosserie pour donner le signal de départ. La voiture démarra en pétaradant et fumant. Les passagers toussèrent.

Woo et Philippe étaient sidérés par tout ce qu'ils voyaient. La vitesse du camion les grisait. Thierry les regardait en souriant. Il était lui-même ébahi par le modernisme de ce qui l'entourait. Il ne pensait pas qu'il y ait eu autant de progrès. Les voitures ne ressemblaient plus du tout à celles qu'il conduisait. Il y avait des affiches publicitaires pour des produits qu'il ne connaissait pas. On y parlait d'ordinateur ? De machines à laver ? De voiture avec des turbos ? Au fond il se retrouvait presque au même niveau que ses enfants.

— Bon les garçons on va faire un petit test.

Se tournant vers son fils il lui demanda :

— Monsieur quel est votre nom ?

— Philippe Mc… pardon Wittmer.

— Où es-tu né ?

— Vevey.

L'interrogatoire continua, Woo eut droit lui aussi à la même inquisition.

— Ouais… c'est pas mal. Surtout plus d'hésitation. Vous devez rentrer dans vos personnages. Ce n'est pas difficile. Vous ne mentez qu'à moitié après tout.

La circulation était de plus en plus dense. Il y avait de plus en plus de bruit. De monde. Ils arrivèrent sur une grande place, bordée par un parc. Le pick-up s'arrêta le long du trottoir, et sans sortir de son véhicule, le conducteur sortit sa tête par la vitre et cria :

— C'est ici que vous descendez !

— OK ! Merci beaucoup monsieur ! Allez on y va.

Ils se retrouvèrent dans la foule, se faisant bousculer par des gens pressés d'aller ? ils ne savaient pas.

— Venez on va faire le point dans le parc.

Ils le suivirent. Ils s'assirent sur un banc. Woo et Philippe se tenaient cois. Thierry observait autour de lui cherchant l'inspiration. Son regard s'arrêta sur une grande boîte vitrée. Il se leva.

— Ne bougez pas je reviens.

Il ouvrit la porte de la boîte, y pénétra. Il reconnut un combiné de téléphone. Une tablette avec dessous de gros livres. Il en prit un et feuilleta. Dans les premières pages il trouva des numéros d'urgence, puis un plan de la ville. Un trésor. Il se souvint de l'utilisation de ce gros livre. C'était un annuaire. Il chercha avidement :

— Con… consu… consulat. Voilà ! France, *Great Britain*.

Son index suivait la liste :

— Switzerland ! Enfin ! 25 Queen Victoria street.

Il retourna vers le plan. Cherchant la rue. Il la trouva rapidement. C'était une rue perpendiculaire à la grande avenue qui faisait le tour du parc.

— Chouette on n'en est pas loin. Enfin… si le type du camion nous a laissé du bon côté du parc.

Il nota sur un papier le nom des rues qui lui serviraient de repères. Puis revint vers ses compagnons. Il passa devant eux en courant.

— Je reviens. Attendez-moi.

Il déboucha sur l'avenue et chercha la première rue qui la coupait. Eden Street. Il la trouva sur sa liste. Si son estimation était bonne, ils se trouvaient exactement à l'opposé du consulat. Ils allaient devoir traverser le parc. Quand il retrouva ses fils, il leur fit signe de le suivre.

Ils marchaient d'un pas de promeneur. Admirant les arbres séculaires, les parterres de fleurs, les enfants qui jouaient, les chiens qui aboyaient. Les mamans portaient des pantalons bleus en grosse toile, avec des tops blancs, en coton. Des chaussures de sport. Elles étaient presque toutes habillées de la même façon. Rares étaient celles qui portaient des robes ou des jupes, ces dernières étaient très courtes.

Thierry trouva que l'attitude des femmes avait changé. C'était infinitésimal, mais elles semblaient plus libres, plus sûres d'elles. Certaines des jeunes filles qu'il voyait, étaient en groupe mixte. Très maquillées, coiffées en pétard. Les garçons avaient des crêtes sur la tête. Portaient des bijoux en cuir cloutés. Des boucles d'oreilles, des anneaux dans le nez. Eux aussi étaient maquillés. Très, très surprenant. Une troupe d'artistes peut-être ?

Ils sortirent du parc et se retrouvèrent au bord de l'avenue. Il fallait traverser. Thierry attendit le feu rouge et fit signe aux garçons de le suivre. Ils obtempérèrent sans discuter. Une fois de l'autre côté, Thierry chercha sa rue. Dix minutes plus tard ils y étaient. Au numéro 100. Ils devaient remonter. La rue était longue et importante. Des commerces de luxe. Des bijouteries. Des banques. Un marchand de journaux. Thierry stoppa cherchant la date du jour, sur un quotidien en étalage : mercredi 3 juin 1981.

— Je ne me suis pas trompé de beaucoup. Je croyais que l'on était en 1980.

Il lut les titres à la une. Rien que des faits divers inintéressants. Ils continuèrent leur marche, quand Thierry stoppa à nouveau, le nez en l'air. Là, devant lui, à quelques mètres en hauteur, flottait le drapeau suisse. L'émotion le cloua sur place. Ses jambes flanchaient. Il dut s'appuyer contre le mur. Jamais il n'aurait cru revoir cet emblème un jour. Les larmes lui vinrent. Woo et Philippe furent inquiets.

— Papa ? Que se passe-t-il ?

Thierry pointa son index en direction du drapeau.

— Nous y sommes. C'est le drapeau suisse.

Philippe lui donna une tape sur l'épaule.

— Ça va aller ?

Thierry fit « oui » de la tête. Puis il se redressa, remit son sac à dos.

— Bien. Nous sommes au moment crucial. Je répète : Vous ne parlez que si je vous fais signe. Surtout ne vous trompez plus sur votre identité et vos souvenirs. Ca marche ou ça casse. Prêts ?

— Prêts !

Ils montèrent les trois marches qui menaient à la haute porte en chêne. Sur le bord droit du mur, une plaque en cuivre brillait. « *CONSULAT SUISSE – Sonnez pour entrer* ». Ils se regardèrent, la sonnette en marbre au bouton de cuivre était comme un œil. Elle semblait les fixer. Thierry appuya, ils entendirent le « drrriinnng » qui résonna dans l'hôtel particulier. Une voix sortie d'on ne sait où demanda :

— Oui ? C'est à quel sujet ?

— Bonjour madame, j'aurais aimé rencontrer le consul s'il vous plaît.

— Vous avez rendez-vous ?

— Non. Nous sommes des touristes suisses et nous avons perdu notre argent et nos papiers. Nous avons besoin d'aide.

— Entrez.

Un « zzzzzz » bizarre. Thierry poussa la poignée de la porte dont le battant s'ouvrit. Ils entrèrent. Ils étaient dans un grand hall en marbre, haut de plafond. Trois larges marches menaient à un palier d'où partait un escalier à doubles volutes, aux rambardes en fer forgé. Une jolie jeune femme descendait vers eux. Souriante. Les mains jointes devant elle.

— Bonjour messieurs. Montez seulement, monsieur le consul va vous recevoir dans quelques minutes.

Elle avait un fort accent genevois qui amena un sourire sur le visage de Thierry.

— Bonjour Madame. Docteur Wittmer, et voici mes fils. Merci de votre accueil.

À ce moment-là, un homme apparut en haut des marches. La bonne cinquantaine, cheveux grisonnants, costume impeccablement coupé, stature altière, yeux bleus. Élégant, consul jusqu'au bout des ongles. Le cœur de Thierry se serra. Cet homme allait être un adversaire difficile à convaincre. Pourtant sa voix chaude le rasséréna.

— Bonjour messieurs, soyez les bienvenus. Montez je vous en prie.

La jeune femme passa devant eux, leur montrant le chemin. Pendant qu'ils montaient, le consul leur parla :

— Ma secrétaire m'a dit que vous avez perdu vos papiers et votre argent. Venez me raconter ça. On va voir ce que nous pouvons faire pour vous.

Cette fois, ils ne pouvaient plus faire demi-tour. Ils allaient devoir jouer serré. Arrivés à sa hauteur, ils acceptèrent la main que leur tendait le consul.

— Consul Decourt.

— Dr Wittmer, et mes deux fils : Philippe et Woo.

— Messieurs. Entrez dans mon bureau.

Ils le suivirent, et s'installèrent dans les fauteuils placés en éventail, devant un bureau style Napoléon. Sur les murs, des tableaux représentant des paysages suisses. Thierry les regarda ému. Le consul s'assit en face d'eux, prit un bloc de papier, un stylo en or, prêt à prendre des notes.

— Docteur Wittmer ? Docteur Wittmer ? Vous êtes chirurgien à Lausanne c'est ça ?

Thierry eut un geste de surprise. Il ne s'attendait pas à une telle entrée en matière. Néanmoins il saisit la balle au bond.

— Nous nous connaissons ?

— Pas personnellement. À l'époque, j'étais en Amérique du Sud. Mais vous avez soigné ma mère. En fait, vous lui avez sauvé la vie. Nous avons eu très très peur.

— Excusez-moi, j'ai soigné tellement de monde que je ne me souviens pas de votre maman. Il y a longtemps ?

— Une dizaine d'années environ.

« Cela devait être papa », pensa Thierry, heureux de la nouvelle. Son père était peut-être encore vivant.

— Je suis navré.

— Ce n'est pas grave. Vous ne pouvez vous souvenir de tous vos patients. Surtout que beaucoup vous doivent la vie. Alors ! Racontez-moi. Que vous est-il arrivé ?

— Un truc idiot. Il y a un an, j'ai perdu ma femme…

— Toutes mes condoléances…

— Merci… Je suis donc veuf. Ma femme et moi nous étions promis depuis longtemps de faire un jour le tour du monde. Malheureusement, j'ai été tellement pris par mon travail que nous n'avons jamais réalisé ce rêve. Avant de mourir elle m'a demandé de le faire en souvenir d'elle. Comme je ne voulais pas partir seul, j'ai demandé à mes fils de m'accompagner. Ce qu'ils ont fait sans rechigner. Nous arrivons de Java, nous voyageons par train et par bateau. Hier soir, en arrivant à la gare de Perth, Philippe mon cadet a laissé notre sacoche contenant tout notre argent et nos papiers dans le train. Heureusement, nous avions encore une peu d'argent dans nos poches, ce qui nous a permis de dormir dans un hôtel minable dans le quartier de la gare. Mais maintenant nous sommes fauchés et puis sans papiers, nous ne pouvons aller nulle part. Nous sommes coincés ici.

Après cette longue tirade, le silence tomba dans la pièce. Les trois compagnons n'osaient pas se regarder. Le consul, confortablement adossé à son fauteuil, jambes élégamment croisées, fixait Thierry. Le serpent et la mangouste. Mais qui était qui ? M. Decourt tapa du plat de la main sur le bureau. Faisant sursauter les trois hommes en face de lui. Il se redressa, appuya sur un interphone.

— Pierrette ? Voulez-vous m'apporter trois formulaires, pour trois passeports. Merci.

Les trois amis poussèrent intérieurement, un « ouf » de soulagement. Ils n'osaient toujours pas se regarder. Jusque-là tout allait bien.

— Vous avez l'intention de continuer votre voyage ?

— Euh… En fait nous n'en savons rien. Cela fait huit mois que nous sommes partis, nous avons vu de très belles choses, mais la Suisse nous manque. La perte de cette sacoche est peut-être un signe. Nous aurons toujours l'occasion de repartir plus tard. Je crois que nous avons eu les yeux plus gros que le ventre. Voyager si longtemps, sans rentrer, c'est trop.

— Ah c'est vrai, notre beau pays nous manque quand on en est loin. Vous n'aviez jamais quitté la Suisse ?

— Si bien sûr. Mais pour de courts séjours.

— Et vous messieurs ?

— Woo mon fils aîné connaît la Thaïlande. Puisque c'est là-bas que ma femme et moi l'avons rencontré, il nous a collé aux basques pendant tout notre séjour. Il avait cinq ou six ans. Nous avons eu tellement de chagrin au moment de la séparation que nous avons fait tout ce qu'il fallait pour l'adopter et le ramener chez nous.

— Ah ! Je comprends mieux maintenant…

Il n'eut pas le temps d'aller au bout de sa pensée, Pierrette entrait. Sauvés par le gong.

— Voilà les formulaires monsieur.

— Donnez-en un à chacun de ces messieurs, ils vont les remplir. Après, vous les emmènerez pour les photos et vous leur préparerez les passeports. Vous leur réserverez également trois places sur le prochain vol en direction de Genève et leur donnerez suffisamment d'argent, pour qu'ils puissent rentrer chez eux sans ennuis.

— Bien Monsieur.

M. Decourt consulta sa montre. Se leva.

— Oh mon Dieu, je vais être en retard. Messieurs, je vais vous laisser. J'ai un rendez-vous très important.

Pierrette n'oubliez pas de leur donner de quoi aller au restaurant à midi.

— Oui monsieur.

— Occupez-vous bien d'eux. Vous voyez cet homme ? Il a sauvé la vie de ma maman, alors ils ont droit à tous les égards. Je compte sur vous.

— Oui monsieur.

— Messieurs, je suis navré de ne pas rester plus longtemps avec vous, mais le devoir m'appelle ailleurs. Je vous souhaite un bon retour.

— Merci beaucoup M. Decourt. Quand vous viendrez au pays, venez nous voir. C'est avec un immense plaisir que nous vous recevrons à notre tour.

Ils se saluèrent de façon très civile. Puis se séparèrent. Pierrette leur fit signe de la suivre. Ce qu'ils firent, très obéissants. Elle ouvrit la porte d'un bureau.

— Installez-vous messieurs. Mon bureau est en face, quand vous aurez fini, nous nous occuperons des photos.

— Bien. Merci mademoiselle.

Elle se retira en fermant la porte derrière elle. Woo et Philippe étaient tout excités, ils voulurent exprimer leur joie, mais Thierry les incita au silence. Puis il dit à haute voix.

— Je vous avais dit de ne pas vous faire de souci. Nous avons perdu l'argent, mais pour les papiers j'étais sûr que le consul viendrait à notre secours. Vous êtes d'accord, on rentre ?

Il leur faisait « oui » de la tête. Woo comprit immédiatement :

— Oh oui. J'en ai marre. J'ai envie de revoir notre lac, pas toi Philippe ?

— Hein ? Oui. Mais je voulais voir l'Amérique.

— Nous allons profiter de l'été au bord du lac, et je te promets que nous irons passer Noël à New York. Ça te va ?

— Si tu me prends par les sentiments…

— Remplissons ces formulaires.

Pendant cet échange, Thierry avait pris un papier dans son sac et avait marqué en gros : *« Demandez-moi avant d'écrire quoi que ce soit. Nous communiquerons par écrit. Personne ne doit nous entendre. »*. Ils levèrent le pouce en signe d'assentiment. Une demi-heure plus tard ils avaient fini leurs copies. Thierry déchira en tout petits morceaux la feuille qui leur avait servi pour échanger les renseignements, puis les fit disparaître dans sa poche. Ils toquèrent à la porte de Pierrette.

— Entrez messieurs ! Je vous en prie.

Ce qu'ils firent timidement.

— Asseyez-vous.

Elle survola les formulaires vérifiant s'il manquait quelque chose. Les trois hommes surveillaient ses gestes, le cœur battant.

— Cela m'a l'air tout bon. Je vais vous préparer vos passeports.

Elle tendit une feuille à Thierry.

— Je vous ai réservé trois places en première dans l'avion Perth/Genève de 21 heures Vous atterrissez à 10 h 20 demain, heure locale, à Cointrin. Voilà $ 500. – pour vos frais d'aujourd'hui. FS 1 000. – pour vos frais en Suisse. Si vous voulez bien me signer ce reçu ? Vos billets vous attendent au comptoir de Swiss Air à l'aéroport.

Woo et Philippe ne comprenait absolument rien de ce qui se disait. Mais ils acquiesçaient à tout, l'air très sûr d'eux. Thierry signa le reçu.

— Je vous enverrai un chèque de remboursement dès notre retour.

— Bien… Maintenant allons faire les photos. Il y a un photomaton juste en face.

Les trois hommes échangèrent un regard dubitatif. Néanmoins ils suivirent la jeune femme sans rien dire. Elle ferma la porte du consulat et les entraîna dans son sillage.

Elle les emmena dans une galerie commerçante où se trouvait l'appareil.

— Voilà de la monnaie.

Thierry tendit la main. Enleva son sac à dos, tira le petit rideau et entra. Il n'osa pas regarder ses fils. Il ne savait pas du tout comment fonctionnait ce truc. Heureusement il y avait le mode d'emploi, inscrit autour d'une sorte de miroir. Il lut attentivement et exécuta le processus point par point. Le premier flash le fit sursauter. Il se reprit et essaya de sourire. Quand ce fut terminé, il ressortit ébloui comme un lapin pris dans des phares.

— Bien, dit Pierrette. Au suivant. Vos photos, docteur, vont sortir dans quelques minutes.

— Donnez-nous la monnaie. Il est inutile que vous attendiez avec nous. Nous vous les apporterons dès que nous aurons fini.

— Cela ne fait rien. J'ai le temps.

Il fallait qu'elle s'en aille. Thierry devait expliquer aux garçons le fonctionnement de l'appareil. Ils n'y arriveraient pas tout seuls.

— Alors allez déjeuner. Nous vous rejoindrons plus tard.

— Comme vous voulez. De toute façon on met les photos en derniers. Je vous attends donc au consulat.

— Merci. Merci beaucoup de votre gentillesse.

Ils attendirent avec impatience qu'elle se soit éloignée. Philippe était entré dans l'appareil histoire de donner le change. Thierry expliqua succinctement comment procéder. Puis ils attendirent patiemment que les photos apparaissent. Quand elles furent là, Philippe et Woo d'abord ébahis se mirent à rire.

— Oh ! La tête ! Tu as vu à quoi tu ressembles ?

— Et toi ?

Cela les occupa un petit moment. Thierry dut leur expliquer le principe de la photo. Puis ils décidèrent de trouver un endroit pour manger. Ils arrivèrent devant un petit chinois.

— Les enfants, nouvelle leçon. Je vous ai dit que dans ce monde il fallait tout payer. Mais on a le choix. Vous voyez ça ? Cela s'appelle un menu. C'est la liste des plats que vous pouvez manger. En face de chaque plat… là… ce chiffre, c'est le prix que vous devrez payer. Compris ?

— Oui chef !

— Idiots. Allons manger.

Ils se régalèrent. Une heure plus tard, ils étaient au consulat.

Quand ils pénétrèrent à nouveau dans le bureau de Pierrette, ils virent les trois passeports ouverts à la page de la photo, qui les attendaient.

— Vous avez les photos ?

— Les voilà.

— Merci. Asseyez-vous. Il y en a pour une minute.

Pour détendre l'atmosphère, Thierry lança :

— On vous fait confiance pour choisir les plus jolies.

Elle sourit.

— Ces photos sont toujours moches. On ne sait jamais quand va arriver le flash et on se laisse surprendre à chaque fois. Que pensez-vous de celles-ci ?

— Parfait.

On entendait les mouches voler. Le bruit de la machine qui clouait les photos.

— Voilà c'est fini. Vous signez là…

D'un index parfaitement manucuré elle pointait l'emplacement de l'endroit où signer. Les trois hommes s'exécutèrent. Alors très solennellement, elle leur tendit à chacun, après l'avoir bien fermé, leur passeport. Et avec un poigné de mains bien senti :

— Tenez messieurs. Je vous souhaite un bon retour au pays.

— Merci madame. Vous présenterez mes meilleures salutations à monsieur le consul. Dites-lui bien que l'invitation est ferme.

Ils allaient sortir. Quand :

— Attendez !

Leur sang se glaça. C'était trop beau. Cela s'était trop bien passé.

— Voulez-vous que je vous appelle un taxi pour l'aéroport ?

— Ce… Ce serait très aimable à vous.

Elle prit le téléphone, eut une conversation très brève et :

— Il sera là dans cinq minutes. Il vaut mieux que vous l'attendiez sur le trottoir, car il ne peut s'arrêter longtemps devant le consulat. Je vous accompagne.

Pendant qu'ils descendaient les escaliers Philippe tira sur la manche de son père, et murmura :

— Comment elle a fait ? Elle a pris ce truc elle a parlé dedans et…

Son père lui fit signe : « Plus tard ».

Ils entrèrent dans l'aéroport. Eurent l'impression d'avoir changer de planète. Il y avait une foule bigarrée, poussant des chariots chargés de bagages. Les gens avançaient le nez en l'air, cherchant… ils suivirent leur regard. Ils virent de grands panneaux avec un tas d'inscriptions. Certaines apparaissaient ou disparaissaient avec un drôle de bruit. Ils finirent par comprendre la finalité de ces indications. Une voix doucereuse faisait régulièrement des annonces qu'ils avaient du mal à comprendre. *« Les voyageurs à destination de Camberra doivent se présenter au comptoir d'enregistrement... Les passagers à destination de Paris sont priés de se rendre porte « A » pour embarquement... ».* Les messages se succédaient, les laissant perplexes.

— Nous allons nous asseoir et observer tous ces voyageurs. Nous ferons comme eux.

Ce qu'ils firent. Pendant longtemps ils observèrent attentivement les faits et gestes de ces humains, qui allaient et venaient. Obéissante à la voix. Disciplinés. Ils choisirent un groupe et les suivirent jusqu'à leur départ. Deux heures plus tard, ils avaient compris le cheminement obligatoire pour prendre un avion.

Maintenant qu'ils savaient, ils voulaient voir. On leur indiqua comment monter sur la terrasse avec vue sur le tarmac. C'est là que le choc fut le plus impressionnant. Un avion qui venait de mettre en route ses réacteurs faisait un bruit infernal. Les mains sur les oreilles, ils s'approchèrent de la rambarde. À leurs pieds, se tenait la bête. Énorme, blanche, brillante sous le soleil, vrombissante. Une sorte de grande échelle s'éloignait tirée par un petit véhicule. Une porte sur le côté de l'avion se ferma. L'animal recula, tourna, prit la piste, roula, roula, stoppa.

— Qu'est-ce qu'il fait ? Tu crois qu'il y a un problème ?

— Je n'en sais rien. Je suis étonné il n'a pas d'hélices, elles ont été remplacées par ces gros tubes sur les ailes. Je ne comprends pas comment il peut voler.

Quelques minutes plus tard, l'avion repartit, prit de plus en plus de vitesse, puis son nez se leva et il prit son essor. Les trois hommes en admiration avaient la bouche ouverte. Ils le suivirent du regard jusqu'à ce qu'il disparaisse à l'horizon.

— Ouah ! C'est complètement dingue…

Philippe n'en revenait pas. Woo était plus inquiet.

— Tu veux que je monte dans un truc pareil ? Comment il fait pour tenir en l'air ? Et s'il tombe on est sûr de mourir… Je ne…

— Calme-toi. Tout ira bien. Tu as vu avec quelle sérénité les gens sont montés. Je suis sûr qu'il n'y a aucun risque. Et puis c'est extraordinaire… fabuleux même.

Quand j'ai quitté la civilisation, les avions avaient des hélices. Ils étaient bien plus petits. Faire le voyage jusqu'en Australie prenait au moins trois jours. Vous vous rendez compte ? Demain nous serons en Suisse.

— Je crois que ce sera sans moi. Je ne monterai pas dans cette boîte de métal.

Philippe éclata de rire.

— Ah ! Le trouillard. J'en étais sûr !

— Ne sois pas stupide. Tu n'as pas peur d'une panthère dans la jungle et tu trembles devant un avion ?

— Tu as vu comment il est gros, et le bruit qu'il fait ? Et puis cette idée d'être suspendu dans les airs… non… non… je n'y arriverai pas.

— Bien ! Alors tu rentres à Dana ? Tu n'auras pas mis longtemps à reculer.

Woo était embêté. Il tournait en rond, quand un nouvel avion se remit en route. Le fracas le fit sursauter. Woo hurla pour se faire entendre :

— Tu te rends compte de ce bruit ! Je ne tiendrai pas !

— Tranquillise-toi. On n'entend rien quand on est dedans. Enfin pas grand-chose. Je pourrais te donner de quoi dormir, comme ça, tu ne te rendras compte de rien.

— Hun…

— Nous mangerons avant de prendre l'avion. Tu dormiras comme un bébé… Parce que tu es un gros bébé ? N'est-ce pas mon grand ?

— Arrête de te moquer de moi !

— Tu me connais. Je ne ferais jamais ça. Alors ? Qu'est-ce que tu décides ?

— Bon d'accord, je viens, seulement si tu me jures que l'on ne risque rien.

— Je te le jure là !

— Alors d'accord.

— Le gros nounours prend son courage à deux mains ? C'est un grand garçon…

Philippe lui donnait de grandes tapes dans le dos en riant.

— Arrête gamin, ou tu auras à faire à moi.

Il riait à son tour.

— Au lieu de faire les imbéciles regardez cet avion qui s'envole, il est magnifique.

Ils restèrent longtemps à regarder les oiseaux atterrir et s'envoler. Ils ne se lassaient pas du spectacle. Quand la nuit commença à tomber Thierry réagit.

— Eh les enfants, il faut passer aux choses sérieuses. Nous devons aller chercher les billets, nous en… registrer comme ils disent, et peut-être manger un morceau.

Cela faisait vingt minutes qu'ils étaient à bord. Les billets de première classe leur avaient ouvert les portes sans aucune difficulté. Ils avaient été accueillis comme des V.I.P. Confortablement installés dans leur grand fauteuil en cuir, l'hôtesse venait régulièrement leur demander s'ils avaient besoin de quelque chose.

— Voilà la liste des films que vous pourrez voir. Vos écouteurs sont ici…

Thierry était sidéré par le luxe du décor. Il avait rarement voyagé en avion, mais le souvenir qu'il en avait gardé était beaucoup moins agréable que ce qu'il vivait. Quant à ces deux compagnons, ils ne cessaient de regarder autour d'eux, de toucher, d'observer. Un couple vint s'asseoir avec eux. Ils se saluèrent courtoisement.

— Mesdames et messieurs ici le commandant Perriraz…

Le laïus habituel continua sur le même ton. Attentivement écouté par nos trois compères. Pourtant quand il arriva à : « *Veuillez attacher vos ceintures…* » Ils ne surent que faire. L'hôtesse prévenante vint les aider. Puis l'avion se mit à trembler avec un bruit étouffé, et une sorte de sifflement. Ils s'accrochèrent aux fauteuils.

L'avion commença à rouler. Ils regardaient par les hublots, il faisait nuit, des lumières sur le bord de la piste défilaient de plus en plus vite. Cela dura quelques minutes. Pendant ce temps l'hôtesse avec des gestes stéréotypés et un discours ânonné, leur expliquait ce qu'il fallait faire en cas de catastrophe. Quand Woo comprit de quoi elle parlait, il ne fut pas dut tout, mais alors pas du tout rassuré. Il murmura affolé à l'oreille de son ami :

— Tu avais dit que l'on ne risquait rien.

— Chut ! Écoute la dame.

Woo fit le geste de se lever.

— Je ne peux rester une minute de plus. On va tous mourir.

D'une poigne de fer Thierry le cloua à son siège.

— Tu cesses de faire l'andouille ! Tu vas nous faire remarquer. Prends sur toi.

À ce moment-là, les moteurs de l'avion s'emballèrent, l'avion trembla de toute sa carcasse, prêt à bondir. Ce qu'il fit. Ils se retrouvèrent collés à leur siège.

Les lumières ne formaient plus qu'une ligne blanche. Soudain la sensation horrible d'être arraché du sol. L'avion le nez en l'air montait, montait. Woo avait fermé les yeux. Philippe souriait. Thierry regardait les autres passagers, qui semblaient totalement indifférents. Il murmura à son tour à l'oreille de son ami :

— Regarde les autres passagers, ils ont l'air tout à fait sereins.

Woo ouvrit un œil. Puis deux. Resta accroché aux accoudoirs. Il se décrispa quand l'avion reprit son assiette. Il regarda par le hublot… Que la nuit. Noire.

Le cœur de Thierry battait la chamade. Il réalisait enfin qu'il était dans un avion qui l'emmenait vers les siens. Il allait retrouver ceux qui l'aimaient, sa famille. Son pays. Sa maison… Enfin… Il l'espérait. Pourvu que cela ne soit pas trop tard. Il ne se posait pas trop de question au sujet de ce qui s'était passé politiquement. Les gens semblaient voyager en toute liberté, et le consul n'avait pas eu l'air étonné quand il avait parlé de son voyage autour du monde. Il ne savait pas qui avait gagné la guerre, mais apparemment les choses avaient dû s'arranger. Le plus important c'était ses parents, sa sœur. Il allait les voir bientôt et cela le bouleversait. Puis un fol espoir l'assaillit, espoir qu'il avait refoulé jusque-là : Il allait peut-être revoir Adeline. Faire la connaissance de sa fille.

Le film fut une véritable révélation pour Philippe et Woo. Thierry leur en avait parlé, mais ils n'avaient jamais imaginé un truc aussi extraordinaire. Des hommes, des femmes, qui allaient et venaient, qui parlaient, qui vivaient… Ils visionnèrent tout ce qu'ils purent puis recommencèrent. Jusqu'à s'écrouler de fatigue.

Pendant que Thierry, Woo et Philippe volaient vers l'Europe, Marc et Jack voguaient vers Dana. Ils ne parlaient pas beaucoup. Le chagrin. La déception de n'avoir pu en voir plus. Ils auraient tellement aimé voir ce monde dont Thierry leur avait si souvent parlé.

Bientôt la ligne noire d'une terre apparut à l'horizon. Marc s'enquit :

— Tu crois que c'est Dana ?

— Je l'espère mon petit. Il ne me semble pas que nous ayons dévié de notre route.

— Dans combien de temps crois-tu que l'on y sera ?

— Je ne sais pas. En fin de journée peut-être.

Ils continuèrent de parler de tout et de rien. Mécaniquement.

Histoire de combler le silence qui s'était installé entre eux. Ils n'osaient parler des absents. Émettre tout haut leurs inquiétudes aurait rendu trop réel leur tourment.

Cette fois, c'est pour eux qu'ils commencèrent à se faire du souci. Plus ils approchaient, moins ils reconnaissaient l'île qui grossissait. Ils prirent les croquis que Thierry leur avait laissés. Épures du profil de Dana, qu'il avait fait au large de l'île, en partant. Faisant ressortir des repères. Soudain Marc s'écria :

— Là ! Regarde. C'est la bonne tête de notre volcan.

Il feuilletait les dessins, les mettant devant lui, à bout de bras, pour comparer. Il finit par se rasseoir :

— Pas de doute. Nous sommes chez nous.

Puis son ton devint plus triste :

— Thierry avait un sacré coup de crayon. Il a su tout de suite matérialiser la particularité de notre île…

— Pourquoi parler de lui au passé. Il vit encore. Loin de nous certes, mais il vit encore.

— Pardon Jack. Ils me manquent tellement tous les trois. Tu… tu crois qu'ils vont bien ?

— Jack parla un peu plus fort qu'il n'avait l'habitude de le faire. Comme s'il avait voulu se convaincre lui-même :

— Malins comme ils sont ! Je suis persuadé qu'ils sont déjà en route pour la Suisse… Du moins je l'espère.

— Si ils n'y arrivent pas, tu crois qu'ils reviendront à Dana ?

— C'est la seule chose dont je suis à peu près sûr. S'ils ne trouvent pas le moyen de rentrer en Europe, ils reviendront chez eux… Ils reviendront chez eux… Ils feront tout pour ça.

— Donc si nous les voyons, cela voudra dire qu'ils ont échoué. Que Thierry n'a pas réalisé son rêve.

Il resta pensif un instant…

— Alors j'espère ne jamais les revoir…

— Même ton père ?

Marc ne répondit pas. Il ne savait plus quoi penser, désirer, espérer.

Au coucher du soleil, les premières maisons de St Malo apparurent. Puis ce fut le port. L'entrée du bassin. Il n'y avait pas grand monde sur la jetée. Soudain, un cri fusa :

— Regardez ! Regardez ! « *La Suisse* » est dans le port ! « *La Suisse* » est de retour.

En un instant, les gens sortirent de leurs maisons, se parlant, se bousculant. La cloche de la maison commune se mit à sonner à toute volée. Un homme à cheval partit au galop. La foule s'amassa sur les quais. Interpellant les arrivants. S'interrogeant sur leur identité. Quelqu'un avec une meilleure vue que les autres précisa :

— C'est Jack et Marc… Il n'y a personne d'autre…

Les deux voyageurs ne répondaient pas aux appels. Ils étaient contents de rentrer, mais pas au point de sauter au plafond. Ils étaient presque penauds. Marc lança les élingues pour l'amarrage du bateau. À quai, les enfants se disputèrent pour les attraper. Une passerelle fut vite installée. Des gens montèrent bord, submergeant Marc et Jack. Ce dernier s'écria :

— Arrêtez ! Arrêtez ! Vous allez faire couler le bateau. Descendez à terre ! IMMÉDIATEMENT !

Pour lui « *La Suisse* » était sacrée. C'était l'un des vestiges du génie de Thierry, et personne, oui. Personne n'avait le droit de le détruire. Et ces imbéciles en montant à bord en grand nombre allaient la faire couler.

Les autres, surpris par violence de Jack, se figèrent, et c'est la tête basse qu'ils obéirent. Sur ces entre-faits, Éric arrivait au galop, descendait de cheval. Le visage fendu d'un sourire éclatant de joie. Bras largement ouverts, il se dirigea vers le bateau :

— Alors mes vieilles noix, vous avez rebroussé chemin ? Rien ne vaut Dana et vous vous en êtes rendu compte. Où sont les autres ?

Gênés, Jack et Marc restèrent muets. Le plus âgé prit la parole.

— Il n'y a que nous. Les autres sont restés en Australie.

Étonné, Éric questionna :

— Vous avez réussi ? Vous avez trouvé l'Australie. Pourquoi n'êtes-vous pas restés avec eux ?

Alors Marc expliqua. Les papiers d'identité, le consulat, les passeports etc.

— Vous ne les avez pas attendus ?

Éric semblait furieux.

— Et si leur plan échoue ? Comment vont-ils faire pour revenir ?

Jack répondit froidement.

— Ils n'avaient aucunement l'intention de revenir. Thierry était fermement décidé à réussir, coûte que coûte. Il eut été inutile de les attendre. Et d'ailleurs Thierry nous a dit de rentrer.

— Ah. Je vois.

Éric reprit en essayant d'être plus enjoué.

— Alors vous allez tout nous raconter.

À ce moment un bruit de galop d'enfer fit se retourner la foule. Alison, Élisabeth, Betty et May arrivaient en cab, accompagnées de Will. Ils se précipitèrent vers le bateau à leur tour. Betty était en larme.

— Jack ! Jack mon chéri. Tu es revenu.

Ils s'étreignirent. Alison allait et venait sur le pont. Pendant que Marc et Élisabeth se retrouvaient.

— Où est-il ? Où est-il ? !

— Thierry est en Australie…

Elle tapa du pied, rageuse :

— Je me fiche pas mal de Thierry !!! Thierry est MORT !!! Je parle de MON fils ! Où est-il ???

Tout le monde la regardait choqué. Ils avaient en face d'eux une femme qu'ils ne connaissaient pas. Hargneuse. Hystérique. Son père se campa devant elle et lui parla sévèrement :

— D'abord tu vas te calmer ! Philippe a suivi son père. Tu le savais. Qu'espérais-tu ?

La colère d'Alison tomba immédiatement, se transformant en chagrin.

— Ils ne reviendront pas c'est ça ? Jamais ?

Son père ému, la prit dans ses bras. Les seules paroles de réconfort qu'il trouva furent :

— Tout va bien aller ma chérie… tout va bien…

La foule autour d'eux était silencieuse. Ils étaient impuissants devant le désespoir d'Alison. Will fit diversion :

— Ce soir nous organisons une fête et vous nous raconterez votre voyage.

Sa suggestion fit l'unanimité. Dana ne ratait jamais une occasion de faire la fête.

Un rayon de soleil lui tapait dans l'œil, il remua, le bruit du cuir de son fauteuil le réveilla. Il se souvint de l'endroit où il était : L'avion. Il rentrait chez lui. Jusqu'ici il n'avait jamais eu à utiliser ses somnifères. Son sommeil était parfait. Exceptionnellement, il avait pris un cachet comme ses amis. Sa montre affichait 8 heures. Plus de dix heures à attendre encore. Il regarda son fils et son ami. Ils dormaient paisiblement. La panique que Woo avait éprouvée la veille, le fit sourire. Il se leva doucement pour ne pas les déranger et s'étira. Dénouant tous ses muscles. Les autres passagers de la cabine dormaient eux aussi. La femme avait un masque sur les yeux. L'hôtesse qu'il croisa en allant aux toilettes, lui sourit. Elle chuchota :

— Bien dormi ?

— Oui. Merci.

— Vous voulez votre petit-déjeuner ? Je peux vous le servir là-haut si vous voulez.

— Vraiment ? Ce serait avec plaisir.

— Pas de problème. Je vous amène ça tout de suite.

Pendant qu'il se rafraîchissait, il pensa à ce qu'il vivait depuis la veille : « *Le progrès a vraiment du bon. Hier soir dîner. Ce matin petit-déjeuner… voyage éclair… cinéma… monde merveilleux…* » Il sourit. « *Je me demande ce que je vais encore découvrir. Cela va être magnifique de voir tout ça ».*

Depuis qu'ils étaient réveillés ils ne quittaient pas le sol des yeux. Ils étaient haut très haut, mais les paysages ne se ressemblaient pas. Le temps passait lentement. Ils visionnèrent à nouveau les films. Dormirent… Woo commençait à trouver le temps long. Après l'océan, ils survolaient la France aux paysages si variés. Parfois les nuages les surprenaient. La voix du commandant retentit :

« Mesdames et messieurs, nous amorçons notre descente en direction de Genève. Nous atterrirons à 10 h 18 heure local. La température au sol est de 19°. Mon équipage et moi-même espérons que votre voyage… »

Thierry était sur des charbons ardents.

— Mademoiselle, s'il vous plaît, de quel côté verra-t-on le lac ?

— De votre siège monsieur. Nous allons survoler le Jura et vous pourrez le voir.

— Merci. Eh ! Les gars, ne loupez pas ça.

Nez collé au hublot il guettait la nappe bleue, la chance était avec eux, le ciel était limpide et rien ne viendrait entacher cette arrivée.

— Là ! Là ! Regarde papa. Je le vois.

Thierry aussi le voyait. Mais il était incapable de prononcer un mot. L'émotion l'étouffait. Il était chez lui. Enfin… après quarante années d'absence… La descente fut un peu douloureuse pour Woo. Ces oreilles lui firent mal. Ils durent attacher leur ceinture, ce qu'ils firent en pro. Quand l'avion se posa et se mit à rouler, Woo poussa un soupir de soulagement.

Ils sortirent de l'avion en dernier. Le troupeau suivit. Comme ils n'avaient pas de bagages, ils se retrouvèrent les premiers devant les douaniers.

— Passeports ?

Le cœur battant Thierry tendit les trois documents. Le douanier les inspecta. Comparant les photos et les personnages. Scruta Woo. Un Asiatique suisse… Puis après une hésitation, il rendit les papiers.

— Quelque chose à déclarer ?

Ils se regardèrent interloqués ?

— No… non…

— C'est tout ce que vous avez comme bagage ? Des sacs à dos ?

— On nous les a volés.

— Où ?

Une petite poussée d'adrénaline. Thierry reprit le plus naturellement possible.

— Dans le train, entre Melbourne et Perth. Ils ne nous ont laissé…

— Eh Michel ? On te demande au bureau, dépêche-toi ! Je vais prendre ta place.

Michel regarda encore les trois hommes. Puis il leur fit signe d'avancer.

— Bon retour à la maison messieurs.

— Merci.

Ils s'éloignèrent en essayant de marcher nonchalamment. Pourtant ils n'avaient qu'une envie : Partir en courant. Ils se mêlèrent à la foule des gens qui attendaient les voyageurs. La première démarche de Thierry fut d'aller à la chocolaterie de l'aéroport. Il en prit tout un assortiment.

— Les garçons vous allez goûter ça. On le met dans la bouche et on laisse fondre en fermant les yeux. Vous n'avez jamais rien mangé d'aussi bon.

Dubitatifs, Philippe et Woo prirent le carré qu'il leur tendait. Une espèce d'extase illumina leur visage. Thierry sourit ;

— Alors ?

— Huuummm…

Fut la seule réponse qu'il obtint.

— On dit merci qui ?
— Merci papa !
— Bien. On est prêt pour la suite.
Ils se glissèrent vers la sortie, à la recherche d'un taxi.

Chacun sur le balcon de sa chambre d'hôtel, ils rayonnaient. Face à eux le lac avec son jet d'eau. Au fond la chaîne du Mont Blanc. Devant, le pont du Mont-blanc, avec ses drapeaux qui flottaient au vent. Ils se faisaient des signes en riant, s'amusant comme des gosses.

Ils avaient pris un taxi depuis l'aéroport. Thierry les avait emmenés à l'hôtel Beau Rivage. Lieu de résidence préféré de l'impératrice d'Autriche Sissi, à Genève. Quand le concierge les avait vu arriver en short, et chemises froissées. En sandales de cuir et sac à dos. Il eut un pincement de nez. La bouche en cul-de-poule, il demanda :

— Messieurs ? En quoi puis-je vous aider ?

Thierry, en homme du monde habitué à fréquenter les palaces, répondit de la même façon.

— Nous arrivons d'Australie, et notre voyage a été pénible.

Le réceptionniste fit « oui » d'un air entendu, regardant son interlocuteur des pieds à la tête. Ses yeux disaient : « *Cela explique tout* ».

— Nous voudrions trois chambres, avec vue sur le lac. Nous pensons rester deux ou trois jours. Est-ce possible ?

L'homme aux clefs d'or jaugea le client. Aucun signe extérieur de richesse. Mains soignées, cheveux longs mais propres…

— Vous avez des passeports ?

Philippe et Woo se regardèrent. Décidément, toujours la même rengaine. Thierry posa les documents sur le comptoir. L'homme les prit du bout des doigts, les feuilleta, photo, homme, photo.

— Vous payez par carte de crédit ou par chèque ?

Encore du charabia pour Philippe et Woo.

— En cash. Cela présente un problème ?

— No… Non… Chambres contiguës ?

— De préférence.

— Vous trouverez le numéro du room-service avec la carte près de votre téléphone.

Il tapa sur une sonnette, ce qui attira un groom.

— Norbert, veuillez conduire ces messieurs à la 230, 231, 232. Vous ouvrirez les portes communicantes.

La montée en ascenseur fut jubilatoire pour Philippe, angoissante pour Woo. Les deux hommes furent ébahis par les chambres. Les salles de bains les laissèrent pantois. Thierry leur expliqua la douche et le bain. Après s'être lavés et changés, mettant des vêtements plus appropriés à la ville, ils s'étaient retrouvés sur leur balcon. Thierry leur demanda s'ils souhaitaient manger. Réponse unanime.

Quand le concierge les vit passer et sortir, son avis changea à leur sujet. Ils se retrouvèrent dans la rue ensoleillée. Prirent une grande inspiration. Puis se dirigèrent vers le pont de l'île Rousseau. Déjeunèrent sur l'île.

— Les enfants, après manger, nous avons un deuxième examen à subir. Jusque-là tout s'est bien passé. Mais nous allons devoir faire face à un handicap énorme : l'argent. Nous n'en avons pas.

— Mais hier la dame au consulat t'en a donné.

— Oui. Mais cela ne durera pas longtemps.

— Comment on trouve de l'argent ?

Demanda Philippe naïvement.

— En principe il faut travailler. On perçoit un salaire, ce qui nous permet de payer tout ce dont on a besoin pour vivre. Enfin… tout dépend du salaire.

— Et si on n'a pas de travail ?

— On n'a pas d'argent.

Woo insista :

— Tu as dit « *en principe* », cela veut dire qu'il y a un autre moyen. Lequel ?

Thierry sourit. Toujours aussi malin ce Woo.

— Il faut avoir quelque chose à vendre.

— Ça y est j'ai compris ! C'est là qu'interviennent les diamants.

Les gens autour d'eux les regardèrent choqués.

— Parle moins fort Woo. On n'est plus à Dana. Mais tu as vu juste, c'est là que les diamants interviennent. Il y a les perles également. Cet après-midi nous irons voir un des plus vieux bijoutiers du monde. Il est et a été le bijoutier des cours royales et impériales depuis le XVIIe siècle. C'est lui qui a fait le collier de la Reine. Vous vous souvenez ? Je vous en ai parlé en cours d'histoire de France.

— Ah oui ! Je me souviens, avec de Rohan et tout le toutim…

— Exact. Il est spécialisé dans les perles. Nous lui montrerons celles que j'ai pêchées, on verra bien ce qu'il nous en donnera. On lui montrera également les cailloux pour expertise.

Ils étaient devant le magasin. Placé à l'angle d'une rue importante, il y avait 3 vitrines. En exposition : des colliers et des perles artistiquement posés sur des petits coussins de velours, ou émergeant de belles coquilles d'huîtres polies. Philippe avec une moue de mépris dit :

— Les tiennes sont beaucoup plus belles et plus grosses.

— Oui, je sais. Seront-ils d'accord ? Allez on y va. Vous ne dites rien. Vous écoutez.

— Oui chef ! Bien chef !

Ils poussèrent la porte. À l'intérieur tout était feutré. Cossu. Chic. Une jeune femme, même allure que celle du consulat, s'avança.

— Messieurs ? Bonjour. Que puis-je pour vous ?

— Nous aurions aimé rencontrer votre expert en perles et en diamants s'il vous plaît.

— C'est pour quoi ?

Thierry la regarda avec son sourire le plus charmant.

— D'après-vous ?

Elle devint pète-sec.

— Vous avez rendez-vous ?

— Non. Il en faut ?

— En principe M. Basaner ne reçoit que…

À ce moment-là un petit homme rondouillard entra dans la pièce. Jovial. Petites lunettes demi-lunes en écaille, posées sur le bout du nez en équilibre instable. Le regard derrière les verres était vif, roublard ? Le cheveu rare et en couronne. Crâne brillant. Costume taillé sur mesure.

— Un problème Yolande ?

En se triturant les mains, elle répondit :

— Rien d'important monsieur Basaner, ces messieurs voulaient vous voir. Et je leur expliquais que vous ne receviez que sur rendez-vous.

Thierry intervint :

— Et nous n'en n'avons pas. Vous serait-il possible de déroger à votre règle ?

Monsieur Basaner sourit et s'avança à son tour main tendue :

— Avec plaisir monsieur euh… ?

Thierry accepta la main.

— Wittmer. Docteur Wittmer. Et voici mes deux fils : Woo et Philippe.

— Docteur Wittmer… Docteur Wittmer… Vous êtes de la famille du Professeur ?

— Ça recommence, dit Philippe *in petto* à Woo.

— C'est mon père.

— Effectivement, je vois une vraie ressemblance. Soyez les bienvenus messieurs. Venez, je vais vous recevoir dans mon bureau. Suivez-moi. Yolande vous nous préparez du café s'il vous plaît ?

Ils grimpèrent un escalier en bois, qui craquait sous leur poids. Étroit, tournant sur lui-même. Une odeur de cire flottait dans l'air. Arrivés sur le palier, M. Basaner les entraîna dans une pièce qui fleurait l'histoire. Des tableaux avec de vieux portraits, le plus grand avait une petite plaque en cuivre sur laquelle était gravée : *Louis Basaner 1620-1690*. Une fenêtre s'ouvrait sur un passage laissant entrer un flot de lumière. Sur le bureau ancien, des loupes, une petite balance pareille à un jouet, avec des poids minuscules. Des pincettes… des perles, des pierres précieuses.

M. Basaner s'empressa de mettre les bijoux dans un coffre et de le fermer. Puis en faisant signe à ses invités de prendre un siège, il s'assit également.

— J'ai bien connu votre père. C'était un homme charmant. Chirurgien extraordinaire…

Thierry n'entendait plus, il bloquait sur l'imparfait que venait d'employer le bijoutier. Grammaire ou réalité ? Il eut du mal à reprendre la conversation.

— Vous… vous avez été malade ?

— Non. J'étais rebelle. Je ne voulais pas continuer la tradition des Basaner Ma vocation était ailleurs. Je voulais faire médecine. Mon père refusa catégoriquement. Alors je suis allé voir votre père, mon professeur, pour qu'il plaide ma cause. Ce qu'il a fait…

— Apparemment il n'a pas été brillant.

— Détrompez-vous. Mon père a fini par accepter que je fasse médecine, c'est moi qui n'ai pas tenu la route. Je faisais trop la fête… j'ai été recalé en deuxième année… au grand dam de votre père. J'y pense, nous devons être contemporains.

Il dévisagea Thierry cherchant dans sa mémoire.

— Effectivement. Mais j'ai fait mes études à Lausanne. Je n'aurais pu étudier sous la houlette de mon père… Et puis cela me permettait de rester à Ouchy où j'avais tous mes amis.

— Je vois. Pour moi aussi cela a été difficile de travailler avec mon père. Surtout que pour lui j'étais presque un renégat… Je ne me souviens pas d'avoir entendu parler de vous à Lausanne… Où avez-vous exercé ?

Mine de rien le monsieur se renseignait. Il voulait savoir à qui il avait vraiment à faire.

— En Nouvelle Calédonie. À la fin de mon internat j'ai pris une année sabbatique. Je voulais faire le tour du monde avant d'ouvrir un cabinet. Je me suis arrêté là-bas. La vie y est si douce, et surtout, j'ai rencontré ma femme, la maman de mes fils. Et puis je crois que j'ai été un peu lâche, je n'osais me frotter à la réputation de mon père. Cela a été une merveilleuse porte de sortie.

Une fois de plus Thierry passa sous le regard inquisiteur de son vis-à-vis. Il le soutint sans ciller. Puis ce fut le tour de Philippe. La ressemblance entre les deux hommes était évidente. Il resta un peu plus longtemps sur Woo. *« La mère devait être chinoise… ».* L'examen terminé et apparemment réussi, son visage devint sérieux.

— Bien messieurs, que puis-je faire pour vous ?

Thierry se pencha. Prit dans le sac qu'il avait posé au sol entre ses pieds, une perle. Qu'il posa sur le bureau, devant le bijoutier.

— J'aimerais une estimation de ceci.

Une lueur d'intérêt fit briller la prunelle de l'expert. Sans dire un mot il prit la perle, la mira au soleil, la pesa avec précaution. Enleva ses lunettes et mit une petite loupe à son œil. Il inspecta la perle avec lenteur, la faisant tourner dans la paume de sa main. Aucun sentiment n'était visible sur son visage. Les trois hommes en face de lui étaient muets, attendant avec angoisse le verdict. Au bout de cinq bonnes minutes, il tomba :

— Pièce magnifique. Orient, très irisée. Grande pureté. Rondeur absolue. Grosseur rare. Valeur : Environ 4 000 à 5 000…

Thierry sentit ses poils se hérisser sur ses bras. Il décroisa ses jambes essayant de garder le plus possible son sang-froid. Philippe guetta la réaction de son père, Woo resta impassible. Ni l'un, ni l'autre ne savaient ce que représentaient ces chiffres. M. Basaner reprit.

— Puis-je savoir d'où vient cette merveille ?

— De Nouvelle Calédonie. Mes fils et moi sommes des plongeurs du dimanche, au cours de nos explorations, nous avons eu de la chance.

— Vous êtes vendeur ?

— Vous êtes acheteur ?

Basaner resta silencieux. Puis :

— Je n'achète pas au détail. Si vous en aviez eu un lot, j'aurais pu être intéressé.

Alors d'un geste théâtral, Thierry prit une bourse en cuir très fin, desserra les cordons et lentement, très lentement, fit couler le précieux trésor, sous les yeux ébahis du bijoutier.

— Est-ce que cela vous intéresserait.

Les perles brillaient. Leur éclat rosé chatoyait. L'admiration se reflétait sur le visage de Basaner Il bégaya :

— Je… je… je n'ai jamais vu de telles merveilles. Où les avez-vous pêchées ?

— Au paradis… Alors intéressé ?

L'homme d'affaire revint. Il prit un air dubitatif.

— Oui. Peut-être.

— Vous connaîtriez quelqu'un que cela intéresserait ?

— Oui bien sûr. Tout dépend de ce que vous en voulez.

— Combien envisagez-vous de nous donner ?

— Hum… Il faut d'abord les compter.

— Il y en a 332. Il faudra enlever de quoi faire deux colliers. Que je vous laisserais le soin de créer bien entendu. Alors ?

— Hum… Il y en a de plus petites…

— Et de plus grosses. Alors ?

Silence de réflexion.

— 3 500. – l'unité.

À nouveau silence de réflexion.

— Si on prenait la première comme étalon. En faisant la moyenne. Je pense que 5 000…

Une discussion de marchands de tapis s'ensuivit. Au bout de dix minutes ils étaient tombés d'accord pour 4 500. – l'unité. Basaner avait sorti et rentré son chéquier plusieurs fois. Une fois le marché conclu, il se décida à le sortir définitivement, remplit un chèque, le détacha du talon, lentement, comme si cela lui faisait mal au cœur. Il le tendit avec beaucoup de difficulté. Puis ils se mirent d'accord pour les colliers.

— J'aimerais que les fermoirs soient sertis de diamants. Pour cela, j'aimerais que vous utilisiez ceci. Il sortit de son sac une autre bourse, deux gros « cailloux » roulèrent.

Cette fois M. Basaner en eut le souffle coupé.

— Ne… ne… ne me dites pas que vous avez pêché ça !

— Ah non. Ça, on l'a ramassé.

— Ramassé ? Où ça ?

— Au paradis, je vous l'ai dit.

Cette fois, Basaner se leva.

— J'espère que ce n'est pas de la marchandise volée !

Philippe eut un sursaut.

— Volé ! Vous nous prenez pour qui ?! Nous ne sommes pas des voleurs !

— Calme-toi mon fils. Calme-toi. La question de M. Basaner est légitime. Il nous voit avec des produits précieux et rares, il a le droit de nous demander d'où cela vient.

Puis s'adressant au bijoutier.

— Je vous donne ma parole que nous n'avons pas volé ces trésors. Mais vous conviendrez avec nous que nous ne désirons pas voir nos filons pillés et détruits par des personnes avides, et malhonnêtes…

— Hun… Oui je comprends. Vous en avez beaucoup comme ça ?

— Suffisamment. Maintenant cher monsieur, nous allons vous laisser. Nous vous remercions de votre accueil. Quand pensez-vous que je pourrais avoir les colliers ?

— La semaine prochaine ? Où pourrais-je vous contacter ?

— Nous sommes au Beau Rivage.

— Bel établissement. Je vous raccompagne…

Ils passèrent à la banque du bijoutier, établissement aussi ancien que l'orfèvre. Ils y ouvrirent un compte pour y déposer le chèque et un coffre pour y garder les diamants. Ils furent reçus comme des VIP. Le montant du chèque y était pour beaucoup. Le reste de l'après-midi fut consacré à faire des achats de vêtements et autres nécessaires de toilette. Puis ce fut la séance chez le coiffeur. Philippe et Woo s'amusèrent comme des gosses. En marchant dans les rues, Thierry repéra une affiche placardée en plusieurs endroits :

« Pour la fin de sa tournée européenne Pierre de Nerval interprétera le Concerto n °1 de Tchaïkovski – Accompagné par l'orchestre philharmonique de la Télévision Suisse Romande, au Victoria Hall – les 15, 16 et 17 juin. Réservations... ».

Une grande bande blanche barrait l'affiche :

« CE SOIR DERNIÈRE REPRÉSENTATION »

Sa décision fut rapide :

— Ce soir nous allons au concert. Vous entendrez ce qu'est la musique. La grande musique.

Ils allèrent également dans une grande librairie, où Thierry chercha des ouvrages sur la guerre de 1940. Il voulait savoir qui avait gagné et comment. Et ça, il ne pouvait le demander sans avoir l'air d'un idiot ou d'un extraterrestre…

En rentrant à l'hôtel, il demanda au concierge de leur réserver des places pour le concert. Puis il mit la sacoche en cuir qu'il avait acheté, et pleine de l'argent qu'il avait pris à la banque, dans le coffre de sa chambre. Ils dînèrent au restaurant de l'hôtel.

Un taxi les déposa devant le Victoria Hall. Il y avait foule. Ils prirent leurs billets et pénétrèrent dans la grande salle de spectacle. Fauteuils de velours rouge, parquet de chêne, balcons sculptés aux ors brillants. L'orchestre était déjà dans la fosse. Le bruit des instruments que les musiciens accordaient, couvrait à peine le murmure de ruche qui régnait. Une ouvreuse leur montra leurs places, magnifiquement situées. Quand ils furent installés, Thierry demanda :

— Alors les garçons ? Impressionnés ?

Ils secouèrent la tête avec une moue d'approbation. Le chef d'orchestre arriva, salué par une salve d'applaudissements. Le rideau s'ouvrit doucement. Au milieu de la scène, en pleine lumière, le piano à queue attendait son maître. Quand ce dernier entra, le public se leva pour une ovation. Thierry murmura :

— Pour être accueilli de cette façon, il doit être drôlement bon.

Leurs voisins les regardèrent en fronçant les sourcils. Quand les spectateurs se furent assis, le silence établi, l'enchantement commença… Thierry regardait avec avidité les mains du pianiste courir sur le clavier. Profondément remué par le talent de cet artiste.

Quand Pierre plaqua le dernier accord, la salle resta muette, encore assommée par ce qu'elle venait d'entendre. Thierry fut le premier debout, applaudissant à tout rompre. Très vite suivit par les autres. Philippe et Woo complètement assommés, restèrent d'abord assis, puis ils participèrent à l'enthousiasme de la salle. Cela dura… dura…

La nuit était belle et douce, alors ils rentrèrent à pied. Tout le long du chemin Thierry et Philippe rejouèrent le concerto. L'enthousiasme du père et du fils était réjouissant. Woo était plié de rire devant leurs clowneries.

En arrivant à l'hôtel, ils virent descendre d'un taxi, le pianiste qu'ils venaient d'applaudir.

— Eh ! Papa tu as vu ? Il est dans le même hôtel que nous. Venez on va lui parler.

— Non ! Arrête Philippe ! Cela ne se fait pas. Il doit être fatigué. Ce serait grossier de le déranger.

— Ah bon ? Tu crois ?

Philippe était comme un enfant à qui l'on vient de retirer sa sucette.

— Oui mon garçon. Il vaut mieux le laisser tranquille.

— D'accord. D'accord… comme tu veux…

Ils passèrent le reste de la soirée à d'abord essayer de faire fonctionner la télévision, puis à la regarder. Les trois hommes avaient l'impression de vivre dans un parc d'attraction, où les jeux se suivaient et ne se ressemblaient pas.

Chapitre II

La voiture roulait paisiblement le long de la corniche. Ils avaient loué une voiture avec chauffeur. Thierry lui avait donné l'adresse de la maison de ses parents, car c'est là qu'ils allaient. Il lui avait demandé de rouler en douceur, pour pouvoir admirer le paysage. Le temps était aussi beau que la veille. Le lac aussi bleu, les montagnes aussi blanches. Les arbres en fleurs. Les catalpas mauves, les châtaigniers roses, les cerisiers blancs.

En partant de l'hôtel ce matin-là, ils ne purent s'empêcher de sourire devant la perplexité de l'homme aux clefs d'or. Les trois Wittmer avaient été livrés de bonne heure par des magasins très chics de la ville. Maintenant, ils étaient devant lui, élégants, bien coiffés, avec des bagages de marque… exit les sacs à dos. Il fit une drôle de tête en voyant les billets tous neufs, tout juste s'il ne vérifia pas leur authenticité.

Thierry reconnaissait les petites villes qu'ils traversaient. Elles n'avaient pas beaucoup changé. Copet. Nyon, Morges. Au fur et à mesure qu'ils avançaient, son estomac se serrait. En fait, il commençait à avoir peur. Peur de ce qu'il allait trouver… ou ne pas trouver.

La voiture stoppa devant le grand portail en fer forgé, d'une grande propriété. Il était fermé. Thierry descendit et se dirigea vers la sonnette. Une petite plaque en cuivre indiquait : M. et Mme de Nerval. Il fut chagriné et surpris à la fois. L'un parce que, ce qu'il craignait le plus était sous ses yeux : Ses parents n'habitaient plus là. L'autre parce que la coïncidence était énorme : de Nerval ? Le nom du pianiste de la veille au soir ? Il revint vers la voiture.

— Alors ? demanda Philippe impatient.

— Mes parents n'habitent plus là. Ce sont des Nerval.

— Nerval ? Comme…

— Le pianiste. Oui.

— Tu as sonné ?

— Non. Inutile.

— Pardon ? Ne me dis pas que tu as fais tout ce chemin pour t'arrêter là ! Devant ce… cette… maison. Sans tenter ta chance ?

Thierry était découragé. Fatigué. Déçu. Philippe voyant ça, prit les devants et alla sonner.

— Oui ?

Comme il avait vu faire son père à Perth, il cria dans le haut-parleur.

— Bonjour madame, j'aurais aimé parler à monsieur ou madame Wittmer.

— Madame Wittmer, enfin… madame de Nerval est absente. C'est à quel sujet ?

À ce moment-là, un couple de bergers allemands arriva en galopant et en aboyant rageusement, toutes dents dehors. Thierry qui s'était approché et qui avait écouté attentivement, cherchait dans sa mémoire. Il connaissait cette voix.

— Ul… Ulrika ? Ulrika c'est toi ?

— Ou… Oui ? Qui êtes-vous ?

— Laisse-nous entrer, Ulrika. Il vaut mieux que tu voies ça de tes propres yeux. Tu ne me croirais pas.

Son cœur battait la chamade. L'espoir était revenu. Elle avait parlé de Mme Wittmer. Était-ce sa mère ? À l'autre bout du haut-parleur, Ulrika hésitait.

— Bon, je viens !

Tandis que les deux chiens continuaient d'expliquer qu'ils étaient chez eux et que personne ne devait passer. Ils virent arriver au bout de l'allée de platanes, une femme à bicyclette. Cheveux blancs, allure sportive, elle devait avoir le même âge que Thierry, peut-être un peu plus jeune ? Elle freina à mi-chemin. Regardait Thierry incrédule. Secoua la tête en fermant les yeux, comme si elle ne pouvait croire ce qu'elle voyait. Ils l'entendirent répéter :

— Non… non… tu rêves ma fille. Ce n'est pas possible. Il est mort…

Plus elle s'avançait, plus elle disait :

— Ce n'est pas possible, il est mort…

Elle devint encore plus incrédule en voyant Philippe.

— Mon Dieu, ils sont deux. Un jeune et un vieux…

Elle tomba de son vélo. Resta au sol, évanouie. Les deux chiens vinrent à son secours en gémissant. Lui léchant la figure. Les trois hommes accrochés à la grille se mirent à crier.

— Ulrika ! Ulrika !

Philippe essaya d'escalader la grille, mais son père le retint par le pull.

— Non ! Les chiens t'attaqueraient. Surtout qu'elle est inconsciente. Ils la défendront au péril de leur vie.

— Tu es sûr ? Je croyais que les chiens étaient gentils.

— Envers leur maître oui. Mais tu es un étranger pour eux. Et ils défendent leur territoire, ils sont dressés pour ça.

Puis se tournant vers le chauffeur resté à son volant.

— Klaxonnez ! Klaxonnez de toutes vos forces. Il faut faire du bruit pour la réveiller.

L'homme s'en donna à cœur joie. Au bout de quelques minutes, Ulrika bougea, puis se redressa. Les chiens lui faisaient la fête. Thierry cria :

— Ulrika ça va ? Venez nous ouvrir, nous pourrons vous aider.

Elle eut du mal à se relever. Le vélo était tombé sur elle. Elle s'en dégagea comme elle put. Quand elle fut debout, Elle frotta ses vêtements pleins de poussière.

— Tristan ! Iseult ! Calmez-vous. Je vais bien.

Elle s'approcha de la grille en boitillant. Quand elle arriva près d'eux, elle dévisagea Thierry.

— Monsieur Thierry ? C'est bien vous ? Je ne rêve pas ?

— Non Ulrika. Tu ne rêves pas. C'est bien moi. Et voici mes deux fils, Philippe et Woo.

— Mon Dieu ce n'est pas possible… mon Dieu ce n'est pas possible… quand madame va savoir ça.

Elle était tellement émue qu'elle avait un mal fou à ouvrir le portail.

— Donne-moi les clefs, je vais le faire.

Une fois face à face, ils n'osèrent plus bouger, de peur de crever la bulle. Puis elle lui sauta au cou.

— Oh Thierry ! Thierry ! Si vous saviez…

Il la serrait contre lui de toutes ses forces. Elle était le premier maillon de la chaîne. De *sa* chaîne d'amour. Ils restèrent enlacés un petit moment. Il fut le premier à reprendre ses esprits :

— Viens vite t'asseoir dans la voiture. Nous allons te ramener.

Pendant ces effusions, les chiens voyant qu'Ulrika était copine avec ces étrangers, se mirent à les saluer en remuant la queue. Philippe et Woo un peu réticents au début finirent par les caresser. Ce qui déclencha de grandes démonstrations d'amitié. Une fois qu'il eût installé Ulrika dans la voiture, Thierry fit signe aux garçons de monter à leur tour.

— Et les chiens ?

— Ils suivront la voiture, ne vous inquiétez pas.

Le portail refermé, le véhicule remonta doucement l'allée et vint se garer devant la grande porte en chaîne. Thierry aida Ulrika à sortir de la voiture. Elle s'appuya sur lui pour marcher. Poussa la grande porte. Il était dans le grand hall d'entrée. La première chose qu'il retrouva c'est l'odeur. Mélange de cire, de fleurs, de vieux livres… Il lâcha Ulrika et avança lentement. Reprenant contact. Le long tapis chinois qui allait jusqu'au salon. Les escaliers en marbre. La rambarde en fer forgée. Il se souvint des courses effrénées avec sa sœur, les glissades sur la rambarde. Il avait appris à stopper avant la grosse boule de cristal. Les dérapages dans le couloir, mettant le tapis et les nerfs de leur mère en boule. Les chiens qui les poursuivaient en aboyant. Seul leur père arrivait à remettre bon ordre dans ce chahut.

Les tableaux aux murs n'avaient pas changé. Les meubles non plus. Il continua en direction du salon. Quatre grandes portes-fenêtres à meneaux, étaient ouvertes, laissant entrer des flots de soleil. Le parc devant descendait en pente douce jusqu'au lac. Les arbres étaient plus vieux. La haie plus fournie. Le cèdre du Liban étendait toujours son ombre. Dessous, le salon de jardin en fer forgé blanc. La balancelle. Les coussins avaient changé de couleur, mais le reste était idem. Pareil.

Il se tourna pour embrasser le décor du salon. Les porcelaines, chinoises, anglaises, allemandes, françaises. Collection de sa maman. Les vases en cristal de Murano et de Bohême… Le piano à queue, la grande écharpe en cachemire de sa maman, « jetée » dessus. Les photos dans les cadres d'argent. Il s'approcha, il revoyait ces visages aimés, dont les traits flous dans sa mémoire, se précisaient à nouveau. Plusieurs le représentaient. Il y avait également des personnes qu'il ne connaissait pas. Un homme près de sa sœur en robe de mariée. Une ravissante jeune fille. Et… le pianiste ?…

Il souleva le couvercle, le clavier aux touches en ivoire brillait. Quelques notes, il retrouva le son, chaud et pur. Les yeux dans le vague, il retourna plusieurs années en arrière. Les fins d'après-midi, les dimanches d'hiver. La nuit était neuve, la neige tombait à gros flocons. Sa famille autour du piano, les bûches qui craquaient dans la cheminée. La voix de sa mère s'élevait pure. Les mains de

Maddy qui faisaient la course avec les siennes sur le clavier. Son père au violoncelle jouait les yeux fermés…

S'il n'avait pas une conscience profonde du temps, il aurait eu l'impression d'avoir quitté les lieux le matin même. Soudain l'émotion le prit à la gorge. Il ne put retenir ses larmes. Une main sur sa bouche, pour étouffer ses gémissements, il tournait sur lui-même. Woo vint vers lui inquiet.

— Ça va mon vieux ?

Thierry fut incapable de répondre. Il appuya sa tête contre l'épaule de son ami, et sanglota. Il évacuait toute sa souffrance, toute sa frustration. Prévenant, Philippe vint vers lui avec un verre de whisky.

— Tiens papa, bois. Cela te fera du bien. C'est le médecin qui te parle.

Thierry accepta.

— Viens t'asseoir.

Il se laissa faire comme un enfant. Ulrika les regardait en secouant la tête. Elle n'en croyait pas ses yeux. Thierry la regarda. La voix cassée il dit :

— Toi aussi Ulrika, viens t'asseoir. Et dis-moi. Où sont mes parents ?

Ulrika hésita. Elle prit un joli mouchoir brodé dans sa poche, et en se tamponnant les yeux :

— Ils… sont… morts monsieur.

Philippe et Woo échangèrent un regard entendu.

— Il y a longtemps ?

— Madame… votre maman est morte il y a dix ans. Elle… elle n'a jamais pu se remettre de votre mort… pardon… de votre disparition. Mais quand elle a eu la certitude de ne jamais vous revoir, elle a lâché prise. Le chagrin a gagné la partie. Votre papa a tenu le coup grâce à son travail, mais quand il n'a plus pu opérer, il s'est mis à tourner en rond, plus rien ne l'intéressait. Vous vous souvenez comme il aimait votre mère… et vous. Il est mort il y a deux ans.

Thierry amer, se tourna vers Woo.

— Tu comprends maintenant pourquoi je ne pourrais pardonner à Alison ? Si elle n'avait pas agi comme elle l'a fait, mes parents seraient encore en vie.

Philippe était en colère. Woo triste.

— Et Maddy ?

— Mademoiselle ? Elle va beaucoup mieux.

— Elle a été malade ?

— Oui. Un cancer. Dame ! Toute cette tristesse, ça la rongeait de l'intérieur. Heureusement, quelques années après la guerre, elle a rencontré un monsieur veuf, Erwin de Nerval. Très gentil. Il avait un petit garçon : Pierre…

— Le pianiste ?

Philippe suivait son idée.

— Oui c'est ça. Vous le connaissez ?

— Tu parles ! Pardon. Vous pensez ! Tu vois papa on aurait dû lui parler hier soir. Après tout tu es son tonton.

— Elle va rentrer pour déjeuner ?

— Non. Elle est à Arcachon chez la fiancée de Pierre.

— Arcachon ?

— C'est en France… une ville près de Bordeaux. Vous connaissez ?

— Non. Mais on va connaître.

— On peut l'appeler pour lui dire que vous êtes revenu. Elle sera folle de joie.

— Non ! Non ! On va lui faire la surprise. Nous allons passer la nuit ici. Nous partirons demain. Il y a des avions qui vont dans cette ville ?

— Oui. Bien sûr, puisque Marilyne, la fille de Pierre, prend régulièrement ce vol pour aller le rejoindre après ses examens.

Dans le dos de Philippe, Woo faisait « Non, non » de l'index.

— Tu as un problème Woo ?

Philippe se retourna, et regarda l'interpellé de haut en bas, interrogatif. Puis comme si une lumière s'était allumée :

— Ah je sais ! Il a peur de prendre l'avion !

Il se dirigea vers lui, et le caressant comme on le fait à un enfant pour le rassurer :

— C'est que le grand garçon a une grande trouille de prendre l'avion. Pas vrai mon, gros bébé ?

— Non. Pas du tout. Mais… Mais…

— Y a pas de mais… On ira en voiture. Inutile de te rendre malade. Va chercher le chauffeur. Et rentrez les bagages.

Pendant que les « jeunes » obéissaient, Ulrika ne put s'empêcher de poser la question :

— Vous avez dit qu'ils étaient vos fils. Philippe d'accord, il vous ressemble comme deux gouttes d'eau. Mais l'autre…

— Un orphelin. Je l'ai adopté.

Le chauffeur arriva sur ces entre-faits.

— Vous m'avez demandé monsieur ?

— Vous connaissez Bordeaux ?

— Oui.

— C'est loin ?

— À peu près 1 000 km.

— Arcachon ?

— C'est à une cinquantaine de Km plus loin au sud.

— Combien de temps faut-il pour y aller ?

— Vite ou en se promenant ?

— Vite.

— En passant par l'autoroute, il faut 10 à 12 heures.

— Départ à 5 heures demain matin. Cet après-midi nous irons à Montreux et au château de Chillon. Soyez là vers 15 heures.

— À vos ordres. À tout à l'heure monsieur.

— Vous vous sentez bien Ulrika ?

— Oui. Oui. Votre fils m'a soigné le genou. Il m'a dit qu'il était médecin lui aussi ?

— Tradition familiale. Vous vous sentez assez bien pour nous préparer à manger ? Sinon, je me mettrai aux fourneaux.

— Non. Non Monsieur, dit-elle l'air offusqué. Je m'occupe de tout. Je vais faire venir Heidi, elle m'aidera. Je préparerai vos chambres. La vôtre est restée intacte, telle que vous l'avez laissée quand vous êtes parti en Indochine, vos parents ne voulaient pas que l'on y touche. Oh ! monsieur, je suis si contente de vous revoir.

— Moi aussi Ulrika. Moi aussi. Vous ne pouvez vous imaginer à quel point. Préparez-nous un bon plat suisse.

— Pas une fondue quand même ?

— Pourquoi pas. J'en rêve depuis quarante ans. Avec de la viande des Grisons. Il y a une autre chose dont je rêve.

En disant cela, il se déshabillait à toute vitesse.

— Aller piquer une tête dans le lac. Eh les garçons ! Le dernier à l'eau est une femmelette !

Affolée. Ulrika cria :

— Mais elle est encore trop froide monsieur !

Il lui répondit de la même manière, en sortant dans le parc et en courant comme un dératé :

— Est-ce que cela m'a déjà empêché de me baigner ?

Elle n'eut pas le temps de répondre. Deux autres tornades passaient devant elle. Suivis de deux boulets de canons à poil. Une minute plus tard, elle vit cinq éclaboussures dans le lac, au bout du ponton en bois. Elle secoua la tête en souriant :

— Ah ! Ces gamins !

Quand ils revinrent un peu plus tard, ils étaient presque bleus. Les chiens trempés se secouaient.

— Pas sur les tapis les chiens ! Allez tout le monde à la douche.

Philippe et Woo claquaient des dents. Ils n'étaient pas habitués à une température si basse. Thierry était hilare. Il y avait longtemps que les deux hommes ne l'avaient pas vu aussi heureux.

— Allez prendre une douche bouillante. Cela ira mieux. Vous verrez ça ouvre l'appétit. Tristan, Iseult, avec moi.

Sans aucune hésitation les chiens le suivirent. Ils grimpèrent les escaliers quatre à quatre. Arrivés sur le palier, Thierry distribua les chambres.

— Philippe dans la chambre bleue. Enfin… c'était sa couleur. Woo voilà ta chambre.

— Et la tienne ? Elle est où ?

— Là.

Il ouvrit une porte. Lentement, comme s'il avait peur de ce qui pouvait être derrière.

En fait toute son enfance, son adolescence, sa jeunesse, étaient là. Ulrika avait raison. Rien. Absolument rien n'avait bougé. Philippe et Woo pénétrèrent derrière lui, mais il ne les vit pas. Ce qu'il voyait le faisait remonter dans le temps. Ses livres. Ses disques. Le phonographe. Des photos de ses amis d'école, d'université. Ses vêtements. Le bureau sur lequel il avait planché. Sa collection de modèles réduits… Sa vue sur le lac. Tous les jours de sa vie antérieure avaient eu ce décor. Tout cela lui avait tellement manqué.

— Tout est exactement comme je l'ai laissé. Ma famille a dû être terriblement malheureuse de ne pas savoir ce que j'étais devenu. Si seulement…

— Papa ne pense plus à tout ça. C'est trop tard de toutes les façons. On n'y peut plus rien maintenant.

— Je sais mon fils. Je sais. Cela n'empêche pas la douleur. Bon, assez larmoyé. Allez prendre votre douche, vous risquez de prendre froid, et ceux qui n'ont jamais été enrhumés ne connaissent pas leur chance. On se retrouve en bas pour le déjeuner. Vous allez goûter au plat national.

Vous verrez, ce n'est pas banal. Les chiens ? Venez ici, il faut vous sécher.

La fondue était telle que dans les souvenirs de Thierry. Woo se régala. Philippe un peu moins. Leur après-midi se passa en visites guidées. Vevey, Montreux. Le château de Chillon enthousiasma les deux jeunes hommes. Construit sur une presqu'île, dominant le lac, parfaitement conservé et entretenu, ce château est une merveille de l'architecture médiévale.

— C'est exactement comme tu nous l'avais dit. C'est magnifique. Regarde ces armes ! Ces armures ! Ça devait être drôlement lourd, il fallait être un géant pour rentrer là-dedans.

Ils visitèrent les prisons.

— Vous voyez cet anneau ? Lord Byron, le grand poète, y a été enchaîné pendant des années.

— Dis qu'est-ce que c'est ces drôles d'oiseaux blancs, au long cou ?

— Des cygnes.

— Comme dans la mythologie grecque ? Zeus… c'est ça ? Il s'est transformé en cygne pour séduire…

— Léda.

— Oui c'est ça ! Ils sont fous ces Grecs. Un cygne avec une femme…

Ils passèrent le reste de la journée et la soirée à la maison. Se couchèrent tôt. Demain serait un autre grand jour.

Pierre et Ludivine prenait leur petit-déjeuner sur la terrasse. Il était dix heures du matin. Le temps était doux, l'océan rutilait sous les rayons du soleil. Le vent chantait dans les pins. Les rosiers exhalaient. Ils se tenaient par la main, en sirotant leur café. Les mots étaient inutiles, l'instant était parfait. Les nuages qui obscurcissaient leur ciel étaient partis. L'avenir était prometteur. Alors ils savouraient.

Cela ne dura pas longtemps. L'arrivée d'Erwin et de Maddy rompit le charme.

— Bonjour les enfants. Bien dormi ?

— Bonjour. Oui merci.

— La petite arrive à quelle heure ?

Demanda Erwin curieux. Pierre répondit :

— Cet après-midi à 15 heures.

— On pourrait aller manger à Bordeaux.

Pierre regarda sa montre.

— Ce serait une idée. Mais il faudrait vous dépêcher. Il est dix heures et demie. Le temps que ces dames se préparent… il sera onze heures et demie… le temps d'aller à Bordeaux… de manger… on ratera l'avion.

— Tu exagères on ne met pas une heure pour se préparer. N'est-ce pas Maddy ?

— Non. Cinquante-neuf minutes.

Pierre sourit :

— On parie ?

— Quoi ?

— Un gage.

Les yeux de Ludivine en disaient long sur ce gage. Pierre réagit très vite :

— Tope là camarade ! Dépêche-toi, je mets le chrono en route.

— C'est parti ! Venez vite Maddy.

Elle se leva comme un diable. Se précipitant à l'intérieur.

— Je te suis mon petit. Passe devant.

— Ne traînez pas trop !

Ludivine entra en coup de vent dans le hall. Elle stoppa net en voyant Sarah parler avec trois hommes qui se tenaient sur le pas de la porte. Elle n'avait pas entendu la sonnette.

Il y avait un homme grand, cheveux très noirs, l'air… asiatique ? Le deuxième qui se tenait un peu en retrait, était lui aussi grand, blond, bronzé, ses traits ne lui étaient pas inconnus. Où l'avait-elle déjà vu ? Ses yeux se portèrent sur le troisième homme. Cheveux blancs, la soixantaine, bronzé lui aussi. Quand elle croisa son regard… elle sut… ils surent.

— Pa… pa… papa ?

Un cri déchirant jaillit derrière elle.

— Thierry ?! Mon Dieu ce n'est pas possible ! Thierry !

— Maddy ! Ma petite sœur chérie !

Ludivine fut bousculée. Thierry et Maddy se tombèrent dans les bras. Serrés l'un contre l'autre, ils pleuraient. Un silence de cathédrale s'installa. Seul le bruit des sanglots résonnait. Ils se berçaient l'un l'autre. Se regardaient, se caressaient le visage, sans dire un mot. Puis s'étreignaient de nouveau. Les pieds de Maddy battaient dans le vide quand son frère la soulevait pour la tenir plus fort.

Les spectateurs de cette scène étaient bouleversés. Personne n'osait bouger, de peur de rompre le miracle. Pierre et Erwin inquiétés par les pleurs, déboulèrent dans le hall. Ils dirent en même temps :

— Que se passe-t-il ? !

Ludivine les stoppa d'un geste de la main, faisant « Chut » avec le doigt. Ils s'approchèrent doucement, et répétèrent leur question en murmurant :

— Que se passe-t-il ?

D'un index tremblant, elle désigna le couple enlacé, et dit totalement incrédule :

— C'est… c'est… mon père. C'est… son… frère. C'est Thierry.

Les deux hommes médusés n'en croyaient pas leurs oreilles, ni leurs yeux.

— Tu… plaisantes ?

— Non je ne crois pas mon fils. Regarde. Ils se ressemblent trop.

Ludivine essuya son visage. Se dirigea vers les deux autres hommes restés sur le pas de la porte. Quand elle fut face à Philippe, elle sut là aussi : Elle était devant son frère, ou plutôt son demi-frère.

— Vous… vous êtes son fils ? Mon frère ?

— Oui. Et… je crois.

— C'est merveilleux !

Elle lui sauta au coup. Ils s'embrassèrent. Puis elle se tourna vers Woo.

— Et vous monsieur ?

— C'est mon frère adoptif. Donc votre… demi-demi-frère.

Elle rit, embrassa également Woo.

— Superbe ! Soyez les bienvenus. Entrez, je vous en prie. Ne restez pas là.

Ils contournèrent le couple toujours enlacé, pour aller vers Pierre et Erwin. Ludivine fit les présentations. Puis elle dit en désignant Thierry et Maddy.

— Nous devrions les emmener dans le salon, pour qu'ils puissent s'asseoir. Nous les laisserons seuls, afin qu'ils se retrouvent. Philippe vous voulez bien m'aider ?

— Avec plaisir.

— Pierre tu veux bien t'occuper de Woo ?

Alors doucement, sans les séparer. Cela eût été impossible. Philippe et Ludivine guidèrent le couple en direction du salon, puis du canapé. Ils se laissèrent faire, sans dire un mot. Quand ce fut fait, Philippe et Ludivine échangèrent un regard de connivence, et sortirent sur la pointe des pieds, refermant tout doucement la porte sur eux.

Ils se retrouvèrent tous les cinq sur la terrasse. Ils étaient intimidés. Ludivine prit les choses en main.

— Asseyez-vous je vous en prie. Vous voulez un peu de café ? Des croissants ? Sarah ! Apportez des tasses s'il vous plaît.

Les hommes, heureux que quelqu'un prenne les rênes, obéirent. Woo, que les émotions creusaient toujours, prit un croissant. Philippe regardait sa sœur. Il dit timidement :

— J'ai l'impression d'avoir ma sœur… enfin ma sœur entière, pas la demie, devant moi. C'est incroyable ce que vous vous ressemblez.

Pierre rit :

— Je crois que les gênes des Wittmer sont très forts. Tous ses enfants lui ressemblent. Impossible de les renier.

Philippe reprit tout aussi timidement, mais avec une pointe d'enthousiasme :

— Vous savez monsieur, il y a trois jours nous étions à votre dernier concert à Genève. C'était… magnifique ! Mon père est bon, mais vous le surpassez. En plus je lui en veux parce que nous étions dans le même hôtel. J'ai voulu aller vous parler, mais il m'a dit que cela ne se faisait pas. Vous vous rendez compte ? Vous nous auriez reconnus et on aurait gagné trois jours.

— Nous étions dans le même hôtel ?

— Oui.

Ludivine curieuse posa enfin « la » question :

— Mais d'où arrivez-vous ?

Philippe compta sur ses doigts.

— De la maison de papa au bord du lac. Avant on était à Genève. Avant en Australie et avant…

Il regarda Woo, cherchant son approbation. Ce dernier la lui donna. Alors il continua.

— Avant, de chez nous, Dana.

Les trois autres interrogèrent en même temps :

— Dana ? C'est où ça ?

Les frères échangèrent un regard entendu. Philippe répondit comme si c'était une évidence.

— C'est une île. Dans le pacifique.

Ludivine insista.

— Où dans le Pacifique ?

Nouvel échange de regard entre les frères, ils haussèrent les épaules. Woo lança :

— On ne sait pas.

Cette fois ce sont Ludivine, Pierre et Erwin qui échangèrent un regard d'incompréhension. Pierre demanda incrédule.

— Ce… ce… n'est pas possible.

Philippe et Woo répondirent en même temps.

— Ben si.

Ludivine posa sa main sur le bras de Philippe.

— Et si vous nous racontiez tout ?

— Depuis le début ?

— Depuis le début.

— Alors c'est Woo qui doit commencer.

Ce dernier ne se fit pas prier. Il adorait raconter les histoires. Il but une gorgée de café, se racla la gorge et commença :

— Thierry, votre père, a été ramené par les pêcheurs sur « Houla Baji », l'île où je vivais avec ma tribu. Ils l'avaient trouvé au large, allongé dans une pirogue, inconscient…

Woo savait captiver son auditoire. Il émaillait son récit d'anecdotes et d'images drôles. Il continua pendant le déjeuner. Sarah servit Thierry et Maddy dans le salon. Apparemment ils en étaient au même point de l'histoire.

Ils étaient captivés par le récit. N'en croyant pas leurs oreilles. À un moment Pierre regarda sa montre.

— Oh mon Dieu ! Il est deux heures et demie. Marilyne ! Je dois aller la chercher. S'il vous plaît attendez-moi pour la suite. Je ne veux rien louper. Ludivine tu veux bien appeler l'aéroport et laisser un message pour la petite. Qu'on lui dise que je suis en retard. Vous m'attendez c'est promis.

Woo répondit en souriant tout heureux que son histoire plaise autant.

— Oui. Je vous promets. Nous vous attendrons.

Il ne se rendait pas compte à quel point son récit était fantastique. Incroyable. Surnaturel. Pour lui, il ne faisait que parler de son quotidien. Il n'y a rien d'extraordinaire au quotidien, surtout quand c'est vous qui le vivez.

Marilyne, assise sur sa valise, walkman sur les oreilles, attendait patiemment l'arrivée de son père. Elle avait été déçue de ne pas le voir à sa descente d'avion. Cela faisait trois mois qu'ils étaient séparés et comme toujours il lui avait terriblement manqué. Même si elle lui parlait souvent au téléphone, ce n'était pas pareil. Demain ce serait au tour de Kyle. Ils allaient être tous ensemble de nouveau. Pour tout un été et elle s'en réjouissait.

Elle repéra de loin la voiture de son père. Elle se leva d'un bond et lui fit de grands signes. Il se gara à sa hauteur et vint à sa rencontre. Ils s'étreignirent. C'était tellement bon de se retrouver. Il comprit soudain ce que Thierry et Maddy avaient dû ressentir en se retrouvant enfin, après quarante années de séparation. Il serra encore plus fort, sa fille contre lui. Faisant un vœu : Ne jamais avoir à supporter cette douleur. Ils prirent le chemin du retour. Une fois sur l'autoroute, Pierre se décida à annoncer à sa fille la grande nouvelle.

— Tu ne devineras jamais qui est venu sonner à notre porte ce matin.

— Kyle ? ! Il est arrivé plus tôt ?

— Sincèrement, est-ce que tu crois qu'il serait resté à la maison, alors que je venais te chercher ?

— Non tu as raison. Il serait là.

— Réfléchis encore. Quelqu'un de plus extraordinaire.

Elle rit en disant :

— Le Père Noël ?

— Presque. C'est un père en tous les cas.

— Un Père ?

— Et un frère.

— Quelqu'un de notre famille ?

— Oui.

Cette fois elle était perdue. En secouant la tête et en faisant une moue dubitative, elle dit :

— Je ne vois vraiment pas.

— Mais si voyons. Qui a manqué à Many pendant toutes ces années ? Qui a failli faire que toi et moi soyons amoureux de nos cousins ?

Elle ferma les yeux étudiant les paramètres. Soudain elle donna une grande tape sur le bras de son père.

— Ne me dis pas… ne me dis pas… que c'est… Oh je ne me souviens plus de son nom…

— Thierry.

— Oui ! C'est ça, Thierry. Ce n'est pas possible il est mort !

— Présumé, ma chérie. Seulement présumé. En fait il est à la maison, avec ses deux fils, et je t'assure qu'il est bien vivant.

— C'est génial ! Many et Ludivine doivent être folles de joie.

— Je ne sais pas. Je n'ai pas revu Many, elle est enfermée avec son frère dans le salon. Quant à Ludivine elle n'a pas encore eu l'occasion de lui parler. Pour l'instant nous sommes tous sur le coup de la surprise. Et quand je suis parti Woo, l'un des fils, nous racontait leur incroyable histoire.

— Vite. Dis-moi, je veux tout savoir.

Il eut juste assez de la route pour tout lui expliquer. Elle ponctuait son récit de : « C'est incroyable ! C'est dingue ! Ce n'est pas possible ! C'est pas vrai je ne le crois pas ! »

Entre-temps, Maddy et Thierry étaient enfin sortis du salon.

Ils avaient retrouvé le reste de la bande sur la terrasse. Face à son père, Ludivine fut terriblement intimidée. Lui non plus ne se sentait pas très à l'aise. Maddy intervint :

— Embrassez-vous. Ne vous regardez pas en chien de faïence. Allez mon grand c'est ta petite.

Alors d'un seul élan, ils s'enlacèrent. Ludivine retrouva la sensation de profonde sécurité, qu'elle éprouvait dans les bras de son père. Thierry la regarda. Soulevant son menton d'un doigt affectueux. Il cherchait Adeline dans les traits de sa fille.

— Je me trompe ou tu portes le parfum de ta maman ?

Ludivine lui répondit gauchement, comme si elle était prise en faute :

— C'est vrai. Je le mets de temps en temps. Cela me fait du bien, comme si elle était encore là.

— Il est toujours aussi délicieux. Tu as son regard. La même intensité, la même douceur. Tu n'as pas besoin du parfum pour la sentir. Elle est en toi, et tu ne t'en rends pas compte. Quand je t'ai vue arriver dans le hall tout à l'heure, j'ai cru que c'était elle. Tu as la même voix. La même démarche. Le même port de tête.

Il lui prit les mains. Des larmes coulaient sur ses joues.

— Les mêmes mains fines et racées.

Il la reprit dans ses bras. Lui glissant à l'oreille.

— Elle t'habite. Par-delà le temps, je la sens en toi.

Ludivine était bouleversée. C'était la première fois qu'on lui disait qu'elle était aussi belle que sa mère. Toute sa vie elle avait eu un complexe inavoué : Elle admirait la classe et l'élégance de sa mère, et avait toujours eu l'impression d'être une lourdaude sans grâce à ses côtés.

Aujourd'hui, l'homme que sa mère avait aimé plus que tout, son père, lui disait qu'il la voyait en elle. C'était le plus beau compliment qu'on ne lui ait jamais fait. Elle dit dans un souffle :

— Merci.

Il lui caressa la joue avec tendresse. L'amour qu'elle vit dans les yeux de cet étranger, lui fit monter les larmes aux yeux. Ils allèrent s'asseoir, se tenant par la main. Le courant passait, il ne fallait pas rompre le fil. Les autres avaient assisté à cette scène avec émotion. Du coup, tout le monde se mit à parler en même temps.

— Tu sais papa, on a commencé à raconter ton histoire. Ils ont un peu de mal à le croire.

— Je les comprends.

Ludivine osa parler directement à son père.

— Vous…

Il fit « non » de la tête.

— Tu as perdu la mémoire pendant combien de temps ?

Woo intervint.

— Ne dis rien, on n'a pas encore quitté Houla Baji. Pierre nous a fait promettre d'attendre son retour.

— Tu as entendu ? Tu vas devoir patienter pour la suite de l'histoire.

— OK ! J'attendrai. J'ai essayé de ruser, mais j'ai été découverte. Bien, ils ne seront pas de retour avant un petit moment. Je vais vous montrer vos chambres, vous pourrez vous mettre à l'aise.

— Dis Ludivine on peut se baigner ? Oh quel est ce magnifique animal ? C'est un chat, c'est ça ?

Yu Lin venait de faire son apparition sur la terrasse. Sa sieste était terminée. Elle venait pour son comptant de caresses et de gâteries. Suivie de près par Mab. C'était la première fois que Philippe voyait un chat en vrai. Il s'approcha doucement.

— Je peux le caresser ? Et le chien ? Il a eu un accident ? Il a le nez tout écrasé.

— « La ». S'il te plaît. C'est une jeune fille. Mab n'a pas eu d'accident elle est née comme ça.

Elle se tourna vers son père.

— C'était la chatte et la chienne de maman.

Thierry s'accroupit pour cajoler les deux bêtes, qui sentirent d'abord la main de cet étranger, puis les ondes paraissant bonnes, elles daignèrent se laisser toucher.

— Cela ne m'étonne pas d'Adeline. Elle adorait les chats. En Indochine elle avait un couple de siamois. Elle avait aussi une chienne boxer. Cette petite chienne ressemble à un boxer miniature.

— Oui, je me souviens. Trimoteur la chatte, Pidoux le chat, et Billy la chienne.

— Ah oui c'est vrai. C'est… Georges… qui l'avait baptisée ainsi. Elle ronronnait tellement fort qu'elle faisait autant de bruit qu'un avion avec trois moteurs.

Il avait un sourire en coin en disant ça. Il se redressa laissant la place à Philippe et Woo. Il prit le bras de sa fille.

— Est-ce que tu trouverais trop indiscret de ma part, de te demander à voir la chambre de ta maman ?

Ludivine eu une hésitation. Mais elle vit tant de tristesse dans les yeux de son père, qu'elle craqua.

— Bien sûr. Viens. Vous venez les garçons ?

— On te suit.

Philippe avec Yu lin et Woo avec Mab dans les bras leur emboîtèrent le pas, tout en parlant. Ces deux moulins à parole avaient toujours quelque chose à dire :

— Elle a le poil soyeux, je n'ai jamais rien touché d'aussi doux.

— C'est peut-être un petit chien, mais elle est drôlement musclée. Trop dur à manger.

Ludivine sourit. Elle croyait qu'il plaisantait. Elle ne savait pas à quel point il était sérieux.

Arrivés sur le palier elle leur désigna leur chambre, puis entraîna son père. Elle ouvrit une porte, lui laissant le passage. Le battant refermé, elle s'y appuya. Donnant ainsi toute latitude à son père de découvrir la pièce. Il resta immobile un petit moment. Puis s'avança, hésitant. Il passa sa main sur le petit secrétaire.

— J'aimais la regarder, penchée sur ce petit meuble, écrivant son courrier.

Ils avaient les mêmes goûts. Comme elle huit mois plus tôt, il prit le foulard abandonné sur le fauteuil, le porta au visage pour le sentir. Ses mains tremblaient.

— Rien n'a changé depuis son décès. Je n'arrivais pas à me résoudre à ranger. Quelque chose me retenait. Maintenant, je sais. Tu devais voir sa chambre, telle qu'elle était le jour de sa mort.

— Merci.

Il prit la photo sur la table de nuit, avec ses parents devant la maison, à la plantation. La voix enrouée il dit :

— Ils étaient beaux tous les deux.

Elle fit « oui » de la tête. Il caressa le livre posé là, avec le marque-page, qui attendait qu'on finisse de le lire. Sans la regarder, il dit :

— Est-ce que… Georges… a su pour toi.

Elle mit du temps à répondre.

— Je ne sais pas. C'était un homme intelligent, et il savait compter. Il avait certainement des doutes. Mais il ne les a jamais montrés. Nous nous sommes aimés comme un père et une fille. C'était toujours vers lui que je me tournais.

Elle prit encore un temps.

— Maman était… si dure avec moi.

Il la regarda, surpris par ce qu'elle disait.

— Rien de ce que je faisais n'avait grâce à ses yeux. J'ai essayé de lui plaire, toute mon enfance et ma jeunesse. En vain. Jusqu'au jour où j'ai laissé tomber. J'ai arrêté de me battre. Elle préférait Patrick. Je ne savais pas pourquoi. Jusqu'à il y a huit mois, à sa mort, quand j'ai lu ça…

Elle lui tendit le dernier carnet de sa maman, avec les dernières lignes qu'elle avait écrites. Il lut et relut. S'abreuvant des mots. Il prit Ludivine dans ses bras, la gorge nouée, il lui dit :

— Elle t'aimait.

Elle se dégagea de son étreinte. Elle avait encore mal.

— C'est ce que tout le monde me disait : « *Mais ta mère t'adore...* ». Si seulement j'avais pu le croire. Si j'avais su… je n'aurais pas gâché ma vie.

Il la sentait amère, et cela lui fit de la peine. Il lui prit la main et la guida vers le lit où ils s'assirent.

— Et en quoi as-tu gâché ta vie à cause d'elle ?

— Elle ne m'a jamais donné confiance en moi. Quand je faisais quelque chose de bien, c'était normal, je ne faisais que mon devoir d'enfant : Préparer mon avenir. Je n'ai jamais eu droit à un compliment de sa part. Je me sentais nulle, moche, idiote. Quand j'ai eu ma licence de droit, comme si elle n'avait qu'une envie, m'éloigner le plus loin possible, elle m'a trouvé un stage aux États Unis. Dans un cabinet d'affaire avec lequel elle travaillait à New York. Alors, pour lui montrer que j'étais « quelqu'un », je me suis mariée, contre son gré. J'ai arrêté mes études et j'ai fait deux gosses… une catastrophe. Mon fils, Kyle, va bien, parce que c'est moi qui l'ai élevé. Ma fille, pourrie gâtée par son père, est une droguée en cure de désintoxication… et je viens de divorcer… bon bilan, tu ne trouves pas ?

— J'ai du mal à croire ce que tu me dis. L'Adeline que j'ai connue, n'était pas comme ça.

— Je te ressemble beaucoup, et je pense qu'elle n'a pas supporté d'avoir sous les yeux à longueur de temps, l'incarnation de son chagrin. Par moments, je sentais son regard posé sur moi. Quand je la regardais à mon tour, son expression changeait aussitôt. Comme si elle n'avait pas voulu que je sache qu'elle avait de l'affection pour moi. Cela me blessait profondément.

— Je comprends. Et… Georges ?

— Papa ?

Elle se reprit gênée.

— Pardon…

— Tu n'as pas à t'excuser. Pour toi, Georges est ton père, c'est lui qui t'a élevée et aimée, et je l'en remercie.

— Au fond il a été plus intelligent que maman. Il aurait pu me détester. Au contraire. Il n'a été que gentillesse avec nous : Patrick et moi.

Thierry avait de la peine. Depuis qu'il avait retrouvé la mémoire, il s'était imaginé Adeline, choyant leur enfant. Il n'arrivait pas à analyser son attitude. Il voyait bien que Ludivine avait été marquée et cela le chagrinait.

— Tu as l'air de beaucoup en vouloir à ta maman.

— Disons que la cicatrice n'est pas encore fermée. Je ne suis pas d'une nature rancunière, et je lui ai pardonné quand j'ai connu votre histoire. Ta disparition l'a rendue très malheureuse, je la plains plus qu'autre chose. Surtout que moi aussi maintenant, je sais ce qu'est l'amour, le vrai.

— Pierre ? C'est ça ? Maddy m'en a parlé.

Il prit l'air rêveur.

— Je trouve assez extraordinaire, que le fils adoptif de ma sœur, soit tombé amoureux de ma fille. Alors que rien, absolument rien ne les prédestinait l'un à l'autre.

— C'est exactement ce que j'ai pensé quand j'ai su qui il était. Cela t'ennuie ?

Il eut l'air choqué.

— Moi ennuyé ? Tu es folle ma chérie. Si cet homme te rend aussi heureuse, qu'il joue bien du piano, je n'ai vraiment, mais alors vraiment rien à dire.

— C'est le cas. Mais tu sais, le plus extraordinaire, c'est que *mon* fils, soit tombé raide dingue de *sa* fille.

— C'est la chaîne de l'amour ma chérie…

Il se tut un instant. Elle le sentait hésitant, elle le regarda interrogative. Il se lança :

— Tu étais petite, mais est-ce que tu sais ce qui a fait rentrer tes parents d'Indochine ?

— Un an après ma naissance, papa est parti en France pour se battre, avec l'un de ses amis. Il a rejoint sa famille ici, est entré dans la résistance. À la fin de la guerre il est venu en convalescence sur le Bassin. Il avait été blessé au poumon. Il s'y est tellement plu qu'il a acheté des terrains, dont celui sur lequel il a fait bâtir notre maison. En rentrant à la plantation, il a très vite compris que le climat politique était en train de changer, alors il a vendu notre propriété à… je ne me souviens pas de son nom. C'était le couple qui secondait papa et maman.

— Ah oui, je me souviens, Adeline la considérait comme sa meilleure amie. Elles avaient eu leur premier enfant en même temps… Moi non plus je ne me souviens pas de leur nom.

— Enfin c'est à eux que papa a vendu la plantation. Nous avons quitté l'Indochine juste avant les événements de Hanoï.

— Que s'est-il passé ?

— Il y a eu un massacre de français. Mon oncle, le frère de maman, qui n'avait pas voulu rentrer avec nous, a été assassiné.

— Roger c'est ça ?

— Oui.

— Et ton grand-père ?

— Il est venu avec nous et a regagné la Suisse, avec ma tante et sa famille. Il ne s'est pas remis de cette mort.

Thierry resta pensif.

— Je le comprends. C'était le second fils qu'il perdait, et de façon tragique. Cela a dû être terrible pour lui.

— Je n'avais que six ans, et je ne me souviens pas très bien. C'est une période très floue pour moi. Si tu veux plus de précisions tu devras demander à Patrick. Nous nous sommes installés au château en attendant que notre maison soit construite. Puis nous sommes venus vivre ici.

— De quoi tes parents ont-ils vécu ?

— Papa s'est lancé dans l'immobilier. Maman a développé la branche exportation des vins de la famille. Tu te souviens, elle adorait ça. C'est ainsi qu'elle a connu mon futur beau-père à New York et qu'elle m'y a envoyée en stage… Au fond, c'est de sa faute si j'ai épousé Doug.

À ce moment-là, ils entendirent des éclats de voix dans le hall. C'était Pierre et Marilyne qui arrivaient de l'aéroport.

— Quand on parle des loups. Voilà les deux corps du délit qui viennent de rentrer. On y va ?

Il la retint par la main.

— Attends. J'ai quelque chose à te demander. Si cela te gêne, tu me le dis.

— Oui. Quoi ?

— Est-ce que tu serais d'accord que je dorme dans la chambre de ta maman. Cela fait quarante ans que je n'ai pas été aussi près d'elle. Et je l'ai ratée de si peu.

Elle vit tellement de chagrin dans ses yeux qu'elle en fut émue.

— Tu l'aimais donc tant que ça ?

Il déposa un baiser sur sa joue.

— Encore plus que « ça » ma chérie. Beaucoup plus.

— Alors pourquoi es-tu resté si longtemps absent ?

Il déposa un nouveau baiser, sur son front cette fois. La serra dans ses bras.

— Tu sauras tout ma chérie. Je vous raconterai tout.

Elle répondit à son étreinte. Cette tendresse tutélaire lui faisait du bien. Se retrouver petite fille dans les bras de son père, alors quelle pensait ne plus avoir cette chance un jour, était plus que doux.

— Alors ? Pour la chambre ?

— Elle te revient de droit.

— Merci ma chérie.

Ils descendirent main dans la main. En arrivant sur la terrasse, ils ne purent s'empêcher de rire en voyant Philippe et Woo faire les clowns dans l'océan. Marilyne n'était pas là. Pierre précisa.

— Elle est allée se mettre en maillot. Bonjour monsieur. Je suis enchanté de faire votre connaissance. J'ai tellement entendu parler de vous.

Les deux hommes se serrèrent la main très virilement.

— Appelle-moi Thierry. Après tout je suis ton oncle. C'est Maddy qui a dû te rebattre les oreilles à mon sujet ?

— Oui. Et c'est grâce à vous que je suis devenu pianiste.

— Ah ça, ce n'est pas possible ! Vous avez un tel talent, que je ne vois pas en quoi cela peut-être grâce à moi.

Maddy s'en mêla :

— Tout simplement qu'il a voulu apprendre le piano, quand papa, maman et moi nous lui parlions de nos soirées concerts. Tu te souviens ?

— Oui. Parfaitement.

— Maman a été son professeur jusqu'à…

Elle ne put prononcer le mot.

— Puis j'ai pris le relais.

Marilyne arriva sur ces entrefaites, dissipant le nuage de tristesse.

— Papa tu viens te baigner ? Oh ! Pardon. Bonjour monsieur.

— Je vous présente ma fille, Marilyne.

— Bonjour Marilyne. Arrêtez avec vos « monsieur », j'ai l'impression d'être un étranger. Et si l'on allait tous à l'eau, cela nous permettrait de faire connaissance en s'amusant.

Ludivine un peu réticente dit :

— Allez-y tous, moi j'irai plus tard. Je ne suis pas fanatique. Surtout avec une bande de fous qui va tout faire pour me noyer.

Thierry fut étonné.

— Tu n'aimes pas l'eau ?

— Dans mon whisky oui. Autrement, elle et moi avons des rapports un peu spéciaux, je te raconterai.

Quelques instants plus tard, elle se retrouva seule à les regarder. Ils nageaient tous comme des poissons, et s'amusaient comme des gamins. Ils jouaient avec une énorme chambre à air de camion. Marilyne essayait désespérément de s'y maintenir assise. Ludivine riait en les regardant faire.

Elle sentit une espèce de plénitude l'envahir. Si on lui avait dit il y a quelques mois, alors qu'elle n'avait qu'une envie : Mourir. Qu'elle serait là un soir, assise sur les marches de sa maison, devant l'océan. Délivrée de Doug. Avec un homme qu'elle aimait et qui l'aimait. Avec son père. Avec ses demi-frères. Avec son fils et sa fille sur le point d'arriver… elle aurait éclaté de rire. Et pourtant… Pourtant ils étaient là, sous ses yeux. Et elle ne s'était jamais sentie aussi heureuse.

La baignade terminée, ils se retrouvèrent tous autour du dîner. L'ambiance était chaleureuse. Ils attendaient tous le dessert avec impatience. D'abord pour se régaler, mais surtout pour entendre la suite de l'histoire de Thierry et ses fils.

Woo préféra laisser son ami continuer. Thierry illustra son histoire des dessins qu'il avait réalisés tout au long de ces quarante années d'exil. Ils passèrent de main en main. Ils purent ainsi mettre un visage sur un personnage, se représenter un paysage ou autres décors. Vers deux heures du matin, le conteur et son auditoire étaient épuisés. Ce dernier avait cessé de s'exclamer. Thierry sentit que l'attention n'y était plus, aussi mit-il un point de suspension à son récit. En allant se coucher, les commentaires allèrent bon train. Si quelqu'un d'autre leur avait raconté cette histoire, ils ne l'auraient pas cru. Les rêves qui hantèrent les dormeurs cette nuit-là, furent peuplés de tribus, de plages, de tempêtes et autres aventures.

Chapitre III

Kyle était attendu de pieds fermes par toute la famille. Ils ne passèrent pas inaperçus en entrant dans l'aéroport de Bordeaux. La bande rieuse qu'ils formaient attirait les regards. Pierre fut reconnu par des fans et cela créa beaucoup d'agitation. Woo et Philippe regardèrent l'attroupement avec un intérêt anthropologique. Thierry et Ludivine se tenaient côte à côte.

— Tu vas essayer de deviner qui est Kyle, dans la foule qui va débarquer.

— Facile. Ce sera le seul qui parle américain.

— Il parle parfaitement le français.

— Alors je n'aurais qu'à suivre Marilyne. Elle m'y mènera tout droit.

— Je lui ai dit de rester tranquille.

— Toi, tu veux me piéger.

Elle rit.

— Au contraire, mon papa chéri, bien au contraire. Quand tu le verras tu comprendras.

— D'accord. Je te fais confiance.

Quand l'avion en provenance de Paris fut annoncé, ils se regroupèrent à la porte d'arrivée. Thierry fut laissé en franc-tireur, les autres regroupés en retrait observeraient la réaction de Kyle. Celui-ci bien entendu dépassait tout le monde d'une tête. Tête chercheuse. Ses yeux couraient sur la foule pour trouver les visages espérés. Il passa une première fois sur Thierry, sans s'arrêter. Puis il revint en arrière. Fronça les sourcils. Il connaissait ce visage… il s'approcha… dubitatif. Thierry, les mains dans les poches, le fixait en souriant. L'incrédulité qu'il lisait dans les yeux du jeune homme, l'amusait terriblement. Lui avait immédiatement situé son petit-fils. Il ne pouvait pas le louper. C'était Philippe tout craché. Il dut se rendre à l'évidence, Ludivine ne lui avait pas tendu de piège. C'était plutôt son fils la victime. Kyle s'approcha.

— Bonjour monsieur. On se connaît non ?

— Non.

Répondit Thierry. Et il ne mentait pas.

— Excusez-moi.

Kyle lui tourna le dos, sans vraiment croire ce que l'homme venait de lui dire. Il revint vers Thierry fortement troublé.

— Pourtant votre visage m'est familier. Je suis sûr que nous nous sommes déjà rencontrés.

— Moi je suis sûr que non. Mais vous avez raison, je vous semble familier parce que nous sommes de la même famille.

— De la même famille ?

Kyle dévisagea Thierry, frôlant l'impolitesse. L'observé le laissa faire. Il vit dans les yeux du jeune homme, d'abord de l'interrogation. Il entendait presque les rouages de son cerveau faisant « tic-tac ». Puis peu à peu, la lumière se fit.

— Vous… vous êtes… non ! C'est impossible, vous êtes mort.

— Je ne me porte pas mal pour un mort tu ne trouves pas ?

— Vous êtes vraiment, le… père ? de… maman. Celui qui est mort dans le naufrage de son bateau, pendant la guerre ? Vous êtes donc… mon… grand-père ?

— Exacte pour l'arbre généalogique.

Kyle avait posé ses valises.

— C'est incroyable !

À ce moment, le reste de la troupe s'approcha. Marilyne se suspendit à son cou. Kyle pas encore remis de sa surprise, ne salua personne, s'adressant directement à sa mère :

— Mom'tu as vu qui est là ? C'est… ton… père.

Son ton était toujours aussi incrédule. Il montrait Thierry du pouce. Ludivine embrassa son fils.

— Et tu n'as pas tout vu. Je te présente Philippe et Woo tes deux demi-oncles.

— Mes demis… oncles ? Bonjour messieurs.

Il était complètement perdu. Il essayait de trier les informations au fur et à mesure qu'elles lui parvenaient. Un père. Un grand-père. Des demi-oncles. Dur. Dur. Marilyne passa son bras sous le sien.

— Je vais tout te raconter. Tu verras c'est le pied.

L'enthousiasme de sa petite amie et son assurance le ramenèrent sur terre. Tout d'un coup il eut une nouvelle étincelle. Alors il éclata de rire, se tapant sur les cuisses.

— Vous me faites une farce c'est ça ?

Ils le regardèrent effarés. Ludivine tenta de le calmer.

— Je t'assure, mon grand, que c'est la vérité. Thierry est mon père. Il a disparu pendant quarante ans, mais le voilà de retour et avec ses deux fils. Comment expliques-tu la ressemblance ?

Kyle les regarda tour à tour. Il devait se rendre à l'évidence… ce n'était pas une blague. Thierry lui passa un bras autour des épaules.

— Allez viens mon garçon. Je t'expliquerai tout.

Ils sortirent de l'aéroport formant cortège. Le petit-fils et le grand-père montèrent à l'arrière de la voiture de Pierre. Tout le long du chemin Thierry « expliqua » son retour inespéré. C'était la deuxième fois que les autres passagers entendaient l'histoire, mais elle leur semblait toujours aussi extraordinaire. Kyle était carrément sceptique. Il interrompait sans cesse Thierry pour lui demander des précisions, il cherchait la faille. Son esprit cartésien avait du mal à croire cette « fable ». Le scientifique en lui disait : « *Ne rien croire sans preuve* ». Sa mère fine mouche finit par lui dire :

— Si tu ne crois pas ce que dit papa, ils a les preuves. Des aquarelles superbes, et je t'assure qu'il n'a pu inventer tout ça.

Une fois à la maison. Après des « retrouvailles » câlines, Marilyne eut un mal fou à le convaincre. La baignade en famille termina le travail. Le courant passait entre tous les membres de la famille. Le soir au dîner, pendant que Pierre s'occupait du barbecue, c'est Kyle qui lança :

— Après le dessert nous aurons droit à la suite ?

Thierry répondit hésitant.

— Peut-être pas… je me sens un peu fatigué. Je crois que j'irais me coucher tôt ce soir.

Philippe et Woo furent immédiatement à ses côtés. Le premier prenant le pouls de son père. L'autre l'interrogeant, inquiet.

— Tu ne te sens pas bien ?

Il regarda Philippe.

— Son cœur ?

— Va chercher mon stéthoscope dans ma chambre.

— Laissez tomber les garçons, je suis seulement fatigué c'est tout.

Woo n'avait pas attendu la réponse, il grimpait déjà les escaliers quatre à quatre. Le reste de la famille alerté s'attroupa autour du fauteuil de Thierry. Maddy parla la première :

— Il est malade ? Qu'est-ce qu'il a ?

Philippe toujours spontané, répondit sans ambages.

— Il a une maladie de cœur. Il doit se ménager.

Maddy et sa nièce s'accroupirent près de Thierry, parlant en même temps :

— Papa tu ne te sens pas bien ?

— Le cœur malade. Tu as le cœur malade ? Mais tu dois te faire soigner.

— Ce n'est rien mes chéries. Je suis simplement fatigué. N'oubliez pas que cela fait plusieurs jours que je vis émotion sur émotion. Et pour mon cœur, il n'y a pas grand-chose à faire.

— Faux !

S'exclama Kyle.

— Peut-être que dans ton île il n'y avait rien à faire. Mais chez nous on peut te soigner. On a plein de moyens, même te greffer un nouveau cœur.

— De quoi parles-tu ?

Kyle fut interrompu par le retour intempestif de Woo. L'instrument qu'il tendit à Philippe était loin des stéthoscopes modernes, mais il fonctionnait parfaitement. Thierry l'avait dessiné et un artiste de Dana l'avait exécuté. Kyle et Marilyne n'en croyaient pas leurs yeux. Philippe se redressa.

— Son pouls et son rythme sont bons.

— Tu vois. Je te l'avais dit. Je suis *simplement fatigué.* Je vais prendre un peu de ma potion pour dormir, une bonne nuit de sommeil et on n'y verra rien.

Le repas fut moins gai que la veille. Ludivine restait silencieuse. Pierre ne la quittait pas des yeux. Il savait exactement à quoi elle pensait : *« Je viens juste de retrouver mon père, et la maladie va me l'enlever ? C'est trop injuste... ».* Tout d'un coup elle se leva. Thierry la retint par la main.

— Où vas-tu ma chérie ?

— Je vais appeler Jean-Pierre.

— Qui est…

Thierry n'eut pas le temps d'aller plus loin. Kyle approuvait.

— Mais oui ! Jean-Pierre va le soigner.

Elle n'écouta pas son fils. Alla directement dans le hall et forma le numéro de Jean-Pierre.

— Allô !

— Jean-Pierre ? C'est Ludivine. Bonsoir mon grand, tu vas bien ?

— Bonsoir ma belle. Bien et toi ?

Elle ne savait pas comment demander de l'aide à son cousin, sans dévoiler le secret de sa mère. Elle choisit la facilité.

— Bien merci. Je ne vais pas te déranger longtemps. Écoute, nous avons un ami de passage qui n'est pas bien. Il a le cœur très fatigué. Aurais-tu un cardiologue à me conseiller ?

— Bien sûr. Cazenave est notre meilleur praticien à la clinique.

— Tu crois qu'il accepterait de recevoir notre ami ?

— Je suppose que c'est urgent ?

— Avec le cœur toujours.

— Venez demain après-midi à la clinique, il vous recevra. Quel est le nom de ton ami ?

La conversation continua encore quelques minutes. Puis Ludivine revint sur la terrasse. Tout le monde était suspendu à ses lèvres.

— Nous avons rendez-vous demain après-midi.

Un « ouf » de soulagement parcourut la table. Pourtant Thierry s'énerva :

— Vous allez me dire qui est ce Jean-Pierre ?

— Jean-Pierre est mon cousin, du côté de papa. C'est son neveu. C'est un grand professeur de la faculté de Bordeaux et demain le Dr Cazenave cardiologue dans sa clinique, nous recevra. C'est le meilleur sur la place, tu seras entre de très bonnes mains.

Kyle était enthousiaste.

— Tu verras, je le connais…

— *On* le connaît.

Le reprit Marilyne.

— Oui… Il est génial. À la rentrée je vais suivre ses cours…

— *Nous*...

Thierry sourit.

— *Vous* voulez faire médecine ?

Pierre plaisanta :

— Et oui ! Le gêne Wittmer a encore frappé.

Philippe demanda intrigué.

— C'est la deuxième fois que tu parles de ces « gênes ». Tu peux m'expliquer à quoi tu fais allusion ?

— Ah ça, il faut demander à nos médecins en herbe. Moi c'est la musique… que la musique.

Philippe et Thierry intéressés se tournèrent vers Kyle et Marilyne. Inutile de dire que Thierry n'était plus du tout fatigué et que les quatre compères s'étaient trouvés. Au bout de quelques minutes Philippe se tourna vers Ludivine.

— Est-ce que tu crois que même si je ne suis pas malade, je pourrais accompagner papa demain ? Cela serait… comment dis-tu Kyle ? Génial ? C'est ça ?

Kyle ne laissa pas répondre sa mère.

— Bien sûr. On ira avec vous. Vous visiterez la clinique. Tu verras c'est génial !

Thierry regarda son fils en opinant, Philippe fit le même signe.

— Tu avais raison, c'est le bon mot : Génial. On ira demain et c'est génial !

Tout le monde rit. L'atmosphère était enfin plus détendue. Après le dessert ils écoutèrent Woo, qui avait repris la narration. Thierry était allé se coucher. Le passage de la tentative d'assassinat de Flint contre Thierry, les tint en haleine jusque tard dans la nuit.

Ils venaient de sortir de la cathédrale de Bordeaux. Woo à son habitude voulut tout savoir sur l'art gothique. Ils allèrent déjeuner, et se rendirent à la clinique. Jean-Pierre vint à leur rencontre. Ils se saluèrent, quand arriva le tour de Thierry et ses fils, Ludivine fit les présentations.

— Jean-Pierre je te présente M. Wittmer, et ses deux fils Philippe et Woo. Thierry était un ami de papa et maman en Indochine. Ils sont de passage en Europe. Ils arrivent de Nouvelle Calédonie…

Elle s'était lancée dans un tas d'explications. À donner trop de détails elle risquait de dire des bêtises. Son père vint à son secours.

— Je vous remercie de me recevoir aussi rapidement professeur.

Jean-Pierre ne disait rien. Il regardait tour à tour sa cousine, Kyle, Thierry, Philippe et revenait au début. Pierre pour limiter les risques, se mit devant Ludivine :

— Après que Thierry ait eu sa consultation, est-ce que tu accepterais que Kyle et Marilyne fassent visiter ta clinique. Nos amis sont très intéressés.

Jean-Pierre cessa son manège.

— Bien sûr. M. Wittmer si vous voulez bien me suivre ? Le Docteur Cazenave va vous recevoir. Les autres ? Vous nous attendez là.

Dans l'ascenseur, Jean-Pierre demanda mine de rien :

— Alors comme ça vous avez connu mon oncle et ma tante en Indochine ?

— Oui. Juste avant la guerre. Je suis ingénieur géologue et j'étais là-bas à la recherche de pétrole. Ensuite j'ai été muté en Nouvelle Nouvelle-Zélande et j'y suis resté.

Après avoir réfléchi, Thierry avait « déménagé », la Nouvelle Calédonie était la France et les choses bien trop faciles à vérifier. Il fut interrompu par l'arrêt de la machine. Jean-Pierre les abandonna entre les mains du Dr Cazenave. Philippe fut attiré par le gros cœur en plastique qui se démontait comme un puzzle. Tout au long de la consultation, il prit des notes mentalement. Après les préliminaires, le Dr Cazenave fit passer son patient dans la salle de consultation.

— Docteur me permettez-vous d'assister à l'examen ?

— Si cela ne dérange pas votre père ?

— Non, non au contraire.

Philippe fut impressionné par l'électrocardiographe. La machine à tester l'effort. Le médecin posa des questions, sondant ses visiteurs. Il était très intrigué par ces deux personnages. Thierry répondit le plus évasivement possible. Quand l'examen fut terminé, il se rhabilla.

— Alors docteur ? Diagnostic ?

— Physiquement vous êtes en grande forme. Passé de sportif c'est ça ?

— Effectivement. Particulièrement de la plongée en apnée.

— Hun… je vois cela explique tout. Votre rythme cardiaque est faible, la pompe est fatiguée.

— J'en ai pour combien de temps.

Cazenave le regarda étonné.

— Une bonne vingtaine.

— De jours ?

Cette fois le médecin réagit.

— Qui vous a dit que vous alliez mourir ?

Le père et le fils échangèrent un regard entendu.

— Hum… un médecin en Nouvelle Nouvelle-Zélande.

— Un cardio ?

— Non.

— Ah bon ! Alors. Vous êtes dans la région pour combien de temps ?

— Indéterminé.

— Bien. Vous avez quelque chose à faire ce soir ?

— Euh… non.

— Alors vous entrez en clinique, nous vous ferons toutes les analyses nécessaires avant votre opération. On pourrait faire ça demain après-midi.

— M'opérer ? Qu'allez-vous me faire ?

— Vous mettre un pacemaker voyons. C'est après que vous en aurez pour une bonne vingtaine d'années.

— Un quoi ?

— Une pile.

— Une pile dans mon cœur ?

Le docteur avait les yeux de plus en plus ronds.

— Ben oui, vous n'avez jamais entendu parler de pacemaker ?

Dans les yeux de Cazenave passa comme un voile : *« D'où viennent ces types ? »*

— Ben non.

Philippe insista.

— Vous pouvez nous expliquer.

Ils écoutèrent avec intérêt le cours que leur donna le médecin. Ils furent émerveillés. Quand ce fut fini, le docteur revint à des choses plus terre à terre.

— Quel est le nom de votre assurance ?

Thierry mit du temps à répondre. Il n'avait pas pensé à ça.

— Je paye en espèce. Mon assurance me remboursera.

— C'est que l'intervention est importante et elle coûte très cher.

— Votre prix sera le mien.

Cette fois c'est Cazenave qui marqua un temps.

— Bon… bon… très bien.

Il appuya sur l'interphone.

— Caroline, vous réservez le bloc pour demain après-midi, et une chambre pour ce soir, pour M. Wittmer.

Il se tourna vers ses visiteurs.

— Voilà. C'est réglé. Vous rentrez ce soir à 18 heures Opération demain à 14 heures.

Philippe intervint à nouveau.

— Excusez-moi docteur, ma requête va vous paraître incongrue. Est-ce que je pourrais assister l'opération ?

— Vous avez peur que je fasse du mal à votre père ?

— Non. Mais je suis passionné par la chirurgie, et je n'ai jamais vu une opération du cœur.

— Il faut l'excuser docteur, mais il tient ça de son grand-père paternel. Mon père était un grand chirurgien à Genève, et je crois que nous avons à faire à une vocation contrariée.

Le docteur parla à Philippe comme à un demeuré.

— Et vous faites quoi dans la vie.

Philippe ouvrit la bouche pour répondre, mais il fut coupé par Thierry.

— Il est vétérinaire, et je crois qu'il aurait préféré soigner les humains.

— Ah je vois… Pas d'inconvénient à ce qu'il assiste à l'opération, si vous êtes d'accord.

Thierry sourit.

— Je ne peux pas lui refuser ce plaisir.

— Parfait… Vous devrez être là une heure avant pour vous préparer.

Philippe ne se tenait plus de joie. Le docteur ne put s'empêcher de penser : *« Je ne sais pas s'ils sont tous comme ça en Nouvelle Nouvelle-Zélande, mais ces deux-là sont gratinés ».* Il se leva signifiant ainsi que l'entretien était terminé.

Ils retrouvèrent la famille qui les attendait fébrilement. Ludivine et Maddy se tenaient la main. L'inquiétude qu'elles ressentaient, était proche de l'insupportable.

Quand elles les virent sortir de l'ascenseur, elles se précipitèrent.

— Alors ? Qu'a-t-il dit ?

— Que j'allais vivre encore vingt ans au minimum.

— Arrête de plaisanter et dis-nous la vérité.

Maddy était en colère.

— Mais ma petite sœur, je ne plaisante pas du tout. Il va me mettre une pile et mon cœur va se remettre à battre comme à mes vingt ans.

Kyle intervint :

— Il va te poser un pacemaker ?

— Tout juste.

— Et je pourrai voir l'opération !

— Génial ! Tu crois que nous aussi on pourrait y aller ?

— Kyle je t'en prie ! Ce n'est pas un jeu. Et il s'agit de ton grand-père.

Ludivine était outrée de l'attitude de son fils.

— Maman ! C'est une opération courante. Tu verras tout se passera bien.

Elle se calma.

— Et c'est pour quand ?

— Demain après-midi. Demain matin j'aurai droit aux analyses, et si tout est bon je passe sur le billard dans la foulée.

— Demain déjà ?

— Le plus tôt sera le mieux.

C'était Jean-Pierre qui les rejoignait. Ludivine lui prit la main.

— C'est si grave ?

— Pour l'instant rien à craindre. Disons que vous êtes venus à tant cher monsieur. Tout se passera bien.

— Combien de temps prendra la convalescence ?

— Tout dépendra du malade… Vous désirez toujours visiter la clinique ?

Ce fut un « oui » unanime de la part des intéressés.

À 18 h 30 ils étaient tous dans la chambre de Thierry. Ludivine et Maddy étaient allées acheter un nécessaire de toilette pendant la visite guidée. Ils restèrent jusqu'au dîner. Ludivine eut du mal à quitter son père. Maddy voulut rester. Ils eurent un mal fou à l'en dissuader.

L'opération s'était bien passée. Il était en salle de réveil. Tout était confus dans sa tête. Il ne savait pas où il était. Un poids lourd pesait sur sa poitrine. Il gémit. Une main fraîche se posa sur la sienne. Il murmura.

— Adeline ? C'est toi ma chérie.

Pas de réponse.

— J'ai froid…

Une voix douce qu'il aurait reconnue entre mille lui dit :

— Je vais te mettre une couverture. Repose-toi. Tout s'est bien passé. Tu vas bien.

— Adeline… ma… chérie…

Ludivine au chevet de son père, fut bouleversée. Le destin avait été vraiment cruel avec ses parents. Il leur avait laissé si peu de temps à vivre ensemble. La disparition de son père et la mort de sa mère, les avaient séparés à jamais. L'au-delà, auquel croyait tellement sa maman, ne les avait même pas réunis. Pourtant leur amour était resté intact. Même inconscient, il continuait à appeler son aimée. Soudain, elle fut très fière d'être le fruit de cet amour. D'en être la concrétisation.

Maddy revint à ce moment-là. Quand elle vit les larmes dans les yeux de sa nièce elle s'affola :

— Il s'est passé quelque chose ? Il va mal ?

Ludivine s'essuya le visage.

— Non. Non. Tout va bien.

Elle ne savait pas si elle devait révéler à sa tante la supplique de son père. Elle n'eut pas à se torturer longtemps, car Thierry gémissait de nouveau :

— Adeline… Adeline…

Les deux femmes se regardèrent. Sans un mot elles se tinrent par la main. Il n'y avait rien à dire. Rien.

L'infirmière entra, suivie de près par Jean-Pierre. Il avait l'air fatigué. Il était 23 heures.

— Jean-Pierre ? Tu es encore là ? Il est tard.

— Je sais. J'ai eu une urgence. Péritonite aiguë. Comment va-t-il ?

— Il parle et gémit.

Comme pour confirmer, Thierry recommença :

— Adeline… Adeline…

Jean-Pierre regarda Ludivine étonné :

— C'est de ta mère dont il parle ?

Elle était très embarrassée. Il allait falloir mentir encore.

— Heu… peut-être. Tu sais depuis trois jours qu'ils sont à la maison, nous avons remué beaucoup de souvenirs. Il doit y être encore.

— Hun…

Jean-Pierre n'était pas convaincu. Il se pencha sur le malade. Prit le pouls. Souleva une paupière. Regarda les appareils qui bipaient.

— Tout semble aller normalement. Vous devriez aller vous coucher. Il va dormir jusqu'à demain. Une surveillante sera là à tout instant.

Maddy s'insurgea :

— Non. Je préfère rester près de mon frère…

Aïe ! Trop tard.

— M. Wittmer est votre frère ?

Les femmes se regardèrent. L'étau se resserrait. Ludivine choisit la simplicité.

— Heu… oui. Je ne te l'avais pas dit ?

— Non.

— Un oubli certainement. Nous étions tellement inquiets.

— Je comprends. Si je calcule bien M. Wittmer est l'oncle de Pierre ? On se fait toujours du souci pour la famille. C'est normal.

Ludivine et sa tante ne surent pas si c'était du lard ou du cochon. Elles n'insistèrent pas.

— Bien ! Moi je suis épuisé, je rentre. Demain ma journée commence très tôt. Si vous avez besoin de quoi que ce soit, adressez-vous à Martine, notre infirmière-chef. Je lui laisserai des instructions. Allez. Bonsoir mesdames.

Quand il fut sorti de la pièce, elles soupirèrent.

— Il n'est pas fou tu sais. Cela m'étonnerait beaucoup qu'il ne revienne pas à la charge. Tout en douceur. Il ferait avouer un innocent. Quand j'étais petite je tombais à chaque fois dans le piège. Enfin… on verra bien.

— Après tout on n'a qu'à lui dire la vérité. En évitant de parler de ta maman, et de Dana.

— Ça en fait des choses à éviter. J'ai l'impression que le secret de maman va bientôt faire la une des journaux.

— Ne dis pas de bêtises… Cela t'embêterait qu'il finisse par savoir ?

— Je ne sais pas. Il faut que j'y réfléchisse. C'est surtout pour Dana que je m'inquiète. Si on ouvre la boîte de Pandore…

— Il a disparu pendant la guerre. A perdu la mémoire, qu'il l'a retrouvée dernièrement. Je n'ai pas parlé de ta maman. Je n'ai rien dit sur Dana.

— Parce que tu crois qu'il se contentera de ces explications ?

Elles continuèrent en prospectives jusque tard dans la nuit, puis finirent par s'endormir.

Il y avait cinq minutes qu'elle dormait, enfin c'est ce qu'elle croyait, quand elle sentit qu'on la secouait doucement.

— Madame… Madame…

Elle eut du mal à ouvrir les yeux.

— Nous allons changer M. Wittmer de chambre.

— Il va bien ?

— Oui. Il s'est réveillé normalement et s'est rendormi. Nous le montons à l'étage, il n'est plus nécessaire de le laisser en réa.

— Nous pouvons aller avec lui ?

— Oui. Le plus dur est passé. Ce n'est qu'une question de temps. On vous servira votre petit-déjeuner là-haut. Chambre 325.

Une autre infirmière entra et fit rouler le lit de Thierry. Ludivine réveilla sa tante. Le Dr Cazenave passa en début de matinée. Trouva son malade en parfait état… vu les circonstances…

— Nous allons le garder quelques jours encore. Et il pourra aller en maison de repos.

— En maison de repos ? Il ne serait pas mieux chez nous ?

— Il lui faudra des soins.

— On prendra une infirmière.

— Si vous le pouvez… ce sera très bien.

Jean-Pierre passa un peu plus tard.

— Bonjour ma belle, bonjour Maddy. Comment va notre malade ?

— Le docteur vient de sortir et il est optimiste.

Bien, bien. Il faut lui trouver une maison.

Maddy dit énervée :

— Il n'est pas question qu'il aille dans une maison de repos. Je le ramène en Suisse. Chez nous. Je ne veux plus être séparée de lui. Quarante ans ça suffit ! Il n'y aura pas un jour de plus.

Ludivine et Jean-Pierre la regardèrent sidérés. L'un en entendant parler des quarante ans de séparation. L'autre en entendant parler de la Suisse.

— Tu veux le ramener en Suisse ? Mais…

Ludivine paniquait. Sa tante n'était pas sérieuse ? Elle ne pouvait pas vouloir la séparer de son père ? Jean Pierre vint à son secours.

— Je ne crois pas qu'un long voyage soit très indiqué dans son état. Vous avez vraiment été séparés pendant quarante ans ? Que…

— On prendra toutes les précautions…

La voix à moitié étouffée par les draps, Thierry se manifesta.

— Maddy… Je ne suis pas encore mort… c'est moi qui décide. Et je ne vais pas en Suisse. Je veux profiter de ma fille à Arcachon.

Et vlan ! Le mot était lâché. La révélation n'arriva pourtant pas directement au cerveau de Jean-Pierre.

— Vous avez une fille à Arcachon ?

En disant cela, il regardait Ludivine. Puis Thierry. Puis Maddy. Il recommença. La lumière s'alluma dans ses yeux. Il les pointa du doigt l'un après l'autre.

— Vous… Vous… Tu… tu es sa fille. Vous êtes sa tante. Vous êtes son père.

Le silence s'installa après ces trois affirmations. Jean-Pierre tomba sur un fauteuil. Il répétait en continuant de les montrer du doigt.

— Sa fille… sa tante… son père…

Thierry conscient de la bourde qu'il venait de faire, essayait de se redresser. La douleur le stoppa dans son élan. Jean-Pierre continua :

— Cela voudrait dire que Georges et Adeline t'auraient adoptée ?

L'adoption ? Bien sûr ! Pourquoi n'y avait-elle pas pensé plus tôt ! Au moment où Maddy allait démentir, Ludivine lui coupa la parole :

— C'est ça. Tu as deviné. Papa et maman m'ont fait passer pour leur fille. En fait ma mère est morte en couche chez eux. Elle y vivait en attendant de rejoindre son mari, partit en bateau…

Elle transposa l'histoire de sa mère à un autre couple. L'histoire de Thierry découla tout simplement, avec amnésie et occultation de Dana. Son cousin écoutait de toutes ses oreilles. Quand elle eut fini, il interrogea :

— Tu étais au courant de tout ça et tu n'en as jamais parlé ?

— En fait je ne le sais que depuis la mort de maman. Elle m'a laissé une lettre dans laquelle elle me raconte tout. Jusqu'à il y a quatre jours, j'étais persuadée d'être orpheline. Ma mère morte et mon père porté disparu depuis quarante ans. Thierry n'a recouvré ses souvenirs que depuis quelques mois. Il a tout mis en œuvre pour nous retrouver.

— Quelle histoire !… Mon Dieu quelle histoire !

Thierry et Maddy restaient silencieux, laissant Ludivine se dépatouiller. Au fond, ils trouvaient qu'elle se débrouillait bien. En fait, Jean-Pierre avait eu une idée « géniale ». Quelques précisions plus tard Jean-Pierre sortit. Les trois complices se regardèrent soulagés. Thierry fut le premier à parler :

— Ton cousin a eu une très bonne idée. Nous pouvons raconter la même histoire à tout le monde. Ainsi je pourrais être ton père au vu et au su de tous.

— Tu as raison, même pour Judy.

— Quand vas-tu la chercher ?

— Demain après-midi. Je te l'amènerai ce week-end.

— Crois-tu que la chambre contiendra tout le monde ? Pour aujourd'hui, je voudrais être seul et dormir tranquilou. C'est le seul moyen de me remettre au plus vite.

Les deux femmes étaient hésitantes.

— Allez ! On rentre à la maison et on me laisse dormir.

— Mais… Philippe et Woo ?

— Qu'ils viennent demain. Je me sentirai mieux.

Elles le quittèrent à contrecœur.

Judy se retrouvait face à des personnes qu'elle ne connaissait pas. Pourtant sa mère lui avait expliqué qu'ils étaient de sa famille. Très intimidée, elle n'osait avancer sur la terrasse. Kyle qui était allé la chercher à la clinique avec Ludivine, la poussa doucement.

Les retrouvailles entre ses deux enfants, avaient ému la jeune femme. La petite avait changé. Elle avait pris quelques kilos et cela adoucissait ses traits. Elle avait grandi aussi. Ses cheveux avaient poussé, lui donnant un visage moins dur, plus féminin, l'être asexué qu'elle était avec ses cheveux raz, avait disparu. En un mot, elle faisait son âge 15 ans, bientôt 16, comme elle aimait à le dire.

Ludivine la laissa se présenter. Judy avait été informée des derniers rebondissements de la vie de sa mère. Elle savait que Pierre était son futur beau-père. Thierry son grand-père. Maddy et Erwin ses grands oncle et tante. Il y avait également des demi-oncles. Elle était un peu perdue dans tout ce méli-mélo familial. Elle commença par les plus souriants : Woo et Philippe.

— Bonjour. Je suis Judy, la fille de…

— De ta maman. On sait. Bonjour ma grande, je suis Woo.

Il l'embrassa sans autre forme de procès. Idem avec Philippe.

Consciemment ou inconsciemment, elle évita Pierre. Passant directement à Maddy et Erwin. Maintenant, elle était devant lui. Il la regardait. Droit dans les yeux. Il n'y avait aucune aménité dans ce regard, mais elle sentit la force et l'autorité qui se dégageait de l'homme. Curieusement, il ne lui faisait pas peur, mais lui donnait au contraire un profond sentiment de sécurité. Il ne fit aucun mouvement vers elle. La laissant juge de ce qu'elle devait faire. Alors d'une voix plus ou moins assurée, elle dit :

— Il paraît que vous allez être mon nouveau père ? Cela me fait très plaisir. J'espère que nous nous entendrons aussi bien qu'avec le vrai.

Elle se mit sur la pointe des pieds pour déposer un baiser sur sa joue. Il l'enlaça et la serra contre lui avec tendresse. Lui caressa les cheveux.

— Moi aussi. Ma chérie. Moi aussi. Je serai certainement un peu plus sévère. Est-ce que tu l'accepteras ?

Elle fit oui de la tête. C'était la première fois qu'elle se retrouvait dans les bras d'un homme, sans avoir envie de lui faire du charme pour obtenir quelque chose. Le seul schéma de vie que son père lui avait enseigné, c'était : Séduire. Manipuler. Pour obtenir.

Elle avait très vite compris que son physique lui ouvrirait toutes les portes. Elle en avait usé et abusé. Pourtant, depuis qu'elle était en France, son manège n'impressionnait plus personne. En commençant par les médecins Sylvain et Laurent. Puis le psy. Et maintenant cet homme qui l'enlaçait en toute simplicité. Elle n'avait plus qu'une chose à faire : Être elle-même, seulement elle-même… Quand elle saurait qui elle était exactement.

Pendant le repas qui suivit, Judy écoutait sans parler. C'était encore une première pour elle. Un repas de famille, un vrai. Son père et ses grands-parents américains n'aimaient pas ce genre de réunion. Malgré les efforts de Ludivine.

La bande autour de la table était drôle, affectueuse. Judy riait de leurs blagues. Elle se sentait bien. En sécurité. Protégée. Aimée. Membre du groupe à part entière. Cela lui donna de l'appétit. Ludivine qui la surveillait du coin de l'œil, fut ravie. Elle ne l'avait jamais vu manger avec autant de voracité. Une vraie ado affamée.

Elle fut distraite de son espionnage par Woo qui demandait :

— Alors ? Quand allons-nous voir Thierry ?

— Cette après-midi ça te va ?

— Parfait. C'est qu'il me manque le vieux renard.

Puis à voix basse, la gorge serrée et seulement à l'attention de la jeune femme, il continua :

— Je suis heureux que l'opération ait réussi. Je n'arrivais pas à envisager sa disparition. Il a trop rempli ma vie. Notre vie à tous, à Dana. Ton père est un grand monsieur tu sais ?

Elle opina, tout aussi émue, et posa sa main sur celle de son demi-demi-frère.

— Je sais. Je suis heureuse qu'il fasse parti de ma vie. En même temps, j'ai de la peine. Je regrette tellement que maman n'ait pas tenu. Si seulement Alison n'avait pas été aussi égoïste. Ils auraient pu se retrouver. C'est trop injuste.

— Ton père ne lui a pas pardonné. Moi qui connais Alison, sans vraiment lui pardonner, je la comprends. Elle avait déjà perdu un fiancé, ne voulait pas en perdre un autre.

— C'est bien ce que je dis. C'est de l'égoïsme. Quand on aime, on ne veut *que* le bonheur de l'être aimé. L'amour sert à faire vivre les rêves de l'autre. Surtout quand on le voit dépérir de tristesse. Elle ne l'aimait pas. Elle était attachée à ce qu'il lui apportait. Le confort moral et social.

Woo ne répondit pas tout de suite. Philippe qui avait tout entendu, le fit à sa place.

— J'adore ma mère. Elle a parfaitement réussi dans son rôle de maman. Mais moi non plus je ne lui pardonne pas d'avoir fait souffrir papa. Tu devrais comprendre Woo. Regarde May, elle t'a laissé partir parce qu'elle savait à quel point papa compte pour toi. Ça, c'est de l'amour. Du vrai.

— Tu as raison. Je n'avais pas vu le problème sous le bon angle. May est une femme adorable.

Ludivine lui demanda doucement :

— Elle ne te manque pas ?

Les yeux brillants de larmes Woo répondit :

— Oui. Mes enfants aussi me manquent.

Il tapa du plat de la main sur la table.

— Parlons de choses plus gaies ! On ne va pas se lamenter.

Ses deux demi-frères lui tapèrent dans le dos.

— Ça, c'est courageux !

Ludivine lui glissa à l'oreille.

— Si tu veux en parler, je suis à ta disposition. À tout moment.

— Merci sœurette. Je m'en souviendrai.

Seuls les descendants de Thierry avaient fait le déplacement pour le voir à la clinique. Philippe, Woo, Ludivine et ses enfants. Arrivés devant la chambre, ils décidèrent de laisser entrer « la petite » sans eux. La rencontre entre le grand-père et sa petite fille, devait se faire en toute intimité.

Judy pénétra dans la pièce sans faire de bruit. Thierry sommeillait dans un fauteuil près de la fenêtre. Elle resta immobile pour l'observer. Elle fut intimidée par le charisme qui se dégageait de l'homme. Même endormi. Était-ce le soleil qui l'éclairait, faisant briller ses cheveux blancs ? Son visage bronzé et buriné n'avait rien perdu de ses traits fins et élégants. En le scrutant plus attentivement, elle comprit d'où venait la beauté de sa mère, son frère et Philippe. Elle se prit à regretter de ressembler à son père.

Elle se décida à faire un pas en direction du fauteuil. Comme s'il n'avait attendu que ça, Thierry ouvrit les yeux. Son regard la cueillit en plein cœur.

— Bonjour mademoiselle, à qui ai-je l'honneur ?

Sa voix la fit frissonner. Cet homme était un roc, un chêne. Elle savait qu'elle venait de trouver la personne vers qui, quoi qu'il arrive dans sa vie, elle pourrait se tourner. Sûre de trouver aide et amour. Des larmes lui montèrent aux yeux. Pas des larmes de crocodile comme elle savait si bien le faire. Non, de vraies larmes, induites par l'émotion. Du coup Thierry se redressa dans son siège.

— Nous nous connaissons ?

Elle bégaya, intimidée :

— Je… je… suis Judy…

— La fille de Ludivine ? Approche mon petit. Comme tu le vois je ne suis pas tout à fait en état de me lever.

Elle obéit, gauche. Ne sachant pas comment doit se comporter une ado. Elle essaya d'être naturelle. Mais quel était son naturel ? Elle n'en avait aucune idée. Thierry vint à son secours en lui tendant la main. Elle la saisit comme la corde qu'elle attendait depuis longtemps. Il l'attira contre lui, sans la brusquer. Elle se laissa faire et se retrouva contre sa poitrine. Le bien-être qui s'empara d'elle libéra les sanglots qu'elle retenait.

— Pourquoi pleures-tu ? Quelqu'un t'a fait de la peine ?

— Non. Non. Tout va bien. En fait je suis heureuse. J'ai à nouveau un grand-père. Je suis contente d'avoir une nouvelle chance. Vous savez, je n'ai pas connu le papa de maman. Pardon. Son père adoptif. J'étais toute petite quand il est mort. Quant à mon grand-père américain, il m'a toujours considérée comme quantité négligeable. Mais je sais qu'avec vous ce ne sera pas la même chose.

Thierry sourit et demanda taquin :

— Qu'est-ce qui te rend si sûre de ça ?

Elle faillit retomber dans ses travers en minaudant, mais se retint à temps.

— Enfin… je crois.

Il rit et déposa un baiser sur son front.

— Et tu as tout à fait raison d'y croire ma puce. Alors ? Raconte-moi un peu. Qui es-tu ? D'où viens-tu ? Et où comptes-tu aller ?

Le dialogue s'installa. Ils se parlaient comme s'ils s'étaient toujours connus. Judy se livra sans détours. Tentant d'expliquer ses comportements d'enfant gâtée. Elle avoua qu'en fait elle avait pris le chemin de la facilité, se laissant entraînée par son père qui ne lui refusait rien. Mais c'était promis elle voulait changer. Seulement elle avait peur. Peur de ce qu'elle allait découvrir, de ne pas être à la hauteur. Elle allait devoir repartir de zéro, et elle ne savait pas par quel bout commencer.

— Tu es un peu comme moi quand je me suis retrouvé dans une hutte avec des inconnus, dans un pays que je ne connaissais pas, sans savoir qui j'étais.

Sans grande assurance elle dit :

— Est-ce que vous m'aiderez ? Est-ce que vous me montrerez la voie ?

Il lui caressa la joue.

— Compte sur moi. Mais avant je dois me remettre de mon opération.

— Pour ça, c'est sur moi que vous pouvez compter.

Elle se réfugia dans ses bras. Appuyant sa tête sur son épaule.

C'est ainsi que le reste de la bande qui commençait à s'impatienter dans le couloir, les trouvèrent en entrant à leur tour dans la chambre. Réunis autour du fauteuil de leur patriarche, ils étaient heureux.

La famille était au complet.